annabac
SUJETS & CORRIGÉS 2024

Physique Chimie
T[le] générale
SPÉCIALITÉ

Julien Moncany • Carole Moncany
Professeurs agrégés de physique-chimie

Jean-Paul Berthelot • Jérôme Fréret
Professeurs certifiés de physique-chimie

Jacques Royer
IA-IPR de physique-chimie

Alain Le Grand
Professeur de mathématiques et de sciences dans l'unité scolaire du CHU de Nantes

Avec la collaboration de Denise Maréchal

ISSN 1168-3775 ISBN 978-2-278-10582-3

Achevé d'imprimer par Macrolibros en Espagne
Dépôt légal n° 10582-3/01 - Août 2023

PAPIER À BASE DE FIBRES CERTIFIÉES

Hatier s'engage pour l'environnement en réduisant l'empreinte carbone de ses livres. Celle de cet exemplaire est de : 900 g éq. CO_2
Rendez-vous sur www.hatier-durable.fr

Hatier

SOMMAIRE GÉNÉRAL

Avec votre Annabac, préparez-vous à l'épreuve de

1 **S'échauffer,** s'approprier les méthodes

2 **S'entraîner** sur chaque thème du programme

3 Préparer l'épreuve écrite : le **sprint final**

4 Réussir l'épreuve pratique **(ECE)**

5 Réussir le **Grand Oral**

physique-chimie et au Grand Oral **en 5 étapes !**

Les sujets et les fiches classés par thème

Pour chaque thème, voici les ressources de votre Annabac.

Indiquez sur cette liste l'avancement de vos révisions.
☐ À retravailler encore ☒ Désormais ok !

Constitution et transformations de la matière

Modéliser des transformations acide-base par des transferts d'ion hydrogène H^+

Analyser un système chimique par des méthodes physiques

Analyser un système par des méthodes chimiques

Suivre et modéliser l'évolution temporelle d'un système siège d'une transformation chimique

Modéliser l'évolution temporelle d'un système, siège d'une transformation nucléaire

Prévoir le sens d'évolution spontanée d'un système chimique

Comparer la force des acides et des bases

Élaborer des stratégies en synthèse organique

Mouvement et interactions

Décrire un mouvement

- Coordination éditoriale : Grégoire Thorel et Gaëlle Messé assistés de Rachel Le Nouail
- Édition : Véronique Parasote
- Graphisme : Dany Mourain et le studio Favre & Lhaïk
- Prépresse : Hatier et Nadine Aymard
- Illustration : Juliette Baily
- Schémas : STDI
- Mise en page : STDI
- Iconographie : Hatier illustration

12 sujets supplémentaires sur annabac.com

Compléter vos révisions avec cette sélection de sujets.

- Rendez-vous sur le site www.annabac.com
- Saisissez l'intitulé du sujet dans le moteur de recherche
- D'un clic, vous affichez le corrigé

Constitution et transformations de la matière

- [ ] **SUJET 34** Astuce culinaire !
- [ ] **SUJET 35** Synthèse d'un médicament
- [ ] **SUJET 36** Étude cinétique de la réaction de dismutation de l'eau oxygénée
- [ ] **SUJET 37** Acidification de l'océan

Mouvement et interactions

- [ ] **SUJET 38** Un ascenseur à bateaux
- [ ] **SUJET 39** Voyage dans la ceinture d'astéroïdes
- [ ] **SUJET 40** Étude du vol d'une balle de golf

L'énergie : conversions et transferts

- [ ] **SUJET 41** Échanges d'énergie dans un moteur
- [ ] **SUJET 42** L'isolation thermique d'une habitation

Ondes et signaux

- [ ] **SUJET 43** Quelques applications de la diffraction
- [ ] **SUJET 44** Lunette astronomique
- [ ] **SUJET 45** Modélisme ferroviaire

S'échauffer, s'approprier les méthodes

INFOS et CONSEILS sur les épreuves

Fiches OUTILS

Trois sujets ÉTAPE PAR ÉTAPE

1 En quoi consiste le nouveau programme de physique-chimie en T^{le} ?

Le programme de spécialité de physique-chimie en Terminale s'articule autour de quatre grands thèmes : la matière, le mouvement, l'énergie et les ondes.

A Constitution et transformations de la matière

Cette partie permet d'analyser diverses transformations de la matière. La démarche de modélisation, c'est-à-dire la recherche de modèles permettant de rendre compte de phénomènes réels et de prévoir des résultats, y occupe une place importante.

Thèmes	Contenus
1. Déterminer la composition d'un système par des méthodes physiques et chimiques	**A.** Modéliser des transformations acide-base par des transferts d'ion hydrogène H^+
	B. Analyser un système chimique par des méthodes physiques et chimiques
2. Modéliser l'évolution temporelle d'un système, siège d'une transformation	**A.** Suivre et modéliser l'évolution temporelle d'un système siège d'une transformation chimique
	B. Modéliser l'évolution temporelle d'un système, siège d'une transformation nucléaire*
3. Prévoir l'état final d'un système, siège d'une transformation chimique**	**A.** Prévoir le sens de l'évolution spontanée d'un système chimique
	B. Comparer la force des acides et des bases
	C. Forcer le sens d'évolution d'un système*
4. Élaborer des stratégies en synthèse organique	Identifier et optimiser des réactions de chimie organique**

* Thèmes ne pouvant faire l'objet d'une évaluation lors de l'épreuve écrite.
** Certains sous-thèmes ne pourront être évalués lors de l'épreuve écrite.

B Mouvement et interactions

Dans cette partie du programme qui relève de la mécanique – étude du mouvement des objets –, vous analysez des mouvements simples comme la chute libre, mais aussi le mouvement de la Terre par rapport au Soleil.

Thèmes	Contenus
1. Décrire un mouvement	Définir et mesurer les caractéristiques d'un mouvement
2. Relier les actions appliquées à un système à son mouvement	Prévoir l'évolution d'un système mécanique
3. Modéliser l'écoulement d'un fluide*	Étudier l'écoulement permanent d'un fluide

C L'énergie : conversions et transferts

Cette partie a trait à la thermodynamique, qui étudie, entre autres, les transferts de chaleur. Vous aurez notamment à faire des bilans énergétiques.

Thèmes	Contenus
1. Décrire un système thermodynamique : exemple du modèle du gaz parfait	Exploiter l'équation des gaz parfaits
2. Effectuer des bilans d'énergie sur un système : le premier principe de la thermodynamique**	Différencier les trois modes de transferts thermiques. Exploiter énergie interne, flux et résistance thermique pour dresser des bilans énergétiques

D Ondes et signaux

Ici, vous abordez les phénomènes ondulatoires, telles les interférences ; vous étudiez aussi la charge d'un condensateur.

Thèmes	Contenus
1. Caractériser les phénomènes ondulatoires**	Exploiter la relation niveau et intensité sonore. Étudier les propriétés des phénomènes ondulatoires
2. Former des images, décrire la lumière par un flux de photons	**A.** Former des images
	B. Décrire la lumière par un flux de photons*
3. Étudier la dynamique d'un système électrique	Prévoir l'évolution de la tension aux bornes d'un condensateur lors de sa charge et de sa décharge

* Thèmes ne pouvant faire l'objet d'une évaluation lors de l'épreuve écrite.
** Certains sous-thèmes ne pourront être évalués lors de l'épreuve écrite.

2 Quelles sont les différentes épreuves du nouveau bac en physique-chimie ?

Vous avez choisi la spécialité physique-chimie en Tle. Vous devez passer deux épreuves distinctes : l'épreuve de spécialité, qui comporte une partie écrite et une partie pratique, et l'épreuve dite du « Grand Oral » pour laquelle vous devez préparer une question en rapport avec la physique-chimie.

A En résumé

L'épreuve de spécialité (coeff. 16)

LA PARTIE ÉCRITE
- **Quand ? en mars**
- **Durée : 3 h 30**
- **Structure : trois exercices**
- **Barème : 16 points**

LA PARTIE PRATIQUE (ECE)
- **Quand ? en mars**
- **Durée : 1 heure**
- **Structure : réalisation d'une expérience + compte rendu**
- **Barème : 4 points**

Le Grand Oral (coeff. 10)

TRAVAIL EN AMONT
Sur deux questions dont l'une au moins se rapportant au programme de physique-chimie

DÉROULEMENT
- **Quand ? au 3e trimestre**
- **Durée : 20 min**
- **Structure : exposé sur l'une des deux questions + entretien**

B L'épreuve écrite

1. Trois exercices indépendants

- L'épreuve écrite de spécialité comprend 3 exercices qui s'appuient de manière équilibrée sur les différents thèmes du programme étudiés au cours de l'année.
- Les sujets de ces exercices font référence à des situations contextualisées.
- Ils accordent une place significative à la modélisation et à la résolution de questions avec prise d'initiative. Ils peuvent inclure des questions relatives aux aspects expérimentaux de la discipline et aux capacités numériques identifiées dans les programmes.

> REMARQUE **Le sujet précise si l'usage de la calculatrice, dans les conditions précisées par les textes en vigueur, est autorisé.**

2. Les principaux critères d'évaluation

	Compétences évaluées
La maîtrise de la démarche scientifique	• Extraire et exploiter des informations • Mettre en œuvre une stratégie de résolution
La maîtrise des outils mathématiques	• Effectuer des calculs algébriques et des applications numériques
La maîtrise des outils de communication	• Choisir des modes de représentation appropriés • S'exprimer clairement • Utiliser un vocabulaire scientifique adapté

C L'épreuve pratique (ECE)

Cette épreuve s'intitule officiellement « évaluation pratique des capacités expérimentales » (ECE).

1. Le déroulement de l'épreuve

Les sujets d'ECE sont très variés. On y retrouve cependant souvent une même structure qui vous conduit à :

1. choisir une technique appropriée pour répondre à la question ;
2. écrire le protocole et définir les paramètres de l'expérience envisagée ;
3. exploiter les résultats obtenus.

> REMARQUE **Il arrive que l'on vous fournisse directement un protocole à suivre, pour vérifier que vous êtes capable de le comprendre. Dans tous les cas vous aurez à analyser les résultats de vos expériences.**

2. Comment s'y préparer ?

- Pour réussir convenablement l'épreuve, vous devez :

– maîtriser les techniques expérimentales apprises au lycée (prélèvement avec pipette, titrage, utilisation de capteurs…) pour les parties 1 et 2 de l'épreuve ;
– bien connaître votre cours pour la partie 3.

- Reprenez vos TP faits au cours de l'année : listez les techniques et appareils de mesure utilisés.

- Entraînez-vous régulièrement en consultant les sujets de cette épreuve sur le site http://eduscol.education.fr.

- Plusieurs des logiciels utilisés pendant l'année et donc potentiellement en ECE sont des logiciels gratuits et téléchargeables. Si c'est le cas, téléchargez-les pour vous entraîner à les manipuler.

> CONSEIL **N'hésitez pas à faire des manipulations en classe et à vous porter volontaire pour réaliser des expériences. Vous serez ainsi plus à l'aise le jour de l'épreuve.**

- Pour plus de conseils, reportez-vous à la section « **Réussir l'épreuve pratique** », en fin d'ouvrage.

L'ESSENTIEL

Les 11 principales manipulations

- Voici les principales manipulations à maîtriser **en vue de l'ECE** :

– chromatographie sur couche mince ;
– extraction liquide-liquide (ou extraction par solvant) ;
– recristallisation ;
– filtration simple ou sous vide ;
– dosage spectrophotométrique ;
– expérience de diffraction et d'interférences lumineuses ;
– expérience avec une (ou des) lentille(s) convergente(s) ;
– expérience de synthèses additive et soustractive ;
– expérience avec un émetteur et un récepteur ultrason ;
– montage d'une pile et branchement d'un électrolyseur ;
– expérience de charge et décharge d'un condensateur.

- Pour chacune de ces techniques, posez-vous les **questions** suivantes :

1. À quoi sert-elle ? Que peut-on en apprendre ?
2. Quels calculs peuvent en découler ?
3. Sais-je en écrire le protocole ?

D Le « Grand Oral »

1. Les trois temps de l'épreuve

Les trois temps du Grand Oral

1. LA PRÉPARATION
- Sur la question choisie par le jury (parmi les deux que vous avez travaillées)
- 20 min. pour mettre en ordre vos idées et préparer un support remis au jury

2. L'EXPOSÉ
- Présentation synthétique en 5 min.
- Debout, sans notes

3. L'ENTRETIEN
- Sur l'exposé dans un premier temps
- Puis sur votre projet de poursuite d'études

2. Comment s'y préparer ?

Cette épreuve, qui dure au total 20 minutes, demande un important travail préparatoire, à effectuer tout au long de l'année.

- Il vous faut non seulement **trouver un sujet** en lien avec un des grands enjeux du programme, mais aussi réaliser un **travail de rédaction, de mémorisation et d'entraînement à la prise de parole**, tout aussi nécessaire à la réussite de cette épreuve.
- Le jour J, vous devez en effet être en mesure de présenter de manière fluide et claire votre exposé et vous être également préparé(e) à répondre aux questions du jury pendant l'entretien.
- Pour plus de conseils sur cette épreuve, reportez-vous à la section « **Réussir le Grand Oral** », en fin d'ouvrage.

3 Comment réussir l'épreuve écrite ?

Au cours de cette épreuve, vous devez montrer que vous savez résoudre des problèmes en prenant des initiatives et en organisant vos résultats. Il faut vous y préparer tout au long de l'année si vous voulez la réussir.

A Organiser ses révisions

- Travaillez **très régulièrement** tout au long de l'année : pour acquérir des automatismes de résolution d'exercices, il faut vous entraîner !
- Ne vous découragez pas si vous ne savez pas faire certains exercices. Utilisez le corrigé pour comprendre ce qui vous a posé problème.

> ATTENTION **Les exercices de type bac ne sont pas des exercices comme les autres, ils sont beaucoup plus longs et se rapportent souvent à plusieurs chapitres. Commencez par faire et refaire des exercices plus simples et ciblés comme ceux de votre manuel et ne vous lancez dans un sujet de bac que lorsque vous vous sentez prêt(e).**

- En fin d'année, quand les révisions commencent, traitez **en temps limité** les sujets que vous avez déjà faits en classe ou les sujets de votre Annabac, pour vous rendre compte de la réalité de l'épreuve.

B Réussir le jour J

1. Bien gérer le temps de l'épreuve

- Commencez par **parcourir rapidement le sujet** pour voir à quels domaines se rapporte chacun des trois exercices, puis traitez en premier l'exercice qui vous semble le plus accessible.
- Appuyez-vous sur le barème indiqué : comptez **10 minutes par point**. Quand une question vous semble difficile, ne perdez pas de temps à chercher en vain la réponse : laissez de la place sur votre copie et passez à la suivante. Vous y reviendrez à la fin de l'épreuve.

> CONSEIL **Prévoyez 10 minutes en fin d'épreuve pour relire votre copie.**

2. Réussir les exercices de type « résolution de problème »

Ce sont souvent des exercices sur 5 points auxquels vous devez consacrer environ 45 minutes.

Les 3 grandes étapes

1. LIRE LES DOCUMENTS
- **Durée : 10 min**
- **Objectif : dégager la problématique**

2. EN EXTRAIRE LES INFORMATIONS UTILES
- **Durée : 20 min**
- **Feuille de route :**
  - Attribuez une lettre à chaque grandeur.
  - Réécrivez sous une forme mathématique les phrases reliant deux grandeurs.
  - Calculez celles qui sont accessibles.

3. EXPLIQUER VOTRE DÉMARCHE
- **Durée : 15 min**
- **Feuille de route :**
  - Expliquez l'objectif de chacun de vos calculs.
  - Présentez-les sous une forme algébrique, avant d'opérer les calculs.

CONSEILS

- **N'hésitez pas à présenter le début de votre raisonnement, même s'il est incomplet, car cela vous permettra d'obtenir une partie des points.**
- **Travaillez au maximum avec des expressions littérales. Cela fait gagner du temps et des points.**

L'ESSENTIEL

Rédiger sa copie : à quoi faut-il être attentif ?

- D'un point de vue formel, l'essentiel repose sur la qualité de votre écriture manuscrite ! Ce jour-là, faites un effort. Le correcteur ne doit avoir de doute ni sur les lettres, ni sur les chiffres inscrits sur votre copie.
- Utilisez les mêmes notations que celles du sujet.
- Soignez également vos schémas. L'utilisation de la règle est indispensable.
- Aérez votre présentation. Utilisez une copie différente pour chaque exercice. Sautez des lignes et soulignez vos résultats.

4 Résoudre un problème

Les « problèmes à résoudre » sont souvent des exercices sur 5 points ; il faut donc les faire en 50 minutes environ.

1. Identifiez la problématique (10 minutes)

- Lisez d'abord le **sujet** pour vous faire une idée de ce dont vous avez besoin pour répondre à la question posée. Lisez ensuite les **documents**.
- Identifiez la problématique. Il s'agit de **la question** à laquelle il faut répondre pour résoudre le problème. Si vous ne la trouvez pas immédiatement, reprenez les documents puis la question posée et revenez à la problématique.

2. Rassemblez vos idées au brouillon (20 minutes)

Cette étape indispensable vous permet de vérifier la faisabilité des étapes que vous envisagez « dans votre tête ».

- Rassemblez les **données**, **formules**, **définitions** et **informations** (issues des documents et de votre cours) utiles pour répondre au problème posé.
- Attribuez une **lettre à chaque grandeur** physique ou chimique (m, S, etc.).
- Réécrivez en **formule mathématique** chaque phrase reliant deux des grandeurs ainsi que chaque relation algébrique données dans les documents.
- Reliez les **grandeurs** entre elles en rassemblant les informations dont vous disposez – éventuellement par un schéma –, et calculez celles qui sont accessibles.

> ATTENTION **Ne vous contentez pas de donner des résultats sans calcul. Si vous pensez que vos résultats sont faux, signalez-le en justifiant.**

- Écrire l'**objectif de chaque calcul**, ce qu'il permet d'obtenir. Cela clarifiera votre raisonnement et vous aidera à rédiger.

3. Rédigez de manière ordonnée (20 minutes)

- **Structurez** clairement votre raisonnement.
- Donnez un **titre** à chaque étape pour clarifier votre démarche.
- Raisonnez au maximum avec des **expressions algébriques (littérales).**

> CONSEIL **S'il vous manque plusieurs points à résoudre, commencez à rédiger les étapes de résolution que vous avez déjà notées au brouillon car ce que vous avez fait sera noté positivement si votre raisonnement est bien expliqué et cohérent.**

5 Utiliser la calculatrice

A Effectuer des calculs numériques

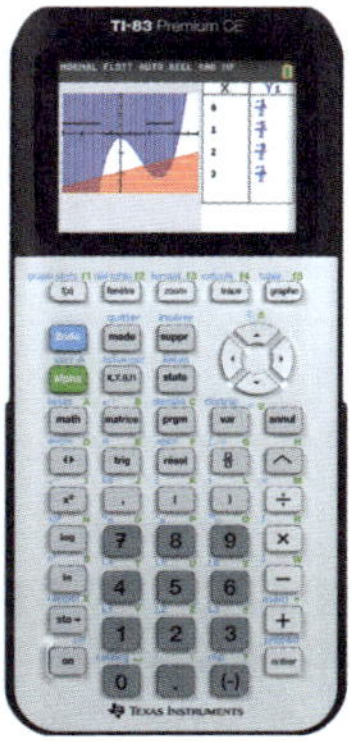

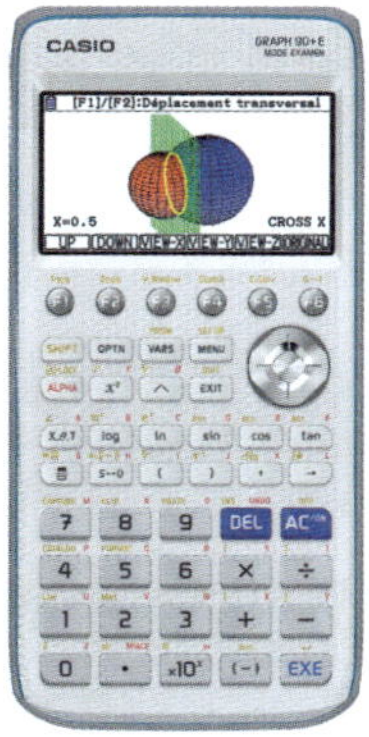

1. Utiliser les touches « puissance de 10 »

Pour « entrer » une valeur avec une puissance de 10 dans la calculatrice, la touche qui n'implique pas d'erreur de calcul est [×10^x] sur les calculatrices Casio et la fonction EE [EE ,] sur les calculatrices TI (Texas Instruments). Vous n'avez pas à « écrire » le « 10 ».

REMARQUE Cette touche « puissance de 10 » est la plus sûre ! Elle permet d'éviter les erreurs de parenthèses.

▶ Exemple

Pour entrer 6×10^{-3}, il faut utiliser les touches :

[6] [×10^x] [(−)] [3] (avec une Casio Graph 90+E)

[6] [2nde] [EE ,] [(-)] [3] (avec une TI-83 Premium CE)

2. Regrouper tous les calculs en une seule étape

Raisonnez avec des relations algébriques (des lettres) avant d'effectuer les calculs. Cela permet d'éviter des erreurs numériques et de gagner des points.

▶ Exemple

Dans un exercice, on connaît la résistance thermique d'une paroi (R_{th}), l'épaisseur de béton ($e_{béton}$) et celle du polymère ($e_{polymère}$).

On veut calculer $e_{laine\ de\ verre}$ connaissant la conductivité thermique (λ) des trois matériaux. On a démontré la relation :

$$R_{th} = \frac{e_{béton}}{\lambda_{béton}} + \frac{e_{laine\ de\ verre}}{\lambda_{laine\ de\ verre}} + \frac{e_{polymère}}{\lambda_{polymère}}.$$

Ce qu'il ne faut pas faire : plusieurs petits calculs les uns après les autres

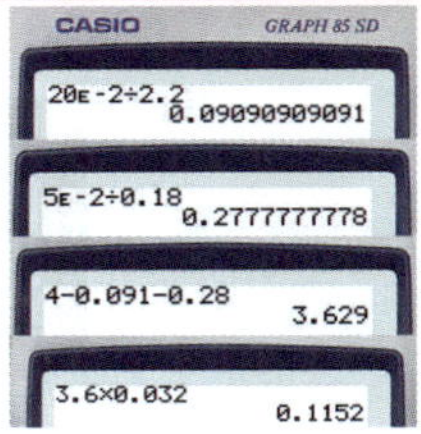

- $\dfrac{e_{\text{béton}}}{\lambda_{\text{béton}}} = \dfrac{20 \times 10^{-2}}{2{,}2} = 9{,}1 \times 10^{-2}$.
- $\dfrac{e_{\text{polymère}}}{\lambda_{\text{polymère}}} = \dfrac{5 \times 10^{-2}}{0{,}18} = 2{,}8 \times 10^{-1}$.
- $R_{th} - \dfrac{e_{\text{béton}}}{\lambda_{\text{béton}}} - \dfrac{e_{\text{polymère}}}{\lambda_{\text{polymère}}} = 4 - 9{,}1 \times 10^{-2} - 2{,}8 \times 10^{-1} = 3{,}6$.
- $e_{\text{laine de verre}} = \lambda_{\text{laine de verre}} \times 3{,}6 = 0{,}032 \times 3{,}6$

D'où $e_{\text{laine de verre}} = 0{,}115$.

Ce qu'il faut faire : un seul calcul qui regroupe toutes les étapes

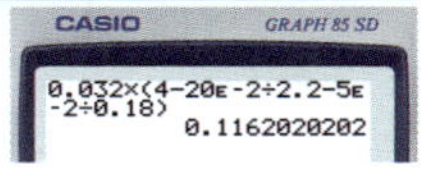

- Isolez la grandeur inconnue dans la relation algébrique :

$$e_{\text{laine de verre}} = \lambda_{\text{laine de verre}} \left(R_{th} - \frac{e_{\text{béton}}}{\lambda_{\text{béton}}} - \frac{e_{\text{polymère}}}{\lambda_{\text{polymère}}} \right)$$

- Faites le calcul avec votre calculatrice **en une fois**, comme dans la capture d'écran ci-contre, ce qui évitera notamment que les « erreurs » d'arrondi se cumulent. Ici, on obtient $e_{\text{laine de verre}} = 0{,}116$.

B Gérer les incertitudes en mode statistique

Utilisez le mode statistique de votre calculatrice pour calculer les écarts-types d'une série de mesures.

▶ Exemple

10 groupes d'élèves ont déterminé expérimentalement la masse de cuivre présente dans 10 pièces de 5 centimes de même masse.

Le tableau ci-dessous regroupe leurs résultats.

Groupe	1	2	3	4	5	6	7	8	9	10
Masse de cuivre (en mg)	260	270	265	263	264	265	262	261	269	267

Grâce aux valeurs trouvées, on veut déterminer l'incertitude élargie (pour un niveau de confiance de 95 %) sur la mesure de la masse de cuivre dans une pièce et en déduire l'intervalle dans lequel devrait se situer le résultat du mesurage de la masse de cuivre avec un niveau de confiance de 95 %.

Casio (Graph 85SD)	Texas Instruments (TI83 advanced)
• **Ouvrez le mode « stat »** de votre calculatrice.	
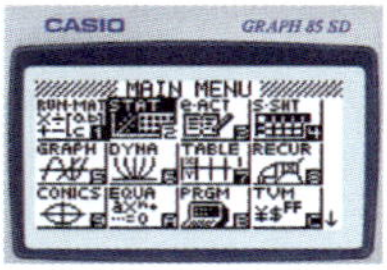	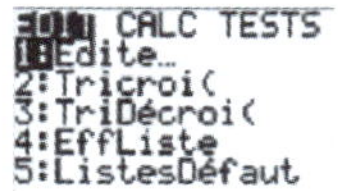
• « **Éditez** » **la liste de mesures** (autrement dit entrez les valeurs dans une liste statistique)	
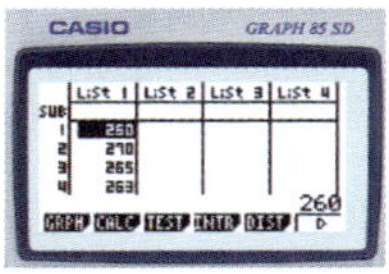	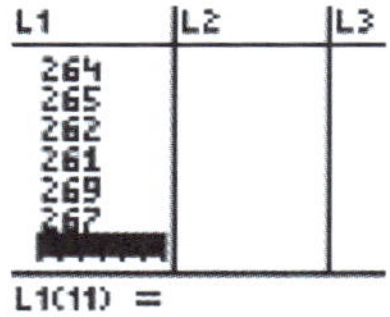
• **Lancez les calculs « stat 1-var »** (statistique 1 variable)	
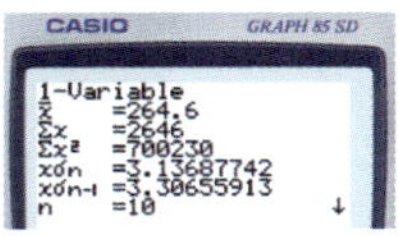	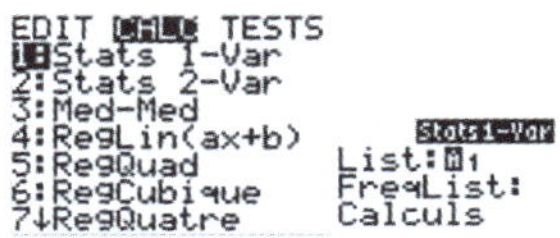
• **Récupérez les résultats : valeur moyenne $\bar{x}$ et écart-type σ_{n-1}**	
	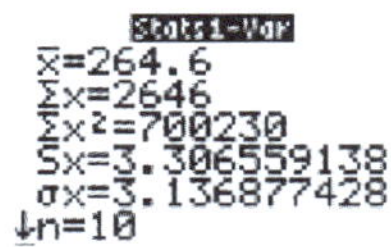

Ici, la valeur moyenne est $\bar{m}$ **= 264,6 mg** et l'écart-type est $\sigma_{n-1} = 3{,}306\ 559\ 13$.

> RÈGLE DES INCERTITUDES **Les incertitudes absolues n'ont qu'un seul chiffre significatif et elles sont toujours arrondies par excès. L'incertitude du résultat $U(\bar{m})$ est donnée par la formule (qui n'est pas à connaître) : $U(\bar{m}) = k\dfrac{\sigma_{n-1}}{\sqrt{n}}$ avec $k = 2$.**

Les données vous permettent de calculer $U(\bar{m})$:

$$U(\bar{m}) = 2 \times \frac{\sigma_{n-1}}{\sqrt{n}} = 2 \times \frac{3{,}306\,559\,13}{\sqrt{10}} = 2{,}091\,25.$$

Ici $U(\bar{m}) = 3$ mg (comme l'incertitude concerne le milligramme, la valeur ne peut pas être plus précise que le milligramme, donc 265 mg).

Le résultat peut être donné :

– soit sous forme d'intervalle : **262 ⩽ *m* ⩽ 268 (en mg)** ;

– soit sous la forme ***m* = 265 ± 3 mg.**

6 Utiliser les chiffres significatifs

L'utilisation des chiffres significatifs dans les calculs est une façon simplifiée de prendre en compte l'incertitude sur une grandeur.

Dans un nombre, tous les chiffres sont significatifs sauf les zéros qui précèdent le premier chiffre non nul (à gauche). En particulier, les zéros situés dans la partie droite d'un nombre, y compris ceux situés après la virgule, sont significatifs : ils apportent une indication sur la précision du nombre.

▶ Exemples

0,070 → 2 chiffres significatifs | 1,20 → 3 chiffres significatifs | 10,0 → 3 chiffres significatifs

A Multiplication, division

● Si votre calcul ne comprend que des multiplications et divisions, votre résultat ne doit jamais comporter plus de chiffres significatifs que l'une des données du calcul. Vous devez repérer la donnée de l'exercice qui comporte le moins de chiffres significatifs et donner votre résultat avec le même nombre de chiffres significatifs que cette donnée.

▶ Exemple

Pour étudier les propriétés acides de l'acide fumarique en solution aqueuse, on dissout **500 mg** (3 chiffres significatifs) d'acide fumarique dans de l'eau pour obtenir une solution de volume **100,0 mL** (4 chiffres significatifs). La masse molaire de l'acide fumarique est : M_A = **116 g · mol^{-1}** (3 chiffres significatifs). Pour calculer la concentration molaire C_A apportée de l'acide fumarique dans la solution préparée, votre résultat devra comporter 3 chiffres significatifs :

$$C_A = \frac{m_A}{M_A \times V} = \frac{0{,}500}{116 \times 0{,}1} = 4{,}31 \times 10^{-2}\ \text{mol} \cdot \text{L}^{-1}.$$

● Pour les valeurs très élevées ou très petites, il est parfois nécessaire d'adopter la notation scientifique pour respecter les chiffres significatifs.

▶ Exemple

$$\underbrace{7{,}0 \times 10^{-9}}_{\text{2 chiffres significatifs}} \times \underbrace{1{,}20}_{\text{3 chiffres significatifs}} = \underbrace{8{,}4 \times 10^{-9}}_{\text{2 chiffres significatifs}}$$

B Addition, soustraction

Si votre calcul comprend des additions et/ou des soustractions, c'est le rang du dernier chiffre du terme le moins précis qui détermine la précision du résultat.

▶ Exemples

365,2 + 5,48 = 370,7 car le nombre le moins précis l'est au 1er chiffre après la virgule. **369,81 – 4,264 = 365,55** car le nombre le moins précis l'est au 2e chiffre après la virgule.

1 Un exercice de chimie organique *étape* par *étape*

S'ÉCHAUFFER

Dépolluer une eau avec des carapaces de crevettes

1 h 40
10 points

ÉTAPE 1 Lire le sujet et surligner les éléments importants

15 min

La chitine, polymère extrait des carapaces des crustacés et animaux à coquilles, a été découverte en 1811, mais ce n'est qu'à partir des années 1970 qu'elle a suscité un réel intérêt. En effet, après divers traitements, notamment avec de la soude, elle est transformée en chitosane, espèce chimique qui a de nombreuses applications aux niveaux pharmaceutique, biomédical, agricole et environnemental. L'utilisation de la chitine est par conséquent une façon de valoriser les déchets des conserveries de crustacés.

D'après le BUP n° 904 – *Dépolluer une eau avec des carapaces de crevettes.*

LÉGENDE
données numériques et formules
verbes ou groupes de mots désignant des actions requises

L'objectif de cet exercice est d'étudier la transformation de la chitine en chitosane, puis d'analyser l'action du chitosane pour le traitement d'une eau polluée par des ions métalliques.

EN RÉSUMÉ
Cet exercice propose une étude assez complète sur l'exploitation d'un déchet de l'industrie alimentaire pour le traitement de l'eau.

PARTIE 1. DE LA CHITINE AU CHITOSANE

Données

- Masse molaire atomique en $g \cdot mol^{-1}$: $M(H) = 1,0$; $M(O) = 16,0$.
- Masse molaire moléculaire du motif de la chitine : $203\ g \cdot mol^{-1}$.
- Masse molaire moléculaire du motif du chitosane : $159\ g \cdot mol^{-1}$.

EN RÉSUMÉ
Cette partie donne la représentation de la molécule de chitine, et rappelle la notion de motif d'un polymère.

La formule topologique d'une macromolécule de chitine est représentée ci-dessous. Le nombre de motifs varie selon la longueur de la chaîne. Par souci de simplification, le choix a été fait de représenter dans cet exercice une macromolécule composée uniquement de quatre motifs.

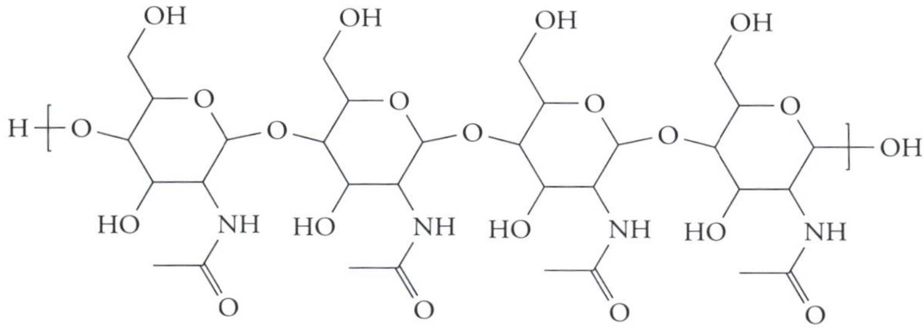

***Figure 1.* Formule topologique de la chitine à quatre motifs**

▶ **1.** Indiquer si la chitine est un polymère naturel ou artificiel, justifier. Même question pour le chitosane.

▶ **2.** Entourer, sur la figure 1 ci-dessus, le motif de la chitine.

PARTIE 2. UN PROTOCOLE EXPÉRIMENTAL POUR SYNTHÉTISER LE CHITOSANE À PARTIR DE LA CHITINE

EN RÉSUMÉ
Cette partie étudie la synthèse du chitosane, du point de vue du mécanisme réactionnel et du protocole.

- Introduire 8,0 g de chitine dans un ballon de 250 mL et ajouter 100 mL d'une solution aqueuse d'hydroxyde de sodium très concentrée ;
- Chauffer à reflux pendant une heure ;
- Filtrer sur Büchner puis rincer avec de l'eau distillée jusqu'à l'obtention d'un pH neutre pour le filtrat ;
- Sécher et peser le solide obtenu.

À l'issue de cette synthèse, 4,0 g de chitosane (solide blanc) sont obtenus.

On considère que le chitosane obtenu résulte de la transformation de l'ensemble des motifs de la chitine. Cette transformation peut être modélisée par la réaction :

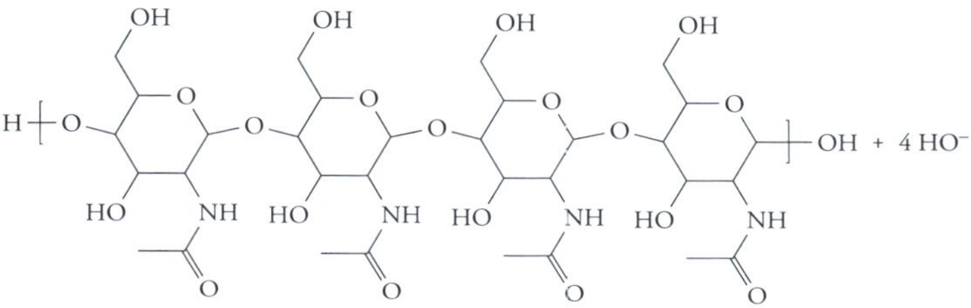

chitine

→ H—chitosan-chitosan-chitosan-chitosan]—OH + 4 CH_3COO^-

chitosan — ion éthanoate

La macromolécule de chitosane est notée **H–[chitosan–chitosan–chitosan–chitosan]–OH** où « chitosan » représente le motif du chitosane, celui-ci étant répété 4 fois.
Un extrait d'une banque de réactions est présenté ci-dessous.

Famille de réactifs	Exemple de transformation
Famille des amides	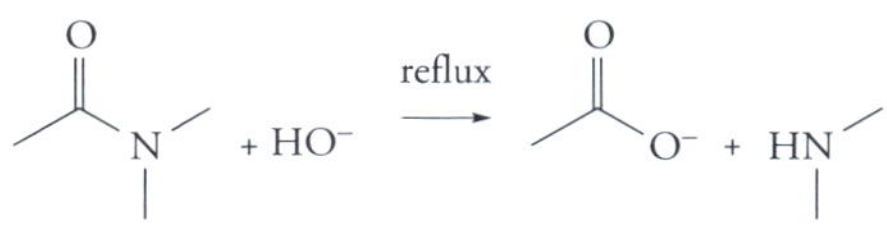

Dans les conditions expérimentales décrites précédemment, un seul groupe caractéristique du motif de la chitine est modifié lors de la synthèse du chitosane.

▶ **1.** Représenter la formule topologique du motif du chitosane.

▶ **2.** Nommer la famille fonctionnelle correspondant au groupe caractéristique formé dans le chitosane lors de la transformation de la chitine en chitosane.

Le montage du chauffage à reflux est schématisé ci-après.

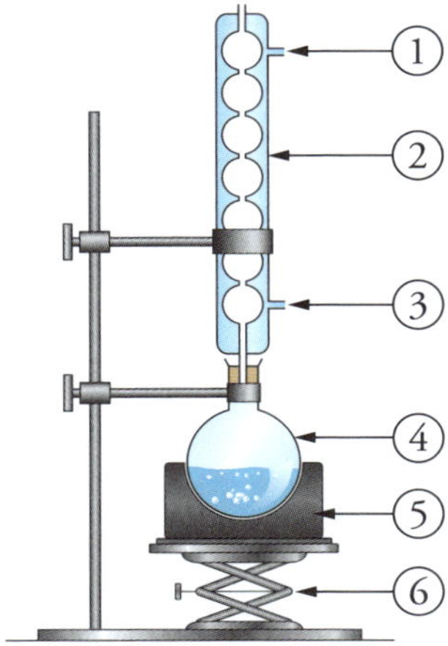

▶ **3.** Après avoir expliqué l'intérêt d'utiliser un montage à reflux, nommer sur la copie les éléments du montage numérotés de ① à ③.

▶ **4.** Définir et calculer le rendement de la synthèse, sachant que les ions hydroxyde OH^- sont introduits en excès.

PARTIE 3. DU CHITOSANE POUR DÉPOLLUER

EN RÉSUMÉ
Cette partie propose d'évaluer un protocole de dépollution grâce à un dosage spectrophotométrique par étalonnage.

Le chitosane est utilisé comme un agent de dépollution de solutions aqueuses contenant des ions métalliques comme, par exemple, les ions $Cu^{2+}{}_{(aq)}$. Le chitosane peut établir des liaisons avec les ions Cu^{2+} pour former une espèce chimique appelée complexe et notée $[Cu(chitosane)]^{2+}$ dans la suite de l'exercice. $[Cu(chitosane)]^{2+}$ forme un précipité avec les ions sulfate et peut être ainsi séparée du reste de la solution, ce qui permet l'élimination des ions $Cu^{2+}{}_{(aq)}$ liés au chitosane.
La transformation chimique, appelée complexation, peut être modélisée par la réaction d'équation suivante :

$$Cu^{2+}{}_{(aq)} + \text{chitosane} \rightarrow [Cu(\text{chitosane})]^{2+}$$

La détermination du taux d'avancement final de cette transformation permet d'évaluer l'efficacité de la dépollution.

L'objectif de cette partie est d'obtenir une estimation de l'efficacité dans le cas où la solution à dépolluer est une solution aqueuse de sulfate de cuivre(II) : $(Cu^{2+}{}_{(aq)} + SO_4{}^{2-}{}_{(aq)})$.

Le protocole de traitement des ions cuivre(II) est le suivant :

- Introduire 1,5 g de chitosane solide dans un bécher contenant 40 mL d'une solution aqueuse S_0 de sulfate de cuivre(II) ($Cu^{2+}_{(aq)} + SO_4^{2-}{}_{(aq)}$) de concentration $C_0 = 0{,}10 \text{ mol} \cdot \text{L}^{-1}$. Dans ces conditions, le chitosane est en excès.
- Agiter 30 minutes.
- Filtrer.
- Mesurer l'absorbance du filtrat.

La concentration finale C_f des ions $Cu^{2+}_{(aq)}$ dans le filtrat est déterminée grâce à un dosage par étalonnage.

Préparation de la gamme de solutions étalons

Les solutions filles, notées F1, F2, F3, F4, F5 et F6, sont obtenues par dilution d'une solution mère S de sulfate de cuivre(II) ($Cu^{2+}_{(aq)} + SO_4^{2-}{}_{(aq)}$) de concentration $C_S = 0{,}50 \text{ mol} \cdot \text{L}^{-1}$. L'absorbance A des six solutions est mesurée à une longueur d'onde de 790 nm. Parmi les espèces chimiques présentes dans les solutions, $Cu^{2+}_{(aq)}$ est la seule espèce qui absorbe à cette longueur d'onde.

Résultats expérimentaux

Solution	F1	F2	F3	F4	F5	F6	Filtrat
Concentration en Cu^{2+} en mol · L^{-1}	0,10	0,050	0,040	0,030	0,020	0,010	C_f
A	1,13	0,58	0,44	0,34	0,23	0,11	0,30

Données

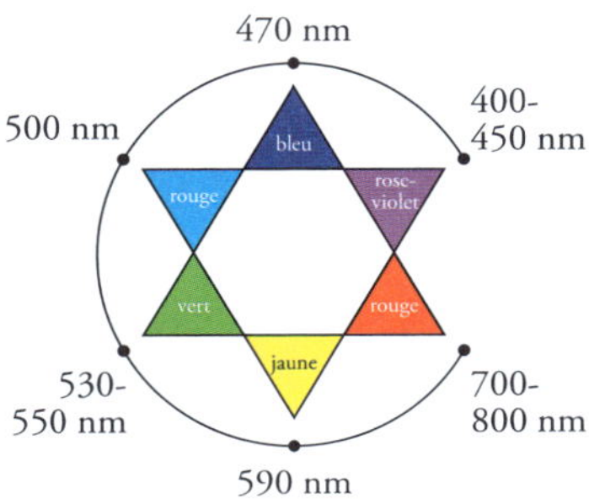

Cercle chromatique

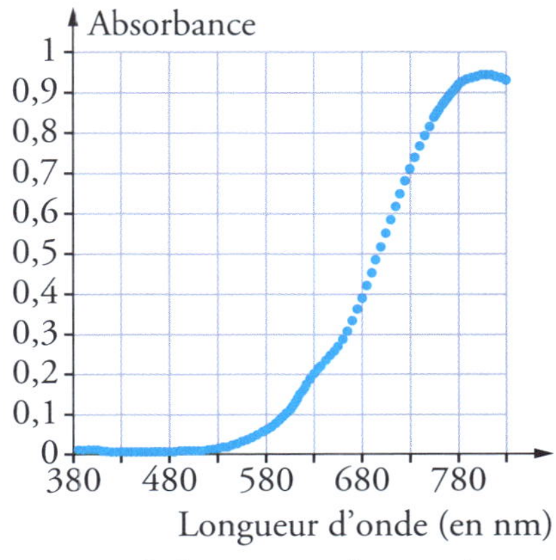

Spectre d'absorption d'une solution aqueuse de sulfate de cuivre (II)

▶ **1.** Indiquer la couleur d'une solution aqueuse de sulfate de cuivre(II). Justifier.

▶ **2.** Décrire un protocole de dilution permettant d'obtenir 10,0 mL de la solution F1 à partir de la solution S.

▶ **3.** Montrer que le taux d'avancement final de la complexation des ions $Cu^{2+}_{(aq)}$ par le chitosane est égal à 0,73. Conclure sur l'efficacité de ce protocole de dépollution par le chitosane et proposer, le cas échéant, une méthode pour améliorer cette efficacité.

Le candidat est invité à prendre des initiatives et à présenter la démarche suivie même si elle n'a pas abouti. La démarche suivie est évaluée et nécessite d'être clairement présentée.

PARTIE 4. ÉTUDE CINÉTIQUE DE LA COMPLEXATION DES IONS $Cu^{2+}_{(aq)}$ PAR LE CHITOSANE

On souhaite modéliser l'évolution de la concentration des ions $Cu^{2+}_{(aq)}$ au cours du temps lors de leur complexation par le chitosane. Pour cela, à la date $t = 0$ min, on introduit un film de chitosane dans une solution aqueuse de sulfate de cuivre(II) ($Cu^{2+}_{(aq)} + SO_4^{2-}{}_{(aq)}$). La concentration C des ions $Cu^{2+}_{(aq)}$ est déterminée à différentes dates.

EN RÉSUMÉ
Cette partie étudie la cinétique réactionnelle d'une réaction avec le chitosane, à l'aide d'outils numériques.

▶ **1.** Définir la vitesse volumique de consommation des ions $Cu^{2+}_{(aq)}$.

L'évolution temporelle de la concentration C des ions $Cu^{2+}_{(aq)}$ est représentée sur la figure 2 ci-dessous.

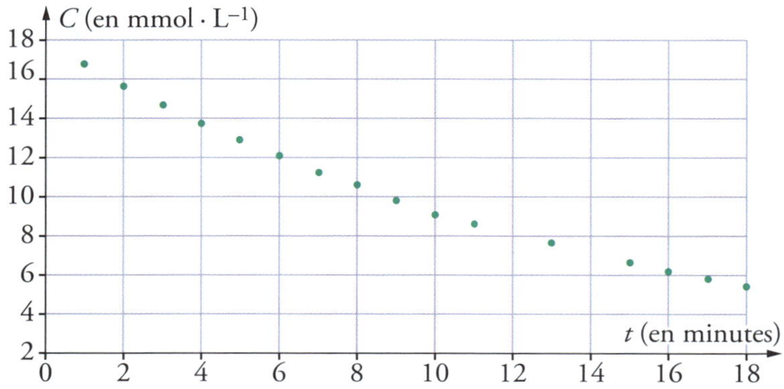

Figure 2. **Évolution de la concentration C en ions $Cu^{2+}_{(aq)}$ au cours du temps**

▶ **2.** Estimer la valeur de la vitesse volumique de consommation des ions $Cu^{2+}{}_{(aq)}$ à la date $t = 10$ min par une construction graphique sur la figure 2.

▶ **3.** Décrire l'évolution de la vitesse volumique de consommation des ions $Cu^{2+}{}_{(aq)}$ au cours du temps. Proposer un facteur cinétique à l'origine de cette évolution. Justifier.

On souhaite savoir si l'évolution de la vitesse volumique de consommation des ions $Cu^{2+}{}_{(aq)}$ peut être modélisée par une loi d'ordre 1. Pour cela, on rédige un programme en langage Python qui permet de calculer les vitesses volumiques de consommation des ions $Cu^{2+}{}_{(aq)}$ aux différentes dates, puis de représenter l'évolution de cette vitesse en fonction de la concentration en ions $Cu^{2+}{}_{(aq)}$.

```
# Listes des valeurs expérimentales temps en min et concentration C en ions Cu2+(aq) en mmolL-1
t=[0,1,2,3,4,5,6,7,8,9,10,11,13,15,16,17,18]
C=[18.0,16.8,15.7,14.7,13.8,12.9,12.1,11.3,10.6,9.9,9.2,8.6,7.6,6.6,6.2,5.8,5.4]

v=[]
t2=[]
i=0
while i<len(t)-1 :
    t2.append(t[i])
    v.append(-(C[i+1]-C[i])/(t[i+1]-t[i]))
    i=i+1
```

***Figure 3.* Extrait du programme rédigé en langage Python**

Une partie du programme non reproduite ci-dessus permet de modéliser les résultats obtenus par une fonction affine.

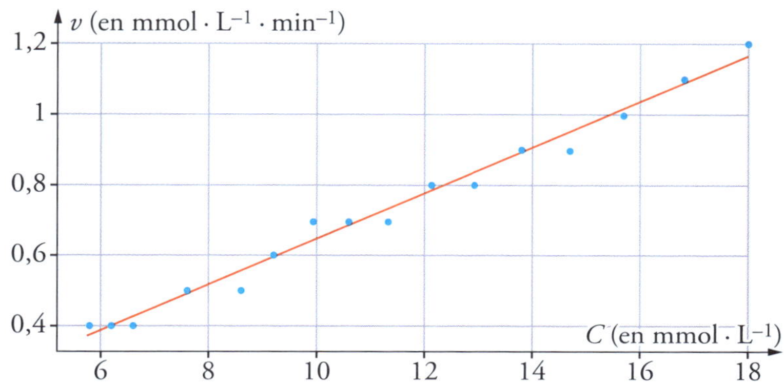

L'équation de la droite affine modélisant le nuage de points est : $v = 0{,}065\ C - 0{,}005$

***Figure 4.* Évolution de la vitesse volumique v de consommation des ions $Cu^{2+}{}_{(aq)}$ en fonction de la concentration C en $Cu^{2+}{}_{(aq)}$ et sa modélisation par une fonction affine**

▶ **4.** Expliquer, en s'appuyant sur l'extrait de programme proposé, pourquoi il calcule des vitesses volumiques de consommation des ions $Cu^{2+}{}_{(aq)}$ aux différentes dates avec une valeur approchée.

▶ **5.** Indiquer si la complexation des ions $Cu^{2+}{}_{(aq)}$ peut être modélisée par une loi d'ordre 1. Justifier.

ÉTAPE 2 Répondre aux questions de la partie 1

5 min

QUESTION 1. Une molécule est dite « naturelle » si elle est extraite du milieu naturel, sans modification notable de sa structure (c'est-à-dire sans transformation chimique).

Il faut ici repérer dans le texte introductif les éléments permettant de répondre, pour la chitine, puis pour le chitosane, et les citer pour justifier.

▶ 1. La chitine est un polymère naturel ; en effet, le texte introductif précise qu'il est « extrait des carapaces des crustacés et autres animaux à coquille ». En revanche, le chitosane est un polymère artificiel car il est obtenu « après divers traitements, notamment avec de la soude », donc notamment après un traitement chimique, par transformation de la chitine.

CONSEIL
Lorsque la justification d'une réponse s'appuie sur des éléments de l'énoncé, il faut les citer et rester bref. Citer de larges passages inutiles dans l'espoir de capter les éléments importants peut être pénalisant.

QUESTION 2. On voit ici que chaque **motif** est relié au suivant par un atome d'oxygène. L'observation des bords de la molécule de chitine nous montre que l'atome d'oxygène appartient au motif qui se trouve à sa droite.

▶ 2.

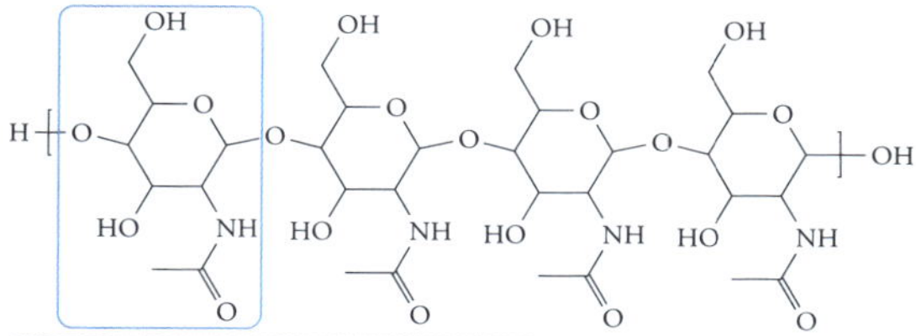

REMARQUE
Le **motif** d'un polymère est la partie élémentaire de la molécule qui se répète de proche en proche.

S'ÉCHAUFFER

ÉTAPE 3 Répondre aux questions de la partie 2

30 min

QUESTION 1. La résolution de cette question est assez complexe, et nécessite un **travail préparatoire au brouillon**.

En chimie, il ne faut pas hésiter, au brouillon, à utiliser le type de formule qui semble le plus approprié pour traiter une question, même si l'énoncé ne le propose pas, ici la forme semi-développée.

- Écriture de l'équation de transformation de la chitine en chitosane en utilisant la forme semi-développée, (en notant « chitin » le motif de la chitine)

$$H - (chitin)_4 - OH + 4\ HO^- \rightarrow H - (chitosan)_4 - OH + 4\ CH_3COO^-$$

Chaque motif de la chitine réagit avec un ion hydroxyde, pour former un motif du chitosane et un ion éthanoate.

- Représentation de la réaction d'un groupe amide avec un ion hydroxyde

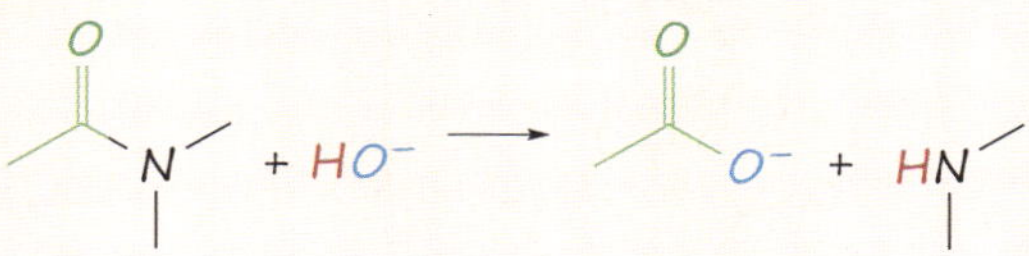

• *Étapes du mécanisme réactionnel de cette réaction*

Rupture de la liaison C–N du groupe amide →

- Formation de la liaison C–O⁻ à partir de l'oxygène de l'ion hydroxyde → = Obtention de l'ion carboxylate
- Formation de la liaison N–H à partir de l'hydrogène de l'ion hydroxyde → = Obtention de l'autre produit

• *Application du même mécanisme réactionnel au groupe amide du motif de la chitine pour obtenir le motif du chitosane*

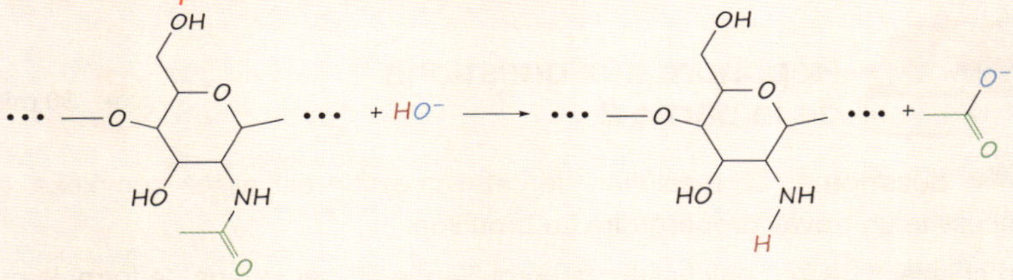

Il vous suffit ensuite de reporter sur la copie le motif du chitosane.

▶ **1.** *Les éléments fournis montrent que la transformation de la chitine en chitosane se fait par rupture des liaisons C–N des groupes amide, et formation, côté azote, d'une liaison avec un simple atome d'hydrogène. La formule topologique d'un motif de chitosane est donc :*

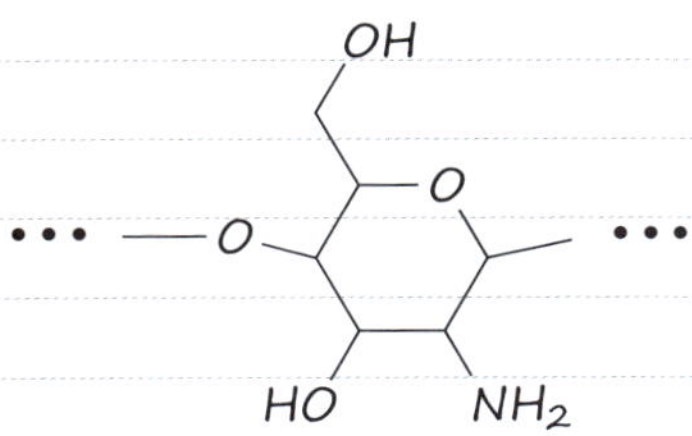

CONSEIL
Même si cela n'est pas explicitement demandé, il est bien d'expliquer très brièvement comment on arrive à la formule indiquée.

QUESTION 2. Le groupe caractéristique formé est $-NH_2$ et il s'agit juste ici de donner le nom de sa famille fonctionnelle.

▶ 2. Le groupe caractéristique ($-NH_2$) formé dans le chitosane appartient à la famille fonctionnelle des amines.

QUESTION 3. Cette question contient deux parties : l'explication de l'intérêt du montage à reflux, puis la légende du schéma.

▶ 3. [L'intérêt d'un montage à reflux est de pouvoir porter un milieu réactionnel à ébullition sans perdre de matière. La vapeur produite par l'ébullition est condensée dans le réfrigérant et retombe par gravité dans le milieu réactionnel.]

[Légende du schéma :
① Sortie d'eau
② Réfrigérant
③ Entrée d'eau froide
④ Ballon
⑤ Chauffe-ballon
⑥ Support élévateur].

QUESTION 4. Cette question contient deux parties : la définition du rendement d'une synthèse, puis son calcul dans le cas du chitosane.

Dans les cas de transformations chimiques impliquant chaque motif d'un polymère, on calcule les quantités en moles de motifs, plutôt qu'en moles de macro-molécules. Cela est particulièrement pratique dans le cas où toutes les macro-molécules n'ont pas exactement le même nombre de motifs.

▶ 4. [Le rendement d'une synthèse est le quotient de la quantité du produit d'intérêt réellement récupérée, sur la quantité pouvant théoriquement être produite compte tenu des réactifs disponibles.]

[On calcule la quantité réelle de motifs de chitosane à partir de la masse récupérée :

$$n_{r\_chitosan} = \frac{m_{chitosan}}{M_{chitosan}} = \frac{4{,}0}{159} = 25 \times 10^{-3} \text{ mol.}$$

La quantité de motifs de chitosane pouvant théoriquement être produite est, compte tenu des coefficients stœchiométriques (1 et 1), égale à la quantité initiale de motifs de chitine :

$$n_{th\_chitosan} = n_{i\_chitin} = \frac{m_{chitin}}{M_{chitin}} = \frac{8,0}{203}$$

$$= 39 \times 10^{-3} \text{ mol.}$$

On obtient un rendement de :

$$r = \frac{n_{r\_chitosan}}{n_{th\_chitosan}} = \frac{25 \times 10^{-3}}{39 \times 10^{-3}} = 0,64 = 64\ \%.]$$

CONSEIL
Même lorsque les coefficients stœchiométriques sont égaux à 1 et n'ont pas d'influence dans le calcul, il est bien de les évoquer, pour montrer que vous ne les avez pas oubliés.

ÉTAPE 4 Répondre aux questions de la partie 3

20 min

QUESTION 1. La couleur d'une solution est celle de la lumière qui peut la traverser, c'est-à-dire la couleur complémentaire de celle des rayonnements qu'elle absorbe.

▶ 1. Le spectre d'absorption de la solution de sulfate de cuivre montre qu'elle absorbe le plus fortement les rayonnements de longueur d'onde supérieure à 700 nm, correspondant à la couleur rouge. Comme elle absorbe le rouge, sa couleur est cyan (couleur complémentaire du rouge).

CONSEIL
Si vous citez une couleur ET sa couleur complémentaire, vérifiez que la réponse est bien univoque et ne peut pas être interprétée « à l'envers ».

QUESTION 2. Une dilution se fait à l'aide d'une fiole jaugée qui n'est pas une verrerie de prélèvement. Pour obtenir précisément 10,0 mL de solution, il faut donc en préparer davantage, puis prélever ce volume à la pipette.

On désire un rapport des concentrations entre la solution mère et la solution fille égal à 5 exactement. On peut donc, par exemple, utiliser une fiole de 50,0 mL, et un volume de solution mère égal à 10,0 mL.

▶ 2. On peut utiliser le protocole suivant :
- Grâce à une pipette jaugée, prélever 10,0 mL de solution mère S.
- Dans une fiole jaugée de 50,0 mL, verser le prélèvement.
- Jusqu'à la moitié de la fiole, ajouter de l'eau distillée, boucher et agiter.
- Compléter avec de l'eau distillée jusqu'au trait de jauge, boucher et agiter à nouveau. La solution fille F1 est prête.
- Pour obtenir un volume précis de solution F1 (10,0 mL par exemple), utiliser à nouveau une pipette jaugée (propre, ou rincée préalablement avec la solution F1).

CONSEIL
Dans la rédaction d'une étape de protocole expérimental, il est préférable de placer les ustensiles ou les compléments importants devant le verbe. Pour l'opérateur, cela limite le risque d'engager son geste sans avoir pris connaissance des éléments importants.

QUESTION 3. La première partie de cette question est une **résolution de problème** pour laquelle vous devez prendre un temps au brouillon afin de réfléchir à la démarche que vous allez adopter. Voici l'une des approches possibles pour traiter cette question.

Enjeu de la question

Déterminer le taux d'avancement final de la complexation des ions cuivre(II) par le chitosane.

Mode de résolution

1. À l'aide des mesures d'absorbance, vérifier que les concentrations étudiées se trouvent bien dans la zone de proportionnalité de la relation concentration ↔ absorbance, et déterminer le coefficient de proportionnalité.
2. Déterminer la concentration en $Cu^{2+}_{(aq)}$ du filtrat.
3. En déduire la proportion d'ions Cu^{2+} ayant réagi.

Il vous suffit alors de **rédiger votre réponse en suivant le plan** de résolution établi au brouillon, sans oublier de conclure ensuite sur l'efficacité de la dépollution, et de proposer une méthode pour l'améliorer.

▶ 3. • Lorsque la concentration n'est pas trop élevée, la loi de Beer-Lambert exprime une proportionnalité entre la concentration de la solution et son absorbance : $\frac{[Cu^{2+}]}{A} = k$.

Les résultats expérimentaux permettent de constater que c'est bien le cas : aux deux extrêmes du tableau, la solution F1 est 10 fois plus concentrée que la solution F6, et son absorbance est bien aussi 10 fois plus forte (à 2 chiffres significatifs).
Pour obtenir k avec une meilleure précision, on peut faire une moyenne sur les six solutions étalons :

$$k = \frac{1}{6} \times \left(\frac{0{,}10}{1{,}13} + \frac{0{,}050}{0{,}58} + \frac{0{,}040}{0{,}44} + \frac{0{,}030}{0{,}34} + \frac{0{,}020}{0{,}23} + \frac{0{,}010}{0{,}11} \right)$$
$$= 0{,}0886 \text{ mol} \cdot \text{L}^{-1}.$$

REMARQUE
Une autre approche possible serait de tracer sur la copie la courbe d'étalonnage (et constater qu'il s'agit d'une droite), puis de l'utiliser pour déterminer graphiquement la concentration du filtrat.

• *On peut maintenant calculer la concentration du filtrat :*
$C_f = k \times A_f = 0{,}0886 \times 0{,}30 = 0{,}027 \text{ mol} \cdot \text{L}^{-1}$.
Cette concentration correspond aux ions $Cu^{2+}{}_{(aq)}$ restants, c'est-à-dire à ceux n'ayant pas réagi, ce qui représente en proportion :
$$\frac{C_f}{C_0} = \frac{0{,}027}{0{,}10} = 0{,}27 = 27\ \%.$$
• *Le taux d'avancement final de la réaction de complexation correspond à la proportion d'ions Cu^{2+} ayant réagi. C'est donc le complément du nombre précédent : $1 - 0{,}27 = 0{,}73 = 73\ \%$.*

ÉTAPE 5 Répondre aux questions de la partie 4

30 min

QUESTION 1. Cette question est la simple **restitution d'une définition** exigible.

▶ *1. La vitesse volumique de consommation des ions $Cu^{2+}{}_{(aq)}$ est l'opposé de la dérivée temporelle de la concentration de ces ions dans la solution :*
$$v_{C,Cu^{2+}} = -\frac{d[Cu^{2+}]}{dt}.$$

QUESTION 2. La valeur de la dérivée de la fonction concentration à la date $t = 10$ min est la pente de la tangente à la courbe pour l'abscisse correspondante. Il faut donc tracer cette tangente sur la figure 2, puis calculer sa pente à partir de deux de ses points suffisamment éloignés l'un de l'autre (car c'est plus précis).

▶ 2.

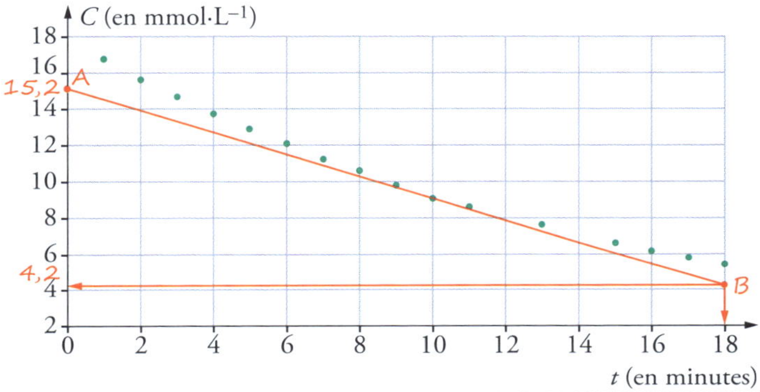

La dérivée temporelle de la concentration est égale à la pente de la tangente à la courbe de la figure 2. Ayant tracé la tangente à la courbe pour le point d'abscisse t = 10 min, on peut déterminer sa pente, par exemple grâce aux coordonnées de ses points A et B aux extrémités du graphe :

$$\frac{\Delta C}{\Delta t} = \frac{C_B - C_A}{t_B - t_A} = \frac{4{,}2 \times 10^{-3} - 15{,}2 \times 10^{-3}}{20 - 0}$$

$$= -0{,}55 \times 10^{-3} \text{ mol} \cdot \text{L}^{-1} \cdot \text{min}^{-1}.$$

CONSEIL
Pour tracer une tangente à une « courbe » en un point lorsqu'on ne dispose que de points expérimentaux, on place la règle sur le point donné, et on ajuste la direction grâce aux deux points voisins.

La vitesse volumique de consommation des ions $Cu^{2+}{}_{(aq)}$ à la date t = 10 min vaut donc : $v_{C,Cu^{2+}} = -\frac{dC}{dt} = 0{,}55 \times 10^{-3} \text{ mol} \cdot \text{L}^{-1} \cdot \text{min}^{-1}$.

QUESTION 3. Il faut suivre trois étapes dans cette question : « décrire », « proposer », puis « justifier ».

▶ 3. [On constate que la courbe de la figure 2 est de moins en moins pentue au cours du temps. La vitesse volumique de réaction des ions $Cu^{2+}{}_{(aq)}$ est donc de plus en plus faible.]
[Le facteur cinétique responsable de ce ralentissement pourrait être la concentration des ions $Cu^{2+}{}_{(aq)}$.]
[En effet, cette concentration est bien de plus en plus faible car les ions $Cu^{2+}{}_{(aq)}$ sont consommés par la réaction au fil du temps.]

REMARQUE
Parmi les trois facteurs cinétiques les plus courants (température, concentration, pression), seule la concentration évolue ici.

QUESTION 4. Pour répondre, il faut repérer la portion de programme qui calcule la **vitesse volumique de consommation** (ici, la ligne 19), expliquer ce qu'elle fait exactement, puis indiquer si c'est bien conforme à la définition.

▶ 4. Le calcul des vitesses volumiques de consommation des ions $Cu^{2+}_{(aq)}$ aux différentes dates est effectué par la ligne 19 du programme, dans la boucle « while » :

```
19    v.append(-(C[i+1] - C[i]) / (t[i+1] - t[i]))
```

CONSEIL
Il ne s'agit pas ici de commenter la totalité du code proposé, mais seulement la partie utile pour répondre à la question.

Il s'agit bien d'un calcul de vitesse volumique de consommation, de forme $-\frac{\Delta C}{\Delta t}$ mais ici $\frac{\Delta C}{\Delta t}$ représente la pente du segment entre le point d'ordre i et le point d'ordre i + 1. Ce segment n'étant pas parallèle à la tangente à la courbe au point d'ordre i, la valeur obtenue est bien une valeur approchée car il y a une erreur systématique due au mode de calcul (voir l'écart de pente figure 2).

Complément porté sur la figure 2 :

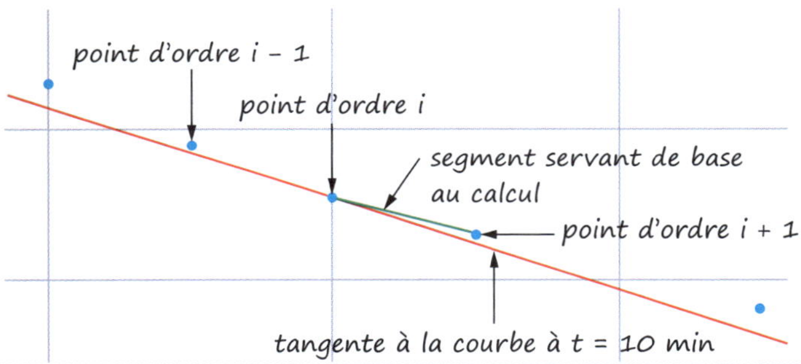

QUESTION 5. En plus de la réponse binaire par « oui » ou « non », il est nécessaire de justifier, notamment en rappelant ce qu'est une **loi d'ordre 1**.

▶ 5. La complexation des ions $Cu^{2+}_{(aq)}$ peut être modélisée par une loi d'ordre 1 s'il y a proportionnalité entre la vitesse de consommation $v_{C,Cu^{2+}}$ des ions $Cu^{2+}_{(aq)}$ et leur concentration C.

On peut voir sur la figure 4 que le nuage de points justifie la modélisation par une droite et que, d'après l'équation fournie par le tableur ($v = 0{,}065 \times C - 0{,}005$), la droite optimale passe quasiment par l'origine. On peut donc considérer que la complexation suit bien une loi d'ordre 1.

Un microaccéléromètre capacitif

ÉTAPE 1 Lire le sujet et surligner les éléments importants

10 min

Un type d'accéléromètre, comportant un micro-capteur capacitif, est utilisé dans des smartphones, des drones ou même dans des prothèses auditives implantées dans l'oreille interne. On peut modéliser certains de ces accéléromètres par une série de condensateurs plans dont les capacités varient en fonction de l'accélération que subit le capteur.

Doc. SparkFun®

Accéléromètre ADXL330

La première partie de l'exercice porte sur l'étude d'un microaccéléromètre capacitif. Dans la seconde partie, un dispositif expérimental capacitif est étudié.

LÉGENDE
données numériques et formules
verbes désignant des actions requises

Données

- Permittivité diélectrique de l'air : $\varepsilon_{air} = 8{,}9 \times 10^{-12}\ F \cdot m^{-1}$.
- La capacité C d'un condensateur plan idéal s'exprime en fonction de l'écart d entre les armatures, de la surface S des armatures en regard et de la permittivité diélectrique ε du milieu situé entre les armatures. Son expression est : $C = \varepsilon \dfrac{S}{d}$.

EN RÉSUMÉ
Cet exercice propose deux applications pratiques de mesures physiques, fondées sur les propriétés des condensateurs.

IE 1. FONCTIONNEMENT UN ACCÉLÉROMÈTRE CAPACITIF

L'accéléromètre capacitif ADXL330 est modélisé par un ensemble de condensateurs plans. Lorsque ce capteur est soumis à une accélération, la géométrie des condensateurs change, ce qui provoque la variation de leurs capacités ; l'accélération est déduite de la valeur de la capacité de l'ensemble à l'aide d'un étalonnage.

EN RÉSUMÉ
Cette partie propose d'étudier un capteur d'accélération, dont le principe repose sur une mesure de la capacité d'un condensateur déformable. Ces capteurs sont couramment utilisés dans les smartphones et les drones.

▶ 1. Un dispositif ultra-miniaturisé

L'accéléromètre étudié est composé d'une partie mobile qui peut se déplacer par rapport au support le long de l'axe de mesure XX′ (voir figure 1). La partie mobile et le support forment deux peignes enchevêtrés l'un dans l'autre. La partie mobile, appelée masse mobile, est reliée au support par deux barres flexibles qui jouent le rôle de ressorts. Les tiges des peignes qui sont en regard les unes des autres constituent les armatures d'un ensemble de condensateurs plans élémentaires. Ce dispositif est extrêmement miniaturisé : sa taille typique est de l'ordre de quelques millimètres et son épaisseur de l'ordre de 1 µm.

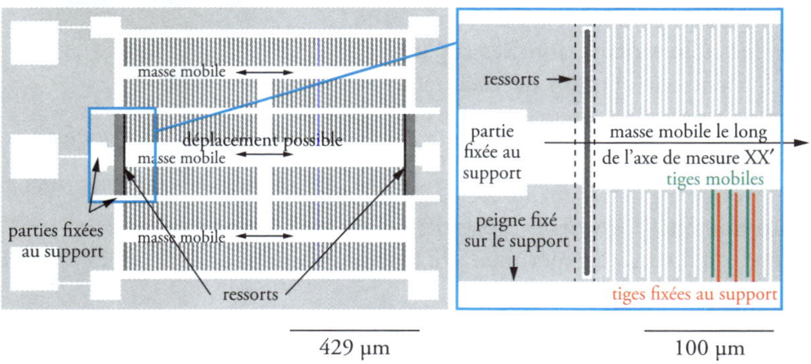

Source : « *A MEMS Capacity Accelerometer middle ear* », M. A. Zurcher.

Figure 1. **Images au microscope électronique de l'accéléromètre ADXL330 (le support apparaît en gris et le dispositif en relief apparaît en blanc)**

Si le support subit une accélération dans le référentiel terrestre, alors la masse mobile se déplace par rapport au support. Les peignes en regard se décalent, faisant varier ainsi les valeurs des capacités des condensateurs élémentaires, comme illustré sur la figure 2.

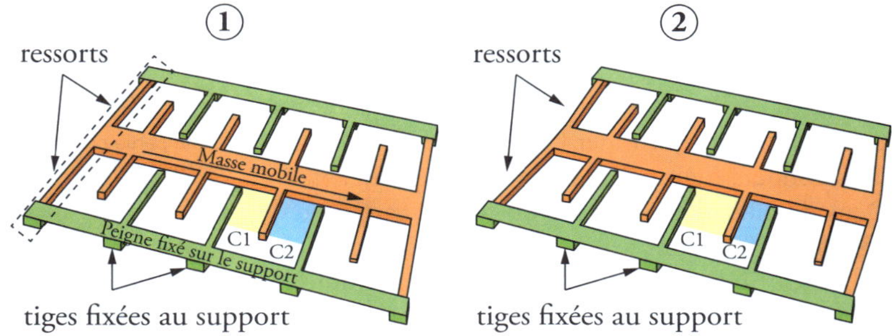

① Support n'étant pas soumis à une accélération : les deux condensateurs élémentaires ont la même capacité $C_1 = C_2 = C_0$.
② Support soumis à une accélération : $C_1 \neq C_2$.

D'après « *How MEMS accelerometer gyroscope magnetometer work* »

***Figure 2.* Modélisation du capteur par une série de condensateurs plans élémentaires**

a) En utilisant les images prises au microscope électronique, évaluer l'ordre de grandeur de la distance entre deux tiges successives du peigne fixé au support.

b) En déduire une estimation de l'ordre de grandeur de la capacité C_0 d'un condensateur élémentaire lorsque le support n'est soumis à aucune accélération, sachant que l'on considère que le milieu situé entre les armatures est l'air et que le condensateur élémentaire est un condensateur plan idéal dont la surface des armatures en regard vaut 65 µm^2. Comparer aux ordres de grandeur des valeurs usuelles de capacités.

c) Dans la configuration du schéma ② de la figure 2, comparer les valeurs des capacités C_1 et C_2. Justifier.

▶ 2. Une mesure d'accélération

La tension électrique de sortie U_S délivrée par l'accéléromètre capacitif est une fonction affine de la valeur de la coordonnée a_x du vecteur accélération du capteur suivant l'axe de mesure XX' : $U_S = U_0 + B \times a_x$.

Pour l'accéléromètre ADXL330, $U_0 = 1{,}50$ V est la tension électrique lorsque le capteur n'est soumis à aucune accélération et $B = 0{,}0306$ V · m^{-1} · s^2 est la sensibilité du capteur. Ce capteur est embarqué dans un drone en mouvement rectiligne horizontal. Le drone accélère le long de l'axe de mesure XX′ du capteur. À l'instant de la mesure, la tension électrique de sortie de l'accéléromètre capacitif est de 2,02 V.

Comparer la valeur de l'accélération du drone à celle de l'accélération moyenne d'une moto qui passe d'une vitesse nulle à une vitesse de 100 km · h^{-1} en 3 s. Commenter.

PARTIE 2. MÉTHODE DE DÉTERMINATION DE L'ÉCART ENTRE LES ARMATURES PAR MESURE DE LA CAPACITÉ

L'objectif de l'expérience suivante est d'illustrer une méthode pour déterminer l'écart entre les armatures d'un condensateur par mesure de sa capacité.
Deux feuilles d'aluminium de forme carrée et de 25 cm de côté sont séparées par un film de polyéthylène (film alimentaire). On réalise le montage électrique ci-après. Les mesures de tensions sont réalisées à l'aide d'un microcontrôleur.

> **EN RÉSUMÉ**
> Cette partie propose une méthode de mesure de l'épaisseur d'un film mince, à l'aide de l'expression de la charge d'un condensateur à travers une résistance.

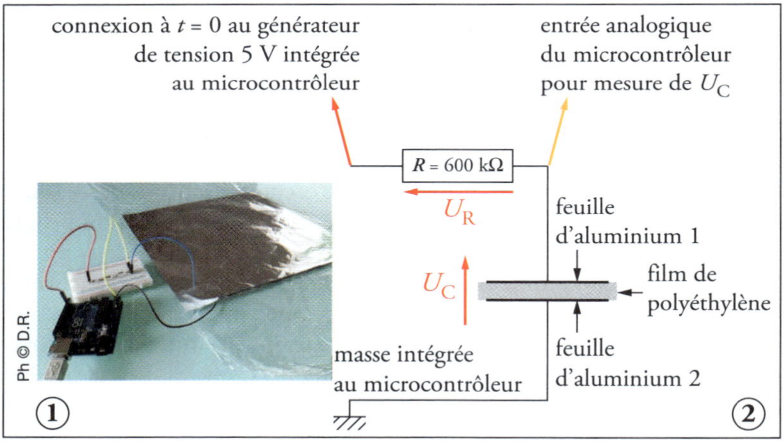

Figure 3. **① Photo du dispositif expérimental**
② Schéma électrique équivalent

Données
- Permittivité diélectrique du polyéthylène $\varepsilon_{PE} = 19 \times 10^{-12}\ \text{F} \cdot \text{m}^{-1}$.
- Épaisseur usuelle d'un film alimentaire en polyéthylène : $10\ \mu\text{m}$.

Modélisation du dispositif par un circuit *RC*
On modélise le dispositif expérimental par un circuit *RC* idéal. Le schéma électrique équivalent du dispositif est représenté ci-contre. Initialement, le condensateur est déchargé. À $t = 0$, l'interrupteur est fermé. Le condensateur commence à se charger.

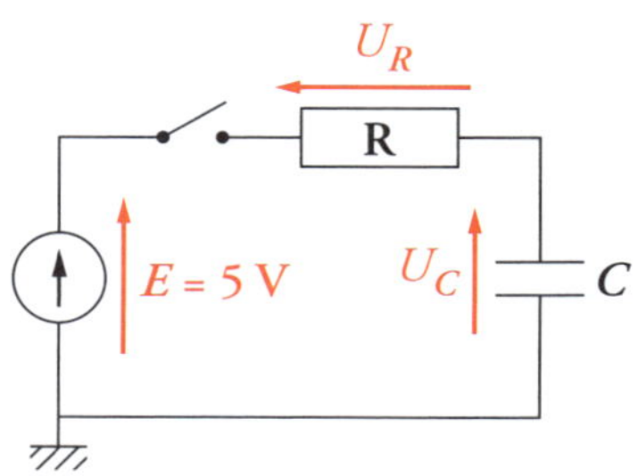

▶ **1.** Indiquer le signe des charges qui s'accumulent sur chaque feuille d'aluminium.

▶ **2.** Établir l'équation différentielle vérifiée par la tension U_C aux bornes du condensateur dans le circuit RC idéal, où C désigne la capacité du condensateur et R la résistance du conducteur ohmique du circuit électrique.

Pour la condition initiale $U_C(t = 0) = 0{,}00$ V, la solution de l'équation différentielle est : $U_C(t) = E \times \left(1 - e^{-\frac{t}{\tau}}\right)$ avec $\tau = RC$.

▶ **3.** Déterminer la valeur limite atteinte par U_C lorsque $t >> \tau$. Commenter.

À l'aide du microcontrôleur, la tension électrique aux bornes des armatures en aluminium U_C est mesurée au cours du temps pour deux valeurs de résistances différentes $R = 600$ kΩ et $R = 300$ kΩ. Ses évolutions au cours du temps sont représentées ci-dessous.

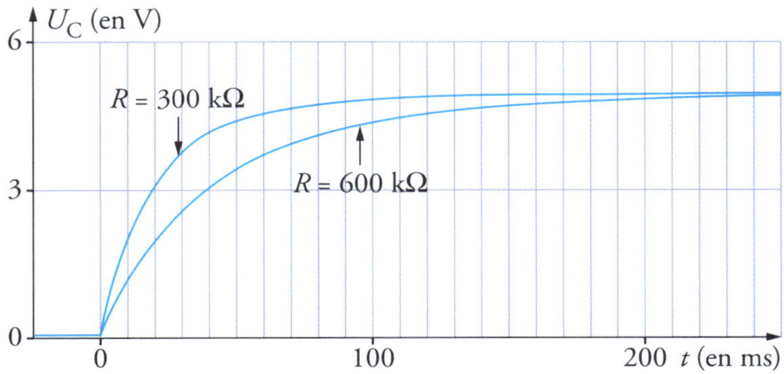

***Figure 4.* Évolutions de la tension électrique U_C au cours du temps mesurée par le microcontrôleur pour deux valeurs de résistances R**

▶ **4.** Expliquer qualitativement comment il est possible de déterminer l'écart entre les feuilles d'aluminium à partir de ces résultats.

ÉTAPE 2

Répondre aux questions de la partie 1

20 min

QUESTION 1. a) La principale difficulté de cette première question est de bien comprendre **de quoi on parle**, et **où regarder** pour obtenir l'information demandée.

En utilisant les images prises au microscope électronique,

Il faut utiliser la figure 1.

évaluer l'ordre de grandeur

Une évaluation visuelle est suffisante.

de la distance entre deux tiges successives du peigne fixé au support.

Une fois localisées les tiges fixées au support, il suffit de mettre en rapport la distance entre ces tiges et l'échelle de la photo, indiquée juste au-dessous.

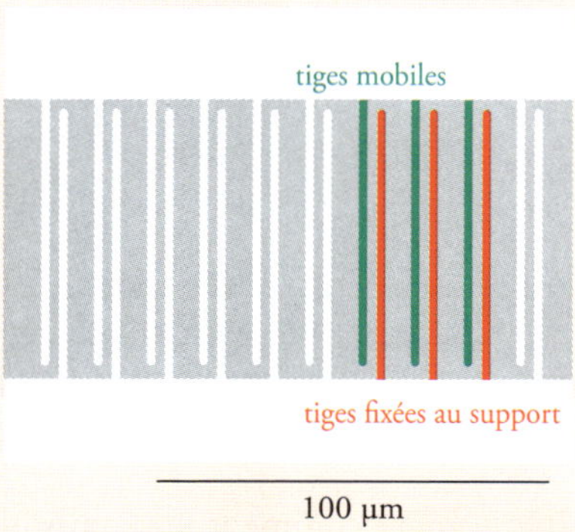

Rédigez ensuite votre réponse.

▶ 1. a) Sur la partie agrandie de la figure 1, au-dessus du trait d'échelle « 100 µm », on peut voir 8 tiges fixées au support, ce qui correspond environ à 7 fois la distance recherchée (en négligeant l'épaisseur des tiges).

$$d_0 \approx \frac{100 \times 10^{-6}}{7} = 14 \times 10^{-6}\ \text{m}$$

L'ordre de grandeur de cette distance est donc la dizaine de micromètres.

CONSEIL
• Pour mesurer le pas d'un motif répétitif, on prend en compte plusieurs intervalles au lieu d'un seul, car cela permet de diminuer l'incertitude relative.
• Le nombre d'intervalles est alors plus petit d'une unité que le nombre de motifs. Ici, il y a 8 tiges, mais seulement 7 intervalles.

QUESTION 1. b) Comme le révèle le repérage effectué lors de la lecture de l'énoncé, cette question comprend **deux parties** : une application numérique de l'expression de la capacité d'un condensateur plan, puis une comparaison avec les valeurs usuelles de capacité. Il faut donc que votre réponse contienne aussi deux parties.

▶ 1. b) [$C_0 = \varepsilon_{air} \frac{S}{d_0} = 8{,}9 \times 10^{-12}\ \frac{65 \times 10^{-12}}{14 \times 10^{-6}}$

$= 41 \times 10^{-18}$ F.]

[Les valeurs usuelles de capacités les plus faibles utilisées en électronique sont de quelques pF (10^{-12} F), soit 5 ordres de grandeur plus grandes que la valeur obtenue ici, qui est donc une valeur extrêmement faible.]

ATTENTION
Lorsqu'une unité précédée d'un préfixe multiplicateur est élevée au carré ou à une autre puissance, ce préfixe est également concerné par la puissance.
Ici, 65 µm² est donc égal à $65 \times (10^{-6}\ \text{m})^2$, soit $65 \times 10^{-12}\ \text{m}^2$.

QUESTION 1. c) Sur le schéma indiqué, on voit très bien que la distance d n'est plus la même pour les capacités C_1 et C_2. Mais ce schéma ne contient pas d'éléments d'échelle qui permettrait d'accéder aux valeurs numériques d_1 et d_2, puis de calculer C_1 et C_2 ; il est donc seulement question ici d'une comparaison qualitative, qui devra être justifiée, comme demandé.

▶ 1. c) [$C_1 < C_2$], [puisque $d_1 > d_2$, et que la capacité C d'un condensateur est inversement proportionnelle à la distance d entre ses armatures, selon l'expression $C = \varepsilon \frac{S}{d}$].

QUESTION 2. Bien que la question ne le demande pas explicitement, il est ici nécessaire de **calculer**, dans un premier temps, les **deux valeurs d'accélération** à comparer. L'accélération du drone est obtenue par le capteur, dont la relation de conversion est fournie. L'accélération moyenne de la moto peut être calculée à partir des données de la question. Dans un second temps, on peut procéder à la comparaison et commenter le résultat.

▶ 2. • Calcul de l'accélération du drone

$$U_S = U_0 + B \times a_x$$

$$\Leftrightarrow a_x = \frac{U_s - U_0}{B} = \frac{2{,}02 - 1{,}50}{0{,}0306} = 17{,}0 \text{ m} \cdot \text{s}^{-2}$$

• Calcul de l'accélération moyenne de la moto

$$a_M = \frac{\Delta v_M}{\Delta t} = \frac{100 \times \left(\frac{1\,000}{3\,600}\right) - 0}{3} = 9{,}26 \text{ m} \cdot \text{s}^{-2}$$

• Bilan

$a_x > a_M$. On constate que l'accélération du drone est très nettement supérieure à celle de la moto (près du double).

ATTENTION
Lorsqu'une vitesse est exprimée en km · m^{-1}, il faut faire une conversion d'unités en m · s^{-1}. Faites bien apparaître clairement cette conversion dans le calcul avec les valeurs numériques. C'est ici le rôle de la fraction $\left(\frac{1\,000}{3\,600}\right)$.

ÉTAPE 3 Répondre aux questions de la partie 2

20 min

QUESTION 1. L'observation de la figure 3② permet de voir à quel potentiel électrique chaque feuille est reliée, et d'en déduire le signe de la tension U_C et le signe des charges sur chaque armature.

▶ 1. D'après la figure 3②, des charges positives vont s'accumuler sur la feuille 1, et des charges négatives sur la feuille 2.
Cela est ainsi car la feuille 1 est reliée, par l'intermédiaire de la résistance R, au potentiel le plus élevé (5 V), et la feuille 2 au potentiel le plus faible (masse = 0 V) ; la tension U_C est donc positive.

ATTENTION
La répartition des charges sur les deux armatures d'un condensateur est toujours symétrique (les valeurs des deux charges sont toujours opposées).
Ici, bien que reliée à un potentiel nul, la feuille 2 porte tout de même des charges.

QUESTION 2. On demande ici la restitution du calcul littéral conduisant à l'**équation différentielle** vérifiée par U_C. Ce calcul est un exigible du programme de spécialité, ainsi que la **résolution de l'équation différentielle** qui, elle, en revanche, n'est pas demandée ici (voir fiche mémo 11 « Étudier la dynamique d'un système électrique »).

▶ 2. Nommons i l'intensité du courant dans le circuit, et nommons q la charge du condensateur (i et q sont des grandeurs variables, fonctions du temps, ainsi que U_R et U_C).

$$q = C \times U_C$$

$$i = \frac{dq}{dt} = C \times \frac{dU_C}{dt}$$

Par ailleurs, la loi d'Ohm s'écrit : $U_R = R \times i$.

Enfin, la loi des mailles s'écrit : $U_R + U_C = E$

donc $R \times i + U_C = E$.

Ainsi : $RC \times \frac{dU_C}{dt} + Uc = E$.

La fonction $U_C(t)$ est donc solution d'une équation différentielle du premier ordre avec un second membre constant.

CONSEIL

Lorsqu'un calcul concerne des grandeurs variables dans le temps (par exemple ici, $i(t)$, $q(t)$, $U_R(t)$ et $U_C(t)$), pour simplifier la notation, on peut ne pas faire apparaître l'argument « (t) », mais il faut garder à l'esprit que ce sont bien des fonctions du temps.

QUESTION 3. Cette question contient deux parties :

– l'obtention de la valeur limite, par raisonnement mathématique à partir de la solution de l'équation différentielle de la question précédente (donnée) ;

– puis le commentaire du résultat.

▶ 3. [Quand $t \to \infty, -\frac{t}{\tau} \to -\infty,\ e^{-\frac{t}{\tau}} \to 0$, $\left(1 - e^{-\frac{t}{\tau}}\right) \to 1$, et donc $U_C(t) \to E$.]

[Au bout d'un temps suffisamment long au regard de la constante de temps $\tau = RC$, la tension aux bornes du condensateur devient quasiment égale à celle du générateur. Le condensateur peut alors être considéré comme complètement chargé].

QUESTION 4. Aucun calcul numérique n'est demandé dans cette question, mais seulement le **cheminement qui permettrait d'obtenir l'écart *d*** entre les feuilles d'aluminium, à partir de « ces résultats », c'est-à-dire à partir de la courbe fournie (c'est tout ce qu'on a). Il faut donc trouver un lien entre *d* et ce qu'on peut lire sur la courbe. Or la courbe permet d'obtenir facilement la constante de temps τ, qui permet de remonter à la valeur de la capacité *C*, puis à *d*.

▶ 4. On peut utiliser ces résultats pour déterminer l'écart entre les feuilles :

• en utilisant la courbe pour déterminer la constante de temps $\tau = RC$, abscisse de l'intersection de la tangente à la courbe en $t = 0$, et de l'asymptote d'ordonnée E ;

Ou

• en utilisant la courbe pour déterminer la constante de temps $\tau = RC$ (voir schéma ci-dessous).

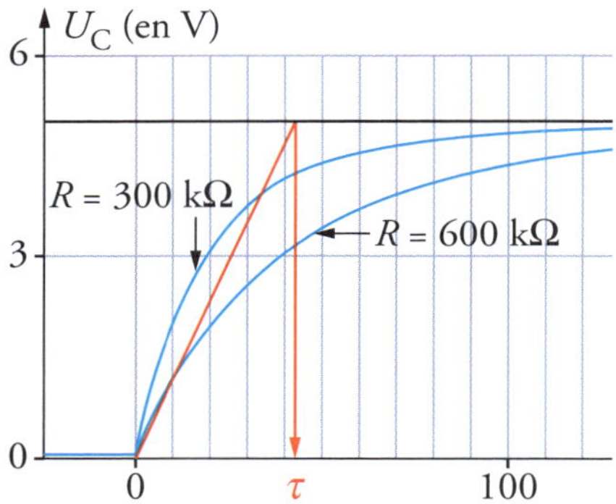

– on calcule $C = \frac{\tau}{R}$;

– on calcule d à l'aide de la relation :

$$C = \varepsilon \frac{S}{d} \Leftrightarrow d = \varepsilon \frac{S}{C}.$$

CONSEIL
Quand vous voulez vous servir d'un schéma de l'énoncé pour expliquer une notion, n'hésitez pas à le reproduire sur la copie (il est en revanche déconseillé de découper l'énoncé pour faire un collage, car cela pourrait causer un problème de bourrage lors de la numérisation de votre copie par une machine automatique).

Observer les cratères lunaires Messier

50 min
5 points

ÉTAPE 1 Lire le sujet et surligner les éléments importants

10 min

Messier et Messier A sont deux cratères lunaires relativement récents localisés dans la mer de la Fécondité. Ces cratères sont proches l'un de l'autre et ont une forme allongée et une taille similaire. Messier et Messier A ont été photographiés par la mission Apollo 11 en 1969.

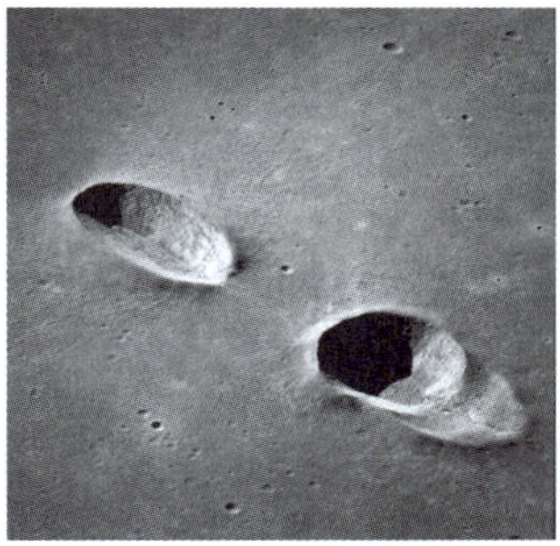
Ph © NASA

L'objectif de cet exercice consiste à déterminer la caractéristique d'un oculaire d'une lunette astronomique permettant d'observer ces cratères depuis la Terre.

EN RÉSUMÉ
Cet exercice propose, grâce à une construction géométrique, de rappeler le principe de fonctionnement de la lunette astronomique, puis de choisir l'oculaire approprié pour l'observation d'un objet céleste donné.

Données

- Distance Terre – Lune : $D = 3{,}84 \times 10^5$ km.
- Largeur du cratère Messier : $d = 11{,}0$ km.
- Fiche technique d'une lunette astronomique d'amateur :

Distance focale de l'objectif	300 mm
Diamètre de l'objectif	70 mm
Masse de la lunette	1,95 kg
Hauteur réglable du trépied	65 à 114 cm
Distance focale des oculaires fournis	35 mm, 20 mm et 10 mm

LÉGENDE
données numériques
verbes désignant des actions requises

• Pouvoir séparateur de l'œil : angle minimal ε sous lequel deux points lumineux A et B peuvent être vus séparément.
Pour l'œil humain, $\varepsilon = 3{,}0 \times 10^{-4}$ rad. A et B ne peuvent donc pas être distingués à l'œil nu sous un angle inférieur à ε.

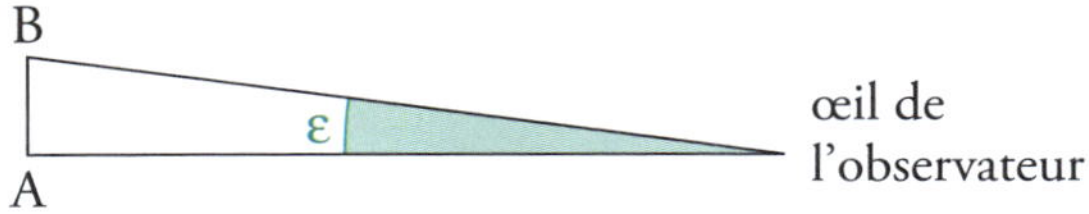

PARTIE 1. ÉTUDE DE LA LUNETTE ASTRONOMIQUE

Dans le commerce, on trouve des lunettes astronomiques compactes pour astronomes amateurs débutants. Leurs dimensions permettent de les transporter facilement vers des zones où la pollution lumineuse est faible pour faciliter l'observation du ciel nocturne.

EN RÉSUMÉ
Cette partie reprend la description de la lunette astronomique, la construction géométrique des rayons lumineux qui la traversent, et les propriétés optiques qui en découlent.

▶ **1.** Expliquer pourquoi la lunette décrite ci-dessus est commercialisée comme une lunette « 70 / 300 ».

▶ **2.** La lunette est modélisée par l'association de deux lentilles minces convergentes. Le foyer image F'_{obj} de l'objectif coïncide avec le foyer objet de l'oculaire F_{ocu}.
Compléter le graphique ci-dessous, en indiquant la marche du rayon lumineux issu du point B_∞ considéré à l'infini au travers de la lunette afocale. Mettre en évidence l'image intermédiaire A_1B_1 ainsi que l'angle sous lequel est vue l'image A′B′ de $A_\infty B_\infty$ à travers la lunette.

▶ **3.** Après avoir défini le terme « afocal », expliquer l'intérêt de disposer d'une lunette afocale.

▶ **4.** On suppose que, pour les petits angles exprimés en radian, $\tan\theta \approx \theta$.
Définir le grossissement de la lunette. Montrer, à partir du graphique ci-dessus, que le grossissement de la lunette a pour expression :

$$G = \frac{f'_{obj}}{f'_{ocu}}$$

où f'_{obj} et f'_{ocu} désignent respectivement les distances focales des lentilles de l'objectif et de l'oculaire.

PARTIE 2. OBSERVATION DU CRATÈRE LUNAIRE MESSIER

▶ **1.** Montrer que l'angle θ sous lequel est vu le cratère Messier depuis la Terre a, sous certaines hypothèses à préciser à l'aide d'un schéma, pour valeur : $\theta = 2{,}86 \times 10^{-5}$ rad.

▶ **2.** L'observation du cratère lunaire Messier est-elle possible à l'œil nu ?

▶ **3.** Dans ces conditions, calculer la taille de l'image intermédiaire A_1B_1 du cratère Messier à travers l'objectif de la lunette.

EN RÉSUMÉ
Cette partie propose une application numérique de ce qui précède, en utilisant l'exemple du cratère Messier, puis aborde la question du choix de l'oculaire approprié pour observer cet objet.

▶ **4.** Déterminer le ou les oculaire(s), parmi les trois mentionnés dans les données, qu'un astronome amateur doit utiliser pour pouvoir espérer observer le cratère Messier.

Dans cette question, le candidat est invité à prendre des initiatives et à présenter la démarche suivie, même si elle n'a pas abouti. La démarche est évaluée et nécessite d'être correctement présentée.

ÉTAPE 2 Répondre aux questions de la partie 1

22 min

QUESTION 1. La toute première question d'un sujet est souvent une question de « mise en bouche », sans réelle difficulté. Il faut simplement ici **mettre en relation les indications** de la question avec les données numériques disponibles, et l'**expliquer** par une phrase.

▶ 1. L'indication « 70 / 300 » décrit l'objectif de la lunette ; le premier nombre désigne son diamètre, et le second sa distance focale, tous deux exprimés en millimètres.

QUESTION 2. La tâche principale de cette question consiste à **construire le trajet du rayon issu de B_∞**, dont le début est ébauché sur le document.

Il ne faut pas oublier de faire figurer également **l'image intermédiaire et l'angle θ′** sous lequel est vue l'image.

▶ 2. Le rayon lumineux issu du point B_∞ passe par le centre optique de l'objectif, et n'est donc pas dévié par ce dernier : il poursuit sa course en ligne droite jusqu'à l'oculaire.
L'objet $A_\infty B_\infty$ étant à l'infini, son image intermédiaire A_1B_1 est située dans le plan focal image de l'objectif. Ainsi, A_1 est confondu avec F'_{obj}, et B_1 se trouve à l'intersection du rayon lumineux précédent et de la perpendiculaire à l'axe optique passant par F'_{obj}.
Au-delà de l'oculaire, le rayon lumineux poursuit son chemin selon une direction parallèle à la droite passant par B_1 et par le centre optique de l'oculaire.
L'angle θ′ sous lequel est vue l'image A′B′ est l'angle que forme cette direction avec l'axe optique.

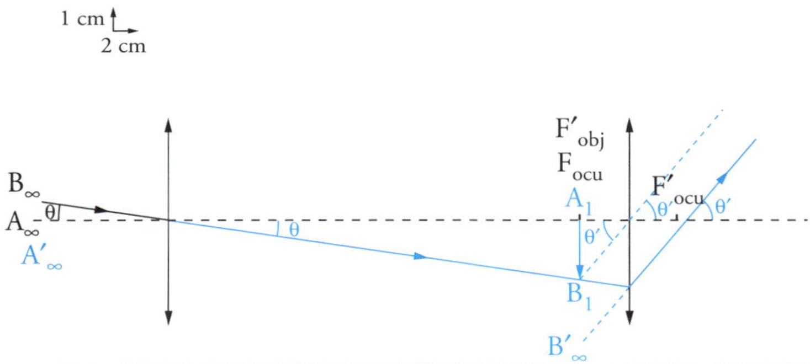

CONSEIL
- L'angle θ′ est indiqué plusieurs fois sur le schéma, pour bien montrer le parallélisme. De plus, il intervient à la question 4 de la partie 1.
- Le rayon lumineux construit *ne passe pas* par le point F'_{ocu} ; le schéma ne doit donc présenter aucune ambiguïté de ce point de vue.

QUESTION 3. Comme le révèle le repérage effectué lors de la lecture de l'énoncé, cette question comprend **deux parties** : une définition et une explication de l'intérêt de la lunette afocale. Il faut donc que votre réponse contienne aussi deux parties.

▶ 3. [L'adjectif « afocal » qualifie un système optique qui se comporte comme s'il n'avait pas de foyer : lorsque des rayons lumineux parallèles entrent dans un système afocal, ils en ressortent également parallèles. Cela signifie que, d'un objet à l'infini, ce système donne une image située également à l'infini.
Dans le cas de la lunette astronomique, cette propriété est obtenue en faisant coïncider le foyer image de l'objectif F'_{obj} avec le foyer objet de l'oculaire F_{ocu}.]
[L'intérêt d'une lunette afocale est de donner une image située à l'infini. Ainsi, elle évite à l'observateur de devoir accommoder pour observer cette image, et lui épargne donc la fatigue oculaire correspondante.]

CONSEIL
Dans la définition d'« afocal », il est bien de préciser également comment cette propriété est obtenue dans le cas de la lunette astronomique.

QUESTION 4. La question comprend **deux parties** : une définition et une démonstration. Pour cette dernière, le sujet précise « à partir du graphique ». Il faut donc exploiter le schéma tracé à la question **2**, et éventuellement le compléter par les éléments nécessaires à la démonstration, notamment les angles θ et θ′.

▶ 4. [On appelle grossissement de la lunette le rapport des diamètres apparents de l'image observée à travers la lunette (θ′), et de l'objet observé à l'œil nu (θ).

$$G = \frac{\theta'}{\theta}.]$$

[Les angles sont petits, donc :

$$\theta \approx \tan\theta = \frac{A_1B_1}{O_{obj}A_1} = \frac{A_1B_1}{f'_{obj}} \text{ et}$$

$$\theta' \approx \tan\theta' = \frac{A_1B_1}{O_{ocu}A_1} = \frac{A_1B_1}{f'_{ocu}}.$$

Ainsi, on a bien : $G = \dfrac{\theta'}{\theta} = \dfrac{\dfrac{A_1B_1}{f'_{ocu}}}{\dfrac{A_1B_1}{f'_{obj}}} = \dfrac{f'_{obj}}{f'_{ocu}}.$]

ATTENTION
Sur le schéma tracé à la question **2**, les angles θ et θ′ ne paraissent pas « petits », car ils sont volontairement dessinés bien plus grands que dans la réalité, pour la lisibilité de la figure. Il ne faut cependant pas hésiter à appliquer l'approximation des petits angles.

ÉTAPE 3 Répondre aux questions de la partie 2

18 min

QUESTION 1. La question demande un schéma explicatif, afin de préciser les hypothèses faites et de visualiser l'angle θ ; on peut **s'inspirer du schéma** se trouvant en première page de l'énoncé.

On procède ensuite au calcul de l'angle θ en s'appuyant sur ce schéma.

▶ 1.

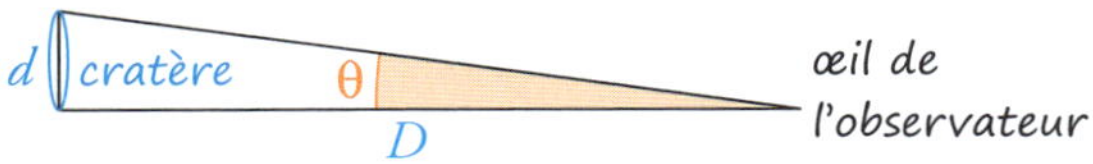

On suppose que la plus grande dimension d du cratère est perpendiculaire à la direction d'observation.

$$\theta \approx \tan\theta = \frac{d}{D} = \frac{11,0}{3,84 \times 10^{5}}$$
$$= 2,86 \times 10^{-5} \text{ rad.}$$

> **REMARQUE**
> Vu de la Terre, le cratère Messier n'apparaît pas au centre du disque lunaire, et n'est donc pas vu « de face », mais plutôt « de trois quarts », ce qui raccourcit plus ou moins ses dimensions apparentes. Toutefois, la dimension perpendiculaire à l'axe de visée n'est pas altérée.

QUESTION 2. Pour répondre à la question, il suffit de comparer l'angle θ au pouvoir séparateur de l'œil ε.

▶ 2. *On constate que $\theta < \varepsilon$: le diamètre apparent du cratère est inférieur au pouvoir séparateur de l'œil. L'observation n'est donc pas possible à l'œil nu.*

QUESTION 3. On utilise la relation entre la taille de l'image intermédiaire et l'angle θ.

▶ 3. *La taille de l'image intermédiaire A_1B_1 peut être calculée à l'aide de l'angle θ : $\theta \approx \tan\theta = \frac{A_1B_1}{f'_{obj}}$.*

Ainsi, $A_1B_1 \approx \theta \times f'_{obj}$

$= 2,86 \times 10^{-5} \times 300 \times 10^{-3}$

$= 2,86 \times 10^{-5}$ rad.

La taille de l'image intermédiaire est donc $A_1B_1 = 8,58\ \mu m$.

> **REMARQUE**
> Cette valeur est très petite, trop petite pour être observée directement. La fonction de l'oculaire est alors d'agir comme une loupe pour rendre l'image observable.

QUESTION 4. Cette question est une **résolution de problème** pour laquelle vous devez prendre un temps au brouillon afin de réfléchir à la démarche que vous allez adopter. Voici l'une des approches possibles pour traiter cette question.

Enjeu de la question

Comparer les trois oculaires et déterminer le(s)quel(s) permet(tent) d'observer le cratère Messier.

Mode de résolution

1. *À l'aide de θ et de ε, calculer le grossissement minimal nécessaire pour pouvoir espérer observer le cratère Messier.*
2. *Calculer les grossissements procurés par les trois oculaires fournis.*
3. *Comparer chacun d'eux au grossissement minimal pour établir la conclusion.*

Il vous suffit ensuite de **rédiger votre réponse** en suivant le plan de résolution établi au brouillon.

▶ 4. *Pour espérer observer le cratère Messier à travers la lunette, l'angle θ' sous lequel est vue l'image doit être supérieur ou égal au pouvoir séparateur de l'œil ε :*

$\theta' \geqslant \varepsilon$.

Le grossissement minimal en découle :

$$\frac{\theta'}{\theta} \geqslant \frac{\varepsilon}{\theta} \text{ donc } G \geqslant \frac{3{,}0 \times 10^{-4}}{2{,}86 \times 10^{-5}} = 10.$$

Avec les oculaires de 35 mm, 20 mm et 10 mm, les grossissements obtenus sont respectivement :

$$G_{35} = \frac{f'_{obj}}{f'_{ocu}} = \frac{300}{35} = 8{,}6$$

$$G_{20} = \frac{300}{20} = 15$$

$$G_{10} = \frac{300}{10} = 30$$

Donc, seuls les oculaires de 20 mm et 10 mm conviennent. En revanche, l'oculaire de 35 mm procure un grossissement insuffisant.

CONSEIL

Pour traiter correctement une question de type « résolution de problème », l'étape la plus importante est de reformuler la question par une expression mathématique et/ou logique. Il reste ensuite à résoudre l'expression obtenue à l'aide des éléments établis dans les questions précédentes et des connaissances de cours.

S'entraîner sur chaque thème du programme

Constitution et transformation de la matière

Capture géologique du dioxyde de carbone

40 min
4 points

INTÉRÊT DU SUJET • La production excessive de CO_2 est l'un des problèmes majeurs de l'ère industrielle et moderne. Il est impératif de savoir « recycler » le CO_2 que nous produisons et de diminuer sa présence dans l'atmosphère pour espérer maîtriser l'évolution du climat terrestre.

Les scientifiques ont établi le lien entre l'augmentation de la teneur en dioxyde de carbone dans l'atmosphère et l'augmentation de la température terrestre moyenne.
Le procédé CarbFix, développé en Islande, permet de piéger dans des roches souterraines du dioxyde de carbone produit par les activités humaines.

DOCUMENT **Principe du procédé CarbFix**

Le dioxyde de carbone $CO_{2(g)}$ est dissous sous pression dans de l'eau. La solution obtenue est injectée dans des roches basaltiques entre 400 et 500 mètres de profondeur. Le contact entre la solution et les roches entraîne une dissolution partielle des roches basaltiques libérant des ions $Mg^{2+}{}_{(aq)}$ et $Ca^{2+}{}_{(aq)}$, ainsi que la formation d'ions hydrogénocarbonate $HCO_3^-{}_{(aq)}$ et d'ions carbonate $CO_3^{2-}{}_{(aq)}$. Ces ions réagissent alors entre eux pour former du carbonate de calcium $CaCO_{3(s)}$ ou de magnésium $MgCO_{3(s)}$. Le dioxyde de carbone est ainsi capturé sous forme de carbonates sous terre.

Le but de cet exercice est d'étudier quelques aspects du procédé Carbfix.

Données

• Couples acide-base des espèces chimiques liées au dioxyde de carbone aqueux :
– couple 1 : $H_2CO_{3(aq)}$ / $HCO_3^-{}_{(aq)}$ avec $pK_{A1} = 6{,}4$ à 25 °C,
– couple 2 : $HCO_3^-{}_{(aq)}$ / $CO_3^{2-}{}_{(aq)}$ avec $pK_{A2} = 10{,}3$ à 25 °C.

• Masses molaires moléculaires : $M(CO_2) = 44\ g \cdot mol^{-1}$; $M(H_2O) = 18\ g \cdot mol^{-1}$;
• Concentration standard : $c^0 = 1{,}00\ mol \cdot L^{-1}$.
• Masse volumique de l'eau : $\rho(H_2O) = 1\ 000\ g \cdot L^{-1}$.
• Couleur de solutions comportant quelques gouttes d'un indicateur coloré universel, mélange d'indicateurs colorés, en fonction du pH de ces solutions.

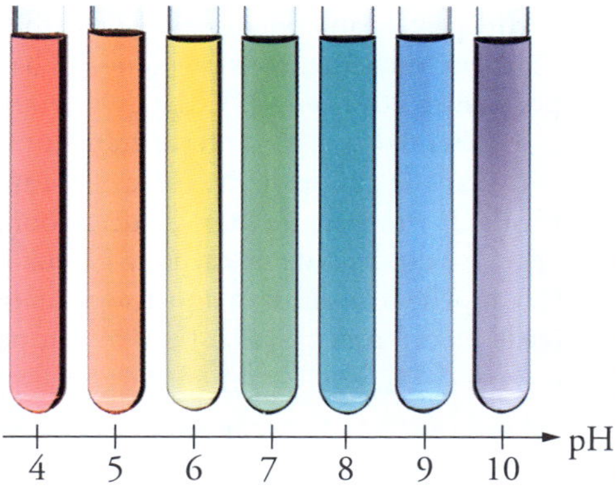

Ph © Turtle Rock Scientific / Science Source / Science Photo Library

D'après culturesciences.chimie.ens.fr

On propose, dans un premier temps, de mettre en évidence l'acidité de la solution de dioxyde de carbone grâce à l'expérience suivante : dans un bécher de 100 mL, on place 50 mL d'eau distillée et quelques gouttes d'indicateur universel. À l'aide d'une paille, un expérimentateur souffle dans l'eau distillée pendant quelques minutes de manière à faire buller l'air expiré dans l'eau distillée. Le résultat de cette expérience est présenté sur les photos ci-dessous.

Ph © Giphotostock / Science Photo Library

Ph © Turtle Rock Scientific / Science Source / Science Photo Library

Avant expiration de l'air **Après expiration de l'air**

▶ **1.** Expliquer en quoi cette expérience permet de mettre en évidence le caractère acide de la solution aqueuse de dioxyde de carbone. *(0,5 point)*

Le dioxyde de carbone dissous réagit avec l'eau pour former de l'acide carbonique $H_2CO_{3(aq)}$. Cette transformation peut être modélisée par l'équation :

$$CO_{2(aq)} + H_2O_{(\ell)} \rightarrow H_2CO_{3(aq)}$$

▶ **2.** Indiquer, en justifiant, si l'espèce chimique H_2CO_3 est un acide ou une base de Brönsted. *(0,25 point)*

Dans le procédé CarbFix, de l'eau et du dioxyde de carbone gazeux sont injectés dans la cavité rocheuse, sous pression (25 bar) et à une température comprise entre 20 °C et 30 °C. Le débit en masse d'une grandeur physique représente la masse de cette grandeur injectée dans la cavité par seconde. Dans ce cas, le débit en masse d'eau liquide est de 1 800 $g \cdot s^{-1}$ et le débit en masse de dioxyde de carbone gazeux est de 70 $g \cdot s^{-1}$. L'intégralité du dioxyde de carbone gazeux injecté est dissoute dans l'eau. On appelle S la solution aqueuse obtenue. On suppose que l'ajout de dioxyde de carbone gazeux à l'eau ne fait pas varier le volume de liquide.

▶ **3.** Montrer que la solution S présente une concentration en quantité de matière apportée d'acide carbonique $H_2CO_{3(aq)}$ de valeur $C_S = 0{,}88 \text{ mol} \cdot L^{-1}$. *(0,5 point)*

On cherche à déterminer la valeur du pH de la solution S_0. On modélise l'évolution du système par la réaction entre l'acide carbonique et l'eau, l'acide carbonique étant un acide faible. On établit le tableau d'avancement suivant, dont les grandeurs sont exprimées en $mol \cdot L^{-1}$. L'avancement final de la réaction (équilibre chimique) est noté $x_{éq}$ (en $mol \cdot L^{-1}$).

Réaction chimique	$H_2CO_{3(aq)}$ +	$H_2O_{(\ell)}$	$\rightarrow HCO_3^-{}_{(aq)}$ +	$H_3O^+{}_{(aq)}$
État initial	C_S	Solvant	0	négligeable
État final : équilibre chimique				$x_{éq}$

▶ **4.** Reproduire le tableau d'avancement et compléter la ligne correspondant à l'état final avec des expressions littérales. *(0,5 point)*

▶ **5.** En déduire, à l'équilibre, la relation entre la constante d'acidité K_{A1} du couple $H_2CO_{3(aq)}$ / $HCO_3^-{}_{(aq)}$, $x_{éq}$, C_S et c^0. On exprimera la relation sous la forme d'une équation de degré 2 : $ax_{éq}{}^2 + bx_{éq} + c = 0$ où a, b et c sont des constantes à exprimer notamment en fonction de K_{A1}, C_S et c^0. *(0,75 point)*

La résolution numérique de cette équation de degré 2 conduit à deux solutions : $x_{éq1} = 0{,}000591$ et $x_{éq2} = -0{,}000592$.

▶ **6.** En déduire la composition de la solution S à l'équilibre, puis calculer la valeur du pH de la solution S_0 à l'équilibre chimique. Commenter. *(0,75 point)*

Une expérimentation du procédé CarbFix a été réalisée en situation réelle. Des mesures du pH des eaux souterraines (initialement à pH = 9) ainsi que la concentration en carbone inorganique dissous (DIC) ont été réalisées pendant 550 jours. Le DIC prend en compte l'ensemble des espèces carbonées inorganiques : $H_2CO_{3(aq)}$, $HCO_3^-{}_{(aq)}$ et $CO_3^{2-}{}_{(aq)}$.
Les résultats sont représentés sur la figure. Les zones grisées représentent les phases d'injection de dioxyde de carbone : 175 tonnes de dioxyde de carbone ont été injectées lors de la phase 1 (entre janvier et mars 2012) puis 55 tonnes ont été injectées lors de la phase 2 (entre juin et août 2012).

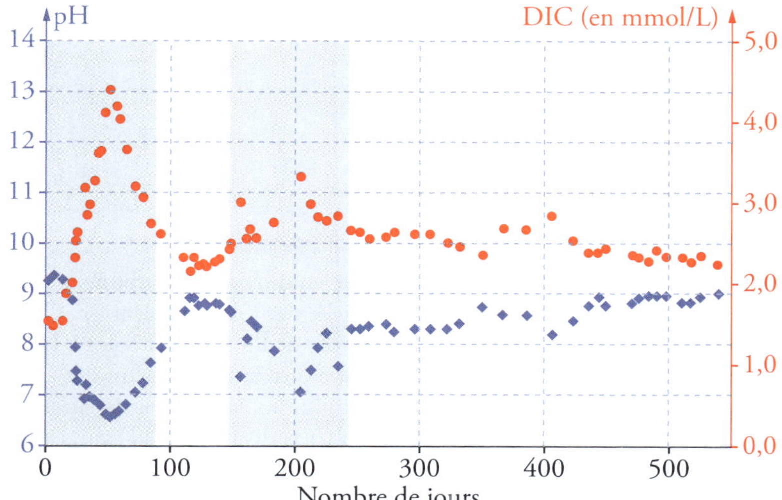

Source : Matter, J. M. *et al., Science* 352, 1312–1314 (2016).

***Figure.* Graphique représentant le pH (en bleu) et la concentration en carbone inorganique dissous (en rouge) dans les eaux souterraines en fonction du temps.**

▶ **7.** Expliquer l'évolution des courbes sur les 300 premiers jours de l'expérience. *(0,75 point)*

LES CLÉS DU SUJET

Le lien avec le programme

Évolution d'un équilibre acido-basique
- Trouver la relation entre K_A et $x_{éq}$.
- Calculer le pH d'une solution.
- Commenter l'évolution d'un système chimique.

Les conseils du correcteur

▶ **2.** Relisez la définition d'un acide selon Brönsted.

▶ **3.** Les données sont indiquées en débit massique (en gramme par litre). Faites donc le calcul pour 1 seconde d'utilisation, c'est-à-dire pour 1 800 g d'eau et 70 g de dioxyde de carbone dissous.

▶ **5.** Écrivez la formule entre la constante d'acidité du couple H_2CO_3 / HCO_3^- et les concentrations des espèces acido-basiques, puis utilisez les concentrations trouvées dans la question **4**.

4 CORRIGÉ GUIDÉ

▶ 1. Interpréter le comportement d'un indicateur coloré

L'air expiré par les poumons est plus riche en dioxyde de carbone que l'air ambiant. Ce dioxyde se dissout partiellement dans la solution. Cette dissolution entraîne le changement de teinte de l'indicateur coloré. La teinte de l'indicateur passe du vert au jaune or d'après le document fourni, la teinte jaune témoigne d'un pH plus faible (environ 6) que le pH initial et, donc, du caractère acide du CO_2 dissout dans l'eau.

▶ 2. Identifier un acide

L'espèce H_2CO_3 est susceptible de céder un (ou plusieurs) proton(s), il s'agit donc d'un acide de Brönsted.

▶ 3. Calculer une concentration de gaz dissous

La concentration molaire d'une solution peut se calculer à l'aide de la relation $C = \frac{n_{\text{soluté}}}{V_{\text{solution}}}$ or le volume de la solution est identique à celui de l'eau nécessaire à la dissolution (indication donnée par l'énoncé).

De plus $n_{\text{soluté}} = \dfrac{m_{\text{soluté}}}{M_{\text{soluté}}} = \dfrac{m_{CO_2}}{M_{CO_2}}$ et $V_{\text{solution}} = V_{\text{eau}} = \dfrac{m_{H_2O}}{\rho_{H_2O}}$.

Faisons le calcul pour 1 seconde :

$$n_{\text{soluté}} = \frac{70\ \text{g}}{44\ \text{g}\cdot\text{mol}^{-1}} = 1{,}59\ \text{mol et } V_{\text{solution}} = \frac{1\,800\ \text{g}}{1\,000\ \text{g}\cdot\text{L}^{-1}} = 1{,}8\ \text{L}$$

donc $C_S = 0{,}88\ \text{mol}\cdot\text{L}^{-1}$.

▶ 4. Compléter un tableau d'avancement

Réaction chimique	$H_2CO_{3(aq)}$ +	$H_2O_{(\ell)}$ →	$HCO_3{}^-{}_{(aq)}$ +	$H_3O^+{}_{(aq)}$
État initial	C_S	solvant	0	négligeable
État final : équilibre chimique	$C_S - x_{éq}$	solvant	$x_{éq}$	$x_{éq}$

Ici, l'avancement est une concentration (en $\text{mol}\cdot\text{L}^{-1}$) et non une quantité (en mol). Il s'agit d'un cas exceptionnel.

À NOTER
La quantité du solvant reste inchangée par la réaction : très peu de molécules d'eau sont consommées par rapport à la totalité.

▶ 5. Déterminer $x_{éq}$ à partir de K_A

Par définition, $$K_A(H_2CO_{3(aq)} / HCO_3{}^-{}_{(aq)}) = \frac{\dfrac{[HCO_3^-]}{c^0} \times \dfrac{[H_3O^+]}{c^0}}{\dfrac{[H_2CO_3]}{c^0}}$$

où c^0 est la concentration molaire standard.

Or, d'après le tableau d'avancement de la question 4, nous connaissons les concentrations de ces trois espèces chimiques. On peut donc écrire :

ATTENTION
Il faut connaître par cœur la formule de définition de la constante d'acidité
$$K_A(\text{acide / base}) = \frac{\dfrac{[\text{base}]}{c^0} \times \dfrac{[H_3O^+]}{c^0}}{\dfrac{[\text{acide}]}{c^0}}$$
et ne pas y oublier les « c^0 », même s'ils sont quasiment toujours égaux à $1\ \text{mol}\cdot\text{L}^{-1}$.

$$K_A(H_2CO_{3(aq)} / HCO_3{}^-{}_{(aq)}) = K_A = \frac{\dfrac{x_{éq}}{c^0} \times \dfrac{x_{éq}}{c^0}}{\dfrac{C_S - x_{éq}}{c^0}} = \frac{\left(\dfrac{x_{éq}}{c^0}\right)^2 \times c^0}{C_S - x_{éq}}$$

$$= \frac{x_{éq}{}^2}{(C_S - x_{éq}) \times c^0}.$$

En multipliant des deux côtés de l'équation par $(C_S - x_{éq}) \times c$, on trouve :

$$K_A \times (C_S - x_{éq}) \times c^0 = x_{éq}^2$$

En développant, on obtient la relation :

$$x_{éq}^2 + K_A \times c^0 \times x_{éq} - K_A \times C_s \times c^0 = 0$$

d'où

$$ax_{éq}^2 + bx_{éq} + c = 0$$

avec $a = 1$, $b = K_A \times c^0$ et $c = -K_A \times C_s \times c^0$.

À NOTER
Assurez-vous que les solutions proposées vérifient l'équation numérique, cela confirme votre équation.

▶ 6. Calculer un pH à partir d'une composition d'équilibre chimique

Une valeur de concentration ne peut pas être négative donc seule la solution $x_{éq1}$ est possible.

On calcule la composition du milieu chimique à l'aide de cette valeur :

$[H_2CO_{3(aq)}] = C_S - x_{éq} = 0{,}88 - 5{,}92 \times 10^{-4} = 0{,}88\ mol \cdot L^{-1}$

$[HCO_3{}^-{}_{(aq)}] = [H_3O^+] = x_{éq} = 5{,}92 \times 10^{-4}\ mol \cdot L^{-1}$.

Ainsi, $pH = -\log[H_3O^+] = -\log(5{,}92 \times 10^{-4}) = 3{,}2$.

On retrouve bien ici le caractère acide de la solution.

▶ 7. Commenter les résultats d'une expérience

Nous constatons tout d'abord l'opposition entre les évolutions des deux courbes : lorsque la concentration en carbone inorganique croît, le pH décroît et inversement. Plus il y a de carbone inorganique dans le sol, plus le pH baisse.

Durant les 300 premiers jours, il y a deux phases d'injection dans le sol.

Après chaque injection de CO_2 dans le sol, il y a deux étapes :

- Juste après l'injection, le dioxyde de carbone se dissout dans l'eau et sa concentration augmente. Donc, la concentration en carbone inorganique dissous (le DIC) augmente puisque le CO_2 fait partie des espèces comptabilisées dans le DIC.

- Après cette étape, le dioxyde de carbone réagit et se transforme notamment en ions carbonate et hydrogénocarbonate qui, eux-mêmes, vont réagir pour former des carbonates de calcium et magnésium. Ces différentes réactions vont permettre d'atteindre un équilibre chimique où l'on constate une augmentation du pH et une diminution du DIC (puisque les trois espèces vont être en partie consommées).

L'aquarium récifal

1 h 40
10 points

INTÉRÊT DU SUJET • Plongeons dans le grand bain du baccalauréat avec ce sujet très complet portant sur un aquarium récifal ! Comment la chimie peut-elle aider les aquariophiles à maintenir des conditions favorables à l'écosystème ?

Ph © vojce / iStock / Getty Images Plus

Aquarium récifal MHN- F.-G. Grandin

Depuis décembre 2019, le Parc zoologique de Paris accueille un requin bambou. Il vit dans un aquarium qui cherche à reproduire l'environnement naturel de cette espèce. Cet aquarium, dit récifal, est un bac marin destiné à héberger un écosystème très riche : coraux, crustacés et nombreux poissons tous originaires des eaux peu profondes des côtes de Madagascar.
Cet écosystème est complexe et fragile. Plusieurs paramètres sont à contrôler pour maintenir l'équilibre du milieu et assurer le bien-être des différentes espèces vivantes qui y cohabitent.
Le but de cet exercice est d'étudier l'influence de certains de ces paramètres, pH et salinité, ainsi que des méthodes de traitement de l'eau.

Données à 25 °C

- Couples acide-base associés au dioxyde de carbone dissous $(CO_2,H_2O)_{(aq)}$:
$(CO_2,H_2O)_{(aq)}$ / $HCO^-_{3(aq)}$: $pK_{A1} = 6,4$;
$HCO^-_{3(aq)}$ / $CO_3^{2-}{}_{(aq)}$: $pK_{A2} = 10,3$.
- Masse molaire atomique de l'ion chlorure : $M(Cl^-) = 35,5 \text{ g} \cdot \text{mol}^{-1}$.
- Conductivités molaires ioniques :

Ion	Ag^+	NO_3^-	Na^+	Cl^-
λ ($mS \cdot m^2 \cdot mol^{-1}$)	6,19	7,14	5,01	7,63

• Numéros atomiques et électronégativités :

	Hydrogène	Carbone	Oxygène
Z (numéro atomique)	1	6	8
χ(électronégativité)	2,20	2,55	3,44

PARTIE 1. RÉGULATION DE L'ACIDITÉ — 25 min

Dans un aquarium, le pH de l'eau est une grandeur à surveiller. Sa valeur doit rester proche d'une valeur optimale qui dépend des espèces vivantes présentes. Pour l'aquarium récifal, le pH optimal vaut 8,1. En journée, la photosynthèse végétale augmente naturellement le pH, qui diminue ensuite pendant la nuit. Les différentes espèces vivantes de l'aquarium peuvent s'acclimater à des variations de la valeur du pH si elles restent faibles.

▶ **1.** Indiquer ce qui peut être mis en œuvre si la valeur du pH devient trop élevée dans l'aquarium. (*0,25 point*)

On peut considérer que l'eau de l'aquarium se comporte comme une solution tampon.

▶ **2.** Citer les propriétés d'une solution tampon. Justifier l'utilisation d'une telle solution dans l'aquarium récifal. (*0,5 point*)

Un diffuseur permet de réguler précisément la valeur du pH de l'aquarium en injectant au besoin du dioxyde de carbone à l'état gazeux dans l'aquarium.
Le dioxyde de carbone, $CO_{2(g)}$, se dissout faiblement dans l'eau de l'aquarium. Il devient du dioxyde de carbone dissous $(CO_2,H_2O)_{(aq)}$ qui peut se dissocier partiellement en ions hydrogénocarbonate $HCO^-_{3(aq)}$ et en ions carbonate $CO^{2-}_{3\ (aq)}$.

Diffuseur de CO_2

Le schéma de Lewis de la molécule de dioxyde de carbone et celui de la molécule d'eau sont donnés ci-dessous.

Molécule	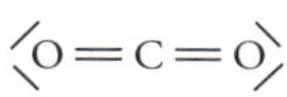	
Structure spatiale	linéaire	coudée

▶ **3.** En s'appuyant notamment sur les électronégativités des atomes, justifier la faible solubilité du dioxyde de carbone dans l'eau. (*0,5 point*)

▶ **4.** Indiquer, parmi les espèces acido-basiques associées au dioxyde de carbone dissous, celles qui sont des acides de Brönsted et celles qui sont des bases de Brönsted. (*0,5 point*)

▶ **5.** En précisant la démarche suivie, indiquer, parmi les espèces acido-basiques associées au dioxyde de carbone dissous, celle(s) qui prédomine(nt) dans l'aquarium récifal. (*0,5 point*)

Le squelette et la coquille des coraux sont constitués de calcaire, c'est-à-dire de carbonate de calcium $CaCO_{3(s)}$, qui se forme suivant une transformation modélisée par l'équation de réaction suivante :

$$Ca^{2+}{}_{(aq)} + CO_3^{2-}{}_{(aq)} \rightarrow CaCO_{3(s)}$$

▶ **6.** Expliquer pourquoi l'utilisation d'un diffuseur de CO_2 dans l'aquarium peut freiner la formation du squelette et de la coquille des coraux. (*0,25 point*)

S'ENTRAÎNER

PARTIE 2. CONTRÔLE DE LA SALINITÉ — 25 min

Dans un aquarium, on trouve notamment des ions chlorure $Cl^-{}_{(aq)}$ ainsi que des cations comme les ions sodium $Na^+{}_{(aq)}$.
La salinité de l'eau d'un aquarium est assimilée à la concentration en masse en ion chlorure $Cl^-{}_{(aq)}$. Celle de l'aquarium récifal doit être comprise entre 19,3 et 19,6 $g \cdot L^{-1}$.

Pour contrôler la salinité de l'eau de l'aquarium étudié, on se propose de réaliser le titrage des ions chlorure. Pour cela, on prélève de l'eau de l'aquarium que l'on dilue d'un facteur 10, puis on titre 10,0 mL de cette solution à laquelle on a ajouté 200 mL d'eau distillée, par une solution de nitrate d'argent ($Ag^+{}_{(aq)}$; $NO_{3(aq)}^-$) de concentration égale à $5,00 \times 10^{-2}$ $mol \cdot L^{-1}$.
Le titrage est suivi par conductimétrie. L'équation de la réaction support du titrage est :

$$Ag^+ + Cl^-{}_{(aq)} \rightarrow AgCl_{(s)}$$

On obtient la courbe de suivi du titrage de la figure 1 ci-après.

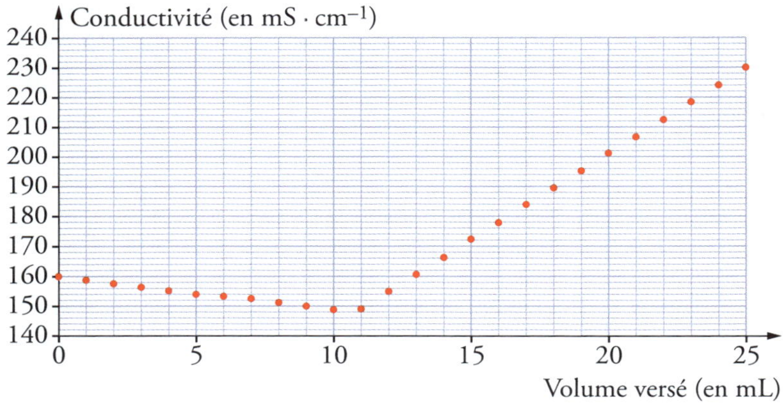

***Figure 1.* Conductivité de la solution en fonction du volume de solution de nitrate d'argent versé**

▶ **1.** Justifier qualitativement l'évolution de la pente de la courbe lors du titrage. (*1,5 point*)

▶ **2.** Indiquer si un traitement de l'eau est nécessaire à l'issue du contrôle de la salinité. (*1 point*)

Le candidat est invité à prendre des initiatives et à présenter la démarche suivie même si elle n'a pas abouti. La démarche est évaluée et nécessite d'être correctement présentée.

PARTIE 3. TRAITEMENT DES POISSONS CONTRE LES VERS

25 min

L'aquarium récifal peut être infesté par différents types de vers qui parasitent les intestins, les branchies ou la peau des poissons.

Pour assurer une élimination chimique de ces vers, les poissons doivent être momentanément placés dans un bassin de quarantaine dans lequel est ajouté un vermifuge.

Le praziquantel est une espèce chimique qui entre dans la composition d'un vermifuge utilisé en aquariophilie, vendu en animalerie en solution liquide, de concentration en masse de 10,0 $g \cdot L^{-1}$.

En 2010, un procédé de synthèse du praziquantel impliquant trois étapes a été proposé, ce qui le rend plus éco-responsable et moins onéreux. L'étape 1 conduisant à l'obtention de la molécule A n'est pas présentée ici.

▶ 1. L'étape 2, représentée ci-dessous, permet de transformer les réactifs A (C_9H_9N), B, C et D ($C_4H_{11}O_2N$) en produit E ($C_{21}H_{32}O_4N_2$) et produit F.

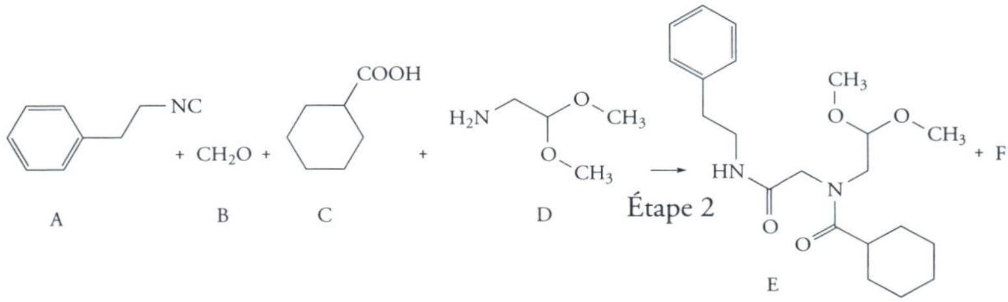

***Figure 2.* Équation de la réaction modélisant la transformation chimique de l'étape 2**

La formule développée du réactif B est :

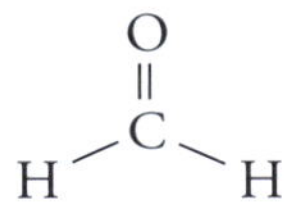

a) Justifier que la molécule B se nomme méthanal en nomenclature officielle. (*0,25 point*)

b) Donner la formule semi-développée, puis brute du réactif C. (*0,25 point*)

c) Déterminer le produit F formé à l'issue de l'étape 2 en s'appuyant sur les formules brutes des espèces chimiques mises en jeu. (*0,5 point*)

La synthèse de 40,9 g de la molécule E nécessite 0,110 mol de chacun des réactifs A, B, C et D. La masse molaire moléculaire de E est $M(E) = 376{,}5\ g \cdot mol^{-1}$.

d) Déterminer le rendement de l'étape 2. (*0,75 point*)

▶ 2. L'étape 3 permettant de synthétiser le praziquantel nécessite l'utilisation de l'acide méthylsulfonique, noté AMS. Cette étape comporte quatre opérations.

DOCUMENT Les quatre opérations de l'étape 3 de la synthèse du praziquantel

a. 30,0 g de E sont ajoutés à 104,0 mL d'AMS puis l'ensemble est chauffé pendant 6 heures à 70°C. La solution obtenue est versée dans de l'eau glacée ajustée à un pH égal à 8 avec une solution aqueuse d'hydroxyde de sodium.

b. La solution est extraite quatre fois avec de l'éther diéthylique.

c. La phase organique est lavée par 100 mL d'une solution aqueuse salée saturée. La phase organique est ensuite séchée. Après évaporation de l'éther diéthylique, on obtient un solide jaune.
d. Ce résidu est recristallisé dans un mélange équimolaire d'acétate d'éthyle et d'hexane. On obtient un solide blanc.

D'après Dr H. Cao, Dr H. Liu, Prof. A. Dömling

a) Associer à chacune des opérations **a.** et c. du protocole un ou plusieurs des mots suivants : dissolution – séparation – purification – transformation chimique. *(0,5 point)*
b) Nommer une méthode d'identification possible pour le solide obtenu. *(0,25 point)*

PARTIE 4. PRÉVENTION DES INFECTIONS — 25 min

Un aquariophile traite de manière préventive son aquarium contre les infections. Pour cela, il utilise une solution aqueuse antiseptique de bleu de méthylène. Le bleu de méthylène ($C_{16}H_{18}ClN_3S$) est un colorant faiblement biodégradable, de couleur bleu foncé. L'excès de bleu de méthylène est éliminé par des « filtres » à charbon actif.
Le charbon actif est une poudre noire dont les pores, observables au microscope électronique (voir ci-contre), permettent notamment de fixer et retenir des molécules organiques. C'est le phénomène d'adsorption.

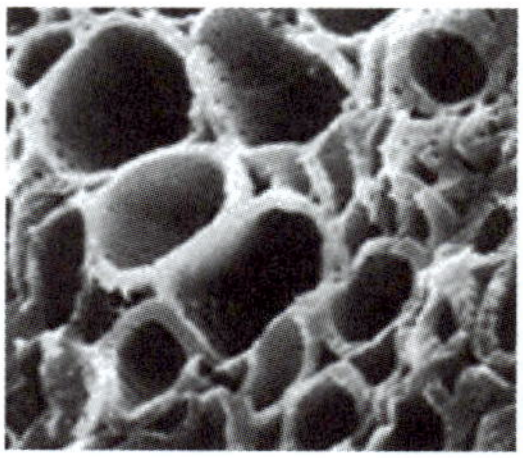

Ph © Photothèque Veolia Eau Solutions & Technologies

Pores d'un grain de charbon actif

La capacité d'adsorption du charbon actif peut être évaluée à l'aide d'un dosage par étalonnage en suivant ce protocole expérimental :
• tracer la courbe d'étalonnage de l'absorbance, à λ= 650 nm, pour des solutions étalon de bleu de méthylène ;
• mesurer l'absorbance d'un échantillon d'eau polluée en bleu de méthylène ;
• prélever un volume V de 50,0 mL d'eau polluée et y ajouter 100,0 mg de charbon actif ;
• agiter le mélange puis filtrer ;
• mesurer l'absorbance de la solution filtrée après traitement au charbon actif.

▶ **1.** Justifier l'intérêt de l'étape de filtration. (*0,25 point*)

Pour les questions suivantes, le candidat est invité à prendre des initiatives et à présenter la démarche suivie même si elle n'a pas abouti. La démarche est évaluée et nécessite d'être correctement présentée.

On applique le protocole précédent et on obtient les résultats suivants :

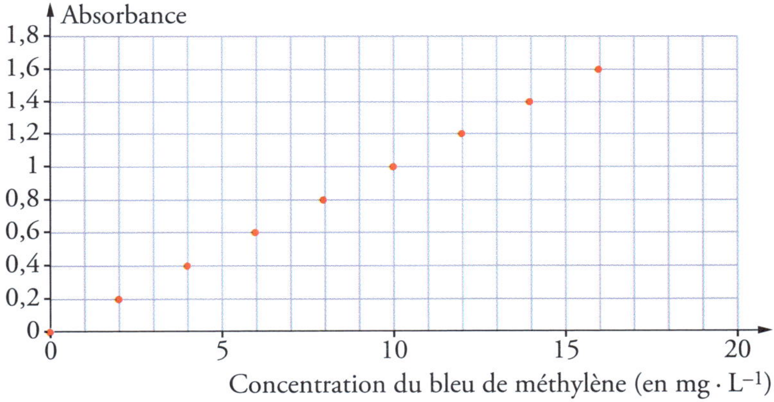

***Figure 3*. Absorbance en fonction de la concentration en bleu de méthylène, à λ = 650 nm**

Les valeurs d'absorbance obtenues avant et après traitement de l'eau de l'aquarium pour éliminer l'excès de bleu de méthylène sont $A_{\text{polluée}} = 1{,}5$ et $A_{\text{traitée}} = 0{,}2$.

▶ **2.** Montrer que la masse m_a de colorant adsorbée par gramme de charbon actif est voisine de 7 mg. (*1,5 point*)

▶ **3.** Sachant qu'un traitement préventif de l'aquarium, de volume $V = 8\ 000$ L, nécessite 1 à 2 mg de bleu de méthylène par litre d'eau, calculer la masse de charbon actif nécessaire afin de réaliser le traitement pour cet aquarium récifal. Commenter. (*0,75 point*)

LES CLÉS DU SUJET

Le lien avec le programme

Constitution et transformations de la matière

- Identifier des acides et des bases et représenter le diagramme de prédominance d'un couple acide-base.
- Justifier qualitativement l'évolution de la pente de la courbe lors d'un titrage avec suivi conductimétrique.
- Exploiter la relation à l'équivalence d'un titrage.
- Calculer un rendement.
- Exploiter la courbe d'étalonnage d'un dosage spectrophotométrique.

Les conseils du correcteur

Coups de pouce

Partie 1. Régulation de l'acidité

▶ **3.** À partir des électronégativités des atomes et de la géométrie de la molécule, précisez si la molécule est polaire ou apolaire. Souvenez-vous qu'une molécule apolaire est peu soluble dans un solvant polaire.

▶ **5.** Exploitez les valeurs des deux pK_A données pour tracer le diagramme de prédominance des espèces chimiques considérées.

Partie 2. Contrôle de la salinité

▶ **1.** Identifiez les ions présents dans la solution avant et après l'équivalence. Évaluez ensuite l'évolution de leurs concentrations. N'oubliez pas les ions spectateurs !

Partie 3. Traitement des poissons contre les vers

▶ **1. a)** Souvenez-vous qu'à chaque sommet de la ligne brisée correspond un atome de carbone et que chaque atome de carbone établit quatre liaisons covalentes.

c) Appliquez la conservation des éléments chimiques au cours d'une réaction.

d) Remarquez que le mélange initial est un mélange stœchiométrique de quatre réactifs.

Partie 4. Prévention des infections

▶ **3.** Commencez par calculer la masse de bleu de méthylène nécessaire pour traiter 8 000 L d'eau. Par relation de proportionnalité, en déduire la masse de charbon actif à utiliser.

Aide à la résolution de la question 2 de la partie 2

Déterminer la concentration en masse en ion chlorure dans l'eau de l'aquarium

Étape 1. Écrire la relation à l'équivalence.
Exploitez la relation à l'équivalence pour exprimer la concentration en ion chlorure dans la prise d'essai.

Étape 2. Exploiter la courbe de suivi conductimétrique pour déterminer la valeur du volume équivalent.
Tracez les deux demi-droites et lisez l'abscisse de leur point d'intersection pour obtenir $V_{1\text{éq}}$.

Étape 3. Exprimer la concentration en quantité de matière en ion chlorure de l'eau de l'aquarium.
N'oubliez pas que l'eau de l'aquarium a été préalablement diluée d'un facteur 10 avant d'être titrée.

Étape 4. Exprimer puis calculer la concentration en masse en ion chlorure de l'eau de l'aquarium.
Souvenez-vous de la relation $C_m = C \times M$.

Étape 5. Conclure.
Utilisez l'information de l'énoncé pour rédiger une conclusion.

Aide à la résolution de la question 2 de la partie 4

Déterminer la masse m_a de colorant adsorbée par gramme de charbon actif

Étape 1. Déterminer les concentrations massiques en bleu de méthylène dans l'eau polluée et dans l'eau traitée.
Exploitez la courbe d'étalonnage pour déterminer ces concentrations à partir des valeurs d'absorbance données dans l'énoncé.

Étape 2. Déterminer la masse de colorant contenue dans l'eau.
Calculez la masse de colorant à partir de la concentration massique pour un volume d'eau égal à 50,0 mL.

Étape 3. En déduire la masse de colorant adsorbée pour 100,0 mg de charbon actif ajoutés.
Effectuez une simple soustraction.

Étape 4. En déduire la masse m_a de colorant adsorbée pour 1 g de charbon actif.
Raisonnez par proportionnalité et rédigez une conclusion.

5 CORRIGÉ GUIDÉ

PARTIE 1. RÉGULATION DE L'ACIDITÉ

▶ 1. Proposer une méthode pour diminuer le pH d'un milieu

Si la valeur du pH devient trop élevée dans l'aquarium, nous devons en diminuer sa valeur. Pour cela, on peut ajouter une solution acide, riche en ions oxonium.

▶ 2. Citer et utiliser les propriétés d'une solution tampon

Une solution tampon est une solution dont le pH varie peu par dilution modérée ou par ajout modéré d'une solution d'acide ou d'une base.

D'après l'introduction, l'aquarium constitue un écosystème complexe et fragile que l'on doit maintenir à l'équilibre. Ainsi, l'eau de cet aquarium doit être une solution tampon pour éviter toute variation importante de pH nuisible à l'écosystème.

▶ 3. Justifier la faible solubilité du dioxyde de carbone dans l'eau

- La molécule de dioxyde de carbone comporte deux liaisons C=O polarisées car $\chi(C) \neq \chi(O)$. La molécule étant linéaire, les positions moyennes des charges partielles positives et négatives sont confondues en l'atome de carbone. Cette molécule est apolaire.
- La molécule d'eau comporte deux liaisons O-H polarisées car $\chi(O) \neq \chi(H)$. La molécule étant coudée, les positions moyennes des charges partielles positives et négatives ne sont pas confondues. Cette molécule est polaire.

Le dioxyde de carbone, apolaire, est donc faiblement soluble dans l'eau qui est un solvant polaire.

▶ 4. Identifier des acides et des bases au sens de Brönsted

D'après les couples acide-base donnés dans l'énoncé, les espèces chimiques qualifiées d'acides selon Brönsted sont :

$(CO_2, H_2O)_{(aq)}$ et $HCO_{3\,(aq)}^-$.

Les espèces chimiques qualifiées de bases selon Brönsted sont : $HCO_{3\,(aq)}^-$ et $CO_{3\,(aq)}^{2-}$.

> **À NOTER**
> On constate que l'espèce chimique $HCO_{3(aq)}^-$ est à la fois acide et base selon Brönsted : c'est **une espèce amphotère**.

▶ 5. Déterminer l'espèce chimique prédominante d'un couple selon le pH de la solution

On utilise les deux valeurs de pK_A données dans l'énoncé pour tracer le diagramme de prédominance suivant :

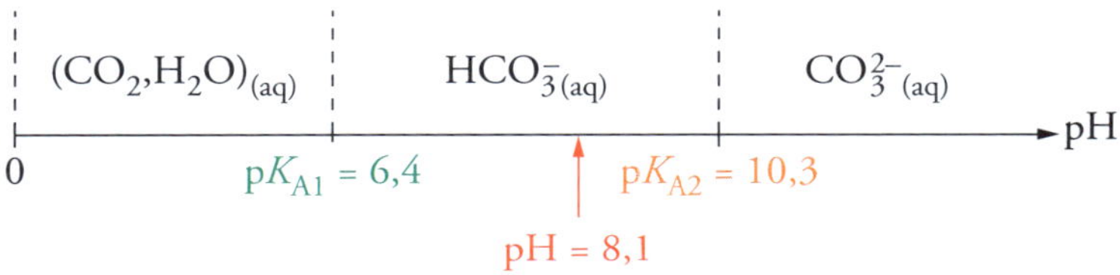

D'après l'énoncé, le pH de l'aquarium est égal à 8,1. On utilise le diagramme de prédominance pour conclure qu'à ce pH, c'est $HCO_{3(aq)}^-$ qui prédomine.

▶ 6. Expliquer le rôle du diffuseur de CO_2

L'injection dans l'eau de dioxyde de carbone gazeux, qui est une espèce chimique acide, provoque une diminution du pH de l'eau. D'après le diagramme de prédominance précédent, les espèces chimiques prédominantes seront alors $(CO_2, H_2O)_{(aq)}$ et $HCO_{3(aq)}^-$. L'ion carbonate $CO_{3\ (aq)}^{2-}$ ne sera pas présent. Ainsi, la réaction de formation de calcaire ne pourra pas se produire. On en conclut que l'utilisation d'un diffuseur de CO_2 dans l'aquarium peut freiner la formation du squelette et de la coquille des coraux.

PARTIE 2. CONTRÔLE DE LA SALINITÉ

▶ 1. Interpréter une courbe de titrage conductimétrique

L'équation de la réaction support du titrage est :
$Ag^+{}_{(aq)} + Cl^-{}_{(aq)} \rightarrow AgCl_{(s)}$
Les ions présents dans la solution titrée sont : $Na^+{}_{(aq)}$ et $Cl^-{}_{(aq)}$.
Les ions présents dans la solution titrante sont : $Ag^+{}_{(aq)}$ et $NO_3{}^-{}_{(aq)}$.

> **ATTENTION**
> La conductivité d'une solution dépend de tous les ions présents. Il faut donc prendre en compte les ions spectateurs (ici : $Na^+{}_{(aq)}$ et $NO_3{}^-{}_{(aq)}$).

- **Avant l'équivalence**

Les ions présents sont : $Cl^-{}_{(aq)}$, $Na^+{}_{(aq)}$ et $NO_3{}^-{}_{(aq)}$.
Donc $\sigma_{solution} = \lambda(Cl^-) \times [Cl^-] + \lambda(Na^+) \times [Na^+] + \lambda(NO_3{}^-) \times [NO_3{}^-]$.

Les ions Ag^+ versés constituent le réactif limitant et ils réagissent tous avec les ions Cl^- présents. Ainsi, $[Cl^-]$ diminue et le terme $\lambda(Cl^-) \times [Cl^-]$ diminue aussi.

Les ions NO_3^- apportés par la solution titrante contribuent à la conductivité : $[NO_3^-]$ augmente et le terme $\lambda(NO_3^-) \times [NO_3^-]$ augmente.

Enfin, si on néglige l'effet de la dilution, on peut considérer que la concentration $[Na^+]$ reste constante et donc que le terme $\lambda(Na^+) \times [Na^+]$ reste constant.

Or, d'après le tableau des conductivités molaires ioniques, on constate que $\lambda(Cl^-) > \lambda(NO_3^-)$.

Donc, parmi les trois termes précédents, c'est $\lambda(Cl^-) \times [Cl^-]$ qui prédomine. Ainsi, la conductivité de la solution diminue progressivement.

- **À l'équivalence**

Seuls les ions spectateurs Na^+ et NO_3^- sont présents.

Donc $\sigma_{solution} = \lambda(Na^+) \times [Na^+] + \lambda(NO_3^-) \times [NO_3^-]$.

La conductivité de la solution est minimale.

- **Après l'équivalence**

Les ions présents sont : $Na^+_{(aq)}$, $Ag^+_{(aq)}$ et $NO_3^-{}_{(aq)}$.

Donc $\sigma_{solution} = \lambda(Na^+)[Na^+] + \lambda(Ag^+)[Ag^+] + \lambda(NO_3^-)[NO_3^-]$.

Les ions Cl^- sont tous consommés après l'équivalence. On ajoute des ions Ag^+ et NO_3^- qui ne sont pas consommés, donc leurs concentrations augmentent. Si on néglige l'effet de dilution, on peut considérer que la concentration $[Na^+]$ reste constante. On en déduit que la conductivité de la solution augmente.

▶ 2. Exploiter l'équivalence d'un titrage pour déterminer une concentration en masse

Pour savoir si un traitement de l'eau de l'aquarium est nécessaire, on contrôle la salinité en déterminant la concentration en masse en ion chlorure à partir de l'exploitation de la courbe de suivi conductimétrique du titrage.

> **▶ Le conseil de méthode**
>
> Cette question est une petite résolution de problème. Présentez un raisonnement en plusieurs étapes. Rédigez de façon la plus claire possible pour que votre correcteur comprenne votre démarche. Justifiez chaque étape.

• **Étape 1. Écrire la relation à l'équivalence**

On réalise le titrage d'un volume V_2 d'eau de l'aquarium, dont la concentration en ions chlorure est notée $[Cl^-]_{titré}$, par une solution de nitrate d'argent $(Ag^+_{(aq)} + NO_3{}^-{}_{(aq)})$ de concentration $C_1 = 5{,}00 \times 10^{-2}$ mol · L^{-1} et dont le volume versé à l'équivalence est noté $V_{1éq}$.

À l'équivalence, les réactifs titré et titrant ont été introduits dans les proportions stœchiométriques de l'équation de la réaction support du titrage. Ainsi la quantité de matière initiale d'ions chlorure $n_i(Cl^-)$ contenu dans la prise d'essai est égale à la quantité de matière d'ions argent $n(Ag^+)_{versé}$ versés à l'équivalence :

$n(Cl^-)_{titré} = n(Ag^+)_{versé}$ soit $[Cl^-]_{titré} \times V_2 = C_1 \times V_{1éq}$

d'où $[Cl^-]_{titré} = \dfrac{C_1 \times V_{1éq}}{V_2}$

• **Étape 2. Exploiter la courbe de suivi conductimétrique pour déterminer la valeur du volume équivalent**

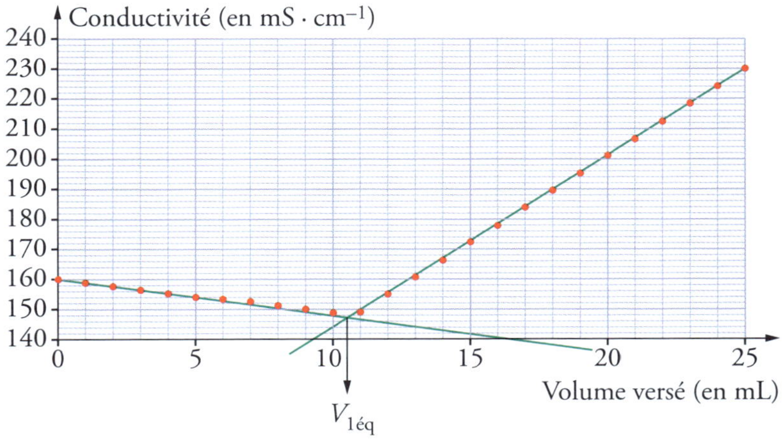

Par lecture graphique, on obtient $V_{1éq} = 10{,}5$ mL.

• **Étape 3. Exprimer la concentration en quantité de matière en ion chlorure de l'eau de l'aquarium**

L'eau de l'aquarium a été diluée d'un facteur 10 avant de réaliser son titrage donc la concentration en quantité de matière en ion chlorure de l'eau de l'aquarium est $[Cl^-]_{aquarium} = 10 \times [Cl^-]_{titré}$.

Ainsi $[Cl^-]_{aquarium} = \dfrac{10 \times C_1 \times V_{1éq}}{V_2}$.

• **Étape 4. Exprimer puis calculer la concentration en masse en ion chlorure de l'eau de l'aquarium**

$C_m(Cl^-)_{aquarium} = [Cl^-]_{aquarium} \times M(Cl^-)$ d'où

$$C_m(Cl^-)_{aquarium} = \frac{10 \times C_1 \times V_{1éq}}{V_2} \times M(Cl^-).$$

Application numérique :

$$C_m(Cl^-)_{aquarium} = \frac{10 \times 5{,}00 \times 10^{-2} \times 10{,}5}{10{,}0} \times 35{,}5$$
$$= 18{,}6 \text{ g} \cdot \text{L}^{-1}.$$

> **À NOTER**
> Travaillez avec les expressions littérales le plus longtemps possible pour éviter de faire des calculs intermédiaires et donc des arrondis successifs.

La concentration en masse en ion chlorure de l'eau de l'aquarium étudié est donc égale à $18{,}6 \text{ g} \cdot \text{L}^{-1}$.

• **Étape 5. Conclure**

La concentration en masse en ion chlorure de l'eau de l'aquarium étudié n'est pas comprise entre 19,3 et $19{,}6 \text{ g} \cdot \text{L}^{-1}$, elle est inférieure à la salinité de celle préconisée pour l'aquarium récifal. Par conséquent, on en déduit qu'il est nécessaire de faire un traitement de l'eau de l'aquarium.

PARTIE 3. TRAITEMENT DES POISSONS CONTRE LES VERS

▶ 1. a) Justifier le nom d'une molécule

D'après la formule développée, la chaîne carbonée de la molécule B ne possède qu'un seul atome de carbone. C'est un dérivé du méthane.

De plus, le groupe caractéristique est le groupe carbonyle situé en bout de chaîne. Cette molécule fait partie de la famille des aldéhydes : elle se nomme bien le méthanal.

b) Exploiter une formule topologique

La formule semi-développée de la molécule C s'écrit :

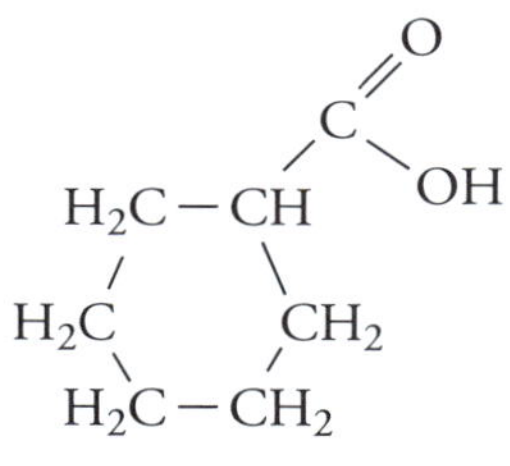

En comptant tous les atomes, on en déduit sa formule brute : $C_7H_{12}O_2$.

c) Déterminer la formule brute d'un produit formé

À partir de l'équation donnée dans l'énoncé, on écrit les formules brutes de chaque espèce chimique :

	A +	B +	C +	D →	E +	F
Formule brute	C_9H_9N	CH_2O	$C_7H_{12}O_2$	$C_4H_{11}O_2N$	$C_{21}H_{32}O_4N_2$	$C_wH_xO_yN_z$

On va utiliser la conservation des éléments chimiques pour déterminer la formule brute du produit F formé, c'est-à-dire déterminer les nombres entiers positifs w, x, y et z de sa formule brute $C_wH_xO_yN_z$.

Pour qu'il y ait conservation de l'élément C, il faut que :
$9 + 1 + 7 + 4 = 21 + w$ d'où $w = 0$.

Pour qu'il y ait conservation de l'élément H, il faut que :
$9 + 2 + 12 + 11 = 32 + x$ d'où $x = 2$.

Pour qu'il y ait conservation de l'élément O, il faut que :
$0 + 1 + 2 + 2 = 4 + y$ d'où $y = 1$.

Pour qu'il y ait conservation de l'élément N, il faut que :
$1 + 0 + 0 + 1 = 2 + z$ d'où $z = 0$.

On en déduit que le second produit formé est de l'eau de formule H_2O.

d) Calculer le rendement d'une réaction

Le rendement est donné par :

$$r = \frac{n_{\text{exp}}(\text{E})}{n_{\text{max}}(\text{E})} \text{ avec } n_{\text{exp}}(\text{E}) = \frac{m_{\text{exp}}(\text{E})}{M(\text{E})}.$$

D'après l'équation de la réaction et les quantités de matière introduites, on constate que le mélange initial est stœchiométrique.

Donc, si la réaction est totale, $x_{\text{max}} = 0{,}110$ mol et on obtient : $n_{\text{max}}(\text{E}) = x_{\text{max}} = 0{,}110$ mol.

> **À NOTER**
> Le rendement d'une réaction peut s'exprimer en fonction des valeurs expérimentale et maximale (en cas de réaction totale) pour le produit obtenu par
> $r = \frac{m_{\text{exp}}}{m_{\text{max}}}$ ou $r = \frac{n_{\text{exp}}}{n_{\text{max}}}$.
> Il s'exprime souvent en pourcentage.

Sachant que la masse expérimentale de la molécule E obtenue à la fin de la synthèse est $m_{\text{exp}}(\text{E}) = 40{,}9$ g, on calcule :

$$r = \frac{n_{\text{exp}}(\text{E})}{n_{\text{max}}(\text{E})} = \frac{\frac{m_{\text{exp}}(\text{E})}{M(\text{E})}}{n_{\text{max}}(\text{E})} = \frac{\frac{40{,}9}{376{,}5}}{0{,}110} = 0{,}988$$

soit $r = 98{,}8\ \%$. Le rendement de cette synthèse est très bon, il y a eu très peu de pertes.

▶ 2. a) Identifier les étapes d'un protocole

L'étape a correspond à une dissolution suivie d'une transformation chimique.

L'étape c correspond à une séparation.

b) Nommer une méthode d'identification

Comme le produit de synthèse obtenu est un solide, il existe deux techniques d'identification envisageables : la chromatographie sur couche mince et la mesure de la température de fusion.

PARTIE 4. PRÉVENTION DES INFECTIONS

▶ 1. Justifier une étape

Comme le charbon actif trouble l'eau à analyser, l'étape de filtration permet d'éliminer le charbon actif du mélange.

▶ 2. Déterminer une masse grâce à un dosage spectrophotométrique

• Étape 1. Déterminer les concentrations massiques en bleu de méthylène dans l'eau polluée et dans l'eau traitée

Pour cela, on utilise la figure 3, sur laquelle on trace la droite d'étalonnage passant par le maximum de points expérimentaux.

Ensuite, par lecture graphique, on obtient

pour $A_{\text{traitée}} = 0{,}2$: $C_{\text{m traitée}} = 2{,}0\ \text{mg} \cdot \text{L}^{-1}$

pour $A_{\text{polluée}} = 1{,}5$: $C_{\text{m polluée}} = 15{,}0\ \text{mg} \cdot \text{L}^{-1}$

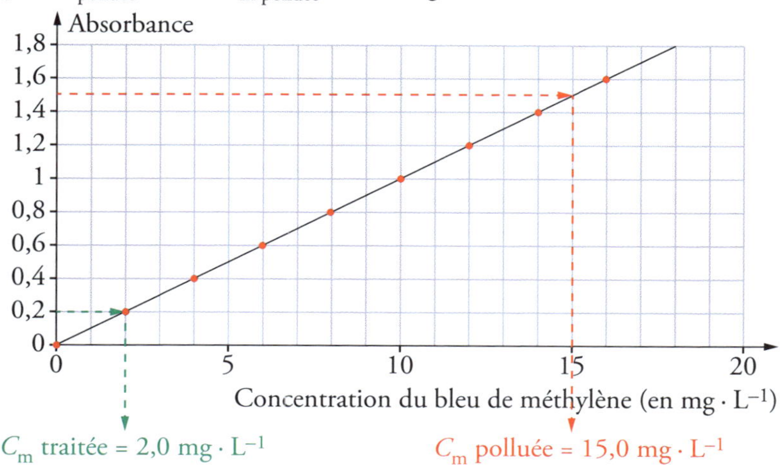

• **Étape 2. Déterminer la masse de colorant contenue dans l'eau**

Comme la concentration massique s'exprime par $C_m = \frac{m}{V}$, alors $m = C_m \times V$.

Ainsi, on calcule les masses de colorant contenues dans l'eau :

– eau polluée :
$m(\text{colorant})_{\text{polluée}} = C_{m\ \text{polluée}} \times V_{\text{eau}} = 15{,}0 \times 50{,}0 \times 10^{-3} = 0{,}75$ mg

– eau traitée :
$m(\text{colorant})_{\text{traitée}} = C_{m\ \text{traitée}} \times V_{\text{eau}} = 2{,}0 \times 50{,}0 \times 10^{-3} = 0{,}10$ mg.

• **Étape 3. En déduire la masse de colorant adsorbée pour 100,0 mg de charbon actif ajoutés**

La masse $m_{a,\ 100\ mg}$ de colorant adsorbé est donnée par :

$m_{a,\ 100\ mg} = m(\text{colorant})_{\text{polluée}} - m(\text{colorant})_{\text{traitée}} = 0{,}75 - 0{,}10 = 0{,}65$ mg.

Ce résultat signifie qu'il y a 0,65 mg de colorant adsorbé pour 100,0 mg de charbon actif ajouté.

• **Étape 4. En déduire la masse m_a de colorant adsorbée pour 1 g de charbon actif**

Par proportionnalité, on en déduit la masse de colorant adsorbée pour 1 g, soit 1 000 mg, de charbon actif : $m_a = \frac{0{,}65 \times 1\,000}{100{,}0} = 6{,}5$ mg.

Cette valeur est bien en accord avec les 7 mg de l'énoncé.

▶ **3. Calculer une masse par relation de proportionnalité**

L'énoncé nous informe qu'il est nécessaire d'ajouter 1 à 2 mg de bleu de méthylène par litre d'eau. Ainsi, pour traiter l'aquarium dont le volume V est 8 000 L, il faut : $8\,000\ \text{mg} < m_{\text{colorant}} < 16\,000\ \text{mg}$.

D'après la question précédente, on a vu que 7 mg de colorant peuvent être adsorbés par 1 g de charbon actif.

On calcule alors, par proportionnalité,

$$\frac{8\,000 \times 1}{7} < m_{\text{charbon actif}} < \frac{16\,000 \times 1}{7}$$

soit $1\,143\ \text{g} < m_{\text{charbon actif}} < 2\,286\ \text{g}$

ou $1{,}1\ \text{kg} < m_{\text{charbon actif}} < 2{,}3\ \text{kg}$.

Cette masse de charbon actif paraît cohérente au vu du volume de l'aquarium.

S'ENTRAÎNER

6 Sujet spécimen 2021 n° 1 • EXERCICE 2

Une boisson de réhydratation

50 min
5 points

INTÉRÊT DU SUJET • La teinte d'une solution colorée peut renseigner sur la concentration de certains de ces composants. Utilisons cette propriété pour vérifier la masse de glucose contenue dans un médicament.

Une boisson de réhydratation, obtenue par dissolution dans l'eau d'un médicament commercialisé sous forme de poudre, est composée principalement d'eau, de glucose (sucre) et de chlorure de sodium (sel). Elle peut être utilisée pour réhydrater rapidement un enfant souffrant de diarrhée.
L'objectif de cet exercice est de vérifier la teneur en glucose d'une de ces boissons par la spectrophotométrie UV-visible.

Données

• Différentes formes de l'acide tartrique

Nom	Acide tartrique	Ion hydrogénotartrate	Ion tartrate
Notation	H_2T	HT^-	T^{2-}
Formule brute	$C_4H_6O_6$	$C_4H_5O_6^-$	$C_4H_4O_6^{2-}$
Formule topologique	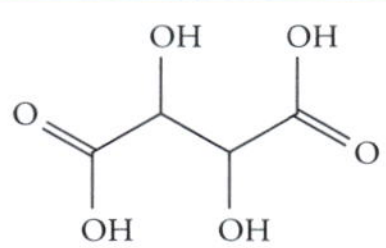	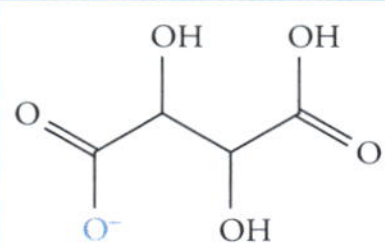	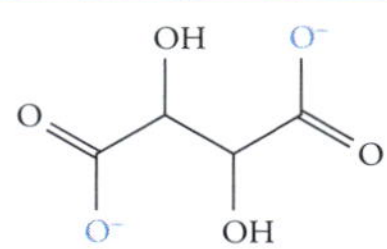

• pK_A de couples acide-base à 25 °C :
$H_2T_{(aq)}$ / $HT^-_{(aq)}$: $pK_{A1} = 3,5$;
$HT^-_{(aq)}$ / $T^{2-}_{(aq)}$: $pK_{A2} = 4,2$;
$H_2O_{(\ell)}$ / $HO^-_{(aq)}$: $pK_E = 14$.
• Couple oxydant-réducteur ion gluconate / glucose :
$C_5H_{11}O_5 - CO^-_{2(aq)}$ / $C_5H_{11}O_5 - CHO_{(aq)}$.

• Composition d'un médicament permettant la réhydratation, commercialisé en pharmacie :

Espèces chimiques	Analyse moyenne pour un sachet
Glucose ($C_6H_{12}O_6$)	4 g
Saccharose ($C_{12}H_{22}O_{11}$)	4 g
Sodium (Na^+)	0,226 g
Potassium (K^+)	0,199 g
Chlorure (Cl^-)	0,181 g
Bicarbonate (HCO_3^-)	0,289 g
Gluconate ($C_6H_{11}O_7^-$)	0,995 g

PARTIE 1. ÉTUDE DE LA LIQUEUR DE FEHLING — 20 min

Pour doser le glucose présent dans un médicament permettant la réhydratation, on prépare au préalable une solution de liqueur de Fehling en mélangeant :

• une solution aqueuse (A) contenant des ions cuivre $Cu^{2+}{}_{(aq)}$;

• une solution aqueuse (B) obtenue lors du mélange d'une solution d'acide tartrique $H_2T_{(aq)}$ et d'une solution aqueuse d'hydroxyde de sodium. La solution (B) ainsi obtenue est très basique, son pH est supérieur à 12.

▶ **1.** Écrire la formule semi-développée de la molécule d'acide tartrique. Entourer les groupes caractéristiques de la molécule, en précisant pour chacun d'eux la famille fonctionnelle correspondante. (*0,5 point*)

▶ **2.** Déterminer la forme prédominante dans la solution (B) parmi les espèces $H_2T_{(aq)}$, $HT^-{}_{(aq)}$ et $T^{2-}{}_{(aq)}$. (*0,5 point*)

▶ **3.** En déduire l'équation de la réaction chimique modélisant la transformation ayant lieu lors de la préparation de la solution (B). (*0,5 point*)

Lors du mélange des deux solutions (A) et (B), les ions $Cu^{2+}{}_{(aq)}$ réagissent avec les ions tartrate $T^{2-}{}_{(aq)}$ pour former des ions de formule $CuT_2{}^{2-}{}_{(aq)}$, seuls responsables de la coloration bleue de la liqueur de Fehling.

▶ **4.** Écrire l'équation de la réaction chimique modélisant la transformation ayant lieu lors du mélange des solutions (A) et (B). (*0,25 point*)
Le spectre d'absorption de la liqueur de Fehling (figure 1) est donné ci-après ainsi qu'un cercle chromatique (figure 2).

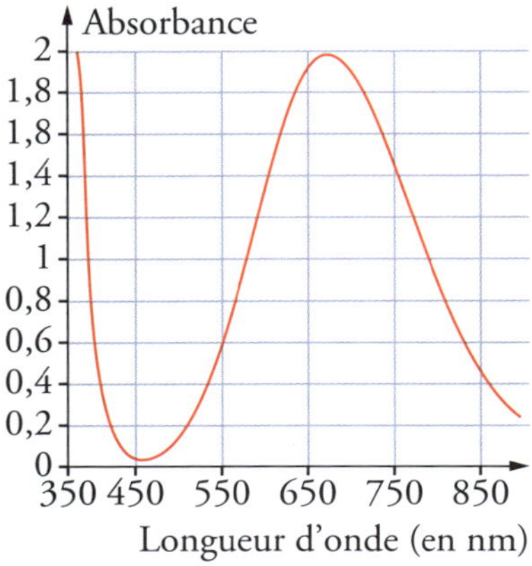

Figure 1.
Spectre d'absorption de la liqueur de Fehling

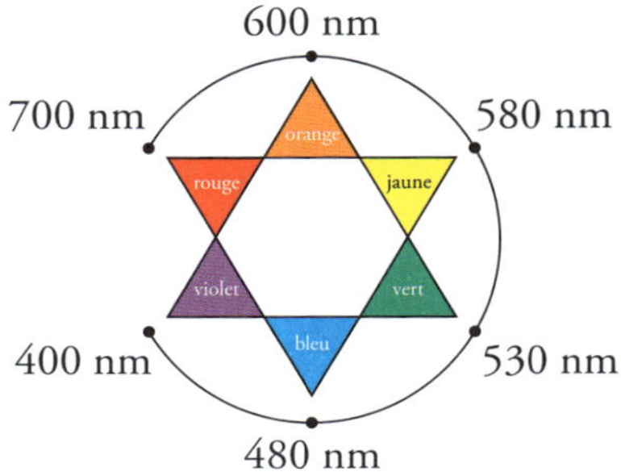

Figure 2.
Cercle chromatique

▶ **5.** Justifier la couleur de la solution de liqueur de Fehling. (*0,5 point*)

PARTIE 2. DOSAGE DU GLUCOSE — 30 min

Le médicament permettant la réhydratation contient, entre autres, du glucose qui possède des propriétés réductrices. On souhaite utiliser ces propriétés pour réaliser un dosage par étalonnage utilisant la spectrophotométrie.

On réalise une courbe d'étalonnage selon le protocole expérimental suivant :

• préparer une gamme de solutions aqueuses étalons de concentrations en masse C_m de glucose connues ; ces solutions étalons sont incolores ;
• faire réagir, une à une, 10,0 mL de ces solutions étalons avec 5,0 mL de liqueur de Fehling dans un bain-marie bouillant pendant 15 min ; il se forme le précipité rouge-brique Cu_2O ;
• éliminer le précipité du mélange par filtration. Le filtrat obtenu est de couleur bleue ;
• introduire ce filtrat dans une fiole jaugée de 25,0 mL et ajuster le trait de jauge avec de l'eau distillée ;
• mesurer avec un spectrophotomètre l'absorbance de la solution obtenue de couleur bleue.

Le glucose contenu dans le médicament permettant la réhydratation réagit avec les ions CuT_2^{2-} contenus dans la liqueur de Fehling. Cette transformation chimique est totale et produit l'ion gluconate et l'oxyde de cuivre $Cu_2O_{(s)}$, de couleur rouge-brique. L'équation de la réaction modélisant cette transformation est :

$$2\ CuT_2{}^{2-}{}_{(aq)} + \underbrace{C_5H_{11}O_5 - CHO_{(aq)}}_{\text{glucose}} + 5\ HO^-{}_{(aq)}$$
$$\rightarrow Cu_2O(s) + \underbrace{C_5H_{11}O_5 - CO^-_{2(aq)}}_{\text{ion gluconate}} + 4\ T^{2-}{}_{(aq)} + 3\ H_2O_{(l)}$$

▶ **1.** Justifier le caractère réducteur du glucose dans cette réaction à l'aide d'une demi-équation électronique. (*0,5 point*)

▶ **2.** À l'issue de la réaction entre une solution étalon de glucose et la solution de liqueur de Fehling, le filtrat est de couleur bleue. Identifier le réactif limitant. (*0,5 point*)

▶ **3.** Proposer une longueur d'onde optimale pour régler le spectrophotomètre afin de réaliser les mesures. (*0,25 point*)
La courbe d'étalonnage est obtenue à partir des mesures de l'absorbance des filtrats des différents mélanges. Elle est modélisée par une droite d'équation :

$$A = -0{,}39 \times C_m + 0{,}88 \text{ avec } C_m \text{ en g} \cdot L^{-1}.$$

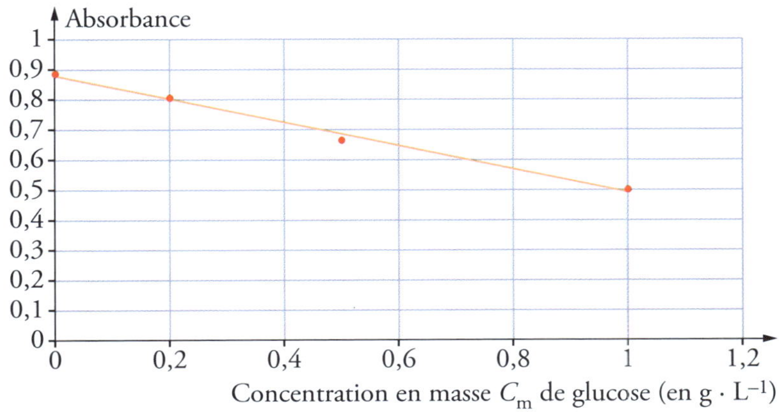

***Figure 3.* Courbe d'étalonnage : absorbance en fonction de la concentration en masse C_m de glucose**

▶ **4.** Expliquer pourquoi l'absorbance du filtrat diminue lorsque la concentration en masse de glucose augmente. (*0,5 point*)

Afin de déterminer la masse de glucose contenue dans un sachet de médicament permettant la réhydratation, on réalise l'expérience suivante :

• une solution (S_1) de volume $V_1 = 500{,}0$ mL est préparée en dissolvant le contenu d'un sachet de médicament dans de l'eau distillée ;

• la solution (S_1) est ensuite diluée d'un facteur 10 pour obtenir la solution (S_2) ;

• en réalisant le même protocole expérimental que pour les solutions étalons, on mesure une absorbance $A = 0{,}59$ lorsqu'on utilise 10,0 mL de solution (S_2) à la place de 10,0 mL de solution étalon.

▶ **5.** Déterminer la masse de glucose contenue dans le sachet de médicament permettant la réhydratation et commenter le résultat obtenu. (*1 point*)

LES CLÉS DU SUJET

Le lien avec le programme

Dosage par étalonnage

- Utiliser la loi de Beer-Lambert.
- Réaliser un diagramme de prédominance.
- Étudier une réaction d'oxydoréduction.

Les conseils du correcteur

Partie 1. Étude de la liqueur de Fehling	▶ **2.** Réalisez le diagramme de prédominance des deux couples acide-base comportant l'acide tartrique ou les ions tartrates.
Partie 2. Dosage du glucose	▶ **1.** Écrivez la demi-équation redox du couple glucose / ion gluconate, puis répondez à la question « Le glucose accepte-t-il ou cède-t-il des électrons ? » Enfin revenez à la définition de réducteur selon Brönsted. ▶ **5.** Utilisez l'équation de la droite de modélisation fournie pour trouver la valeur de C_m de la solution S_2. Déduisez la valeur de la concentration massique en glucose de la solution S_1. Enfin, retrouvez la masse de glucose contenue dans un sachet de médicament en lisant attentivement le protocole de dosage.

6 CORRIGÉ GUIDÉ

PARTIE 1. ÉTUDE DE LA LIQUEUR DE FEHLING

▶ 1. Écrire une formule semi-développée

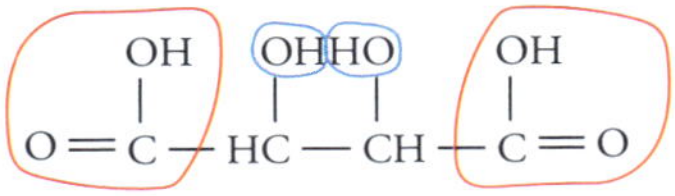

> **À NOTER**
> Contrairement à la formule topologique, dans les formules développée et semi-développée, les angles entre les liaisons n'ont pas de valeur signifiante donc on utilise la plupart du temps 90° ou 180° sans aucun rapport avec la géométrie réelle de la molécule.

Les groupes entourés en bleu sont des hydroxyles et sont caractéristiques de la famille des « alcools » et ceux entourés en rouge sont des carboxyles, caractéristiques de la famille « acide carboxylique ».

▶ 2. Déterminer une forme prédominante

Il faut dresser le diagramme de prédominance de ces espèces acidobasiques :

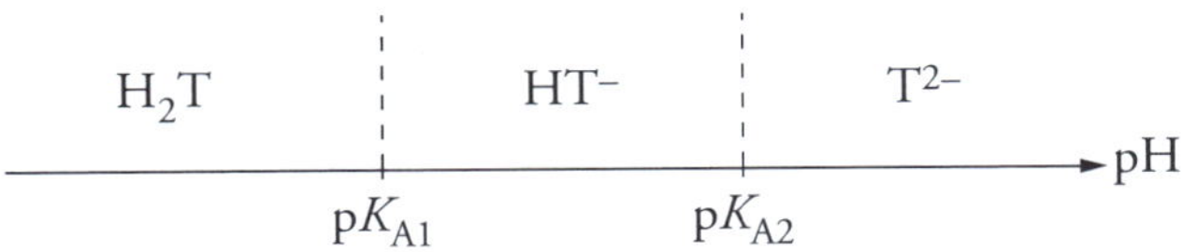

Le pH de la solution B est supérieur à 12 donc supérieur à pK_{A2} donc l'espèce prédominante est l'espèce T^{2-}, les ions tartrates.

▶ 3. Écrire une équation de réaction

Étant donné la réponse précédente, la réaction produit des ions tartrates donc doit être la suivante :

$$H_2T_{(aq)} + 2\ HO^-_{(aq)} \Leftrightarrow T^{2-}_{(aq)} + 2\ H_2O_{(\ell)}$$

▶ 4. Écrire une équation de réaction

$$2\ T^{2-}_{(aq)} + Cu^{2+}_{(aq)} \Leftrightarrow CuT_2{}^{2-}_{(aq)}$$

▶ 5. Déterminer la coloration d'une solution

D'après la figure 1, nous pouvons constater que la liqueur de Fehling absorbe préférentiellement autour de 650 nm de longueur d'onde, ce qui correspond aux teintes rouge-orange. La solution de liqueur de Fehling apparaîtrait alors de la couleur complémentaire à ces teintes c'est-à-dire bleu-vert ce qui est cohérent avec la teinte « bleue » indiquée dans l'énoncé.

PARTIE 2. DOSAGE DU GLUCOSE

▶ 1. Identifier une espèce réductrice

Dans cette réaction le glucose se transforme en ion gluconate :

$$C_5H_{11}O_5-CHO_{(aq)}+H_2O_{(\ell)}=C_5H_{11}O_5-CO^-_{2(aq)}+3\,H^+_{(aq)}+2\,e^-$$

Les électrons se trouvent « du côté » des ions gluconate. Le glucose est donc une espèce susceptible de donner des électrons, ce qui est caractéristique d'un réducteur.

▶ 2. Identifier un réactif limitant

Si le filtrat est bleu alors il reste des ions $CuT_2{}^{2-}{}_{(aq)}$ (seule espèce bleue présente) donc c'est le glucose qui est le réactif limitant.

▶ 3. Régler un spectrophotomètre

Le spectrophotomètre doit être réglé sur la longueur d'onde pour laquelle l'espèce, dont on souhaite suivre l'évolution, absorbe le plus. La figure 1 nous permet de conclure qu'il faut régler ce spectrophotomètre sur une longueur d'onde d'environ 653 nm.

▶ 4. Expliquer l'évolution d'une mesure expérimentale

Lorsque la concentration en glucose augmente, la quantité réactive de glucose augmente car les volumes utilisés sont inchangés. Or plus le glucose est consommé, plus les ions $CuT_2{}^{2-}{}_{(aq)}$ sont consommés. Le mélange réactionnel final contiendra donc de moins en moins de ces ions entraînant la diminution de la coloration des solutions testées. Leurs absorbances seront donc de plus en plus faibles.

▶ 5. Exploiter le résultat d'un dosage par étalonnage

L'absorbance de la solution S_2 (dans les mêmes conditions que les solutions étalons) est égale à 0,59. On peut alors déduire la concentration en masse de glucose de cette solution à partir de l'équation de la droite modélisant le phénomène d'absorbance :

$$C_{mS_2}=\frac{A-0{,}88}{-0{,}39}=\frac{0{,}59-0{,}88}{-0{,}39}=0{,}74\ \text{g}\cdot\text{L}^{-1}.$$

Cette solution S_2 est 10 fois moins concentrée que la solution S_1 donc la concentration massique de S_1 est $C_{mS_1}=10\,C_{mS_2}=7{,}4\ \text{g}\cdot\text{L}^{-1}$.

Enfin, cette solution S_1 a été obtenue par dissolution d'un sachet de médicament dans un volume $V=500$ mL d'eau. Le sachet contient donc une masse de glucose $M=C_{mS_2}\times V=3{,}7$ g.

L'étiquette du sachet mentionne une masse de 4 g soit environ 10 % d'erreur sur l'étiquetage par rapport aux mesures effectuées.

Le colorant E127

1 h 40
10 points

INTÉRÊT DU SUJET • Ce sujet vous propose d'examiner un colorant alimentaire qui sert aussi comme révélateur de plaque dentaire : vous ferez une étude complète de son dosage par étalonnage et de la synthèse du composé chimique, jusqu'au nettoyage des résidus sur la verrerie.

Le colorant E127, de couleur rouge, est utilisé pour teinter certains aliments comme les cerises confites. Il est également présent dans des médicaments comme les révélateurs de plaque dentaire. C'est un composé ionique, de formule brute $Na_2C_{20}H_6I_4O_5$ noté plus simplement Na_2Ery, présent en solution sous la forme d'ions Na^+ et Ery^{2-}. Les ions Ery^{2-} constituent l'une des trois formes acide-base de l'érythrosine. Les objectifs de l'exercice sont d'étudier le dosage de ce colorant dans un révélateur de plaque dentaire, la synthèse de la forme la plus acide, notée H_2Ery, de l'érythrosine et la cinétique de la décoloration de celle-ci par l'eau de Javel.

Données

• Écriture simplifiée et formule topologique des différentes formes acide-base associées à l'érythrosine.

Écriture simplifiée	H_2Ery	$HEry^-$	Ery^{2-}
Formule topologique	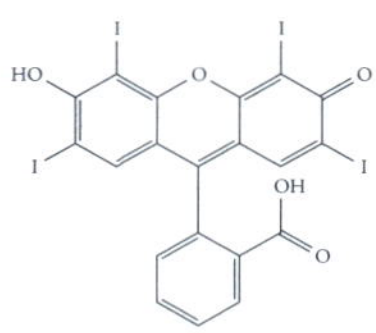	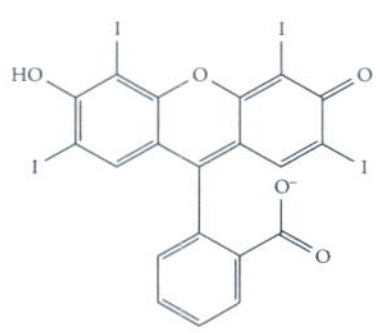	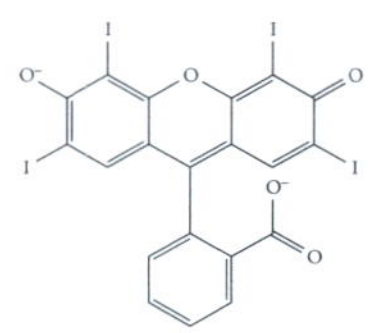

• Valeurs de pK_A à 25 °C des couples acide-base associés à l'érythrosine :
– H_2Ery / $HEry^-$: $pK_{A1} = 2,4$;
– $HEry^-$ / Ery^{2-} : $pK_{A2} = 3,8$.

• Valeurs de masses molaires de quelques espèces.

Nom	Colorant E127	Forme la plus acide de l'érythrosine	Forme la plus acide de la fluorescéine	Diiode
Écriture simplifiée ou formule brute	Na_2Ery	H_2Ery	H_2Flu	I_2
Masse molaire ($g \cdot mol^{-1}$)	880	836	332	254

PARTIE 1. DOSAGE DU COLORANT E127 DANS UN RÉVÉLATEUR DE PLAQUE DENTAIRE — 35 min

Un révélateur de plaque dentaire est une solution vendue en pharmacie permettant d'améliorer le brossage des dents. Elle est préparée à partir du colorant E127.

Données

• Masse volumique du révélateur de plaque dentaire étudié : $\rho = 1{,}0\ g \cdot mL^{-1}$.

• pH du révélateur de plaque dentaire étudié : pH = 7,0.

• Cercle chromatique :

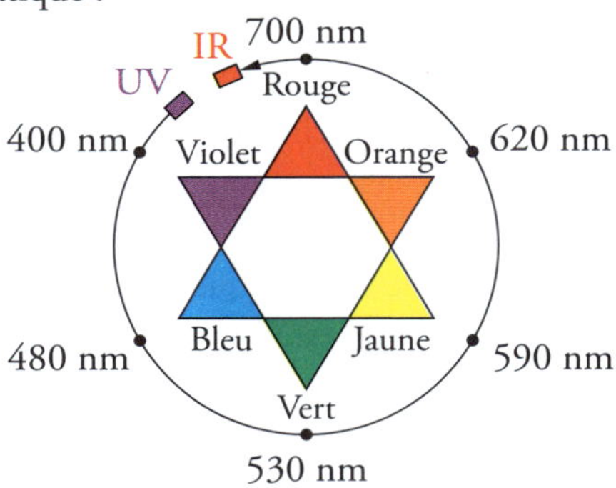

• Spectre d'absorption d'une solution aqueuse du colorant E127 de concentration en soluté apporté égale à $1{,}7 \times 10^{-5}\ mol \cdot L^{-1}$ et de pH égal à 7,0 :

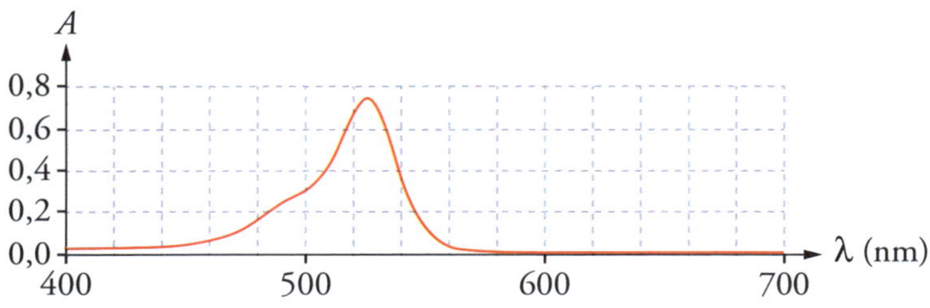

▶ **1.** À l'aide de la formule topologique de la forme H_2Ery de l'érythrosine ci-dessous, nommer les familles fonctionnelles associées aux groupes caractéristiques A, B et C. *(0,5 point)*

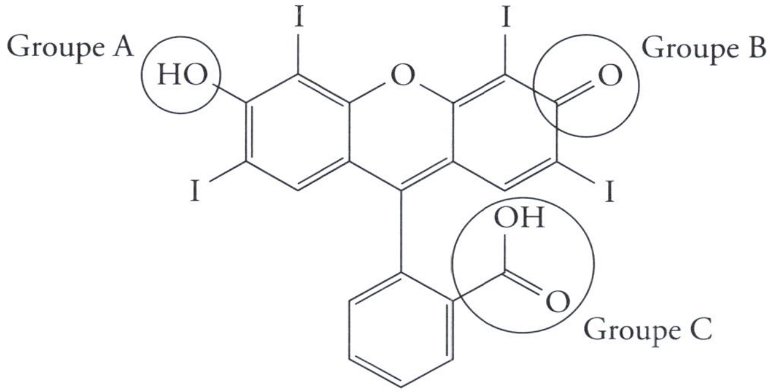

▶ **2.** Identifier, en justifiant, la forme de l'érythrosine qui prédomine dans le révélateur de plaque dentaire étudié. *(0,5 point)*

Sur le site du fabricant, il est indiqué que le révélateur de plaque dentaire, de couleur rouge, est une solution hydroalcoolique contenant le colorant E127 à 2 % en masse. Afin de vérifier l'indication précédente sur le titre massique, on réalise les expériences décrites ci-dessous.

• **Préparation de la solution à doser**

On introduit 0,5 mL de révélateur de plaque dentaire dans une fiole jaugée de 2,0 L que l'on complète avec de l'eau distillée : on obtient la solution S.

• Dosage spectrophotométrique par étalonnage

– à partir d'une solution aqueuse de colorant E127 de concentration en soluté apporté égale à $1{,}7 \times 10^{-5}$ mol · L^{-1}, on prépare par dilution six solutions filles ;

– on mesure l'absorbance de chacune de ces solutions à une longueur d'onde appropriée ; les mesures sont reportées sur le graphe de la figure 1 ;

– on mesure l'absorbance de la solution S à la même longueur d'onde ; on obtient $A = 0{,}484$.

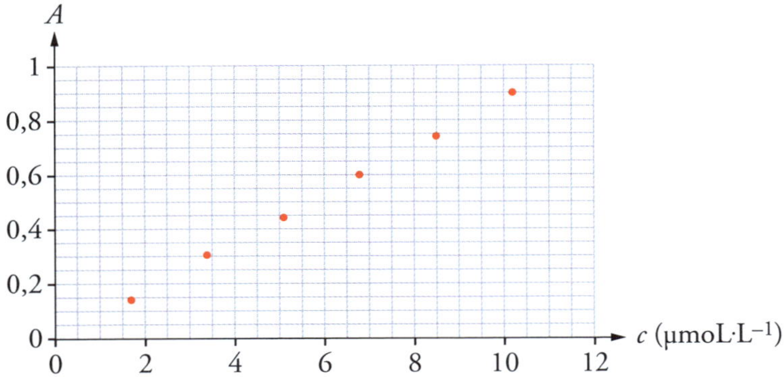

***Figure 1.* Évolution de l'absorbance en fonction de la concentration en quantité de matière de colorant E127 apporté**

▶ **3.** Justifier la couleur rouge du révélateur de plaque dentaire étudié. *(0,5 point)*

▶ **4.** Après avoir montré que la concentration du colorant E127 apporté dans le révélateur de plaque dentaire est égale à $2{,}2 \times 10^{-2}$ mol · L^{-1}, déterminer la valeur du titre massique en colorant E127 du révélateur de plaque dentaire analysé. Commenter. *(2 points)*

Le candidat est invité à prendre des initiatives et à présenter la démarche suivie, même si elle n'a pas abouti. La démarche est évaluée et nécessite d'être correctement présentée.

PARTIE 2. SYNTHÈSE DE L'ÉRYTHROSINE À PARTIR DE LA FLUORESCÉINE — 40 min

L'érythrosine peut être synthétisée à partir d'un autre colorant, la fluorescéine, en présence d'acide iodique et d'éthanol. L'équation de la réaction modélisant cette synthèse est donnée ci-dessous :

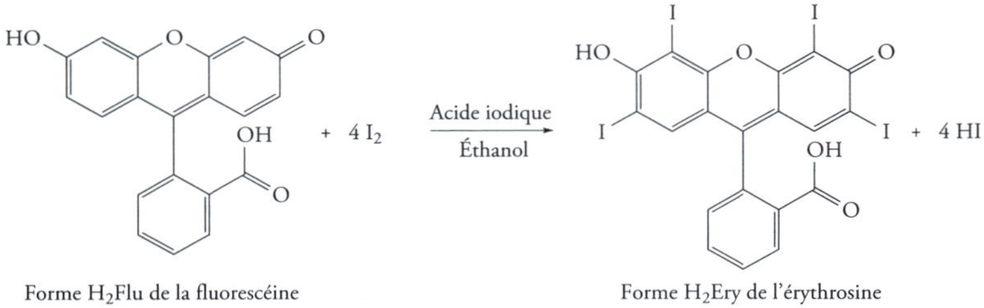

Dans une publication scientifique, on trouve les informations suivantes.

DOCUMENT

- Les différentes étapes d'un protocole de synthèse de l'érythrosine :
– étape 1 : réaliser la synthèse de la forme H_2Ery de l'érythrosine à partir de 5,0 g de fluorescéine H_2Flu et de 9,5 g de diiode I_2, en présence d'éthanol et d'acide iodique ; chauffer et agiter le mélange pendant deux heures à une température de 60 °C ;
– étape 2 : après refroidissement, filtrer le mélange à l'aide d'un filtre Büchner puis laver le solide rouge obtenu avec de l'eau et de l'éthanol ;
– étape 3 : mesurer la température de fusion du solide rouge obtenu.
- La valeur du rendement *r* de la synthèse : *r* = 59 %.

D'après N. Pietrancosta *et al.*, *Bioorganic & Medicinal Chemistry* 18 (2010) 6922-6933.

▶ **5.** Identifier le rôle des étapes 1, 2 et 3 du protocole expérimental de synthèse de l'érythrosine. *(0,75 point)*

▶ **6.** Identifier l'opération du protocole expérimental réalisée pour optimiser la vitesse de formation de l'érythrosine. *(0,25 point)*

▶ **7.** Déterminer le réactif limitant de la synthèse de l'érythrosine. *(1 point)*

▶ **8.** Montrer que la masse d'érythrosine de forme H_2Ery obtenue expérimentalement est d'environ 4,6 g. *(1,25 point)*

▶ **9.** Déterminer le nombre de flacons de 10 mL de révélateur de plaque dentaire, de pH égal à 7 et de concentration égale à $2{,}2 \times 10^{-2}$ mol·L^{-1} en colorant E127, qu'il est possible de fabriquer grâce à cette synthèse. *(1 point)*

PARTIE 3. SUIVI CINÉTIQUE DE LA DÉCOLORATION D'UNE SOLUTION DE COLORANT E127 PAR L'EAU DE JAVEL

25 min

ph © MooNam StockPhoto/Shutterstock

Le filtre Büchner utilisé lors de la synthèse précédente est coloré par les résidus de colorant E127 rouge. Pour le décolorer, on peut utiliser de l'eau de Javel.
En effet, la forme Ery^{2-} de l'érythrosine réagit avec les ions hypochlorite ClO^- contenus dans l'eau

de Javel pour former un produit incolore. Cette réaction est supposée totale.
On réalise, à 25 °C, les deux expériences A et B décrites ci-après.
Dans des béchers de 50 mL, deux solutions sont préparées à partir d'une solution commerciale d'eau de Javel de concentration en ions hypochlorite égale à 0,73 $mol \cdot L^{-1}$:

Solution	S_A	S_B
Volume d'eau de Javel (mL)	5	10
Volume d'eau distillée (mL)	5	0

Pour l'expérience A :

- à la date $t = 0$ s, on verse dans le bécher contenant la solution S_A un volume de 10,0 mL d'une solution aqueuse de colorant E127 de concentration en soluté apporté égale à $1{,}7 \times 10^{-5}$ $mol \cdot L^{-1}$;
- on remplit rapidement une cuve spectrophotométrique avec le mélange réactionnel, on l'introduit dans un spectrophotomètre réglé à une longueur d'onde appropriée et on relève les valeurs d'absorbance en fonction du temps.

Pour l'expérience B, on recommence les mêmes opérations avec la solution S_B.
Dans chacun des mélanges réactionnels préparés, l'érythrosine est présente sous la seule forme Ery^{2-} et cette forme est la seule espèce qui absorbe à la longueur d'onde choisie.
Les résultats obtenus permettent de tracer la courbe d'évolution de la concentration en quantité de matière de la forme Ery^{2-} de l'érythrosine pour l'expérience A et B (figure 2).

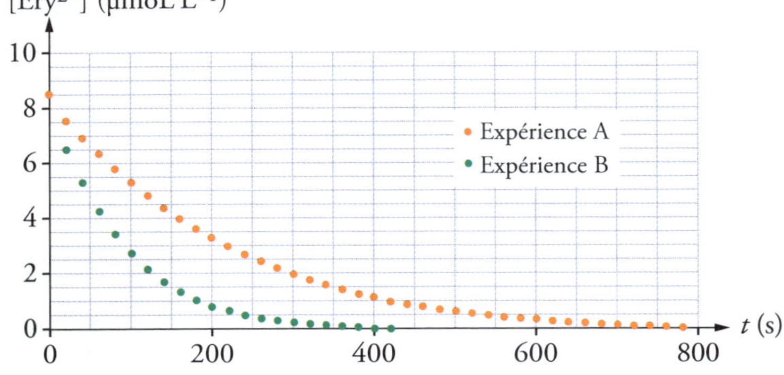

***Figure 2.* Évolution de la concentration en quantité de matière de la forme Ery^{2-} de l'érythrosine pour les expériences A et B**

▶ **10.** Décrire qualitativement, en exploitant la figure 2, l'évolution de la vitesse volumique de disparition de la forme Ery^{2-} de l'érythrosine au cours du temps pour l'expérience A. Proposer un facteur cinétique à l'origine de cette évolution. *(0,75 point)*

▶ **11.** Déterminer graphiquement le temps de demi-réaction pour l'expérience A. Commenter. *(1 point)*

▶ **12.** Expliquer comment il est possible d'optimiser la décoloration du filtre Büchner. *(0,5 point)*

LES CLÉS DU SUJET

Le lien avec le programme

Constitution et transformation de la matière

- Réaliser un diagramme de prédominance et exploiter la courbe d'étalonnage d'un dosage spectrophotométrique.
- Lire un protocole de synthèse organique et utiliser la notion de rendement.
- Déterminer graphiquement un temps de demi-réaction et identifier des facteurs cinétiques.

Les conseils du correcteur

Coups de pouce

Partie 1. Dosage du colorant E127 dans un révélateur de plaque dentaire

▶ **2.** Réalisez le diagramme de prédominance des deux couples acide-base associés à l'érythrosine.

▶ **4.** Procédez par étapes : • Exploitez la figure 1 pour trouver la concentration de la solution dosée.
• Déterminez la quantité de matière présente dans la fiole jaugée avant d'en déduire la concentration recherchée. • Déterminez la concentration massique C_m puis déduisez-en le titre massique t. Souvenez-vous que $C_m = C \times M$ et que $t = \dfrac{\text{masse de soluté}}{\text{masse de solution}}$.
N'oubliez pas de commenter le résultat obtenu.

Partie 2. Synthèse de l'érythrosine à partir de la fluorescéine

▶ **8.** Calculez d'abord la masse maximale d'érythrosine formée, puis faites intervenir le rendement de la synthèse pour déterminer la masse d'érythrosine obtenue.

▶ **9.** Déterminez, séparément, la quantité de matière d'érythrosine synthétisée et celle contenue dans un flacon de 10 mL. Déduisez-en le nombre de flacons qu'il est possible de fabriquer.

7 CORRIGÉ **GUIDÉ**

PARTIE 1. DOSAGE DU COLORANT E127 DANS UN RÉVÉLATEUR DE PLAQUE DENTAIRE

▶ 1. Identifier les familles fonctionnelles de la chimie organique

Le groupe A est le groupe hydroxyle caractéristique de la famille des alcools. Le groupe B est le groupe carbonyl ; il définit ici la famille des cétones. Le groupe C se nomme groupe carboxyl, il identifie la famille des acides carboxyliques.

▶ 2. Déterminer une espèce chimique prédominante

À partir des données de l'exercice, notamment des valeurs du pK_{A1} et du pK_{A2}, on établit un diagramme de prédominance des espèces acide-base associées à l'érythrosine :

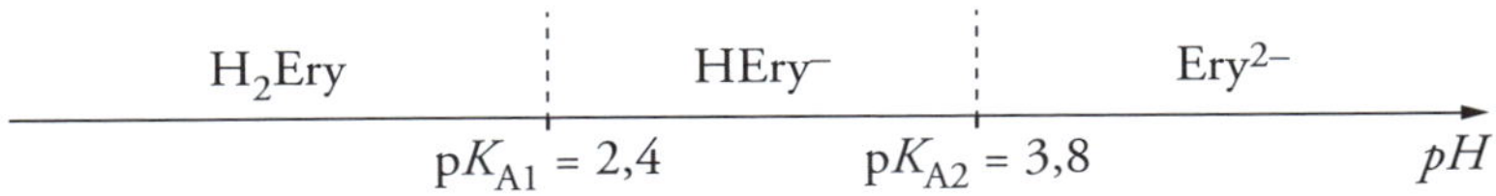

L'énoncé indique que le pH du révélateur de plaque dentaire vaut 7,0. Cette valeur est supérieure à celle de pK_{A2} donc la forme prédominante de l'érythrosine est l'ion Ery^{2-}.

▶ 3. Expliquer la couleur d'une solution

Le spectre d'absorption d'une solution aqueuse du colorant E127 montre un maximum d'absorption pour des rayonnements de longueur d'onde d'environ $\lambda = 525$ nm. En s'aidant du cercle chromatique, on en déduit que la solution aqueuse du colorant E127 absorbe beaucoup les rayonnements de couleur verte. Ainsi, la solution apparaît dans la couleur complémentaire au vert, c'est-à-dire rouge.

> **À NOTER**
> La couleur d'une solution est la couleur complémentaire des rayonnements qu'elle absorbe.

▶ 4. Exploiter le résultat d'un dosage par étalonnage

• **Étape 1. Déterminer la concentration *C* de la solution S dosée**

Sur la figure 1, on trace la droite d'étalonnage passant au mieux par les points expérimentaux. Puis, par lecture graphique, on détermine que l'absorbance $A = 0{,}484$ correspond à une concentration de colorant E127 apporté $C = 5{,}5\ \mu mol \cdot L^{-1}$, soit $5{,}5 \times 10^{-6}\ mol \cdot L^{-1}$.

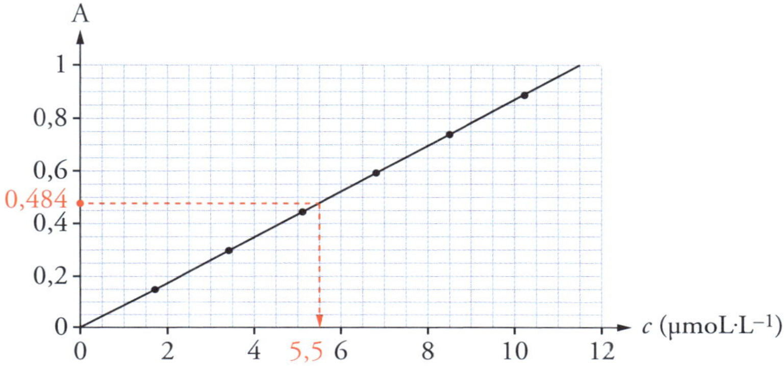

• Étape 2. Déterminer la concentration dans le révélateur de plaque dentaire

Dans l'énoncé, il est dit que la solution S est préparée dans une fiole jaugée de 2,0 L. On peut donc calculer la quantité de matière de colorant E127 présente dans la fiole jaugée :

$n_{E127} = C \times V_{fiole} = 5{,}5 \times 10^{-6} \times 2{,}0 = 1{,}1 \times 10^{-5}$ mol.

L'énoncé précise aussi que cette fiole jaugée a été préparée en introduisant 0,5 mL de révélateur de plaque dentaire. On peut donc calculer la concentration en colorant E127 dans le révélateur de plaque dentaire :

$$C_{E127,rev} = \frac{n_{E127}}{V_{rev}} = \frac{1{,}1 \times 10^{-5}}{0{,}5 \times 10^{-3}} = 2{,}2 \times 10^{-2}\ \text{mol} \cdot \text{L}^{-1}.$$

On retrouve bien la valeur indiquée dans l'énoncé.

• Étape 3. Déterminer le titre massique dans le révélateur de plaque dentaire

Par définitions, la concentration massique C_m est $C_m = C \times M$ où M est la masse molaire de l'espèce étudiée et le titre massique est le rapport des masses de colorant E127 et de solution :

$$t = \frac{\text{masse de soluté}}{\text{masse de solution}}.$$

> **À NOTER**
> Le titre massique d'un soluté présent dans une solution est un nombre sans unité. Il s'obtient en faisant le rapport des masses de soluté (ici le colorant E127) et de solution.

La masse molaire du colorant E127 étant donnée dans l'énoncé ($880\ \text{g} \cdot \text{mol}^{-1}$), commençons par déterminer la concentration massique de colorant E127 dans le révélateur de plaque dentaire :

$C_m = C_{E127,rev} \times M = 2{,}2 \times 10^{-2} \times 880 = 19\ \text{g} \cdot \text{L}^{-1}$.

Puis calculons le titre massique. La masse volumique du révélateur indiquée dans l'énoncé est $\rho = 1,0\ g \cdot mL^{-1}$. Un litre de révélateur a donc une masse de 1 000 g. Nous pouvons donc calculer le titre massique du colorant E127 dans le révélateur : $t = \frac{19}{1000} = 0,019$.

Le titre massique du colorant E127 dans le révélateur est de 0,019 soit 1,9 % en masse. Cette valeur coïncide avec celle indiquée dans l'énoncé qui précise que le site du fabricant annonce une teneur à 2 % en masse.

PARTIE 2. SYNTHÈSE DE L'ÉRYTHROSINE À PARTIR DE LA FLUORESCÉINE

▶ 5. Identifier les étapes d'une synthèse organique

L'étape 1 du protocole de la synthèse de l'érythrosine correspond à une substitution puisque 4 atomes d'iode ont remplacé 4 atomes d'hydrogène dans la forme H_2Ery de l'érythrosine.

L'étape 2 correspond à une filtration.

Dans l'étape 3, on procède à une identification de l'espèce synthétisée, ici la forme H_2Ery, en utilisant la température de fusion de cette espèce.

À NOTER
La température de fusion est propre à chaque espèce solide. On la détermine grâce à un banc de Kofler.

▶ 6. Identifier un paramètre permettant d'optimiser la vitesse de formation d'une espèce

L'opération de la synthèse qui permet d'accélérer la synthèse de l'érythrosine est le chauffage lors de l'étape 1.

▶ 7. Identifier le réactif limitant de la synthèse

On détermine tout d'abord les quantités de matière des réactifs à l'état initial, à partir des données fournies dans l'énoncé.

Pour le diiode I_2 : $n_{I_2} = \frac{m_{I_2}}{M_{I_2}} = \frac{9,5}{254} = 0,037$ mol.

Pour la fluorescéine H_2Flu : $n_{H_2Flu} = \frac{m_{H_2Flu}}{M_{H_2Flu}} = \frac{5,0}{332} = 0,015$ mol.

D'après les coefficients stœchiométriques de l'équation de la réaction modélisant la synthèse, il faut 4 fois plus d'atomes de diiode que de molécules de fluorescéine.

Ici, on a $n_{I_2} = 0,037$ mol et $4 \times n_{H_2Flu} = 0,060$ mol.

Le diiode est donc le réactif limitant de la synthèse de l'érythrosine.

▶ **8. Calculer la masse obtenue expérimentalement**

Le diiode étant le réactif limitant de la synthèse, la quantité de diiode consommée est de $n_{I_2} = 0{,}037$ mol et il se forme 4 fois moins de quantité de matière l'érythrosine que de quantité de matière de diiode à disparaître.

On a donc : $n_{H_2Ery} = \dfrac{n_{I_2}}{4} = \dfrac{0{,}037}{4} = 0{,}0093$ mol.

Cela correspond à une masse d'érythrosine :

$m_{H_2Ery} = n_{H_2Ery} \times M_{H_2Ery} = 0{,}0093 \times 836 = 7{,}8$ g.

Mais il s'agit ici de la masse maximale d'érythrosine synthétisée ; c'est-à-dire une masse théorique.

La masse effectivement obtenue doit tenir compte du rendement r de la synthèse :

$m_{\text{expérimentale}} = m_{\text{théorique}} \times r$.

La masse d'érythrosine obtenue expérimentalement vaut donc :

$m'_{H_2Ery} = m_{H_2Ery} \times r = 7{,}8 \times 0{,}59 = 4{,}6$ g.

> **ATTENTION**
> Vous devez savoir calculer une masse expérimentale à partir de la masse théorique et du rendement d'une réaction.

▶ **9. Prévoir le nombre de flacons qu'on pourra fabriquer**

La masse d'érythrosine obtenue expérimentalement correspond à une quantité de matière d'érythrosine synthétisée de :

$$n'_{H_2Ery} = \frac{m'_{H_2Ery}}{M_{H_2Ery}} = \frac{4{,}6}{836} = 5{,}5 \times 10^{-3} \text{ mol.}$$

Chaque flacon a une contenance V de 10 mL et doit avoir une concentration $C = 2{,}2 \times 10^{-2}$ mol · L^{-1}.

Pour chaque flacon, il faut donc une quantité de matière d'érythrosine :

$n_{\text{flacon}} = C \times V_{\text{flacon}} = 2{,}2 \times 10^{-2} \times 10 \times 10^{-3} = 2{,}2 \times 10^{-4}$ mol.

Le nombre de flacons que l'on peut fabriquer est donc de :

$$\frac{n'_{H_2Ery}}{n_{\text{flacon}}} = \frac{5{,}5 \times 10^{-3}}{2{,}2 \times 10^{-4}} = 25 \text{ flacons.}$$

S'ENTRAÎNER

PARTIE 3. SUIVI CINÉTIQUE DE LA DÉCOLORATION D'UNE SOLUTION DE COLORANT E127 PAR L'EAU DE JAVEL

▶ 10. Expliquer l'évolution de la vitesse volumique de disparition d'un réactif

La vitesse volumique de disparition de la forme Ery^{2-} est forte en début d'expérience puis devient de plus en plus faible. Cela signifie que la concentration de la forme Ery^{2-} est un facteur cinétique : à mesure que la forme Ery^{2-} est consommée, sa concentration baisse et la vitesse volumique décroît.

▶ 11. Déterminer un temps de demi-réaction

Le temps de demi-réaction $t_{1/2}$ est le temps au bout duquel la concentration du réactif, ici la forme Ery^{2-}, est divisée par 2.

Graphiquement, à partir de la figure 2, on voit que la concentration initiale de Ery^{2-} est de 8,5 $\mu mol \cdot L^{-1}$ et qu'elle atteint la moitié de cette valeur (~4,2 $\mu mol \cdot L^{-1}$) au bout de 150 s. On a donc $t_{1/2} = 150$ s.

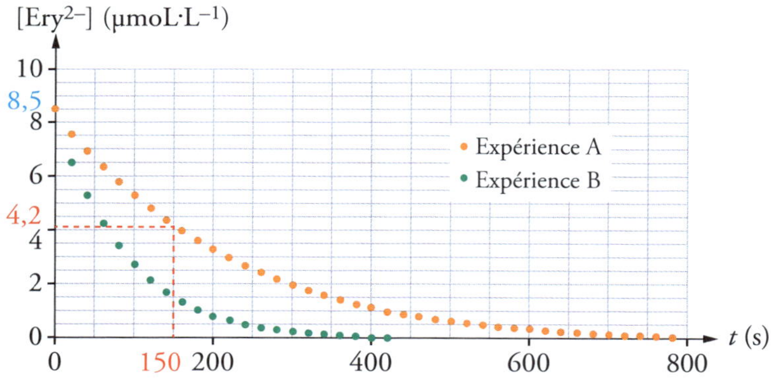

C'est une réaction lente : pour que le réactif ait disparu, on considère qu'il faut 5 fois $t_{1/2}$, ce qui conduit ici à 750 s, c'est-à-dire plus de 12 minutes pour que la synthèse soit terminée.

▶ 12. Optimiser la réaction

Sur la figure 2, on constate que pour l'expérience B, où l'eau de Javel est deux fois plus concentrée que dans l'expérience A, le temps de demi-réaction est voisin de 50 s donc 3 fois plus court. Il est possible d'optimiser la décoloration du filtre Büchner en augmentant la concentration du deuxième réactif, l'eau de Javel.

8 France métropolitaine, mai 2022 • Jour 2
EXERCICE 2A

L'arôme de vanille

50 min
5 points

INTÉRÊT DU SUJET • La vanilline est l'une des espèces chimiques responsables de l'arôme de la vanille. Cet exercice a pour but d'étudier la molécule de vanilline et de mesurer sa présence dans un extrait de vanille.

La vanilline (figure 1) et l'éthylvanilline (figure 2) sont responsables des arômes « vanille » utilisés dans les produits alimentaires. La vanilline peut être extraite des gousses de vanille mais elle est très majoritairement synthétisée pour diminuer son coût. L'éthylvanilline est, quant à elle, exclusivement issue de la synthèse.

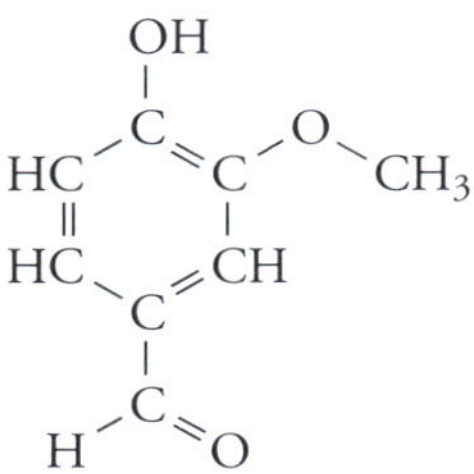

***Figure 1.* Formule semi-développée de la vanilline**

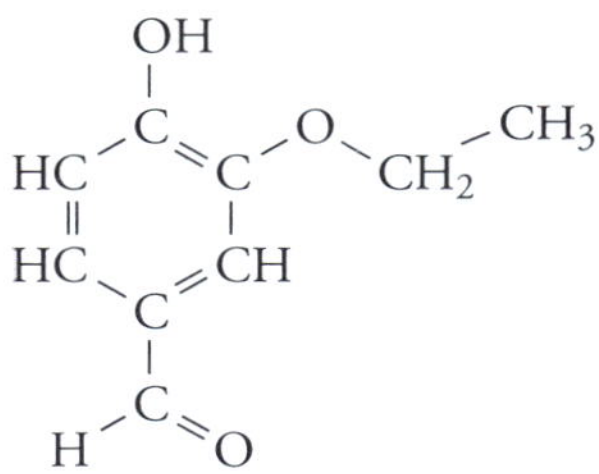

***Figure 2.* Formule semi-développée de l'éthylvanilline**

L'objectif de cet exercice est d'étudier la vanilline et de contrôler sa teneur dans un extrait de vanille.

Données

- pK_A du couple vanilline / ion vanillinate, noté AH / A^-, à 25 °C : $pK_A = 7{,}4$;
- Masse molaire moléculaire de la vanilline : $M = 152\ g \cdot mol^{-1}$;
- Propriétés des espèces chimiques :

	Solution aqueuse de chlorure de sodium	Acétate d'éthyle
Densité	Supérieure à 1	0,897
Miscible avec l'eau	Oui	Non
Solubilité de la vanilline	Très peu soluble	Très soluble

PARTIE 1. ÉTUDE DE PRODUITS COMMERCIAUX « VANILLÉS »

25 min

On souhaite étudier trois produits du commerce « vanillés » :
– produit 1 : produit commercial, liquide, obtenu par macération de gousses de vanille dans un mélange eau / éthanol ;
– produit 2 : sucre vanillé ;
– produit 3 : sucre vanilliné.

▶ **1.** Indiquer si les molécules de vanilline et d'éthylvanilline sont des isomères de constitution. Justifier. *(0,25 point)*

▶ **2.** Représenter la formule topologique de la molécule de vanilline. *(0,25 point)*

▶ **3.** Sur la molécule représentée à la question 2, entourer deux groupes caractéristiques présents et nommer pour chacun d'eux la famille fonctionnelle associée. *(0,5 point)*

On extrait la vanilline potentiellement présente du produit 2 puis du produit 3 selon le protocole ci-dessous :

• introduire, dans un erlenmeyer, 30 mL d'eau distillée et 1,0 g de produit « vanillé » ;
• introduire la solution aqueuse dans une ampoule à décanter et y ajouter 10 mL d'acétate d'éthyle ainsi qu'une spatule de chlorure de sodium ;
• agiter l'ensemble et dégazer régulièrement ;
• laisser décanter le mélange puis récupérer la phase organique.

▶ **4.** Schématiser l'ampoule à décanter après agitation dans le cas du produit 2 en précisant la position relative des phases et en indiquant celle qui contient la vanilline. Justifier. *(1 point)*

Pour vérifier la présence ou non de vanilline dans les trois produits du commerce, on réalise une chromatographie sur couche mince.
Après révélation sous lampe UV, on obtient le chromatogramme donné sur la figure 3.

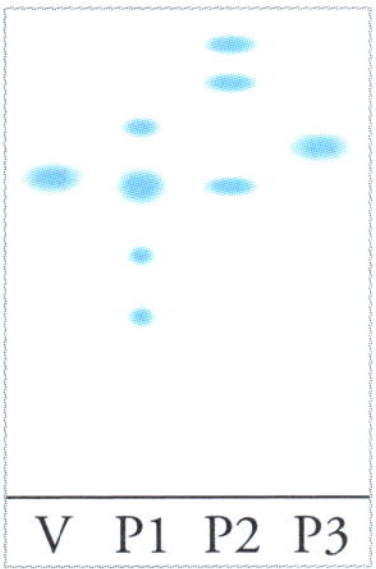

Éluant : mélange cyclohexane/acétat d'éthyle
Dépôt V : vanilline commerciale (référence)
Dépôt P1 : produit 1
Dépôt P1 : produit 2
Dépôt P1 : produit 3
} Solubilisés dans l'éluant

***Figure 3.* Chromatogramme obtenu expérimentalement**

▶ **5.** Identifier, en justifiant, les produits du commerce contenant de la vanilline. *(0,5 point)*

PARTIE 2. TITRAGE DE LA VANILLINE CONTENU DANS LE PRODUIT 1

25 min

On s'intéresse dans cette partie au produit commercial obtenu par macération de gousses de vanille. La législation impose, pour obtenir l'appellation « extrait de vanille », une masse minimale de 2 g de vanilline par kilogramme d'extrait. Dans certains produits commercialisés, cette masse peut atteindre plusieurs dizaines de grammes.

Pour vérifier si le produit 1 répond à cette condition, on se propose de déterminer la masse de vanilline contenue dans un échantillon du produit commercial par un titrage suivi par pH-métrie.

On introduit 0,31 g de produit 1 dans une fiole jaugée de 100,0 mL que l'on complète jusqu'au trait de jauge avec une solution aqueuse d'hydroxyde de sodium. On note S la solution obtenue.
On réalise le titrage d'une prise d'essai de 50,0 mL de solution S par une solution aqueuse d'acide chlorhydrique de concentration égale à $4,1 \times 10^{-3}$ mol·L^{-1}.
La courbe du titrage est donnée en figure 4.

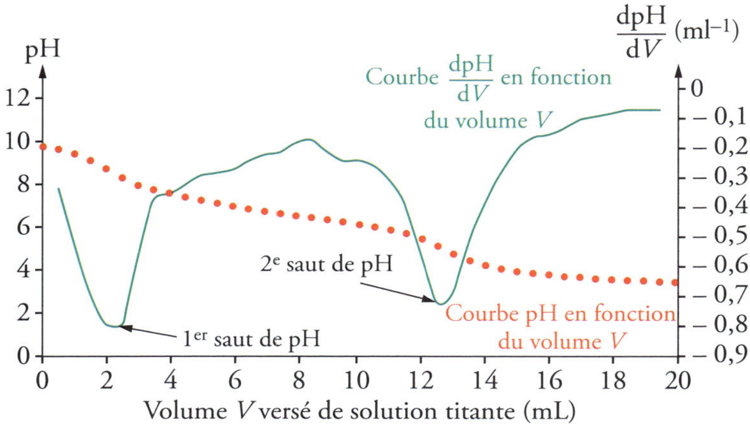

***Figure 4.* Courbes du titrage par suivi pH-métrique**

▶ **6.** Justifier que la vanilline se trouve sous forme d'ion vanillinate, noté A^-, au début du titrage. *(0,5 point)*

La courbe de la figure 4 est composée de deux sauts de pH :

- un premier saut qui correspond au titrage des ions hydroxyde présents en excès ;
- un deuxième saut qui correspond au titrage de l'ion vanillinate.

On admet que le volume d'acide chlorhydrique nécessaire pour titrer l'ion vanillinate est égal à la différence des deux volumes entre les deux équivalences observées.

▶ **7.** Écrire l'équation de la réaction support du titrage entre l'ion vanillinate et l'acide chlorhydrique. *(0,25 point)*

▶ **8.** Vérifier si l'appellation « extrait de vanille » peut être attribuée à l'extrait étudié. *(1,75 point)*

Le candidat est invité à prendre des initiatives et à présenter la démarche suivie même si elle n'a pas abouti. La démarche suivie est évaluée et nécessite donc d'être correctement présentée.

LES CLÉS DU SUJET

Le lien avec le programme

Analyse d'un système par des méthodes chimiques

- Connaître le vocabulaire de la chimie organique : isomérie, formule topologique, groupes caractéristiques et familles fonctionnelles.
- Exploiter le résultat d'une chromatographie sur couche mince.
- Comprendre et exploiter un tirage pH-métrique.

Les conseils du correcteur

Coups de pouce

Partie 1. Étude de produits commerciaux « vanillés »

▶ **2.** Sur la formule topologique, seuls les atomes autres que ceux de carbone et les atomes d'hydrogène non liés à un carbone sont représentés par leur symbole.

▶ **4.** Pour une extraction liquide-liquide comme ici, souvenez-vous des deux conditions indispensables :
– les deux solvants ne doivent pas être miscibles ;
– l'espèce à extraire (ici la vanilline) doit être plus soluble dans le second solvant (ici l'acétate d'éthyle) que dans le premier (ici l'eau).

Partie 2. Titrage de la vanilline contenu dans le produit 1

▶ **6.** Faites un diagramme de prédominance du couple vanilline / ion vanillinate et étudiez la courbe du titrage pour déterminer le pH de la solution S.

Aide à la résolution de la question 8

Les étapes du raisonnement

Étape 1. Déterminez le volume d'acide chlorhydrique nécessaire au titrage des ions vanillinate à partir de la figure 4 ET de l'énoncé « On admet que le volume d'acide chlorhydrique nécessaire pour titrer l'ion vanillinate est égal à la différence des deux volumes entre les deux équivalences observées. »

Étape 2. Calculez la quantité de matière d'ion vanillinate titré.

Étape 3. Trouvez la relation entre les ions vanillinate titrés et la vanilline présente dans le produit 1, sachant que la vanilline est un acide et réagit avec l'hydroxyde de sodium, qui est une base forte.

Étape 4. À l'aide d'un produit en croix ou d'un calcul de proportionnalité, retrouvez la masse de vanilline contenue dans 1 kg du produit 1.

S'ENTRAÎNER

8 CORRIGÉ GUIDÉ

PARTIE 1. ÉTUDE DE PRODUITS COMMERCIAUX « VANILLÉS »

▶ 1. Identifier une isomérie

Deux isomères de constitution ont des formules brutes identiques, or la molécule d'éthylvanilline possède 1 atome de carbone et 2 atomes d'hydrogène de plus que la molécule de vanilline. Donc, ce ne sont pas des isomères de constitution.

▶ 2. Écrire une formule topologique

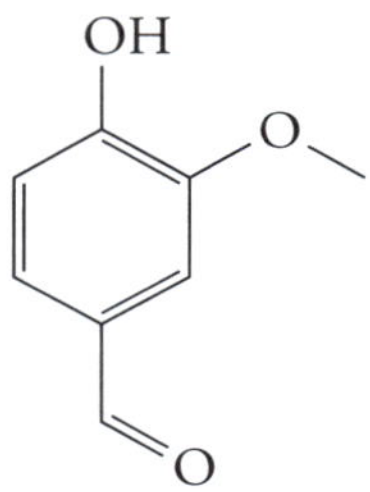

ATTENTION
Une formule topologique ne mentionne jamais par leur symbole ni les atomes de carbone (C), ni les atomes d'hydrogène (H) qui sont liés à un atome de carbone.

▶ 3. Reconnaître les groupes caractéristiques et les familles fonctionnelles

Cette molécule présente deux groupes caractéristiques que vous devez connaître : le groupe caractéristique hydroxyle (entouré en bleu) et le groupe caractéristique carbonyle (entouré en vert).

Ces deux groupes sont respectivement caractéristiques de la famille des alcools et des aldéhydes (car le carbone fonctionnel n'est relié qu'à un seul autre atome de carbone).

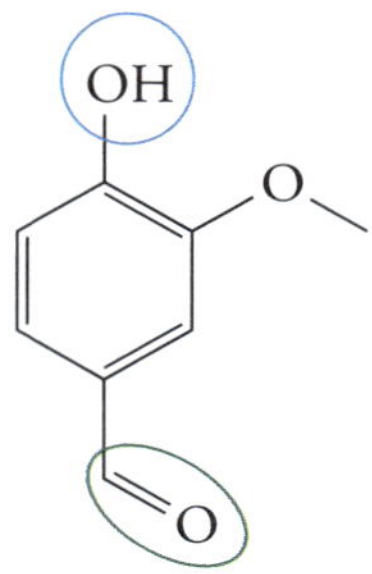

▶ 4. Prévoir et représenter le résultat d'une extraction

L'ampoule à décanter peut être schématisée ainsi :

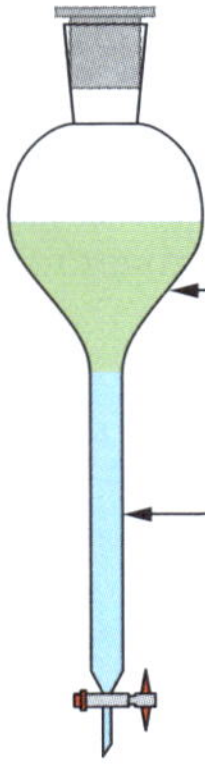

> **ATTENTION**
> Justifiez toutes vos conclusions : les points sont attribués davantage sur les justifications que sur les conclusions !

D'après les données fournies :

- Il y a deux phases distinctes puisque l'eau et l'acétate d'éthyle ne sont pas miscibles ;
- La vanilline sera présente dans la phase organique (dans l'acétate d'éthyle) puisqu'elle y est très soluble et qu'elle n'est que très peu soluble dans l'eau ;
- La phase supérieure (se trouvant au-dessus) est la phase organique puisque la phase aqueuse a une densité supérieure à celle de l'acétate d'éthyle.

▶ 5. Interpréter un chromatogramme

Le dépôt « V » du chromatogramme nous indique le résultat de la migration de la vanilline lors de cette chromatographie : les produits qui contiennent de la vanilline présenteront forcément une tache à la même hauteur que ce dépôt.

Les produits contenant de la vanilline sont donc le produit 1 (le produit commercial, liquide, obtenu par macération de gousses de vanille) et le produit 2 (le sucre vanillé).

> **ATTENTION**
> La chromatographie est une technique vue en classe de seconde qu'il faut continuer de savoir interpréter (et réaliser en TP). Ce type de question est un classique du baccalauréat !

S'ENTRAÎNER

PARTIE 2. TITRAGE DE LA VANILLINE CONTENUE DANS LE PRODUIT 1

▶ 6. Utiliser les domaines de prédominance

D'après la courbe de la figure 4, le pH est supérieur à 9,5 en début de titrage. Or le pK_A du couple vanilline / ion vanillinate est égal à 7,4. L'espèce prédominante de ce couple est donc l'ion vanillinate.

Pour arriver à cette conclusion, on peut s'aider du diagramme de prédominance suivant :

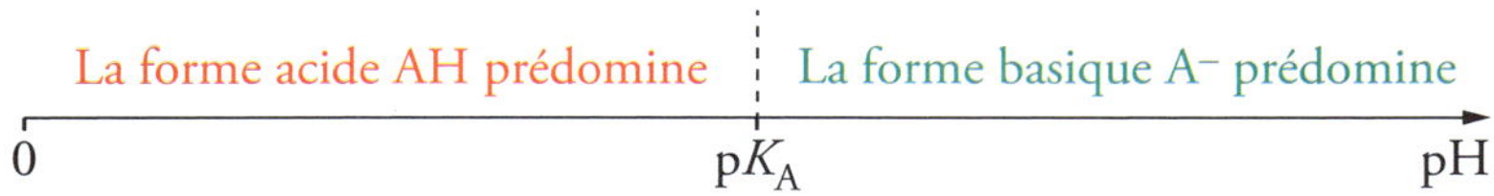

▶ 7. Écrire l'équation de réaction support d'un titrage

Entre l'ion vanillinate et l'acide chlorhydrique, il se produit une réaction acidobasique que l'on peut écrire :

$$A^-_{(aq)} + H_3O^+_{(aq)} \rightarrow AH_{(aq)} + H_2O_{(l)} \quad (1)$$

▶ 8. Déduire une valeur à partir de différentes indications pour la comparer à une valeur seuil

D'après la législation, pour obtenir l'appellation « extrait de vanille », il faut une masse minimale de 2 g de vanilline par kilogramme d'extrait.

Il faut donc déterminer la masse de vanilline présente dans un kilogramme du produit 1.

Nous savons que, lors de l'expérience décrite :

- on traite 0,31 g du produit 1 ;
- on ne réalise le titrage que de la moitié de cet échantillon puisque l'on titre 50 mL sur les 100 mL de solution S fabriquée ;

Et on connaît :

- l'équation de titrage de l'ion vanillinate (question 7) ;
- le volume d'acide chlorhydrique nécessaire pour titrer les ions vanillinates puisque l'énoncé indique que ce volume est la différence entre le volume du deuxième saut et celui du premier ; c'est-à-dire $12{,}6 - 2{,}2 = 10{,}4$ mL soit $10{,}4 \times 10^{-3}$ L.

On peut donc calculer la quantité d'ions vanillinates titrée.

D'après l'équation de la réaction (1) on peut écrire que $n_{\text{titré}}(\text{A}^-) = n(\text{H}_3\text{O}^+)$ où $n(\text{H}_3\text{O}^+)$ est la quantité d'ion hydronium nécessaire au titrage des ions vanillinates.

On a donc : $n_{\text{titré}}(\text{A}^-) = (4{,}1 \times 10^{-3}) \times (10{,}4 \times 10^{-3}) = 4{,}3 \times 10^{-5}$ mol.

La réaction de la vanilline avec les ions hydroxyde peut s'écrire, en supposant que cette réaction est totale :

$$\text{AH}_{(aq)} + \text{HO}^-_{(aq)} \rightarrow \text{A}^-_{(aq)} + \text{H}_2\text{O}_{(l)}$$

La quantité de matière $n_{\text{titré}}(\text{A}^-)$ correspond donc à celle des ions vanillinates présents dans les 50 mL de solution S et est égale à celle de la vanilline avant qu'elle ne réagisse avec les ions hydroxyde : $n_{50}(\text{AH}) = n_{\text{titré}}(\text{A}^-)$

La masse de vanilline correspondant donc à 50 mL de la solution S titrée est donc :

$$\begin{aligned} m_{50}(\text{AH}) &= M \times n_{50}(\text{AH}) \\ &= M \times n_{\text{titré}}(\text{A}^-) \\ &= 152 \times 4{,}264 \cdot 10^{-5} \\ &= 6{,}5 \cdot 10^{-3} \text{ g} \end{aligned}$$

ATTENTION
Il faut faire toujours attention à ne pas tronquer, ni approximer, les valeurs calculées quand elles resservent dans un deuxième calcul. Utilisez la touche « Ans » (ou « Rep ») de votre calculatrice pour reprendre les résultats du calcul précédent.

Et la masse de vanilline correspondant à 100 mL de S (c'est-à-dire celle contenue dans 0,31 g de produit 1) est donc le double :

$$m(\text{AH}) = 2 \times m_{50}(\text{AH}) = 1{,}3 \times 10^{-2} \text{ g}.$$

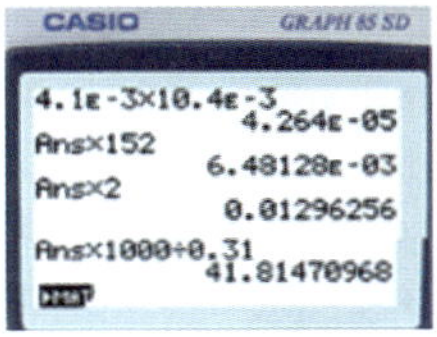

Puisque cette masse $m(\text{AH})$ correspond à 0,31 g de produit 1, pour 1 kg de ce produit, nous aurions :

$$m_{\text{vanilline}} = \frac{0{,}01296256}{0{,}31} \times 1\,000 = 42 \text{ g}.$$

Cette masse est largement supérieure à celle de 2 g qui est le seuil minimal pour obtenir l'appellation « extrait de vanille » : l'appellation « extrait de vanille » peut (largement) être attribuée au produit 1.

▶ Le conseil de méthode

Ici, nous avons quatre calculs consécutifs pour déterminer la masse de vanilline. Même sans approximer les valeurs entre deux calculs, la valeur de 42 g que l'on obtient finalement n'est pas pour autant d'une grande précision, car la lecture des volumes équivalents du titrage sur la figure 4 n'est pas très exacte. Selon la lecture que vous avez faite, vous pouvez obtenir 41 g ou 43 g sans que votre réponse ne soit fausse.

9 Centres étrangers, juin 2021
EXERCICE 2A

Évolution du sucre dans une boisson gazeuse

50 min
5 points

INTÉRÊT DU SUJET • Les sodas, comme la plupart des aliments, contiennent des composants qui peuvent réagir entre eux très lentement. À cause de ces réactions, ils ne gardent pas la même composition très longtemps après leur fabrication… Que contient un soda fabriqué il y a trois mois ?

Les sodas sont des solutions acides constituées principalement d'eau, de dioxyde de carbone et de saccharose dissous.
Lors de leur fabrication, les industriels indiquent sur l'emballage une date de durabilité minimale (DDM). Après cette date, le produit pourrait ne plus correspondre aux standards de qualité. Pour un soda, la DDM est généralement de 3 mois.
Un soda acheté depuis longtemps est moins « riche en bulles », mais ce n'est pas la seule altération constatable. En effet, le saccharose subit, en milieu acide, une hydrolyse qui est une transformation totale conduisant à la formation de deux autres sucres, le glucose et le fructose, modélisée par la réaction d'équation :

$$\underset{\text{saccharose S}}{C_{12}H_{22}O_{11(aq)}} + H_2O_{(\ell)} \rightarrow \underset{\text{glucose}}{C_6H_{12}O_{6(aq)}} + \underset{\text{fructose}}{C_6H_{12}O_{6(aq)}}$$

Le mélange de glucose et de fructose a un pouvoir sucrant différent de celui du saccharose, d'où une modification de la saveur sucrée de la boisson.
La problématique de cet exercice est de déterminer le pourcentage de saccharose restant dans la boisson lorsque la DDM est atteinte.

On réalise en laboratoire la réaction d'hydrolyse du saccharose à une température constante de 20 °C et dans une solution tampon fixant le pH à 2,5.
On effectue un suivi de la réaction par une méthode physique pour déterminer la concentration en saccharose, notée [S]. L'évolution temporelle de la concentration en saccharose est représentée en figure 1.

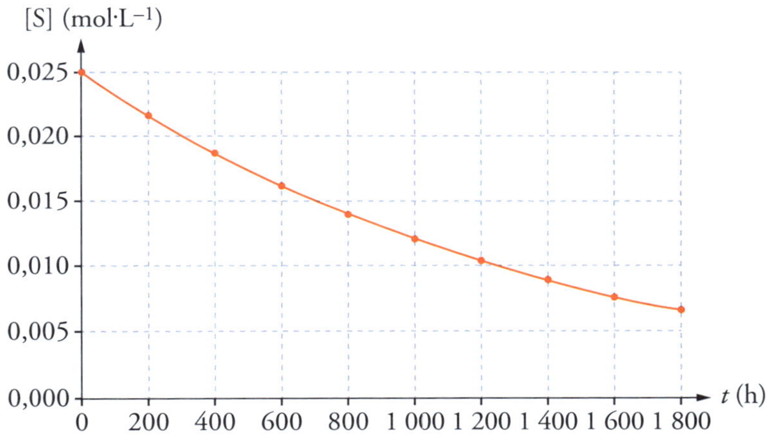

Figure 1. **Évolution temporelle de la concentration [S] du saccharose**

▶ **1.** Proposer une justification de l'utilisation d'une solution tampon de pH inférieur à 7 pour réaliser cette expérience. *(0,25 point)*

▶ **2.** Expliquer pourquoi les mesures effectuées ne permettent pas de répondre directement à la problématique. *(0,5 point)*

Pour pouvoir estimer le pourcentage de saccharose restant lorsque la DDM est atteinte, on souhaite modéliser l'évolution temporelle de sa concentration [S]. On émet l'hypothèse que cette évolution suit une loi de vitesse d'ordre 1 et on souhaite vérifier cette hypothèse.

▶ **3.** Définir la vitesse volumique v de disparition du saccharose. *(0,5 point)*

▶ **4.** Expliquer comment obtenir une estimation de la valeur de la vitesse volumique de disparition du saccharose à un instant t donné à partir des mesures réalisées. *(0,5 point)*

L'explication peut être illustrée par la réalisation de cette estimation pour une date au choix du candidat.

S'ENTRAÎNER

▶ **5.** Dans le cas d'une loi de vitesse d'ordre 1, rappeler la relation existant entre la vitesse volumique de disparition v du saccharose, la concentration en saccharose [S] et une constante de vitesse notée k. *(0,25 point)*

Sur le graphique de la figure 2, l'évolution de la vitesse volumique v de disparition du saccharose est représentée en fonction de la concentration en saccharose [S].

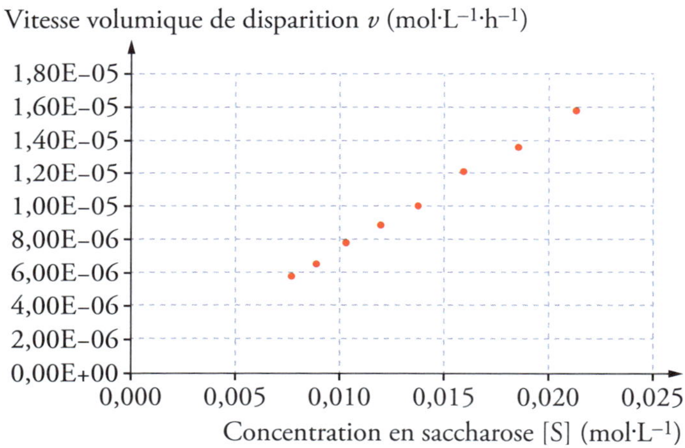

***Figure 2.* Évolution de la vitesse v de disparition du saccharose en fonction de la concentration [S] en saccharose**

▶ **6.** Discuter de l'accord des mesures avec une loi de vitesse d'ordre 1. *(0,5 point)*

▶ **7.** Montrer que la constante de vitesse k a une valeur de l'ordre de $7{,}3 \times 10^{-4}$ h^{-1}. *(0,5 point)*

L'évolution de la concentration en saccharose s'écrit : $[S] = [S]_0 \times e^{-kt}$ où $[S]_0$ désigne la concentration initiale en saccharose.

▶ **8.** Rappeler la définition du temps de demi-réaction noté $t_{1/2}$ et montrer que, pour cette loi d'évolution, le temps de demi-réaction a la propriété d'être indépendant de la concentration initiale en saccharose. *(0,5 point)*

▶ **9.** Déterminer la valeur du temps de demi-réaction dans les conditions de l'expérience. Expliquer la démarche suivie. *(0,5 point)*

▶ **10.** Estimer le pourcentage de saccharose restant dans le soda lorsque la DDM de 3 mois est atteinte. *(1 point)*

Le candidat est invité à présenter sa démarche même si elle n'est pas complètement aboutie.

LES CLÉS DU SUJET

Le lien avec le programme

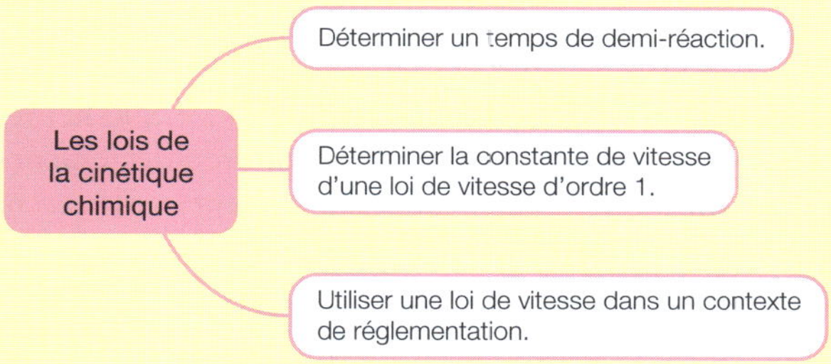

Les conseils du correcteur

▶ **2.** Sur la figure 1, comparez la valeur maximale des abscisses par rapport à la DDM.

▶ **4.** S'il s'agit d'une loi d'ordre 1, la vitesse de disparition du saccharose *v* est proportionnelle à sa concentration [S]. Or la figure 2 présente *v* en fonction de [S]. Pour calculer un exemple de vitesse de disparition, il vous faut donc calculer le coefficient directeur d'une tangente en un point de la courbe de la figure 1.

La relation donnant le coefficient directeur est $a = \dfrac{y_A - y_B}{x_A - x_B}$.

▶ **9.** Vous pouvez combiner les résultats des questions **7** et **8** pour déterminer numériquement le temps de demi-réaction. Vous pouvez aussi utiliser la figure 1 et déterminer l'abscisse de la valeur moitié de la concentration initiale.

▶ **10.** La réponse n'est pas directe. Suivez ces étapes :

– Calculez le nombre d'heures qu'il y a dans trois mois.

– Utilisez la loi d'évolution de la concentration [S] donnée dans l'énoncé et la valeur de *k* indiquée dans la question **7** (même si vous n'avez pas réussi à la démontrer !).

– Le pourcentage cherché est $\dfrac{\text{concentration restante}}{\text{concentration initiale}}$.

9 CORRIGÉ GUIDÉ

▶ 1. Justifier un protocole chimique

Le sujet indique que l'hydrolyse du saccharose s'effectue en milieu acide : « le saccharose subit, en milieu acide, une hydrolyse… » Pour obtenir cette réaction il est donc nécessaire de se placer à un pH inférieur à 7. La solution tampon de pH 2,5 permet de maintenir cette propriété.

▶ 2. Critiquer un protocole

La problématique de cet exercice est de déterminer le pourcentage de saccharose restant lorsque la DDM est atteinte, or celle-ci est de trois mois. D'après la figure 1, l'expérience ne dure que 1 800 heures, soit 75 jours, donc pas assez longtemps pour répondre directement à la problématique, qui est de « déterminer le pourcentage de saccharose restant dans la boisson lorsque la DDM est atteinte ».

▶ 3. Donner la définition d'une vitesse volumique de disparition

Par définition, la vitesse volumique de disparition est : $v = -\dfrac{d[S]}{dt}$.

▶ 4. Utiliser des résultats expérimentaux

La vitesse volumique de disparition du saccharose est l'opposée de la dérivée de sa concentration, or la courbe de la figure 1 représente cette concentration en fonction du temps. Il faut donc déterminer la pente de la tangente à cette courbe en un point. Concrètement, il suffit de tracer la tangente à la courbe à l'instant souhaité, puis de calculer l'opposé de la pente (le coefficient directeur) de cette droite.

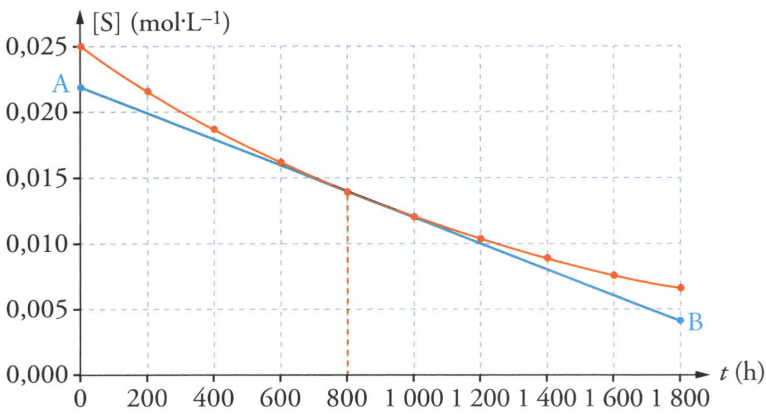

Plaçons-nous, par exemple, à t = 800 h. On trace la tangente (en bleu). On peut ensuite déterminer sa pente *a* en estimant les coordonnées de deux de ses points (que l'on choisit les plus éloignés possible pour augmenter la précision).

> **ATTENTION**
> Une vitesse a toujours une unité, en physique comme en chimie. Regardez les unités des axes : on divise l'ordonnée par l'abscisse, donc des $mol \cdot L^{-1}$ divisées par des heures.

Ici :

$$a = \frac{y_A - y_B}{x_A - x_B} = \frac{0{,}022 - 0{,}004}{0 - 1800} = -1 \times 10^{-5}\ mol \cdot L^{-1} \cdot h^{-1}.$$

La vitesse volumique de disparition du saccharose est donc d'environ $1 \times 10^{-5}\ mol \cdot L^{-1} \cdot h^{-1}$ à 800 heures (un peu plus d'un mois).

▶ 5. Connaître la loi de vitesse d'ordre 1

En cinétique, une loi de vitesse d'ordre 1 est caractérisée par la relation : $v = k \times [S]$. Cela signifie que la vitesse de disparition du saccharose v est proportionnelle à sa concentration [S].

▶ 6. Exploiter un graphique expérimental en cinétique chimique

Le graphique proposé permet d'étudier la relation qui existe entre la vitesse volumique de disparition du saccharose et sa concentration. Or celle-ci semble linéaire. En effet, le tracé d'une droite passant par l'origine au mieux de tous les points expérimentaux donne un résultat « visuellement satisfaisant » : les points sont quasiment tous alignés donc appartenant à une droite d'équation $v = k \times [S]$.

> **À NOTER**
> Pour une plus grande validité de cette loi, il faudrait calculer le coefficient de régression linéaire à partir des valeurs mesurées à l'aide d'un tableur ou d'un logiciel de tracé de graphe.

Ces mesures semblent donc confirmer une loi de vitesse d'ordre 1.

▶ 7. Calculer une constante de vitesse

> **ATTENTION**
> Vous devez savoir calculer un coefficient directeur de droite, noté *k* ici : $k = \frac{y_A - y_B}{x_A - x_B}$.

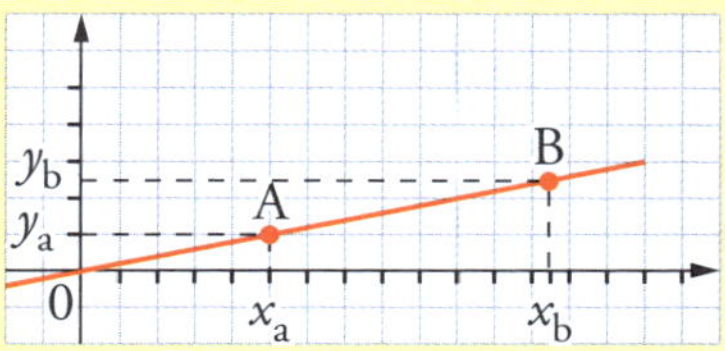

k est égal au coefficient directeur de la droite entre les deux grandeurs du graphique.

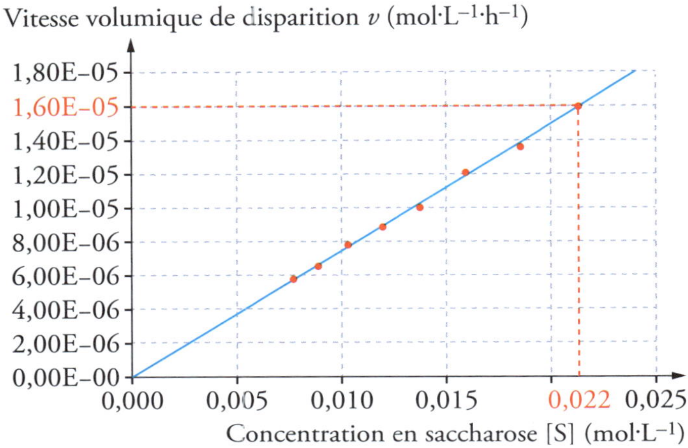

Ici, $k = \frac{v}{[s]} = \frac{1{,}6 \times 10^{-5}}{0{,}022}$.

$= 7{,}3 \times 10^{-4}\ \text{h}^{-1}$

Ce résultat est conforme à celui proposé dans l'énoncé.

À NOTER
Pour définir l'unité de la constante de vitesse à partir du graphique, il suffit de diviser l'unité des ordonnées par celle des abscisses.
Ici : $\frac{\text{mol} \times \text{L}^{-1} \times \text{h}^{-1}}{\text{mol} \times \text{L}^{-1}} = \text{h}^{-1}$.

▶ 8. Retrouver la relation donnant le temps de demi-réaction

Par définition, on a : $[\text{S}](\text{t}_{1/2}) = \frac{[\text{S}]_0}{2}$ ce qui nous permet d'écrire avec la loi de vitesse donnée dans l'énoncé :

$\frac{[\text{S}]_0}{2} = [\text{S}]_0 \times e^{-kt_{1/2}}$ d'où $e^{-kt_{1/2}} = \frac{1}{2}$ donc $-kt_{1/2} = \ln\left(\frac{1}{2}\right)$.

On obtient alors $t_{1/2} = -\frac{1}{k}\ln\left(\frac{1}{2}\right) = \frac{\ln(2)}{k}$: le temps de demi-réaction est bien indépendant de la concentration initiale en saccharose $[\text{S}]_0$.

▶ 9. Calculer un temps de demi-réaction

- **1re méthode : par calcul.** On a $k = \frac{1{,}6 \times 10^{-5}}{0{,}022} = 7{,}3 \times 10^{-4}\ \text{h}^{-1}$

et $t_{1/2} = \frac{\ln(2)}{k}$ donc $t_{1/2} = \frac{\ln(2)}{7{,}3 \times 10^{-4}} = 950\ \text{h}$.

• **2de méthode : directement à partir du graphique.** Le temps de demi-réaction est la durée au bout de laquelle la concentration en saccharose a été diminuée de moitié. Par lecture graphique de la figure 1, il faut donc déterminer la durée au bout de laquelle cette concentration est égale à $1{,}25 \times 10^{-2}$ mol · L^{-1}. Cette durée est 950 heures.

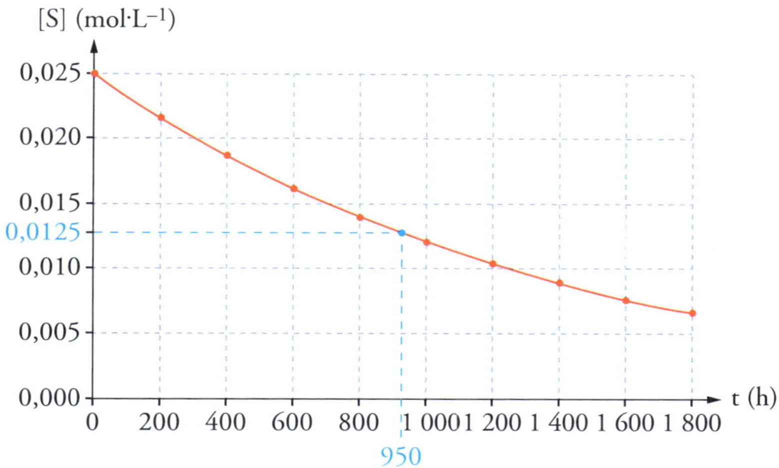

S'ENTRAÎNER

▶ **10. Déterminer une grandeur par extrapolation linéaire**

Trois mois correspondent à 92 jours maximum, c'est-à-dire à 2 208 heures.

Or nous connaissons la loi d'évolution de la concentration du saccharose dans la boisson :

$[S](t) = [S]_0 \times e^{-kt}$ avec $[S]_0 = 0{,}025$ mol · L^{-1} et $k = 7{,}3 \times 10^{-4}$ h^{-1}.

Au bout de trois mois, nous avons donc une concentration de saccharose égale à :

$[S](t = 2\,208) = 0{,}025 \times e^{-7{,}3\times10^{-4}\times 2208} = 5{,}0 \times 10^{-3}$ mol · L^{-1}.

Par rapport au saccharose initialement présent dans la boisson, le pourcentage restant lorsque la DDM est atteinte est donc de :

$$\frac{\text{concentration restante}}{\text{concentration initiale}} = \frac{5{,}0 \times 10^{-3}}{0{,}025} = 0{,}2 = 20\ \%.$$

Temps de fabrication d'un alcool

50 min
5 points

INTÉRÊT DU SUJET • Plongez des molécules de 2-chloro-2-méthylpropane dans de l'eau pour les transformer en alcool et suivez la vitesse de cette réaction d'hydrolyse grâce aux ions qui « trahissent » son avancement !

PARTIE 1. LA TRANSFORMATION ÉTUDIÉE — 25 min

Le 2-chloro-2-méthylpropane réagit avec l'eau pour donner naissance à un alcool : le 2-méthylpropan-2-ol. Cette transformation est lente et totale. On peut la modéliser par :

$$(CH_3)_3C\text{–}Cl_{(l)} + 2H_2O_{(l)} \rightarrow (CH_3)_3C\text{–}OH_{(l)} + H_3O^+{}_{(aq)} + Cl^-{}_{(aq)}$$

Données

- Masse molaire : $M((CH_3)_3C\text{-}Cl) = 92{,}0\ g \cdot mol^{-1}$.
- Masse volumique : $r = 0{,}85\ g{\cdot}mL^{-1}$.
- La conductivité d'un mélange est donnée par $\sigma = \sum_i \lambda_i^0 [X_i]$

où $[X_i]$ désigne la concentration des espèces ioniques présentes dans le mélange, exprimée en $mol \cdot m^{-3}$.

- Conductivités molaires ioniques :

$\lambda^0(H_3O^+) = 349{,}8 \times 10^{-4}\ S \cdot m^2 \cdot mol^{-1}$

et $\lambda^0(Cl^-) = 76{,}3 \times 10^{-4}\ S \cdot m^2 \cdot mol^{-1}$.

Protocole observé

Dans une fiole jaugée, on introduit 1,0 mL de 2-chloro-2-méthylpropane et de l'acétone afin d'obtenir un volume de 25,0 mL d'une solution S.

Dans un bécher, on place 200,0 mL d'eau distillée dans laquelle est immergée la sonde d'un conductimètre. Puis, à l'instant $t = 0$ min, on déclenche un chronomètre en versant 5,0 mL de la solution S dans le bécher.

Un agitateur magnétique permet d'homogénéiser la solution obtenue, on relève la valeur de la conductivité du mélange au cours du temps.

▶ **1.** Montrer que la quantité initiale de 2-chloro-2-méthylpropane introduite dans le dernier mélange est $n_0 = 1{,}8 \times 10^{-3}$ mol. *(0,5 point)*

▶ **2.** Compléter le tableau d'avancement ci-dessous. Quelle relation lie $[H_3O^+]$ et $[Cl^-_{(aq)}]$ à chaque instant ? *(0,75 point)*

Équation chimique		$(CH_3)_3C{-}Cl_{(l)} + 2H_2O_{(l)} \rightarrow (CH_3)_3C{-}OH_{(l)} + H_3O^+ + Cl^-$				
État du système	**Avancement (mol)**	**Quantités de matière (en mol)**				
État initial	0	n_0	excès			
État intermédiaire	x		excès			
État final	x_{max}		excès			

▶ **3.** Donner l'expression de la conductivité σ du mélange en fonction de $[H_3O^+]$ et des conductivités molaires ioniques. *(0,5 point)*

▶ **4.** Donner l'expression de la conductivité σ du mélange en fonction de l'avancement x de la réaction, du volume V du mélange réactionnel et des conductivités molaires ioniques des ions présents dans la solution. *(0,25 point)*

▶ **5.** Pour un temps très grand, la conductivité σ du mélange ne varie plus. Sachant que $\sigma = 0{,}374$ S·m^{-1}, vérifier que la transformation envisagée est bien totale. *(0,5 point)*

PARTIE 2. EXPLOITATION DES RÉSULTATS — 25 min

La courbe ci-dessous montre les variations de la concentration en ion chlorure en fonction du temps.

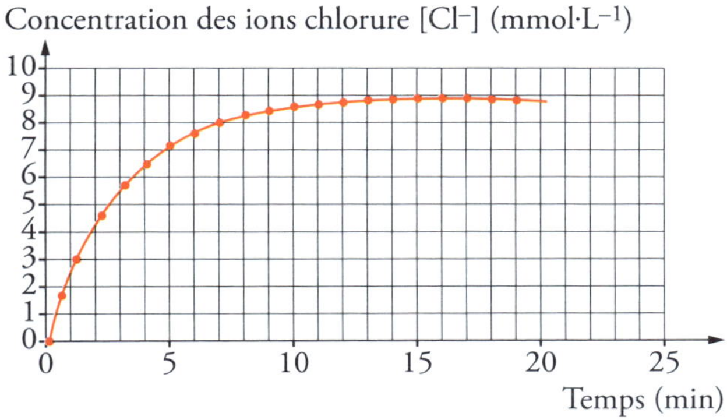

▶ **1.** Justifier d'après les valeurs du graphique que la réaction est totale après 20 minutes. *(0,5 point)*

▶ **2.** On note V_s le volume total de la solution. Écrire l'expression de la vitesse volumique d'apparition des ions chlorure puis évaluer graphiquement la valeur de cette vitesse à $t = 0$ s. *(0,5 point)*

▶ **3.** À l'aide de la courbe, indiquer comment évolue cette vitesse au cours du temps. *(0,25 point)*

▶ **4.** Quel facteur cinétique permet de justifier cette évolution ? *(0,25 point)*

▶ **5.** Définir le temps de demi-réaction et estimer graphiquement sa valeur. *(0,5 point)*

▶ **6.** On réalise maintenant la même expérience à une température plus élevée.
a) Dessiner qualitativement sur le graphique précédent l'allure de la courbe montrant les variations de l'avancement x au cours du temps. *(0,25 point)*
b) La valeur du temps de demi-réaction est-elle identique, inférieure ou supérieure à la valeur précédente ? Justifier. *(0,25 point)*

LES CLÉS DU SUJET

Le lien avec le programme

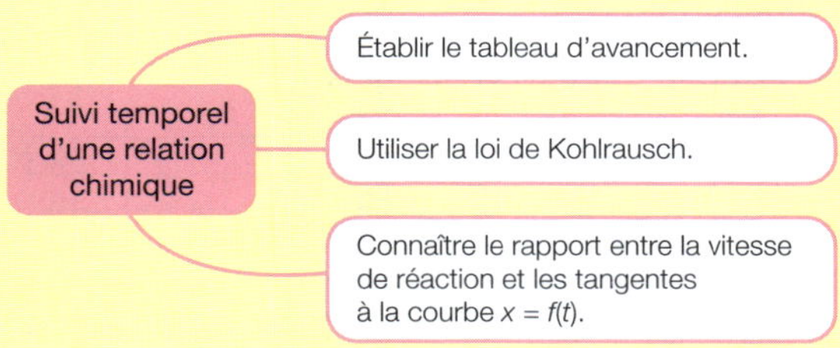

Les conseils du correcteur

Partie 1. La transformation étudiée

▶ **1.** Notez bien que toute la solution S préparée n'est pas utilisée : seuls 5 mL sont prélevés.
▶ **3.** Utilisez loi de Kohlrausch rappelée dans l'énoncé.
▶ **5.** Calculez la valeur de la conductivité lorsque l'avancement est égal à x_{max}.

Partie 2. Exploitation des résultats

▶ **1.** Calculez la concentration d'ion chlorure correspondant à l'état final (donc avec x_{max}), puis comparez-la à la concentration mesurée en fin de réaction.
▶ **2.** La vitesse volumique est calculée à partir des coefficients directeurs des tangentes à la courbe $[Cl^-] = f(t)$. Utilisez la formule mathématique du coefficient directeur de la tangente : $a = \frac{y_A - y_B}{x_A - x_B}$
▶ **6. a)** Souvenez-vous que le changement de température ne modifie ni l'état initial ni l'état final.

10 CORRIGÉ GUIDÉ

PARTIE 1. LA TRANSFORMATION ÉTUDIÉE

▶ 1. Déterminer les quantités initiales de réactif

Le dernier mélange est un prélèvement de la solution S. Cette solution S a été fabriquée à partir de 1,0 mL de 2-chloro-2-méthylpropane donc elle contient une quantité de $n_s = \frac{\rho \times V}{M}$ de cette espèce.

Le dernier mélange est constitué de 5 mL des 25 mL de la solution S fabriquée. Il contient donc cinq fois moins de 2-chloro-2-méthylpropane que l'ensemble de la solution S, c'est-à-dire :

$$n_0 = \frac{1}{5} \times n_s = \frac{1}{5} \times \frac{\rho \times V}{M} = \frac{0,85 \times 1}{5 \times 92} = 1,8 \times 10^{-3} \text{ mol.}$$

▶ 2. Compléter un tableau d'avancement de réaction

L'eau étant en excès, le réactif limitant est forcément le 2-chloro-2-méthylpropane donc $x_{max} = n_0 = 1,8 \cdot 10^{-3}$ mol et l'on peut compléter tout le tableau.

À NOTER
On peut écrire que la quantité d'ions H_3O^+ est *nulle* (0), mais il serait plus juste d'écrire qu'elle est *négligeable* puisqu'il y en a en fait toujours un peu dans l'eau (même pure) à cause de l'autoprotolyse.

Équation chimique		$(CH_3)_3C\text{–}Cl_{(l)}$ +	$2H_2O_{(l)}$ →	$(CH_3)_3C\text{–}OH_{(l)}$ +	$H_3O^+_{(aq)}$ +	$Cl^-_{(aq)}$
État du système	Avancement	Quantités de matière				
État initial	0	n_0	Solvant	négligeable	0	0
État intermédiaire	x	$n_0 - x$	Solvant	x	x	x
État final	x_{max}	0	Solvant	n_0	n_0	n_0

▶ 3. Écrire la loi de Kohlrausch

La conductivité est donnée par la loi de Kohlrausch $\sigma = \sum_i \lambda_i \times C_i$ dans laquelle les λ_i et C_i sont respectivement les conductivités molaires ioniques et les concentrations de chaque ion présent en solution.

Ici les seuls ions présents sont ceux formés par la transformation étudiée : Cl^- et H_3O^+. Ainsi :

$$\sigma = \lambda^0(Cl^-) \times [Cl^-] + \lambda^0(H_3O^+) \times [H_3O^+]$$

ATTENTION
Pour la loi de Kohlrausch, il faut tenir compte de *tous* les ions en solution, même les ions spectateurs (il n'y en a pas ici).

▶ 4. Exprimer la conductivité à partir de l'avancement

D'après les coefficients stœchiométriques, on a : $n(H_3O^+) = n(Cl^-)$.

Et d'après le tableau d'avancement, on peut écrire :

$[H_3O^+] = [Cl^-] = \frac{x}{V}$.

D'où $\sigma = \lambda^0(Cl^-) \times \frac{x}{V} + \lambda^0(H_3O^+) \times \frac{x}{V} = (\lambda^0(Cl^-) + \lambda^0(H_3O^+)) \times \frac{x}{V}$.

▶ 5. Calculer une valeur de conductivité

Si la réaction est terminée et totale, l'avancement maximal est atteint ($x = x_{max}$) et l'expression de la conductivité est :

$$\sigma = (\lambda^0(Cl^-) + \lambda^0(H_3O^+)) \times \frac{x_{max}}{V} \quad (1)$$

or $x_{max} = 1{,}8 \times 10^{-3}$ mol, donc :

$\sigma = (349{,}8 \times 10^{-4} + 76{,}3 \times 10^{-4}) \times \frac{1{,}8 \times 10^{-3}}{205 \times 10^{-6}} = 3{,}74 \times 10^{-1}\ S \cdot m^{-1}$.

La valeur σ donnée dans l'énoncé est bien identique à cette valeur donc, effectivement, l'avancement total est atteint et la transformation est totale.

ATTENTION
Dans l'application numérique de la loi de Kohlrausch, il faut exprimer les concentrations en $mol \cdot m^{-3}$ et non pas en $mol \cdot L^{-1}$. Il faut donc diviser les valeurs des concentrations données dans l'énoncé par 10^3 (car $1\ m^3 = 1\ 000\ L = 10^3\ L$).

▶ Le conseil de méthode

Vous pouviez aussi exprimer l'avancement en fonction de la conductivité en « retournant » la relation (1) $\left(x_{max} = \dfrac{\sigma \times V}{\lambda^0(Cl^-) + \lambda^0(H_3O^+)}\right)$ puis en calculant l'avancement correspondant à la conductivité donnée ($3{,}74 \times 10^{-1}\ S \cdot m^{-1}$) : on retrouve ainsi la valeur de x_{max} du tableau d'avancement, ce qui permet d'en conclure que la réaction est terminée.

S'ENTRAÎNER

PARTIE 2. EXPLOITATION DES RÉSULTATS

▶ 1. Justifier la fin d'une réaction à l'aide d'un graphique

On connaît, d'après les calculs précédents, la valeur de la quantité maximale formée d'ion chlorure et le volume total de la réaction.

La concentration maximale des ions chlorure est donc :

$$[Cl^-]_{max} = \frac{1{,}8 \times 10^{-3}}{0{,}205} = 8{,}8 \times 10^{-3}\ mol \cdot L^{-1} = 8{,}8\ mmol \cdot L^{-1}.$$

C'est bien la valeur que l'on peut lire sur le graphique au-delà de 20 minutes.

▶ 2. Évaluer graphiquement une vitesse volumique d'apparition d'un produit

La vitesse volumique d'apparition des ions chlorure est la dérivée de leur concentration par rapport au temps :

$$v = \frac{d[Cl^-]}{dt}.$$

Donc, graphiquement, cela revient à évaluer la valeur du coefficient directeur de la tangente à la courbe donnée à l'instant t = 0.

À NOTER
Il faut relier la vitesse volumique de réaction à la « bonne courbe ». Ici le graphique proposé est l'évolution de la concentration des ions chlorure en fonction du temps, donc la valeur de la dérivée est bien le coefficient directeur des tangentes à cette courbe $\dfrac{d[Cl^-]}{dt}$.

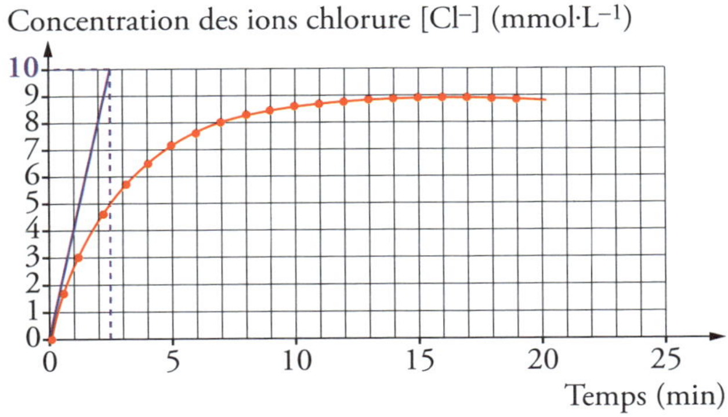

Ici, ce coefficient est $\dfrac{10 \times 10^{-3}}{2,5} = 0{,}004$ mol · L^{-1}·min^{-1} :

à $t = 0$, la vitesse volumique de réaction vaut 0,004 mol · L^{-1}·min^{-1}.

▶ 3. Décrire l'évolution d'une vitesse volumique de réaction

Comme vu précédemment, la vitesse volumique d'apparition des ions chlorure est égale au coefficient directeur de la tangente à la courbe donnée. Or, si l'on trace plusieurs tangentes à cette courbe, on constate qu'elles sont de moins en moins verticales au fil du temps et qu'elles ont donc un coefficient directeur qui diminue progressivement entre $t = 0$ et la fin de réaction pour devenir proche de zéro (à partir d'une quinzaine de minutes).

▶ 4. Lier la vitesse de réaction à un facteur cinétique

Lors de l'avancement de cette réaction, le réactif en défaut est de moins en moins présent puisqu'il est progressivement consommé. La valeur de sa concentration décroît donc continûment.

Or, la concentration des réactifs est un facteur cinétique : sa diminution explique ici la décroissance de la vitesse volumique d'apparition des ions chlorure.

▶ 5. Définir et mesurer le temps de demi-réaction

Le temps de demi-réaction est la durée au bout de laquelle l'avancement atteint la moitié de son avancement final, ici maximal.

Ici, c'est donc la durée au bout de laquelle l'avancement est $x_{1/2} = \dfrac{x_{max}}{2} = 0{,}9$ mmol.

À NOTER
L'état final d'une transformation est l'état dont la composition ne varie plus. La quantité de chaque espèce chimique est constante.

Graphiquement, on observe que :

$[Cl^-] = \frac{x_{1/2}}{V} = \frac{9 \times 10^{-4}}{205 \times 10^{-3}} = 4,4 \text{ mmol} \cdot L^{-1}$ correspond au temps $t_{1/2} = 1,8$ min.

▶ 6. a) Représenter l'allure d'une concentration au cours d'une réaction chimique

Si la température est plus élevée alors la vitesse de la réaction sera plus grande que lors de la première expérience. On peut donc dessiner, par exemple, l'allure comme ci-dessous :

ATTENTION
Le début et la fin de la courbe ne doivent pas être modifiés : la température modifie la vitesse de réaction mais elle ne change ni l'état initial, ni l'état final du système.

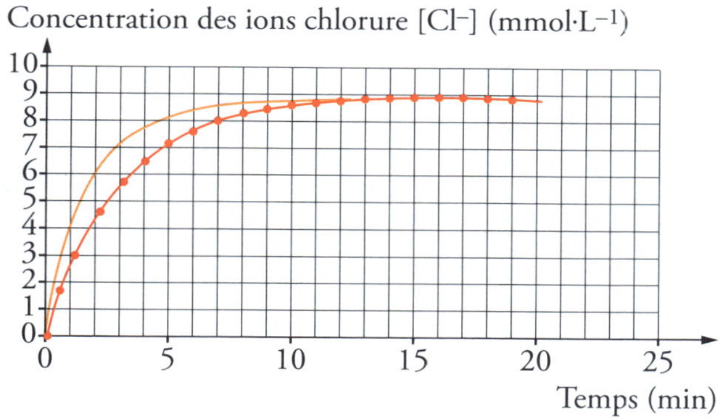

b) Connaître l'influence de la température sur le temps de demi-réaction

Le temps de demi-réaction sera inférieur car l'augmentation de la température implique une accélération de la réaction.

11 La matière

Le pH d'un mélange

1 heure
6 points

INTÉRÊT DU SUJET • Le pH d'un mélange est-il la moyenne des pH des solutions mélangées ? Ce sujet vous propose d'explorer cette question en suivant l'évolution spontanée du mélange.

Ph © FLPA/Richard Becker/Biosphoto

L'acide méthanoïque, de formule HCOOH, est le plus simple des acides carboxyliques. Il est souvent appelé acide formique. Son nom vient du mot latin *formica* qui signifie « fourmis », car, pour se défendre, la fourmi projette cet acide sur son ennemi. Cet acide peut être obtenu, en laboratoire, en mélangeant une solution aqueuse d'acide nitreux à une solution aqueuse de méthanoate de sodium.
Dans cet exercice, on se propose de calculer la valeur du pH d'un mélange de deux solutions de pH connus.

Données
- pK_{a1} (HNO_2/NO_2^-) = 3,3 ; pK_{a2} ($HCOOH/HCOO^-$) = 3,8.
- pK_e = 14,0.

PARTIE 1. ÉTUDE DE DEUX SOLUTIONS — 20 min

Une solution aqueuse d'acide nitreux $HNO_{2(aq)}$, de concentration en soluté apporté $C_1 = 0{,}20\ mol \cdot L^{-1}$ a un pH de valeur $pH_1 = 2{,}0$.
Une solution aqueuse de méthanoate de sodium ($HCOO^-_{(aq)} + Na^+_{(aq)}$) de concentration en soluté apporté $C_2 = 0{,}40\ mol{\cdot}L^{-1}$ a un pH de valeur $pH_2 = 8{,}7$.

▶ **1. a)** Écrire l'équation de la réaction entre l'acide nitreux et l'eau. Donner l'expression de sa constante d'équilibre. *(0,5 point)*
b) Écrire l'équation de la réaction entre l'ion méthanoate et l'eau. Donner l'expression de sa constante d'équilibre. *(0,5 point)*

▶ **2. a)** Sur l'axe des pH donné ci-dessous, placer les domaines de prédominance des deux couples acide/base mis en jeu. *(0,5 point)*

Axe des pH

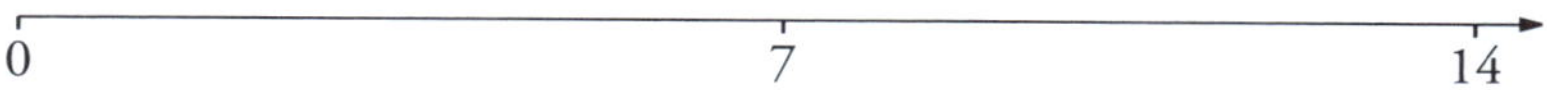

b) Préciser l'espèce prédominante dans chacune des deux solutions précédentes. *(0,5 point)*

PARTIE 2. ÉTUDE DU MÉLANGE DE CES SOLUTIONS

40 min

▶ **1.** On mélange un même volume $v = 200$ mL de chacune des deux solutions précédentes. La quantité de matière d'acide nitreux introduite dans le mélange est $n_1 = 4{,}0 \times 10^{-2}$ mol et celle de méthanoate de sodium est $n_2 = 8{,}0 \times 10^{-2}$ mol.
a) Écrire l'équation de la réaction qui se produit lors du mélange entre l'acide nitreux et l'ion méthanoate. *(0,25 point)*
b) Exprimer, puis calculer, le quotient de réaction $Q_{r,i}$ associé à cette équation, dans l'état initial du système chimique. *(0,5 point)*
c) Exprimer le quotient de réaction dans l'état d'équilibre $Q_{r,éq}$ en fonction des constantes d'acidité des couples puis le calculer. *(1 point)*
d) Conclure sur le sens d'évolution de la réaction écrite à la question **1. a** ci-dessus *(0,25 point)*

▶ **2. a)** Compléter le tableau d'avancement de la transformation entre l'acide nitreux et le méthanoate de sodium ci-dessous. *(0,5 point)*

Équation	.... + ... = ... + ...				
État du système chimique	Avancement (en mol)	Quantités de matière (en mol)			
		$n(HNO_{2(aq)})$	$n(HCOO^-_{(aq)})$	....	....
État initial	$x = 0$	n_1	n_2		
État intermédiaire	x				
État d'équilibre	$x = x_{éq}$				

b) La valeur de l'avancement final, dans cet état d'équilibre, est $x_{éq} = 3{,}3 \times 10^{-2}$ mol. Calculer les concentrations des différentes espèces chimiques présentes à l'équilibre. *(0,75 point)*

c) En déduire la valeur de $Q_{r,éq}$ et la comparer à la valeur obtenue à la question **1. c.** *(0,25 point)*

▶ **3.** À l'aide de l'un des couples intervenant dans le mélange, vérifier que la valeur du pH du mélange est proche de la valeur $pH_3 = 4$. *(0,5 point)*

LES CLÉS DU SUJET

Le lien avec le programme

pH d'une solution et évolution spontanée d'un système

- Établir l'équation d'une réaction acide-base.
- Représenter un diagramme de prédominance d'un couple acide-base.
- Déterminer la valeur du quotient de réaction à un état donné du système chimique.
- Déterminer le sens d'évolution spontanée d'un système.

Les conseils du correcteur

Partie 1. Étude de deux solutions

▶ **1. a)** et **b)** Identifiez les deux couples acide-base mis en jeu et écrire l'équation de la réaction entre l'acide d'un couple et la base de l'autre couple.
▶ **2. b)** Pour chaque couple, comparez le pH de la solution à son pK_a pour en déduire l'espèce chimique prédominante.

Partie 2. Étude du mélange de ces solutions

▶ **1. a)** Identifiez les deux couples acide-base mis en jeu et écrire l'équation de la réaction entre l'acide demandé d'un couple avec la base demandée de l'autre couple.
c) En partant de l'expression du $Q_{r,éq}$, faites apparaître les constantes d'acidité des deux couples en multipliant le numérateur et le dénominateur par $[H_3O^+]_{éq}$.
▶ **2. b)** En exploitant le tableau d'avancement à l'état d'équilibre, reliez la concentration de chaque espèce chimique à sa quantité de matière donc en fonction de $x_{éq}$.
▶ **3.** En partant de l'expression de la constante d'acidité K_a d'un des deux couples, établissez la relation entre le pH du mélange et le pK_a de ce couple.

11 CORRIGÉ GUIDÉ

PARTIE 1. ÉTUDE DE DEUX SOLUTIONS

▶ 1. a) Écrire l'équation de la réaction acide-base entre $HNO_{2(aq)}$ et $H_2O_{(l)}$ et exprimer la constante d'équilibre associée

Les deux couples mis en jeu dans cette réaction sont HNO_2/NO_2^- et H_3O^+/H_2O. L'équation de la réaction entre l'acide nitreux HNO_2 et l'eau H_2O s'écrit donc : $HNO_{2(aq)} + H_2O_{(l)} = NO_2^{-}{}_{(aq)} + H_3O^{+}{}_{(aq)}$.

La constante d'équilibre associée à cette réaction correspond à la constante d'acidité du couple HNO_2/NO_2^- :

> **À NOTER**
> L'eau n'apparaît pas dans l'écriture de la constante d'équilibre.

$$K_1 = K_{a1} = \frac{[NO_2^-]_{éq} \times [H_3O^+]_{éq}}{[HNO_2]_{éq}}.$$

b) Écrire l'équation de la réaction acide-base entre $HCOO^-_{(aq)}$ et $H_2O_{(l)}$ et exprimer la constante d'équilibre associée

Les deux couples mis en jeu dans cette réaction sont : $HCOOH/HCOO^-$ et H_2O/HO^-. L'équation de la réaction entre l'ion méthanoate $HCOO^-$ et l'eau H_2O s'écrit donc :

$HCOO^{-}{}_{(aq)} + H_2O_{(l)} = HCOOH_{(aq)} + HO^{-}{}_{(aq)}$.

La constante d'équilibre associée à cette réaction s'écrit :

$$K_2 = \frac{[HCOOH]_{éq} \times [HO^-]_{éq}}{[HCOO^-]_{éq}}.$$

▶ 2. a) Représenter les diagrammes de prédominance des deux couples acide-base étudiés

D'après les données, les valeurs respectives des pK_a sont :

$pK_{a1}(HNO_2/NO_2^-) = 3{,}3$ et pK_{a2} $(HCOOH/HCOO^-) = 3{,}8$.

On peut ainsi tracer les diagrammes de prédominance suivants :

Axe des pH

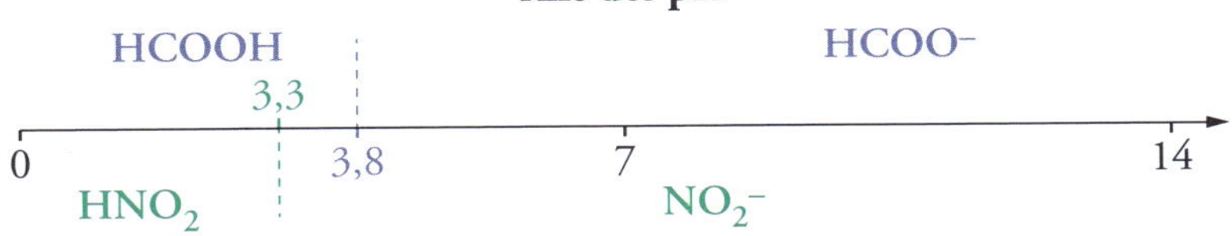

b) Déterminer l'espèce chimique prédominante d'un couple connaissant le pH de la solution

- On utilise les valeurs de pH données dans l'énoncé pour chaque solution et on compare à la valeur du pK_a du couple correspondant.
- La solution d'acide nitreux a un pH égal à : $pH_1 = 2{,}0$. Comme $pH_1 < pK_{a1}$, c'est HNO_2 qui prédomine dans la solution d'acide nitreux.
- La solution de méthanoate de sodium a un pH égal à : $pH_2 = 8{,}7$. Comme $pH_2 > pK_{a2}$, c'est $HCOO^-$ qui prédomine dans la solution de méthanoate de sodium.

PARTIE 2. ÉTUDE DU MÉLANGE DE CES SOLUTIONS

▶ 1. a) Écrire l'équation de la réaction entre l'acide nitreux et l'ion méthanoate

Les deux couples mis en jeu dans cette réaction sont HNO_2/NO_2^- et $HCOOH/HCOO^-$. L'acide HNO_2 réagit avec la base $HCOO^-$ pour former leurs espèces chimiques conjuguées respectives selon l'équation de la réaction suivante :

$HNO_{2(aq)} + HCOO^-{}_{(aq)} = NO_2{}^-{}_{(aq)} + HCOOH_{(aq)}$.

b) Exprimer le quotient de réaction à l'état initial et calculer sa valeur

Par définition, le quotient de réaction $Q_{r,i}$ associé à la réaction précédente à l'état initial du système est donné par :

$$Q_{r,i} = \frac{[HCOOH]_i \times [NO_2{}^-]_i}{[HCOO^-]_i \times [HNO_2]_i}.$$

Or, à l'état initial, on a $n(NO_2^-)_i = 0$ mol et $n(HCOOH)_i = 0$ mol.

Par conséquent, $[NO_2{}^-] = 0\ mol \cdot L^{-1}$ et $[HCOOH]_i = 0\ mol \cdot L^{-1}$.

On en déduit donc que $Q_{r,i} = 0$.

c) Exprimer le quotient de réaction à l'état d'équilibre en fonction des pK_a et calculer sa valeur

Par définition, le quotient de réaction $Q_{r,éq}$ associé à la réaction précédente à l'état d'équilibre du système est donné par :

$$Q_{r,éq} = \frac{[HCOOH]_{éq} \times [NO_2{}^-]_{éq}}{[HCOO^-]_{éq} \times [HNO_2]_{éq}}.$$

Or, les constantes d'acidité des deux couples sont :

$$K_{a1} = \frac{[NO_2^-]_{éq} \times [H_3O^+]_{éq}}{[HNO_2]_{éq}} \text{ et } K_{a2} = \frac{[HCOO^-]_{éq} \times [H_3O^+]_{éq}}{[HCOOH]_{éq}}.$$

Pour faire apparaître les expressions des constantes d'acidité des deux couples dans l'expression du quotient de réaction $Q_{r,éq}$, on multiplie le numérateur et le dénominateur par $[H_3O^+]_{éq}$:

$$Q_{r,éq} = \frac{[HCOOH]_{éq} \times [NO_2^-]_{éq}}{[HCOO^-]_{éq} \times [HNO_2]_{éq}} \times \frac{[H_3O^+]_{éq}}{[H_3O^+]_{éq}}.$$

$$\text{D'où } Q_{r,éq} = \frac{[HCOOH]_{éq}}{[HCOO^-]_{éq} \times [H_3O^+]_{éq}} \times \frac{[NO_2^-]_{éq} \times [H_3O^+]_{éq}}{[HNO_2]_{éq}}.$$

On peut alors écrire : $Q_{r,éq} = \frac{1}{K_{a2}} \times K_{a1}$ d'où $Q_{r,éq} = \frac{K_{a1}}{K_{a2}}$.

Puisque l'énoncé nous indique les pK_a des couples, nous transformons cette écriture ainsi : $Q_{r,éq} = \frac{10^{-pK_{a1}}}{10^{-pK_{a2}}} = 10^{-pK_{a1}+pK_{a2}}$.

La valeur du quotient de réaction à l'état d'équilibre est donc :

$Q_{r,éq} = 10^{-3,3+3,8} = 3,2$.

d) Comparer les quotients de réaction initial et à l'équilibre pour déterminer le sens d'évolution spontanée d'une réaction

Comparons la valeur du quotient de réaction à l'état initial à celle à l'état d'équilibre. On a $Q_{r,i} = 0$ et $Q_{r,éq} = 3,2$, d'où $Q_{r,i} < Q_{r,éq}$.

On en déduit que le système évolue spontanément dans le sens direct, c'est-à-dire celui de la formation de l'acide méthanoïque $HCOOH_{(aq)}$ et de l'ion nitrite $NO_2^-{}_{(aq)}$.

▶ 2. a) Compléter un tableau d'avancement d'une réaction chimique

Équation	$HNO_{2(aq)}$ + $HCOO^-_{(aq)}$ = $NO_2^-{}_{(aq)}$ + $HCOOH_{(aq)}$				
État du système chimique	Avancement (en mol)	Quantités de matière (en mol)			
		$n(HNO_{2(aq)})$	$n(HCOO^-_{(aq)})$	$n(NO_2^-{}_{(aq)})$	$n(HCOOH_{(aq)})$
État initial	$x = 0$	n_1	n_2	0	0
État intermédiaire	x	$n_1 - x$	$n_2 - x$	x	x
État d'équilibre	$x = x_{éq}$	$n_1 - x_{éq}$	$n_2 - x_{éq}$	$x_{éq}$	$x_{éq}$

b) Calculer des concentrations molaires d'espèces chimiques

Par définition, on a : $[HNO_2]_{éq} = \dfrac{n(HNO_2)_{éq}}{V_{solution}}$.

Or, d'après les conditions du mélange, on a : $V_{solution} = 2V$.

Et, d'après le tableau d'avancement ci-dessus, on a :
$n(HNO_2)_{éq} = n_1 - x_{éq}$.

D'où $[HNO_2]_{éq} = \dfrac{n_1 - x_{éq}}{2V}$.

Ainsi, on calcule :

$$[HNO_2]_{éq} = \frac{4{,}0 \times 10^{-2} - 3{,}3 \times 10^{-2}}{2 \times 200 \times 10^{-3}} = 1{,}8 \times 10^{-2}\ \text{mol} \cdot \text{L}^{-1}.$$

De même, $[HCOO^-]_{éq} = \dfrac{n_2 - x_{éq}}{2V} = \dfrac{8{,}0 \times 10^{-2} - 3{,}3 \times 10^{-2}}{2 \times 200 \times 10^{-3}}$

$= 1{,}2 \times 10^{-1}\ \text{mol} \cdot \text{L}^{-1}$ et $[NO_2^-]_{éq} = [HCOOH]_{éq} = \dfrac{x_{éq}}{2V}$

$= \dfrac{3{,}3 \times 10^{-2}}{2 \times 200 \times 10^{-3}} = 8{,}3 \times 10^{-2}\ \text{mol} \cdot \text{L}^{-1}$.

c) Calculer la valeur du quotient de réaction à l'état d'équilibre à partir des concentrations des espèces chimiques

On réutilise la formule suivante : $Q_{r,éq} = \dfrac{[HCOOH]_{éq} \times [NO_2^-]_{éq}}{[HCOO^-]_{éq} \times [HNO_2]_{éq}}$.

Ainsi, on calcule : $Q_{r,éq} = \dfrac{(8{,}3 \times 10^{-2})^2}{1{,}2 \times 10^{-1} \times 1{,}8 \times 10^{-2}} = 3{,}2$.

Cette valeur est bien en accord avec la valeur trouvée à la question **1. c)** ci-avant.

▶ 3. Calculer la valeur du pH du mélange et la comparer aux valeurs du pH des solutions initiales

On considère le couple HNO_2/NO_2^-.

Utilisons sa constante d'acidité $K_{a1} = \dfrac{[NO_2^-]_{éq} \times [H_3O^+]_{éq}}{[HNO_2]_{éq}}$.

Ainsi, on a : $[H_3O^+]_{éq} = \dfrac{[HNO_2]_{éq} \times K_{a1}}{[NO_2^-]_{éq}}$.

Or $\text{pH} = -\log\,[\text{H}_3\text{O}^+]_{\text{éq}}$, donc on a : $\text{pH} = -\log\left(\dfrac{[\text{HNO}_2]_{\text{éq}} \times K_{\text{a}1}}{[\text{NO}_2^-]_{\text{éq}}}\right)$

D'où $\text{pH} = -\log\left(\dfrac{[\text{HNO}_2]_{\text{éq}}}{[\text{NO}_2^-]_{\text{éq}}}\right) - \log K_{\text{a}1}$.

Sachant que $\text{p}K_{\text{a}1} = -\log K_{\text{a}1}$, on obtient :

$$\text{pH} = \text{p}K_{\text{a}1} - \log\left(\frac{[\text{HNO}_2]_{\text{éq}}}{[\text{NO}_2^-]_{\text{éq}}}\right).$$

Ainsi, on calcule : $\text{pH} = 3{,}3 - \log\left(\dfrac{1{,}8 \times 10^{-2}}{8{,}3 \times 10^{-2}}\right) = 4{,}0$.

En conclusion, on constate donc que le pH du mélange (4,0) n'est pas égal à la moyenne des valeurs de pH des deux solutions (qui étaient de 2,0 et 8,7).

▶ Le conseil de méthode

Cette question peut être traitée en utilisant l'autre couple présent en solution :

$$\text{pH} = \text{p}K_{\text{a}2} - \log\left(\frac{[\text{HCOOH}]_{\text{éq}}}{[\text{HCOO}^-]_{\text{éq}}}\right) = 3{,}8 - \log\left(\frac{8{,}3 \times 10^{-2}}{1{,}2 \times 10^{-1}}\right) = 4{,}0.$$

Notez qu'on arrive, bien sûr, à la même valeur pour le pH.

S'ENTRAÎNER

L'acide lactique et le lactate d'éthyle

50 min
5 points

INTÉRÊT DU SUJET • Le lactate d'éthyle a de nombreuses utilisations : comme dégraissant, comme dissolvant et même comme additif alimentaire ! Étudiez sa vitesse de formation à partir des courbes expérimentales fournies…

L'acide lactique, obtenu par fermentation du glucose par exemple, est à la base de nombreux dérivés utilisés dans l'industrie, proposant ainsi une alternative à la pétrochimie. L'un de ces dérivés, le lactate d'éthyle, est un ester ; il est utilisé comme additif alimentaire, dissolvant pour vernis, dégraissant de pièces métalliques…

Données

- Formule brute de l'acide lactique : $C_3H_6O_3$.
- Masse molaire de l'acide lactique : $M = 90{,}0 \text{ g} \cdot \text{mol}^{-1}$.
- Formule topologique de l'acide lactique :

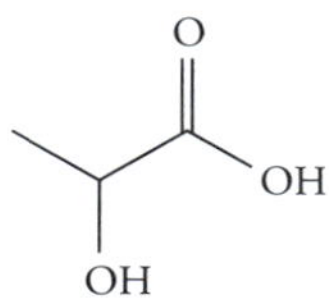

PARTIE 1. L'ACIDE LACTIQUE OU ACIDE 2-HYDROXYPROPANOÏQUE — 35 min

▶ **1.** Identifier et nommer les familles fonctionnelles présentes dans la molécule d'acide lactique. *(0,5 point)*

▶ **2.** Représenter la formule topologique de l'isomère de position de l'acide lactique. *(0,25 point)*

On souhaite mesurer le pK_a du couple acide lactique/ion lactate.
L'équation de la réaction modélisant la transformation acido-basique entre l'acide lactique et l'eau est :

$$C_3H_6O_{3(aq)} + H_2O_{(\ell)} \rightleftarrows C_3H_5O_3{}^-{}_{(aq)} + H_3O^+{}_{(aq)}$$

▶ **3.** Identifier les deux couples acide-base mis en jeu dans cette transformation. *(0,5 point)*

▶ **4.** Montrer que la constante d'acidité K_a du couple de l'acide lactique peut s'exprimer sous la forme :

$$K_a = \frac{[H_3O^+]^2}{(C - [H_3O^+]) \times c^0}$$

avec C concentration en acide apporté et $c = 1\ mol \cdot L^{-1}$ la concentration standard. *(0,5 point)*

On mesure le pH d'une solution aqueuse d'acide lactique, de concentration en acide apporté $C = 8{,}00 \times 10^{-3}\ mol \cdot L^{-1}$. On obtient : pH = 3,03.

▶ **5.** Calculer la concentration en quantité de matière d'ions oxonium $H_3O^+{}_{(aq)}$ de cette solution. *(0,25 point)*

▶ **6.** Justifier que l'acide lactique n'est pas un acide fort. *(0,5 point)*

▶ **7.** En déduire la valeur de la constante d'acidité K_a puis la valeur du pK_a. *(0,5 point)*

On effectue une série de douze mesures du pH de la solution aqueuse d'acide lactique, de concentration en acide apporté $C = 8{,}00 \times 10^{-3}\ mol \cdot L^{-1}$.
Le traitement statistique des résultats de ces mesures aboutit à une valeur moyenne du pK_a, notée $pK_{a\,m}$, de 3,871667 avec une incertitude-type, notée $u(pK_a)$, de 0,026935.

▶ **8.** Écrire, avec un nombre adapté de chiffres significatifs, le résultat de la mesure $pK_{a\,m}$. *(0,25 point)*

Le diagramme de distribution suivant du couple de l'acide lactique est construit en utilisant la valeur de référence $pK_{a\,ref} = 3{,}90$ du pK_a du couple de l'acide lactique.

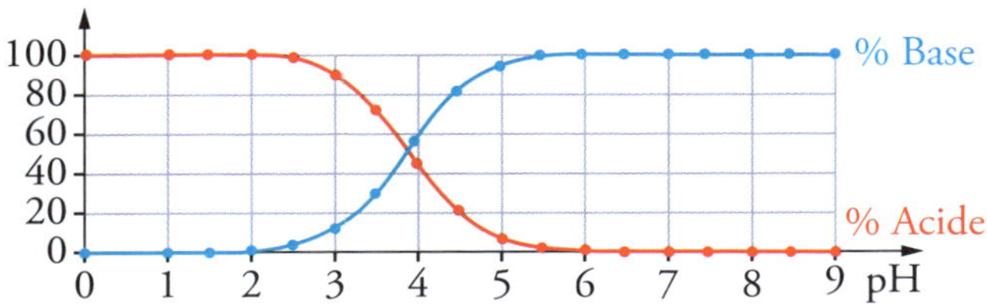

Diagramme de distribution du couple de l'acide lactique

▶ **9.** Expliquer et justifier la méthode permettant de retrouver sur le diagramme de distribution la valeur $pK_{a\,ref}$. *(0,25 point)*

▶ **10.** Comparer, en prenant appui sur un calcul, le résultat $pK_{a\,m}$ de la mesure avec la valeur de référence $pK_{a\,ref}$. *(0,25 point)*

PARTIE 2. ESTÉRIFICATION DE L'ACIDE LACTIQUE ⏱ 15 min

Le lactate d'éthyle peut être synthétisé à partir de l'acide lactique et de l'éthanol. L'équation de réaction d'estérification associée à cette transformation est la suivante :

$$C_3H_6O_{3(\ell)} + C_2H_6O_{(\ell)} \rightleftarrows C_5H_{10}O_{3(\ell)} + H_2O_{(\ell)}$$

Pour étudier l'influence de différents paramètres sur cette transformation, on fait réagir deux systèmes chimiques identiques de même volume mais dans des conditions différentes.

	Mélange initial	**Protocole**
Expérience (a)	0,741 mol d'acide lactique et 0,850 mol d'éthanol	Chauffage à reflux à 80 °C
Expérience (b)	0,741 mol d'acide lactique, 0,850 mol d'éthanol et quelques gouttes d'acide sulfurique concentré	Chauffage à reflux à 80 °C

Par une succession de dosages à différents instants, on peut suivre l'évolution temporelle de la formation.
On obtient alors les deux courbes suivantes :

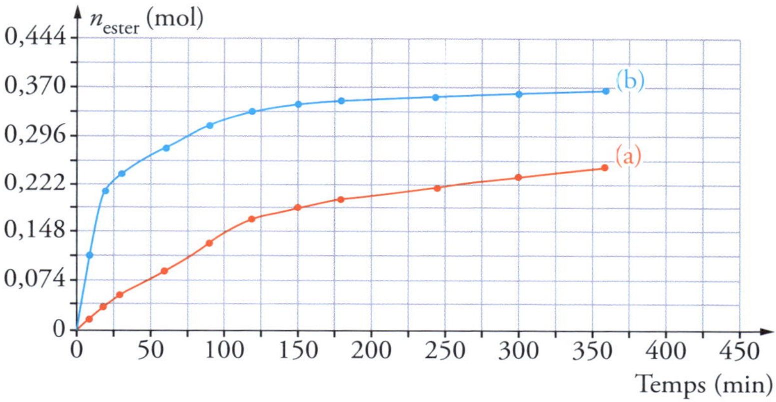

Source : D'après CNRS

Quantité d'ester formé (n_{ester}) au cours du temps

On note *V*, le volume du milieu réactionnel, supposé constant.

▶ **1.** Exprimer la vitesse volumique v d'apparition de l'ester. *(0,25 point)*

▶ **2.** En analysant qualitativement la courbe (b), indiquer l'évolution de la vitesse volumique v d'apparition de l'ester. *(0,5 point)*

▶ **3.** Identifier le rôle joué par l'acide sulfurique. *(0,25 point)*

▶ **4.** Indiquer, en argumentant, si pour l'expérience (a) l'état final est atteint au bout de 350 minutes. *(0,25 point)*

LES CLÉS DU SUJET

Le lien avec le programme

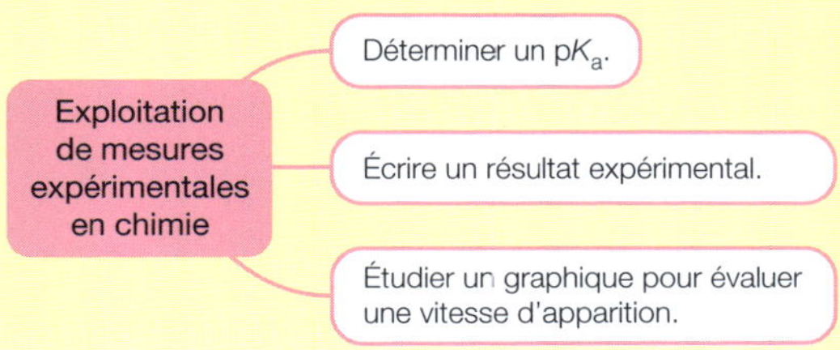

Les conseils du correcteur

Partie 1 L'acide lactique ou acide 2-hydroxy-propanoïque	▶ **2.** Reprenez la définition d'un isomère de position. ▶ **4.** Écrivez un tableau d'avancement à l'aide des grandeur C et x, puis trouvez le lien entre $[H_3O^+]$ et x. ▶ **6.** Les acides forts vérifient toujours l'égalité : $pH = -\log C$ où C *est* la concentration apportée en acide. ▶ **8.** Arrondissez l'incertitude type avec un seul chiffre significatif (par excès), puis écrivez la valeur du pK_a au même « rang de décimale ».
Partie 2 Estérification de l'acide lactique	▶ **2.** Tracez plusieurs tangentes à la courbe (b) et comparez leur coefficient directeur. Expliquez pourquoi la vitesse d'apparition de l'ester est proportionnelle à ces pentes et concluez.

12 CORRIGÉ GUIDÉ

PARTIE 1. L'ACIDE LACTIQUE OU ACIDE 2-HYDROXYPROPANOÏQUE

▶ 1. Reconnaître les groupes et familles de la chimie organique

On trouve deux groupes fonctionnels dans la molécule de l'acide lactique : le groupe hydroxyle (entouré en rouge) et le groupe carboxyle (entouré en bleu). Ces groupes sont respectivement caractéristiques des familles des alcools et acides carboxyliques.

> **ATTENTION**
> Ne pas confondre les groupes et les familles organiques. Par exemple, le groupe hydroxyle caractérise la famille des alcools.

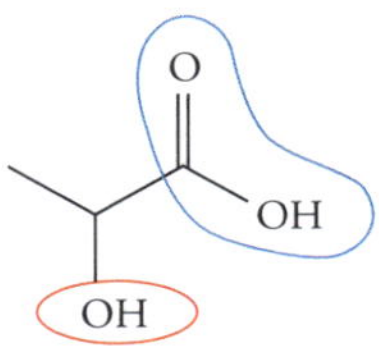

▶ 2. Déterminer un isomère de position

Le groupe carboxyle ne peut pas être déplacé et le groupe hydroxyle n'a qu'une seule autre place possible. On a donc :

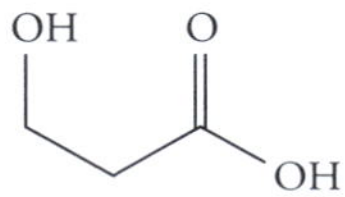

À NOTER
Ici, le point important de la question est « isomère de position ». Il ne faut modifier ni les groupes fonctionnels ni la chaîne principale, mais uniquement une ou plusieurs position(s) de groupes ramifiés (groupe méthyl/éthyl/...) ou fonctionnels (ici, hydroxyle ou carboxyle).

▶ 3. Identifier un couple acidobasique

Il y a le couple acide lactique/ion lactate $C_3H_6O_3/C_3H_5O_3^-$ et le couple eau/ion oxonium H_2O/H_3O^+.

▶ 4. Exprimer une constante d'acidité

ATTENTION
Cette démonstration est un grand classique de bac !

Par définition, la constante d'acidité est :

$$K_a = \frac{\frac{[H_3O^+]}{c^0} \times \frac{[C_3H_5O_3^-]}{c^0}}{\frac{[C_3H_6O_3]}{c^0}} = \frac{[H_3O^+] \times [C_3H_5O_3^-]}{[C_3H_6O_3] \times c^0}$$

• D'après l'équation de la réaction de l'acide lactique sur l'eau de l'énoncé, les concentrations d'ion lactate et d'ion hydronium sont égales à chaque instant (on néglige ici l'apport initial d'ion oxonium par l'autoprotolyse de l'eau). D'où : $[C_3H_5O_3^-] = [H_3O^+]$, ce qui nous donne le numérateur souhaité.

• De plus, la loi de conservation de la matière nous permet d'écrire :

$$n_{\text{initial}}(\text{acide lactique}) = n(\text{acide lactique}) + n(\text{ion lactate})$$

puisque la molécule d'acide soit n'a pas réagi et est demeurée inchangée, soit a réagi et s'est transformée en ion lactate.

En divisant l'ensemble par le volume total, on peut écrire :

$$[C_3H_6O_3]_{\text{initial}} = [C_3H_6O_3] + [C_3H_5O_3^-]$$

• D'après les données de l'énoncé, $[C_3H_6O_3]_{\text{initial}} = C$ et on sait déjà que $[C_3H_5O_3^-] = [H_3O^+]$.

On a donc $C = [H_3O^+] + [C_3H_5O_3^-]$, d'où $[C_3H_5O_3^-] = C - [H_3O^+]$.

On obtient donc bien : $K_A = \frac{[H_3O^+]^2}{(C - [H_3O^+]) \times c^0}$.

▶ 5. Calculer la concentration en ion oxonium

Par définition du pH, on peut écrire :

$[H_3O^+] = 10^{-pH} = 10^{-3,03} = 9,3 \times 10^{-4}\ mol \cdot L^{-1}$.

▶ 6. Différencier acide fort et acide faible

Si l'acide lactique était un acide fort, la concentration en acide apporté C vérifierait la relation : $pH = -\log C$.

Or, le pH est de 3,03 et $-\log C = -\log(8 \times 10^{-3}) = 2,1$: l'acide lactique n'est pas un acide fort.

▶ 7. Calculer un pK_a

D'après les questions **4** et **5** ci-dessus,

on sait que $K_a = \dfrac{[H_3O^+]^2}{(C - [H_3O^+]) \times c^0}$

et $[H_3O^+] = 9,3 \times 10^{-4}\ mol \cdot L^{-1}$, d'où

$K_a = 1,23 \times 10^{-4}$ et $pK_a = \log K_a = 3,9$.

> **ATTENTION**
> Reprenez bien le résultat non arrondi de la valeur de $[H_3O^+]$, $9,332543 \times 10^{-4}\ mol \cdot L^{-1}$ et non la valeur arrondie que vous avez mise en réponse à la question **5**.

▶ 8. Écrire un résultat statistique à l'aide des chiffres significatifs

L'incertitude-type doit toujours être écrite avec *un seul* chiffre significatif et sa valeur doit être arrondie à l'excès. Ici, on a donc une incertitude-type égale à 0,03.

D'après cette valeur, la précision du résultat du $pK_{a\,m}$ doit être le centième de pK_a donc 3,87.

Le résultat complet est donc : $pK_{a\,m} = 3,87 \pm 0,03$.

▶ 9. Utiliser un diagramme de distribution d'un couple acide-base

En analysant la relation $pH = pK_a + \log \dfrac{[A^-]}{[HA]}$,

on remarque que $pH = pK_a$ lorsque $[A^-] = [HA]$.

Or la seule possibilité d'avoir cette égalité, d'après le diagramme de distribution fourni, est lorsque ces concentrations sont égales à 50 % c'est-à-dire à l'intersection des deux courbes du diagramme.

On constate effectivement que cela se produit lorsque pH = 3,90 donc lorsque $pK_{a\,ref} = 3,90$.

> **À NOTER**
> La précision du graphique n'est pas suffisante pour écrire 3,90 mais plutôt 3,9.

▶ 10. Comparer un résultat expérimental à une référence

On calcule le quotient
$$\frac{|\,pK_{a\,m} - pK_{a\,ref}\,|}{u(pK_a)} = \left|\frac{3{,}87 - 3{,}90}{0{,}03}\right| = 1.$$
Il est inférieur à 2 donc la valeur déterminée expérimentalement est compatible avec celle de référence.

> **À NOTER**
> Pour tester la compatibilité d'un résultat par rapport à une valeur référence, il faut toujours comparer ce quotient à la valeur 2.

PARTIE 2. ESTÉRIFICATION DE L'ACIDE LACTIQUE

▶ 1. Définir une vitesse volumique d'apparition

D'après l'équation de la réaction, on peut écrire la vitesse d'apparition de l'ester : $v = \frac{\mathrm{d}\left[C_5H_{10}O_3\right]}{\mathrm{d}t}$.

▶ 2. Estimer graphiquement une vitesse volumique

D'après la relation précédente, la vitesse est proportionnelle au coefficient directeur de la tangente à la courbe (b). En effet, $v = \frac{\mathrm{d}[C_5H_{10}O_3]}{\mathrm{d}t} = \frac{1}{V} \times \frac{\mathrm{d}n_{ester}}{\mathrm{d}t}$ car le volume V est constant.
Comme V est positif et que le coefficient directeur décroît tout au long de l'expérience, la vitesse d'apparition de l'ester décroît elle aussi tout au long de l'expérience.

▶ 3. Reconnaître un catalyseur dans un protocole expérimental

L'acide sulfurique H_2SO_4 n'apparaît pas dans l'équation de la réaction, mais la seule présence de cet acide permet d'accélérer la réaction, comme le montre les résultats des expériences (a) (sans acide sulfurique) et (b) (avec acide sulfurique). Il s'agit donc d'un catalyseur.

▶ 4. Analyser un graphique d'évolution réactionnel

La seule présence d'un catalyseur, ici l'acide sulfurique, ne modifie pas l'état final d'une réaction. Or la quantité d'ester produite après 350 minutes par l'expérience (a) est nettement inférieure à la quantité produite dans le même temps par l'expérience (b). Puisque l'état final de la réaction comporte au moins autant d'ester que la quantité formée dans l'expérience (b), l'expérience (a) n'a visiblement pas atteint son état final au bout de 350 minutes.

Four à micro-ondes pour synthèse organique

50 min
5 points

INTÉRÊT DU SUJET • Le four à micro-ondes peut aussi servir pour effectuer des réactions chimiques évoluées comme dans cet exercice. Entraînez-vous sur le rendement en chimie organique !

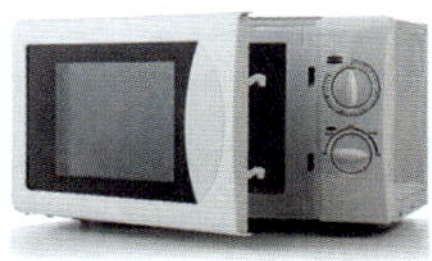

Ph © Elnur Amikishiyev – Stock-adobe.com

Un dispositif de chauffage est nécessaire pour réaliser de nombreuses synthèses organiques. Le montage à reflux est couramment utilisé au laboratoire ou dans l'industrie. Cependant depuis les années 1980, les fours micro-ondes domestiques constituent une alternative.
L'objectif de cet exercice est d'étudier la synthèse d'un principe actif utilisé dans le traitement de l'épilepsie : la phénytoïne.
Les trois étapes de cette synthèse sont représentées ci-dessous.

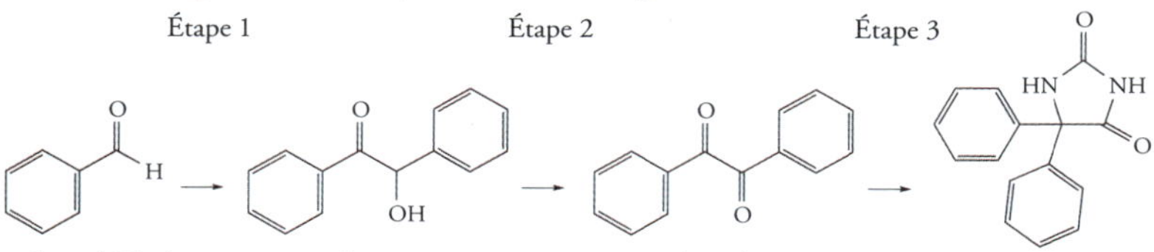

benzaldéhyde — benzoïne — benzile — phénytoïne

Figure 1. **Schéma de synthèse de la phénytoïne**

Données

Espèce chimique	Hydroxyde de potassium	Urée	Benzile	Phénytoïne
Formule brute	KOH	CH_4N_2O	$C_{14}H_{10}O_2$	$C_{15}H_{12}N_2O_2$
Masse molaire (en g·mol^{-1})	56,1	60,1	210,2	252,3

PARTIE 1. PRÉPARATION DE LA BENZOÏNE (ÉTAPE 1) 22 min

On utilise un four à micro-ondes pour réaliser l'étape 1 de la synthèse qui est catalysée par le chlorure de thiamine.

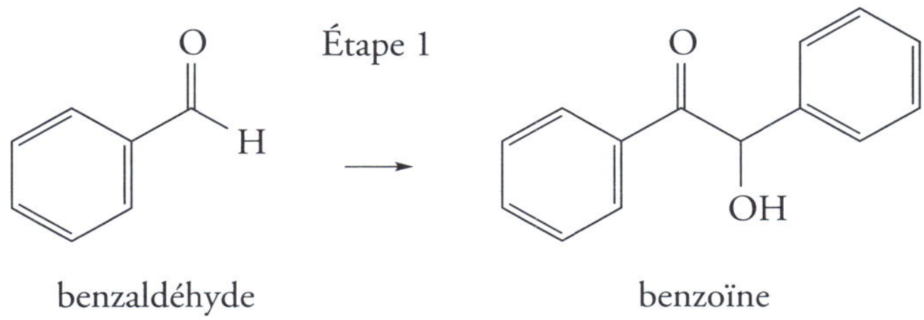

Le protocole expérimental simplifié est le suivant :

a) dans un erlenmeyer de 100 mL, introduire 1,35 g de chlorure de thiamine, environ 4 mL d'eau, 15 mL d'éthanol à 95 %, 7,0 mL d'une solution aqueuse d'hydroxyde de potassium ($K^{+}_{(aq)}$; $HO^{-}_{(aq)}$) de concentration 1,1 mol · L^{-1} puis agiter à température ambiante ;

b) ajouter 2,0 mL de benzaldéhyde ;

c) recouvrir d'un entonnoir et chauffer à l'aide d'un four à micro-ondes pendant 1 min à la puissance de 600 W, sortir du four et laisser cristalliser à température ambiante puis refroidir dans un bain eau-glace ;

d) filtrer sur Büchner, laver les cristaux avec de l'eau glacée et les rincer avec un mélange refroidi eau-éthanol ; on obtient des cristaux blancs ;

e) purifier le produit à l'aide d'une recristallisation dans l'éthanol.

On réalise deux chromatographies sur couche mince (CCM) des cristaux obtenus : une avant l'étape de recristallisation et une après cette étape. L'éluant utilisé est un mélange d'éther de pétrole et d'acétate d'éthyle. La révélation s'effectue sous une lampe UV et les dépôts proviennent de solutions diluées d'un facteur 100 dans l'acétate d'éthyle.

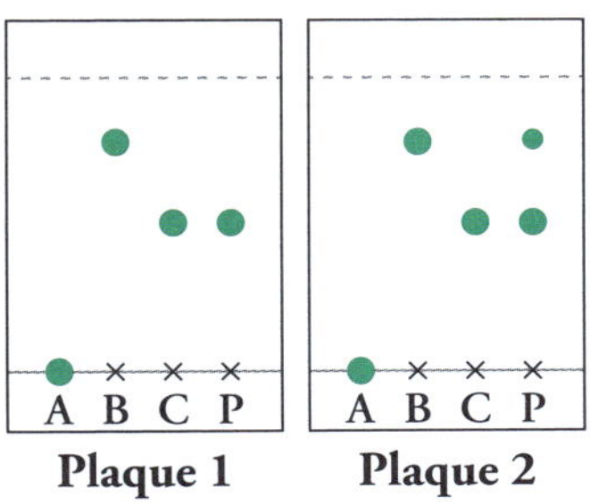

A : dépôt de chlorure de thiamine
B : dépôt de benzaldéhyde (commercial)
C : dépôt de benzoïne (commercial)
P : produit obtenu

Figure 2. **Reproduction des plaques de chromatographie sur couche mince (CCM) avant et après purification**

▶ **1.** Recopier la formule topologique de la benzoïne. Entourer les groupes caractéristiques et nommer les familles fonctionnelles correspondantes. (*0,5 point*)

▶ **2.** Déterminer la valeur de la masse d'hydroxyde de potassium solide à prélever pour préparer les 100,0 mL de solution aqueuse d'hydroxyde de potassium utilisée dans l'étape **a.** (*0,5 point*)

▶ **3.** Donner l'état physique du produit obtenu à la fin de l'étape **c** du protocole expérimental. (*0,25 point*)

▶ **4.** Indiquer la plaque qui correspond à la CCM effectuée avant la purification. Justifier. (*0,5 point*)

▶ **5.** Proposer une autre méthode d'identification du produit obtenu en fin de synthèse. (*0,5 point*)

PARTIE 2. PRÉPARATION DU BENZILE (ÉTAPE 2) — 8 min

L'étape 2 de la synthèse est une oxydation de la benzoïne qui permet de former du benzile.

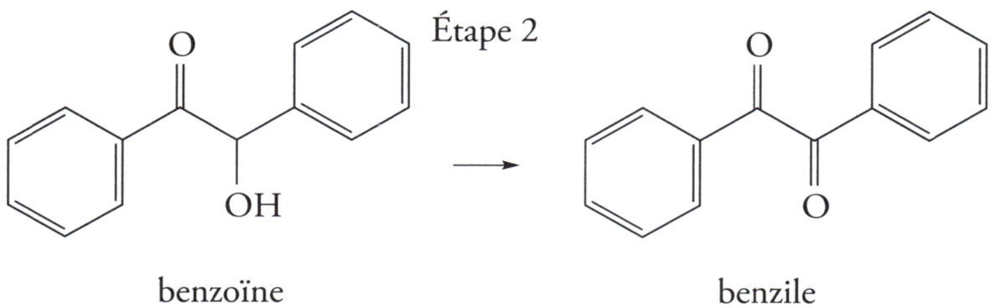

▶ **1.** Donner la formule brute de la benzoïne. (*0,25 point*)

▶ **2.** Justifier, à partir de la demi-équation électronique associée au couple oxydant / réducteur benzile / benzoïne, que l'étape 2 correspond bien à une oxydation de la benzoïne. (*0,5 point*)

PARTIE 3. PRÉPARATION DE LA PHÉNYTOÏNE (ÉTAPE 3) — 20 min

L'étape 3 de la synthèse se réalise également à l'aide d'un four à micro-ondes, en milieu basique, en utilisant l'éthanol comme solvant. On introduit 1,00 g de benzile et 0,450 g d'urée. Après réaction, on obtient une masse de 1,11 g de phénytoïne.

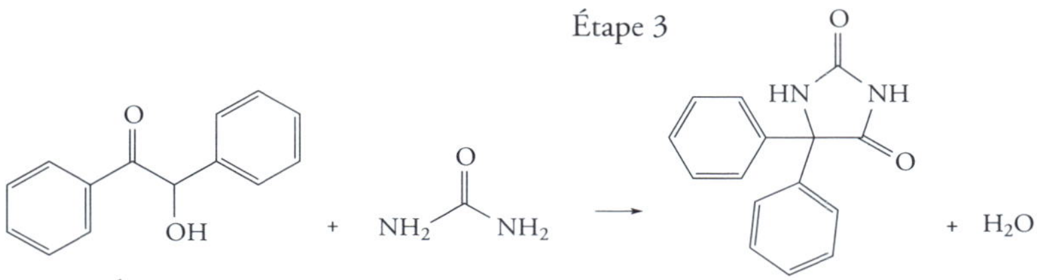

benzoïne phénytoïne

***Figure 3.* Équation de réaction modélisant l'étape 3 de la synthèse**

Calculer le rendement de l'étape 3 de la synthèse de la phénytoïne.
(*2 points*)

LES CLÉS DU SUJET

Le lien avec le programme

Synthèse organique
- Interpréter les résultats d'une CCM.
- Lire un protocole de synthèse.
- Calculer un rendement de synthèse organique.

Les conseils du correcteur

Partie 1. Préparation de la benzoïne

▶ **4.** Avant purification, le produit doit contenir plusieurs espèces chimiques.

Partie 3. Préparation de la phénytoïne

- Calculez les quantités initiales des réactifs.
- Dressez le tableau d'avancement pour pouvoir calculer la quantité finale de phénytoïne formée.
- Enfin, calculez le rendement R avec la relation :

$$R = \frac{\text{masse du produit obtenue expérimentalement}}{\text{masse théorique du produit dans des conditions parfaites}}.$$

13 CORRIGÉ GUIDÉ

PARTIE 1. PRÉPARATION DE LA BENZOÏNE (ÉTAPE 1)

▶ 1. Identifier groupes et familles de la chimie organique

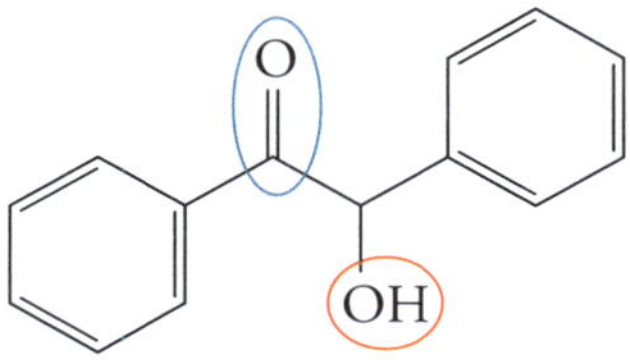

La molécule de benzoïne comporte deux groupes fonctionnels différents : le groupe entouré en rouge est le groupe hydroxyle et caractérise la famille des alcools ; le groupe entouré en bleu est le groupe carbonyle ici caractéristique de la famille des cétones.

▶ 2. Calculer la masse lors d'un protocole

La solution d'hydroxyde de potassium utilisée dans l'étape **a** a une concentration molaire égale à 1,1 mol · L^{-1}. Donc, pour en préparer 100 mL, il faut prévoir 0,11 mol d'hydroxyde de potassium, c'est-à-dire 6,2 g.

> **À NOTER**
> Vous pouvez présenter les calculs tout au long de votre raisonnement ou, comme ici, à la fin.

Calculs : $m(\text{KOH}) = n(\text{KOH}) \times M(\text{KOH})$

$$= C \times V \times M(\text{KOH}) = 1{,}1 \times 0{,}1 \times 56{,}1 = 6{,}2 \text{ g}.$$

▶ 3. Déduire l'état physique d'une espèce chimique

Il est précisé dans le protocole qu'il y a eu cristallisation, le produit obtenu est donc solide.

▶ 4. Interpréter une CCM

La plaque 2 est la plaque correspondant à l'avant purification. En effet, on peut y remarquer qu'il reste du benzaldéhyde dans le produit de la réaction (au-dessus de la croix P).

Au contraire, la plaque 1 montre un produit P uniquement composé de benzoïne. Ceci en supposant que toutes les espèces soient visibles sur le chromatogramme.

▶ 5. Connaître les méthodes d'identification de chimie organique

Le banc de Köffler aurait pu être utilisé pour cette identification. Son principe est basé sur la température de fusion des espèces chimiques.

PARTIE 2. PRÉPARATION DU BENZILE (ÉTAPE 2)

▶ 1. Écrire une formule brute

La formule brute de la benzoïne est $C_{14}H_{12}O_2$.

▶ 2. Justifier l'oxydation d'une espèce

Écrivons d'abord la formule brute du benzile :

$$C_{14}H_{10}O_2$$

On peut alors écrire la demi-équation électronique associée au couple benzile / benzoïne :

$$C_{14}H_{12}O_2 \Leftrightarrow C_{14}H_{10}O_2 + 2e^- + 2H^+$$

On constate que la benzoïne cède deux électrons lors de la transformation, il s'agit donc bien d'une oxydation.

> **À NOTER**
> Il est toujours plus facile d'écrire des équations de réaction avec les formules brutes plutôt qu'avec les formules topologiques.

PARTIE 3. PRÉPARATION DE LA PHÉNYTOÏNE (ÉTAPE 3)

> **ATTENTION**
> Il faut connaître la définition et la formule du rendement de synthèse chimique :
> $$R = \frac{\text{masse du produit obtenue expérimentalement}}{\text{masse théorique du produit dans des conditions parfaites}}.$$

Le rendement d'une synthèse chimique est le rapport de la quantité obtenue réellement du produit visé sur celle obtenue théoriquement dans des conditions parfaites.

Le calcul peut aussi être fait avec les masses correspondantes. C'est ce que nous présentons ci-dessous.

Tout d'abord les quantités de matière des réactifs à l'état initial :

$$n_{\text{i}}(\text{urée}) = \frac{m_{\text{i}}(\text{urée})}{M_{\text{urée}}} = \frac{0,45}{60,1} = 7,5 \times 10^{-3} \text{ mol}$$

$$n_{\text{i}}(\text{benzile}) = \frac{m_{\text{i}}(\text{benzile})}{M_{\text{benzile}}} = \frac{1}{210,2} = 4,8 \times 10^{-3} \text{ mol}$$

D'après les coefficients stœchiométriques de l'équation de la réaction, il faut autant d'urée que de benzile pour être dans les conditions stœchiométriques. L'urée est donc en excès et l'on ne pourra former au maximum que $4,8 \times 10^{-3}$ mol de phénytoïne ce qui correspond à $m(\text{phénytoïne}) = n \times M = 1,2$ g de phénytoïne.

> **ATTENTION**
> Détaillez bien vos raisonnements pour les questions plus difficiles et moins directes.

S'ENTRAÎNER

Le rendement est donc : $R = \frac{1{,}1}{1{,}2} = 0{,}92 = 92\ \%$

Autre méthode

Pour calculer la masse théorique dans des conditions parfaites, on pouvait aussi dresser le tableau d'avancement suivant.

> **À NOTER**
> Ici, l'eau n'est pas le solvant (c'est l'éthanol) donc on doit remplir la colonne correspondante dans le tableau d'avancement.

		benzile +	urée →	phénytoïne +	eau
	avancement	n(benzile)	n(urée)	n(phénytoïne)	n(eau)
État initial	$x = 0$	$4{,}8 \times 10^{-3}$	$7{,}5 \times 10^{-3}$	0	0
État en cours	x	$4{,}8 \times 10^{-3} - x$	$7{,}5 \times 10^{-3} - x$	x	x
État final maximal	$x_{max} = 4{,}8 \times 10^{-3}$	0	$2{,}7 \times 10^{-3}$	$4{,}8 \times 10^{-3}$	$4{,}8 \times 10^{-3}$

Étude d'un soda

1 h 30
9 points

INTÉRÊT DU SUJET • Combien de litres d'un soda contenant de la caféine, de l'acide benzoïque et de l'acide phosphorique peut-on boire sachant qu'il existe une dose journalière d'acide phosphorique à ne pas dépasser ?

Au XIXe siècle, une boisson à base de feuilles de coca et de noix de cola était préconisée par son inventeur comme remède contre les problèmes gastriques. Cette boisson est actuellement vendue comme soda. Sur l'étiquette de cette boisson, on peut lire la liste d'ingrédients suivante : eau gazéifiée au dioxyde de carbone ; sucre ; colorant (caramel) ; conservateur (acide benzoïque) ; acidifiant (acide phosphorique) ; extraits végétaux ; arômes naturels (extraits végétaux dont caféine).
Dans cet exercice on s'intéresse à différentes espèces chimiques présentes dans la composition de cette boisson.

Données

- pH de la boisson étudiée : 2,5.
- Masse molaire de la caféine : $M = 194{,}0\ \text{g} \cdot \text{mol}^{-1}$.
- Informations sur des réactifs et des produits de la synthèse de l'acide benzoïque :

Benzonitrile	Acide benzoïque	Hydroxyde de sodium
C_7H_5N $M = 103{,}04\ \text{g} \cdot \text{mol}^{-1}$ $T_{\text{fusion}} = -12{,}8\ °\text{C}$ $T_{\text{ébullition}} = 190{,}7\ °\text{C}$ Masse volumique : $\rho = 1{,}01\ \text{g} \cdot \text{mL}^{-1}$ Pictogramme de danger : 	$C_7H_6O_2$ $M = 122{,}12\ \text{g} \cdot \text{mol}^{-1}$ $T_{\text{fusion}} = 122{,}4\ °\text{C}$ $T_{\text{ébullition}} = 249{,}9\ °\text{C}$ $\text{p}K_A\left(C_7H_6O_2 / C_7H_5O_2^-\right) = 4{,}2$ Pictogramme de danger : 	NaOH $M = 40{,}00\ \text{g} \cdot \text{mol}^{-1}$ $T_{\text{fusion}} = 318\ °\text{C}$ Pictogramme de danger : 

• Numéros atomiques et masses molaires atomiques :

	H	C	N	O	P
Z	1	6	7	8	15
M (en $g \cdot mol^{-1}$)	1,0	12,0	14,0	16,0	31,0

• La dose journalière admissible (DJA) est la dose maximale d'une substance (exprimée en mg par kg de masse corporelle et par jour) à laquelle on peut être exposé de façon répétée sans risque pour la santé :

	Acide phosphorique	Acide benzoïque		Ion benzoate	Caféine
DJA adulte ($mg \cdot kg^{-1} \cdot jour^{-1}$)	70	5			5
Solubilité dans l'eau ($g \cdot L^{-1}$)		à 0 °C	à 25 °C	à 25 °C	
		1,7	3,4	650	

• Pour un enfant de 30 kg, l'apport quotidien de caféine ne doit pas dépasser 75 mg, soit environ deux canettes de soda de 33 cL.

PARTIE 1. LA CAFÉINE

La formule topologique de la molécule de caféine est représentée ci-contre.

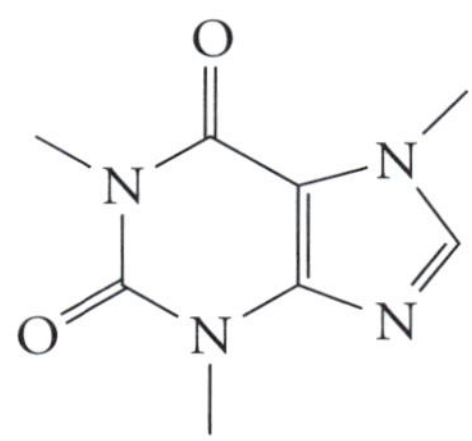

▶ **1.** Recopier et compléter la formule topologique de la molécule de caféine en faisant figurer les doublets non liants. *(0,5 point)*

▶ **2.** Déterminer la formule brute de la caféine. *(0,5 point)*

▶ **3.** À l'aide des données fournies, évaluer la concentration molaire approximative de la caféine dans le soda. *(0,5 point)*

PARTIE 2. L'ACIDE BENZOÏQUE

L'acide benzoïque est un conservateur alimentaire souvent présent dans les sodas. Il peut être synthétisé en 2 étapes au laboratoire.

• **Étape a** : obtention de l'ion benzoate à partir du benzonitrile

$$C_7H_5N_{(\ell)} + H_2O_{(\ell)} + HO_2{}^-{}_{(aq)} \rightarrow C_7H_5O_2{}^-{}_{(aq)} + NH_{3(aq)}$$

• **Étape b** : obtention de l'acide benzoïque par réaction de l'ion benzoate avec l'ion oxonium

$$C_7H_5O_2{}^-{}_{(aq)} + H_3O^+{}_{(aq)} \rightarrow C_7H_6O_{2(s)} + H_2O_{(\ell)}$$

Le but de cette partie est d'analyser un protocole pour effectuer cette synthèse au laboratoire selon ces opérations successives :
① Dans un ballon de 100 mL, introduire un volume de 2,0 mL de benzonitrile, un volume de 24 mL d'une solution aqueuse d'hydroxyde de sodium à 100 g · L^{-1} et quelques grains de pierre ponce.
② Adapter un réfrigérant à eau, puis porter à ébullition pendant plusieurs dizaines de minutes.
③ Une fois la réaction terminée, verser le contenu du ballon dans un bécher, puis le refroidir à l'aide d'un bain de glace.
④ Ajouter de l'acide chlorhydrique froid en excès.
⑤ Filtrer sur Buchner (penser à laver les cristaux avec une solution froide acidifiée).
⑥ Placer les cristaux à l'étuve (enceinte chauffante thermostatée) pendant une heure.
⑦ Peser le produit obtenu.

▶ **1.** Dans l'opération ① peut-on remplacer la solution aqueuse d'hydroxyde de sodium par des pastilles d'hydroxyde de sodium solide pour réaliser la synthèse ? Justifier. *(0,5 point)*

▶ **2.** Quelles opérations correspondent à l'**étape a** de la synthèse de l'acide benzoïque ? *(0,5 point)*

▶ **3.** Donner deux raisons qui justifient l'utilisation du chauffage à reflux. *(0,5 point)*

▶ **4.** Donner les rôles de chacune des opérations ④, ⑤ et ⑥ décrites dans le protocole. *(1 point)*

▶ **5.** Quel critère doit-on choisir pour régler une température de l'étuve adaptée à l'opération ⑥ ? Justifier votre choix. *(0,5 point)*

▶ **6.** Justifier que la réaction effectuée lors de l'étape b est une réaction acide-base. *(0,5 point)*

▶ **7.** Quelle masse maximale d'acide benzoïque peut être obtenue par la mise en œuvre de ce protocole ? *(1 point)*

▶ **8.** L'étiquette sur la bouteille de soda indique la présence d'acide benzoïque comme conservateur. Est-ce bien sous cette forme que l'espèce prédomine dans cette boisson ? Justifier. *(0,5 point)*

PARTIE 3. L'ACIDE PHOSPHORIQUE

▶ **1.** L'acide phosphorique, H_3PO_4, est un acide triple, mais nous ne nous intéresserons dans cette partie qu'à sa première acidité, c'est-à-dire lorsqu'il cède un seul proton.

a) Écrire la formule de la base conjuguée de l'acide phosphorique, appelée ion dihydrogénophosphate. *(0,25 point)*

b) Écrire l'équation de la réaction de l'acide phosphorique avec l'eau en supposant qu'il ne cède qu'un seul proton. *(0,25 point)*

c) Écrire l'expression de la constante d'acidité du couple acide phosphorique / ion dihydrogénophosphate. *(0,25 point)*

▶ **2.** Des études récentes laissent penser que l'acide phosphorique, H_3PO_4, contenu dans certains sodas au cola est responsable d'un accroissement des risques d'insuffisance rénale et d'ostéoporose s'il est consommé en quantités trop importantes.

Cette partie vise à évaluer la consommation maximale de soda sans que l'acide phosphorique présente un risque pour la santé.

Dosage de l'acide phosphorique dans le soda étudié

Pour déterminer la concentration en acide phosphorique dans le soda, on dégaze un volume $V = 10,0$ mL de soda afin d'éliminer le dioxyde de carbone dissous. On réalise ensuite le titrage de la boisson dégazée par une solution aqueuse d'hydroxyde de sodium $(Na^+{}_{(aq)}\ ;\ HO^-{}_{(aq)})$ de concentration molaire $C = 1,0 \times 10^{-2}$ mol · L^{-1}. Le titrage est suivi par pH-métrie.

On donne dans le tableau ci-dessous les mesures effectuées lors de ce titrage, V étant le volume de solution d'hydroxyde de sodium versé.

V (mL)	0	1,0	2,0	3,0	4,0	5,0	6,0	7,0	8,0	9,0	10,0
pH	2,9	3,1	3,2	3,3	3,6	4,5	5,8	6,2	6,3	6,4	6,4

Dans cette partie, on admet que seul le couple $H_3PO_{4(aq)} / H_2PO_4{}^-{}_{(aq)}$ intervient et que l'acide benzoïque étant en faible quantité, sa présence influe très peu sur le dosage de l'acide phosphorique.

Combien de bouteilles de soda de 1,5 L une personne adulte peut-elle consommer par jour, sans que l'acide phosphorique ne présente un risque pour sa santé ? *(2 points)*

Le candidat est invité à prendre des initiatives et à présenter la démarche suivie, même si elle n'a pas abouti.

La démarche est évaluée et nécessite d'être correctement présentée.

LES CLÉS DU SUJET

Le lien avec le programme

Synthèse en chimie organique
- Analyser les étapes d'un protocole de chimie.
- Utiliser les données d'un suivi pH-métrique d'un titrage.
- Résoudre une question complexe.

Les conseils du correcteur

Partie 1. La caféine

▶ **2.** N'oubliez pas les atomes d'hydrogène non visibles dans la formule topologique.
▶ **3.** Dans une question, le verbe « évaluer » signifie qu'il ne s'agit pas d'un calcul exact ou très précis. Partez de l'information « environ 75 mg de caféine ».

Partie 2. L'acide benzoïque

▶ **1.** Vérifiez l'équation de la réaction et l'état physique du benzonitrile.

▶ **3.** Ce sont les avantages que possède toujours le chauffage à reflux : regardez dans votre cours.

▶ **5.** Vérifiez les températures d'ébullition et concluez.

▶ **7.** Faites un tableau d'avancement pour prévoir la quantité maximale (avec x_{max}) d'acide formé. Commencez par calculer les quantités initiales des réactifs.

▶ **8.** Dressez le diagramme de prédominance du couple acide benzoïque/benzoate.

Partie 3. L'acide phosphorique

▶ **2.** C'est une question longue. Commencez par faire le graphique pH = $f(V_{ajouté})$. Déterminez le volume équivalent du titrage avec la méthode des tangentes. Calculez alors la concentration du soda puis la masse d'acide contenue dans une bouteille de soda.

S'ENTRAÎNER

14 CORRIGÉ GUIDÉ

PARTIE 1. LA CAFÉINE

▶ 1. Déduire les positions des doublets non liants

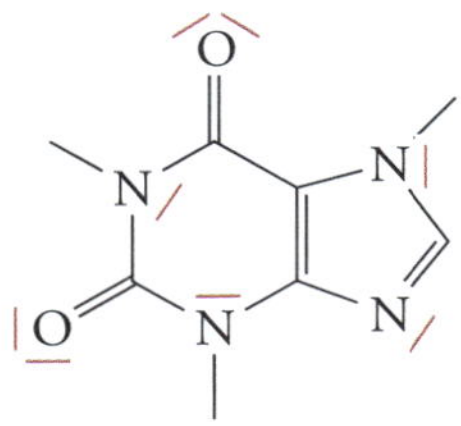

> **À NOTER**
> Dans les configurations « classiques », sans charge ajoutée, les atomes d'oxygène ont 2 doublets non liants, les atomes d'azote un seul et les atomes de carbone et d'hydrogène aucun.

▶ 2. Donner la formule brute d'une molécule

On trouve la formule brute suivante : $C_8H_{10}O_2N_4$.

On retrouve bien la valeur de la masse molaire donnée dans l'énoncé.

▶ 3. Évaluer une concentration à partir de documents

L'énoncé précise que deux cannettes de 33 cL contiennent « environ » 75 mg de caféine.

Donc, on peut évaluer la concentration massique de la caféine dans le soda :

$$C_m = \frac{m}{V} = \frac{75}{2 \times 0{,}33} = 114 \text{ mg} \cdot \text{L}^{-1}.$$

Ce qui correspond à la concentration molaire de la caféine dans le soda :

$$C = \frac{C_m}{M} = \frac{114 \times 10^{-3}}{194} = 0{,}59 \text{ mol} \cdot \text{L}^{-1}.$$

> **ATTENTION**
> Portez une attention particulière aux verbes des questions.
> Ici « Évaluer » signifie qu'il s'agit d'un calcul approximatif ou qu'il y a une donnée fournie avec un « environ ».

PARTIE 2. L'ACIDE BENZOÏQUE

▶ 1. Étudier un protocole expérimental

L'équation de la réaction de l'étape a comporte l'eau en tant que réactif. Or les deux autres réactifs sont le benzonitrile, qui est liquide donc pas en solution aqueuse, et les ions hydroxyde. Si ces deux derniers réactifs sont en pastilles solides, les molécules d'eau ne seront pas présentes : ni apportées par le benzonitrile, ni avec les ions hydroxyle.

Par conséquent, on ne peut pas remplacer la solution d'hydroxyde de sodium par des pastilles d'hydroxyde de sodium pour cette étape.

▶ 2. Identifier les étapes d'une synthèse

Ce sont les opérations de ① à ③ qui correspondent à l'étape a de la synthèse. En effet, durant ces 3 opérations, on ne réalise que la réaction de cette étape, puis on recueille et refroidit le mélange réactionnel.

L'opération ④, par contre, correspond à l'ajout d'acide donc à l'étape b.

▶ 3. Connaître les avantages d'un chauffage à reflux

L'utilisation du chauffage à reflux permet d'accélérer la réaction chimique (car la température est un facteur cinétique) sans perdre de réactifs ni de produits de cette réaction.

▶ 4. Identifier les étapes d'un protocole expérimental

L'opération ④ correspond à la synthèse de l'acide benzoïque par une réaction acido-basique.

L'opération ⑤ comporte une filtration donc une étape de séparation du produit, solide, synthétisé du reste du mélange réactionnel.

L'opération ⑥ permet quant à elle le séchage, donc l'élimination d'eau, du solide récupéré. Il s'agit donc d'une purification du produit obtenu.

▶ 5. Déterminer le critère déterminant lors d'un séchage

L'opération ⑥ consiste à chauffer le solide récupéré après la filtration pour faire évaporer l'eau sans faire évaporer l'acide benzoïque obtenu.

Il faut par conséquent se situer à une température supérieure à la température d'ébullition de l'eau et inférieure à celle de l'acide benzoïque. Ici il faut que l'étuve soit à une température comprise entre 100 °C et 122,4 °C.

▶ 6. Déterminer le type d'une réaction

Une réaction acide-base correspond à un transfert de proton H^+. Or ici, les ions oxonium cèdent effectivement un proton aux ions benzoate pour produire une molécule d'eau, H_2O.

▶ 7. Calculer la masse maximale possible lors d'une réaction

Il faut déterminer les quantités initiales des réactifs lors des étapes de la synthèse.

Pour l'étape a, on utilise 2,0 mL de benzonitrile et 24 mL de la solution d'hydroxyde de sodium.

> **ATTENTION**
> Pour un liquide pur on a le nombre de moles grâce à :
> $n = \dfrac{d \times \mu_{eau} \times V}{M}$ ou $n = \dfrac{\mu \times V}{M}$
> Pour une espèce en solution, on revient sur $n = c \times V$

S'ENTRAÎNER

On a d'une part : $n_i(\text{benzonitrile}) = \dfrac{m}{M} = \dfrac{\rho V}{M} = \dfrac{1{,}01 \times 2{,}0}{103{,}04}$
$= 1{,}960\ 403\ 726 \times 10^{-2}$ mol
(résultat calculatrice)
donc n_i(benzonitrile) = $2{,}0 \times 10^{-2}$ mol
(bon résultat selon les données)
et, d'autre part :
$n_i(\text{HO}^-) = C \times V = \dfrac{C_m}{M} V = \dfrac{100}{40} \times 24 \times 10^{-3}$
$= 0{,}06 \text{ mol} = 6{,}0 \times 10^{-2}$ mol.

À NOTER
Le calcul donne « exactement » 6×10^{-2} donc il faut ajouter le nombre de zéros suffisant par rapport aux chiffres significatifs souhaités.

On a donc $n_i(\text{HO}^-) > n_i$(benzonitrile) et les coefficients stœchiométriques sont égaux, ce qui veut dire que les ions hydroxyde sont en excès et le benzonitrile en défaut. On obtient au maximum à la fin de cette étape $2{,}0 \times 10^{-2}$ mol d'ions benzoate.

Or ces ions réagissent dans l'étape b. Le protocole précise néanmoins que l'acide chlorhydrique est en excès d'où les ions benzoate en défaut. Par conséquent, d'après les coefficients stœchiométriques de l'équation, on forme $n_{max} = 2{,}0 \times 10^{-2}$ mol d'acide benzoïque.

La masse maximale que l'on peut obtenir est donc :
$m_{max} = n_{max} \times M(\text{acide benzoïque}) = 2{,}0 \times 10^{-2} \times 122{,}12 = 2{,}4$ g.

▶ **8. Prévoir l'espèce prédominante d'un couple A/B**

Les données indiquent que le pH du soda est 2,5 donc, d'après le diagramme de prédominance du couple acide benzoïque/ion benzoate ci-dessous, c'est bien l'acide benzoïque qui est présent dans cette boisson.

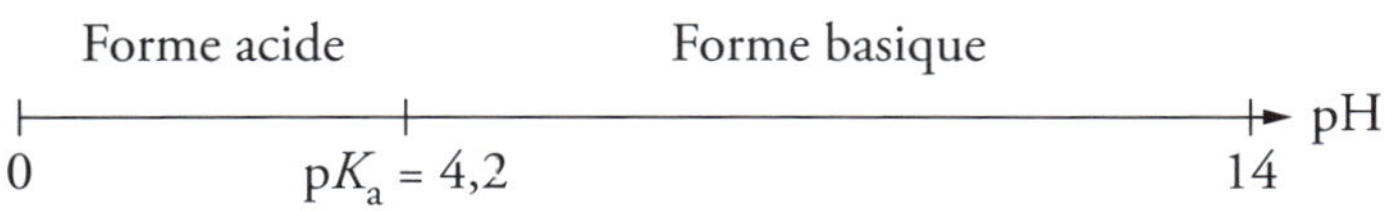

PARTIE 3. L'ACIDE PHOSPHORIQUE

▶ **1. a)** La base conjuguée correspond à $H_2PO_4^-$ car l'acide phosphorique a perdu un proton H^+.

b) L'équation de la réaction correspondante est :

$$H_3PO_{4\,(aq)} + H_2O_{(l)} \leftrightarrow H_2PO_4^-{}_{(aq)} + H_3O^+{}_{(aq)}$$

c) La constante d'acidité du couple correspond à la constante d'équilibre de l'équation précédente.

Elle a pour expression :

$$K_a(H_3PO_4/H_2PO_4^-) = \frac{[H_2PO_4^-]_{eq} \times [H_3O^+]_{eq}}{[H_3PO_4]}.$$

▶ **2.**

> **▶ Le conseil de méthode**
>
> Cette question est une « mini résolution de problème ». Pour y répondre, présentez un raisonnement en plusieurs étapes. Rédigez de façon claire pour que votre correcteur comprenne votre démarche (d'autant plus si ce n'est pas celle qu'il attend). Justifiez chaque étape de votre raisonnement pour montrer votre but.

Pour connaître le volume journalier de soda qu'un homme peut consommer sans que la quantité d'acide phosphorique ingérée soit un risque, il faut connaître la concentration de cet acide dans le soda. Or le titrage décrit dans l'énoncé nous permet de déterminer cette concentration.

Il s'agit du titrage de l'acide phosphorique par les ions hydroxyde.

Il est précisé dans l'énoncé que seul l'acide phosphorique réagit lors de cet ajout d'ion hydroxyde, donc la réaction support de ce titrage a pour équation :

$$H_3PO_{4(aq)} + HO^-_{(aq)} \rightarrow H_2PO_4^-{}_{(aq)} + H_2O_{(\ell)}$$

À l'équivalence de ce titrage, la quantité d'ions hydroxyde versée est égale à celle de l'acide phosphorique initialement présent dans l'échantillon de soda titré.

> **ATTENTION**
>
> Ici il faut une flèche simple, car une réaction de titrage est totale.

Pour déterminer le volume équivalent V_E, il faut faire le graphique du pH en fonction du volume de soude ajouté à l'aide du tableau de mesures donné dans l'énoncé.

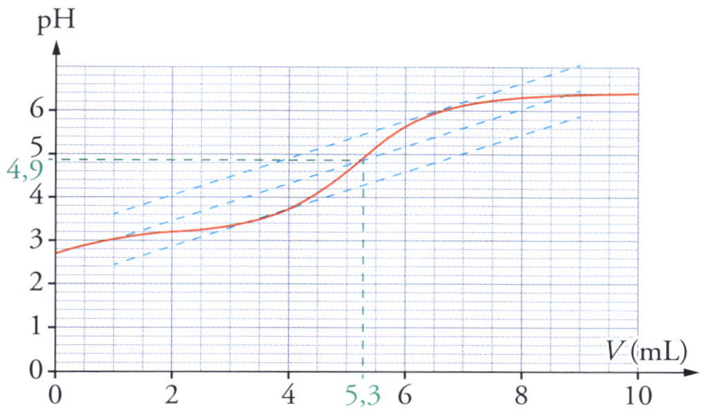

On utilise alors la méthode des tangentes pour déterminer V_E. On lit sur le graphique que V_E = 5,3 mL et l'on a :

n_i(acide phosphorique) = $n_{\text{ajouté}}(HO^-)$.

En notant C_A la concentration en acide phosphorique l'échantillon titré, on a :

$$C_A \times V = C \times V_E$$

$$C_A = \frac{CV_E}{V} = \frac{1{,}0 \times 10^{-2} \times 5{,}3 \times 10^{-3}}{10{,}0 \times 10^{-3}} = 5{,}3 \times 10^{-3}\ \text{mol} \cdot \text{L}^{-1}.$$

> **▶ Le conseil de méthode**
>
> Même si vous n'arrivez pas au bout de la question, il y a des points à partir du moment où votre raisonnement est logique. Ici écrire l'équation du titrage, faire le graphique et déterminer V_E donne des points même si vous ne concluez pas après.

Le soda a une concentration de 5,3 mmol · L^{-1} en acide phosphorique.

La dose journalière admissible (DJA) pour l'acide phosphorique est 70 mg · kg^{-1} · jour^{-1} d'après les données.

Pour la masse, nous prendrons l'exemple d'une personne adulte, mais de petite corpulence, pour obtenir la plus petite dose admissible.

Si nous prenons 50 kg, alors la masse d'acide phosphorique à ne pas dépasser par jour est de : 70 × 50 = 3 500 mg = 3,5 g.

Il faut donc absorber moins de 3,5 g de cet acide par jour (une personne de masse supérieure à 50 kg pourra en absorber davantage).

La concentration molaire de cet acide dans le soda étant C = 5,3 mmol · L^{-1}, la concentration molaire est :

$$C_m = C \times M = 5{,}3 \times 10^{-3} \times 98 = 0{,}519\,4 \approx 5{,}2 \times 10^{-1}\ \text{g} \cdot \text{L}^{-1}.$$

On déduit donc le volume maximal de soda qu'une personne peut consommer par jour :

$$V_{max} = \frac{3{,}5}{5{,}2 \times 10^{-1}} = 6{,}738\,544\,47 \approx 6{,}7\ \text{L}$$ (avec 2 chiffres significatifs car la masse molaire n'est connue qu'avec 2 chiffres significatifs).

Cela correspond donc à 4 à 5 bouteilles d'1,5 L de soda par jour.

On peut en déduire que la consommation « classique » de ce soda, même deux litres par jour, ne pose pas un problème en ce qui concerne l'acide phosphorique et ses conséquences sur les reins et les os.

15 France métropolitaine, mai 2022 • Jou

EXERCICE 2A

La physique du jonglage

50 min
5 points

S'ENTRAÎNER

INTÉRÊT DU SUJET • Vous rêvez de maîtriser le jonglage ? Découvrez comment la physique peut décrire cet art du cirque.

L'art du jonglage est la plus ancienne des disciplines de cirque connue ; son origine remonte à l'Égypte ancienne. Le but de cet exercice est d'étudier le mouvement d'une balle lors d'une démonstration filmée. On étudie, dans le référentiel terrestre supposé galiléen, le mouvement d'une balle de jonglage de masse m et de centre de masse C.

Donnée

- Intensité de la pesanteur : $g = 9{,}81\ \text{m} \cdot \text{s}^{-2}$.

La figure 1 est extraite d'une vidéo au cours de laquelle une personne jongle avec plusieurs balles. On suit le mouvement d'une balle.

Figure 1.

Dans cette étude :

- on note $(x\ ;\ y)$ les coordonnées de la position de C dans le repère $(\text{O}\ ;\ x\ ;\ y)$ et $(v_x\ ;\ v_y)$ celles de sa vitesse ;
- les évolutions temporelles $y(t)$ et $v_y(t)$ sont respectivement représentées sur les figures 2a et 2b qui font apparaître alternativement des phases notées ① et ② ;
- à la date $t = 0$ s la balle, située à l'origine du repère, quitte pour la première fois la main du jongleur avec une vitesse initiale $\vec{v_0}$;
- lorsque la balle n'est pas en contact avec la main du jongleur, elle est en chute libre. Elle effectue alors un mouvement parabolique en passant d'une main à l'autre ; la réception et le lancer se font toujours en $y = 0$ m ;
- la référence de l'énergie potentielle de pesanteur est choisie en $y = 0$ m.

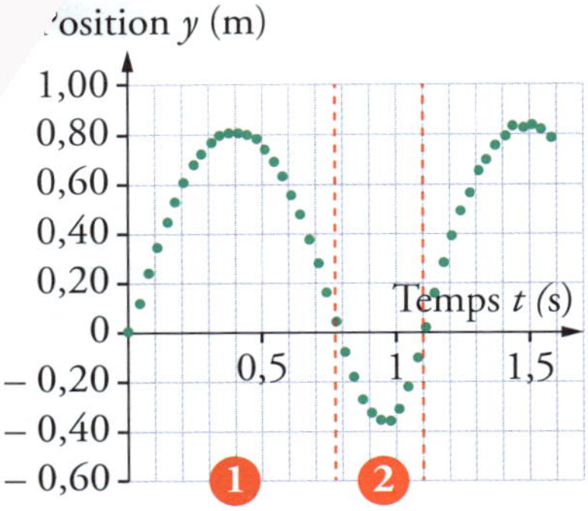

***Figure 2a.* Courbe représentant $y(t)$**

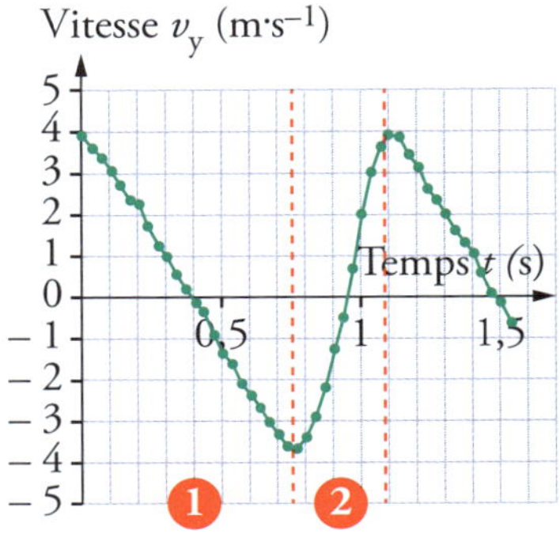

***Figure 2b.* Courbe représentant $v_y(t)$**

▶ **1.** Décrire qualitativement, selon l'axe O*y*, le mouvement de la balle lors de la phase ① à l'aide des figures 2a et 2b. *(0,5 point)*

▶ **2.** Interpréter la figure 2a pour décrire le rôle de la main sur le mouvement de la balle lors de la phase ②. *(0,5 point)*

▶ **3.** Justifier à l'aide de la deuxième loi de Newton, dans le cadre du modèle de la chute libre, que la valeur de la composante v_x de la vitesse est constante et égale à la vitesse initiale v_{0x} lorsque la balle n'est plus en contact avec la main du jongleur. *(0,75 point)*

▶ **4.** Exprimer l'énergie mécanique initiale E_{m0} de la balle en fonction de sa masse m et des composantes v_{0x} et v_{0y} de la vitesse initiale dans le référentiel terrestre. *(0,25 point)*

Dans toute la suite de l'exercice, on ne s'intéresse qu'à la phase ①.

▶ **5.** À l'aide d'un raisonnement énergétique appliqué lors de la phase ①, établir que l'expression de l'altitude maximale H atteinte par la balle s'écrit :

$$H = \frac{v_{0y}^2}{2g}.\ \textit{(0,75 point)}$$

▶ **6.** Déterminer la valeur de H à partir de la relation précédente et d'une lecture graphique de v_{0y} sur la figure 2b. Comparer le résultat à celui obtenu par lecture graphique de la figure 2a. *(0,25 point)*

▶ **7.** Établir l'expression littérale de la coordonnée $v_y(t)$ du vecteur vitesse de la balle lors de la phase ①. *(0,25 point)*

▶ **8.** Évaluer l'intensité de la pesanteur g à l'aide de la figure 2b lors de la phase ①. Commenter. *(0,5 point)*

▶ **9.** Déterminer l'équation horaire $y(t)$ du mouvement du centre de la balle lors de la phase ①. *(0,25 point)*

▶ **10.** On note t_{air} la durée pendant laquelle la balle est en l'air lors de la phase ①. Établir l'expression de t_{air} en fonction de v_{0y} et de g. En déduire que l'expression du temps de vol dans l'air d'une balle s'écrit :

$$t_{air} = \sqrt{\frac{8H}{g}}.$$ *(0,5 point)*

▶ **11.** Calculer la valeur de t_{air} en utilisant la valeur de H obtenue par lecture graphique de la figure 2a. Commenter. *(0,5 point)*

LES CLÉS DU SUJET

Le lien avec le programme

Mouvement dans un champ de pesanteur uniforme, énergie mécanique

- Décrire un mouvement.
- Utiliser la deuxième loi de Newton, établir les coordonnées cartésiennes du vecteur vitesse et du vecteur position.
- Appliquer la conservation de l'énergie mécanique.

Les conseils du correcteur

▶ **1.** Sans faire de calculs, donnez une information sur la trajectoire et la vitesse de la balle. La phase 1 se décompose en deux parties.

▶ **3.** Appliquez la deuxième loi de Newton à la balle dans le cas de la chute libre. Raisonnez uniquement selon l'axe (O*x*) pour cette question.

▶ **4.** Souvenez-vous que $v_0 = \sqrt{v_{0x}^2 + v_{0y}^2}$.

▶ **5.** Appliquez la conservation de l'énergie mécanique entre l'origine O du mouvement et le sommet S de la trajectoire. Souvenez-vous aussi qu'au sommet S de la trajectoire, le vecteur vitesse est horizontal.

▶ **8.** Faites le lien entre l'expression de la question 7 et la figure 2b entre $t = 0$ s et $t = 0{,}78$ s. Vous pouvez utiliser le coefficient directeur de cette droite.

▶ **10.** Cherchez t_{air} tel que $y(t_{air}) = 0$ et utilisez l'expression de la question 5.

15 CORRIGÉ GUIDÉ

▶ 1. Décrire un mouvement selon un axe

En analysant la figure 2a, on constate que, de $t_0 = 0$ s à $t = 0{,}4$ s, la coordonnée verticale y augmente. D'autre part, la figure 2b nous indique que, sur cet intervalle de temps, la coordonnée v_y de la vitesse, d'abord positive, s'annule à $t = 0{,}4$ s. On déduit que, sur cette première phase, le mouvement est ascendant ralenti.

Selon le même raisonnement, en analysant la figure 2a, on constate que, de $t = 0{,}4$ s à $t = 0{,}8$ s, la coordonnée verticale y diminue. D'autre part, la figure 2b nous indique que, sur cet intervalle de temps, la coordonnée v_y de la vitesse est négative à partir de $t = 0{,}4$ s. On déduit que, sur cette deuxième phase, le mouvement est descendant accéléré.

▶ 2. Décrire le rôle de la main sur le mouvement de la balle

D'après l'énoncé, au début de la phase 2, la réception de la balle se fait à $y = 0$ m. Ensuite, de $t = 0{,}78$ s à $t = 0{,}95$ s, la main amortit la balle. La main et la balle descendent ensemble avec une ordonnée négative. Puis, à l'instant $t = 1{,}1$ s, la main propulse de nouveau la balle vers l'autre main.

▶ 3. Établir l'expression d'une coordonnée de la vitesse

Nous étudions le système {balle de jonglage} dans le référentiel terrestre considéré galiléen.

• Lorsque la balle n'est plus en contact avec la main du jongleur, on se place dans le cas du modèle de la chute libre : elle n'est soumise qu'à son propre poids $\vec{P}$ tel que $\vec{P} = m \times \vec{g}$.

Ainsi, on utilise la deuxième loi de Newton : $\sum \overrightarrow{F_{\text{ext}}} = m \times \vec{a}$.

Ici, on a $\sum \overrightarrow{F_{\text{ext}}} = \vec{P}$, donc $\vec{P} = m \times \vec{a}$.

On en déduit que $m \times \vec{a} = m \times \vec{g}$ et, de là, que $\vec{a} = \vec{g}$.

• Par projection sur l'axe (Ox) horizontal, on a donc : $a_x = g_x$.

Or le vecteur champ de pesanteur $\vec{g}$ est vertical donc $g_x = 0$.

On en déduit donc que $a_x = 0 \text{ m} \cdot \text{s}^{-2}$.

• Sachant que $a_x = \dfrac{dv_x}{dt}$, on en déduit que v_x = constante.

• Cette relation étant valable quel que soit t, elle l'est aussi à l'instant initial pour lequel la coordonnée de la vitesse est notée v_{0x}.

On en conclut que $v_x = \text{constante} = v_{0x}$.

▶ 4. Exprimer l'énergie mécanique initiale de la balle

Par définition, l'énergie mécanique initiale $E_{m,0}$ s'écrit :

$E_{m,0} = E_{c,0} + E_{pp,0}$ avec $E_{c,0} = \frac{1}{2}mv_0^2$ et $E_{pp,0} = mgy_0$.

Or, à $t_0 = 0$ s, $y_0 = 0$ m donc $E_{pp,0} = 0$ J. Ainsi, $E_{m,0} = \frac{1}{2}mv_0^2$.

Sachant que $v_0{}^2 = v_{0x}{}^2 + v_{0y}{}^2$, cette expression devient :

$$E_{m,0} = \frac{1}{2}m(v_{0x}{}^2 + v_{0y}{}^2).$$

▶ 5. Établir l'expression de l'altitude maximale de la balle

• La balle étant en chute libre, son énergie mécanique se conserve au cours du mouvement. Ainsi, elle se conserve entre l'origine O du mouvement et le sommet S de la trajectoire.

> **À NOTER**
> Cette question est très classique, savoir la traiter vous permettra de gagner des points.

Ceci se traduit par l'égalité : $E_{m,0} = E_{m,S}$.

• D'après la question précédente, $E_{m,0} = \frac{1}{2}m(v_{0x}{}^2 + v_{0y}{}^2)$.

• Au sommet S, on a $E_{m,S} = E_{c,S} + E_{pp,S}$
avec $E_{c,S} = \frac{1}{2}mv_S^2 = \frac{1}{2}m(v_{Sx}{}^2 + v_{Sy}{}^2)$ et $E_{pp,S} = mgH$.

Nous avons établi à la question **3** que v_x = constante = v_{0x} donc $v_{Sx} = v_{0x}$. D'autre part, le vecteur vitesse au point S est horizontal, si bien que $v_{Sy} = 0$.

Ainsi, $E_{c,S} = \frac{1}{2}mv_{0x}^2$ et $E_{m,S} = \frac{1}{2}mv_{0x}^2 + mgH$.

• Par conservation de l'énergie mécanique, l'égalité $E_{m,0} = E_{m,S}$ s'écrit :

$$\frac{1}{2}m(v_{0x}{}^2 + v_{0y}{}^2) = \frac{1}{2}mv_{0x}^2 + mgH$$

Ceci conduit à $\frac{1}{2}mv_{0y}^2 = mgH$ d'où $H = \frac{v_{0y}^2}{2g}$, la relation de l'énoncé.

▶ 6. Calculer puis comparer des valeurs numériques

• Sur la figure 2b, on lit que $v_{0y} = 4{,}00\ \text{m}\cdot\text{s}^{-1}$.

En utilisant la relation $H = \frac{v_{0y}^2}{2g}$, on peut donc calculer :

$H = \frac{4{,}00^2}{2 \times 9{,}81} = 8{,}15 \times 10^{-1}$ m soit 0,815 m.

• Sur la figure 2a, on lit $H = 0{,}80$ m.

Ces deux valeurs sont bien en accord.

▶ 7. Établir l'expression d'une coordonnée de la vitesse

• Utilisons la relation de la question 3 : $\vec{a} = \vec{g}$.

• Par projection sur l'axe (Oy) vertical ascendant, on a : $a_y = g_y$. Or le vecteur champ de pesanteur $\vec{g}$ est vertical et vers le bas, d'où $g_y = -g$. Donc $a_y = -g$.

> **ATTENTION**
> L'axe vertical (Oy) est dirigé vers le haut et le vecteur $\vec{g}$ vers le bas, d'où le signe « – ».

• Sachant que $a_y = \dfrac{dv_y}{dt}$, on en déduit que $v_y(t) = -gt + K$ où K est une constante qu'il faut déterminer.

• Cette relation étant valable quel que soit t, elle l'est aussi à l'instant initial pour lequel la coordonnée de la vitesse est notée v_{0y}.

• On en conclut que $v_y(t) = -gt + v_{0y}$.

▶ 8. Évaluer l'intensité de la pesanteur

D'après la relation précédente, $v_y(t) = -gt + v_{0y}$. Cette expression est confortée par l'allure du graphique de la figure 2b où la phase 1 est modélisable par une fonction affine.

Ainsi, déterminer la valeur de l'intensité de la pesanteur g revient à déterminer le coefficient directeur k de la droite (AB) tracée ci-dessous.

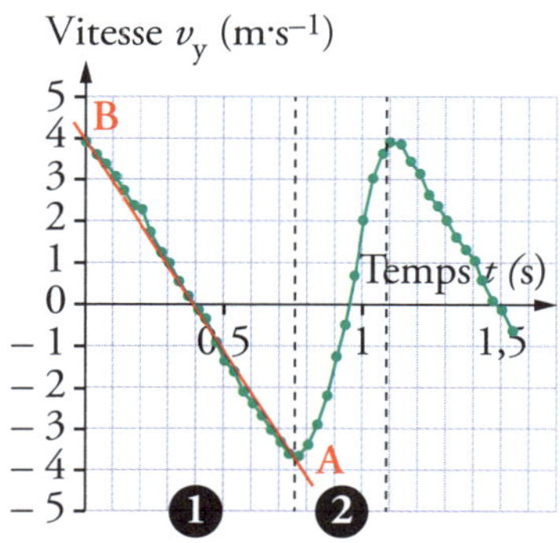

Considérons les deux points A (0,75 ; –3,60) et B (0 ; 4,00) pour calculer k : $k = \dfrac{4{,}00-(-3{,}60)}{0-0{,}75} = -10{,}1 \text{ m}\cdot\text{s}^{-2}$.

Ainsi, on a : $-g = -10{,}1$ d'où $g = 10{,}1 \text{ m}\cdot\text{s}^{-2}$. Cette valeur est cohérente avec la valeur $g = 9{,}81 \text{ m}\cdot\text{s}^{-2}$ donnée dans l'énoncé.

▶ 9. Établir une équation horaire du mouvement

- D'après la relation précédente, on a : $v_y(t) = -gt + v_{0y}$.
- Sachant que $v_y = \dfrac{dy}{dt}$, on en déduit que $y(t) = -\dfrac{1}{2}gt^2 + v_{0y}\,t + K'$

où K' est une constante qu'il faut déterminer.

- Cette relation étant valable quel que soit t, elle l'est aussi à l'instant initial. La position initiale, notée y_0, est $y_0 = 0$, K' vaut donc 0.
- On en conclut que $y(t) = -\dfrac{1}{2}gt^2 + v_{0y}\,t$.

▶ 10. Établir l'expression du temps de vol de la balle

- Chercher l'expression du temps de vol t_{air} revient à chercher sa valeur telle que $y(t_{air}) = 0$ m : $0 = -\dfrac{1}{2}g\,t_{air}{}^2 + v_{0y}\,t_{air}$.

En factorisant, cette équation s'écrit $t_{air} \times (-\dfrac{1}{2}g\,t_{air} + v_{0y}) = 0$. Elle a deux solutions : $t_{air} = 0$ (la balle n'est pas lancée) ou $-\dfrac{1}{2}g\,t_{air} + v_{0y} = 0$ (la valeur que nous cherchons).

On a donc : $g \times t_{air} = 2\,v_{0y}$ d'où $t_{air} = \dfrac{2 \times v_{0y}}{g}$.

- On réutilise l'expression de la question **5**, $H = \dfrac{v_{0y}^2}{2g}$; $v_{0y} = \sqrt{2gH}$.

D'où : $t_{air} = \dfrac{2 \times \sqrt{2gH}}{g} = \dfrac{\sqrt{4} \times \sqrt{2gH}}{\sqrt{g^2}} = \sqrt{\dfrac{(4 \times 2)gH}{g^2}} = \sqrt{\dfrac{8H}{g}}$.

▶ 11. Calculer puis comparer des valeurs numériques

- On utilise l'expression précédente $t_{air} = \sqrt{\dfrac{8H}{g}}$ pour calculer

$t_{air} = \sqrt{\dfrac{8 \times 0{,}80}{9{,}81}} = 0{,}81$ s.

- Sur la figure 2a, la durée du temps de vol est la durée de la phase 1 du mouvement. On lit : $t_{air} = 0{,}78$ s.

Ces deux valeurs sont en accord, l'écart pouvant s'expliquer par des incertitudes de lecture graphique.

S'ENTRAÎNER

ation de la planète Mars

1 h 40 min
10 points

INTÉRÊT DU SUJET • En 1687, les lois de Newton rendaient possible de prévoir les mouvements sur Terre et les trajets des astres. Voici comment elles permettent aussi de calculer la masse de la planète Mars… juste en l'observant de loin !

ph © NASA

La planète Mars est une planète du système solaire au cœur de multiples projets scientifiques internationaux destinés à mieux connaître son sol et son histoire.
Les objectifs de l'exercice sont de déterminer quelques caractéristiques de la planète Mars à partir :
– de la mesure de l'angle sous lequel elle est vue par un observateur terrestre ;
– de l'observation de Phobos, l'un de ses satellites naturels.

Données

• Angle θ, exprimé en radian, sous lequel la planète Mars est vue par un observateur terrestre :

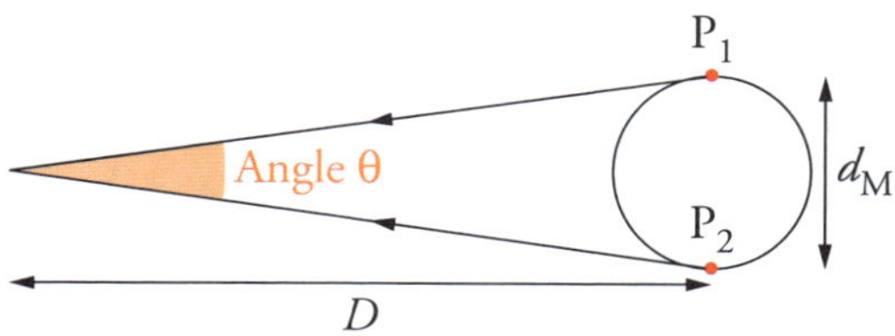

• On se place dans le cadre de l'approximation des petits angles ($\theta << 1$ rad) :
– $\tan(\theta) \approx \theta$ avec θ en rad,
– la distance Terre-Mars, notée D, étant suffisamment grande devant le diamètre de Mars, noté d_M, l'angle θ (en rad) a pour expression :
$\theta \approx \dfrac{d_M}{D}$.

• Pouvoir séparateur de l'œil humain : il correspond à l'angle minimal, noté ε, au-dessus duquel l'œil humain peut différencier deux points. Il a pour valeur $\varepsilon = 2{,}9 \times 10^{-4}$ rad.
• Constante de gravitation universelle : $G = 6{,}67 \times 10^{-11}\ \text{m}^3 \cdot \text{kg}^{-1} \cdot \text{s}^{-2}$.
• Diamètre moyen de référence de la planète Mars : $d_{\text{ref}} = 6{,}78 \times 10^3$ km.
• Rayon de l'orbite, supposée circulaire, de Mars autour du Soleil : $r_{\text{SM}} = 2{,}28 \times 10^8$ km.
• Masse de la Terre : $M_{\text{T}} = 5{,}97 \times 10^{24}$ kg.

PARTIE 1. OBSERVATION DE MARS AVEC UNE LUNETTE ASTRONOMIQUE — 50 min

On peut observer la planète Mars avec une lunette astronomique afocale composée de deux lentilles minces convergentes L_1 et L_2 de distances focales respectives $f_1' = 900$ mm et $f_2' = 20$ mm.
La lunette astronomique peut être modélisée par le schéma ci-dessous qui n'est pas à l'échelle. Ce schéma représente des rayons lumineux provenant de deux points de Mars P_1 et P_2. Ces deux points sont :
– situés à la surface de Mars ;
– supposés à l'infini ;
– diamétralement opposés ;
– écartés d'un angle θ correspondant à l'angle sous lequel la planète Mars est vue par un observateur terrestre ;
– observés depuis la surface de la Terre.

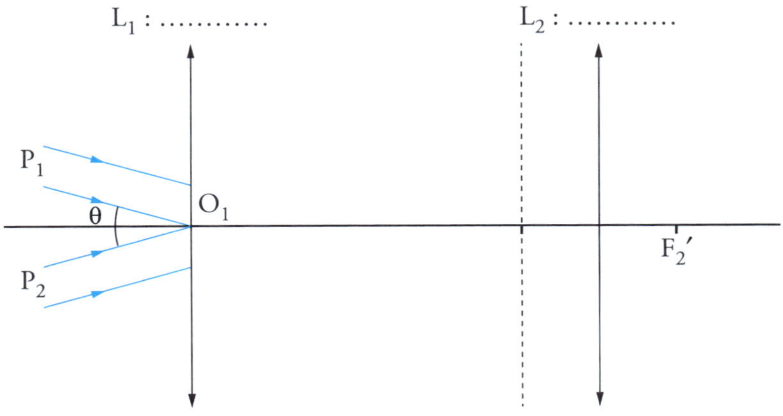

S'ENTRAÎNER

▶ **1.** Indiquer sur le schéma, au-dessus de la lentille correspondante, la lentille qui joue le rôle d'objectif et celle qui joue le rôle d'oculaire. *(0,5 point)*

▶ **2.** Citer la propriété caractéristique d'une lunette astronomique dite « afocale ». Donner la position du foyer objet F_2 de la lentille L_2 par rapport à celle du foyer image F_1' de la lentille L_1 de cette lunette. Placer ces deux points sur le schéma. *(0,75 point)*

▶ **3.** Tracer sur le schéma la marche des rayons lumineux issus des points P_1 et P_2 de Mars :
– à travers la lentille L_1 en faisant apparaître les images intermédiaires P_1' et P_2', des points P_1 et P_2 ;
– puis à travers la lentille L_2 en faisant apparaître l'angle θ' sous lequel la planète Mars est vue en sortie de la lunette.
(2 points)

On admet que le grossissement de la lunette astronomique afocale s'exprime par la relation : $G_{\text{lunette}} = \dfrac{f_1'}{f_2'}$.

▶ **4.** Calculer la valeur du grossissement G_{lunette} de la lunette utilisée. *(0,5 point)*

En janvier 2021, l'angle sous lequel la planète Mars est vue par un observateur terrestre à l'œil nu était de $\theta = 4{,}9 \times 10^{-5}$ rad.
Cet observateur voit alors un point lumineux.

▶ **5.** Justifier cette observation. *(0,5 point)*

▶ **6.** Indiquer ce qu'il observe en utilisant la lunette astronomique précédente. Justifier par un calcul. *(0,75 point)*

PARTIE 2. DÉTERMINATION DU DIAMÈTRE DE MARS

⏱ 25 min

À l'aide des mesures effectuées en début de chaque mois avec la lunette astronomique, on détermine l'angle θ sous lequel la planète Mars est vue par un observateur terrestre à partir de janvier 2018.
Lorsque Mars n'est pas visible, on utilise des données simulées.
Les valeurs de l'angle θ sont représentées en fonction du temps t sur la figure 1. La date $t = 0$ correspond au 1er janvier 2018.

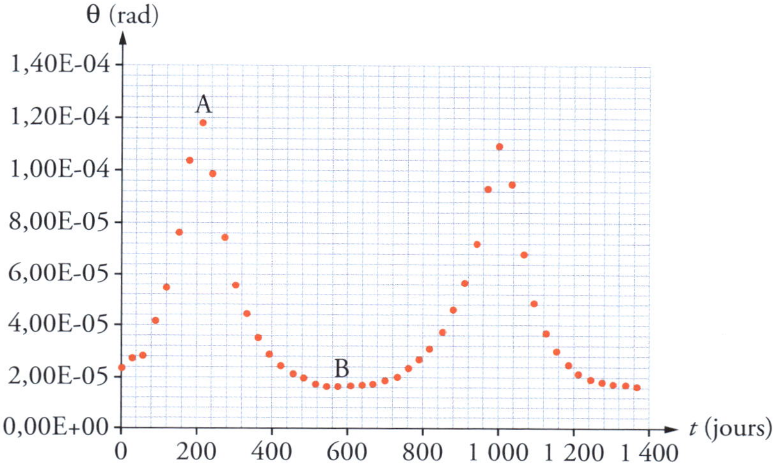

Figure 1. **Évolution de l'angle θ sous lequel la planète Mars est vue par un observateur terrestre en fonction du temps t**

Le schéma présenté en figure 2 montre les deux positions extrêmes de Mars par rapport à la Terre ainsi que les angles θ_1 et θ_2 sous lesquels la planète Mars est vue par un observateur terrestre pour ces deux positions.

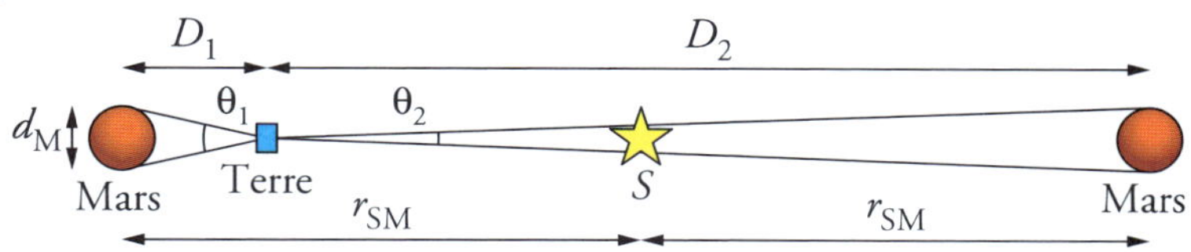

Figure 2. **Schéma des positions relatives de Mars par rapport à la Terre (échelle non respectée)**

▶ **7.** Associer, en expliquant votre démarche, les angles θ_1 et θ_2 sous lesquels la planète Mars est vue par un observateur terrestre aux points A et B de la figure 1. En déduire les valeurs de θ_1 et θ_2. *(0,75 point)*

▶ **8.** En utilisant la figure 2, montrer que l'expression du diamètre d_M de la planète Mars s'exprime de la façon suivante : $d_M = \dfrac{2r_{SM}}{\left(\dfrac{1}{\theta_1} + \dfrac{1}{\theta_2}\right)}$. *(1 point)*

▶ **9.** Calculer la valeur du diamètre d_M de la planète Mars. Commenter. *(0,75 point)*

PARTIE 3. DÉTERMINATION DE LA MASSE DE MARS

25 min

La planète Mars, que l'on peut assimiler à une sphère de diamètre d_M, possède une masse M_M environ dix fois moins grande que celle de la Terre.
La masse M_M de Mars peut être déterminée par l'observation de Phobos, l'un des satellites naturels de la planète et par l'utilisation des lois de Newton.
Ce satellite :
– a une période de révolution T de 7 h 39 min autour de Mars ;
– possède une trajectoire quasi-circulaire autour de Mars de rayon $r_{MP} = 9{,}38 \times 10^3$ km ;
– n'est soumis qu'à la seule force de gravitation de Mars.

▶ **10.** En utilisant une loi de Newton, établir que l'expression de la vitesse de Phobos sur son orbite circulaire autour de Mars est :

$$v = \sqrt{\frac{G \times M_M}{r_{MP}}}$$

(1,5 point)

▶ **11.** Déterminer la valeur de la masse M_M de Mars. Commenter. *(1 point)*

Le candidat est invité à prendre des initiatives et à présenter la démarche suivie, même si elle n'a pas abouti. La démarche est évaluée et nécessite d'être correctement présentée.

LES CLÉS DU SUJET

Le lien avec le programme

Mouvement dans un champ de gravitation
- Deuxième loi de Newton.
- Vitesse d'un satellite.
- Fonctionnement d'une lunette astronomique afocale.

Les conseils du correcteur

Partie 1. Observation de Mars avec une lunette astronomique

▶ **1.** L'oculaire est la lentille sur laquelle on colle notre œil.

▶ **3.** Tracez le rayon lumineux venant de P_1 et passant par le centre de L_1 : il n'est pas dévié jusqu'à la lentille L_2. Reliez ensuite le second rayon venant de P_1 (qui sera dévié car il ne passe pas par le centre) au point d'intersection du premier rayon et du plan focal de L_1.
Pour tracer le rayon sortant de L_2 : ils seront tous les deux parallèles à celui passant par le point d'intersection du premier rayon et du plan focal de L_1 et du centre de L_2.
Refaites la démarche pour les rayons venant de P_2.

Partie 2. Détermination du diamètre de Mars

▶ **8.** Utilisez la relation $\theta \approx \frac{d_M}{D}$ donnée dans l'énoncé en vous positionnant pour θ_1 et pour θ_2.
Sur le schéma on peut remarquer que $D_1 + D_2 = 2r_{SM}$, remplacez D_1 et D_2 par leur expression en fonction de d_M.

▶ **9.** Le système à étudier est Phobos. Appliquez la seconde loi de Newton avec la seule force qui soit appliquée sur Phobos : l'attraction gravitationnelle de Mars. Écrivez l'accélération de Phobos dans le repère de Frenet puis comparez les deux relations d'accélération. Enfin, isolez la vitesse.

Partie 3. Détermination de la masse de Mars

▶ **11.** Procédez par étape : calculez la vitesse de révolution de Phobos autour de Mars à l'aide de sa période et du rayon de sa trajectoire circulaire ; isolez la masse de Mars dans la relation de la question **10**.

S'ENTRAÎNER

16 CORRIGÉ **GUIDÉ**

PARTIE 1. OBSERVATION DE MARS AVEC UNE LUNETTE ASTRONOMIQUE

▶ 1. Identifier l'objectif et l'oculaire d'une lunette

L_1 est l'objectif et L_2 l'oculaire de la lunette astronomique. En effet sur le schéma, les rayons lumineux venant de Mars sont représentés sur la gauche, or, dans un système optique, les rayons passent d'abord dans l'objectif puis dans l'oculaire.

▶ 2. Positionner un foyer de lentille convergente

Une lunette afocale est une lunette qui, d'un objet à l'infini, forme une image à l'infini. Pour cela, le foyer objet de la lentille L_2 doit être confondu avec le foyer image de la lentille L_1.

▶ 3. Schématiser des rayons lumineux

Les rayons lumineux passant au centre des lentilles ne sont pas déviés. Cela permet de prolonger les deux rayons passant par le centre de L_1, ainsi que ceux (en pointillés) qui partent de P_1' et P_2' et passent par le centre de L_2.

L'image d'un point à l'infini se forme dans le plan focal image d'une lentille convergente. Cela permet de situer P_1' et P_2' (intersection du plan focal image de L_1 et des rayons lumineux venant d'être tracés).

> **À NOTER**
> Les questions de construction graphique en optique prennent toujours du temps, mais elles rapportent beaucoup de points. Ne les faites pas trop rapidement !

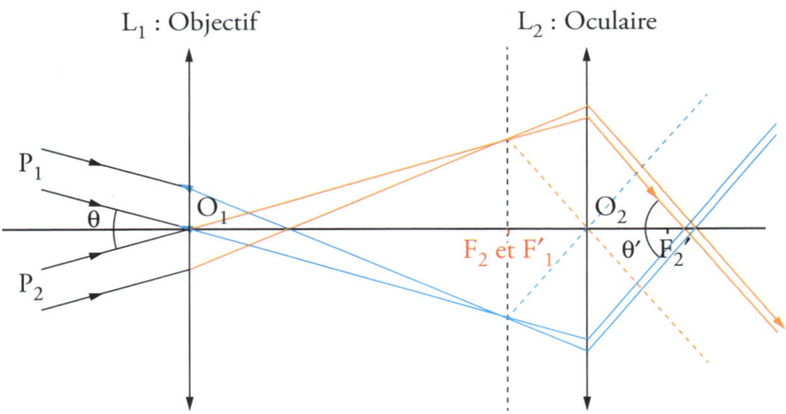

▶ 4. Déterminer le grossissement d'une lunette

On admet que le grossissement est :

$$G_{\text{lunette}} = \frac{f_1'}{f_2'}.$$

Le résultat (le grossissement) est sans unité.

Ici, on a donc : $G_{\text{lunette}} = \dfrac{900 \text{ mm}}{20 \text{ mm}} = 45.$

> **À NOTER**
> Ce quotient impliquant une longueur divisée par une autre longueur, il n'est pas nécessaire de les convertir en mètre mais simplement de les exprimer dans la même unité, ici le millimètre.

▶ 5. Utiliser le pouvoir séparateur de l'œil

L'observateur ne voit qu'un seul point lumineux car, pour en distinguer deux, il faudrait que l'angle entre les directions des deux points lumineux soit supérieur au pouvoir séparateur de son œil. Celui-ci est donné dans l'énoncé : il a pour valeur $\varepsilon = 2{,}9 \times 10^{-4}$ rad. Or l'ensemble de la planète Mars est vu sous un angle de $4{,}9 \times 10^{-5}$ rad $< \varepsilon$: on ne peut pas distinguer deux points différents sur Mars, donc elle est vue comme un seul point.

▶ 6. Utiliser le grossissement d'une lunette

Le grossissement de la lunette s'écrit aussi : $G_{\text{lunette}} = \dfrac{\theta'}{\theta}$.

En utilisant cette lunette astronomique, de grossissement 45, l'angle sous lequel sera vu Mars est $45 \times 4{,}9 \times 10^{-5} = 2{,}2 \times 10^{-3}$ rad, une valeur nettement supérieure au pouvoir séparateur de l'œil : à travers la lunette, l'observateur voit plusieurs points distincts provenant de Mars (et non plus un seul comme à l'œil nu). Mars aura donc l'apparence d'un disque.

PARTIE 2. DÉTERMINATION DU DIAMÈTRE DE MARS

▶ 7. Utiliser les données d'un graphique

Les points A et B de la figure 1 correspondent au maximum et au minimum de l'angle sous lequel un observateur terrestre voit Mars pendant le temps de l'expérience (1 400 jours).

La figure 2 montre clairement que Mars est la plus proche, donc avec un angle apparent maximal, pour la situation correspondant à θ_1 et non pour la situation θ_2. On en déduit que le point A correspond à θ_1 et le point B à θ_2.

Par lecture graphique de la figure 1, on obtient donc :
$\theta_1 = 1{,}18 \times 10^{-4}$ rad et $\theta_2 = 1{,}7 \times 10^{-5}$ rad.

▶ 8. Retrouver une expression algébrique

D'après les données de l'énoncé, on peut écrire $\theta_1 = \dfrac{d_M}{D_1}$ et $\theta_2 = \dfrac{d_M}{D_2}$.

On peut donc écrire que $D_1 = d_M \times \dfrac{1}{\theta_1}$ et $D_2 = d_M \times \dfrac{1}{\theta_2}$.

Or la figure 2 indique que $D_1 + D_2 = 2r_{SM}$.

On a donc : $d_M \times \dfrac{1}{\theta_1} + d_M \times \dfrac{1}{\theta_2} = 2r_{SM}$

soit, en factorisant : $d_M \times \left(\frac{1}{\theta_1} + \frac{1}{\theta_2}\right) = 2r_{SM}$.

On obtient bien l'expression suggérée dans l'énoncé : $d_M = \frac{2r_{SM}}{\left(\frac{1}{\theta_1} + \frac{1}{\theta_2}\right)}$.

▶ 9. Utiliser une expression algébrique

L'expression précédente permet de calculer le diamètre de Mars par simple application numérique :

$$d_M = \frac{2 \times (2{,}28 \times 10^{11})}{\left(\frac{1}{1{,}18 \times 10^{-4}} + \frac{1}{1{,}7 \times 10^{-5}}\right)} = 6{,}78 \times 10^6 \text{ m}$$

soit $6{,}78 \times 10^3$ km.

> **ATTENTION**
> Portez une grande attention aux unités : ici, r_{SM} était donné en kilomètres dans l'énoncé, mais il faut l'exprimer en mètres dans le calcul.

Cette valeur est tout à fait cohérente avec la valeur moyenne d_{ref} donnée dans l'énoncé.

PARTIE 3. DÉTERMINATION DE LA MASSE DE MARS

▶ 10. Retrouver l'expression de la vitesse d'un satellite

Étudions le système {Phobos} de masse m que l'on considère ponctuel.

- Le référentiel est marsocentrique (analogue au référentiel géocentrique mais centré sur le centre de gravité de la planète Mars) et il est considéré galiléen.
- La seule force appliquée sur Phobos est donc la force gravitationnelle exercée par Mars, notée $\overrightarrow{F_{M/P}}$, et nous pouvons écrire à l'aide de la seconde loi de Newton que $\sum \overrightarrow{F_{ext}} = m\vec{a}$ où m est la masse de Phobos et $\vec{a}$ est son accélération.

> **ATTENTION**
> Ici le résultat est donné, donc votre démonstration sera lue très attentivement. Soignez-la bien : rédigez et justifiez les étapes successives de votre raisonnement.

En se plaçant dans le repère de Frenet $(\vec{n}\,;\vec{T})$, où $\vec{n}$ est un vecteur unitaire centripète et radial, on a ainsi :

$$m\vec{a} = \overrightarrow{F_{M/P}} = \left(G \times \frac{m \times M_M}{r_{MP}^2}\right)\vec{n} \text{ donc } \vec{a} = \left(G \times \frac{M_M}{r_{MP}^2}\right)\vec{n}.$$

- Dans le repère de Frenet, le vecteur accélération de Phobos peut s'écrire $\vec{a} = \frac{dv}{dt}\vec{T} + \frac{v^2}{r_{MP}}\vec{n}$
- On en déduit par identification sur la composante selon $\vec{n}$ que :

$$\frac{v^2}{r_{MP}} = G \times \frac{M_M}{r_{MP}^2} \text{ donc } v^2 = G \times \frac{M_M}{r_{MP}}$$

On retrouve bien l'expression indiquée dans l'énoncé : $v = \sqrt{G \times \frac{M_M}{r_{MP}}}$.

▶ 11. Déterminer une masse à partir d'une vitesse de rotation

Dans l'expression précédente, on connaît les valeurs de G et r_{MP}, mais pas celles de v et M_M.

Cependant, l'énoncé nous indique la période de révolution de Phobos ($T = 7$ h 39 minutes) et nous informe que la trajectoire peut être considérée comme circulaire de rayon $r_{MP} = 9{,}38 \times 10^3$ km.

Nous pouvons donc calculer la vitesse de Phobos en divisant la distance parcourue lors d'une rotation par sa durée : $v = \frac{2\pi\, r_{MP}}{T}$.

Ainsi, avec l'expression $v^2 = G \times \frac{M_M}{r_{MP}}$ obtenue précédemment, la valeur de la masse de Mars M_M peut être calculée. En effet :

$$M_M = v^2 \frac{r_{MP}}{G} = \left(\frac{2\pi r_{MP}}{T}\right)^2 \times \frac{r_{MP}}{G} = \frac{4\pi^2 r_{MP}^3}{GT^2}.$$

Par application numérique, on a :

$$M_M = \frac{4\pi^2\, r_{MP}^3}{G \times T^2} = \frac{4\pi^2 \times (9{,}38 \times 10^3)^3}{6{,}67 \times 10^{-11} \times (7 \times 60 \times 60 + 39 \times 60)^2}$$

$$= 6{,}44 \times 10^{23} \text{ kg}.$$

On trouve une masse qui est effectivement environ 10 fois plus petite que celle de la Terre, comme l'annoncait le sujet.

S'ENTRAÎNER

La jeunesse d'Anakin

50 min
5 points

INTÉRÊT DU SUJET • Tatooine, la planète de Luke et d'Anakin Skywalker tourne autour de deux Soleils. Saurez-vous estimer leurs tailles respectives et la distance qui les sépare ? Les comparer à notre Soleil ? Calculer combien de jours dure une année sur Tatooine ? « *De cette image beaucoup tu apprendras !* »

Dans la saga *Star Wars*, deux héros, Luke et Anakin Skywalker, ont passé leur enfance sur la planète Tatooine. Cette planète désertique a la particularité d'être en orbite autour de deux étoiles : Tatoo 1 et Tatoo 2. On se propose de déterminer quelques caractéristiques de cette planète et de ses deux étoiles à partir de données extraites du film.

Image du film *Star Wars. Épisode IV : A new hope* Luke Skywalker marchant au coucher de soleils

S'ENTRAÎNER

Données

- Masse et rayon du Soleil et de la Terre :

	Soleil	Terre
Masse (en kg)	$2{,}0 \times 10^{30}$	$6{,}0 \times 10^{24}$
Rayon (en km)	$7{,}0 \times 10^{5}$	$6{,}4 \times 10^{3}$

- Constante gravitationnelle : $G = 6{,}67 \times 10^{-11}\ \text{m}^3 \cdot \text{s}^{-2} \cdot \text{kg}^{-1}$.
- Volume d'une sphère de rayon r : $V = \dfrac{4}{3}\pi r^3$.

DOCUMENT **L'orbite de Tatooine**

Impossible d'évoquer la célèbre planète Tatooine, repère de brigands galactiques sur lequel règne le fameux Jabba le Hutt, sans parler de ses deux soleils (ou étoiles).

Cette particularité n'est pas si étonnante quand on considère que les deux tiers des étoiles visibles à l'œil nu font partie d'un système multiple. Le problème n'est donc pas de trouver une étoile double, mais de comprendre comment une planète peut évoluer dans un tel système.

[...] L'orbite de Tatooine pourrait englober ses deux soleils à la fois. Ce type d'orbite n'est stable que si la distance qui sépare la planète de ses soleils est au moins quatre fois plus grande que celle qui sépare les étoiles. Du point de vue de la planète, tout se passe comme si les étoiles ne faisaient qu'une. Peut-on estimer le rayon de l'orbite de Tatooine ? Oui, bien sûr !

[...] Remarquons d'abord que les deux étoiles sont assez semblables à notre Soleil : l'une est jaune et l'autre est orange, laissant supposer qu'elle est un peu plus froide. Si ces deux étoiles étaient trop proches l'une de l'autre, elles devraient être déformées par leur gravité mutuelle. Comme aucune déformation n'est perceptible dans la scène du coucher des soleils, on peut calculer que leur distance est légèrement supérieure à 10 millions de kilomètres. Pour avoir une orbite stable Tatooine doit donc être distante de ces deux étoiles d'au moins 40 millions de kilomètres. En fait, elle ne doit pas être si près, sous peine d'être vraiment trop chaude et totalement inhabitable. Deux cent millions de kilomètres est une bonne position : à cette distance Tatooine reçoit une énergie lumineuse un peu supérieure à celle qui frappe la Terre, ce qui expliquerait son aspect désertique.

D'après « Carte blanche à Roland Lehoucq, astrophysicien », www.knowtex.com

PARTIE 1. LES ÉTOILES TATOO 1 ET TATOO 2 — 20 min

▶ **1.** En supposant que Tatoo 1 et Tatoo 2 ne sont pas déformées et sont à égale distance de Tatooine, montrer, en s'appuyant sur la photo et sur le texte, que la valeur du rayon de chacune des deux étoiles est environ égale à deux millions de kilomètres. Justifier avec soin la démarche utilisée. *(1 point)*

▶ **2.** On adoptera pour la suite de l'exercice cette valeur commune pour le rayon des deux étoiles.
En supposant que les deux étoiles ont la même masse volumique moyenne que le Soleil, évaluer l'ordre de grandeur de la masse M_{Tatoo} de Tatoo (1 ou 2). Commenter le résultat obtenu. *(0,75 point)*

PARTIE 2. TATOOINE EN ORBITE — 30 min

Du point de vue de Tatooine, tout se passe comme si les étoiles ne faisaient qu'une, l'étoile unique équivalente sera appelée Tatoo 1-2 ; sa masse sera prise égale à $9{,}5 \times 10^{31}$ kg.

▶ **1.** Justifier la phrase précédente à l'aide d'informations données dans le texte. *(0,5 point)*

▶ **2.** Faire un schéma du système {Tatooine-Tatoo 1-2} et représenter sans souci d'échelle la force d'attraction gravitationnelle exercée par Tatoo 1-2 sur Tatooine ainsi que le vecteur accélération de la planète Tatooine dans le référentiel lié à Tatoo 1-2 considéré comme galiléen. *(1 point)*

▶ **3.** Montrer que le mouvement, supposé circulaire, de la planète dans ce référentiel est uniforme. *(0,75 point)*

▶ **4.** Exprimer la valeur de la vitesse de la planète Tatooine en fonction de la constante de gravitation G, de la masse M du système d'étoiles Tatoo1-2 et du rayon R de l'orbite de la planète. *(0,5 point)*

▶ **5.** Déduire des résultats précédents, et du texte, la valeur de la période de révolution de Tatooine. Comparer cette valeur à la période de révolution de la Terre autour du Soleil. *(0,5 point)*

LES CLÉS DU SUJET

Le lien avec le programme

Étude du mouvement d'un satellite
- Démontrer l'uniformité du mouvement circulaire d'un satellite.
- Utiliser la 3e loi de Kepler.
- Utiliser le repère de Frenet avec la 3e loi de Newton.

Les conseils du correcteur

Partie 1. Les étoiles Tatoo 1 et Tatoo 2

▶ **1.** Déterminez l'échelle de la photo en mesurant la distance entre les deux étoiles sur la photo, puis faites un produit en croix.

▶ **2.** La masse volumique du système Tatoo 1-2 est la même que celle de la Terre. Exprimez algébriquement ces deux masses volumiques.

Partie 2. Tatooine en orbite

▶ **3.** Appliquez la deuxième loi de Newton sur la planète Tatooine qui ne subit qu'une seule force, l'attraction de l'étoile double Tatoo 1-2, puis exprimez son accélération dans le repère de Frenet et utilisez sa partie tangentielle.

▶ **4.** Utilisez la partie normale de la composante de l'accélération du repère de Frenet et déduisez-en la valeur de la vitesse v.

▶ **5.** Exprimez la vitesse d'un objet dont la trajectoire est un cercle et qui a une vitesse constante à partir de la relation $v = \frac{\text{périmètre}}{\text{période}}$.

17 CORRIGÉ GUIDÉ

PARTIE 1. LES ÉTOILES TATOO 1 ET TATOO 2

▶ 1. Évaluer une distance à partir d'un document photo

© Lucasfilm/20th Century Fox / The Kobal Collection / Aurimages

Nous savons d'après le texte que la distance *d* entre les deux étoiles est d'environ 10 millions de kilomètres (10^7 km) or sur l'image cette distance mesure 19 mm.

Mesurons alors le rayon *r* d'une des étoiles sur l'image : 3,5 mm. Pour davantage de précision, on mesure le diamètre (7 mm) que l'on divise par deux ensuite.

On déduit donc le rayon des étoiles :

$$r = \frac{10^7 \times 3{,}5}{19} \simeq 1{,}8 \times 10^6 \text{ km}.$$

Ce qui est bien de l'ordre de 2 millions de kilomètres annoncé dans la question.

> **▶ Le conseil de méthode**
>
> On pouvait aussi se servir du théorème de Thalès en estimant la taille de Luke Skywalker (environ 1,80 m) et la distance à laquelle la photo de la scène a été prise (20 m).

▶ 2. Calculer la masse à partir de la masse volumique

Si la masse volumique des étoiles est identique à celle du Soleil, on peut écrire :

$$\rho_{\text{soleil}} = \rho_{\text{Tatoo}} \Leftrightarrow \frac{M_{\text{soleil}}}{V_{\text{soleil}}} = \frac{M_{\text{Tatoo}}}{V_{\text{Tatoo}}}$$

D'où la masse de Tatoo (1 ou 2) : $M_{\text{Tatoo}} = \frac{M_{\text{soleil}}}{V_{\text{soleil}}} \times V_{\text{Tatoo}}$.

Le Soleil comme Tatoo étant des sphères, leurs volumes s'expriment par $\frac{4}{3}\pi r^3$. D'où :

> **À NOTER**
> Répondez à ces questions en utilisant les relations algébriques.

$$M_{\text{Tatoo}} = \frac{M_{\text{soleil}}}{\frac{4}{3}\pi r^3_{\text{soleil}}} \times \frac{4}{3}\pi r^3_{\text{Tatoo}}$$

$$M_{\text{Tatoo}} = \frac{r^3_{\text{Tatoo}}}{r^3_{\text{soleil}}} \times M_{\text{soleil}} = \left(\frac{2\times10^6}{7\times10^5}\right)^3 \times 2\times10^{30} \simeq 4{,}7\times10^{31}\,\text{kg}.$$

La masse du Soleil étant de 2×10^{30} kg les étoiles de Tatooine sont environ 23 fois plus massives $\left(\frac{4{,}7\times10^{31}}{2\times10^{30}} \simeq 23\right)$.

PARTIE 2. TATOOINE EN ORBITE

▶ 1. Expliciter une phrase à partir d'informations données

Nous savons que la distance entre les étoiles est d'environ 10 millions de kilomètres, or la distance entre la planète Tatooine et ces étoiles est de 200 millions de kilomètres. La distance entre les étoiles est donc très inférieure à la distance étoiles-planète. Pour la planète, c'est comme si les étoiles ne formaient qu'une seule étoile.

▶ 2. Faire un schéma représentant un satellite et son astre attracteur

$\vec{F}$ représente la force d'attraction gravitationnelle du système Tatoo 1-2 sur la planète Tatooine et $\vec{a}$ l'accélération de la planète.

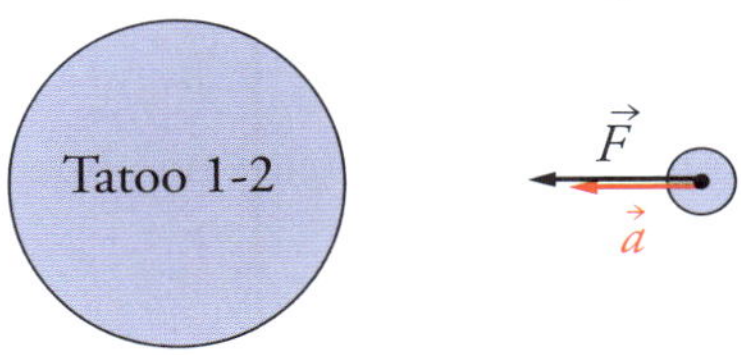

S'ENTRAÎNER

Les deux vecteurs sont colinéaires et dans le même sens puisque $m_{\text{Tatooine}}\vec{a} = \vec{F}$; il s'agit d'un mouvement à accélération centrale (dirigée vers le centre). On parle aussi d'une accélération centripète.

> **ATTENTION**
> L'accélération n'est pas orientée selon la tangente à la trajectoire, contrairement à la vitesse !

▶ 3. Montrer que le mouvement circulaire d'un satellite est uniforme

Cette démonstration peut être menée à l'aide du repère de Frenet de la façon suivante :

- Le bilan des forces appliquées sur le satellite (ici la planète Tatooine tournant autour de l'étoile Tatoo 1-2) nous apprend qu'il n'existe que la force d'attraction gravitationnelle.
- En appliquant la seconde loi de Newton à la planète Tatooine, on obtient : $m_{\text{Tatooine}} \times \vec{a} = G \times \dfrac{m_{\text{Tatoo12}} \times m_{\text{Tatooine}}}{\left(d_{\text{Tatoo12-Tatooine}}\right)^2}\vec{N}$

où le vecteur $\vec{N}$, dirigé vers le centre de la trajectoire (ici, l'étoile double Tatoo 1-2), est le vecteur normal de la base de Frenet.

On peut donc écrire que :

$$\vec{a} = G \times \frac{m_{\text{Tatoo12}}}{\left(d_{\text{Tatoo12-Tatooine}}\right)^2}\vec{N}.$$

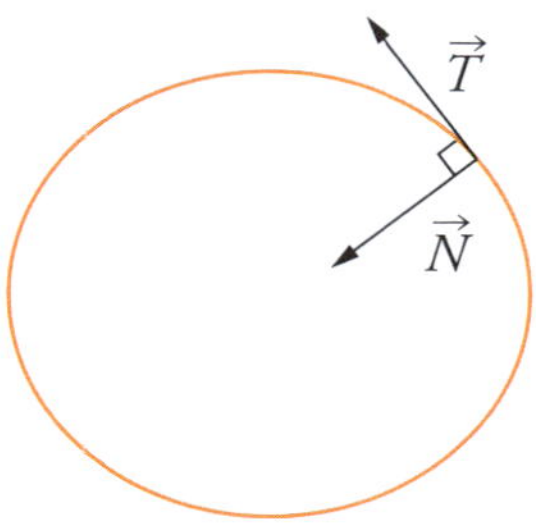

- Or, dans le repère de Frenet, pour un mouvement circulaire l'accélération $\vec{a}$ vérifie la relation :

$$\vec{a} = \frac{v^2}{R}\vec{N} + \frac{dv}{dt}\vec{T}.$$

En adaptant cette formule à notre exercice, on obtient :

$$\vec{a} = \frac{v^2}{d_{\text{Tatoo12-Tatooine}}}\vec{N} + \frac{dv}{dt}\vec{T}$$

- D'où, on déduit de ces deux relations que :

$$\vec{a} = \frac{v^2}{d_{\text{Tatoo12–Tatooine}}}\vec{N} + \frac{dv}{dt}\vec{T} = G\frac{m_{\text{Tatoo12}}}{\left(d_{\text{Tatoo12–Tatooine}}\right)^2}\vec{N}$$

Or pour un mouvement circulaire, les vecteurs de la base sont perpendiculaires, donc les deux parties de l'accélération sont « séparées ».

Donc :

$$\frac{v^2}{d_{\text{Tatoo12–Tatooine}}}\vec{N} = G\frac{m_{\text{Tatoo12}}}{\left(d_{\text{Tatoo12–Tatooine}}\right)^2}\vec{N}$$

et $\frac{dv}{dt}\vec{T} = \vec{0}$.

D'où $\frac{v^2}{d_{\text{Tatoo12–Tatooine}}} = G\frac{m_{\text{Tatoo12}}}{\left(d_{\text{Tatoo12–Tatooine}}\right)^2}$

et $\frac{dv}{dt} = 0$: la composante tangentielle de l'accélération est nulle.

Ainsi, par intégration, on peut en déduire que la valeur de la vitesse est constante et donc que le mouvement est uniforme.

ATTENTION
Lisez bien les sujets ! Ici l'énoncé précise sans insister sur le fait que le mouvement est circulaire, mais cette précision est cruciale pour pouvoir résoudre le problème.

▶ Le conseil de méthode

Pour montrer que le mouvement du satellite est uniforme, on peut aussi démontrer qu'il s'effectue à la même vitesse.

Le schéma ci-dessous représente l'orbite de Tatooine.

On peut alors exprimer la vitesse v_1 de Tatooine pour aller de A à B et la vitesse v_2 pour aller de C à D :

$v_1 = \frac{\overset{\frown}{AB}}{\Delta t}$ et $v_2 = \frac{\overset{\frown}{CD}}{\Delta t}$

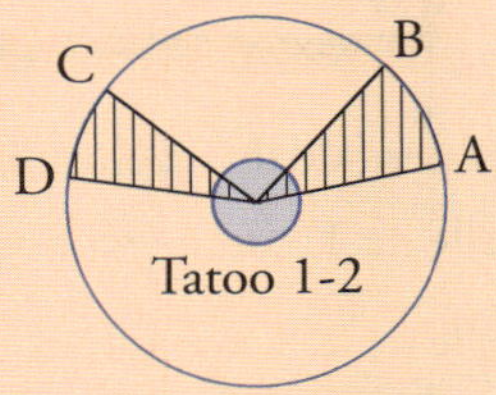

Orbite de Tatooine

Or, d'après la deuxième loi de Kepler, ces deux surfaces sont égales si les intervalles de temps sont égaux.

Donc si les aires de ces segments de cercle sont égales, les arcs de cercle $\overset{\frown}{AB}$ et $\overset{\frown}{CD}$ sont égaux et par conséquent $v_1 = v_2$.

Le mouvement est donc uniforme.

▶ 4. Déterminer la vitesse d'un satellite

Dans la question précédente, nous avons démontré que :

$$\frac{v^2}{d_{\text{Tatoo12–Tatooine}}}\vec{N} = G\frac{m_{\text{Tatoo12}}}{\left(d_{\text{Tatoo12–Tatooine}}\right)^2}\vec{N}.$$

On peut alors écrire, d'après les notations de l'énoncé :

$$\frac{v^2}{R} = G\frac{M}{R^2}$$

D'où $v^2 = G\frac{M}{R}$ et $v = \sqrt{G\frac{M}{R}}$.

▶ 5. Déterminer la période de révolution d'une planète

Pour obtenir la période de révolution, on exprime la vitesse comme étant égale au périmètre sur la période :

$$v = \frac{2\pi R}{T}.$$

Donc $T = \frac{2\pi R}{v} = 2\pi R \times \frac{1}{v} = 2\pi R \times \sqrt{\frac{R}{GM}} = \sqrt{\frac{4\pi^2 R^3}{GM}}$

$$T = \sqrt{\frac{4\pi^2 \times (200 \times 10^6 \times 10^3)^3}{6{,}67 \times 10^{-11} \times 9{,}5 \times 10^{31}}} \approx 7{,}1 \times 10^6 \text{ s} \approx 82 \text{ jours.}$$

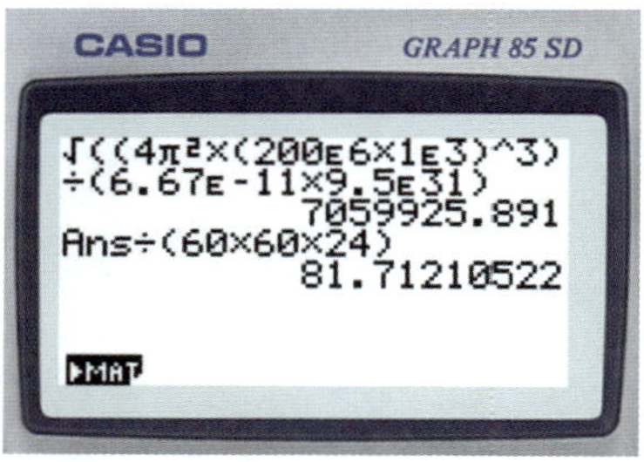

ATTENTION
Apprenez à bien vous servir de votre calculatrice. Un calcul comme celui-ci amène plus de 40 % de réponses fausses pour les candidats du bac juste pour des utilisations hasardeuses de calculatrice !

La période de révolution de la Terre autour du Soleil étant de 365 jours, celle de Tatooine représente $\frac{82}{365} = 0{,}22$ soit un peu moins du quart de celle de la Terre autour du Soleil.

Le jeu du Cornhole

1 h 40
10 points

INTÉRÊT DU SUJET • La mécanique permet d'étudier tous les mouvements, même les plus farfelus ou ludiques ! Ce « jeu du maïs » est original, mais l'exercice revient à traiter un problème qui est un grand classique du bac…

Ph © Cavan Images / Getty Images

Le Cornhole, contraction des mots anglais « corn » et « hole » voulant dire « maïs » et « trou », est un jeu de plein air pratiqué entre autres aux États-Unis et au Canada.
Les règles de ce jeu sont assez simples. Chaque joueur est muni de quatre petits sacs contenant du maïs qu'il doit lancer en direction d'une planche inclinée par rapport à l'horizontale, munie d'un trou circulaire et située environ à 8 mètres du joueur. À chaque fois qu'un sac retombe sur la planche, le joueur marque un point ; si le sac passe par le trou circulaire, le joueur marque trois points. Le premier joueur qui marque 21 points gagne la partie.

Extrait du site internet www.quora.com

On étudie dans cet exercice les aspects énergétiques du lancer du sac puis le mouvement du centre de masse du sac dans le référentiel terrestre supposé galiléen.

Données

- Intensité de la pesanteur terrestre : $g = 9{,}81\ \text{m} \cdot \text{s}^{-2}$.
- Masse du sac : $m = 440$ g.

Un joueur se place à une distance d de la planche afin de réaliser un lancer de son sac de maïs. La situation est représentée sur la figure 1. Afin de simplifier l'étude, la planche est considérée quasi-horizontale.

Dans le repère d'espace (Ox, Oz) muni des vecteurs unitaires $\vec{i}$ et $\vec{k}$, le sac de maïs est lancé, depuis une hauteur initiale H, avec une vitesse initiale dont le vecteur $\overrightarrow{v_0}$ est incliné d'un angle α par rapport à l'horizontale. On s'intéresse au mouvement du centre de masse G du sac. L'axe (Oz) du repère d'espace est vertical.

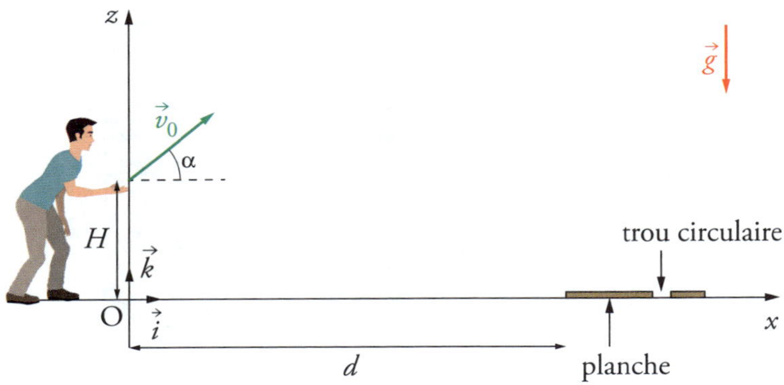

Figure 1. **Schéma représentant la situation du lancer du sac**

PARTIE 1. ÉTUDE ÉNERGÉTIQUE — 40 min

Le mouvement complet du sac est filmé puis étudié à l'aide d'un logiciel de pointage. Les données de la partie ascendante du mouvement sont traitées à l'aide d'un programme écrit en langage Python (extrait en figure 2) qui permet de représenter l'évolution au cours du temps des énergies cinétique (E_c), potentielle de pesanteur (E_{pp}) et mécanique (E_m) du sac (figure 3).

```
1  #importation des bibliothèques utilisées
2  import numpy as np
3  import matplotlib.pyplot as plt
4
5  # valeurs experimentales
6  z=np.array([0.869,0.996,1.17,1.3,1.41,1.51,1.6,1.67,1.75,1.82,1.86,1.92,1.94,1.94,
   1.97,1.96,1.96])
7  t=np.array([0,0.033,0.067,0.1,0.133,0.167,0.2,0.233,0.267,0.3,0.333,0.367,0.4,0.43
   3,0.467,0.5,0.533])
8  vx=np.array([7.61,7.66,7.712,7.517,7.595,7.578,7.334,7.39,7.329,7.184,7.239,7.11
   6,7.065,7.119,6.997,7.006,6.997])
9  vz=np.array([4.8,4.484,4.158,3.797,3.219,2.787,2.515,2.314,2.008,1.827,1.447,0.9
   539,0.7198,0.3329,0.1782,
10 -0.02958,-0.4165])
11
12 #Calcul des énergies
13 m=0.440
14 g=9.81
15 ? = (vx**2 + vz**2)**(1/2)
16 ? = 0.5*m*v**2
17 ? = m*g*z
18 ? = 0.5*m*v**2 + m*g*z
19
```

Figure 2. **Extrait du programme écrit en langage Python**

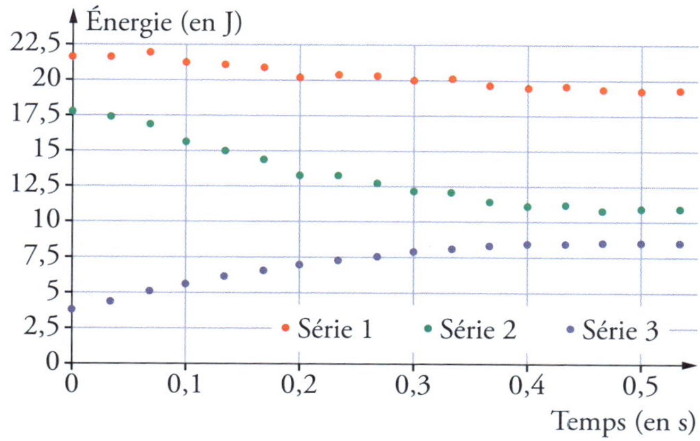

Figure 3. **Évolution des énergies cinétique, potentielle de pesanteur et mécanique du sac au cours du temps, obtenue à l'aide du programme écrit en langage Python**

▶ **1.** Identifier les grandeurs calculées dans l'extrait du programme écrit en langage Python (figure 2) aux lignes 15, 16, 17 et 18. *(0,75 point)*

S'ENTRAÎNER

▶ 2. Exploitation de la figure 3

a) En justifiant votre choix, attribuer à chaque série l'énergie qui lui correspond. *(1 point)*

b) Expliquer en quoi les résultats expérimentaux permettent de considérer que l'action de l'air sur le sac n'est pas négligeable devant le poids du sac. *(0,75 point)*

c) Estimer la valeur de la vitesse initiale v_0 du centre de masse du sac. *(0,75 point)*

d) Estimer la valeur de l'altitude initiale H du centre de masse du sac. Commenter. *(0,5 point)*

PARTIE 2. ÉTUDE DU MOUVEMENT DU SAC APRÈS LE LANCER

1 heure

On souhaite étudier la chute du sac au cours du temps. La situation est toujours représentée sur la figure 1. Les frottements ne seront pas pris en compte dans cette partie.
On souhaite établir les expressions littérales des grandeurs accélération, vitesse et position du sac lors de son mouvement, ainsi que les caractéristiques (vitesse initiale et direction initiale) nécessaires à la réussite d'un lancer valant trois points.
Les dimensions de la planche sont précisées sur la figure 4.

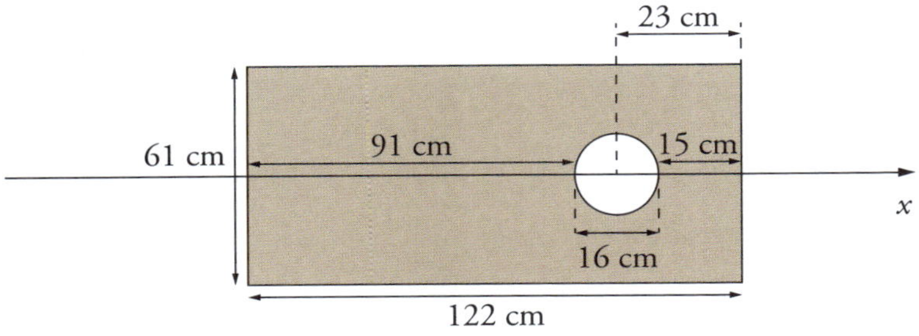

Figure 4. **Dimensions de la planche de Cornhole**

▶ 1. Déterminer les expressions littérales des coordonnées a_x et a_z du vecteur accélération $\vec{a}$ du centre de masse du sac suivant les axes O*x* et O*z*. *(1 point)*

▶ 2. En déduire les expressions littérales des équations horaires $x(t)$ et $z(t)$ de la position du centre de masse du sac au cours du mouvement. *(1,5 point)*

▶ **3.** Montrer que l'équation littérale de la trajectoire du centre de masse du sac dans le repère d'espace (Ox, Oz) est :

$$z(x) = -\frac{1}{2} g \frac{x^2}{v_0^2 \cos^2(\alpha)} + x \tan(\alpha) + H$$

Qualifier cette trajectoire. *(0,5 point)*

▶ **4.** Indiquer les paramètres initiaux de lancement sur lesquels le joueur peut avoir une influence et qui jouent un rôle pour la réussite d'un lancer à trois points. *(0,75 point)*

Le joueur effectue un premier lancer. L'équation de la trajectoire du centre de masse du sac a pour expression numérique :
$z(x) = -\ 0{,}0842\ x^2 + 0{,}625\ x + 0{,}880$ avec x et z en m.
La distance d qui sépare l'origine O du repère d'espace et le bord de la planche est égale à $d = 8{,}0$ m.

▶ **5.** Déterminer le nombre de point(s) marqué(s) par le joueur pour ce lancer. *(1 point)*

▶ **6.** Le joueur effectue un second lancer en conservant le même angle de tir α, la même hauteur initiale H mais en modifiant la valeur de la vitesse initiale par rapport au premier lancer.
Déterminer une valeur possible de la nouvelle vitesse initiale v_0, afin que le sac tombe directement dans le trou. Commenter la valeur obtenue. *(1,5 point)*

Le candidat est invité à prendre des initiatives et à présenter la démarche suivie, même si elle n'a pas abouti. La démarche est évaluée et nécessite d'être correctement présentée.

LES CLÉS DU SUJET

Le lien avec le programme

Équations horaires du mouvement
- Appliquer la seconde loi de Newton.
- Déterminer les équations d'un mouvement.
- Faire varier différents paramètres de lancement.

Les conseils du correcteur

Partie 1. Étude énergétique	▶ **2. a)** Commencez par identifier les séries 2 et 3 en remarquant que l'une croît et l'autre décroît. **b)** Utilisez l'évolution de l'énergie mécanique pour conclure à la présence d'au moins une force en plus du poids.
Partie 2. Étude du mouvement du sac après le lancer	Pour cette partie, si vous n'êtes pas à l'aise avec la mécanique, relisez attentivement votre cours sur le mouvement dans un champ uniforme. ▶ **1.** Faites le bilan des forces appliquées au sac, puis appliquez la seconde loi de Newton en négligeant frottement et poussée d'Archimède. ▶ **5.** Il faut déterminer le point de chute du sac donc : posez $z = 0$ et trouvez l'abscisse x correspondante. ▶ **6.** À partir de l'équation donnée à la question **4** de la partie 2, déterminez les valeurs de H et α. Déterminez le point de chute pour obtenir trois points et remplacez les valeurs de ses coordonnées dans l'équation littérale donnée en question **3** de la partie 2. Dans cette équation il n'y a qu'une seule grandeur inconnue : v_0. Isolez-la pour trouver sa valeur.

18 CORRIGÉ GUIDÉ

PARTIE 1. ÉTUDE ÉNERGÉTIQUE

▶ 1. Comprendre quelques lignes de programmation Python

Les lignes 15, 16, 17 et 18 définissent respectivement la norme du vecteur vitesse (appelée aussi la valeur de la vitesse), l'énergie cinétique, l'énergie potentielle de pesanteur et l'énergie mécanique. En effet, on peut reconnaître les relations $v = \sqrt{v_x^2 + v_y^2}$, $E_c = \frac{1}{2}\text{mv}^2$, $E_{pp} = mgz$ et $E_m = E_c + E_{pp}$ écrites ici en langage Python.

▶ 2. Exploitation de la figure 3

a) Identifier les grandeurs d'un graphique

• L'énoncé précise que la figure 3 correspond à la partie ascendante du mouvement. On en déduit que l'altitude augmente au cours du temps pendant ce mouvement. Étant donné que l'énergie potentielle de pesanteur vérifie la relation $E_{pp} = mgz$ où z est l'altitude et que le produit mg est positif, la courbe de l'énergie potentielle de pesanteur est forcément croissante. Elle correspond donc à la série 3 qui est la seule croissante.

• De plus, on constate que les trois séries n'ont que des valeurs positives. Or l'énergie mécanique est la somme des énergies cinétique et potentielle de pesanteur donc elle est forcément supérieure aux deux autres. L'énergie mécanique correspond donc à la série 1.

• Par élimination la série 2 correspond à l'énergie cinétique. On constate d'ailleurs que ses valeurs décroissent, ce qui est attendu car, lors de la phase ascendante, la valeur de la vitesse diminue.

b) Justifier l'aspect non négligeable d'une force

• Le poids du sac est la seule force à distance à considérer ici pour le système composé du sac de maïs. À partir de l'instant où il est lâché, le sac ne touche plus que l'air et n'est donc soumis qu'aux actions de l'air en plus de son poids.

• Or l'énergie mécanique décroît lors du mouvement (série 1 de la figure 3) et cette décroissance ne peut pas être due au poids car c'est une force conservative. On peut donc en conclure que les effets des actions de l'air sur le sac de maïs sont suffisamment forts pour être observés sur cette courbe donc ils ne peuvent pas être négligés.

c) Estimer une vitesse à partir d'un graphique

D'après la figure 3, l'énergie cinétique initiale est $E_c(0) = 17{,}6$ J. Or elle est égale à $E_c(0) = \frac{1}{2}\, m\, v_0^2$ donc $v_0 = \sqrt{\frac{2E_c(0)}{m}} = 8{,}94 \text{ m} \cdot \text{s}^{-1}$.

d) Estimer une hauteur à partir d'un graphique

D'après la figure 3, l'énergie potentielle de pesanteur initiale est $E_{pp}(0) = mgH = 3{,}8$ J.

D'où

$$H = \frac{E_{pp}(0)}{mg} = \frac{3{,}8}{0{,}44 \times 9{,}81} = 0{,}88 \text{ m} = 88 \text{ cm}.$$

> **À NOTER**
> Si vous estimez l'énergie potentielle à 3,7 J, vous trouverez $H = 86$ cm et cela est tout aussi correct (et accepté).

S'ENTRAÎNER

PARTIE 2. ÉTUDE DU MOUVEMENT DU SAC APRÈS LE LANCER

▶ 1. Déterminer les coordonnées littérales de l'accélération

On étudie le mouvement du centre de masse G du sac évoluant dans un champ de pesanteur terrestre $\vec{g}$.

Prenons alors un référentiel terrestre pour étudier ce mouvement.

> **ATTENTION**
> La seconde loi de Newton que l'on va appliquer n'est valable que dans un référentiel galiléen donc il faut bien préciser que vous faites votre étude dans un tel référentiel.

Dressons le bilan des forces qui s'appliquent sur la balle.

Il y a le poids de la balle : force à distance, donc appliquée à G, avec $\vec{P} = m\vec{g}$ donc c'est une force verticale, descendante et de valeur mg.

$\vec{P}$ est l'unique force appliquée au sac puisque le joueur ne le touche plus une fois lancé et que l'énoncé nous demande de ne pas prendre en considération les forces de frottement. On supposera aussi négligeable la poussée d'Archimède sur le sac.

> **▶ Le conseil de méthode**
>
> Il y a ici une imprécision dans l'énoncé car il n'est pas précisé de ne pas tenir compte de la poussée d'Archimède or, pour trouver les équations attendues dans les questions suivantes, il faut le faire. Un meilleur énoncé aurait pu préciser que l'on négligeait les « actions dues à l'air » ce qui correspond aux forces de frottement mais aussi à la poussée d'Archimède !

En supposant le référentiel comme étant galiléen, on peut écrire la relation déduite de la seconde loi de Newton : $\Sigma\vec{f} = \vec{P} = m\vec{a}$ d'où $m\vec{a} = m\vec{g}$ donc $\vec{a} = \vec{g}$.

Le vecteur champ de pesanteur étant vertical descendant, ses composantes sont $\vec{g}\begin{pmatrix} 0 \\ -g \end{pmatrix}$ puisque l'axe vertical Oz représenté sur le sujet est ascendant.

On en déduit les composantes de l'accélération : $\vec{a}\begin{pmatrix} a_x = 0 \\ a_z = -g \end{pmatrix}$.

> **À NOTER**
>
> Il s'agit d'un cas de chute libre, c'est-à-dire que le système n'est soumis qu'à son poids. On trouve forcément ces valeurs pour les deux composantes de l'accélération en chute libre.

▶ 2. Déterminer les équations horaires de position en chute libre

• Comme l'accélération est la dérivée de la vitesse, nous pouvons retrouver les composantes de la vitesse du système par intégration des relations précédentes.

$\begin{cases} a_x = 0 \\ a_z = -g \end{cases}$ donne, par intégration :

$\begin{cases} V_x = C_1 \\ V_z = -gt + C_2 \end{cases}$ dans lesquelles C_1 et C_2 sont des constantes.

Pour déterminer C_1 et C_2, nous utilisons le fait qu'à $t = 0$, la vitesse était égale à $\vec{v_0} = \begin{cases} v_0 \cos\alpha \\ v_0 \sin\alpha \end{cases}$.

Par identification, cela implique que : $C_1 = v_0 \cos\alpha$ et $C_2 = v_0 \sin\alpha$.

D'où les équations horaires de la vitesse : $\vec{V}\begin{pmatrix} V_x = v_0 \cos\alpha \\ V_z = -g\,t + v_0 \sin\alpha \end{pmatrix}$.

• Une seconde intégration nous permet d'obtenir les équations horaires de la position du système puisque la vitesse est la dérivée de la position :

$$\frac{d\overrightarrow{OM}}{dt} = \vec{V} \text{ donc } \overrightarrow{OM} = \begin{cases} x = v_0 \cos\alpha\ t + C_3 \\ z = -\dfrac{1}{2} g\ t^2 + v_0 \sin\alpha\ t + C_4 \end{cases}$$

Pour déterminer les constantes C_3 et C_4, on utilise la position à l'instant initial : $\begin{cases} x(0) = 0 \\ z(0) = H \end{cases}$. Par identification, $C_3 = 0$ et $C_4 = H$.

Les équations horaires de la position sont alors entièrement déterminées :

$$\overrightarrow{OM} = \begin{pmatrix} x(t) = v_0 \cos\alpha\ t \\ z(t) = -\dfrac{1}{2} g\ t^2 + v_0 \sin\alpha\ t + H \end{pmatrix}.$$

▶ 3. Déterminer l'équation d'une trajectoire

À partir des équations horaires précédentes, on peut exprimer la variable temps en fonction de l'abscisse x : $t = \dfrac{x(t)}{V_0 \cos\alpha}$.

En remplaçant le temps dans la seconde équation, on trouve alors :

$$z(x) = -\frac{1}{2} g \left(\frac{x(t)}{V_0 \cos\alpha}\right)^2 + v_0 \sin\alpha \frac{x(t)}{V_0 \cos\alpha} + H.$$

Il s'agit bien de la relation $z(x) = -\dfrac{g x^2(t)}{{v_0}^2 \cos^2\alpha} + x(t) \tan\alpha + H$ qui est une trajectoire parabolique, ici caractérisée par son équation du second degré entre les variables d'espace.

> **À NOTER**
> Ces questions 1, 2 et 3 sont parmi les questions les plus classiques au bac. Retenez leur résolution.

▶ 4. Déterminer des paramètres expérimentaux

Le joueur peut modifier trois paramètres initiaux : l'altitude initiale H du lancer, la valeur v_0 de la vitesse et l'angle α avec lequel il lance.

▶ 5. Calculer la position de chute d'un système

Pour connaître le nombre de points marqués, il faut déterminer la position de chute du sac.

Pour cela, posons $z = 0$ dans l'équation de la trajectoire et déterminons l'abscisse de ce point de chute :

$$z(x) = -0{,}0842\, x^2 + 0{,}625\, x + 0{,}880 = 0$$

La résolution de cette équation conduit aux deux solutions :

$$x_1 = \frac{-0625 + \sqrt{\Delta}}{2 \times (-0{,}0842)} \text{ et } x_2 = \frac{-0625 - \sqrt{\Delta}}{2 \times (-0{,}0842)}$$

avec $\Delta = 0{,}625^2 - 4 \times (-0{,}0842) \times 0{,}88 = 0{,}687$.

On a alors $x_1 = -1{,}2$ m et $x_2 = 8{,}63$ m.
Seule la solution x_2 est intéressante pour notre question car le sac est lancé vers les abscisses positives : le sac retombe au sol au point d'abscisse $x = 8{,}63$ m.

> **À NOTER**
> Notez qu'on ne considère ici qu'un tir direct : il peut y avoir un rebond ou un glissement du sac après impact sur la planche, mais ni l'énoncé, ni notre étude ne permettent de trancher sur ce point.

Le sac retombe donc sur la planche avant le trou car son abscisse au sol est comprise entre 8 m et 8,91 m. donc le joueur marque 1 point. Il ne marque pas 3 points car il fallait faire entre 8,91 m et 9,07 m pour tomber dans le trou.

▶ 6. Modifier un paramètre pour optimiser un lancer

Pour déterminer une valeur possible de la vitesse initiale, supposons que le centre de masse du sac tombe parfaitement au centre du trou : son abscisse de chute devra alors être égale à 8,99 m. Appelons C ce point.

> **▶ Le conseil de méthode**
> La question précise de déterminer *une* valeur possible (et non « *la* valeur » ou encore « *les* valeurs »). Il vaut donc mieux choisir la plus simple. Ici celle de la chute au centre du trou.

Contrairement à la question précédente, l'équation de la trajectoire n'est pas entièrement connue. En effet, comme le montre l'équation littérale de cette trajectoire (question **3** ci-avant), le coefficient du terme en x^2 dépend de la valeur v_0 ici inconnue.

Les coefficients des deux autres termes (le terme en x et le terme constant) sont eux, par contre, inchangés par rapport à ceux donnés dans la question **4** ci-dessus puisque leur écriture littérale ne dépend pas de v_0 qui est le seul paramètre modifié entre les deux expériences.

Nous pouvons donc en déduire par identification entre les coefficients de l'équation littérale donnée en question **3** et ceux de l'équation numérique donnée en question **4** :

- $H = 0{,}88$ m (ce qui confirme notre réponse à la question **2. d** de la partie 1)
- $\tan(\alpha) = 0{,}625$ d'où $\alpha = \tan^{-1}(0{,}625) = 32°$.

De plus, nous connaissons les coordonnées du point C(8,99 ; 0), qui doit forcément appartenir à cette trajectoire et, donc, vérifier l'équation littérale.

Reprenons l'équation de la trajectoire

$z(x) = -\frac{1}{2} g \frac{x^2}{v_0^2 \cos^2(\alpha)} + x\tan(\alpha) + H$ en remplaçant toutes les valeurs connues (α, H, x(C) = 8,99, z(C) = 0 et g = 9,81) :

$$-\frac{1}{2} 9{,}81 \frac{8{,}99^2}{v_0^2 \cos^2(32°)} + 0{,}625 \times 8{,}99 + 0{,}880 = 0.$$

Ceci donne la relation numérique : $-\frac{551{,}21}{{v_0}^2} + 6{,}4988 = 0$

et nous permet de conclure sur la valeur de la vitesse initiale :

$v_0 = \sqrt{\frac{551{,}21}{6{,}4988}} = 9{,}21 \text{ m} \cdot \text{s}^{-1}$.

La valeur obtenue est cohérente car légèrement supérieure à celle du premier lancer qui était effectivement un peu trop court (retombé sur la planche, mais devant le trou) : en maintenant l'angle et la hauteur initiale, le lanceur devait lancer légèrement plus fort.

▶ Le conseil de méthode

Les calculs numériques ici sont « risqués », il est facile de faire une erreur. La valeur finale trouvée est, en revanche, très cohérente avec la réponse à la question **2. c)** de la partie 1 et permet de renforcer sa certitude de ne pas avoir fait d'erreur de calcul (ou autre). Il fallait notamment trouver une valeur supérieure à 8,9 m · s^{-1}.

Son et lumière

50 min
5 points

INTÉRÊT DU SUJET • Propulsée vers le ciel, une pièce de feu d'artifice doit atteindre la bonne altitude, puis « claquer » en faisant du bruit et en émettant une couleur précise. Autant de paramètres qui se calculent, pour le plaisir des spectateurs et la sécurité de tous !

Pour obtenir un feu d'artifice qui produit son, lumière et fumée, on procède à l'éclatement d'une pièce pyrotechnique. Bien que produisant des effets différents, toutes ces pièces sont conçues selon le même principe. Un dispositif permet de projeter la pièce pyrotechnique vers le haut. Une fois que ce projectile a atteint la hauteur prévue par l'artificier, il éclate, créant l'effet « son et lumière » souhaité.
Le but de cet exercice est d'étudier la couleur observée, la trajectoire du projectile et le son émis.

Les caractéristiques de deux pièces pyrotechniques nommées « crackling R100 » et « marron d'air » sont consignées dans le tableau ci-dessous.

Caractéristiques constructeur	Crackling R100	Marron d'air
Masse	$2{,}8 \times 10^2$ g	40 g
Vitesse initiale	250 km · h^{-1}	200 km · h^{-1}
Niveau d'intensité sonore estimé à 15 m du point d'éclatement	Non renseigné	120 dB
Hauteur atteinte à l'éclatement	120 m	70 m
Durée entre la mise à feu et l'éclatement	3,2 s	2,5 s
Couleur de la lumière émise	Rouge (intense)	Blanc (peu intense)
Distance de sécurité recommandée	130 m	95 m

Données

• Domaines de longueur d'onde de la lumière visible :

Couleur	Violet	Bleu	Vert	Jaune	Orange	Rouge
Domaine de longueurs d'ondes en nm	380-446	446-520	520-565	565-590	590-625	625-780

• Constante de Planck : $h = 6{,}63 \times 10^{-34}$ J · s.

• La valeur de la célérité de la lumière dans le vide est supposée connue du candidat.

• $1 \text{ eV} = 1{,}60 \times 10^{-19}$ J.

• Intensité du champ de pesanteur : $g = 9{,}81 \text{ m} \cdot \text{s}^{-2}$.

• Au cours de la propagation d'une onde et en l'absence d'atténuation, le niveau d'intensité sonore L diminue avec la distance d à la source S suivant la formule :

$$L_2 = L_1 + 20 \log\left(\frac{d_1}{d_2}\right)$$

où L_2 est le niveau d'intensité sonore mesuré à la distance d_2 de la source et L_1 le niveau d'intensité sonore mesuré à la distance d_1 de la source (voir schéma ci-contre).

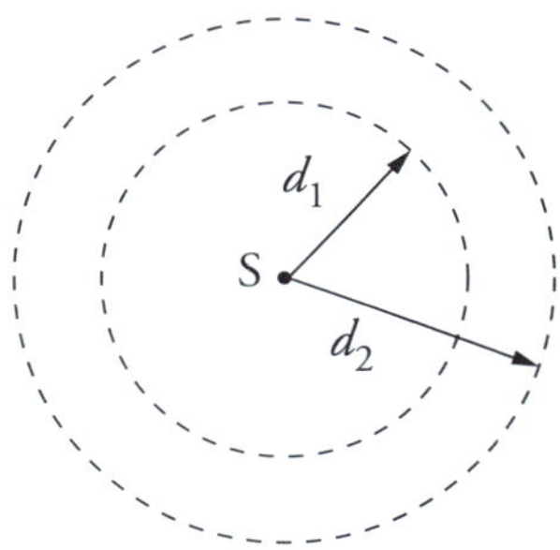

• Échelle des niveaux d'intensité sonore en décibel (dB) et risques auditifs associés :

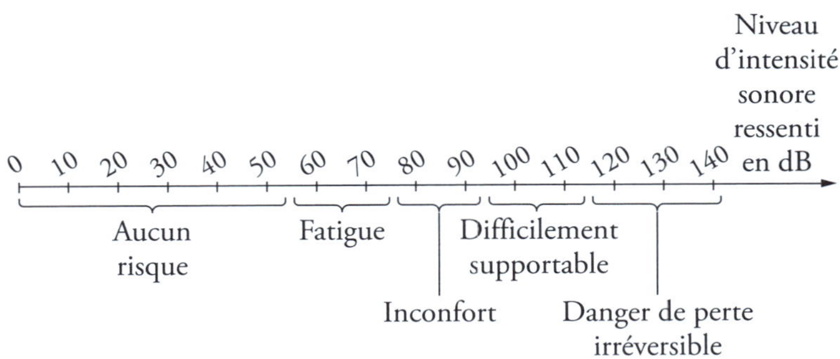

PARTIE 1. TOUT EN COULEUR

30 min

Les feux d'artifice émettent de la lumière. Les phénomènes mis en jeu sont notamment l'incandescence et l'émission atomique. Il y a tout d'abord l'incandescence des particules d'oxyde métallique, formées lors de la combustion, qui va du « blanc rouge » (aux alentours de 1 000 °C) au blanc éblouissant (vers 3 000 °C). Pour l'émission atomique, les électrons de l'atome sont excités thermiquement, ce qui leur permet de passer du niveau d'énergie fondamental à un niveau d'énergie supérieur ; au cours de leur retour vers le niveau d'énergie fondamental, l'énergie qu'ils avaient absorbée est émise sous forme de photons dont la longueur d'onde est caractéristique de l'atome.

www.ambafrance-cn.org

▶ **1.** Le texte fait référence à deux processus d'émission de lumière. Citer chacun de ces processus et préciser, dans chaque cas, si le spectre de la lumière émise est un spectre de raies ou un spectre continu. *(0,75 point)*

▶ **2.** Le « crackling R100 » est principalement composé de strontium. Les photons émis par le strontium sont responsables de la couleur perçue lors de l'éclatement du « crackling R100 ». Le tableau ci-dessous regroupe les énergies des photons émis par le strontium.

	Photon 1	Photon 2	Photon 3
Énergie des photons (en eV)	1,753	1,802	1,825

Déterminer la couleur perçue lors de l'émission du photon 3. *(1,5 point)*

▶ **3.** Sans effectuer de calcul supplémentaire, montrer que l'émission de ces trois photons permet d'expliquer la couleur de la lumière émise par le « crackling R100 ». *(0,75 point)*

PARTIE 2. ÉTUDE DES TRAJECTOIRES DES PIÈCES PYROTECHNIQUES

50 min

On s'intéresse au mouvement de la pièce pyrotechnique jusqu'à son éclatement dans un référentiel terrestre supposé galiléen muni d'un repère (Ox, Oy). On étudie le mouvement d'un point M de la pièce « crackling R100 ». On prend l'instant du lancement comme origine des temps $t = 0$ s.

À cet instant, le vecteur vitesse initiale $\overrightarrow{V_0}$ de M fait un angle $\alpha = 80°$ par rapport à l'horizontale (schéma ci-contre).

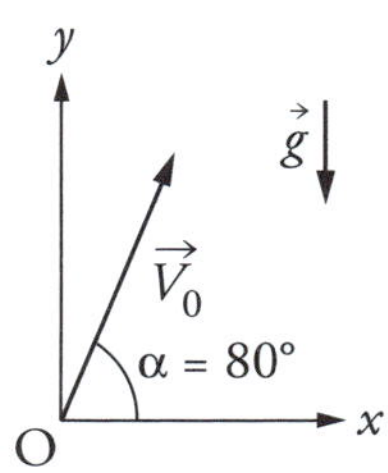

▶ **1.** Donner les expressions littérales des coordonnées du vecteur $\overrightarrow{V_0}$ en fonction de V_0 et α. *(0,5 point)*

▶ **2.** Montrer que, si on néglige toute action de l'air, le vecteur accélération de M noté $\overrightarrow{a_M}$ est égal au vecteur champ de pesanteur $\vec{g}$ dès que le projectile est lancé. *(1 point)*

▶ **3.** Montrer alors que les équations horaires du mouvement de M sont :
$x_M(t) = 12{,}1t$ et $y_M(t) = -4{,}91t^2 + 68{,}4t$
en exprimant $x_M(t)$ et $y_M(t)$ en mètres et le temps « t » en secondes. *(2,5 points)*

▶ **4.** Dans le cadre de ce modèle, déterminer, à l'aide des équations horaires, l'altitude théorique atteinte par le projectile à $t = 3{,}2$ s. *(0,5 point)*

▶ **5.** Sachant que l'éclatement se produit lors de la montée, expliquer l'écart entre cette valeur et celle annoncée par le constructeur. *(0,5 point)*

PARTIE 3. LE « MARRON D'AIR » — 30 min

Au début et à la fin de chaque feu d'artifice, les artificiers utilisent une pièce pyrotechnique appelée « marron d'air » pour obtenir une détonation brève et puissante. Désireux de l'envoyer le plus haut possible, ils effectuent un tir vertical avec une vitesse initiale v_i. Par la suite, on suppose que la pièce n'éclate pas avant d'atteindre sa hauteur maximale h.

▶ **1.** Dans l'hypothèse où l'énergie mécanique de la pièce pyrotechnique se conserve, montrer que la hauteur maximale h atteinte par cette pièce est donnée par la relation : *(1 point)*

$$h = \frac{v_i^2}{2g}$$

▶ **2.** Déterminer la valeur de la hauteur maximale atteinte h. *(0,5 point)*

▶ **3.** En réalité, arrivé à une hauteur H de 70 m, le « marron d'air » éclate au point E et le son émis se propage dans toutes les directions de l'espace. Un artificier A se trouve à la distance $\ell = 95$ m, recommandée par le constructeur, du point de tir T du « marron d'air ». (Voir le schéma ci-après.)

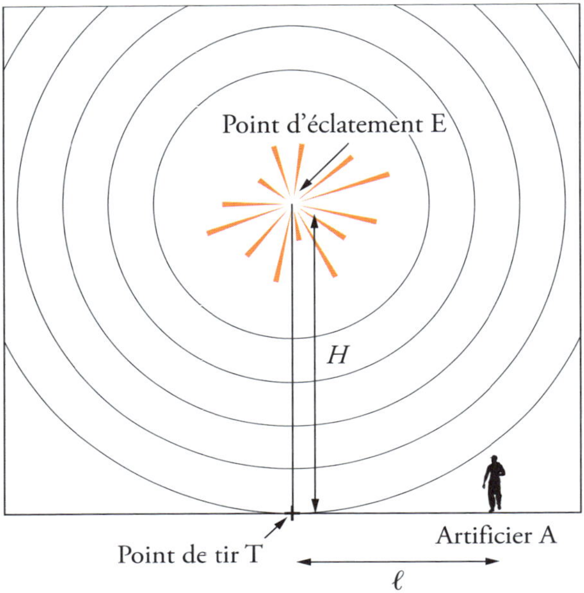

Sur le schéma, les échelles de distances ne sont pas respectées.

Doit-on recommander à l'artificier le port d'un dispositif de protection auditive (casque, bouchons d'oreille…) ? Justifier par un calcul. *(1,5 point)*

LES CLÉS DU SUJET

Le lien avec le programme

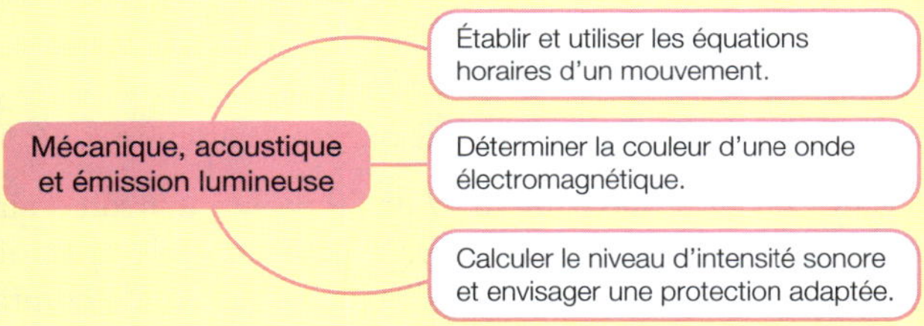

Les conseils du correcteur

Partie 1. Tout en couleur	▶ **1.** Revenez sur les notions de spectres lumineux continu ou discontinu étudiées en seconde et en première. ▶ **2.** Utilisez la relation $E = \frac{h \times c}{\lambda}$. ▶ **3.** Servez-vous de la relation $E = \frac{h \times c}{\lambda}$ mais sans faire de calculs numériques.
Partie 2. Étude des trajectoires des pièces pyrotechniques	▶ **1.** Exprimez cosinus et sinus de l'angle α à partir des côtés du triangle formé par le vecteur $\overrightarrow{V_0}$ et les axes du repère choisi.
Partie 3. Le « marron d'air »	▶ **1.** Si l'énergie mécanique est conservée, elle garde la même valeur. Calculez cette valeur pour $t = 0$ s et au moment de l'explosion. ▶ **3.** Calculez la distance entre l'artificier et le marron d'air au moment de l'explosion, puis utilisez la formule donnée entre la distance et le niveau sonore.

S'ENTRAÎNER

19 CORRIGÉ GUIDÉ

PARTIE 1. TOUT EN COULEUR

▶ 1. Connaître les spectres lumineux

Ce texte fait référence à l'émission par incandescence, qui est l'émission de la lumière lorsqu'un objet est chauffé à plusieurs centaines de degrés Celsius. Il s'agit d'une émission continue et son spectre est continu.

À l'inverse, le spectre de la seconde émission est discontinu. C'est un spectre de raies et c'est l'émission atomique.

▶ 2. Trouver la couleur d'une radiation

Le photon 3 possède une énergie égale à 1,825 eV, or l'énergie d'un photon est liée à sa longueur d'onde par la relation : $E = \frac{h \times c}{\lambda}$.

Ainsi, $\lambda = \frac{h \times c}{E}$, où E doit être exprimée en joules.

La longueur d'onde du photon 3 est donc :

$$\lambda = \frac{6{,}63 \times 10^{-34} \times 3{,}0 \times 10^{8}}{1{,}825 \times 1{,}6 \times 10^{-19}}$$

$$= 6{,}81 \times 10^{-7}\ \text{m} = 681\ \text{nm}$$

D'après les documents fournis, une radiation de longueur d'onde comprise entre 625 nm et 780 nm est rouge.

▶ 3. Utiliser qualitativement une relation mathématique

Les photons 1 et 2 ont des énergies inférieures à celle du photon 3. Or, d'après la relation utilisée à la question précédente, la longueur d'onde de la radiation est inversement proportionnelle à l'énergie du photon.

Les longueurs d'onde des photons 1 et 2 sont donc supérieures à celle du photon 3, ce qui veut dire supérieures à 381 nm. L'émission des photons 1 et 2 correspond alors soit à une lumière rouge, soit à une lumière infrarouge. Dans les deux cas, l'ensemble des trois radiations produit une lumière rouge.

> **À NOTER**
> Entraînez-vous à utiliser les formules mathématiques et les termes « proportionnel » et « inversement proportionnel ».

PARTIE 2. ÉTUDE DES TRAJECTOIRES DES PIÈCES PYROTECHNIQUES

▶ 1. Donner les coordonnées du vecteur vitesse

Dans un triangle rectangle, on peut calculer le cosinus et le sinus d'un angle α par les formules :

$$\cos\alpha = \frac{\text{côté adjacent}}{\text{hypoténuse}} \quad \text{et} \quad \sin\alpha = \frac{\text{côté opposé}}{\text{hypoténuse}}$$

Donc, d'après le schéma ci-contre :

$$\cos\alpha = \frac{V_{0x}}{V_0} \quad \text{et} \quad \sin\alpha = \frac{V_{0y}}{V_0}.$$

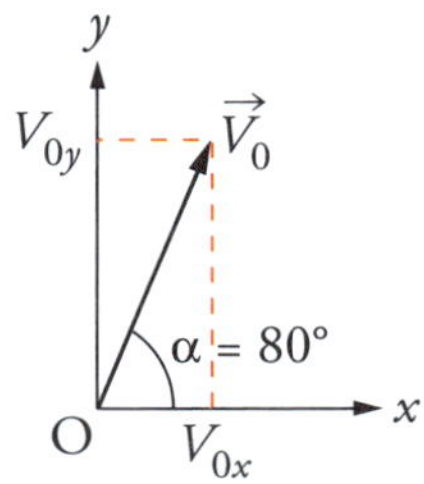

D'où on exprime les coordonnées du vecteur vitesse initiale :
$V_{0x} = V_0 \cos\alpha$ et $V_{0y} = V_0 \sin\alpha$.

▶ 2. Démontrer que $\vec{a} = \vec{g}$

On définit la pièce pyrotechnique comme système. D'après l'énoncé, les actions de l'air sont négligées, donc seul le poids $\vec{P}$ s'applique sur le système.

> **ATTENTION**
> Les démonstrations des questions 2 et 3 sont à connaître ! Elles valent beaucoup de points.

On applique alors la deuxième loi de Newton en supposant galiléen le référentiel d'étude :

$\sum \vec{f}_{ext} = \frac{d\vec{p}}{dt} = \vec{P}$ d'où $\vec{P}$ est le vecteur impulsion.

Or $\vec{P} = m\vec{g}$ donc $\frac{d\vec{p}}{dt} = m\vec{g}$

La masse m de la pièce pyrotechnique étant constante :

$\frac{d\vec{p}}{dt} = \frac{d(m\vec{v})}{dt} = m\frac{d\vec{v}}{dt}$ donc $\frac{d\vec{v}}{dt} = \vec{g}$.

Par définition, $\overrightarrow{a_M} = \frac{d\vec{v}}{dt}$ donc $\overrightarrow{a_M} = \vec{g}$.

> **À NOTER**
> $\vec{a} = \vec{g}$ correspond à la chute libre (système soumis uniquement à son poids).

▶ 3. Démontrer les équations horaires de la position

Par intégration de $\vec{a} = \frac{d\vec{v}}{dt}$, on trouve les équations horaires de la vitesse selon chaque axe :

$$\begin{cases} v_x = C_1 \\ v_y = -gt + C_2 \end{cases}$$

Or $\overrightarrow{v(0)} = \vec{V_0}$ a pour composantes :

$$\begin{cases} v_{0x} = V_0 \cos\alpha \\ v_{0y} = V_0 \sin\alpha \end{cases}$$

Ainsi, on trouve : $C_1 = V_0 \cos\alpha$ et $C_2 = V_0 \sin\alpha$.

Donc $v_x = V_0 \cos\alpha$ et $v_y = -gt + V_0 \sin\alpha$.

Le vecteur vitesse étant la dérivée du vecteur position par rapport au temps, on obtient après intégration :

$$\begin{cases} x = (V_0 \cos\alpha)t + C_3 \\ y = -\frac{1}{2}gt^2 + (V_0 \sin\alpha)t + C_4 \end{cases}$$ où C_3 et C_4 sont des constantes.

La position du système à l'instant $t = 0$ étant l'origine du repère, $C_3 = C_4 = 0$. D'où :

$$\begin{cases} x_M(t) = (V_0 \cos\alpha)t \\ y_M(t) = -\frac{1}{2}gt^2 + (V_0 \sin\alpha)t \end{cases}$$

S'ENTRAÎNER

Calculons maintenant les valeurs des coefficients de ces 2 équations en utilisant les unités données dans l'énoncé.

$V_0 = 250 \text{ km} \cdot \text{h}^{-1} = \dfrac{250}{3{,}6} = 69{,}4 \text{ m} \cdot \text{s}^{-1}$

d'où $V_0 \cos \alpha = 69{,}4 \cos(80) = 12{,}1$

et $V_0 \sin \alpha = 69{,}4 \sin(80) = 68{,}4$.

On retrouve effectivement :

$x_M(t) = 12{,}1t$ et $y_M(t) = -4{,}91t^2 + 68{,}4t$.

ATTENTION
Mettez votre calculatrice en « degrés ».
Le résultat montré ici est l'erreur commise si votre calculatrice est en radians :

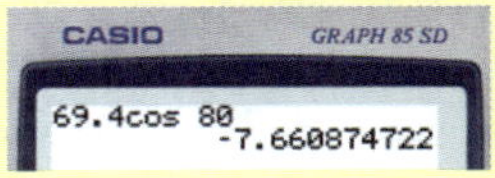

▶ 4. Calculer une position à l'aide d'équations horaires

D'après l'équation horaire de la position verticale $y_M(t)$, on obtient à $t = 3{,}2$ s : $y_M(3{,}2) = -4{,}91 \times 3{,}2^2 + 68{,}4 \times 3{,}2 = 1{,}7 \times 10^2$ m.

▶ 5. Critiquer un résultat de modélisation

La valeur annoncée par le constructeur (120 m) est nettement inférieure. Cela peut probablement s'expliquer par le fait que nous avons ici négligé les forces de frottements sur le système.

Nous pouvons aussi remarquer que notre démonstration est vraie si la masse du système est constante or cela semble une hypothèse grossière pour une pièce pyrotechnique.

PARTIE 3. LE « MARRON D'AIR »

▶ 1. Utiliser la conservation de l'énergie mécanique

Si l'énergie mécanique est conservée et si nous notons t_h comme la durée pour atteindre le sommet de la trajectoire (moment de l'explosion), alors :

$E_m(0) = E_m(t_h)$.

À NOTER
Lorsque les forces de frottement sont négligées, il y a conservation de l'énergie mécanique.

Or l'énergie mécanique est la somme de l'énergie cinétique et de l'énergie potentielle, donc :

$E_c(0) + E_{pp}(0) = E_c(t_h) + E_{pp}(t_h)$.

En prenant l'altitude du point de lancement comme altitude à laquelle l'énergie potentielle de pesanteur est nulle $E_{pp}(0)$, on obtient :

$\dfrac{1}{2} m \times v_i^2 + 0 = \dfrac{1}{2} m v(t_h)^2 + mgh$

ATTENTION
Mémorisez ce développement, car il est très classique !

De plus $v(t_h) = 0$ puisqu'au sommet de la trajectoire la vitesse du projectile est initialement nulle. Nous avons alors :

$$\frac{1}{2}mv_i^2 + 0 = 0 + mgh$$

D'où la relation demandée, en isolant h « à gauche », $h = \frac{v_i^2}{2g}$.

▶ 2. Faire un calcul numérique

$v_i = 200 \text{ km} \cdot \text{h}^{-1} = \frac{200}{3,6} = 55,6 \text{ m} \cdot \text{s}^{-1}$

d'où $h = \frac{v_i^2}{2g} = \frac{55,6^2}{2 \times 9,81} = 157$ m.

> **ATTENTION**
> L'unité officielle de la vitesse est le mètre par seconde.

La hauteur maximale est donc 157 mètres.

▶ 3. Résoudre un mini-problème sur le niveau sonore

Le problème ici est de calculer la valeur du niveau sonore entendu par l'artificier.

Pour cela, il nous faut déterminer la distance d_2. Le schéma ci-dessous nous permet de la calculer facilement à l'aide du théorème de Pythagore.

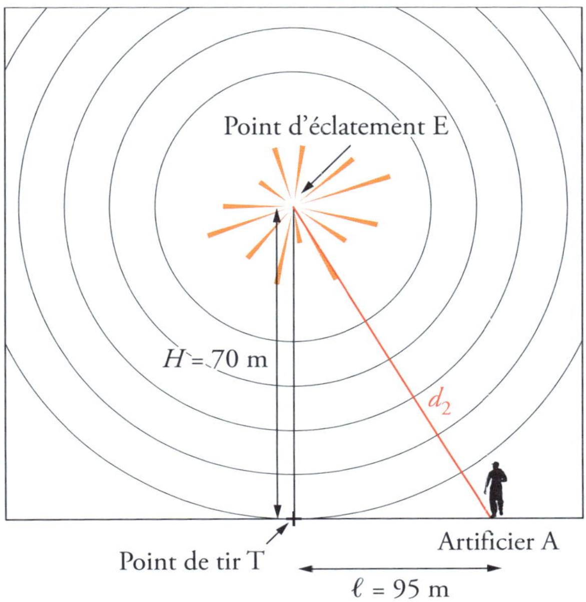

D'après ce théorème, on a :

$d_2 = \sqrt{H^2 + \ell^2} = \sqrt{70^2 + 95^2} = 118$ m.

Calculons, à l'aide de la relation donnée, le niveau sonore perçu à 118 m de l'éclatement du marron d'air :

$$L_2 = L_1 + 20 \log\left(\frac{d_1}{d_2}\right)$$

Ici, $d_1 = 15$ m et $L_1 = 120$ dB (le tableau de données précise que le niveau d'intensité sonore à 15 m du point d'éclatement est 120 dB).

Le niveau d'intensité sonore perçu par l'artificier est donc :

$$L_2 = 120 + 20 \log\left(\frac{15}{118}\right) = 102 \text{ dB}.$$

D'après l'échelle des niveaux sonores fournie, on peut conclure que le son perçu par l'artificier est difficilement supportable. Il faut donc fortement recommander le port d'un casque antibruit ou de bouchons d'oreille efficaces.

Valorisation des déchets d'un méthaniseur

1 h 10
7 points

INTÉRÊT DU SUJET • Dégradez des déchets sans oxygène… paille et copeaux de bois se transforment en un carburant, le méthane ! Est-ce efficace énergétiquement ? Quels sont les avantages et les inconvénients de cette double production « énergie-engrais » ?

La méthanisation est une technique mise en œuvre dans des méthaniseurs où le processus naturel biologique de dégradation de la matière organique en absence d'oxygène est accéléré et entretenu pour produire un méthane utilisable (biogaz, dénommé biométhane après épuration). On cherche à atteindre trois objectifs complémentaires : produire de l'énergie, réduire la charge polluante des déchets et des effluents et également, selon la nature du produit de départ, produire un digestat utilisable comme fertilisant ou amendement organique.

PARTIE 1. MAINTIEN À TEMPÉRATURE DU DIGESTAT

35 min

Une partie du méthane produit est utilisée pour chauffer le méthaniseur lui-même. La température doit être maintenue à une valeur proche de 38 °C de façon à optimiser la méthanisation.

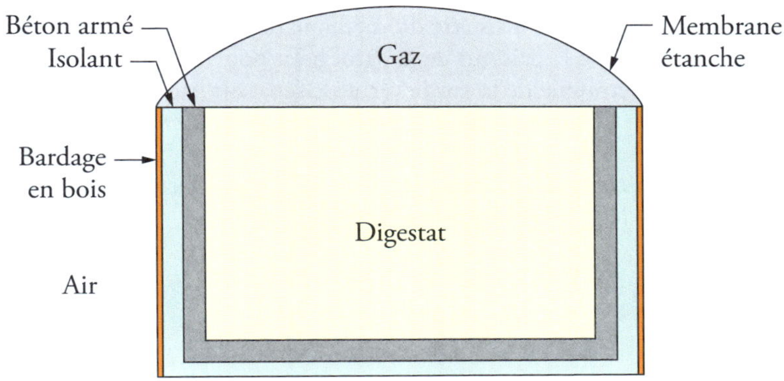

Le méthaniseur est assimilable à un cylindre en béton armé, d'épaisseur $e_1 = 30$ cm, d'un diamètre $D = 10{,}0$ m et d'une hauteur $h = 5{,}0$ m. Il est isolé par l'extérieur avec du polystyrène d'épaisseur $e_2 = 15$ cm. Un bardage en bois d'épaisseur $e_3 = 2{,}0$ cm protège le dispositif des intempéries. La poche de biogaz au sommet de l'ensemble est retenue par une membrane étanche, comme le montre le schéma ci-avant.

Données

• La résistance thermique R_{th} d'une paroi plane est donnée par :

$$R_{th} = \frac{e}{\lambda \times S}$$

où e est l'épaisseur de la paroi (en m), S la surface d'échange (en m²) et λ la conductivité thermique de la paroi (en $W \cdot m^{-1} \cdot K^{-1}$).

• La surface latérale d'un cylindre de diamètre D et de hauteur h est donnée par $S = \pi \times D \times h$.

• Valeurs de la conductivité thermique :

Matériaux	Béton armé	Polystyrène extrudé	Bois (bardage)
Conductivité thermique λ (en $W \cdot m^{-1} \cdot K^{-1}$)	1,65	0,038	0,20

• Les résistances thermiques des parois accolées s'additionnent.

• Le flux thermique Φ d'un milieu 2 de température T_2 à un milieu 1 de température T_1 à travers une paroi de résistance thermique R_{th} est :

$$\Phi = \frac{T_2 - T_1}{R_{th}}$$

où Φ est exprimé en W, R_{th} en unité du système international, T_1 et T_2 en K.

▶ **1.** Déterminer le mode de transfert thermique à travers les parois latérales du méthaniseur. *(0,5 point)*

▶ **2.** On suppose que le diamètre du méthaniseur est suffisamment grand par rapport à l'épaisseur de la paroi pour pouvoir considérer que la résistance thermique de la partie verticale séparant le digestat de l'air est égale à celle d'une paroi plane de même constitution et de même surface.

Vérifier que la résistance thermique totale de la paroi verticale R_{totale} est égale à : $2{,}7 \times 10^{-2}$ S.I. Préciser son unité. *(1 point)*

▶ **3.** On considère la température de l'air égale à sa valeur moyenne annuelle en France métropolitaine, soit 10 °C.

a) Représenter le flux thermique Φ à travers la paroi verticale du méthaniseur par une flèche sur le schéma ci-dessous. Justifier. *(0,5 point)*

b) Calculer la valeur du flux thermique qui traverse cette paroi verticale. *(0,5 point)*

▶ **4.** Un méthaniseur de cette taille peut produire 750 000 m^3 de biogaz chaque année. L'énergie que peut produire 1 m^3 de biogaz vaut 21 MJ. Les pertes thermiques de l'installation (flux thermique à travers les parois verticales, le sol et la membrane) sont évaluées à 1,6 kW en moyenne. Comparer la valeur de l'énergie stockée sous forme de biogaz aux pertes thermiques de l'installation. Commenter. *(0,75 point)*

S'ENTRAÎNER

PARTIE 2. LE DIGESTAT, UN ENGRAIS VERT — 35 min

Un agriculteur souhaite remplacer ses apports en engrais « chimique » azoté par un apport en digestat dont la quasi-totalité de l'azote se trouve sous la forme d'ammoniac (NH_3) dissous.
Il demande donc à un laboratoire d'analyser le digestat de manière à connaître sa teneur en azote N.
Pour cette analyse, 1 kg de digestat est chauffé et brassé. L'ammoniac issu du digestat est recueilli puis dissous dans de l'eau acidifiée, comme le montre le schéma ci-dessous.

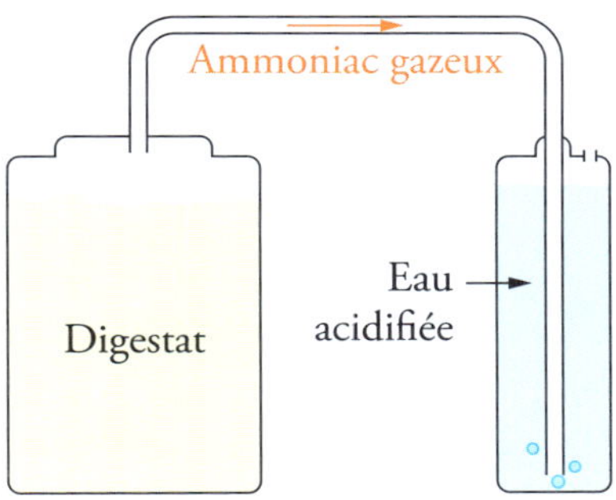

Données

- Masses molaires : $M(H) = 1{,}0\ g \cdot mol^{-1}$; $M(N) = 14{,}0\ g \cdot mol^{-1}$; $M(O) = 16{,}0\ g \cdot mol^{-1}$.
- Couple acide/base et pK_A :

– ion ammonium/ammoniac (NH_4^+/NH_3), $pK_A = 9{,}2$;

– eau/ion hydroxyde (H_2O/HO^-), $pK_A = 14{,}0$.

Lorsque la totalité de l'ammoniac s'est échappée du digestat, on recueille l'intégralité de la solution S formée, de volume $V_S = 2{,}0$ L. On mesure le pH de la solution S : il est voisin de 5.

▶ **1.** En s'appuyant sur le diagramme de prédominance du couple ion ammonium/ammoniac, identifier l'espèce azotée majoritaire dans la solution S. *(0,5 point)*

▶ **2.** On dose un volume $V = 10{,}0$ mL de la solution S par une solution d'hydroxyde de sodium ($Na^+_{(aq)} + HO^-_{(aq)}$) de concentration molaire $C_b = 0{,}10\ mol \cdot L^{-1}$. Le suivi pH-métrique permet d'obtenir la courbe ci-dessous. *(0,5 point)*

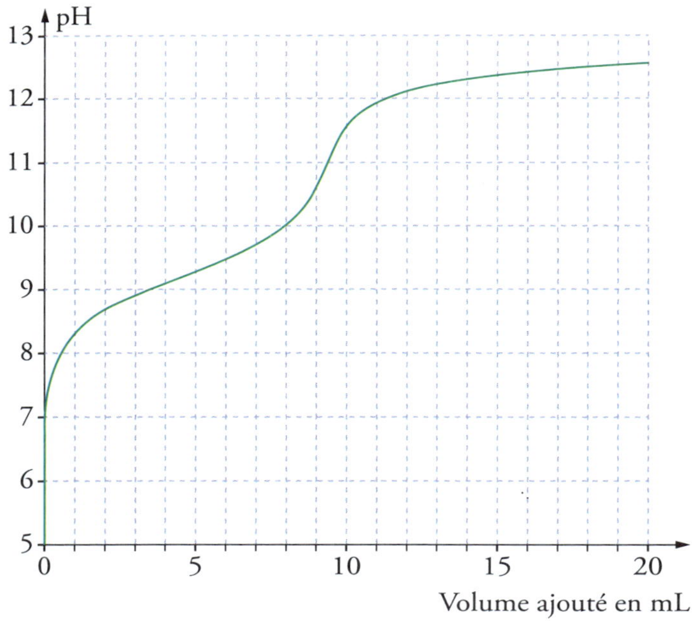

Évolution du pH en fonction du volume ajouté de solution d'hydroxyde de sodium

a) Écrire l'équation de la réaction support du dosage de l'ion ammonium par la solution d'hydroxyde de sodium. *(0,5 point)*

b) On suppose que seule cette réaction se produit lors du dosage. Le laboratoire indique sur sa fiche de synthèse de l'analyse une teneur en azote N égale à 2,6 g par kilogramme de digestat.
Cette teneur est-elle cohérente avec le suivi pH-métrique réalisé et donné par la courbe ci-dessus ? La démarche suivie devra être détaillée. *(1,25 point)*

c) L'agriculteur utilisait précédemment un engrais de synthèse, le nitrate d'ammonium NH_4NO_3.
Après avoir calculé la masse d'azote N dans une mole de nitrate d'ammonium NH_4NO_3, comparer les apports en azote du digestat avec cet engrais de synthèse puis donner un avantage et un inconvénient de la valorisation du digestat comme engrais. *(1 point)*

LES CLÉS DU SUJET

Le lien avec le programme

Économiser l'énergie et les ressources

- Calculer une résistance thermique et le flux thermique à travers une paroi.
- Utiliser la relation : Énergie = Puissance × durée ($P = \frac{E}{\Delta t}$).
- Déduire une quantité à partir d'un titrage acido-basique.
- Établir et utiliser un diagramme de prédominance.

Les conseils du correcteur

Partie 1. Maintien à température du digestat

▶ **2.** Calculez les résistances thermiques de chaque matériau (béton armé puis polystyrène puis bois) à l'aide de la formule $R_{th} = \frac{e}{\lambda S}$ avec $S = \pi D h$.
Ajouter les trois résistances pour calculer la résistance totale. Pour trouver l'unité adéquate, dans la formule $R_{th} = \frac{e}{\lambda S}$, isolez λ d'un côté puis remplacez les grandeurs par leurs unités.

▶ **3. b)** Utilisez la formule du cours :
$$\phi = \frac{T_{chaude} - T_{froide}}{R_{th}}$$

Partie 2. Le digestat, un engrais vert

▶ **2. b)** Déterminez l'équivalence du titrage puis écrivez la relation entre les nombres de moles à l'équivalence. Vous trouverez alors la quantité d'ion ammonium titrée. Il vous faudra ensuite calculer la quantité présente dans les 2 litres puis établir le rapport entre la quantité d'ion NH_4^+ et celle de l'azote (N).

20 CORRIGÉ GUIDÉ

PARTIE 1. MAINTIEN À TEMPÉRATURE DU DIGESTAT

▶ 1. Identifier un mode de transfert thermique

Le mode de transfert thermique à travers les parois latérales du méthaniseur est la conduction. C'est en effet ici le mode principal : la convection est impossible dans un solide et le rayonnement, bien qu'existant, est relativement faible à la température du méthaniseur (38 °C).

▶ 2. Calculer une résistance thermique

La résistance thermique de parois accolées est la somme des résistances thermiques des différentes couches de matériaux, et la valeur de chaque résistance thermique est donnée par la relation $R_{th} = \dfrac{e}{\lambda \times S}$.

La résistance thermique de la paroi verticale du méthaniseur est donc :

$$R_{th} = R_{th}(\text{béton}) + R_{th}(\text{polystyrène}) + R_{th}(\text{bois})$$

$$R_{th} = \frac{e_1}{\lambda_{\text{béton}} \times S_{\text{béton}}} + \frac{e_2}{\lambda_{\text{polystyrène}} \times S_{\text{polystyrène}}} + \frac{e_3}{\lambda_{\text{bois}} \times S_{\text{bois}}}$$

Les valeurs des épaisseurs et des conductivités thermiques sont données. L'énoncé indique que le cylindre a un diamètre D. Donc, si nous supposons ce diamètre comme étant celui de toutes les surfaces d'échange (couche de béton, de polystyrène et de bois) alors la surface d'échange pour ces trois matériaux est identique : $S = \pi D h$. On peut donc écrire :

$$R_{th} = \frac{1}{\pi D h} \times \left(\frac{e_1}{\lambda_{\text{béton}}} + \frac{e_2}{\lambda_{\text{polystyrène}}} + \frac{e_3}{\lambda_{\text{bois}}} \right)$$

$$= \frac{1}{\pi \times 10 \times 5} \times \left(\frac{0,30}{1,65} + \frac{0,15}{0,038} + \frac{0,02}{0,20} \right)$$

$$= 2,7 \times 10^{-2} \text{ unités S.I.}$$

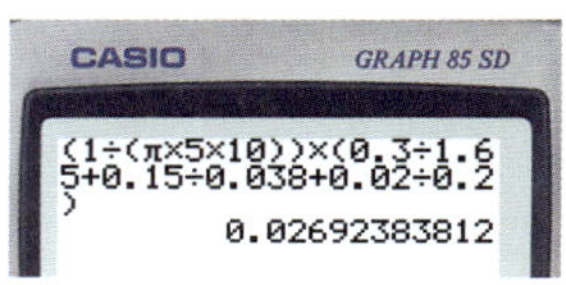

Cette valeur est bien celle annoncée dans l'énoncé. L'unité de la résistance thermique peut être déduite d'une rapide analyse dimensionnelle : cette unité est celle du rapport $\frac{e}{\lambda S}$ donc l'inverse de l'unité de la conductivité λ multiplié par l'inverse d'une longueur puisque $\frac{e}{S}$ a pour dimension l'inverse d'une longueur.

D'où : $(\mathrm{W} \cdot \mathrm{m}^{-1} \cdot \mathrm{K}^{-1})^{-1} \times \mathrm{m}^{-1} = (\mathrm{W}^{-1} \cdot \mathrm{m} \cdot \mathrm{K}) \times \mathrm{m}^{-1} = \mathrm{K} \cdot \mathrm{W}^{-1}$.
Finalement : $R_{th} = 2{,}7 \times 10^{-2}\ \mathrm{K} \cdot \mathrm{W}^{-1}$.

S'ENTRAÎNER

▶ Le conseil de méthode

Nous aurions pu tenir compte de l'épaisseur de chaque couche pour calculer les diamètres des différents cylindres : béton, polystyrène et bois.

Cela ne semble pourtant pas la solution souhaitée car l'énoncé n'est pas explicite sur le diamètre *D* et nous ne savons pas de quel diamètre il s'agit : celui de l'ensemble, celui du béton ou encore celui de l'intérieur ? Dans ce dernier cas, la différence serait tout de même de près d'un mètre :

$2 \times e_1 + 2 \times e_2 + 2 \times e_3 = 0{,}94$ m comme le montre le schéma ci-contre. Ce qui représente presque 10 % du diamètre donné.

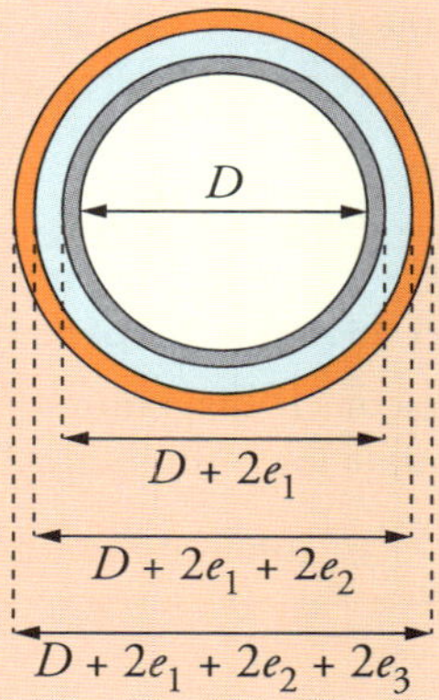

▶ 3. a) Schématiser un flux thermique

La température du digestat doit être voisine de 38 °C donc supérieure à celle de l'air (en moyenne à 10 °C). De plus, le transfert thermique se fait toujours de la source chaude vers la source froide. On peut alors schématiser ce flux de la façon suivante.

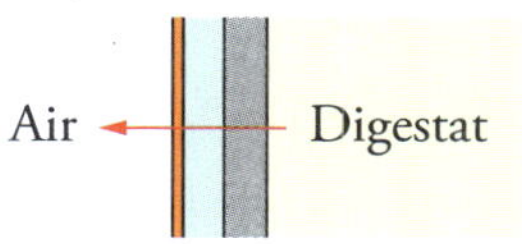

b) Calculer un flux thermique

$$\Phi = \frac{T_{chaude} - T_{froide}}{R_{th}} = \frac{38 - 10}{2{,}7 \times 10^{-2}} = 1{,}0 \times 10^{3}\ \mathrm{W}.$$

À NOTER
Quand vous calculez une différence de température, il n'est pas nécessaire de convertir en kelvin.

▶ 4. Effectuer une étude énergétique

L'énergie stockée dans cette installation est donnée par le produit du volume de gaz dégagé par la valeur de l'énergie que peut produire ce gaz :

$E_{\text{stockée}} = 750\ 000 \times 21 \times 10^6 = 1{,}6 \times 10^{13}$ J.

Les pertes énergétiques sur une année sont quant à elles égales à :

$E_{\text{perdue}} = 1{,}6 \times 10^3 \times 60 \times 60 \times 24 \times 365{,}25 = 5{,}0 \times 10^{10}$ J.

Les pertes thermiques représentent donc :

$\dfrac{1{,}6\times10^{13}}{5{,}0\times10^{10}}$ = 0,3 % de l'énergie stockée ce qui est très faible et qui permet de considérer que ce stockage thermique est efficace.

PARTIE 2. LE DIGESTAT, UN ENGRAIS VERT

▶ 1. Identifier l'espèce chimique majoritaire

Traçons le diagramme de prédominance du couple ion ammonium/ammoniac :

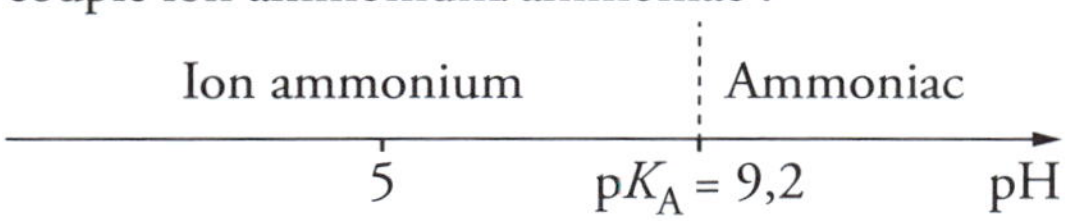

> **À NOTER**
> Cette question de prédominance d'une espèce acidobasique est une question très fréquente.

Ce diagramme permet d'affirmer qu'à un pH égal à 5, comme l'est celui de la solution S, l'espèce majoritaire est l'ion ammonium NH_4^+.

▶ 2. a) Écrire une équation de réaction

Dans la solution S, l'espèce majoritaire est un acide NH_4^+ et on le dose par la base du couple eau/ion hydroxyde, on peut donc écrire l'équation de la réaction se produisant :

$NH_4^+{}_{(aq)} + HO^-{}_{(aq)} \rightarrow NH_{3(aq)} + H_2O_{(l)}$

> **ATTENTION**
> Ne pas oublier les « états chimiques » liquide, gazeux, solide ou aqueux des différentes espèces chimiques.

b) Exploiter un titrage pour vérifier une information

Le suivi pH-métrique du titrage nous permet d'en déterminer le volume équivalent, à l'aide de la méthode des tangentes (voir schéma ci-après).

À l'équivalence les réactifs ont été introduits dans les proportions stœchiométriques, or d'après l'équation de la réaction, on peut écrire :

$n_i(NH_4^+) = n_E(HO^-)$

$n_i(NH_4^+) = C_b \times V_E = 0{,}10 \times 9{,}3 \times 10^{-3} = 9{,}3 \times 10^{-4}$ mol.

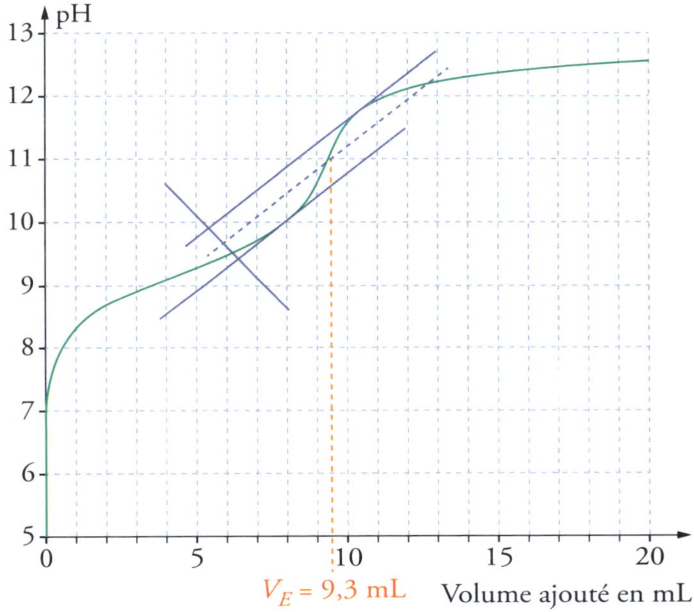

Évolution du pH en fonction du volume ajouté de solution d'hydroxyde de sodium

Sur le graphique, nous lisons $V_E = 9{,}3$ mL.

Cette quantité correspond à 10 mL de la solution S or, à partir d'un kilogramme de digestat, on a obtenu 2 litres de la solution S. La quantité d'ion ammonium présente dans ces deux litres est donc 200 fois supérieure à celle qui a été titrée :

$n_S(NH_4^+) = 200 \times n_i\left(NH_4^+\right)$

De plus, dans la solution S, la quantité d'azote présente est égale à celle d'ion ammonium donc la masse d'azote présente dans la solution S, et par conséquent dégagée par un kilogramme de digestat, est :

$m(N) = n_S(N) \times M(N) = n_S(NH_4^+) \times M(N) = 200 \times n_i\left(NH_4^+\right) \times M(N)$

$m(N) = 200 \times 9{,}3 \times 10^{-4} \times 14 = 2{,}6$ g.

La teneur indiquée par le laboratoire est donc parfaitement cohérente avec le titrage effectué.

c) Comparer quantitativement deux procédés

Dans 1 mole de nitrate d'ammonium, il y a 2 moles d'azote, or 2 moles d'azote ont une masse de $2 \times 14 = 28$ g. Donc, dans une mole de nitrate d'ammonium, il y a 28 g d'azote.

Pour le digestat, l'apport en azote a été vérifié dans la question précédente : 2,6 g pour 1 kg de digestat.

Calculons l'apport d'un kilogramme de nitrate d'ammonium.

1 mole de nitrate d'ammonium a une masse égale à :

$$M = 2 \times M(\mathrm{N}) + 4 \times M(\mathrm{H}) + 3 \times M(\mathrm{O}) = 2 \times 14 + 4 \times 1 + 3 \times 16 = 80 \text{ g}$$

Donc pour 80 g d'engrais, on a 28 g d'azote.

1 kilogramme de nitrate d'ammonium contient donc $\frac{28}{80} \times 1\,000 = 350$ g.

L'apport du nitrate d'ammonium en azote est plus de 100 fois plus grand que celui du digestat.

Nous pouvons directement voir dans cette comparaison un inconvénient à l'utilisation du digestat en tant qu'engrais azoté : sa faible teneur en azote (2,6 g pour 1 kg de digestat) implique qu'il faudra en répandre beaucoup pour un même apport en azote.

Par ailleurs, il faudrait regarder la composition chimique du reste du digestat : sur 1 kg, 997,4 g de digestat ne sont pas de l'azote. Il faudrait donc aussi s'assurer que ce sont bien des apports bénéfiques pour le sol.

L'avantage du digestat est qu'il est (presque) gratuit et facilement accessible puisqu'il résulte du processus utilisé pour fabriquer un combustible dans l'exploitation agricole elle-même.

21 Polynésie française, mars 2021
EXERCICE 2 A

Nuisances sonores d'un aéroport

5 points
50 min

S'ENTRAÎNER

INTÉRÊT DU SUJET • En bon·ne acousticien·ne, vous étudierez les nuisances sonores d'un aéroport pour conseiller les riverains dans la pose d'un vitrage qui leur permettrait d'atténuer le bruit au décollage et à l'atterrissage des avions.

Les services d'un aéroport commandent, à un laboratoire spécialisé, une étude sur les nuisances sonores produites. En effet, cet aéroport est devenu depuis quelques mois la plate-forme de décollage et d'atterrissage pour des vols d'avions de chasse.

Données

• Relation entre le niveau d'intensité sonore L (dB) et l'intensité sonore I ($\text{W}\cdot\text{m}^{-2}$) : $L = 10 \times \log\left(\dfrac{I}{I_0}\right)$.

• L'intensité sonore de référence I_0 est égale à $1{,}0 \times 10^{-12}\ \text{W}\cdot\text{m}^{-2}$.

Le laboratoire a installé ses appareils de mesure au voisinage de l'habitation la plus proche de l'aéroport. L'intensité sonore I_{A1} générée par un avion de chasse A1 lors du décollage a été mesurée, I_{A1} est égale à $7{,}9 \times 10^{-6}\ \text{W}\cdot\text{m}^{-2}$.

▶ **1.** Calculer le niveau d'intensité sonore L_{A1} correspondant à l'intensité sonore I_{A1}. *(0,5 point)*

La figure 1 (voir page suivante) représente les variations du niveau d'intensité sonore (en dB) en fonction de la distance (en m) pour trois avions de type A1, A2 et A3.

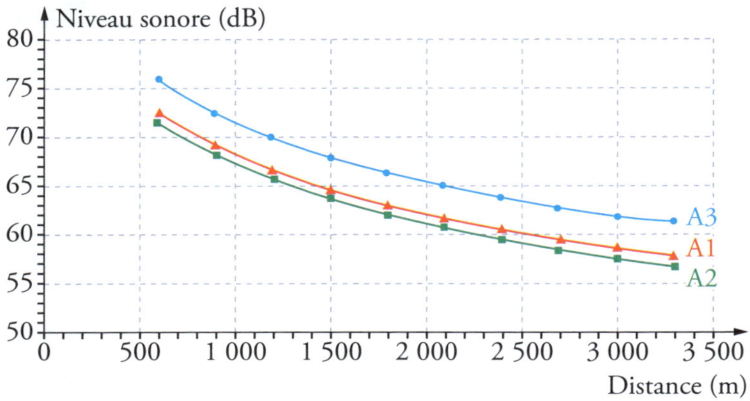

Figure 1. **Représentation des variations du niveau d'intensité sonore en fonction de la distance pour différents types d'avions**

▶ **2.** À l'aide des données, déterminer la distance d à laquelle se trouve l'habitation la plus proche de l'aéroport. *(0,5 point)*

▶ **3.** Parmi les trois types d'avions étudiés A1, A2 et A3, citer l'avion le plus bruyant. *(0,5 point)*

▶ **4.** En utilisant la figure 1, estimer la diminution du niveau d'intensité sonore L lorsque la distance à la source est multipliée par deux. *(0,5 point)*

Si plusieurs sources émettent des ondes sonores alors l'intensité sonore qui en résulte correspond à la somme des intensités sonores de toutes les sources.

▶ **5.** Calculer le niveau d'intensité sonore L_{total} qui serait mesuré chez ce riverain si deux avions de chasse A1 décollaient au même instant. *(0,75 point)*

Donnée

L'intensité sonore I à une distance d (en mètres) d'une source émettant dans toutes les directions est liée à la puissance sonore P (en watts) de cette source par la relation $I = \dfrac{P}{S}$

où S représente la surface de la sphère de rayon d soit $S = 4\pi d^2$.

Un autre avion de chasse A4, encore plus bruyant, émet dans l'air un son d'une puissance P égale à 452 kW.

▶ **6.** Calculer le niveau d'intensité sonore L_{A4} de cet avion de chasse A4 perçu à proximité de l'habitation d'un riverain habitant à la distance d égale à 900 m de la piste. *(1 point)*

Donnée

Le tableau suivant présente une échelle de niveaux d'intensité sonore et les sensations associées.

Niveau d'intensité sonore (dB)	0	40	60	80	90	120
Sensation	Limite d'audibilité	Bruit de fond calme	Bruit gênant	Bruit très gênant	Seuil de danger	Seuil de douleur

▶ **7.** À l'aide des données du tableau précédent, déterminer si le niveau d'intensité sonore L_{A4} est vraiment nuisible pour ce riverain. *(0,5 point)*

L'analyse des bruits émis par l'avion de chasse A4 fait apparaître un sifflement caractéristique, de fréquence proche de 3 500 Hz, dû aux moteurs de l'avion. Pour limiter les nuisances sonores, une étude préconise de changer le type de vitrage des fenêtres des maisons placées à proximité. Ces fenêtres sont actuellement équipées de vitrage 4 mm. La figure 2 ci-après représente les variations de l'atténuation en fonction de la fréquence du son émis pour différents types de vitrages.

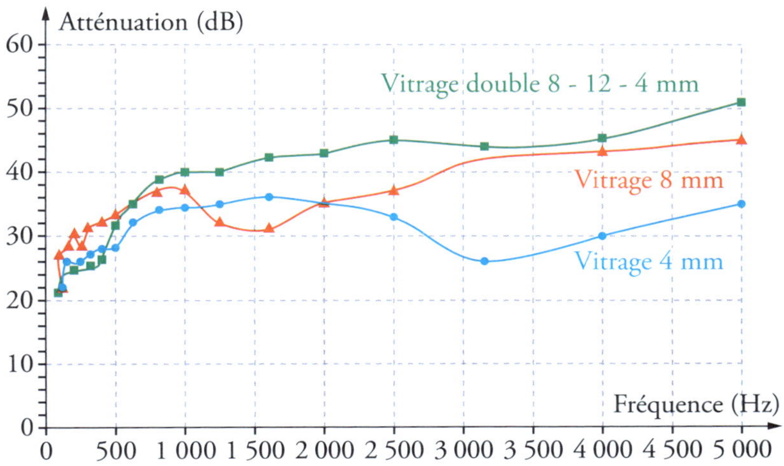

Figure 2.

S'ENTRAÎNER

▶ **8.** Conseiller le riverain quant au choix du type de vitrage à installer. Puis, indiquer si ce choix résoudra le problème des nuisances sonores. *(0,75 point)*

LES CLÉS DU SUJET

Le lien avec le programme

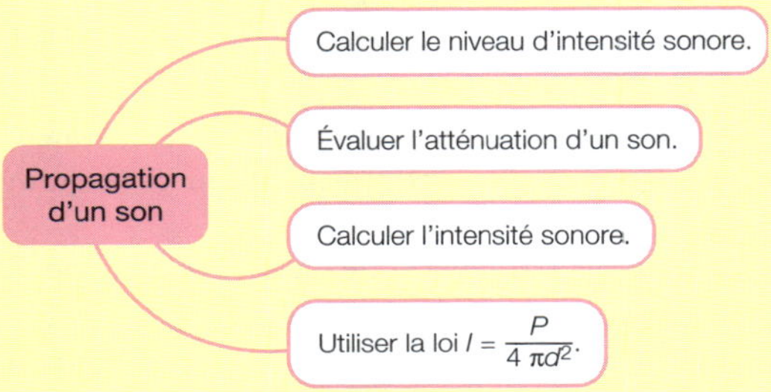

Les conseils du correcteur

▶ **4.** Ici, l'énoncé ne donne pas de contexte précis : il vous faut d'abord choisir un type d'avion et une distance d'éloignement (distance de référence) entre l'avion choisi et le point de mesure, puis doubler cette distance et conclure en utilisant la figure 1.

▶ **6.** Commencez par calculer, pour cet avion, l'intensité sonore I_{A4} générée à une distance de 900 m de l'aéroport, puis déduisez-en le niveau d'intensité sonore L_{A4}. Toutes les relations sont données, laissez-vous guider.

▶ **8.** À l'aide de la figure 2, identifiez le vitrage le plus performant à la fréquence de 3 500 Hz, puis appuyez-vous sur un calcul d'intensité sonore pour dire si ce vitrage règle totalement le problème de bruit. Rappelez-vous que l'atténuation est la différence entre deux niveaux d'intensité sonore.

21 CORRIGÉ **GUIDÉ**

▶ 1. Calculer un niveau d'intensité sonore

L'énoncé indique qu'au voisinage de l'habitation la plus proche de l'aéroport, l'intensité sonore I_{A1} générée par un avion de chasse A1 vaut $7{,}9 \times 10^{-6}\ \mathrm{W \cdot m^{-2}}$.

Il est par ailleurs précisé que le niveau de l'intensité sonore se détermine à partir de la relation $L = 10 \times \log\left(\dfrac{I}{I_0}\right)$.

L'application numérique donne donc ici :

$$L_{A1} = 10 \times \log\left(\frac{7{,}9 \times 10^{-6}}{1{,}0 \times 10^{-12}}\right) = 69\ \text{dB}.$$

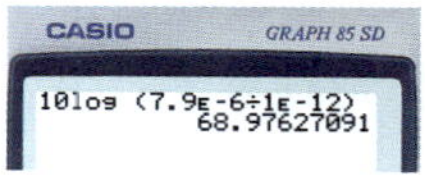

▶ 2. Exploiter un graphique

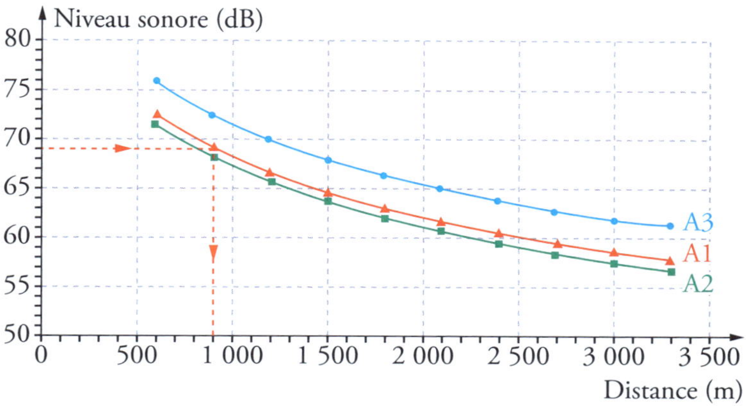

À partir de la valeur $L_{A1} = 69$ dB reportée sur le graphique de la figure 1, on trouve que l'habitation la plus proche se trouve à $d = 900$ m.

▶ 3. Comparer des niveaux sonores

On constate que l'avion A3 est le plus bruyant car, quelle que soit la distance qui nous sépare de l'aéroport, son niveau sonore demeure toujours plus élevé que celui de l'avion A1 et, *a fortiori*, de l'avion A2.

> **À NOTER**
> Le résultat obtenu est différent selon l'avion et la distance initiale choisis.

▶ 4. Estimer une diminution du niveau d'intensité sonore

L'énoncé n'indiquant pas de situation particulière précise, il nous faut tout d'abord choisir un type d'avion ainsi qu'une distance d'éloignement de référence. Optons, par exemple, pour l'avion A3 et une distance de 1 500 m.

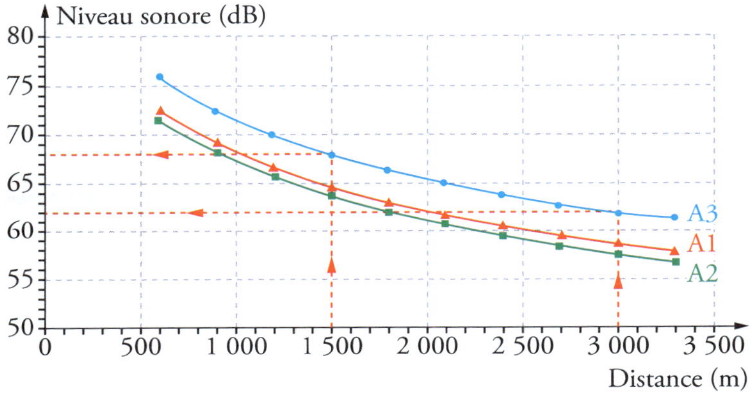

Sur la courbe A3 de la figure 1, on lit que le niveau d'intensité sonore vaut environ 68 dB à la distance de 1 500 m.

À la distance double, 3 000 m, le niveau d'intensité sonore relevé est d'un peu plus de 62 dB.

On a donc ici une diminution de 6 dB du niveau d'intensité sonore lorsque l'on double la distance d'éloignement.

▶ 5. Prendre en compte deux sources sonores

Comme l'énoncé stipule que les intensités sonores des sources s'additionnent, les deux avions de chasse A1 génèrent une intensité $I = 2 \times I_{A1}$.

Le niveau de l'intensité sonore correspondant au décollage simultané des deux avions s'obtient alors en calculant :

$$L_{total} = 10 \times \log\left(\frac{2 \times I_{A1}}{I_0}\right)$$

$$= 10 \times \log\left(\frac{2 \times 7{,}9 \times 10^{-6}}{1{,}0 \times 10^{-12}}\right) = 72 \text{ dB}.$$

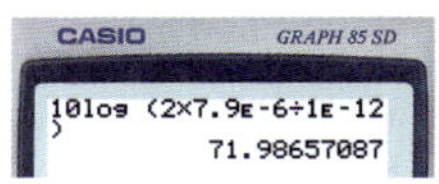

▶ 6. Calculer un niveau d'intensité sonore à partir de la puissance sonore

Dans le sujet, il est dit que l'intensité sonore au niveau d'un récepteur se détermine en utilisant la relation $I = \frac{P}{S}$ où P est la puissance sonore de la source (en watts) et S la surface de l'onde sonore (en m^2).

Comme le son se répartit sur une sphère, la surface de l'onde sonore qui nous intéresse vaut $S = 4\pi d^2$ où d est le rayon de la sphère, mais est aussi la distance entre l'émetteur et le récepteur du son.

> **À NOTER**
> Le son se répartit sur une sphère dont la surface augmente à mesure qu'on s'éloigne de la source. Par conséquent, l'intensité sonore (qui s'exprime par unité de surface) diminue quand la distance à la source augmente.

On aboutit finalement à une intensité sonore perçue à 900 m de l'avion A4 égale à :

$$I_{A4} = \frac{P}{S} = \frac{P}{4\pi d^2} = \frac{452 \times 10^3}{4 \times \pi \times 900^2} = 4{,}44 \times 10^{-2}\ \mathrm{W \cdot m^{-2}}.$$

On en déduit ensuite le niveau d'intensité sonore pour cet avion A4 en calculant :

$$L_{A4} = 10 \times \log\left(\frac{I_{A4}}{I_0}\right) = 10 \times \log\left(\frac{4{,}44 \times 10^{-2}}{1{,}0 \times 10^{-12}}\right) = 106\ \mathrm{dB}.$$

▶ 7. Se référer à l'échelle des niveaux sonores

Dans l'échelle des niveaux d'intensité sonore, la valeur L_{A4} (106 dB) dépasse largement le seuil de danger fixé à 90 dB : l'exposition à ce niveau de son est donc nocive à court ou moyen terme pour l'oreille du riverain.

▶ 8. Proposer une protection contre le bruit

On souhaite atténuer le sifflement dont la fréquence avoisine les 3 500 Hz à l'aide de l'un des vitrages proposés.

Une lecture graphique de la figure 2, montre que l'atténuation la plus forte à cette fréquence est celle du vitrage double 8-12-4 mm : il permet une atténuation de 44 dB.

> **À NOTER**
> Un double vitrage 8-12-4 mm signifie qu'il est constitué de trois couches : 8 mm de verre, 12 mm d'air et 4 mm de verre.

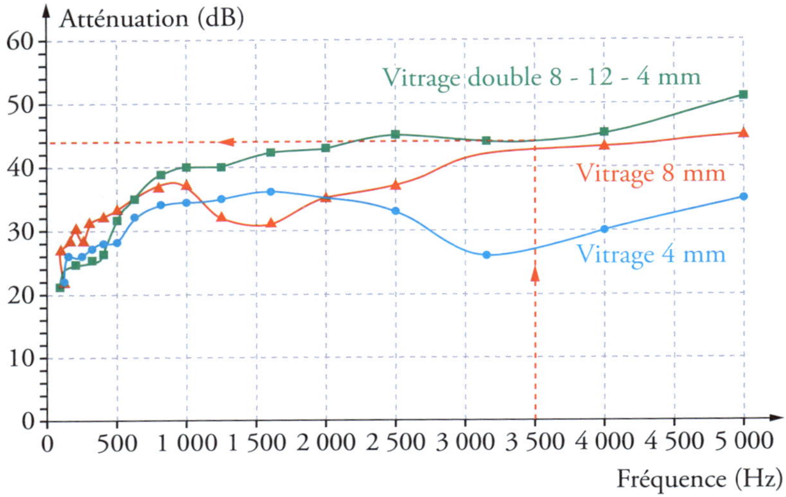

Avec cette protection, le riverain percevrait le sifflement de l'avion A4 à un niveau sonore de 106 – 44 = 62 dB.

Le problème de nuisance ne serait donc pas totalement réglé puisque le bruit de l'avion A4 resterait gênant pour le riverain.

Quelle taille pour les mailles d'un tamis ?

50 min
5 points

INTÉRÊT DU SUJET • Sélectionner des petits crustacés pour nourrir des poissons nécessite des tamis de petites tailles. Comment l'aspect ondulatoire de la lumière peut-il nous venir en aide ?

Les artémies sont des crustacés élevés pour nourrir les poissons des aquariums. Leur taille doit être adaptée à l'espèce de poisson à nourrir. On utilise des tamis calibrés pour les sélectionner.
On se propose ici de déterminer la taille des mailles d'un tamis en utilisant une diode laser de longueur d'onde $\lambda = (650 \pm 10)$ nm.

PARTIE 1. VÉRIFICATION DE LA VALEUR DE LA LONGUEUR D'ONDE DE LA DIODE LASER UTILISÉE — 20 min

Pour vérifier la valeur de la longueur d'onde de la diode laser annoncée par le constructeur, on réalise une expérience dont le schéma est donné ci-dessous (figure 1). L'échelle n'est pas respectée.

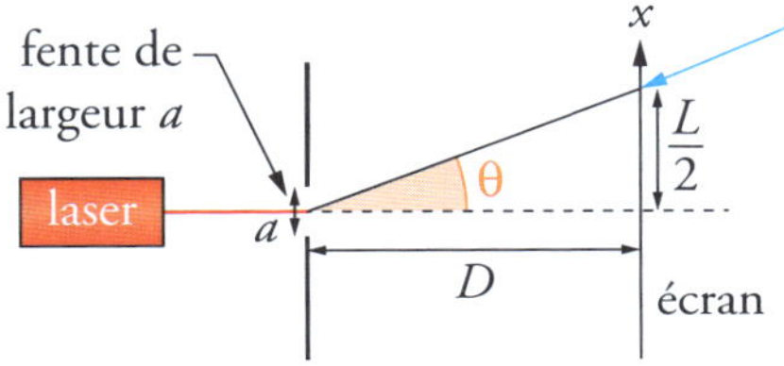

Distance fente – écran : $D = 56$ cm
Largeur de la fente calibrée : $a = 80$ µm

Figure 1.
Schéma de l'expérience

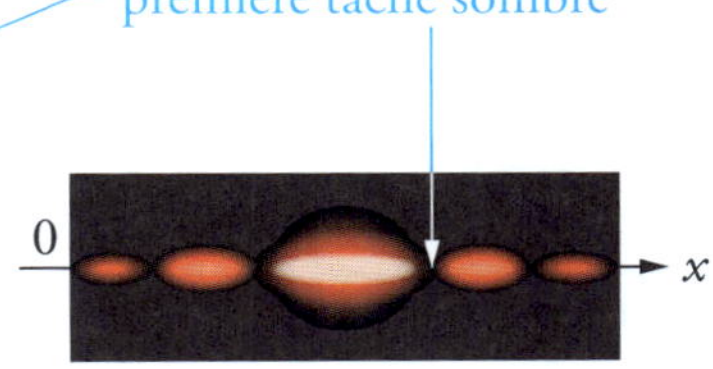

Figure 2.
Figure observée sur l'écran

Doc. eduscol.fr

▶ **1.** Nommer le phénomène physique responsable des taches lumineuses observées sur l'écran. Discuter qualitativement de l'influence de la largeur de la fente et de la longueur d'onde de l'onde incidente sur le phénomène observé. (*0,5 point*)

▶ **2.** On rappelle que l'angle θ est donné par la relation $\theta = \dfrac{\lambda}{a}$ et on considère que $\tan \theta \approx \theta$ pour les petits angles ($\theta << 1$ rad). Déterminer l'expression de l'angle θ en fonction de la largeur L de la tache centrale et de D. En déduire l'expression de la longueur d'onde λ en fonction de L, a et D. (*1 point*)

Pour faire une mesure précise, on remplace l'écran par une caméra qui permet d'obtenir l'intensité lumineuse relative* en fonction de la position x, repérée selon l'axe indiqué sur la photo de la figure 2. L'origine $x = 0$ m est prise sur le bord du capteur de la caméra.
On obtient alors la figure 3.

** L'intensité lumineuse relative est le rapport de l'intensité lumineuse reçue par le capteur sur l'intensité maximale reçue.*

▶ **3.** Déterminer la valeur de la longueur d'onde de la diode laser utilisée en exploitant la courbe obtenue sur la figure 3. La comparer à la valeur indiquée par le constructeur. (*0,5 point*)

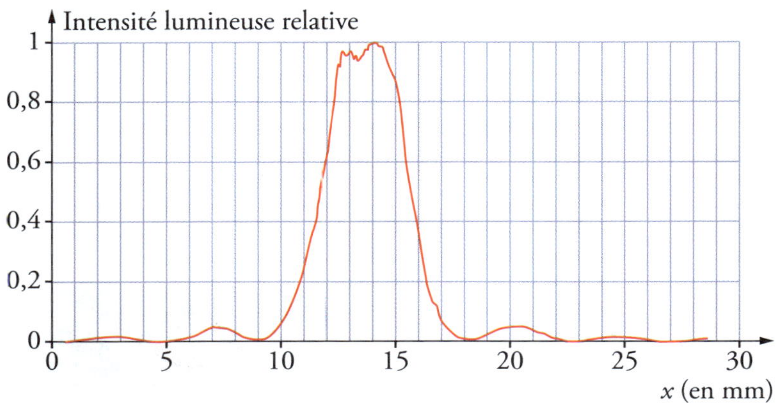

***Figure 3.* Intensité lumineuse relative en fonction de la position sur l'écran**

PARTIE 2. CALIBRAGE DU TAMIS DE RÉCUPÉRATION

30 min

Le but de cette partie est de vérifier que le tamis disponible, dont le maillage est représenté sur la figure 5, permet de récupérer toutes les artémies d'une taille supérieure à 150 µm.
On réalise une expérience d'interférences pour évaluer les dimensions du tamis en utilisant la diode laser précédente. La largeur du fil plastique constituant le tamis est égale à 230 µm.

L'expérience d'interférences est décrite ci-dessous.
- Le montage utilisé est donné sur la figure 4.
- On utilise la diode laser de longueur d'onde $\lambda = (650 \pm 10)$ nm.
- La distance entre le tamis et l'écran vaut $D = (7{,}75 \pm 0{,}03)$ m.
- On note b la distance entre les centres de deux trous consécutifs du maillage du tamis .
- La figure d'interférences obtenue est donnée sur les figures 6 et 7.

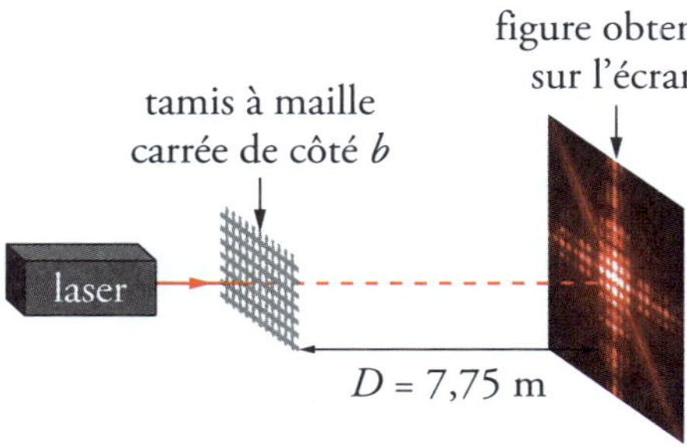

Figure 4.
Montage utilisé (échelle non respectée)

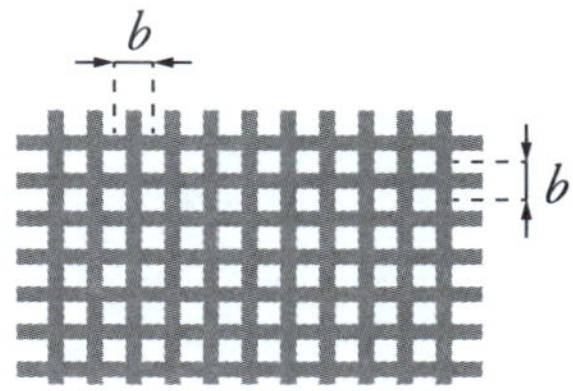

Figure 5.
Schéma du maillage du tamis

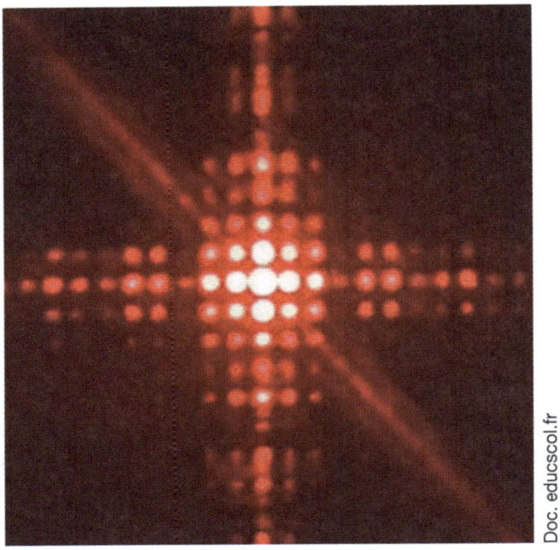

Figure 6. **Figure d'interférences obtenue**

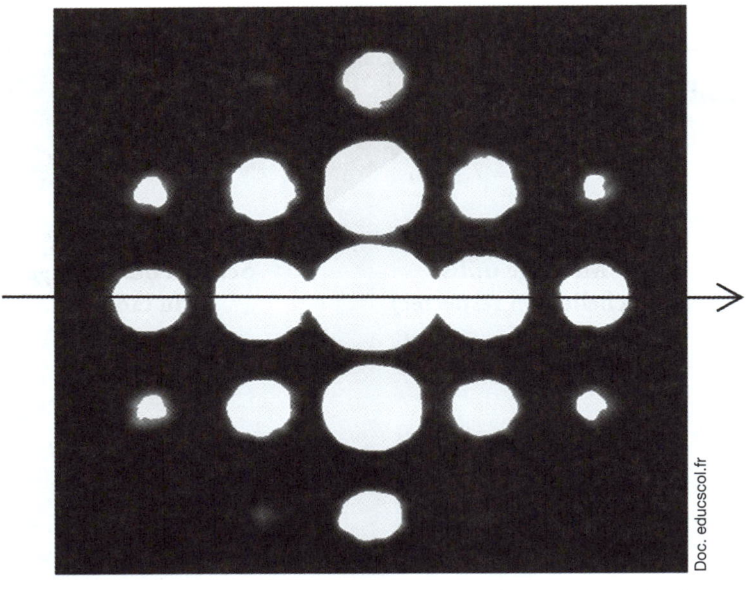

Figure 7. **Tache centrale de la figure d'interférences à l'échelle 1/1**

▶ **1.** Expliquer brièvement, sans calcul, l'origine de la présence de zones sombres et de zones brillantes dans une figure d'interférences lumineuses. (*0,5 point*)

Le centre de la figure d'interférences de la figure 6 est représenté sur la figure 7 ci-avant à l'échelle 1/1. L'interfrange, noté i, est défini comme la distance entre les centres de deux taches lumineuses successives selon l'axe identifié sur la figure 7.

L'expression de l'interfrange est donnée par la relation : $i = \dfrac{\lambda \times D}{b}$.

L'incertitude-type $u(b)$ sur la grandeur b peut se calculer à partir de la relation :

$$\frac{u(b)}{b} = \sqrt{\left(\frac{u(D)}{D}\right)^2 + \left(\frac{u(i)}{i}\right)^2 + \left(\frac{u(\lambda)}{\lambda}\right)^2}$$

où $u(x)$ désigne l'incertitude-type associée à la grandeur x.

▶ **2.** Évaluer la valeur de l'interfrange i en explicitant la méthode suivie pour obtenir la meilleure précision. Évaluer l'incertitude-type $u(i)$ sur la mesure de l'interfrange i. (*0,75 point*)

▶ **3.** Calculer b puis évaluer $u(b)$. (*1 point*)

▶ **4.** Indiquer si le tamis étudié permet de récupérer les artémies voulues. Justifier. (*0,75 point*)

LES CLÉS DU SUJET

Le lien avec le programme

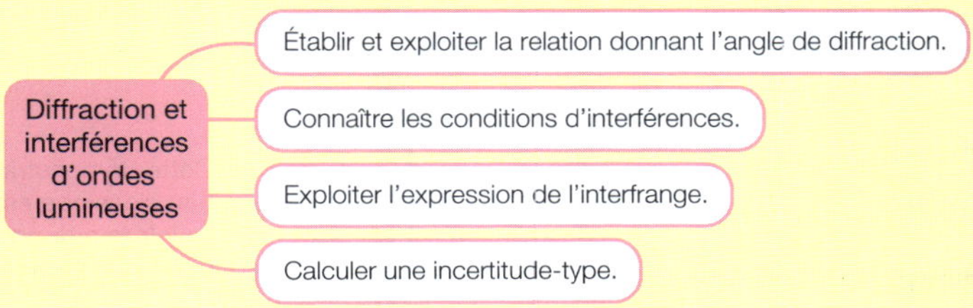

Les conseils du correcteur

Partie 1. Vérification de la valeur de la longueur d'onde de la diode laser	▶ **2.** Utilisez la figure 1, repérez un triangle rectangle et utilisez une relation de trigonométrie. ▶ **3.** Souvenez-vous que la tache centrale de diffraction est la tache la plus lumineuse et que sa largeur est L.
Partie 2. Calibrage du tamis de récupération	▶ **1.** Souvenez-vous des conditions d'interférences. ▶ **2.** Mesurez, sur la figure 7, la distance correspondant à plusieurs interfranges. ▶ **4.** Relisez l'introduction de la partie 2 et faites un schéma à partir de ces informations.

22 CORRIGÉ GUIDÉ

PARTIE 1. VÉRIFICATION DE LA VALEUR DE LA LONGUEUR D'ONDE DE LA DIODE LASER UTILISÉE

▶ 1. Nommer un phénomène physique et étudier qualitativement des paramètres

- Le phénomène physique responsable des taches lumineuses observées est le phénomène de diffraction d'une onde lumineuse par une fente.
- Dans ce qui suit, on fixe la distance fente-écran.

Pour une longueur d'onde donnée, plus la largeur de la fente est petite, plus les taches lumineuses observées sont larges et donc, plus ce phénomène de diffraction est marqué. D'autre part, pour une largeur de fente donnée, plus la longueur d'onde est grande, plus ce phénomène de diffraction est marqué.

▶ 2. Déterminer l'expression de l'angle caractéristique de diffraction

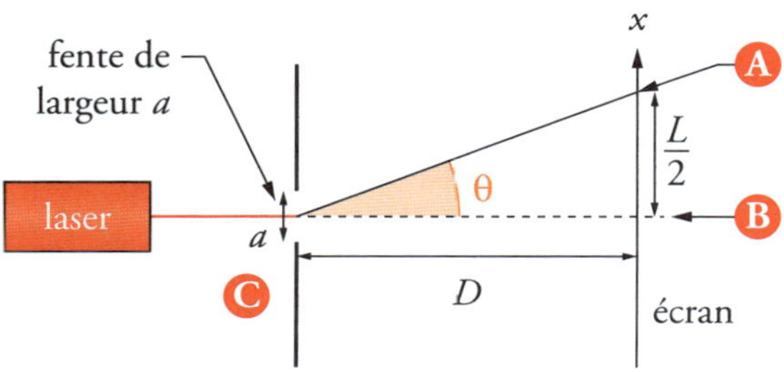

À NOTER
Cette démonstration classique est à savoir refaire pour gagner des points !

Dans le triangle ABC, rectangle en B, on peut écrire, d'après les relations de trigonométrie :

$$\tan\theta = \frac{AB}{BC} = \frac{\frac{L}{2}}{D} \text{ soit } \tan\theta = \frac{L}{2D}$$

Comme θ est petit, on utilise l'approximation $\tan\theta \approx \theta$, d'où $\theta = \frac{L}{2D}$.

D'autre part, cet angle s'exprime aussi par l'expression : $\theta = \frac{\lambda}{a}$.

On peut alors écrire l'égalité suivante : $\frac{L}{2D} = \frac{\lambda}{a}$. On en déduit que la longueur d'onde λ est donnée par la relation : $\lambda = \frac{L \times a}{2D}$.

▶ 3. Déterminer la valeur de la longueur d'onde utilisée

On utilise la figure 3 pour déterminer la valeur de la largeur L de la tache centrale de diffraction.

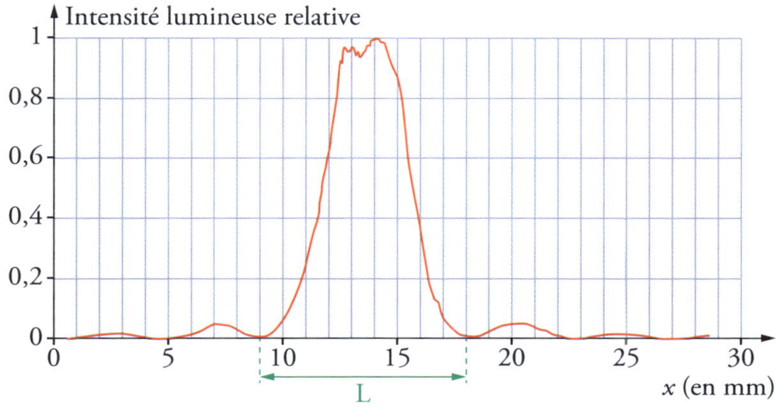

Par lecture graphique, on a : $L = 18{,}0 - 9{,}0 = 9{,}0$ mm $= 9{,}0 \times 10^{-3}$ m.

Ainsi, on calcule :

$$\lambda = \frac{9{,}0 \times 10^{-3} \times 80 \times 10^{-6}}{2 \times 56 \times 10^{-2}} = 6{,}4 \times 10^{-7} \text{ m} = 6{,}4 \times 10^{2} \text{ nm}.$$

D'après l'énoncé, le constructeur indique que la longueur d'onde de la diode laser est comprise entre 640 et 660 nm. La valeur obtenue précédemment est donc bien conforme à l'indication du constructeur.

S'ENTRAÎNER

PARTIE 2. CALIBRAGE DU TAMIS DE RÉCUPÉRATION

▶ 1. Expliquer qualitativement la figure d'interférences

La figure d'interférences est constituée :

- de zones sombres dues à des interférences destructives d'ondes lumineuses arrivant en opposition de phase en ce point de l'écran,
- de zones brillantes dues à des interférences constructives d'ondes lumineuses arrivant en phase en ce point de l'écran.

▶ 2. Déterminer la valeur de l'interfrange *i*

On utilise la figure 7 pour déterminer la valeur de l'interfrange i.

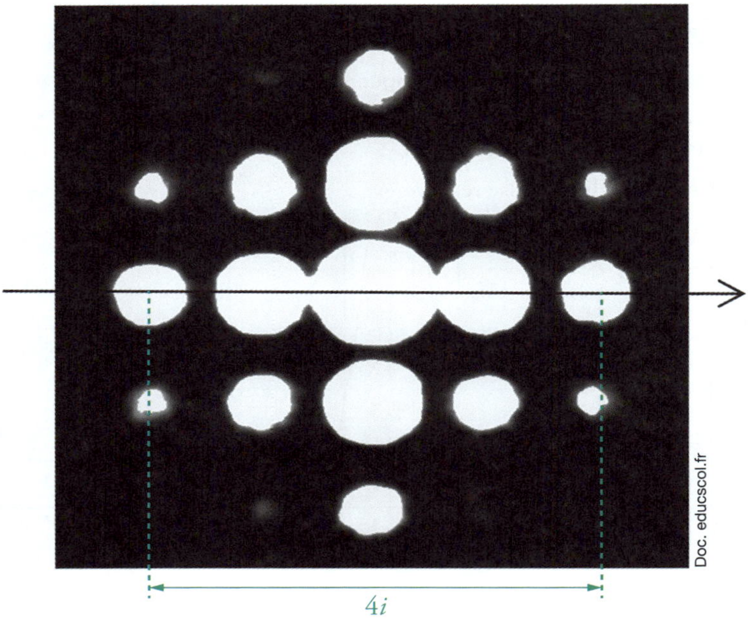

Ainsi, d'après la figure 7, on mesure :
$d = 4 \times i = 6{,}0$ cm.

Ainsi, $i = \dfrac{6{,}0}{4}$ d'où $i = 1{,}5$ cm.

En mesurant avec la règle graduée au millimètre, on peut évaluer que l'incertitude-type $u(d)$ est égale à : $u(d) = 2$ mm.

Ainsi, comme $i = \dfrac{d}{4}$, l'incertitude-type $u(i)$ est égale à : $u(i) = \dfrac{u(d)}{4} = 0{,}5$ mm.

À NOTER
Pour être le plus précis possible, il faut penser à mesurer une distance *d* correspondant à plusieurs interfranges *i* en prenant le centre des points lumineux.

▶ 3. Calculer la distance entre deux trous consécutifs du maillage du tamis et son incertitude-type

On sait que l'interfrange i est donnée par la relation : $i = \dfrac{\lambda \times D}{b}$.

On en déduit que la distance entre les centres de deux trous consécutifs du maillage du tamis est : $b = \dfrac{\lambda \times D}{i}$.

Donc, on a : $b = \dfrac{650 \times 10^{-9} \times 7{,}75}{1{,}5 \times 10^{-2}} = 3{,}4 \times 10^{-4}\ \text{m} = 3{,}4 \times 10^{2}\ \mu\text{m}$.

L'incertitude-type $u(b)$ sur la grandeur b est donnée par :

$$u(b) = b \times \sqrt{\left(\frac{u(D)}{D}\right)^2 + \left(\frac{u(i)}{i}\right)^2 + \left(\frac{u(\lambda)}{\lambda}\right)^2}$$

avec $b = 3{,}4 \times 10^{2}\ \mu$m, $\lambda = 650$ nm et $u(\lambda) = 10$ nm,
$i = 1{,}5$ cm $= 15$ mm et $u(i) = 0{,}5$ mm, $D = 7{,}75$ m et $u(D) = 0{,}03$ m.
On a donc :

$$u(b) = 3{,}4 \times 10^{2} \times \sqrt{\left(\frac{0{,}03}{7{,}75}\right)^2 + \left(\frac{0{,}5}{15}\right)^2 + \left(\frac{10}{650}\right)^2} = 13\ \mu\text{m}.$$

En arrondissant par excès et en ne gardant qu'un seul chiffre significatif : $u(b) = 2 \times 10^{1}\ \mu$m.

Ainsi, la distance cherchée est égale à : $b \pm u(b) = (340 \pm 20)\ \mu$m.

S'ENTRAÎNER

▶ 4. Conclure sur l'adaptation du tamis à la situation

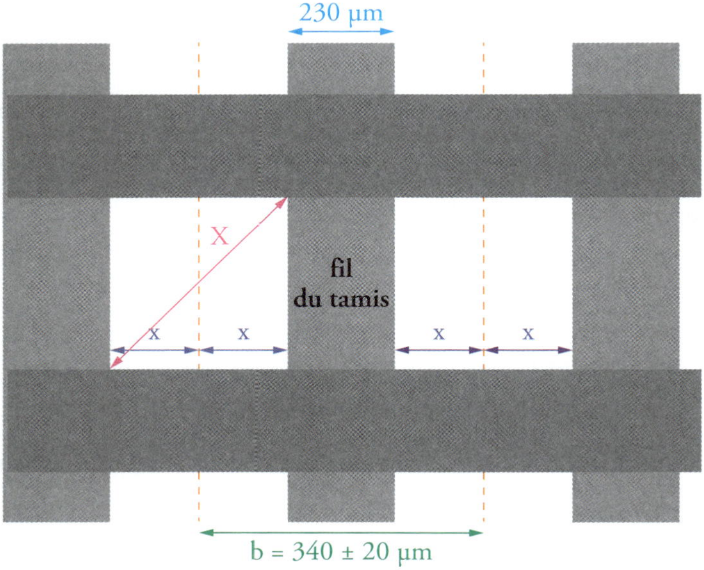

• Il faut déterminer la largeur $d = 2x$ de la maille du tamis. D'après le schéma ci-dessus, on peut écrire : $b = x + 230 + x$ d'où $b = 230 + 2x$.

Ainsi, $2x = b - 230$ donc $d = b - 230$.

Finalement : $d = 340 - 230 = 110$ µm.

À NOTER
Faites un schéma simplifié pour visualiser le problème.

• Si on calcule la diagonale X d'une maille de côté d, on a $X^2 = d^2 + d^2$ d'où $X = d \times \sqrt{2} = 110 \times \sqrt{2} = 156$ µm.

La maille carrée du tamis mesure donc 110 µm de côté et 156 µm en diagonale.

• L'énoncé indique que l'on souhaite récupérer les artémies d'une taille supérieure à 150 µm. Si l'artémie mesure plus de 156 µm, on pourra la récupérer grâce à ce tamis. Si elle mesure moins de 156 µm, elle passera à travers.

▶ **3.** La capacité électrique C d'un tel capteur s'écrit $C = \frac{\varepsilon \times S}{e}$ avec S la surface en regard des feuilles d'aluminium, e l'épaisseur de la feuille de papier isolante et ε une constante caractéristique de la feuille de papier isolante. Indiquer, en justifiant la réponse, le sens de variation de la capacité électrique C du capteur quand un objet est posé sur le condensateur « artisanal ». *(0,5 point)*

PARTIE 2. MODÉLISATION DU CIRCUIT DE LA CHAÎNE DE MESURE

⏱ 20 min

La détection de la variation de la capacité électrique C du capteur est réalisée par un circuit électrique appelé la chaîne de mesure. Le circuit électrique associé peut se modéliser par le circuit schématisé ci-dessous.

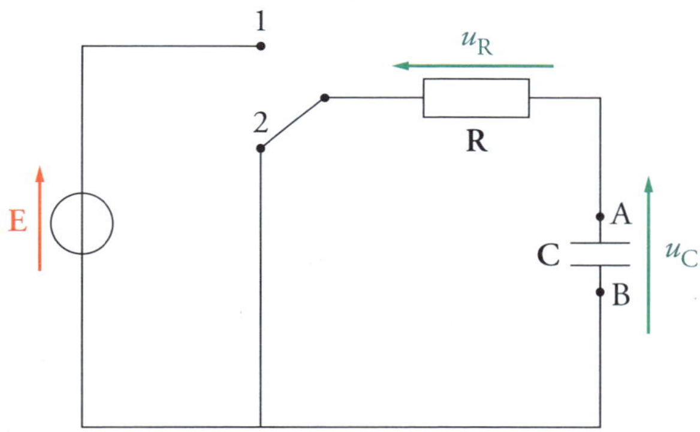

***Figure 4.* Schéma du circuit électrique**

Le générateur de ce circuit est un générateur idéal de tension E. Le condensateur modélise le capteur de pression capacitif « artisanal » installé dans l'assise du siège du véhicule. La mesure de la tension aux bornes du condensateur, notée $u_C(t)$, est réalisée en permanence par un microcontrôleur qui n'est pas représenté sur le schéma. La résistance R est celle d'un conducteur ohmique. Le capteur de pression capacitif « artisanal » possède une capacité électrique C variable, selon que le capteur est soumis ou non à une pression extérieure. Le commutateur possède deux positions notées 1 et 2 et joue le rôle d'un interrupteur fermé sur la position 1 ou sur la position 2.

On considère que l'interrupteur est dans la position 1 depuis un temps très long, et que les paramètres E, C et R sont constants. À la date $t = 0$ s, $u_C(0) = E$ et l'interrupteur est basculé dans la position 2.

▶ **1.** Établir l'équation différentielle régissant l'évolution de la tension $u_C(t)$ aux bornes du condensateur pour $t \geqslant 0$ et l'écrire sous la forme : $\frac{du_C(t)}{dt} + \frac{u_C(t)}{\tau} = 0$. Exprimer τ en fonction de R et C. (*1 point*)

▶ **2.** Vérifier que $u_C(t) = A \times e^{-\frac{t}{\tau}}$ est solution de l'équation différentielle et exprimer A en fonction de E. (*0,5 point*)

▶ **3.** Montrer que le condensateur est déchargé à la date $t = 5\,\tau$. On considère que le condensateur est déchargé lorsque la tension $u_C(t)$ devient égale à 1 % de sa valeur initiale. (*0,5 point*)

PARTIE 3. TEST EXPÉRIMENTAL DE LA CHAÎNE DE MESURE

15 min

Pour tester cette chaîne de mesure qui permet de détecter la présence d'une pression exercée sur le capteur, on réalise le circuit étudié précédemment. La commutation est réalisée automatiquement par le microcontrôleur.

On réalise l'expérience suivante :

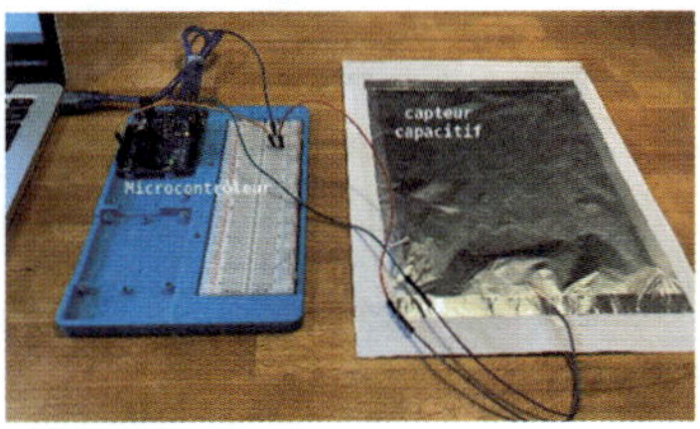

Ph © D.R.

***Figure 5.* Dispositif sans pression**

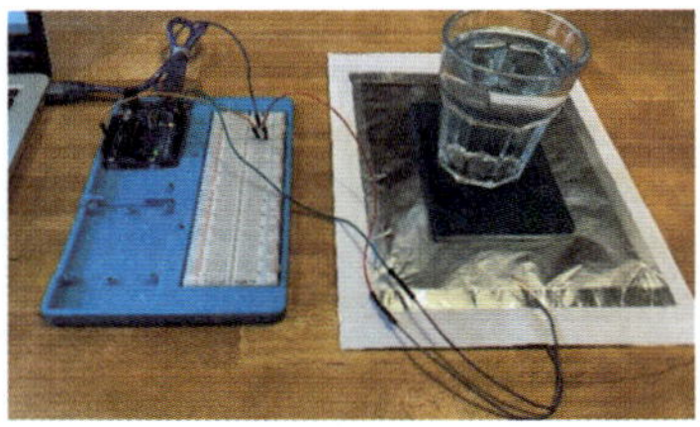

Ph © D.R.

***Figure 6.* Dispositif avec pression**

Un premier essai est conduit sans qu'aucune pression ne soit exercée sur le capteur (figure 5). Le microcontrôleur mesure la tension $u_C(t)$ au cours du temps aux bornes du capteur capacitif.

Un second essai est réalisé au cours duquel une masse (ici un verre rempli d'eau) est posée sur le capteur (figure 6). De nouveau, on mesure la tension $u_C(t)$ au cours du temps aux bornes du capteur capacitif.

Données

- Tension du générateur idéal : $E = 5$ V.
- Résistance du conducteur ohmique : $R = 10$ MΩ.
- Épaisseur de la feuille de papier isolante sans pression : $e = 1{,}0 \times 10^{-4}$ m.

Les séries de mesures, obtenues lors de ces deux essais, sont présentées sur le même graphique ci-dessous (figure 7). La date $t = 0$ s correspond au passage du commutateur de la position 1 à 2 (figure 4).

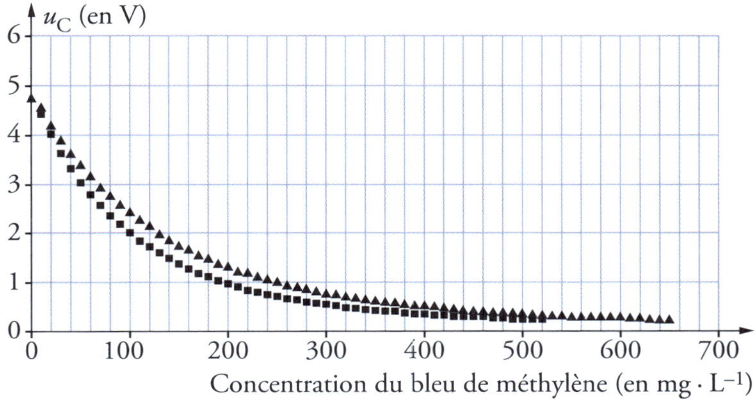

***Figure 7.* Évolution de u_C mesurée en fonction du temps lors des deux essais**

▶ **1.** Parmi les deux séries de mesures précédentes, représentées soit par ▲ soit par ■, associer celle qui correspond au dispositif sans pression et celle qui correspond au dispositif avec pression. Justifier. (*0,5 point*)

On considère que la variation de capacité électrique ΔC est liée à la variation d'épaisseur Δe par la relation : $\frac{\Delta C}{C} = \frac{\Delta e}{e}$.

▶ **2.** Déterminer la valeur de la variation d'épaisseur Δe, après avoir évalué la variation de capacité électrique ΔC. (*1 point*)

LES CLÉS DU SUJET

Le lien avec le programme

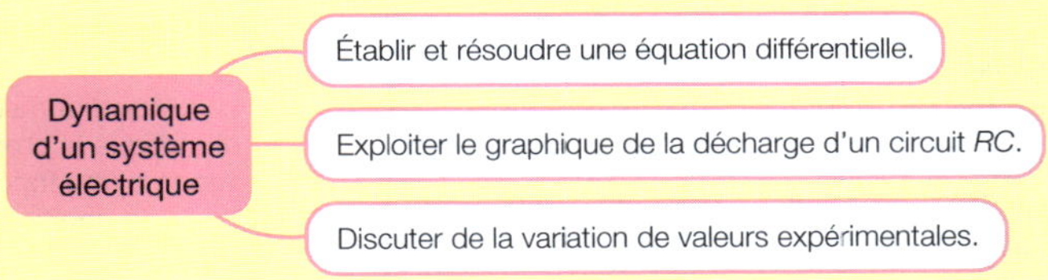

Les conseils du correcteur

Partie 2. Modélisation du circuit de la chaîne de mesure	▶ **1.** Écrivez la loi d'additivité des tensions (ou la loi des mailles) avec les grandeurs u_R et u_C. Remplacez u_R par $R \times i$ grâce à la loi d'Ohm puis remplacez i par sa formule de définition, en fonction de Q puis de u_c. ▶ **2.** Insérez la solution proposée dans l'équation différentielle pour arriver à 0 = 0 et conclure que la proposition est correcte. ▶ **3.** Calculez la valeur de u_c pour un temps égal à 5τ puis comparez cette valeur à la valeur initiale.
Partie 3. Test expérimental de la chaîne de mesure	▶ **2.** Déterminez graphiquement les constantes de temps à partir de la figure 7 avec la méthode de la tangente initiale ou celle des 33 % de la valeur initiale. Calculez ensuite les deux capacités puis la variation ΔC. Enfin, utilisez la formule donnée.

23 CORRIGÉ GUIDÉ

PARTIE 1. ÉTUDE DU CAPTEUR DE PRESSION CAPACITIF « ARTISANAL »

▶ 1. Connaître les propriétés d'un condensateur

• La capacité est l'une des caractéristiques d'un condensateur électrique (ou électrostatique). Or elle dépend de la géométrie du condensateur et, notamment pour un condensateur constitué de deux armatures planes comme ici, elle dépend de la distance entre ces armatures.

• La variation de pression est déduite de la variation de l'écartement entre les deux feuilles d'aluminium elle-même déduite de la variation de la capacité du condensateur.

▶ 2. Connaître la relation entre capacité et charge des armatures

D'après l'orientation positive de la tension U_{AB} on peut écrire :
$Q_A = C \times U_{AB}$ et $Q_B = -C \times U_{AB}$.

▶ 3. Justifier la variation d'une grandeur

Si un objet est posé sur le dispositif, la pression déforme les feuilles d'aluminium et la distance e diminue. Or si e diminue, la capacité C augmente car C est inversement proportionnelle à e (avec un coefficient de proportionnalité positif).

ATTENTION
La proportionnalité n'implique la croissance d'une fonction que si le coefficient est positif.

PARTIE 2. MODÉLISATION DU CIRCUIT DE LA CHAÎNE DE MESURE

▶ 1. Établir l'équation différentielle de décharge d'un condensateur

La loi d'additivité des tensions nous permet d'écrire qu'à partir de $t \geqslant 0$, on a :

$u_R(t) + u_C(t) = 0$.

De plus, la loi d'Ohm appliquée au conducteur ohmique de résistance R nous donne $u_R(t) = R \times i(t)$ et, par définition de l'intensité circulant dans le circuit, on a $i(t) = \dfrac{dQ_A(t)}{dt}$.

D'où $u_R(t) + u_C(t) = 0$ devient $R \times i(t) + u_C(t) = 0$

puis $R \times \dfrac{dQ_A(t)}{dt} + u_C(t) = 0$.

Or $Q_A(t) = C \times u_C(t)$ d'où l'équation différentielle :

$$\mathrm{R} \times \frac{d[C \times u_C(t)]}{dt} + u_C(t) = 0$$

Enfin, étant donné que C est une constante, on peut le « sortir » de la dérivée par rapport au temps et écrire :

$$RC \times \frac{du_C(t)}{dt} + u_C(t) = 0$$

Cela correspond bien à l'équation proposée : $\dfrac{du_C(t)}{dt} + \dfrac{u_C(t)}{\tau} = 0$

en posant $\tau = RC$ (il y a équivalence car RC est non nul).

À NOTER
Il s'agit ici de l'établissement de l'équation différentielle d'un circuit de type *RC* (en décharge). C'est une démonstration extrêmement classique (à connaître par cœur).

▶ 2. Vérifier une solution d'équation différentielle

On insère la solution envisagée dans l'équation pour vérifier qu'elle est bien une solution.

Si $u_C(t) = A \times e^{-\frac{t}{\tau}}$ alors sa dérivée est :

$\dfrac{du_C(t)}{dt} = \dfrac{-A}{\tau} \times e^{-\frac{t}{\tau}}$.

Ainsi, $RC \times \dfrac{du_C(t)}{dt} + u_C(t) = 0$ devient

$RC \times \dfrac{-A}{\tau} \times e^{-\frac{t}{\tau}} + A \times e^{-\frac{t}{\tau}} = 0$.

À NOTER
Même si vous n'avez pas réussi à répondre à la question 1 de la partie 2, vous pouvez faire la question 2 (beaucoup plus simple) en prenant le résultat attendu et donné dans la question 1.

S'ENTRAÎNER

Comme A est non nul, cela permet de simplifier et d'écrire :

$$\frac{-RC}{\tau} \times e^{-\frac{t}{\tau}} + e^{-\frac{t}{\tau}} = 0.$$

Et comme $\tau = RC$, $\frac{-RC}{\tau} = -1$.

Ainsi, l'équation différentielle devient pour tout $t \geqslant 0$: $e^{-\frac{t}{\tau}} - e^{-\frac{t}{\tau}} = 0$ ce qui est toujours vérifié donc la solution proposée est effectivement solution de l'équation différentielle.

D'après cette solution, $u_C(t) = A \times e^{-\frac{t}{\tau}}$ or on sait que $u_C(0) = E$ donc $A = E$.

▶ 3. Démontrer la décharge effective d'un condensateur

Pour $t = 5\,\tau$, la valeur de la tension aux bornes du condensateur est

$$u_C(5\tau) = E \times e^{-\frac{5\tau}{\tau}} = E \times e^{-5} = 6{,}7 \times 10^{-3} \times E = 0{,}0067 \times E.$$

À 5τ, la valeur de la tension n'atteint plus que 0,67 % de sa valeur initiale, donc on peut considérer que le condensateur est déchargé.

PARTIE 3. TEST EXPÉRIMENTAL DE LA CHAÎNE DE MESURE

▶ 1. Identifier plusieurs séries de mesures

La différence pour le capteur entre le dispositif avec et celui sans pression est l'espacement des feuilles d'aluminium. Pour le dispositif avec pression, l'espacement e est plus faible or cela entraîne une capacité C plus grande (réponse à la question 3 de la partie 1). De plus, si C est plus grande, alors la constante de temps τ sera plus grande car $\tau = RC$ et R est inchangée entre les deux expériences.

Enfin, on sait que plus la constante de temps est grande, plus un condensateur se décharge lentement.

On peut alors identifier avec certitude la courbe symbolisée avec les carrés comme étant celle correspondant au dispositif sans pression. Par élimination, celle représentée avec des triangles est celle du dispositif avec pression.

▶ 2. Déterminer la valeur d'un paramètre expérimental

À partir des courbes de la figure 7, on peut déterminer les constantes de temps des circuits avec et sans pression.

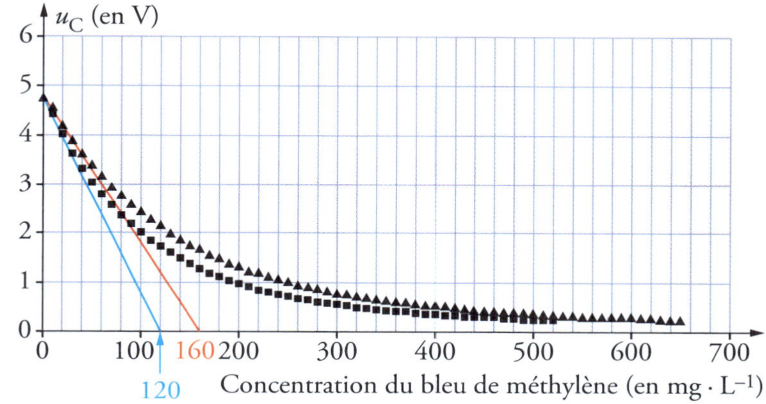

En effet, l'intersection entre les tangentes initiales à ces courbes et l'axe des abscisses permet d'évaluer les deux valeurs de τ.

$t_{\text{avec pression}} = 160$ s et $t_{\text{sans pression}} = 120$ s.

Or $C = \dfrac{\tau}{R}$, ce qui permet de déduire les capacités des deux dispositifs :

$C_{\text{avec pression}} = \dfrac{160}{10^7} = 1{,}6 \times 10^{-5}\ \text{F} = 16\ \mu\text{F}$ et

$C_{\text{sans pression}} = \dfrac{120}{10^7} = 12\ \mu\text{F}$.

La variation de capacité est donc de 4 µF.

On utilise alors la relation donnée $\dfrac{\Delta C}{C} = \dfrac{\Delta e}{e}$ pour déterminer la variation d'épaisseur :

$\Delta e = \dfrac{\Delta C}{C} \times e = \dfrac{4}{12} \times 1{,}0 \times 10^{-4} = 3{,}3 \times 10^{-5}\ \text{m}$.

▶ Le conseil de méthode

Pour déterminer graphiquement la constante de temps τ, on peut aussi déterminer l'abscisse pour laquelle la valeur de u_c est égale à 33 % de sa valeur initiale. Ici, la valeur initiale est de 5 V donc on détermine l'abscisse correspondant à $\dfrac{33 \times 5}{100} = 1{,}65$ V. On trouve bien évidemment des valeurs très proches, voire identiques, à celles trouvées avec la première méthode.

Préparer l'épreuve écrite : le sprint final

L'essentiel du programme en 11 fiches MÉMO

2 SUJETS COMPLETS

France métropolitaine mars 2023, jour 1

France métropolitaine mars 2023, jour 2

1 Étudier une réaction acide-base

A Reconnaître un acide ou une base

● Selon la théorie de Brönsted :

– un acide est une espèce chimique susceptible de céder au moins un ion hydrogène H^+ ;

– une base est une espèce chimique susceptible de capter au moins un ion hydrogène H^+.

● Un couple acide-base est défini par une demi-équation : $AH = A^- + H^+$.

Par convention, le couple acide-base s'écrit AH/A^-.

AH et A^- sont dits **espèces conjuguées**.

Exemple

$CH_3{-}COOH_{(aq)}$ / $CH_3{-}COO^-_{(aq)}$ (acide éthanoïque / ion éthanoate).

$H_2O_{(l)}$ / $OH^-_{(aq)}$ (eau / ion hydroxyde).

B Écrire une réaction acide-base

Lors d'une réaction acide-base, il y a un transfert d'un ion hydrogène H^+ de l'acide AH d'un couple AH / A^- à la base B^- d'un autre couple BH / B^-.

MÉTHODE

Écrire l'équation d'une réaction

1. Identifier les deux couples acide-base en jeu dans la réaction chimique.
2. Écrire les deux demi-équations correspondant à chaque couple.
3. Combiner les deux demi-équations pour écrire l'équation bilan de la réaction acide-base.

Exemple. Écrivons l'équation de la réaction entre une solution d'acide chlorhydrique ($H_3O^+_{(aq)} + Cl^-_{(aq)}$) avec une solution d'ammoniaque $NH_{3(aq)}$.

1. On identifie facilement que l'espèce acide AH est l'ion oxonium $H_3O^+_{(aq)}$. Le premier couple s'écrit par conséquent : $H_3O^+_{(aq)}$ / $H_2O_{(\ell)}$. $NH_{3(aq)}$ joue donc le rôle de la base B^- du deuxième couple, qui se note $NH_4^+{}_{(aq)}$ / $NH_{3(aq)}$.

2. Il en découle les deux demi-équations suivantes :

$$H_3O^+_{(aq)} = H_2O_{(\ell)} + H^+$$

$$NH_{3(aq)} + H^+ = NH_4^+{}_{(aq)}$$

3. En « additionnant » les demi-équations, on obtient l'équation bilan modélisant la réaction chimique :

$$H_3O^+_{(aq)} + NH_{3(aq)} \rightarrow H_2O_{(\ell)} + NH_4^+{}_{(aq)}$$

2 Utiliser des grandeurs physiques pour caractériser un système chimique

A Recourir au pH

Le **pH**, ou potentiel hydrogène, est une grandeur liée à la concentration en ions oxonium, $[H_3O^+_{(aq)}]$, d'une solution :

$$\mathbf{pH} = -\log\frac{\left[H_3O^+_{(aq)}\right]}{c^0} \text{ et, inversement, } [H_3O^+_{(aq)}] = 10^{-pH} \times c^0$$

où le pH est sans unité, $[H_3O^+_{(aq)}]$ s'exprime en mol · L^{-1} et la concentration standard est $c^0 = 1{,}0$ mol · L^{-1}.

Exemple. La mesure du pH d'un soda égale à 2,48 permet de déterminer sa concentration en ions oxonium :
$[H_3O^+_{(aq)}] = 10^{-pH} \times c^0 = 10^{-2,48} \times 1{,}0 = 3{,}3 \times 10^{-3}$ mol · L^{-1}.

B Recourir à la conductance et à la conductivité

1. Utiliser les grandeurs physiques liées à la conduction d'une solution

● La **conductance *G*** d'une solution électrolytique est une grandeur qui reflète la capacité de cette solution à laisser passer un courant électrique. Elle se mesure à l'aide d'un conductimètre.

● La conductance dépend des caractéristiques géométriques de la cellule conductimétrique, mais aussi de la solution étudiée. On a : $\mathbf{G} = \frac{\sigma \times S}{\ell}$

où G est la conductance de la solution en S (siemens), σ sa conductivité en S · m^{-1}, S la surface immergée des électrodes en m^2 et ℓ la distance qui sépare les électrodes en m.

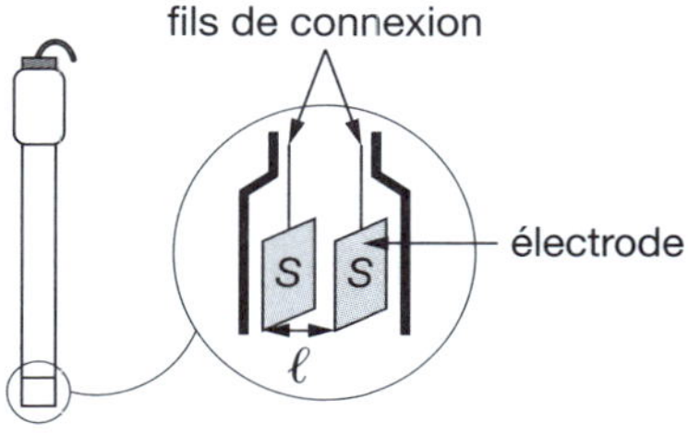

● La **conductivité** σ de la solution dépend de la nature et de la concentration de chaque ion présent. Si la concentration de la solution est plus faible que 1×10^{-2} mol · L^{-1}, elle peut se déterminer à l'aide de la **loi de Kohlrausch** :
$\sigma = \sum_i \lambda_i \times [X_i]$ avec σ en S · m^{-1}, λ_i la conductivité molaire ionique de l'ion X_i en S · m^2 · mol^{-1} et $[X_i]$ la concentration molaire de l'ion X_i en mol · m^{-3}.

SPRINT FINAL

Exemple. Une solution de chlorure de sodium ($Na^+_{(aq)} + Cl^-_{(aq)}$) de concentration c a une conductivité mesurée de $\sigma = 0{,}10\ S \cdot m^{-1}$.

Les conductivités molaires ioniques sont $\lambda_{Na^+} = 5{,}0 \times 10^{-3}\ S \cdot m^2 \cdot mol^{-1}$ et $\lambda_{Cl^-} = 7{,}6 \times 10^{-3}\ S \cdot m^2 \cdot mol^{-1}$. À partir de là, nous pouvons déterminer la concentration c de la solution.

En effet, la loi de Kohlrausch se traduit ici par :

$\sigma = \lambda_{Na^+} \times [Na^+] + \lambda_{Cl^-} \times [Cl^-]$ avec $[Na^+] = [Cl^-] = c$.

On a donc $c = \dfrac{\sigma}{\lambda_{Na^+} + \lambda_{Cl^-}} = \dfrac{0{,}10}{5{,}0 \times 10^{-3} + 7{,}6 \times 10^{-3}} = 7{,}9\ mol \cdot m^{-3}$

soit $7{,}9 \times 10^{-3}\ mol \cdot L^{-1}$.

Cette valeur nous confirme que la loi de Kohlrausch était bien utilisable ici car $c < 1 \times 10^{-2}\ mol \cdot L^{-1}$.

2. Utiliser une droite d'étalonnage

- Un **dosage** conductimétrique par étalonnage consiste à déterminer la concentration d'une espèce chimique en solution.

MÉTHODE

Obtenir la concentration recherchée à partir d'une droite d'étalonnage

1. Construire la droite d'étalonnage à partir de la mesure de la conductance (ou de la conductivité) d'un certain nombre de solutions étalons de concentrations connues de l'espèce chimique étudiée.
2. Reporter sur l'axe des ordonnées la valeur mesurée G_S de la conductance (le cas échéant de σ_S) de la solution S à doser.
3. Lire la concentration sur l'axe des abscisses.

Exemple. Une solution de chlorure de potassium a une conductance G_S de 2,8 mS. Déterminons la concentration c_s de cette solution par étalonnage.

1. La droite d'étalonnage bleue est fournie ci-contre.
2. On reporte la conductance G_S sur l'axe des ordonnées.
3. On lit la concentration recherchée sur l'axe des abscisses. On obtient : $\mathbf{c_S = 4{,}7 \times 10^{-3}\ mol \cdot L^{-1}}$.

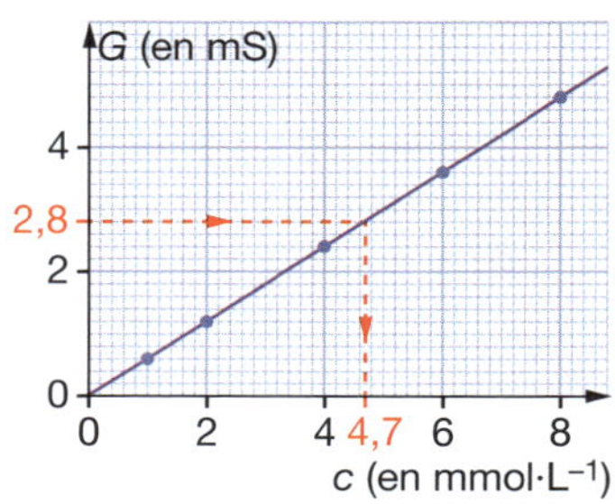

C Recourir à l'équation d'état des gaz parfaits

- Un gaz est considéré comme parfait si on peut négliger la taille de chaque entité chimique et les interactions entre entités.
- Différentes grandeurs sont alors liées par l'**équation des gaz parfaits** : $\boldsymbol{P \times V = n \times R \times T}$ où P est la pression en Pa (Pascal), V le volume en m^3, n la quantité de matière en mol, T la température en K (kelvin) et R la constante des gaz parfaits 8,31 $J \cdot K^{-1} \cdot mol^{-1}$. On rappelle que $T(K) = 273 + T(°C)$.

Exemple. Un aérosol contient 100 mL d'un gaz (considéré parfait) à une pression de $1{,}0 \times 10^7$ Pa et à une température de 17 °C. Déterminons la quantité de matière de ce gaz.

L'équation des gaz parfaits nous permet d'écrire que $n = \dfrac{P \times V}{R \times T}$ avec $V = 1{,}00 \times 10^{-4}$ m^3 et $T = 273 + 17 = 290$ K.

On a donc $n = \dfrac{1{,}0 \times 10^7 \times 1{,}00 \times 10^{-4}}{8{,}31 \times 290} = 0{,}41$ mol.

SPRINT FINAL

3 Exploiter le titrage d'une solution pour déterminer une concentration

A Reconnaître un titrage

● Le **titrage** d'une solution est une méthode d'analyse chimique qui consiste à déterminer la concentration inconnue d'un réactif de la **solution titrée** à partir d'un réactif de concentration connue de la **solution titrante**.

● La réaction support du titrage doit être rapide, totale et unique.

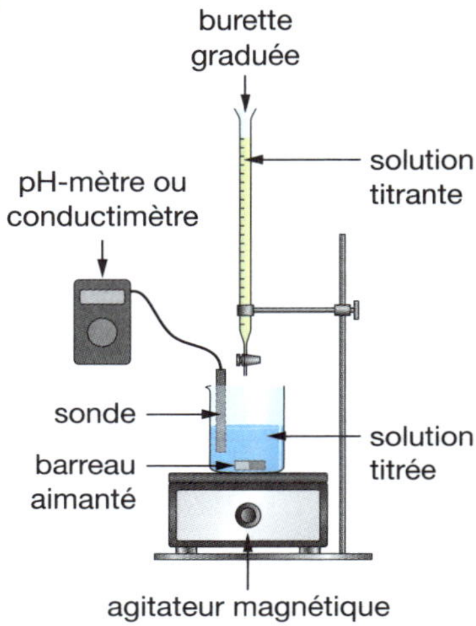

B Repérer l'équivalence

● L'**équivalence** d'un titrage est atteinte lorsqu'on a introduit en **proportions stœchiométriques** dans le mélange, le réactif titrant et le réactif titré. Les réactifs sont alors totalement consommés.

● L'équation de la réaction support du titrage peut se noter $a\,\mathrm{A} + b\,\mathrm{B} \rightarrow c\,\mathrm{C} + d\,\mathrm{D}$ avec a, b, c et d les nombres stœchiométriques respectifs des réactifs A (titré) et B (titrant), et des produits C et D.

À l'équivalence, on a nécessairement la relation : $\dfrac{C_A \times V_A}{a} = \dfrac{C_B \times V_{B,\,éq}}{b}$ avec V_A et C_A, le volume et la concentration du réactif à titrer, et $V_{B,éq}$ et C_B, le volume versé à l'équivalence et la concentration du réactif titrant.

1. Dans un titrage pH-métrique

MÉTHODE

Déterminer le volume équivalent $V_{B,\,éq}$ sur une courbe de pH

1. Tracer de part et d'autre du saut de pH, deux tangentes T_1 et T_2 à la courbe pH = f(V_B). Elles sont parallèles entre elles.
2. Construire une perpendiculaire (d) aux tangentes T_1 et T_2 et en déterminer le milieu I.
3. À partir de ce point I, construire la parallèle T_3 aux tangentes. Elle coupe la courbe pH = f(V_B) au point d'équivalence E.
4. Lire et relever le volume équivalent $V_{B,\,éq}$ sur l'axe des abscisses.

Exemple. On réalise le titrage d'une solution d'acide chlorhydrique par une solution d'hydroxyde de sodium.

La courbe ci-contre représente l'évolution du pH du mélange en fonction du volume V_B de solution d'hydroxyde de sodium versé.

On détermine graphiquement le point d'équivalence E et le volume $V_{B,éq}$, à partir de la méthode ci-dessus.

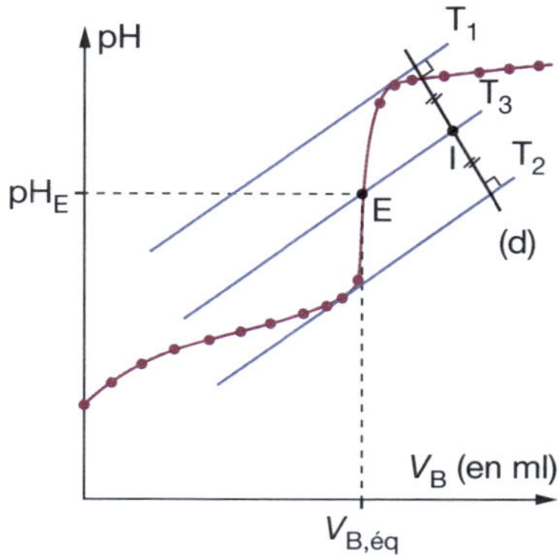

2. Dans un titrage conductimétrique

MÉTHODE

Déterminer le volume équivalent $V_{B,\,éq}$ sur une courbe de conductivité

1. Repérer sur la courbe $\sigma = f(V_B)$, les deux droites de pentes distinctes. Éventuellement les retracer distinctement.
2. Marquer le point d'intersection de ces deux droites ; il s'agit du point d'équivalence E.
3. Lire et relever le volume équivalent $V_{B,\,éq}$ sur l'axe des abscisses.

Exemple. On réalise le titrage d'une solution de chlorure de sodium par une solution de nitrate d'argent.

La courbe ci-contre représente l'évolution de la conductivité σ du mélange en fonction du volume V_B de solution de nitrate d'argent versé.

On détermine graphiquement le point d'équivalence et le volume $V_{B,éq}$, à partir de la méthode exposée ci-dessus.

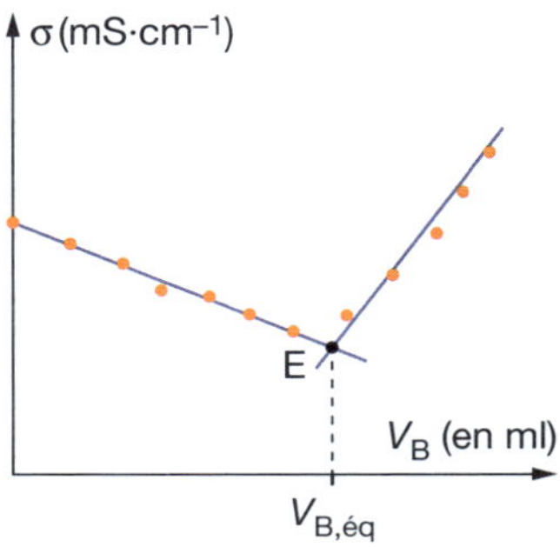

SPRINT FINAL

4 Suivre l'évolution d'un système chimique

A Identifier un équilibre chimique

1. Connaître le vocabulaire et les notations

Une **transformation chimique** correspond au passage de l'état initial d'un système chimique à son état final. Cette transformation est :

– **totale** si, à l'état final, l'un des réactifs (parfois plusieurs), appelé le **réactif limitant**, est entièrement consommé. La transformation chimique est alors symbolisée par une simple flèche ($\rightarrow$) dans l'équation de la réaction.

– **non totale** ou **équilibrée** si, à l'état final, on observe la présence de tous les réactifs et de tous les produits. L'équation de la réaction fait alors apparaître une double flèche ($\rightleftharpoons$). On dit que le système chimique est le siège de deux réactions opposées (sens direct et indirect de l'équation).

Exemple. $Ag^{+}_{(aq)} + Fe^{2+}_{(aq)} \rightleftharpoons Ag_{(s)} + Fe^{3+}_{(aq)}$: cette équation de réaction modélise une transformation non totale.

2. Déterminer un quotient de réaction

● On caractérise l'état d'un système chimique par son **quotient de réaction** Q_r. On le détermine à partir de l'équation de la réaction.

Si l'équation est notée $a\ A_{(aq)} + b\ B_{(aq)} \rightleftarrows c\ C_{(aq)} + d\ D_{(aq)}$, alors le quotient de réaction est défini par l'expression : $Q_r = \dfrac{[C]^c \times [D]^d}{[A]^a \times [B]^b}$ où *a, b, c et d* sont les nombres stœchiométriques respectifs des réactifs A et B et des produits C et D. Les concentrations [A], [B], [C] et [D] sont exprimées en $mol \cdot L^{-1}$. Q_r est sans unité.

● Si un solvant ou un solide intervient dans l'équation de la réaction, sa contribution est remplacée par le chiffre 1 dans l'expression du quotient de réaction.

Exemple. $Al^{3+}_{(aq)} + 3\ HO^{-}_{(aq)} \rightleftharpoons Al(OH)_{3(s)}$

Le quotient de réaction s'écrit $Q_r = \dfrac{1}{[Al^{3+}] \times [HO^{-}]^3}$.

3. Déterminer le sens d'évolution spontanée d'un système

● Lorsqu'un système évolue spontanément vers un état d'équilibre, le quotient de réaction atteint une valeur appelée la **constante d'équilibre *K(T)***.

On le note $Q_{r,éq} = K(T)$ où $K(T)$ ne dépend que de la température T.

● Pour déterminer le sens d'évolution spontanée du système, on détermine la valeur du quotient d'équilibre du système initial. On a trois cas :
– si $Q_r < K(T)$, le système évolue dans le **sens direct** de l'équation ;
– si $Q_r = K(T)$, le système chimique est à l'**équilibre** ;
– si $Q_r > K(T)$, le système évolue dans le **sens indirect** de l'équation.

Exemple. Soit la réaction d'**oxydoréduction** :
$2\ Ag^+_{(aq)} + Pb_{(s)} \rightleftarrows 2\ Ag_{(s)} + Pb^{2+}_{(aq)}$.
La constante d'équilibre vaut $K(T) = 6{,}8 \times 10^{28}$. Dans le mélange initial, $[Ag^+] = 5{,}3 \times 10^{-5}$ mol · L^{-1} et $[Pb^{2+}] = 2{,}6 \times 10^{-1}$ mol · L^{-1}.

Pour évaluer le sens d'évolution spontanée du système, on détermine d'abord le quotient de réaction : $Q_r = \frac{1 \times [Pb^{2+}]}{[Ag^+]^2 \times 1} = \frac{[Pb^{2+}]}{[Ag^+]^2} = \frac{2{,}6 \times 10^{-1}}{(5{,}3 \times 10^{-5})^2} = 9{,}3 \times 10^7$.

Comme $Q_r < K(T)$, le système évolue dans le sens direct de l'équation.

B Définir la force d'un acide ou d'une base

● L'acide AH d'un couple acide-base AH / A⁻ est susceptible de réagir avec l'eau, base du couple $H_3O^+_{(aq)}$ / $H_2O_{(\ell)}$. Il en découle l'équation :
$AH_{(aq)} + H_2O_{(\ell)} \rightleftharpoons A^-_{(aq)} + H_3O^+_{(aq)}$.

● L'acide AH est dit **fort** si la réaction avec l'eau est totale ; si ce n'est pas le cas, il est dit faible.

● Si la réaction est totale alors l'équation fait apparaître une simple flèche :
$AH_{(aq)} + H_2O_{(\ell)} \rightarrow A^-_{(aq)} + H_3O^+_{(aq)}$.

● Dans l'équation de la réaction $AH_{(aq)} + H_2O_{(\ell)} \rightleftharpoons A^-_{(aq)} + H_3O^+_{(aq)}$,
l'état d'équilibre est défini par la constante $\boldsymbol{K(T) = \frac{[A^-] \times [H_3O^+]}{[AH]}}$,
qui se nomme la **constante d'acidité K_a** du couple AH / A⁻.

● Conjointement, on définit le **pK_a** du couple acide-base par la relation **pK_a = – log(K_a)** soit **$K_a = 10^{-pKa}$** où K_a et pK_a sont sans unité.

● On notera que, plus la constante d'acidité K_a d'un couple acide-base est grande (ou bien que son pK_a est petit), plus la force de l'acide AH est élevée et celle de sa base conjuguée A⁻ basse.

Inversement plus le K_a est petit (ou plus son pK_a est grand), plus la base A⁻ est forte et son acide conjugué AH faible.

Exemple. À 25 °C, le K_a du couple $CH_3COOH_{(aq)}$ / $CH_3COO^-_{(aq)}$ vaut $K_{a1} = 1{,}6 \times 10^{-5}$, celui du couple $C_2H_5NH_3^+{}_{(aq)}$ / $C_2H_5NH_{2\ (aq)}$ vaut $K_{a2} = 2{,}0 \times 10^{-11}$.
Nous pouvons identifier l'acide le plus fort et déterminer les deux valeurs de pK_a.
$K_{a1} > K_{a2}$ donc CH_3COOH est un acide plus fort que $C_2H_5NH_3^+$.
$pK_{a1} = -\log(K_{a1}) = -\log(1{,}6 \times 10^{-5}) = 4{,}8$.
$pK_{a2} = -\log(K_{a2}) = -\log(2{,}0 \times 10^{-11}) \approx 11$.

SPRINT FINAL

5 Reconnaître les familles fonctionnelles

A Identifier les groupes fonctionnels

● Une molécule organique est constituée d'une chaîne carbonée sur laquelle sont fixés d'autres atomes ou groupes d'atomes appelés **groupes caractéristiques** ou **groupes fonctionnels**. Chaque groupe fonctionnel définit une famille, qui a des propriétés spécifiques.

● Les différentes familles à connaître sont présentes dans le tableau :

Famille	**Alcool**	**Aldéhyde**	**Cétone**	**Acide carboxylique**
Groupe caractéristique (ou groupe fonctionnel)	—O—H	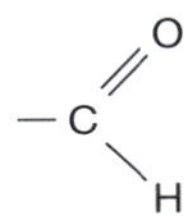	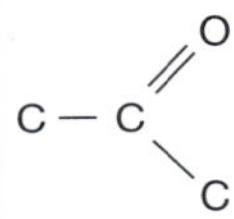	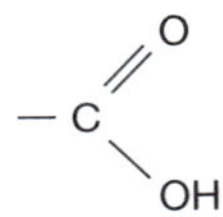
	Hydroxyle	Carbonyle	Carbonyle	Carboxyle

Famille	**Ester**	**Amine**	**Amide**
Groupe caractéristique (ou groupe fonctionnel)	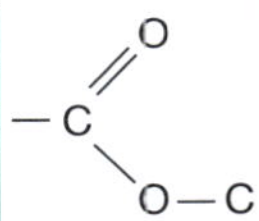	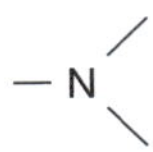	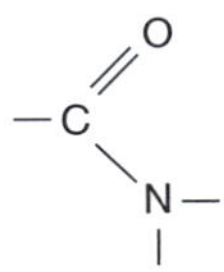
	Ester	Amine	Amide

● **Exemple.** La molécule ci-dessous présente deux groupes caractéristiques :
- un groupe amine $—NH_2$;
- un groupe carboxyle $—COOH$.

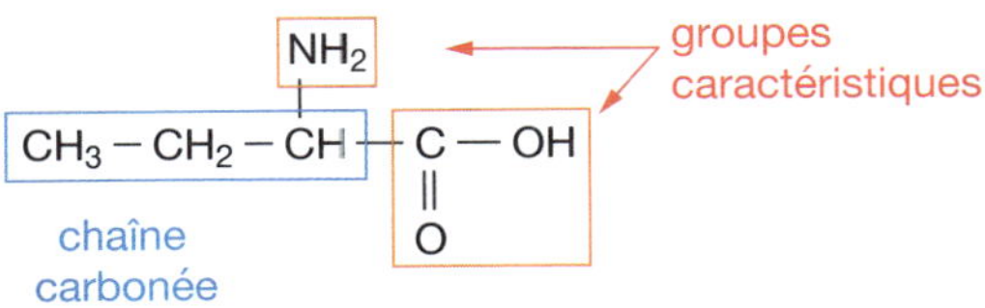

B Utiliser différentes formules

Formule	Exemple de l'éthanol
La formule brute d'une molécule donne la nature et le nombre des atomes qui la composent.	C_2H_6O
La **formule développée** fait apparaître tous les atomes et toutes les liaisons entre les différents atomes.	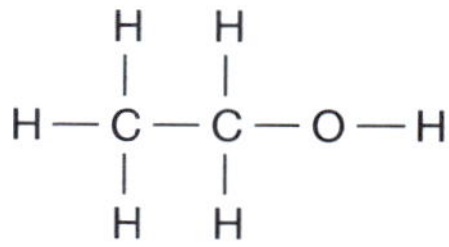
La **formule semi-développée** laisse voir les liaisons entre atomes de carbone et les atomes autres que l'hydrogène. Les liaisons impliquant les atomes d'hydrogène ne sont pas représentées.	$CH_3 - CH_2 - OH$
La **formule topologique** fait abstraction de la représentation des atomes de carbone et d'hydrogène pour ne montrer, sous forme de ligne brisée, que la structure du squelette carboné. En revanche, les groupes fonctionnels apparaissent explicitement.	

REMARQUE Il est par ailleurs indispensable de connaître la nomenclature pour pouvoir nommer une molécule organique simple connaissant sa structure.

ractériser un mouvement

aître les caractéristiques
ouvement

- Le mouvement d'un objet (en général réduit à un **point matériel**) :

– est étudié dans un **référentiel** (terrestre, géocentrique, etc.) auquel on associe un **repère** d'espace ainsi qu'une horloge ;

– conjugue une indication sur la **trajectoire** de l'objet (droite, arc de cercle, etc.) et une autre sur l'évolution temporelle de sa **vitesse**.

- Le **vecteur vitesse** $\overrightarrow{v(t)}$ est la dérivée du vecteur position $\overrightarrow{\mathrm{OM}(t)}$ par rapport au temps ; soit : $\overrightarrow{v(t)} = \dfrac{\mathrm{d}\overrightarrow{\mathrm{OM}(t)}}{\mathrm{d}t}$.

Dans le repère plan ci-dessous, on a ainsi les composantes $v_x(t) = \dfrac{\mathrm{d}x(t)}{\mathrm{d}t}$ et $v_y(t) = \dfrac{\mathrm{d}y(t)}{\mathrm{d}t}$. Ce vecteur $\overrightarrow{v(t)}$ est tangent à la trajectoire du point M et est orienté dans le sens du mouvement.

- Le **vecteur accélération** $\overrightarrow{a(t)}$ est la dérivée du vecteur vitesse $\overrightarrow{v(t)}$ par rapport au temps : $\overrightarrow{a(t)} = \dfrac{\mathrm{d}\overrightarrow{v(t)}}{\mathrm{d}t}$.

Ses composantes sont donc : $a_x = \dfrac{\mathrm{d}v_x(t)}{\mathrm{d}t} = \dfrac{\mathrm{d}^2x(t)}{\mathrm{d}t^2}$ et $a_y = \dfrac{\mathrm{d}v_y(t)}{\mathrm{d}t} = \dfrac{\mathrm{d}^2y(t)}{\mathrm{d}t^2}$.

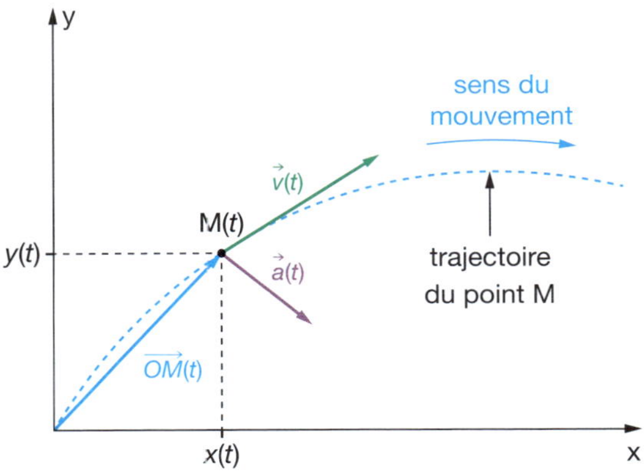

B Tracer les vecteurs vitesse et accélération

● Les vecteurs vitesse et accélération sont déterminés graphiquement à partir d'une chronophotographie.

MÉTHODE

Tracer un vecteur vitesse en un point M_i d'un enregistrement

❶ Mesurer la distance entre M_{i-1} et M_{i+1} en tenant compte de l'échelle de l'enregistrement.

❷ Déterminer la durée Δt qui s'écoule entre M_{i-1} et M_{i+1}.

❸ Calculer la valeur de la vitesse en M_i à partir de la relation $v_i = \dfrac{M_{i-1}M_{i+1}}{\Delta t}$.

❹ Construire le vecteur vitesse $\overrightarrow{v_i(t)}$. Il est tangent à la trajectoire (parallèle à la droite $(M_{i-1}M_{i+1})$) et dans le sens du mouvement. Sa longueur tient compte de la valeur calculée à l'étape ❸ et de l'échelle des vitesses.

Tracer un vecteur accélération en un point M_i d'un enregistrement

❶ Construire les vecteurs vitesse $\overrightarrow{v_{i-1}}$ et $\overrightarrow{v_{i+1}}$ respectivement en M_{i-1} et M_{i+1} (cf méthode qui précède) puis le vecteur $\overrightarrow{\Delta v} = \overrightarrow{v_{i+1}} - \overrightarrow{v_{i-1}}$.

❷ Mesurer la longueur de $\overrightarrow{\Delta v}$ puis en déduire sa valeur en tenant compte de l'échelle des vitesses.

❸ Calculer la valeur de l'accélération en M_i à partir de la relation $a_i = \dfrac{\Delta v}{\Delta t}$ où Δt est la durée qui s'écoule entre les passages aux points M_{i-1} et M_{i+1}.

❹ Construire le vecteur accélération $\overrightarrow{a_i(t)}$. Il possède la direction et le sens de $\overrightarrow{\Delta v}$; sa longueur tient compte de la valeur calculée à l'étape 3 et de l'échelle des accélérations.

Exemple. Les positions d'une moto sont représentées sur la chronophotographie ci-dessous. La durée entre deux positions successives est de 1,0 s. Construisons les vecteurs vitesse en G_2 et en G_4 puis le vecteur accélération en G_3. L'échelle des vitesses est de 1 cm pour 4,0 m · s^{-1} et celle des accélérations est de 1 cm pour 1,0 m · s^{-2}.

Construisons les vecteurs vitesse.

❶ On mesure sur l'enregistrement : $G_1G_3 = 2{,}8$ cm et $G_3G_5 = 5{,}5$ cm. L'échelle étant de 0,4 cm ↔ 2,0 m, les distances réelles valent $G_1G_3 = 14$ m et $G_3G_5 = 27{,}5$ m.

❷ On a ici $\Delta t = 1{,}0 \times 2 = 2{,}0$ s.

❸ On obtient alors :

$$v_2 = \frac{G_1G_3}{\Delta t} = \frac{14}{2{,}0} = 7{,}0 \text{ m} \cdot \text{s}^{-1}$$

et $v_4 = \dfrac{G_3G_5}{\Delta t} = \dfrac{27{,}5}{2{,}0} \approx 14{,}0 \text{ m} \cdot \text{s}^{-1}$.

❹ L'échelle des vitesses étant de 1 cm ↔ 4,0 m · s^{-1}, on trace des segments fléchés de 1,8 cm pour $\overrightarrow{v_2}$ et de 3,5 cm pour $\overrightarrow{v_4}$.

Construisons le vecteur accélération.

❶ On construit le vecteur $\overrightarrow{\Delta v} = \overrightarrow{v_4} - \overrightarrow{v_2}$ en G_3 sur l'enregistrement.

❷ Sur l'enregistrement $\overrightarrow{\Delta v}$ mesure 1,7 cm. En tenant compte de l'échelle des vitesses, la valeur Δv vaut 6,8 m · s^{-1}.

❸ On obtient alors :

$$a_3 = \frac{\Delta v}{\Delta t} = \frac{6{,}8}{2{,}0} = 3{,}4 \text{ m} \cdot \text{s}^{-2}.$$

❹ L'échelle des accélérations étant de 1 cm ↔ 1,0 m · s^{-2}, on trace sur l'enregistrement un segment fléché de 3,4 cm pour $\overrightarrow{a_3}$.

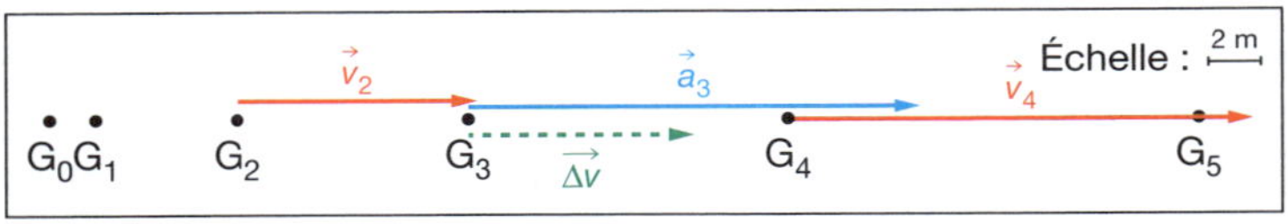

C Utiliser le repère de Frenet

● Pour étudier un mouvement circulaire de centre O et de rayon R, on utilise souvent un repère appelé **repère de Frenet**. L'origine de ce repère est mobile : il s'agit de la position du point M. On dispose ensuite de deux vecteurs unitaires :

– le vecteur $\vec{T}$ tangent à la trajectoire et dans le sens du mouvement ;

– le vecteur $\vec{N}$, perpendiculaire à $\vec{T}$ et orienté vers le centre de la trajectoire.

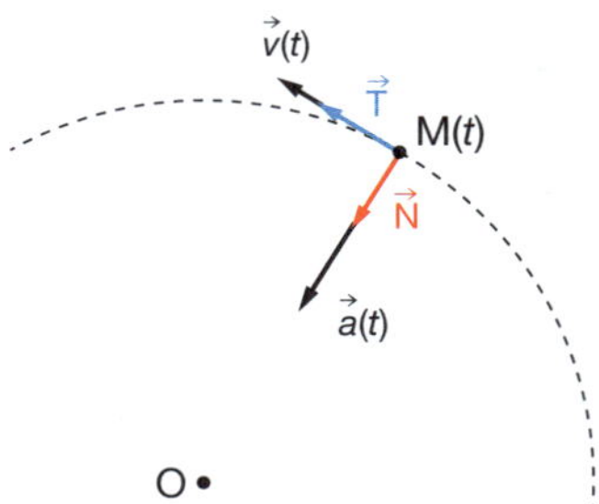

● Dans ce repère, les expressions des vecteurs vitesse et accélération sont :

$\overrightarrow{v(t)} = v(t)\,\vec{T}$;

$$\overrightarrow{a(t)} = \frac{d\overrightarrow{v(t)}}{dt}\vec{T} + \frac{v^2}{R}\vec{N}.$$

REMARQUE Sur le schéma proposé, on voit que l'accélération du mobile est normale ; par conséquent $\dfrac{dv(t)}{dt} = 0$, c'est-à-dire que la vitesse du mobile est constante.

7 Relier les actions exercées s un système à son mouvemen

A Connaître le vocabulaire et les lois de Newton

● Une étude de mécanique nécessite :
– de définir le **système** (souvent réduit à son **centre de masse** G) ;
– de définir le **référentiel** que l'on suppose **galiléen** ;
– de faire le **bilan des forces** qui s'appliquent au système en identifiant pour chacune d'elles, leur direction, leur sens, leur valeur et leur point d'application.

● Un **référentiel galiléen** est un référentiel dans lequel la **première loi de Newton** s'applique : si la résultante $\sum \vec{F}_{ext}$ des forces extérieures qui s'exercent sur un système est nulle alors le vecteur vitesse $\overrightarrow{v_G}$ de ce système est constant, **et réciproquement**.

● La **deuxième loi de Newton** précise que dans un référentiel galiléen, la somme vectorielle des forces exercées sur ce système, $\sum \vec{F}_{ext}$, est égale au produit de la masse m (considérée comme constante) du système par le vecteur accélération $\overrightarrow{a_G}$ de son centre de masse.

● Si un système A exerce une force sur un système B alors B exerce une force opposée de même intensité sur A. Il s'agit de la **troisième loi de Newton**.

B Utiliser la 1re ou la 2e loi de Newton

MÉTHODE

Appliquer la première ou la deuxième loi de Newton

1. Définir le système.
2. Choisir le référentiel d'étude (il sera galiléen) en y associant un repère d'espace (repère de Frenet ou repère cartésien) ainsi qu'une horloge.
3. Effectuer un bilan précis des forces extérieures qui s'appliquent au système. Illustrer par un schéma rigoureux.
4. Citer la loi de Newton utilisée et écrire l'expression vectorielle correspondante.
5. Projeter l'expression vectorielle sur les différents axes du repère pour obtenir la ou les équation(s) modélisant le problème.

SPRINT FINAL

Exemple. Au décollage ($t = 0$), une fusée Falcon 9 de 333 tonnes est soumise à une poussée de $7{,}60 \times 10^6$ N. La masse de la fusée est considérée constante sur une durée d'étude courte. Déterminons l'accélération de la fusée à l'instant du décollage.

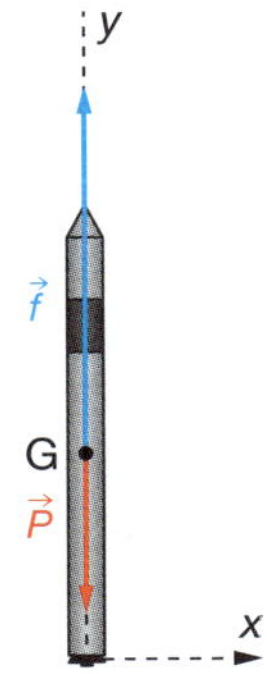

❶ Le système est la fusée Falcon 9 (réduit à G).

❷ Le référentiel est terrestre (galiléen).

❸ Les forces appliquées à la fusée sont :
– son poids $\vec{P}$, vertical vers le bas et de valeur
$P = m \times g = 333 \times 10^3 \times 9{,}81 = 3{,}27 \times 10^6$ N.
Échelle de représentation : 1 cm pour $3{,}00 \times 10^6$ N.
– la force de poussée $\vec{f}$, verticale vers le haut et de valeur $f = 7{,}60 \times 10^6$ N.

❹ On applique ici la deuxième loi de Newton puisque la somme vectorielle des forces extérieures n'est pas nulle.

On a : $\vec{P} + \vec{f} = m\overrightarrow{a_G}$.

❺ En projetant sur l'axe vertical Oy, on obtient la valeur de l'accélération :

$$-P + f = ma_y \text{ d'où } a_y = \frac{-P + f}{m} = \frac{-3{,}27 \times 10^6 + 7{,}60 \times 10^6}{333 \times 10^3} = 13{,}0 \text{ m} \cdot \text{s}^{-2}.$$

C Établir les équations du mouvement dans un champ uniforme (cas d'un champ électrique)

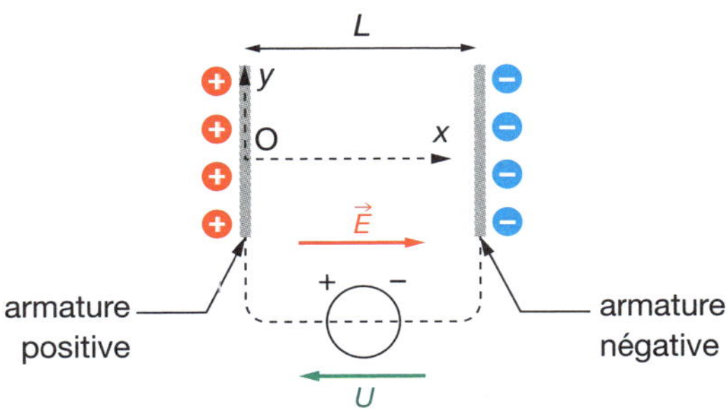

● Une particule chargée de charge q et de masse m est placée entre les armatures d'un condensateur plan. Entre les deux armatures, distantes de la longueur L, il règne un champ électrique uniforme dirigé vers l'armature négative dont la valeur se calcule par la relation :

$\boldsymbol{E = \frac{U}{L}}$ avec E le champ électrique en $\text{V} \cdot \text{m}^{-1}$, U en V et L en m.

● L'étude du mouvement de la particule chargée suit la méthode du paragraphe B ci-avant :

1 Le système est la particule chargée (réduite à M).

2 Le référentiel est celui du laboratoire (galiléen).

3 Les forces appliquées à la particule chargée sont :
– son poids $\vec{P}$, vertical vers le bas et de valeur $P = mg$.
– la force électrique $\vec{F}$, horizontale vers la droite si $q > 0$ et de valeur $F = q \times E$

Le poids de la particule est toujours négligeable vis-à-vis de la force électrique. Seule cette dernière est donc retenue.

4 La deuxième loi de Newton s'applique et on obtient : $\vec{F} = m\vec{a}$

ou encore $\vec{a} = \dfrac{\vec{F}}{m} = \dfrac{q \times \vec{E}}{m}$

5 On projette cette expression dans le repère choisi : $a_x = \dfrac{q \times E}{m}$ et $a_y = 0$.

Par intégration de $\vec{a} = \dfrac{d\vec{v}}{dt}$, on obtient les primitives :

$v_x = \dfrac{q \times E}{m} t + C_1$ et $v_y = C_2$.

Comme, en $t = 0$, $v_x = 0$ et $v_y = 0$ (conditions initiales), alors $C_1 = 0$ et $C_2 = 0$.

Finalement, $v_x = \dfrac{q \times E}{m} t$ et $v_y = 0$.

Par intégration de $\vec{v} = \dfrac{d\overrightarrow{OM}}{dt}$, on obtient les primitives :

$x(t) = \dfrac{1}{2} \dfrac{q \times E}{m} t^2 + C_3$ et $y(t) = C_4$.

Comme $x(0) = 0$ et $y(0) = 0$ alors $C_3 = 0$ et $C_4 = 0$.

Ainsi : $x(t) = \dfrac{1}{2} \dfrac{q \times E}{m} t^2$ et $y(t) = 0$.

Le mouvement de la particule est donc rectiligne accéléré.

8 Exploiter le transfert de l'énergie

A Connaître la notion d'énergie interne et le premier principe de la thermodynamique

● Quand la température ou la pression d'un système change, cela entraîne une variation, au niveau microscopique, des **énergies cinétique** – liée à l'agitation – et **potentielle** – liée aux interactions – des entités (atomes, ions, etc.) constituant ce système. On appelle **énergie interne *U*** la résultante de ces énergies microscopiques ; elle s'exprime en **joules** (J).

● Les échanges d'énergie peuvent avoir lieu sous la forme :
- d'un **travail *W*** d'une (ou de plusieurs) force(s) extérieure(s) au système ;
- d'un **transfert thermique *Q***, c'est-à-dire un transfert d'énergie entre le système et le milieu extérieur.

> REMARQUE **La conduction, la convection et le rayonnement, sont les trois modes de transfert thermique possibles.**

● Selon le **premier principe de la thermodynamique**, la variation d'énergie interne ΔU d'un système est égale à la somme du transfert thermique Q et du travail W échangés par le système : $\mathbf{\Delta U = Q + W}$
où W et Q sont comptés positivement s'ils s'effectuent du milieu extérieur vers le système, et négativement dans le cas contraire.

B Calculer une variation d'énergie interne

Dans un système (liquide ou solide) incompressible subissant une variation de température, la variation d'énergie interne ΔU se détermine à partir de l'expression : $\Delta U = C \times (T_{\text{finale}} - T_{\text{initiale}}) = C \times \Delta T$
avec ΔU en joules (J), la capacité thermique C du système en $\text{J} \cdot \text{K}^{-1}$ et ΔT en kelvins (K).

Exemple. Une eau de cuisson, de capacité thermique $C = 4{,}20\ \text{kJ} \cdot \text{K}^{-1}$, reçoit une énergie thermique $Q = 336$ kJ.

Déterminons son élévation de température.

Ici $\Delta U = \text{Q}$ car $\text{W} = 0$ J. On a : $\Delta T = \dfrac{\Delta U}{C} = \dfrac{Q}{C} = \dfrac{3{,}36 \times 10^5}{4\ 200} = 80{,}0\ \text{K}\ (80{,}0\ ^\circ\text{C})$.

C Calculer une résistance thermique

- Lorsque l'on met en contact deux systèmes, le système dont la température est la plus élevée cède une part de son énergie thermique Q à l'autre.

- Le **flux thermique Φ_{th}** – ou puissance thermique – transféré d'un système « plus chaud » à l'autre « plus froid » à travers une paroi peut se déterminer à partir de l'expression :

$\boldsymbol{\Phi_{th} = \dfrac{T_{chaud} - T_{froid}}{R_{Th}}}$ avec Φ_{th} en watts (W), T en kelvins (K) et la résistance thermique R_{th} de la paroi en kelvins par watt ($K \cdot W^{-1}$).

Exemple. Un flux thermique $\Phi_{th} = 60$ W traverse une paroi dont les températures des faces valent $T_{chaud} = 295$ K et $T_{froid} = 265$ K. Déterminons la résistance thermique de la paroi.

$$R_{Th} = \frac{T_{chaud} - T_{froid}}{\phi_{Th}} = \frac{295 - 265}{60} = 0{,}50\ K \cdot W^{-1}.$$

SPRINT FINAL

9 Caractériser une onde

A Recourir aux grandeurs acoustiques

- Un son est une **onde mécanique longitudinale** qui se propage en transportant de l'énergie. Cette **énergie sonore** se répartit dans toutes les directions de l'espace. La **puissance sonore** est une grandeur plus utilisée ; elle correspond à l'énergie transmise par unité de temps.
- L'**intensité sonore *I*** reçue au niveau d'un récepteur (le tympan, par exemple) se détermine en utilisant l'expression $\boldsymbol{I = \frac{P}{S}}$ avec I en watts par mètre carré ($W \cdot m^{-2}$), la puissance sonore P en watts (W) et la surface S du récepteur en mètres carrés (m^2).
- Pour faciliter la classification des sons, on définit le **niveau d'intensité sonore *L*** par :

$$\boldsymbol{L = 10 \times \log\left(\frac{I}{I_0}\right)} \text{ et, inversement, } \boldsymbol{I = I_0 \times 10^{\frac{L}{10}}}$$

avec L en décibels (dB), I en watts par mètre carré ($W \cdot m^{-2}$) et l'intensité sonore de référence $I_0 = 10^{-12}\ W \cdot m^{-2}$.

Exemple. L'intensité sonore mesurée à 7 km du pas de tir d'une fusée Ariane qui décolle vaut $I = 1{,}95 \times 10^{-1}\ W \cdot m^{-2}$. Déterminons le niveau d'intensité sonore L.

$$L = 10 \times \log\left(\frac{I}{I_0}\right) = 10 \times \log\left(\frac{1{,}95 \times 10^{-1}}{1{,}00 \times 10^{-12}}\right) = 113 \text{ dB.}$$

- Le niveau de l'intensité sonore dépend de l'éloignement entre la source et le récepteur ainsi que de la présence d'obstacles absorbants. On définit l'**atténuation** comme la différence entre deux niveaux d'intensité sonore.

B Reconnaître une diffraction

- Un phénomène de **diffraction** est perceptible quand une onde rencontre une ouverture ou un obstacle de dimension a comparable à la **longueur d'onde** $\boldsymbol{(0 < a < 10\,\lambda)}$; l'onde change de direction de propagation.
- L'angle avec lequel l'onde dévie vérifie la relation $\boldsymbol{\sin\theta = \frac{\lambda}{a}}$ avec θ en radians, λ et a (taille de l'ouverture) en mètres.

Cette relation devient $\theta = \frac{\lambda}{a}$ si θ est très petit.

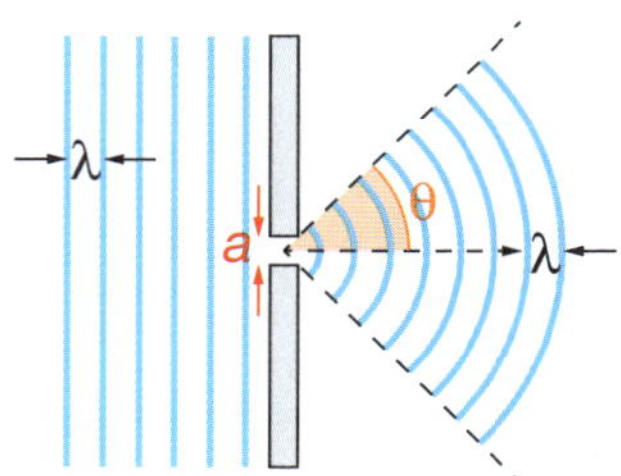

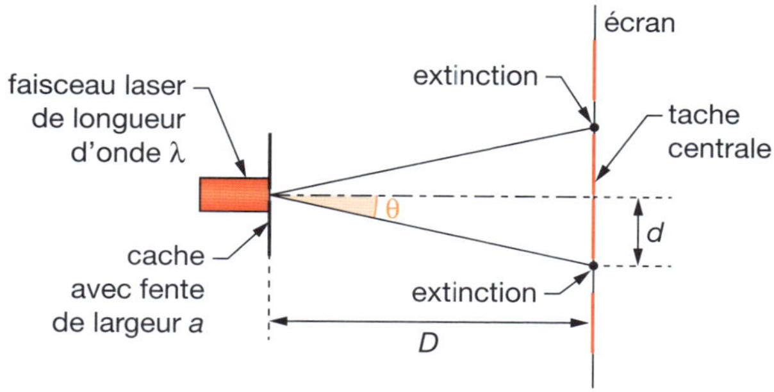

● Dans le cas d'une onde lumineuse, la figure de diffraction dépend aussi de la distance D entre la fente et l'écran : $\theta \approx \tan\theta = \frac{d}{D}$

avec θ en radians, d et D en mètres.

Notez que la tache centrale a une largeur de $2d$.

● **Exemple.** Une figure de diffraction est obtenue en plaçant un fil de diamètre a dans le faisceau d'un laser de longueur d'onde $\lambda = 430$ nm. L'écran est situé à $D = 1{,}8$ m et la tache centrale mesure $L = 5{,}5$ cm. Déterminons le diamètre du fil.

D'une part, on a $\theta = \frac{\lambda}{a}$ et, d'autre part, $\theta = \frac{d}{D} = \frac{L}{2 \times D}$ donc $\frac{\lambda}{a} = \frac{L}{2 \times D}$.

Finalement, $a = \frac{2 \times \lambda \times D}{L} = \frac{2 \times 4{,}30 \times 10^{-7} \times 1{,}8}{5{,}5 \times 10^{-2}} = 2{,}8 \times 10^{-5}$ m.

C Reconnaître des interférences

● Lorsque deux ondes **synchrones** (de même fréquence) se superposent dans un milieu, des **interférences** se produisent : des zones d'amplitude minimale (**interférences destructives**) et maximale (**interférences constructives**) apparaissent.

● En un point P, le caractère destructif ou constructif de la superposition des deux ondes – issues des sources S_1 et S_2 – dépend de la différence entre les distances S_2P et S_1P.

● On appelle **différence de marche**, $\delta = S_2P - S_1P$ (en mètres).

Si $\delta = \left(n + \frac{1}{2}\right)\lambda$, où n est un entier, on obtient une interférence destructive.

Si $\delta = n\,\lambda$, on obtient une interférence constructive.

SPRINT FINAL

● Dans le cas du **dispositif des trous de Young** (figure ci-dessous), la différence de marche vaut $\delta = \frac{a \times x}{D}$. L'**interfrange *i***, c'est-à-dire la distance entre deux franges brillantes (interférences constructives) se détermine à partir de l'expression : $i = \frac{\lambda \times D}{a}$.

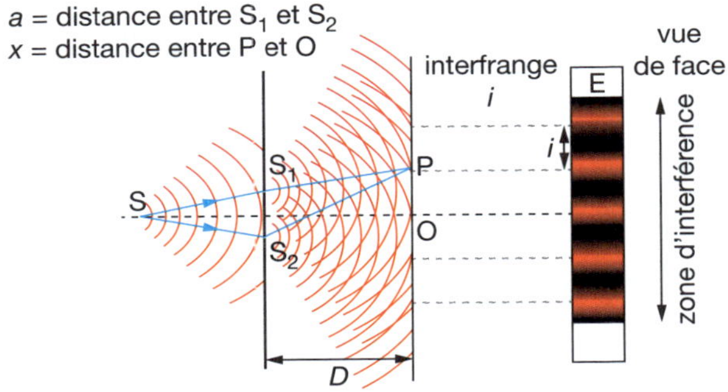

10 Comprendre la lunette astronomique

A Modéliser une lunette astronomique

Une lunette astronomique se compose de deux lentilles convergentes centrées sur un même axe optique :
– la première lentille (L_1), **l'objectif**, collecte la lumière et forme une image intermédiaire de l'objet ;
– la seconde lentille (L_2), **l'oculaire**, agrandit l'image pour la rendre observable à l'œil humain.

MÉTHODE

Construire des rayons lumineux à travers une lentille convergente.

- Tout rayon incident passant par le centre optique O de la lentille n'est pas dévié.
- Tout rayon incident passant par le foyer objet F émerge de la lentille parallèlement à l'axe optique (Δ).
- Tout rayon incident parallèle à l'axe optique (Δ) émerge de la lentille en passant par le foyer image F'.

Exemple. En appliquant ces différentes règles et également le fait que l'image intermédiaire se forme dans le plan focal image de l'objectif (L_1), on obtient le schéma suivant.

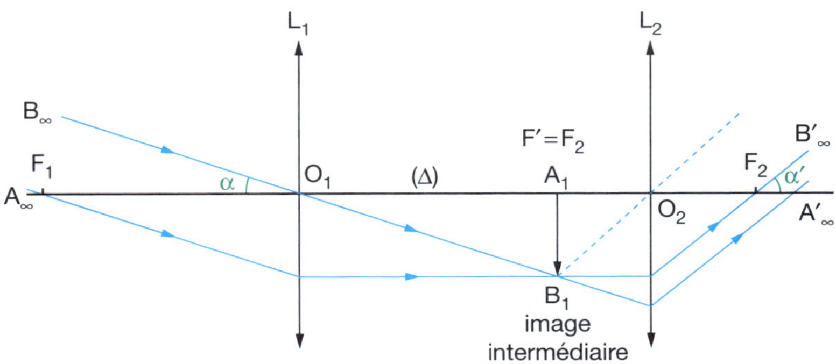

Distance focale de l'objectif = $O_1F_1 = O_1F'_1 = f'_1$
Distance focale de l'oculaire = $O_2F_2 = O_2F'_2 = f'_2$

REMARQUE Sur le schéma, on constate que l'objet $A_\infty B_\infty$ et l'image $A'_\infty B'_\infty$ sont inversés ; l'image finale est donc à l'envers.

SPRINT FINAL

B Connaître le vocabulaire

- Un système optique **afocal** transforme un faisceau lumineux parallèle en un autre faisceau parallèle. La lunette astronomique en est un exemple. L'intérêt de ce système est que l'œil de l'observateur n'a pas à accommoder donc ne fatigue pas.

- Le **grossissement** d'un dispositif afocal est défini par $\mathbf{G} = \dfrac{\alpha'}{\alpha}$ avec G sans unité, α et α' dans la même unité d'angle (en radians en général).

Si les angles sont petits, G peut se calculer à partir de l'expression :

$$G = \frac{\tan\alpha'}{\tan\alpha} = \frac{\dfrac{A_1B_1}{O_2A_1}}{\dfrac{A_1B_1}{O_1A_1}} = \frac{O_1A_1}{O_2A_1} = \frac{f_1'}{f_2'}.$$

Exemple. La distance focale de l'objectif d'une lunette astronomique vaut $f_1' = 500$ mm et celle de l'oculaire vaut $f_2' = 20$ mm.

Cette lunette aura un grossissement de $G = \dfrac{f_1'}{f_2'} = \dfrac{500}{20} = 25$.

11 Étudier la dynamique d'un système électrique

A Caractériser un condensateur

- Le courant électrique résulte du déplacement d'un ensemble de particules chargées. En **régime variable**, son intensité i est donnée par le flux instantané (ou débit) de charge qui traverse une section soit $\boldsymbol{i = \frac{dq}{dt}}$ avec i en ampères (A), q en coulombs (C) et t en secondes (s).
- Un **condensateur** est formé par deux surfaces métalliques en regard (les **armatures**), séparées par un isolant. Sous l'effet d'une tension électrique, des charges électriques, égales et opposées, s'accumulent sur chacune des armatures : on parle du comportement **capacitif** du condensateur.
- La **capacité C** caractérise un condensateur ; elle s'exprime par $\boldsymbol{C = \frac{q}{u_C}}$

et, inversement, $\boldsymbol{q = C \times u_C}$ avec C en farads (F), la charge q (armature +) en C et u_C en volts (V).

Comme $i = \frac{dq}{dt}$ et $q = C \times u_C$, la relation entre la tension et l'intensité électriques dans un condensateur est donnée à tout instant par $\boldsymbol{i = C \times \frac{du_C}{dt}}$

avec i en A, C en F, u_C en V et t en s.

B Établir et résoudre l'équation différentielle vérifiée par la tension aux bornes d'un condensateur

MÉTHODE

Étudier la charge / la décharge d'un condensateur dans un circuit *RC*

1. Établir l'équation régissant la tension $u_c(t)$ en appliquant successivement les différentes lois de l'électricité (loi des mailles, loi d'Ohm, relation tension-intensité dans un condensateur).
2. Résoudre l'équation obtenue. La solution de l'**équation différentielle** sera de la forme : $u_c(t) = A \times e^{-\frac{t}{RC}} + B$ où A et B sont des constantes dépendant des conditions initiales et finales de la charge du condensateur.

SPRINT FINAL

Exemple. Étudions, dans un circuit RC, la charge du condensateur C.

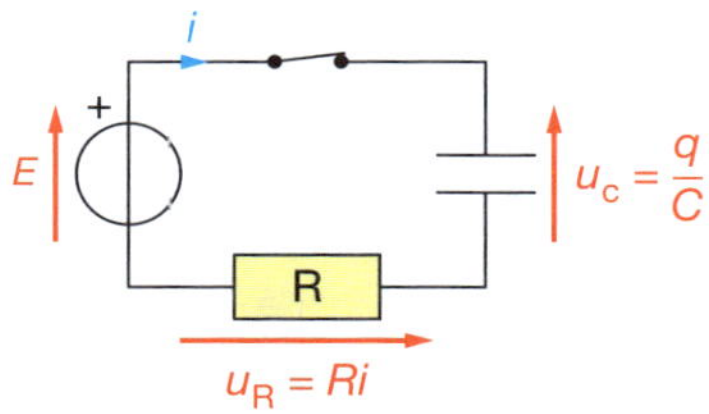

1 L'application de la loi des mailles donne $u_R + u_C - E = 0$ soit $Ri + u_C = E$ (1)

On rappelle que $i = \frac{dq}{dt}$ et que, pour un condensateur, $q = C \times u_C$. On obtient donc $i = C \times \frac{du_C}{dt}$ (2)

En conjuguant les expressions (1) et (2), on obtient $\boldsymbol{RC \times \frac{du_C}{dt} + u_C = E}$.

2 La solution générale de cette équation différentielle s'écrit :

$u_c(t) = A \times e^{-\frac{t}{RC}} + E$

Le condensateur est initialement déchargé : $u_c(0) = 0$ donc la constante A vaut $A = -E$.

Finalement, $u_c(t) = -E \times e^{-\frac{t}{RC}} + E = E \times (1 - e^{-\frac{t}{RC}})$.

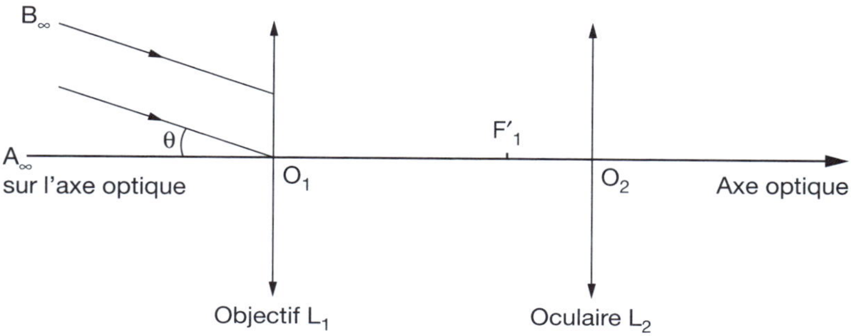

***Figure 4.* Schéma de la lunette de Huygens (échelle non respectée)**

▶ **1.** Préciser le sens du terme « afocal ». *(0,5 point)*

▶ **2.** Placer, sur la figure 4, les foyers objet F_2 et image F'_2 de la lentille L_2 dans le cas d'une lunette afocale. *(0,5 point)*

▶ **3.** Construire, sur la figure 4, la marche des deux rayons lumineux issus de B qui émergent de la lunette en faisant apparaître l'image intermédiaire A_1B_1. (*1 point*)

La lunette de Huygens est constituée d'un tube long de 372 cm. Comme indiqué sur la figure 5, l'oculaire est placé à une extrémité du tube. L'objectif quant à lui est enfoncé de 36 cm par rapport à l'autre extrémité, afin de le protéger de la buée.

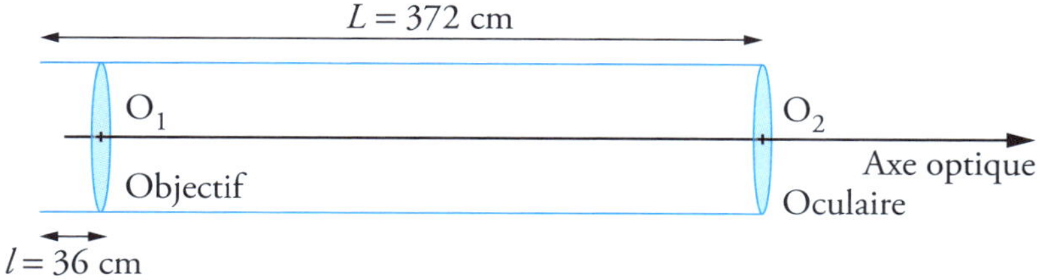

***Figure 5.* Représentation schématique de la lunette de Huygens (échelle non respectée)**

▶ **4.** Vérifier, à partir des données, que la lunette d'Huygens peut être considérée comme « afocale ».
L'angle θ, représenté sur la figure 4, désigne l'angle sous lequel l'espace AB entre la surface de Saturne et son premier anneau est vu à l'œil nu depuis la Terre, lorsque les anneaux de Saturne sont vus de face (voir figure 6). *(0,5 point)*

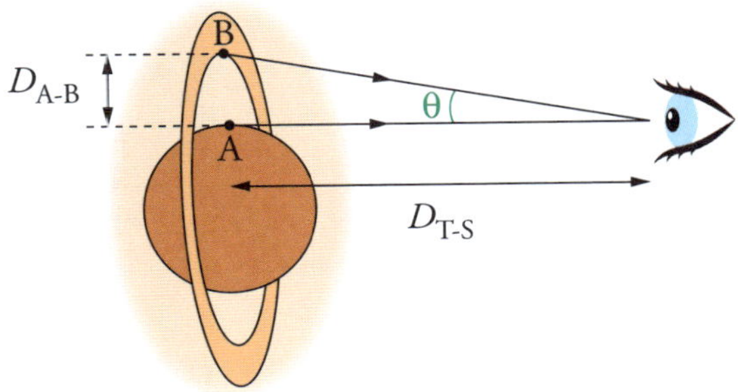

Figure 6. **Angle sous lequel Saturne est vue par Huygens sans la lunette (échelle non respectée)**

On note θ′ l'angle sous lequel un observateur voit l'image A′ B′ de l'espace AB, à travers la lunette astronomique.

▶ **5.** Placer l'angle θ′ sur la figure 4. *(0,25 point)*

▶ **6.** Donner l'expression du grossissement G_{Huy} de la lunette de Huygens en fonction des angles θ et θ′. *(0,25 point)*

▶ **7.** Montrer que le grossissement G_{Huy} de la lunette de Huygens s'exprime en fonction des distances focales des lentilles L_1 et L_2 constituant la lunette :

$G_{\text{Huy}} = \dfrac{f_1'}{f_2'}$ *(1 point)*

▶ **8.** Calculer la valeur du grossissement G_{Huy} de la lunette utilisée par Huygens. *(0,25 point)*

▶ **9.** Conclure sur la possibilité pour Huygens de distinguer la surface de Saturne de son premier anneau en utilisant la lunette. La distance entre la surface de Saturne et son premier anneau est égale à $D_{A\text{-}B} = 3{,}17 \times 10^4$ km (figure 6). *(1 point)*

PARTIE 2. PRISE EN COMPTE DE LA DIFFRACTION DANS L'OBSERVATION ASTRONOMIQUE — 15 min

L'observation des détails d'un objet avec une lunette astronomique est principalement limitée par le phénomène de diffraction. En effet, l'image donnée par l'objectif d'une source ponctuelle « à l'infini » n'est pas un point mais une figure de diffraction circulaire, appelée tache d'Airy, représentée en figure 7.

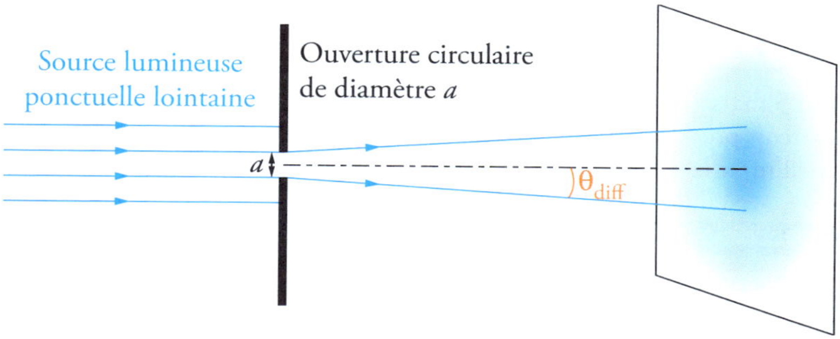

Figure 7. **Figure de diffraction obtenue par une ouverture circulaire (échelle non respectée – image en négatif)**

Dans le cas de la lunette astronomique, on admet que l'angle caractéristique de diffraction vérifie la relation :

$$\theta_{diff} = 1{,}22 \times \frac{\lambda}{a}$$

avec λ la longueur d'onde du faisceau incident et a le diamètre de l'objectif.

Une lunette astronomique ne permet de distinguer deux points A et B que si l'écart angulaire θ entre les directions de ces deux points vus depuis la Terre est supérieur ou égal à l'angle caractéristique de diffraction, c'est-à-dire si la condition $\theta \geqslant \theta_{diff}$ est vérifiée. Si ce n'est pas le cas, les taches d'Airy associées aux deux points se superposent et les deux points ne peuvent être séparés visuellement.

▶ **10.** Expliquer pourquoi on peut considérer que le phénomène de diffraction a empêché Galilée d'observer les anneaux de Saturne avec sa lunette astronomique contrairement à Huygens qui a pu les observer. Une approche quantitative est attendue.

On rappelle que la distance entre Saturne et la limite du premier anneau visible à l'époque est égale à $D_{A\text{-}B} = 3{,}17 \times 10^4$ km et on effectuera les calculs avec une valeur de la longueur d'onde $\lambda = 550$ nm, pour laquelle l'œil humain est le plus sensible. *(1,25 point)*

Le candidat est invité à prendre des initiatives et à présenter la démarche suivie, même si elle n'a pas abouti. La démarche est évaluée et doit être correctement présentée.

PARTIE 3. PRISE EN COMPTE DE LA DIFFRACTION DANS L'OBSERVATION ASTRONOMIQUE

45 min

Le 25 mars 1655, à 8 heures du soir, employant sa lunette, Huygens aperçoit près de Saturne, un point brillant qu'il soupçonne être un satellite de cette planète. Plus tard, ce satellite sera appelé Titan.

DOCUMENT

« Après le 25 mars 1655, à savoir le 10 avril, le satellite a été vu à la même position qu'il occupait à cette première date. De même, le 3 et le 19 avril de cette même année des positions identiques furent observées ; de même encore le 13 et le 29 de ce mois. Tenant donc compte de ces résultats, j'ai dessiné une circonférence de cercle représentant l'orbite du satellite, avec Saturne au centre, et je l'ai divisée en 16 parties, comme le montre la figure suivante. Dans cette orbite j'ai fait circuler le satellite suivant l'ordre naturel des chiffres. […]

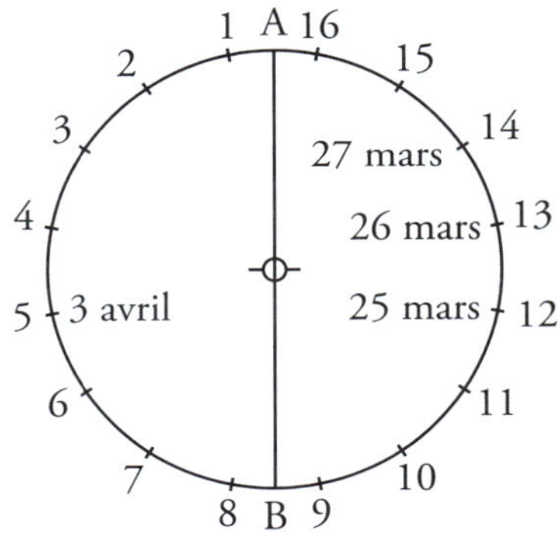

Cherchant ensuite sur cette circonférence l'endroit où le satellite s'était trouvé dans notre première observation et corrigeant plusieurs fois cet endroit, […] il m'a semblé enfin que tout le mouvement peut être représenté le plus commodément, si dans le cas de la première observation, celle du 25 mars 1655, le satellite est placé auprès du nombre 12. Par suite le satellite de Saturne était le 26 mars auprès du nombre 13, le 27 mars auprès du nombre 14, le 3 avril auprès du nombre 5 et ainsi de suite aux endroits de l'orbite qui correspondent assez bien avec les situations observées la première année. »

Source : d'après *Systema Saturnium*, Huygens

▶ **11.** Justifier le choix de Huygens de diviser la trajectoire de Titan en 16 parties. *(0,5 point)*

Le mouvement de Titan, noté T, est étudié dans le référentiel saturnocentrique, dont l'origine est placée au centre S de Saturne et dont les axes sont dirigés vers des étoiles lointaines. Il est considéré comme galiléen. On travaille dans le repère de Frenet $\left(T, \vec{u}_t, \vec{u}_n\right)$.

Dans *Systema Saturnium*, Huygens précise que la valeur de la période de révolution T_{Huy} de Titan est de « 15 jours 23 heures 13 minutes ».

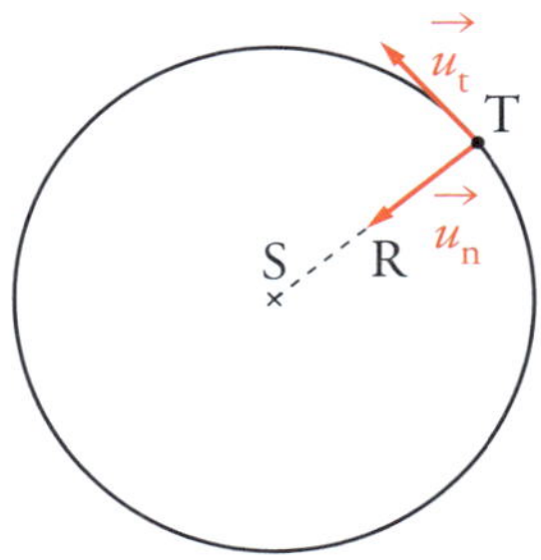

***Figure 8.* Schéma de la trajectoire de Titan dans le référentiel saturnocentrique**

▶ **12.** Donner l'expression vectorielle de la force d'interaction gravitationnelle exercée par Saturne sur le satellite Titan en fonction de G, M_S, M_T, R et de l'un des vecteurs unitaires. *(0,5 point)*

▶ **13.** Le mouvement de Titan autour de S est supposé circulaire. Montrer qu'il est uniforme puis que l'expression de la vitesse du satellite s'écrit sous la forme :

$v = \sqrt{\dfrac{G\ M_s}{R}}$. *(2 points)*

▶ **14.** En déduire l'expression de la période de révolution notée T_{Kep} de Titan. Calculer sa valeur. Commenter. *(1,5 point)*

LES CLÉS DU SUJET

Le lien avec le programme

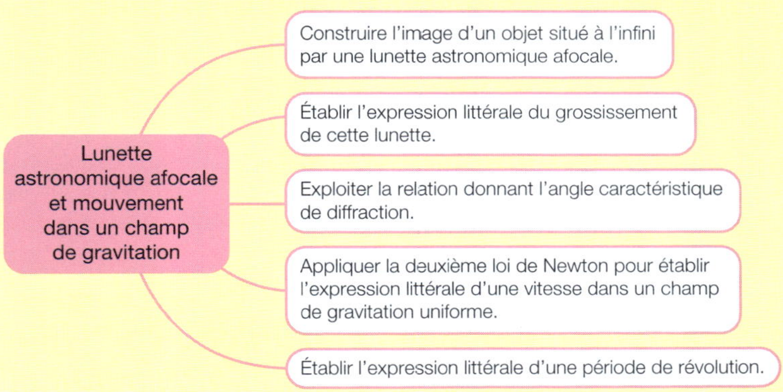

Les conseils du correcteur

Coups de pouce

Partie 1. Observation de Saturne par Huygens

▶ **7.** Placez-vous dans l'approximation des petits angles et exprimez séparément les angles θ et θ' avant d'en faire le rapport.

▶ **9.** Utilisez la figure 6 pour établir l'expression de l'angle θ'. Calculez sa valeur et comparez-la au pouvoir de séparation de l'œil.

Partie 3. Prise en compte de la diffraction dans l'observation astronomique

▶ **11.** Exploitez le texte historique pour déterminer la valeur de la période de révolution de Titan.

▶ **12.** Souvenez-vous que la force d'attraction gravitationnelle exercée par Saturne sur Titan a la même direction et le même sens que le vecteur unitaire $\overrightarrow{u_n}$.

▶ **13.** Appliquez la deuxième loi de Newton au satellite Titan, soumis à l'attraction gravitationnelle exercée par Saturne. Souvenez-vous aussi que, dans le cas d'un mouvement circulaire, l'expression du vecteur accélération $\vec{a}$ est donné, dans le repère de Frenet, par $\vec{a} = \frac{dv}{dt}\overrightarrow{u_t} + \frac{v^2}{R}\overrightarrow{u_n}$.

Aide à la résolution de la question 10 (Partie 2)

Les étapes du raisonnement

Étape 1. Calculer la valeur de l'angle caractéristique de diffraction θ_{diff} pour chaque lunette astronomique.

Étape 2. Comparer chaque valeur de l'angle θ_{diff} à celle de l'angle θ calculée à la question 9.

Étape 3. Conclure en indiquant si les anneaux ont pu être observés par chacun des astronomes malgré le phénomène de diffraction.

24 CORRIGÉ GUIDÉ

PARTIE 1. OBSERVATION DE SATURNE PAR HUYGENS

▶ 1. Définir le terme « afocal »

Une lunette est dite afocale si l'image d'un objet situé à l'infini se forme elle-même à l'infini. Pour cela, le foyer image F'_1 de l'objectif doit être confondu avec le foyer objet F_2 de l'oculaire : $F'_1 = F_2$.

▶ 2. Placer les foyers objet et image de l'oculaire

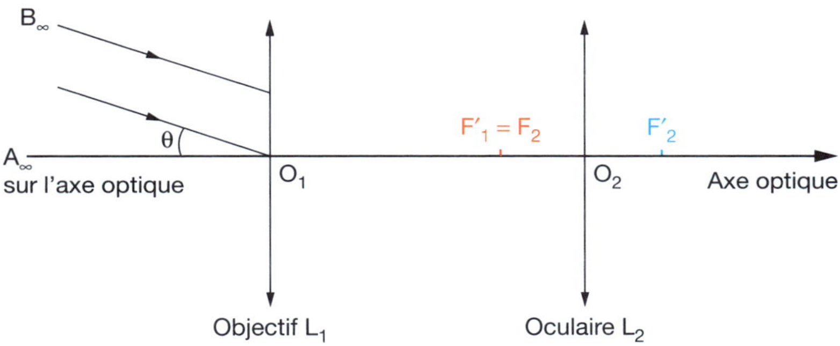

▶ 3. Construire des rayons lumineux

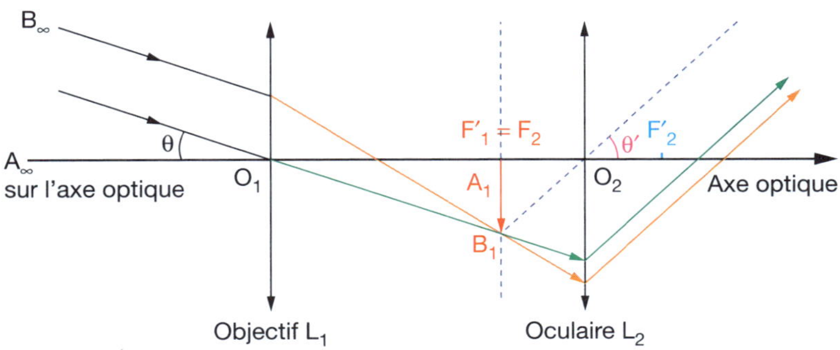

▶ 4. Vérifier que la lunette est afocale

Sur la figure 5, on constate que $L = l + O_1O_2$.

On en déduit que $O_1O_2 = L - l = 372 - 36 = 336$ cm.

Or, d'après les données, on a $f_1' = 329$ cm et $f_2' = 7{,}0$ cm donc $f_1' + f_2' = 336{,}0$ cm. Ainsi, on a bien $f_1' + f_2' = O_1O_2$: la lunette de Huygens est effectivement afocale.

▶ 5. Placer un angle sur un schéma

L'angle θ' a été placé sur le schéma précédent.

▶ 6. Donner l'expression du grossissement

Le grossissement de la lunette de Huygens est donné par : $G_{Huy} = \dfrac{\theta'}{\theta}$.

▶ 7. Établir l'expression du grossissement en fonction des distances focales

En regardant attentivement le schéma optique, nous pouvons exprimer ce grossissement non pas en fonction des angles θ et θ' mais en fonction de distances.

> **ATTENTION**
> Cette démonstration, très classique, est souvent demandée : savoir la refaire vous permettra de gagner des points facilement.

- Dans le triangle (O_2, A_1, B_1) rectangle en A_1, on peut écrire : $\tan\theta' = \dfrac{A_1B_1}{A_1O_2} = \theta'$ car θ' est petit, d'où $\theta' = \dfrac{A_1B_1}{A_1O_2} = \dfrac{A_1B_1}{f_2'}$.
- Dans le triangle (O_1, A_1, B_1) rectangle en A_1 on peut écrire $\tan\theta = \dfrac{A_1B_1}{A_1O_1} = \theta$ car θ est petit, d'où $\theta = \dfrac{A_1B_1}{A_1O_1} = \dfrac{A_1B_1}{f_1'}$.
- Le grossissement de la lunette peut donc s'écrire :

$$G_{Huy} = \frac{\theta'}{\theta} = \frac{A_1B_1}{f_2'} \times \frac{f_1'}{A_1B_1} = \frac{f_1'}{f_2'}.$$

▶ 8. Calculer la valeur du grossissement

On utilise la formule précédente en considérant les valeurs données, $f_1' = 329$ cm et $f_2' = 7{,}0$ cm :

$G_{\text{Huy}} = \dfrac{329}{7{,}0} = 47$.

Le grossissement de la lunette utilisée par Huygens est égal à 47.

> **À NOTER**
> Souvenez-vous que le grossissement est une grandeur sans unité. Ici, vous pouvez faire cette division en conservant les valeurs des distances focales en cm.

▶ 9. Valider l'observation de Saturne et de son premier anneau

Nous devons ici comparer l'angle θ′ au pouvoir de séparation de l'œil.

- Déterminons l'angle θ sous lequel l'espace AB entre la surface de Saturne et son premier anneau est vu, à l'œil nu, par Huygens depuis la Terre.

D'après la figure 6, on a : $\tan\theta = \dfrac{D_{\text{A-B}}}{D_{\text{T-S}}}$.

On peut donc calculer $\tan\theta = \dfrac{3{,}17 \times 10^4}{1{,}42 \times 10^9} = 2{,}23 \times 10^{-5}$ rad.

Comme tanθ est très petit, on peut estimer que θ a la même valeur : $\theta = 2{,}23 \times 10^{-5}$ rad.

- Déterminons l'angle θ′ sous lequel l'espace AB entre la surface de Saturne et son premier anneau est désormais vu par Huygens à travers sa lunette depuis la Terre.

On connaît la valeur du grossissement de la lunette de Huygens, or $G_{\text{Huy}} = \dfrac{\theta'}{\theta}$.

On peut donc écrire : $\theta' = G_{\text{Huy}} \times \theta$ et calculer sa valeur : $\theta' = 47 \times 2{,}23 \times 10^{-5} = 1{,}0 \times 10^{-3}$ rad.

- On en déduit que θ′ est supérieur au pouvoir de séparation de l'œil, qui vaut $3{,}0 \times 10^{-4}$ rad d'après l'énoncé.

En utilisant sa lunette, Huygens pouvait effectivement distinguer la surface de Saturne de son premier anneau.

SPRINT FINAL

PARTIE 2. PRISE EN COMPTE DE LA DIFFRACTION DANS L'OBSERVATION ASTRONOMIQUE

▶ 10. Montrer que le phénomène de diffraction peut gêner une observation

À la question 9, nous avons calculé que $\theta = 2,23 \times 10^{-5}$ rad. Or, nous pouvons calculer, pour chacune des lunettes, l'angle caractéristique de diffraction en utilisant la formule donnée dans l'énoncé :

$$\theta_{diff} = 1,22 \times \frac{\lambda}{a}.$$

Pour chaque lunette, nous pourrons donc comparer les valeurs de θ et θ_{diff} et ainsi évaluer leur sensibilité au phénomène de diffraction.

- **Pour la lunette de Galilée**

$$\theta_{diff} = 1,22 \times \frac{550 \times 10^{-9}}{29,0 \times 10^{-3}} = 2,31 \times 10^{-5}\,\text{rad}.$$

On constate que $\theta_{diff} > \theta$: le phénomène de diffraction empêchait Galilée d'observer les anneaux de Saturne.

- **Pour la lunette de Huygens**

$$\theta_{diff} = 1,22 \times \frac{550 \times 10^{-9}}{51,0 \times 10^{-3}} = 1,32 \times 10^{-5}\,\text{rad}.$$

Ici, $\theta_{diff} < \theta$ donc le phénomène de diffraction n'a pas empêché Huygens d'observer les anneaux de Saturne.

PARTIE 3. DÉCOUVERTE DE TITAN PAR HUYGENS

▶ 11. Analyser un texte pour en déduire une période de révolution

D'après le texte, Huygens a observé la rotation du satellite Titan autour de Saturne. Il a ainsi constaté qu'il était à la même position :

– le 25 mars 1655 puis le 10 avril 1655 ;

– le 3 et le 19 avril 1655 ;

– le 13 et le 29 avril 1655.

Ainsi, on en déduit qu'il s'écoule 16 jours pour que le satellite soit observé à la même position : la période de révolution de Titan est de 16 jours. C'est pourquoi Huygens a divisé la trajectoire de Titan en 16 parties égales.

▶ 12. Donner l'expression vectorielle de la force d'interaction gravitationnelle

La force d'attraction gravitationnelle exercée par Saturne sur Titan est donnée par la relation : $\overrightarrow{F_{S/T}} = G\dfrac{M_T\ M_S}{R^2}\overrightarrow{u_n}$.

▶ 13. Montrer que le mouvement du satellite est uniforme et établir l'expression de sa vitesse

On étudie le système {Titan} dans le référentiel saturnocentrique considéré comme galiléen. On considère que la seule force qui s'exerce sur Titan est la force d'attraction gravitationnelle exercée par Saturne $\overrightarrow{F_{S/T}}$.

• D'après la deuxième loi de Newton, appliquée au satellite de masse M_T, on peut écrire :

$\sum\overrightarrow{F_{ext}} = M_T\ \vec{a}$ d'où $\overrightarrow{F_{S/T}} = M_T\ \vec{a}$.

Ainsi, $G\dfrac{M_T\ M_S}{R^2}\overrightarrow{u_n} = M_T\ \vec{a}$

d'où : $\vec{a} = G\dfrac{M_S}{R^2}\overrightarrow{u_n}$ **(1)**

• Comme le satellite décrit une orbite circulaire, l'expression du vecteur accélération $\vec{a}$ est donné, dans le repère de Frenet, par :

$\vec{a} = \dfrac{dv}{dt}\overrightarrow{u_t} + \dfrac{v^2}{R}\overrightarrow{u_n}$ **(2)**

• Par identification des relations **(1)** et **(2)**, on obtient selon le vecteur $\overrightarrow{u_t}$:

$\dfrac{dv}{dt} = 0$

donc $v =$ constante.

On en conclut que le mouvement du satellite est bien circulaire et uniforme car sa vitesse reste constante.

• Poursuivons l'identification des relations **(1)** et **(2)**, selon le vecteur $\overrightarrow{u_n}$ cette fois :

$G\dfrac{M_S}{R^2} = \dfrac{v^2}{R}$ d'où $v^2 = G\dfrac{M_S}{R^2}R$.

On obtient bien la relation donnée dans l'énoncé : $v = \sqrt{\dfrac{G\ M_S}{R}}$.

SPRINT FINAL

▶ 14. Établir l'expression de la période de révolution du satellite puis calculer sa valeur

La période de révolution T_{Kep} de Titan est la durée que met ce satellite pour faire un tour complet autour de Saturne sur son orbite. C'est donc le temps qu'il lui faut pour parcourir la distance $d = 2\pi R$ à la vitesse v :

$$T_{\text{Kep}} = \frac{2\pi R}{v}\ .$$

En remplaçant v par l'expression obtenue à la question 13 :

$$T_{\text{Kep}} = \frac{2\pi R}{\sqrt{\frac{G\,M_S}{R}}} = 2\pi \text{R}\sqrt{\frac{R}{G\,M_S}} = 2\pi\sqrt{\frac{R^3}{G\,M_S}}\,.$$

$$T_{\text{Kep}} = 2\pi\sqrt{\frac{\left(1{,}22\times10^6\times10^3\right)^3}{6{,}67\times10^{-11}\times5{,}68\times10^{26}}}$$

$$= 1{,}38\times10^6\text{ s}.$$

> **ATTENTION**
> Il faut convertir les distances en mètres.

Que vaut cette valeur en nombre de jour quand on l'exprime comme l'a fait Huygens ?

$1\text{ j} = 24\text{ h} = 24\times3\,600\text{ s}$ donc $T_{\text{Kep}} = \frac{1{,}38\times10^6}{24\times3\,600} = 15{,}97\text{ j}$: c'est une période proche de 16 jours, valeur trouvée à la question 11.

On peut aussi comparer cette valeur aux observations de Huygens qui écrivait que la période de révolution de Titan est « 15 jours 23 heures et 13 minutes » : en secondes, cette durée est de :

$15\times24\times3\,600 + 23\times3\,600 + 13\times60 = 1{,}38\times10^6\text{ s}.$

La valeur de la période obtenue à partir de la deuxième loi de Newton correspond parfaitement à celle déterminée par Huygens à partir de ses observations.

25 France métropolitaine, mars 2023 • Jour 1
EXERCICE 2

Synthèse de l'arôme de banane

50 min
5 points

INTÉRÊT DU SUJET • Envie d'un bonbon à la banane ? Découvrez, grâce à cet exercice, comment l'industrie agroalimentaire utilise la chimie organique pour fabriquer des arômes.

L'arôme de banane est un mélange complexe de plusieurs espèces chimiques naturelles. Le principal constituant de cet arôme est l'éthanoate de 3-méthylbutyle aussi appelé acétate d'isoamyle : il est utilisé en parfumerie et comme additif alimentaire. L'objectif de cet exercice est de comparer plusieurs protocoles permettant de synthétiser au laboratoire cette espèce chimique, afin de déterminer quelle synthèse est la plus éco-responsable.

© Déco Relief

Flacon d'arôme alimentaire banane commercial

L'équation de la réaction de synthèse de l'éthanoate de 3-méthylbutyle est la suivante :

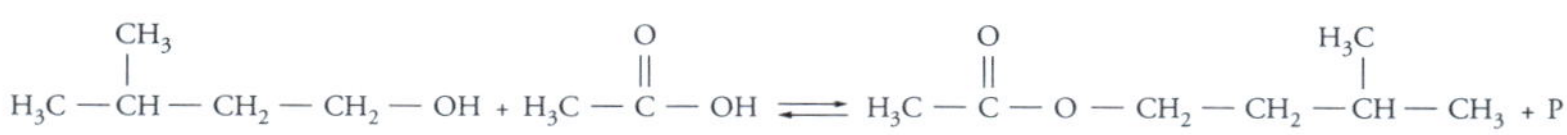

3-méthylbutan-1-ol   Acide éthanoïque   Éthanoate de 3-méthylbutyle

Données

• Table de données de spectroscopie infrarouge :

Liaison	O–H	C–H	C=C	C=O
Nombre d'onde (en cm^{-1})	3 200 – 3 700	2 850 – 3 100	1 620 – 1 680	1 650 – 1 750
Allure de la bande caractéristique	Forte et large	Forte	Faible et fine	Forte et fine

PARTIE 1. IDENTIFICATION DES ESPÈCES MISES EN JEU DANS LA RÉACTION

15 min

▶ **1.** Représenter la formule topologique des réactifs et de l'éthanoate de 3-méthylbutyle. Entourer les groupes caractéristiques et identifier les familles fonctionnelles correspondantes. *(0,5 point)*

▶ **2.** Justifier que le produit P obtenu lors de cette synthèse est de l'eau. *(0,25 point)*

▶ **3.** Attribuer, à l'aide des données et en justifiant, chacun des spectres A et B représentés ci-après soit à l'acide éthanoïque, soit à l'éthanoate de 3-méthylbutyle. *(0,5 point)*

Spectre A

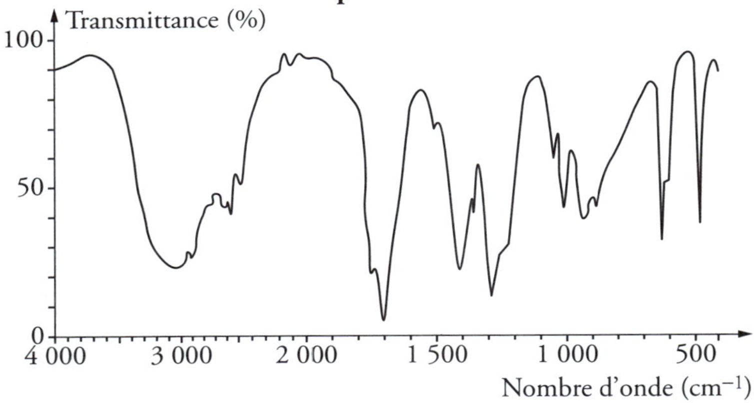

Spectre B

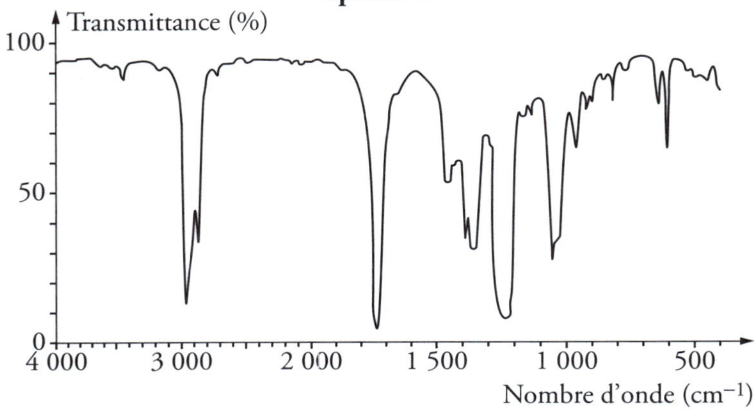

Source : https://sdbs.db.aist.go.jp/

PARTIE 2. COMPARAISON DE PROTOCOLES DE SYNTHÈSE

35 min

Données

• L'ion hydrogénocarbonate HCO_3^- est une espèce amphotère appartenant aux couples acide-base suivants : $HCO_{3\,(aq)}^-$ / $CO_{3\;(aq)}^{2-}$ et $(CO_{2(g)}, H_2O_{(l)})$ / $HCO_{3(aq)}^-$.

• Données physico-chimiques à 20 °C et données de sécurité :

Espèce chimique	Masse molaire en g · mol^{-1}	Densité	Solubilité dans l'eau salée	Pictogrammes de sécurité
3-méthylbutan-1-ol	88,2	0,81	Peu soluble	
Acide éthanoïque	60,0	1,05	Très soluble	
Éthanoate de 3-méthylbutyle	130,2	0,87	Très peu soluble	
Cyclohexane	84,2	0,78	Insoluble	

Dans la suite de l'exercice, on compare trois protocoles de synthèse.

Protocole A : synthèse avec montage de chauffage à reflux

• Étape 1 : dans un ballon on introduit 22 mL de 3-méthylbutan-1-ol, 15 mL d'acide éthanoïque pur et 10 gouttes d'acide sulfurique concentré, ainsi que quelques grains de pierre ponce.

• Étape 2 : le mélange est chauffé à reflux pendant 45 minutes puis refroidi à la température ambiante.

• Étape 3 : la phase organique est ensuite lavée avec une solution aqueuse saturée de chlorure de sodium puis avec une solution aqueuse d'hydrogénocarbonate de sodium. La phase organique est alors séchée à l'aide de sulfate de magnésium anhydre.

• La masse d'éthanoate de 3-méthylbutyle obtenue est m_B = 19,7 g.

▶ **4.** Nommer les étapes 2 et 3 du protocole A. *(0,5 point)*
L'acide sulfurique concentré est utilisé comme catalyseur dans ce protocole.

▶ **5.** Préciser le sens du mot catalyseur. *(0,25 point)*

▶ **6.** Préciser l'utilité du montage de chauffage à reflux dans ce protocole. *(0,25 point)*

Lors du second lavage de l'étape 3 du protocole, on observe un dégagement gazeux.

▶ **7.** À l'aide des données, proposer une explication à cette observation et justifier l'utilité de cette étape. *(0,5 point)*

▶ **8.** Déterminer le réactif limitant utilisé dans le protocole A puis calculer le rendement de la synthèse réalisée en suivant ce protocole.
Dans les protocoles B et C, les étapes 1 et 3 sont identiques à celles du protocole A, mais l'étape 2 est modifiée comme indiqué ci-dessous :

	Protocole B	**Protocole C**
	Synthèse au four à micro-ondes	**Synthèse avec un appareil de Dean-Stark**
Modifications de l'étape 2	Chauffage avec une puissance de 800 W pendant 30 s.	Chauffage à l'aide de l'appareil de Dean-Stark permettant d'extraire l'eau au cours de sa formation, en présence de cyclohexane jouant le rôle de solvant.
Rendement	87 %	85 %

Le chauffe-ballon utilisé dans les protocoles A et C lors de l'étape 2 consomme une énergie de $4{,}1 \times 10^5$ J. *(1,25 point)*

▶ **9.** Calculer l'énergie utilisée pour chauffer le mélange réactionnel dans le protocole B. Commenter. *(0,5 point)*

DOCUMENT

L'objectif de la chimie verte est de réduire l'impact de la chimie sur la santé humaine et l'environnement. Il s'agit donc de rechercher des milieux réactionnels alternatifs et respectueux de l'environnement tout en s'efforçant, dans le même temps, d'augmenter les vitesses et d'abaisser les températures de réaction.

Paul T. Anastas et John C. Warner ont développé 12 principes de la chimie verte en 1991. Ces principes se divisent en deux groupes : « réduire le risque » et « réduire le plus possible l'empreinte environnementale ».

D'après www.sigmaaldrich.com

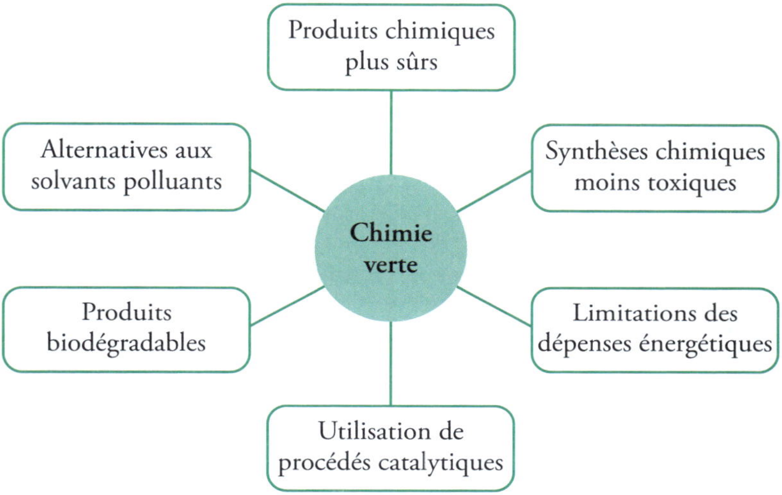

***Figure 1.* Schéma illustrant quelques principes directeurs de la chimie verte**

▶ **10.** À l'aide de la figure 1, identifier, en le justifiant, quel protocole répond le mieux aux principes directeurs de la chimie verte. *(0,5 point)*

LES CLÉS DU SUJET

Le lien avec le programme

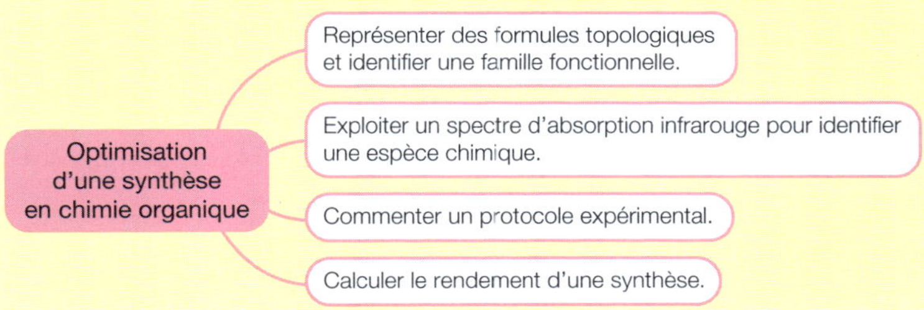

Les conseils du correcteur

Coups de pouce

Partie 1. Identification des espèces mises en jeu dans la réaction

▶ **2.** Souvenez-vous que, lors d'une transformation chimique, il y a conservation des éléments chimiques.
▶ **3.** Comparez les liaisons chimiques présentes dans les formules semi-développées de l'acide éthanoïque et de l'éthanoate de 3-méthylbutyle, puis identifiez dans les spectres infrarouges les bandes correspondant à ces liaisons.

Partie 2. Comparaison de protocoles de synthèse

▶ **7.** Repérez l'espèce chimique gazeuse parmi les couples acide-base donnés dans l'énoncé.
▶ **8.** Pensez à calculer les quantités de matière initiales des deux réactifs en utilisant la densité. Utilisez les coefficients stœchiométriques pour justifier le réactif limitant.

25 CORRIGÉ GUIDÉ

PARTIE 1. IDENTIFICATION DES ESPÈCES MISES EN JEU DANS LA RÉACTION

▶ 1. Représenter une formule topologique et identifier une famille fonctionnelle

ATTENTION
Ne confondez pas le nom de la famille avec le nom du groupe caractéristique.

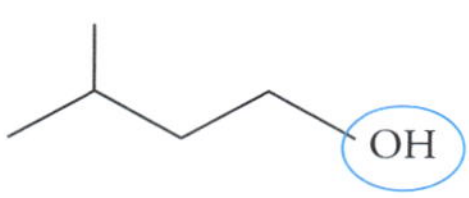	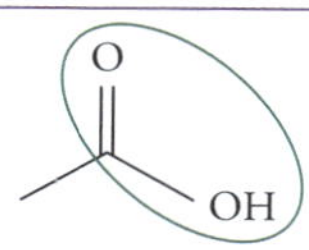	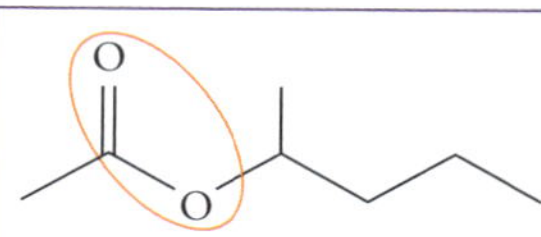
3-méthylbutan-1-ol	acide éthanoïque	éthanoate de 3-méthylbutyle
Famille des alcools	Famille des acides carboxyliques	Famille des esters

▶ 2. Justifier une espèce chimique formée

L'équation de la réaction de synthèse peut s'écrire avec les formules brutes de chaque espèce chimique telle que :

$C_5H_{12}O + C_2H_4O_2 \leftrightarrows C_7H_{14}O_2 + P$.

Or, au cours d'une transformation chimique, il y a conservation des éléments chimiques présents.

Ici, le produit P peut s'écrire, de manière générale : $C_xH_yO_z$.

Par identification du nombre de C, de H et de O dans l'équation de la réaction, on a donc :

pour C, $5 + 2 = 7 + x$ d'où $x = 0$,

pour H, $12 + 4 = 14 + y$ d'où $y = 2$,

pour O, $1 + 2 = 2 + z$ d'où $z = 1$.

Ainsi, le produit P a pour formule brute H_2O : il s'agit bien de l'eau.

▶ 3. Attribuer un spectre infrarouge

Le **spectre A** présente une bande d'absorption forte et large vers 3 100 cm^{-1}, caractéristique de la liaison O–H, et une bande d'absorption fine et forte vers 1 700 cm^{-1}, caractéristique de la liaison C=O. Ces deux liaisons sont caractéristiques du groupe carboxyle COOH. Le spectre A correspond donc à celui de l'acide éthanoïque.

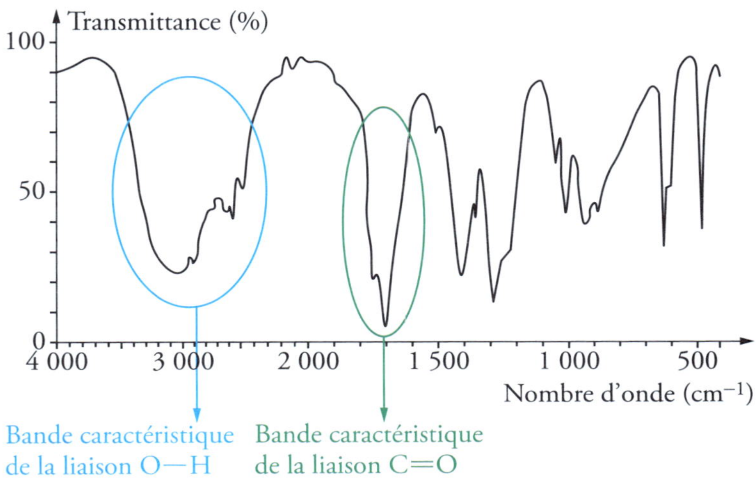

Le **spectre B** présente une bande d'absorption fine et forte vers 1 750 cm^{-1}, caractéristique de la liaison C=O, et une bande d'absorption fine et forte vers 3 000 cm^{-1}, caractéristique de la liaison C–H, mais aucune bande caractéristique de la liaison O–H. Le spectre B correspond donc à celui de l'éthanoate de 3-méthylbutyle.

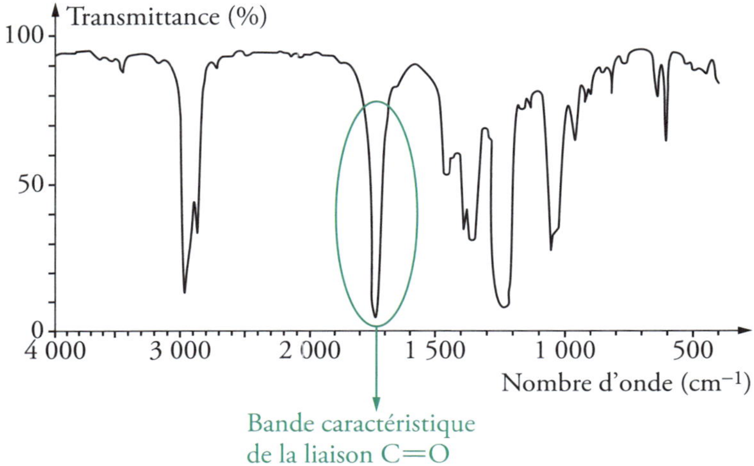

PARTIE 2. COMPARAISON DE PROTOCOLES DE SYNTHÈSE

▶ 4. Nommer les étapes d'un protocole de synthèse

L'étape 2 correspond à la transformation des réactifs.

L'étape 3 correspond à l'isolement de l'espèce chimique synthétisée.

▶ 5. Définir le mot catalyseur

Un catalyseur est une espèce chimique qui accélère une réaction chimique, sans en modifier l'état final. Comme il est consommé puis régénéré, sa formule chimique n'apparaît pas dans l'équation bilan.

▶ 6. Préciser l'utilité du montage de chauffage à reflux

En utilisant le chauffage, ce montage met en jeu un facteur cinétique : l'augmentation de la température permet d'accélérer la réaction chimique. De plus, le réfrigérant utilisé dans ce montage permet de condenser les vapeurs formées et d'éviter les pertes de matière.

▶ 7. Expliquer et justifier une étape de la synthèse

Lors du second lavage, avec une solution aqueuse d'hydrogénocarbonate de sodium, l'ion hydrogénocarbonate HCO_3^-, qui a un caractère basique, réagit avec l'acide éthanoïque restant et forme du dioxyde de carbone gazeux.

Le dégagement gazeux observé correspond à l'équation de réaction :

$$CH_3COOH_{(aq)} + HCO_3{}^-{}_{(aq)} \leftrightarrows CH_3COO^-{}_{(aq)} + (CO_{2(g)}, H_2O_{(l)}).$$

Ainsi, cet ajout élimine l'acide éthanoïque restant et l'acide sulfurique ajouté.

▶ 8. Déterminer le réactif limitant et calculer le rendement

- Calculons les quantités de matière initiales des deux réactifs introduits.

> **ATTENTION**
> Dans la relation $n = \dfrac{d \times \rho(\text{eau}) \times V}{M}$,
> si ρ est en $g \cdot mL^{-1}$ vous devez garder le volume V en mL.
> On rappelle que $\rho(\text{eau}) = 1{,}00\ g \cdot mL^{-1}$.

On a : $n_i(\text{alcool}) = \dfrac{m(\text{alcool})}{M(\text{alcool})}$

et $\rho(\text{alcool}) = \dfrac{m(\text{alcool})}{V(\text{alcool})}$

d'où $m(\text{alcool}) = \rho(\text{alcool}) \times V(\text{alcool})$.

D'autre part, $\rho(\text{alcool}) = d(\text{alcool}) \times \rho(\text{eau})$

où d(alcool) est la densité de l'alcool (indiquée dans les données).

Ainsi : $n_i(\text{alcool}) = \dfrac{d(\text{alcool}) \times \rho(\text{eau}) \times V(\text{alcool})}{M(\text{alcool})}$

$= \dfrac{0{,}81 \times 1{,}00 \times 22}{88{,}2} = 2{,}0 \times 10^{-1}$ mol.

De même, on peut calculer :

$n_i(\text{acide}) = \dfrac{d(\text{acide}) \times \rho(\text{eau}) \times V(\text{acide})}{M(\text{acide})} = \dfrac{1{,}05 \times 1{,}00 \times 15}{60{,}0}$

$= 2{,}6 \times 10^{-1}$ mol.

- D'après l'équation bilan, les coefficients stœchiométriques sont tous les deux égaux à 1. Or $n_i(\text{alcool}) < n_i(\text{acide})$: c'est l'alcool 3-méthylbutan-1-ol qui est le réactif limitant.

D'après l'équation de la réaction, si on considère la réaction comme totale, on a à l'état final : $n_{th}(\text{ester}) = n_i(\text{alcool})$.

Ainsi, on a : $n_{th}(\text{ester}) = 2{,}0 \times 10^{-1}$ mol

et par conséquent, $m_{th}(\text{ester}) = n_{th}(\text{ester}) \times M(\text{ester})$

d'où $m_{th}(\text{ester}) = 2{,}0 \times 10^{-1} \times 130{,}2 = 26$ g.

SPRINT FINAL

À NOTER
Le rendement R d'une réaction peut se calculer par :
$$R = \frac{\text{masse de produit obtenue expérimentalement}}{\text{masse théorique de produit obtenue si réaction totale}} = \frac{m_{exp}}{m_{th}}.$$
La relation peut aussi s'écrire avec les quantités de matière.
Il s'exprime souvent en pourcentage.

D'après la définition du rendement, on peut donc calculer :

$$R = \frac{m_{exp}(\text{ester})}{m_{th}(\text{ester})} = \frac{19{,}7}{26} = 0{,}76 \text{ soit } 76\ \%.$$

▶ 9. Calculer une énergie à partir d'une puissance

L'énergie E utilisée pour chauffer le mélange réactionnel dans le protocole B est donnée par : $E = P \times \Delta t$ où, d'après le tableau de l'énoncé, $P = 800$ W et $\Delta t = 30$ s.

On a donc : $E = 800 \times 30 = 2{,}4 \times 10^4$ J.

D'après l'énoncé, le chauffe-ballon des protocoles A et C consomme une énergie de $4{,}1 \times 10^5$ J. Le four à micro-ondes utilisé dans le protocole B permet donc de consommer moins d'énergie.

▶ 10. Identifier le protocole répondant au mieux aux critères de la chimie verte

Le protocole B est moins énergivore que les protocoles A et C. Il limite donc les dépenses énergétiques.

D'autre part, il n'utilise pas de solvant toxique, tel que le cyclohexane utilisé par le protocole C : la synthèse chimique est donc moins toxique.

Enfin, il présente un meilleur rendement que les protocoles A et C (87 % contre, respectivement, 76 % et 85 %).

Le protocole B semble donc être celui qui répond au mieux aux critères de la chimie verte.

26 France métropolitaine, mars 2023 • Jour 1
EXERCICE 3

Une formulation de l'aspirine

40 min
4 points

INTÉRÊT DU SUJET • Découvrez comment on peut réaliser le contrôle de qualité d'un sachet d'aspirine : le sachet testé contient-il bien la quantité d'acide acétylsalicylique annoncée sur son étiquette ?

L'aspirine est le nom commercial de l'acide acétylsalicylique. L'aspirine est utilisée depuis le début du XXe siècle comme principe actif analgésique (antidouleur) et antipyrétique (contre la fièvre). Il s'agit encore aujourd'hui d'un des médicaments les plus consommés au monde.
Cet exercice a pour objectif d'étudier un sachet de médicament contenant de l'acide acétylsalicylique.

Données

• Extrait de la notice d'un sachet de médicament contenant de l'acide acétylsalicylique :

Utilisation : sachet dose de 1,0 g à dissoudre dans l'eau.
Principe actif : ion acétylsalicylate.
Composition : 900 mg d'acétylsalicylate de DL–Lysine équivalent à un apport de 500 mg en acide acétylsalicylique.

• En dissolvant un sachet de médicament dans 40 mL d'eau, on obtient une solution de pH = 5,0.
• Couple acide-base : acide acétylsalicylique / ion acétylsalicylate ; $pK_A = 3{,}5$ à 25 °C.
• Propriétés de quelques espèces chimiques :

	Acide acétylsalicylique	**DL–Lysine**
Formule topologique	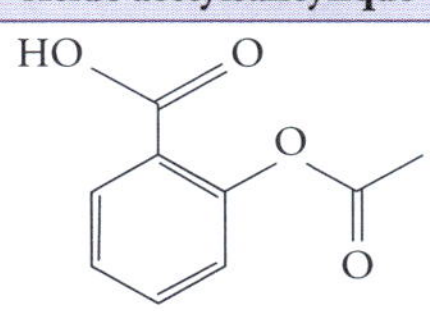 	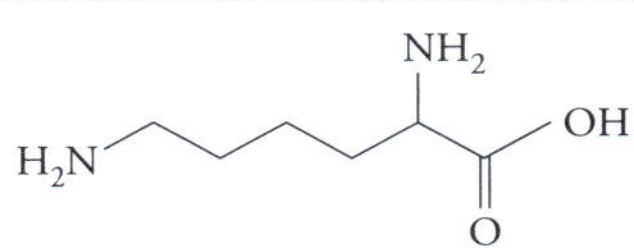
Formule brute	$C_9H_8O_4$	$C_6H_{14}N_2O_2$
Masse molaire ($g \cdot mol^{-1}$)	180,2	146,2

• Diagramme de prédominance (sans souci d'échelle) de la DL–Lysine :

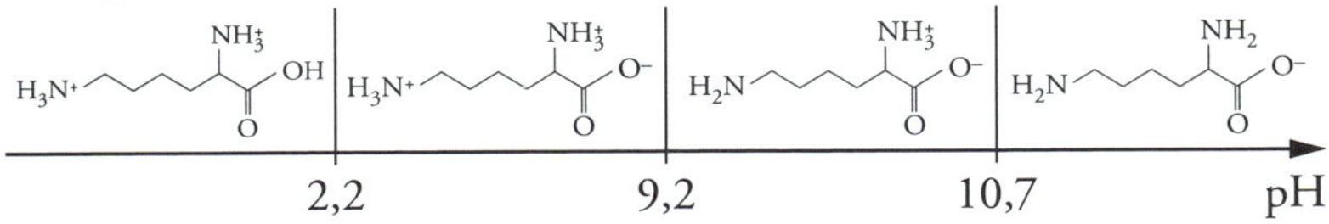

• Cercle chromatique :

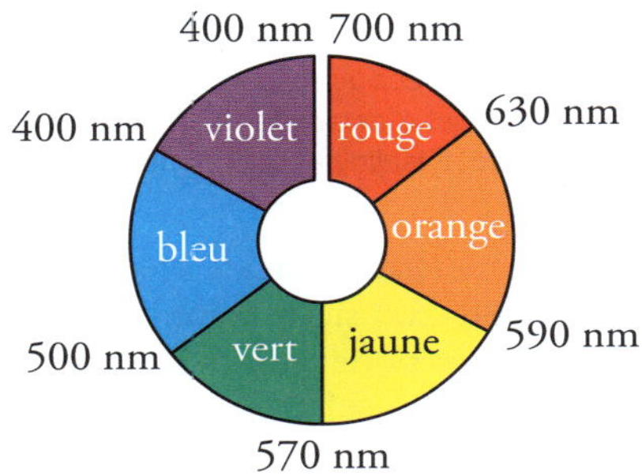

• Pour décider si le résultat d'une mesure est en accord avec une valeur de référence, on utilise le quotient $\frac{|x - x_{ref}|}{u(x)}$ avec x la valeur mesurée, x_{ref} la valeur de référence et $u(x)$, l'incertitude-type associée à la valeur mesurée x.

Le sachet de médicament étudié contient de l'aspirine sous la forme d'un composé ionique, l'acétylsalicylate de DL–Lysine.

▶ **1.** Représenter la formule semi-développée de l'ion acétylsalicylate. *(0,25 point)*

▶ **2.** La DL–lysine appartient à la famille des acides aminés. Proposer une explication. *(0,5 point)*

▶ **3.** Indiquer la forme prédominante des espèces associées à l'acide acétylsalicylique et à la DL–Lysine présentes dans la solution de médicament obtenue après dissolution du contenu du sachet dans l'eau. *(0,75 point)*

▶ **4.** Justifier alors que le titrage acide-base de cette solution aqueuse de médicament par une solution d'acide fort ne permet pas de déterminer directement la quantité de matière de l'ion acétylsalicylate en solution. *(0,5 point)*

On souhaite vérifier l'indication « équivalent à un apport de 500 mg en acide acétylsalicylique » figurant sur la notice du médicament.

Pour cela, on réalise le protocole suivant :
• **Étape 1 :** placer le contenu d'un sachet dans une fiole jaugée de volume $V_1 = 250$ mL, ajouter 10 mL d'une solution d'hydroxyde de sodium concentrée, homogénéiser le mélange et attendre 20 minutes, puis compléter jusqu'au trait de jauge avec de l'eau distillée.
• **Étape 2 :** prélever un volume $V_2 = 5,0$ mL de cette solution, l'introduire dans une fiole jaugée de volume $V_3 = 50,0$ mL et compléter jusqu'au trait de jauge avec une solution acidifiée de nitrate de fer ($Fe^{3+}_{(aq)}$; 3 $NO^-_{3\,(aq)}$). On note S la solution obtenue, dans laquelle a été formée une espèce colorée, notée B.

Lors de la mise en œuvre de ce protocole, les transformations chimiques mises en jeu sont toutes modélisées par des réactions considérées comme totales. La figure 1 en représente les étapes simplifiées.
Les nombres stœchiométriques associés aux espèces représentées sont tous égaux à 1.

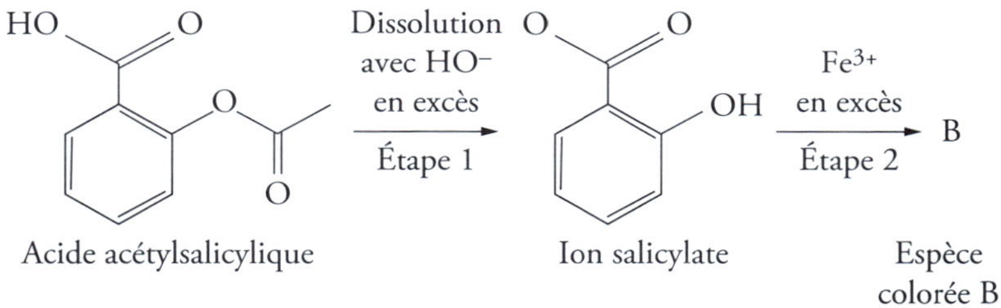

***Figure 1.* Étapes simplifiées de la synthèse de l'espèce colorée B**

On souhaite réaliser le dosage spectrophotométrique par étalonnage de l'espèce colorée B obtenue à l'issue de l'étape 2. On admet que seule l'espèce B absorbe dans le domaine du visible.
Pour cela, on utilise une solution mère de l'espèce colorée B, à partir de laquelle on prépare par dilution 6 solutions étalons de concentrations connues. L'une de ces solutions étalons permet de réaliser le spectre d'absorption donné sur la figure 2.

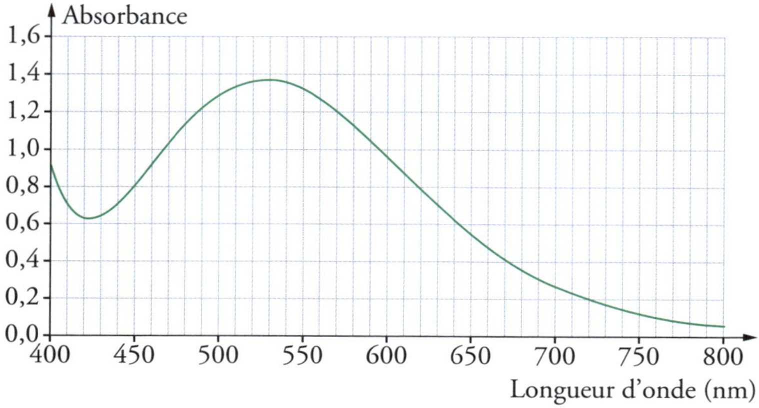

Figure 2. **Spectre d'absorption d'une solution aqueuse de l'espèce colorée B à la concentration 1,74 mmol · L^{-1}**

On mesure l'absorbance, à la longueur d'onde λ appropriée, de chaque solution étalon. Les résultats sont donnés en figure 3.

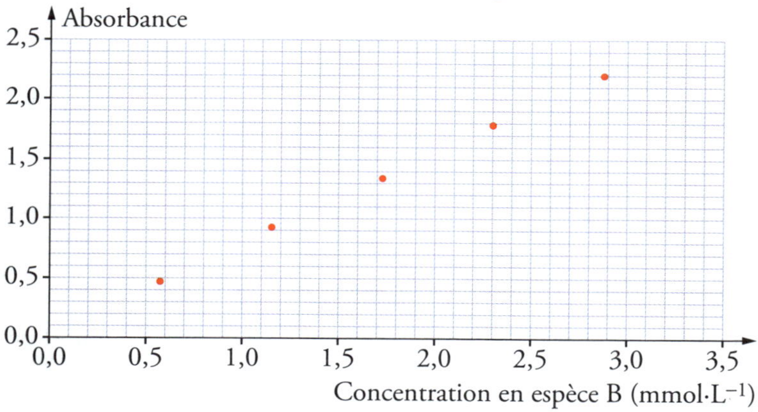

Figure 3. **Absorbance en fonction de la concentration en espèce B**

▶ **5.** Proposer une valeur de la longueur d'onde appropriée pour le dosage par étalonnage et en déduire la couleur de la solution contenant l'espèce B. *(0,5 point)*

La mesure de l'absorbance de la solution S obtenue à partir du sachet de médicament donne $A = 0{,}80$.

▶ **6.** En considérant que l'incertitude-type associée à la détermination de la masse a pour valeur $u(m) = 30$ mg, vérifier si la masse équivalente

m_{exp} d'acide acétylsalicylique présente dans le sachet est en accord avec les informations présentes sur la notice. *(1,5 point)*

Le candidat est invité à prendre des initiatives et à présenter la démarche suivie, même si elle n'a pas abouti. La démarche est évaluée et doit être correctement présentée.

LES CLÉS DU SUJET

Le lien avec le programme

Détermination de la composition d'un système par une méthode physique, diagramme de prédominance

- Reconnaître des groupes caractéristiques.
- Identifier une espèce chimique prédominante.
- Exploiter un dosage par étalonage.

Les conseils du correcteur

Coups de pouce

▶ **2.** Repartez de la définition des acides aminés et examinez la molécule en essayant d'y reconnaître des groupes caractéristiques.

▶ **3.** Comparez le pH de la solution aux pK_A des couples acide-base.

▶ **5.** Souvenez-vous que la couleur apparente d'une solution et la couleur absorbée par celle-ci sont diamétralement opposées sur le cercle chromatique.

Aide à la résolution de la question 6

Les étapes du raisonnement

Étape 1. Exploiter la courbe d'étalonnage pour déterminer la concentration en espèce B de la solution S.

Étape 2. En déduire la quantité de matière n(B) en espèce colorée B dans la solution S.

Étape 3. Calculer la quantité de matière d'ion salicylate n_2(ion) contenue dans le volume $V_2 = 5{,}0$ mL de la solution obtenue à l'étape 1 du protocole.

Étape 4. Déterminer à partir de n_2(ion) la quantité de matière d'ion salicylate n_1(ion) contenue dans le volume $V_1 = 250{,}0$ mL de cette solution.

Étape 5. En déduire la quantité de matière puis la masse d'acide acétylsalicylique contenue dans le sachet.

Étape 6. Calculer le quotien $\frac{|m_{exp} - m_{ref}|}{u(m)}$ et conclure.

SPRINT FINAL

26 CORRIGÉ **GUIDÉ**

▶ 1. Représenter une formule semi-développée

La formule semi-développée de l'ion salicylate déduite de la formule topologique de l'acide acétylsalicylique présentée dans les données est la suivante :

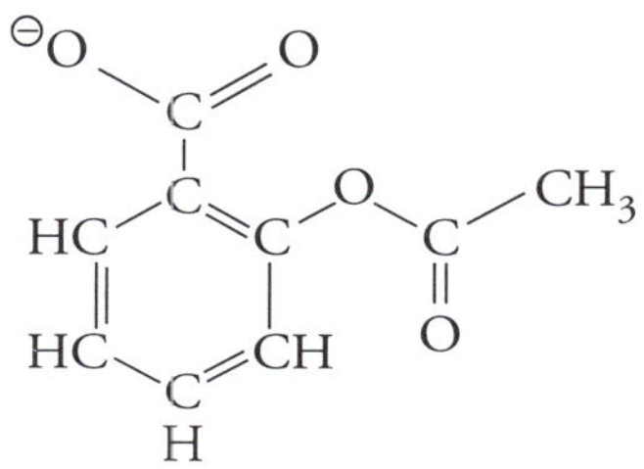

▶ 2. Identifier des groupes caractéristiques

La molécule de DL–Lysine possède deux groupes caractéristiques :

– le groupe amine $–NH_2$

– le groupe carboxyle – COOH.

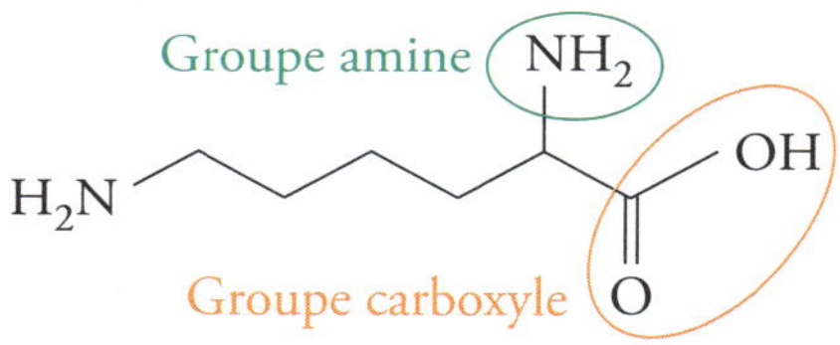

Cette molécule est polyfonctionnelle, elle appartient bien à la famille des acides aminés.

▶ 3. Déterminer la forme prédominante en fonction du pH de la solution

D'après l'énoncé, le pH de la solution obtenue après dissolution du contenu du sachet de médicament est égal à pH = 5,0. Nous allons situer ce pH dans les diagrammes de prédominance des deux couples cités dans l'énoncé.

Le pH de la solution est supérieur au pK_A du couple acide acétylsalicylique / ion acétylsalicylate (qui vaut 3,5 d'après les données) donc l'espèce prédominante dans la solution est l'ion acétylsalicylate.

> **À NOTER**
> Quand un énoncé vous indique un pH et un pK_A, déterminer une espèce prédominante passe toujours par une comparaison entre leur valeur.

D'après le diagramme de prédominance de la DL–Lysine indiqué dans les données, un pH de solution compris entre 2,2 et 9,2 implique que la forme prédominante de la DL–Lysine est celle indiquée en bleu ci-dessous.

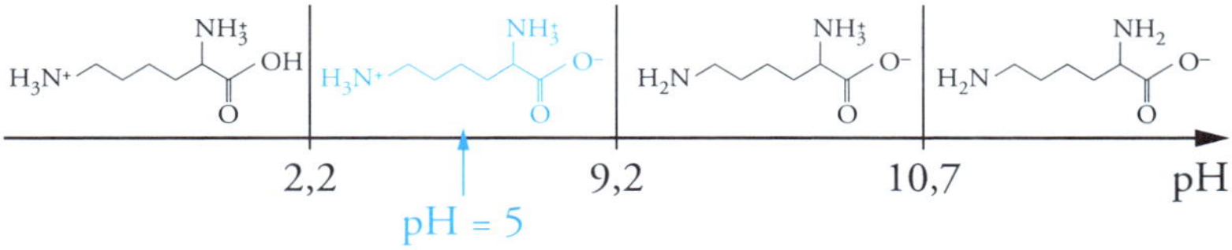

▶ 4. Justifier une technique de dosage

D'après la question 3, la solution contient l'ion acétysalicylate et la forme de la DL–Lysine prédominante à pH = 5,0. Les deux espèces chimiques sont des bases d'un couple acide-base. Par conséquent, elles peuvent toutes les deux réagir avec l'ion $H_3O^+{}_{(aq)}$ apporté par l'acide fort lors de l'éventuel dosage. Ce titrage ne permettrait donc pas de déterminer uniquement la quantité de matière de l'ion acétylsalicylate présent en solution.

▶ 5. Choisir une longueur d'onde appropriée et prévoir la couleur d'une solution

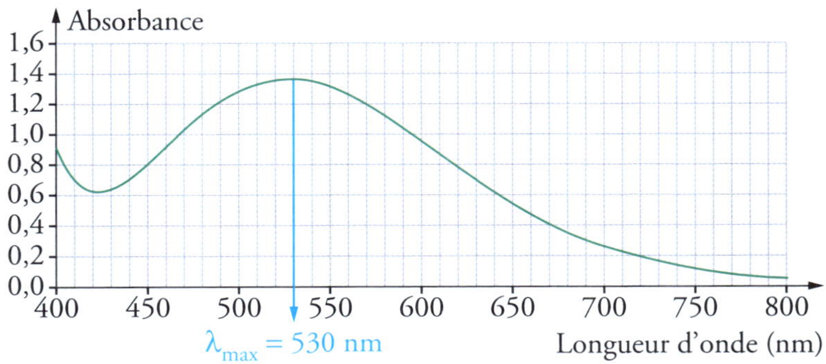

D'après la figure 2, l'absorbance *A* d'une solution contenant l'espèce B présente un maximum pour une longueur d'onde λ_{max} égale à 530 nm. C'est donc la longueur d'onde appropriée pour réaliser le dosage par étalonnage d'une solution contenant l'espèce B.

D'après le spectre chromatique et le spectre d'absorption, cette solution absorbe principalement dans le vert. La couleur apparente de la solution correspond à la couleur diamétralement opposée au vert, c'est-à-dire le rouge : la solution contenant l'espèce B est rouge.

▶ **6. Exploiter un dosage par étalonnage**

▶ **Le conseil de méthode**

Cette question est une résolution de problème. Présentez un raisonnement en plusieurs étapes. Rédigez de façon la plus claire possible pour que votre correcteur comprenne votre démarche. Justifiez chaque étape.

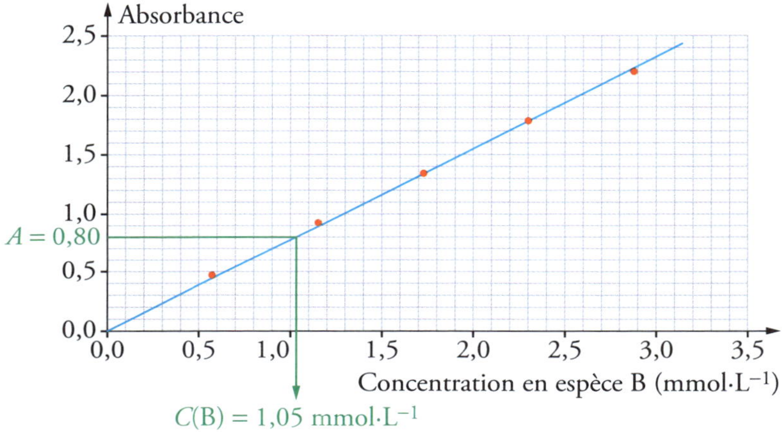

• D'après la courbe d'étalonnage, pour une absorbance de 0,80, la concentration en espèce B de la solution S est : $C(\text{B}) = 1{,}05\ \text{mmol}\cdot\text{L}^{-1}$.

• On en déduit que la quantité de matière $n(\text{B})$ en espèce colorée B dans la solution S est égale à :
$n(\text{B}) = C(\text{B}) \times V_3 = 1{,}05 \times 10^{-3} \times 50{,}0 \times 10^{-3} = 5{,}3 \times 10^{-5}$ mol.

• D'après l'équation de l'étape 2, les coefficients stœchiométriques sont tous égaux à 1. On en déduit que la quantité de matière de l'ion salicylate contenue dans le volume $V_2 = 5{,}0$ mL de la solution obtenue à l'étape 1 du protocole est : $n_2(\text{ion}) = n(\text{B}) = 5{,}3 \times 10^{-5}$ mol.

• Comme il y a eu une dilution d'un facteur 50 entre les étapes 1 et 2, la quantité de matière d'ion salicylate $n_1(\text{ion})$ contenue dans le volume $V_1 = 250{,}0$ mL de la solution obtenue à l'étape 1 du protocole est :
$n_1(\text{ion}) = 50 \times n_2(\text{ion}) = 50 \times 5{,}3 \times 10^{-5} = 2{,}7 \times 10^{-3}$ mol.

• D'après l'équation de l'étape 1, comme les coefficients stœchiométriques sont tous égaux à 1, la quantité de matière de l'acide acétylsalicylique est donc : $n(\text{acide}) = n_1(\text{ion}) = 2{,}7 \times 10^{-3}$ mol.

- Ainsi, la masse d'acide acétylsalicylique contenue dans le sachet est :

$m_{exp}(\text{acide}) = n(\text{acide}) \times M(C_9H_8O_4)$
$= 2{,}7 \times 10^{-3} \times 180{,}2 = 4{,}9 \times 10^{-1}$ g, soit 490 mg.

- Nous pouvons à présent calculer le quotient $\frac{|m_{exp} - m_{ref}|}{u(m)}$:

$$\frac{|m_{exp} - m_{ref}|}{u(m)} = \frac{|500 - 490|}{30} = 0{,}33.$$

Comme la valeur de ce quotient est inférieure à 2, on en déduit que le résultat de la mesure expérimentale est en accord avec la valeur indiquée sur la notice du médicament.

Étude de la vitamine C contenue dans les kiwis

1 h 30
9 points

INTÉRÊT DU SUJET • Chaque jour, un adulte devrait trouver dans son alimentation au moins 110 mg de vitamine C. Combien de kiwis – fruits riches en cette vitamine – devrions-nous manger quotidiennement pour arriver à cette quantité minimale ?

ph© dasuwan/stock.adobe.com

L'acide ascorbique, couramment appelé vitamine C, intervient dans de nombreux processus métaboliques dans le corps humain. Comme l'organisme ne peut ni la synthétiser ni la stocker, les apports en vitamine C doivent se faire par l'alimentation. Les kiwis jaunes et les kiwis verts font partie des fruits les plus riches en acide ascorbique. L'agence nationale de sécurité sanitaire de l'alimentation recommande un apport minimum en vitamine C de 110 mg par jour pour un adulte.
L'objectif de cet exercice est d'étudier les propriétés de l'acide ascorbique et de déterminer la quantité de kiwis nécessaire aux besoins journaliers d'un adulte en vitamine C.

Données

- Formule brute de l'acide ascorbique : $C_6H_8O_6$.
- Formule topologique de l'acide ascorbique : ci-contre.

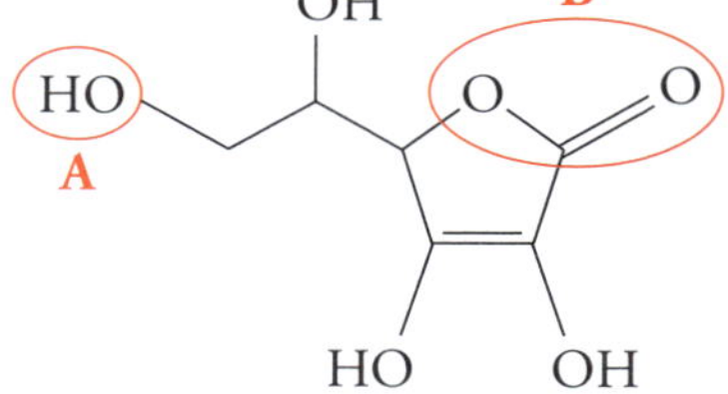

- Masse molaire de l'acide ascorbique : $M = 176\ g \cdot mol^{-1}$.
- Couple acide-base associé à l'acide ascorbique : $C_6H_8O_{6\,(aq)}$ / $C_6H_7O^-_{6\,(aq)}$.
- Concentration standard : $c° = 1,0\ mol \cdot L^{-1}$.

• Données de spectroscopie infrarouge :

Liaison	O–H	C–H	C=C	C=O
Nombre d'ondes (en cm^{-1})	3 200 – 3 700	2 850 – 3 100	1 620 – 1 680	1 650 – 1 730
Allure de la bande caractéristique	Forte et large	Forte	Faible et fine	Forte et fine

PARTIE 1. QUELQUES PROPRIÉTÉS DE L'ACIDE ASCORBIQUE

40 min

▶ **1.** Représenter la formule semi-développée de l'acide ascorbique, puis nommer les familles fonctionnelles associées aux groupes **A** et **B** entourés sur la formule topologique. *(0,5 point)*

▶ **2.** Justifier que le spectre infrarouge de la figure 1 est compatible avec la structure de l'acide ascorbique. *(0,5 point)*

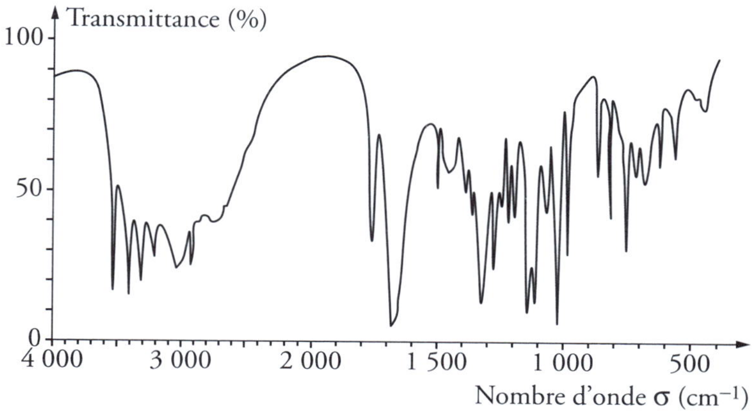

***Figure 1.* Spectre infrarouge de l'acide ascorbique**

Pour étudier les propriétés acidobasiques de la vitamine C, on dissout 1,0 g d'acide ascorbique commercial dans une fiole jaugée de 50 mL, puis on complète jusqu'au trait de jauge avec de l'eau distillée.
La mesure du pH de la solution donne pH = 2,6.

▶ **3.** Déterminer la quantité de matière initiale n_0 d'acide ascorbique introduite dans la fiole jaugée. *(0,25 point)*

La transformation entre l'acide ascorbique et l'eau est modélisée par la réaction d'équation :

$$C_6H_8O_{6(aq)} + H_2O_{(\ell)} \leftrightarrows C_6H_7O^-_{6(aq)} + H_3O^+_{(aq)}$$

▶ **4.** Donner la définition d'un acide faible. *(0,25 point)*

▶ **5.** Montrer que l'acide ascorbique est un acide faible dans l'eau. *(1 point)*

▶ **6.** Donner l'expression de la constante d'acidité K_A du couple associé à l'acide ascorbique en fonction des concentrations $[C_6H_8O_6]$, $[C_6H_7O_6^-]$, $[H_3O^+]$ à l'équilibre et de la concentration standard $c°$, puis montrer que la valeur du pK_A est proche de 4,2. *(1,5 point)*

PARTIE 2. ACIDE ASCORBIQUE DANS UN KIWI JAUNE

30 min

Pour déterminer la concentration en acide ascorbique d'un kiwi jaune, on le mixe jusqu'à en obtenir du jus dont le pH est de 3,5.

▶ **7.** Déterminer l'espèce acide-base prédominante associée à l'acide ascorbique présente dans le jus d'un kiwi jaune. *(0,5 point)*

La quantité d'acide ascorbique présent dans un kiwi jaune est déterminée à l'aide d'un dosage par excès. Le principe de ce dosage est le suivant :

- On met le jus de kiwi en présence d'une quantité connue de diiode I_2. Seul l'acide ascorbique réagit avec le diiode, introduit en excès.
- On détermine ensuite par titrage la quantité de diiode restant.
- On en déduit alors la quantité d'acide ascorbique dans le kiwi jaune.

Protocole du dosage

- Étape 1 : réaction de l'acide ascorbique avec le diiode

Introduire la totalité du jus d'un kiwi jaune mixé dans une fiole jaugée de 250 mL puis compléter avec de l'eau distillée jusqu'au trait de jauge. On appelle S la solution ainsi obtenue.

Introduire dans un erlenmeyer un volume $V = 50{,}0$ mL de la solution S, ainsi qu'un volume $V_1 = 20{,}0$ mL d'une solution aqueuse de diiode I_2 à la concentration $C_1 = 2{,}9 \times 10^{-2}\ \text{mol} \cdot \text{L}^{-1}$.

Cette transformation peut être modélisée par la réaction d'équation suivante :

$$C_6H_8O_{6\,(aq)} + I_{2\,(aq)} \rightarrow C_6H_6O_{6\,(aq)} + 2\ I^-_{(aq)} + 2\ H^+_{(aq)}$$

- Étape 2 : titrage du diiode restant par les ions thiosulfate $S_2O_3^{2-}$

Titrer le contenu de l'erlenmeyer préparé lors de l'étape 1 par une solution aqueuse de thiosulfate de sodium de concentration $C_2 = 5{,}00 \times 10^{-2}\ \text{mol} \cdot \text{L}^{-1}$, en présence d'un indicateur coloré spécifique au diiode.

On obtient un volume à l'équivalence $V_2 = 16{,}5$ mL.
La transformation mise en jeu lors du titrage peut être modélisée par la réaction d'équation suivante :

$$I_{2(aq)} + 2\ S_2O_3^{2-}{}_{(aq)} \rightarrow S_4O_6^{2-}{}_{(aq)} + 2\ I^-{}_{(aq)}$$

▶ **8.** En exploitant le résultat du titrage, montrer que la quantité de matière de diiode dosé lors de l'étape 2 est égale à $4{,}13 \times 10^{-4}$ mol. *(0,5 point)*

▶ **9.** Après avoir calculé la masse d'acide ascorbique contenue dans un kiwi jaune, déterminer combien il faudrait en manger pour satisfaire les besoins journaliers en acide ascorbique d'un adulte. *(1,5 point)*

Le candidat est invité à prendre des initiatives et à présenter la démarche suivie, même si elle n'a pas abouti. La démarche est évaluée et doit être correctement présentée.

Le même dosage est réalisé avec un kiwi vert de même masse. On obtient un nouveau volume à l'équivalence pour le titrage du diiode restant $V_2' = 19{,}7$ mL.

▶ **10.** Expliquer sans calcul si le kiwi vert contient plus ou moins d'acide ascorbique que le kiwi jaune. *(0,5 point)*

SPRINT FINAL

PARTIE 3. OXYDATION DE L'ACIDE ASCORBIQUE PAR LE BLEU DE MÉTHYLÈNE

20 min

L'acide ascorbique est un réducteur, ce qui conditionne sa conservation à l'air libre. Dans cette partie, pour des raisons pratiques, on étudie ses propriétés réductrices en le faisant réagir avec du bleu de méthylène. Au contact du bleu de méthylène, noté BM^+, l'acide ascorbique $C_6H_8O_6$ contenu dans le jus de kiwi se transforme en un nouveau composé de formule brute $C_6H_6O_6$.

Données

- Couple oxydant / réducteur associé à l'acide ascorbique : $C_6H_6O_{6\ (aq)}$ / $C_6H_8O_{6\ (aq)}$.
- Couple oxydant / réducteur associé au bleu de méthylène : $BM^+{}_{(aq)}$ / $BMH_{(aq)}$.

▶ **11.** À l'aide des demi-équations électroniques de chacun des couples mis en jeu, établir l'équation de la réaction modélisant la transformation chimique ayant lieu entre l'acide ascorbique $C_6H_8O_6$ et le bleu de méthylène BM^+. *(0,75 point)*

On réalise le suivi cinétique de cette réaction à deux températures différentes. Après traitement des résultats, on trace sur la figure 2 l'évolution temporelle de la concentration C_{ASC} de l'acide ascorbique, pour les deux températures choisies.

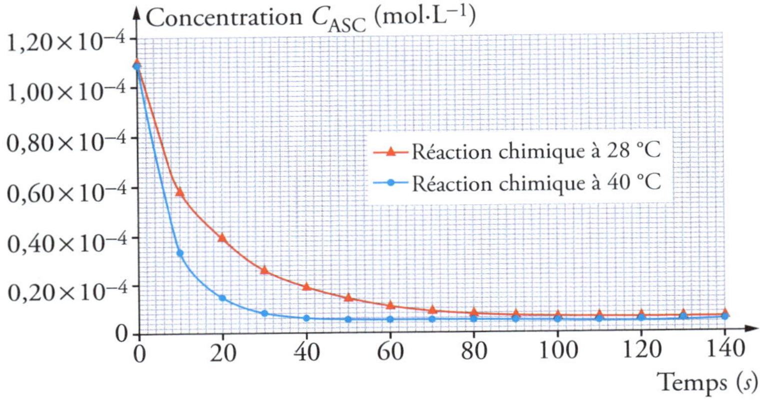

***Figure 2.* Évolution temporelle de la concentration C_{ASC} de l'acide ascorbique en solution**

▶ **12.** Exprimer la vitesse volumique de disparition de l'acide ascorbique en fonction de C_{ASC} puis déterminer sa valeur à l'instant initial à la température de 28 °C. *(0,75 point)*

▶ **13.** En utilisant les courbes de la figure 2, identifier en justifiant deux facteurs cinétiques de la réaction entre l'acide ascorbique et le bleu de méthylène. *(0,5 point)*

LES CLÉS DU SUJET

Le lien avec le programme

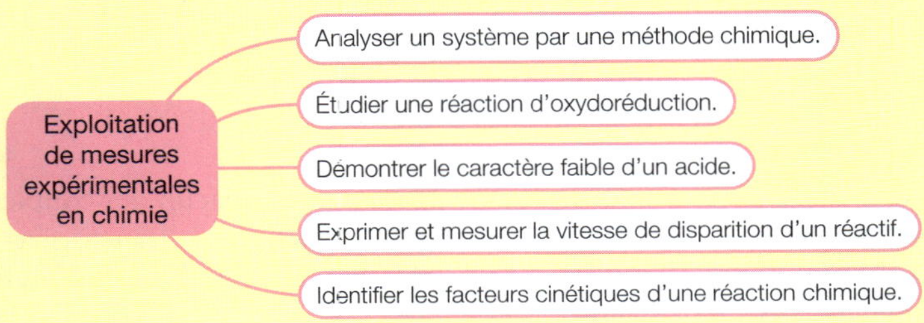

Les conseils du correcteur

Coups de pouce

Partie 1. Quelques propriétés de l'acide ascorbique

▶ **5.** Faites l'hypothèse que l'acide ascorbique est un acide fort, qui se dissocie donc totalement dans l'eau. Vous pouvez alors calculer le pH de la solution obtenue et le comparer au pH mesuré, indiqué dans l'énoncé.

▶ **6.** La constante d'acidité d'un couple HA / A^- est $K_A = \dfrac{[A^-]_{eq} \times [H_3O^+]_{eq}}{[AH]_{eq} \times c^0}$ où l'indice « eq » signifie « à l'équilibre ». Établissez le tableau d'avancement de la réaction et/ou exprimez les concentrations $[A^-]_{eq}$ et $[AH]_{eq}$ en fonction de $[H_3O^+]_{eq}$ puis remplacez ces grandeurs par les expressions trouvées.

▶ **7.** Comparez le pH à la valeur du pK_A.

Partie 2. Acide ascorbique dans un kiwi jaune

▶ **8.** N'oubliez jamais que, à l'équivalence, on se trouve toujours dans les proportions stœchiométriques. On peut donc écrire une relation entre les quantités initiales des réactifs.

▶ **10.** Attention, le volume V_2' indiqué est le volume équivalent c'est-à-dire le volume du titrant qui réagit avec le titrant en excès : plus ce volume est grand, plus l'excès de diiode était important.

Partie 3. Oxydation de l'acide ascorbique par le bleu de méthylène

▶ **11.** Une demi-équation d'oxydoréduction peut toujours s'écrire : oxydant + n e^- = réducteur. Utilisez les ions H^+ et les molécules d'eau pour l'équilibrer.

▶ **12.** En chimie, pour déterminer graphiquement une vitesse d'apparition ou de disparition, tracez une tangente et estimez son coefficient directeur, puis comparez-le à la formule de cette vitesse (ici $v(t) = -\dfrac{dC_{ASC}}{dt}$).

Aide à la résolution de la question 9 (partie 2)

Les étapes du raisonnement

Étape 1. On connaît la quantité initiale de diiode et la question 8 indique la quantité que l'on avait mise en excès. Calculer la quantité de ce diiode qui a réagi avec l'acide ascorbique.

Étape 2. Trouver la relation entre cette quantité et la quantité d'acide ascorbique dosée.

Étape 3. Déterminer le coefficient multiplicateur qu'il faut appliquer à cette quantité sachant qu'on a seulement dosé 50 mL de la solution S (alors que le jus du kiwi avait permis de fabriquer 250 mL de solution).

Étape 4. Calculer la masse d'acide ascorbique présente dans le kiwi à l'aide de la formule $m = n \times M$.

SPRINT FINAL

27 CORRIGÉ GUIDÉ

PARTIE 1. QUELQUES PROPRIÉTÉS DE L'ACIDE ASCORBIQUE

▶ 1. Représenter une molécule légendée

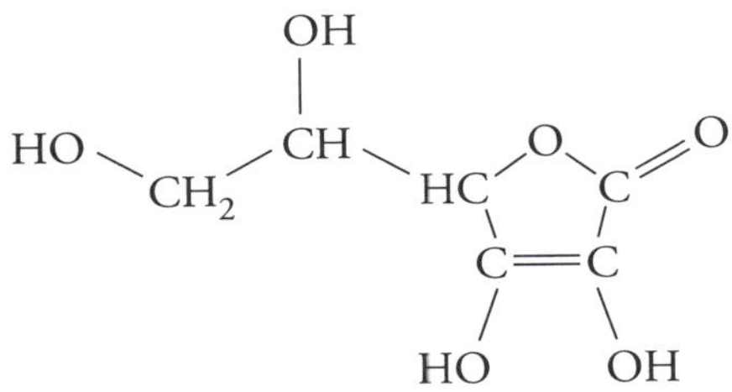

> **ATTENTION**
> Pour la représentation semi-développée, les atomes de carbone et les atomes d'hydrogène qui sont liés aux atomes de carbone ne sont pas représentés par leurs symboles chimiques.

Le groupe A est un groupe hydroxyle, caractéristique de la famille des alcools. Le groupe B est un groupe ester, caractéristique de la famille des esters.

▶ 2. Justifier le spectre IR d'une molécule

Dans le spectre présenté, il y a deux bandes fortes d'absorption : la première bande, entre 3 000 et 3 700 cm^{-1}, est – selon les données de l'énoncé – caractéristique de la liaison O–H ; la deuxième bande, entre 1 650 et 1 700 cm^{-1} est caractéristique de la liaison C=O.

Le spectre est donc compatible avec une molécule d'acide ascorbique.

> **À NOTER**
> En observant le spectre, on peut aussi distinguer une troisième bande, entre 2 850 et 3 100 cm^{-1}, caractéristique de la liaison C–H. Néanmoins, cette liaison est extrêmement fréquente dans les molécules organiques et donc très peu typique de la molécule d'acide ascorbique.

▶ 3. Calculer une quantité de matière

On a introduit 1,0 g d'acide ascorbique, ce qui correspond à la quantité de matière n_0 :

$$n_0 = \frac{m(\text{acide ascorbique})}{M} = \frac{1}{176} = 5{,}7 \times 10^{-3}\,\text{mol}.$$

▶ 4. Définir un acide faible

Un acide faible est un acide qui ne se dissocie pas totalement dans l'eau. Une autre façon de le dire est qu'il s'agit d'un acide dont la réaction avec l'eau n'est pas totale.

▶ 5. Démontrer le caractère faible d'un acide

La réaction d'un acide AH avec l'eau peut être modélisée par l'équation :

$AH_{(aq)} + H_2O \leftrightarrow A^-_{(aq)} + H_3O^+_{(aq)}$.

• **Supposons** que l'acide ascorbique est un acide fort, sa réaction avec l'eau est alors totale.

D'après l'équation ci-dessus, la quantité finale d'ion H_3O^+ serait donc égale à n_0.

La concentration en ion H_3O^+ serait alors :

$[H_3O^+] = \frac{n_0}{V}$ où V est le volume de la solution d'acide ascorbique.

> **À NOTER**
> Retenez bien les étapes de cette réponse : démontrer qu'un acide est fort (ou faible) est très souvent demandé au baccalauréat.

Ici : $[H_3O^+] = \frac{5,7 \times 10^{-3}}{50 \times 10^{-3}} = 0,11 \text{ mol} \cdot \text{L}^{-1}$.

Et le pH serait : $pH = -\log[H_3O^+] = -\log(0,11) = 0,9$.

• **Mais**, d'après l'énoncé, le pH n'a pas cette valeur : il est mesuré à 2,6.

• **Donc**, notre hypothèse de départ « l'acide ascorbique est un acide fort » est fausse : l'acide ascorbique est un acide faible, sa réaction avec l'eau n'est pas totale.

▶ 6. Écrire l'expression d'une constante d'acidité

Par définition, la constante d'acidité associée à la réaction

$C_6H_8O_6 + H_2O_{(l)} \leftrightarrows C_6H_7O^-_{6(aq)} + H_3O^+_{(aq)}$

est : $K_A = \frac{\left[C_6H_7O_6^-\right]_{eq} \times \left[H_3O^+\right]_{eq}}{\left[C_6H_8O_6\right]_{eq} \times c^0}$

où l'indice « eq » signifie « à l'équilibre » : c'est la valeur des concentrations lorsqu'un équilibre chimique est atteint.

D'après l'équation de la réaction (et en négligeant les ions H_3O^+ provenant de l'eau), on peut écrire : $n(C_6H_7O_6^-) = n(H_3O^+)$

Ainsi, $[C_6H_7O_6^-] = [H_3O^+]$ à tout instant, et donc aussi à l'équilibre.

$$\text{Donc } K_A = \frac{\left[C_6H_7O_6^-\right]_{eq} \times \left[H_3O^+\right]_{eq}}{\left[C_6H_8O_6\right]_{eq} \times c^0} = \frac{\left[H_3O^+\right]_{eq} \times \left[H_3O^+\right]_{eq}}{\left[C_6H_8O_6\right]_{eq} \times c^0}$$

$$= \frac{\left[H_3O^+\right]_{eq}^{\ 2}}{\left[C_6H_8O_6\right]_{eq} \times c^0}.$$

SPRINT FINAL

De plus, à l'équilibre, la quantité restante d'acide ascorbique est :
$n_{eq}(C_6H_8O_6) = n_0 - n(H_3O^+)_{eq}$.
En divisant ces quantités par le volume, on obtient la relation :

$$[C_6H_8O_6]_{eq} = \frac{n_0}{V} - [H_3O^+]_{eq}.$$

Nous pouvons alors ré-écrire l'expression de la constante K_A :

$$K_A = \frac{[H_3O^+]_{eq}^{\ 2}}{\left(\frac{n_0}{V} - [H_3O^+]_{eq}\right) \times c^0}.$$

Dans cette relation, il nous reste à expliciter la valeur de la concentration en ion oxonium. Or, par définition, $[H_3O^+]_{eq} = 10^{-pH}$

et $pK_A = -\log(K_A)$

d'où $pK_A = -\log\left(\frac{(10^{-pH})^2}{\left(\frac{n_0}{V} - 10^{-pH}\right) \times c^0}\right)$

$$= -\log\left(\frac{(10^{-2,6})^2}{\left(\frac{5,7.10^{-3}}{0,050} - 10^{-2,6}\right) \times 1}\right) = 4,2.$$

Nous retrouvons bien la valeur indiquée dans l'énoncé.

PARTIE 2. ACIDE ASCORBIQUE DANS UN KIWI JAUNE

▶ 7. Déterminer l'espèce prédominante dans une solution

Le pH du jus de kiwi jaune est de 3,5 donc inférieur à 4,2 le p*K*A du couple. C'est donc la forme acide, l'acide ascorbique, qui prédomine.

Vous pouviez aussi vous appuyer sur le diagramme de prédominance pour justifier votre réponse.

▶ 8. Déterminer la quantité d'espèce titrante

D'après l'équation de la réaction du titrage, on a :

$$n(I_2)_{\text{dosée}} = \frac{n\left(S_2O_3^{2-}\right)_{\text{à équivalence}}}{2}$$

car, à l'équivalence, nous sommes dans les proportions stœchiométriques.

On peut donc calculer :

$$n(I_2)_{\text{dosée}} = \frac{C_2 \times V_2}{2} = \frac{5{,}00 \times 10^{-2} \times 16{,}5 \times 10^{-3}}{2}$$
$$= 4{,}13 \times 10^{-4}\ \text{mol}.$$

ATTENTION
Ici, il faut garder 3 chiffres significatifs car les données utilisées dans ce calcul sont fournies avec 3 chiffres significatifs.

▶ 9. Déduire une valeur particulière à partir d'un titrage

Nous connaissons la quantité de diiode dosée. Cette quantité est celle introduite en excès dans l'erlenmeyer (étape 1). Connaissant la quantité initiale introduite de diiode, nous pouvons déduire la quantité de diiode ayant réagi avec l'acide ascorbique :

$$n(I_2)_{\text{ayant réagi}} = n(I_2)_{\text{initiale}} - n(I_2)_{\text{dosée}}$$
$$= C_1 \times V_1 - \frac{C_2 \times V_2}{2}$$

À NOTER
Le calcul des valeurs intermédiaires n'est pas nécessaire, mais si vous le faites, vous trouverez ici $1{,}7 \times 10^{-4}$ mol.

La réaction entre le diiode et l'acide ascorbique est modélisée par :

$C_6H_8O_{6\,(aq)} + I_{2(aq)} \rightarrow C_6H_6O_{6\,(aq)} + 2\ I^-_{(aq)} + 2\ H^+_{(aq)}$.

Donc la quantité de diiode ayant réagi est égale à la quantité d'acide ascorbique présent dans les 50 mL de solution S.

On peut alors déduire la quantité d'acide ascorbique présente dans les 50 mL de solution S :

$$n_{50\text{mL}} = C_1 \times V_1 - \frac{C_2 \times V_2}{2}.$$

Cependant, la totalité du jus de kiwi avait été introduite dans 250 mL de solution. Il y a donc 5 fois plus d'acide dans un kiwi jaune que dans les 50 mL de solution S testés :

$n(\text{acide ascorbique}) = 5 \times n_{50\text{mL}}$.

SPRINT FINAL

Enfin, pour déterminer la masse de cet acide, nous multiplions cette quantité de matière par la masse molaire de l'acide ascorbique et nous trouvons :

$$m(\text{acide ascorbique}) = n(\text{acide ascorbique}) \times M$$
$$= 5 \times n_{50\text{mL}} \times M$$
$$= 5 \times \left(C_1 \times V_1 - \frac{C_2 \times V_2}{2} \right) \times M$$
$$= 5 \times \left(2{,}9 \times 10^{-2} \times 20 \times 10^{-3} - \frac{5{,}0 \times 10^{-2} \times 16{,}5 \times 10^{-3}}{2} \right) \times 176$$
$$= 0{,}15 \text{ g}$$

D'après l'énoncé, l'apport minimal journalier de vitamine C (acide ascorbique) est de 110 mg soit 0,11 g. D'après nos résultats, un kiwi jaune contient 0,15 g de vitamine C : il suffit de manger un seul kiwi jaune chaque jour pour satisfaire les besoins journaliers d'un adulte en vitamine C.

▶ Le conseil de méthode

Si le calcul algébrique est difficile pour vous, vous pouvez faire des calculs numériques successifs : $n(I_2)_{\text{ayant réagi}} = 1{,}7 \times 10^{-4}$ mol $= n_{50}$ puis la quantité d'acide dans la fiole de 250 mL $n_{250} = 8{,}4 \times 10^{-4}$ mol et, enfin, la masse d'acide 0,15 g pour un kiwi jaune.

Mais, pour la précision des calculs, n'utilisez pas les valeurs approximées à chaque étape. Par exemple, ici, il ne faut pas prendre $1{,}7 \times 10^{-4}$ mol dans le second calcul mais la valeur exacte : $1{,}675 \times 10^{-4}$ mol.

▶ 10. Comparer deux résultats de titrage

Le volume équivalent du dosage pour le kiwi vert est supérieur à celui pour le kiwi jaune. Cela signifie qu'il reste davantage de diiode à titrer pour le kiwi vert que pour le kiwi jaune. Nous en déduisons qu'il a fallu moins de diiode pour consommer l'acide ascorbique du kiwi vert que pour consommer l'acide ascorbique du kiwi jaune. Il y a donc moins d'acide ascorbique dans le kiwi vert que dans le kiwi jaune.

PARTIE 3. OXYDATION DE L'ACIDE ASCORBIQUE PAR LE BLEU DE MÉTHYLÈNE

▶ 11. Écrire une équation d'oxydoréduction

Écrivons tout d'abord les demi-équations :

- celle du couple associé à l'acide ascorbique est
$$C_6H_6O_{6\,(aq)} + 2\ e^- + 2\ H^+_{(aq)} = C_6H_8O_{6\,(aq)}$$
- celle du couple associé au bleu de méthylène est
$$BM^+_{(aq)} + 2\ e^- + H^+ = BMH_{(aq)}$$

Pour la réaction entre BM^+ et l'acide ascorbique, on peut écrire :

$$C_6H_8O_{6\,(aq)} = C_6H_6O_{6\,(aq)} + 2\ e^- + 2\ H^+_{(aq)}$$
$$BM^+_{(aq)} + 2\ e^- + H^+ = BMH_{(aq)}$$

$$C_6H_8O_{6\,(aq)} + BM^+_{(aq)} = C_6H_6O_{6\,(aq)} + BMH_{(aq)} + H^+_{(aq)}$$

▶ 12. Exprimer et calculer une vitesse volumique

Par définition, la vitesse volumique de disparition de l'acide ascorbique est :

$$v(t) = -\frac{1}{V}\frac{dn(C_6H_8O_6)}{dt} = -\frac{d[C_6H_8O_6]}{dt} = -\frac{dC_{ASC}}{dt}.$$

Cette vitesse volumique de disparition est donc égale à l'opposé du coefficient directeur de la tangente à la courbe $C_{ASC}(t)$ à l'instant considéré.

Calculons le coefficient directeur de la tangente au début de la réaction à 28 °C (en rouge sur le graphique ci-après) :

$$a = \frac{1{,}10 \times 10^{-4} - 0}{0 - 20} = -5{,}5 \times 10^{-6}\,\text{mol} \cdot \text{L}^{-1} \cdot \text{s}^{-1}$$

La vitesse de disparition à 28 °C est donc $v = 5{,}5 \times 10^{-6}\,\text{mol} \cdot \text{L}^{-1} \cdot \text{s}^{-1}$.

> **À NOTER**
> Pour calculer un coefficient directeur, on choisit deux points de la tangente les plus éloignés possible l'un de l'autre. Ici, on fait le calcul entre les points (0 ; 1,10 × 10^{-4}) et (20 ; 0).

SPRINT FINAL

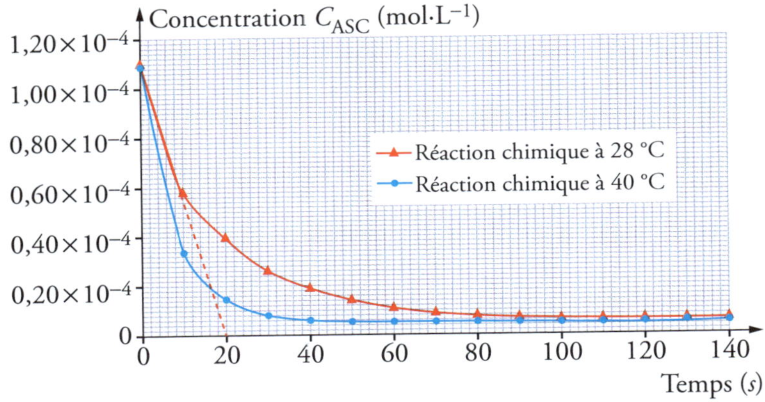

▶ 13. Identifier des facteurs cinétiques

Les courbes permettent de visualiser et d'identifier deux facteurs cinétiques :

- La température : les tangentes à la courbe « 40 °C » sont, à chaque instant, plus verticales que celles à la courbe « 28 °C ». Les coefficients directeurs de ces tangentes seront donc plus élevés (en valeur absolue) et, par conséquent, les valeurs des vitesses de disparition seront plus grandes à 40 °C qu'à 28 °C.
- Les concentrations des réactifs : on peut remarquer que plus le temps de réaction augmente, plus les tangentes aux courbes s'aplatissent et ont des coefficients directeurs faibles (en valeur absolue). C'est ici la manifestation du facteur « concentration de réactif » : plus le temps passe, plus la réaction est avancée et les réactifs consommés ; et plus les réactifs sont consommés, donc en faible concentration, moins la réaction va vite.

28 France métropolitaine, mars 2023 • Jour 2
EXERCICE 2

Protégeons les crapauds !

50 min
5 points

INTÉRÊT DU SUJET • Quelle hauteur doivent avoir les barrières en bordure de route pour empêcher les crapauds de traverser et, ainsi, les protéger ? La réponse passe par une étude de mécanique, celle du saut d'un crapaud.

La plaine de Sorques, située dans le sud de la Seine-et-Marne, est une zone naturelle protégée qui abrite entre autres de nombreux amphibiens (crapauds, grenouilles, tritons).

ph© M. Briola, Regard du vivant

Barrière de protection le long d'une route

Les crapauds *Bufo bufo* ont pour habitat la forêt de Fontainebleau la majeure partie de l'année. Une fois par an, au printemps, ces amphibiens migrent vers les plans d'eau pour se reproduire.

Pour éviter qu'ils ne se fassent écraser en passant sur la route qui traverse cette zone de migration, un dispositif a été installé : des barrières en bois, suffisamment hautes pour empêcher le saut sur la route, sont placées de chaque côté, obligeant les amphibiens à emprunter des passages souterrains appelés « crapauducs ».

Dans cet exercice, on se propose d'étudier le mouvement lors d'un saut d'un crapaud *Bufo bufo* de façon à déterminer la hauteur minimale des barrières de protection le long d'une route.

Le système considéré est un crapaud dont on étudie le mouvement du centre de masse, noté G. Le champ de pesanteur terrestre local $\vec{g}$ est considéré uniforme et les frottements liés à l'action de l'air sont supposés négligeables face au poids.

Données

- Intensité de la pesanteur terrestre : $g = 9{,}81\ \text{m} \cdot \text{s}^{-2}$.
- Taille moyenne d'un crapaud *Bufo bufo* : 10 cm.

SPRINT FINAL

Le mouvement du centre de masse G du crapaud est étudié dans le référentiel terrestre supposé galiléen et muni du système d'axes (Ox, Oz), respectivement horizontal muni du vecteur unitaire $\vec{i}$ et vertical muni du vecteur unitaire $\vec{j}$ (voir figure 1).

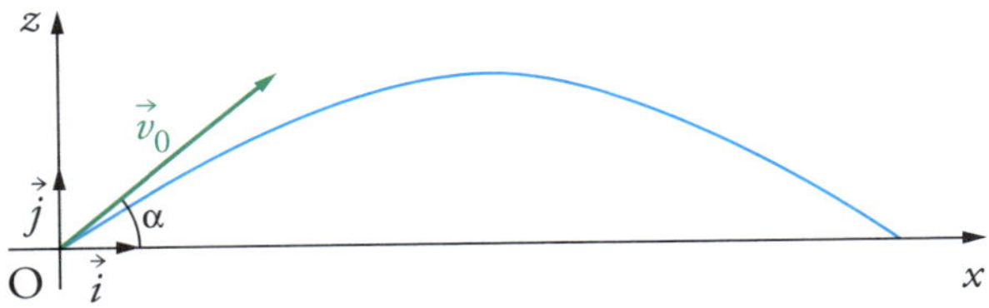

***Figure 1.* Modélisation du saut du crapaud**

À la date $t = 0$ s, le centre de masse G est placé à l'origine du repère O et son vecteur vitesse initiale, noté $\overrightarrow{v_0}$, a une direction faisant un angle α avec l'axe horizontal (Ox). On note v_0 la norme de $\overrightarrow{v_0}$.

▶ **1.** Établir les expressions littérales des composantes a_x et a_z du vecteur accélération $\overrightarrow{a_G}$ du centre de masse du crapaud suivant les axes Ox et Oz. *(0,75 point)*

▶ **2.** Établir les expressions littérales des composantes $v_x(t)$ et $v_z(t)$ du vecteur vitesse $\overrightarrow{v_G}$ du centre de masse du crapaud suivant les axes Ox et Oz. *(0,5 point)*

▶ **3.** Montrer que les expressions littérales des équations horaires $x(t)$ et $z(t)$ de la position du centre de masse G du crapaud au cours de son mouvement s'écrivent :

$$\begin{cases} x(t) = v_0 \cos(\alpha)\, t \\ z(t) = -\dfrac{1}{2}\, g\, t^2 + v_0 \sin(\alpha)\, t \end{cases}. \quad \textit{(0,5 point)}$$

▶ **4.** Établir l'expression de la durée du saut du crapaud, notée t_{saut}, en fonction de v_0, g, et α. *(0,5 point)*

▶ **5.** En utilisant l'expression de $x(t)$ et l'expression de t_{saut} obtenue à la réponse à la question précédente, montrer que la vitesse v_0 permettant au crapaud d'effectuer un saut de longueur d est donnée par la relation :

$$\sqrt{\frac{g\, d}{2 \sin(\alpha)\, \cos(\alpha)}}. \quad \textit{(0,5 point)}$$

▶ **6.** Sachant que les crapauds les plus puissants peuvent faire des sauts d'une longueur égale à 20 fois leur taille, calculer la valeur de v_0 qu'ils atteignent pour un angle $\alpha = 45°$. *(0,5 point)*

La hauteur maximale z_{max} d'un saut est obtenue lorsque ce saut est vertical ; l'angle α vaut alors $\alpha = 90°$, la vitesse initiale est toujours notée v_0.

▶ **7.** Établir que la hauteur maximale d'un saut a pour expression littérale : $z_{max} = \dfrac{v_0^2}{2\,g}$. *(0,75 point)*

▶ **8.** En déduire la valeur de la hauteur de barrière minimale, notée $H_{champion}$, qui permet d'arrêter les crapauds les plus puissants, capables de sauter verticalement avec une vitesse initiale v_0 de valeur calculée à la question 6. *(0,5 point)*

▶ **9.** Les barrières mesurent en réalité 50 à 60 cm de hauteur. Donner un argument permettant d'expliquer pourquoi on choisit d'installer des barrières d'une hauteur inférieure à $H_{champion}$. *(0,5 point)*

LES CLÉS DU SUJET

Le lien avec le programme

Mouvement dans un champ de pesanteur uniforme
- Reconnaître un mouvement en chute libre.
- Utiliser la seconde loi de Newton.
- Démontrer les équations horaires et les utiliser.

Les conseils du correcteur

Coups de pouce

▶ **1.** Appliquez la seconde loi de Newton au centre de masse du crapaud. Pour cela, vous devez d'abord faire le bilan des forces appliquées sur ce crapaud (lisez bien l'énoncé : il indique que certaines forces sont négligeables).

▶ **2.** La question précédente vous a permis de déterminer les composantes a_x et a_z du vecteur accélération. Pour obtenir les coordonnées de la vitesse $v_x(t)$ et $v_z(t)$, vous devez intégrer chaque composante par rapport au temps puis procéder par identification avec les composantes de la vitesse initiale v_0 pour déterminer les constantes d'intégration.

▶ **3.** Comme à la question précédente, il s'agit d'appliquer les deux étapes intégration – identification mais, cette fois, en intégrant $v_x(t)$ et $v_z(t)$ par rapport au temps et en identifiant les constantes d'intégration à la position initiale du crapaud.

▶ **4.** Le saut commence à $t = 0$ et il se termine à l'instant où le crapaud retombe au sol, c'est-à-dire à $z = 0$. Servez-vous des équations obtenues à la question 3 pour calculer le moment t pour lequel $z(t) = 0$.

▶ **7.** Pour trouver la hauteur maximale du saut, déterminez l'instant pour lequel z est maximal. Pour cela, dérivez la fonction $z(t)$ par rapport au temps puis trouvez la valeur de t pour lequel cette dérivée s'annule. Enfin, déterminez l'altitude z atteinte à cet instant.

28 CORRIGÉ GUIDÉ

▶ Le conseil de méthode

La détermination des équations d'une trajectoire repose toujours sur les mêmes étapes : bilan des forces du système, application de la 2de loi de Newton, puis deux « intégration et identification des constantes » successives.

▶ 1. Établir les équations littérales de l'accélération

Le système étudié est le centre de masse G du crapaud et on effectue cette étude dans le référentiel terrestre supposé galiléen.

> **À NOTER**
> Il s'agit d'un cas de chute libre car le système n'est soumis qu'à son poids.

Puisque l'énoncé suggère de négliger « les frottements liés à l'action de l'air », le poids du crapaud est la seule force appliquée sur le système. Cette force à distance, appliquée à son centre de gravité, s'écrit $\vec{P} = m\,\vec{g}$.

C'est donc une force verticale, descendante et de valeur mg.

D'après la seconde loi de Newton, $\Sigma \vec{f} = m\,\vec{a}$, on peut donc écrire :

$\vec{P} = m\,\vec{g} = m\,\vec{a}$ d'où $\vec{a} = \vec{g}$.

Projetons cette relation sur les deux axes Ox et Oz.

Les composantes du vecteur champ de pesanteur sont $\vec{g}\begin{Bmatrix} 0 \\ -g \end{Bmatrix}$

car l'axe vertical Oz représenté sur le sujet est ascendant (vers le haut).

Les composantes du vecteur accélération $\overrightarrow{a_G}$ sont donc : $\overrightarrow{a_G}\begin{Bmatrix} a_x = 0 \\ a_z = -g \end{Bmatrix}$.

▶ 2. Déterminer les composantes de la vitesse

L'accélération est la dérivée de la vitesse par rapport au temps. Nous pouvons donc intégrer les relations précédentes pour retrouver les composantes de la vitesse du centre de masse du crapaud.

$\begin{cases} a_x = 0 \\ a_z = -g \end{cases}$ donne, par intégration :

$\begin{cases} v_x = C_1 \\ v_z = -gt + C_2 \end{cases}$ dans lesquelles C_1 et C_2 sont des constantes.

Pour déterminer C_1 et C_2, nous utilisons le fait que, à $t = 0$, la vitesse était égale à $\overrightarrow{v_0} = \begin{cases} v_0 \ \cos\alpha \\ v_0 \ \sin\alpha \end{cases}$.

Par identification, cela implique que $C_1 = v_0 \ \cos\alpha$ et $C_2 = v_0 \ \sin\alpha$.

D'où, les équations horaires de la vitesse : $\overrightarrow{v_G} \begin{Bmatrix} v_x(t) = v_0 \ \cos\alpha \\ v_z(t) = -gt + v_0 \ \sin\alpha \end{Bmatrix}$.

▶ 3. Déterminer les équations horaires du mouvement

Puisque la vitesse est la dérivée de la position, une seconde intégration nous permet d'obtenir les équations horaires de la position du centre de masse du crapaud :

$$\frac{d\overrightarrow{OG}}{dt} = \overrightarrow{v_G} \text{ donc } \overrightarrow{OG}(t) = \begin{Bmatrix} x(t) = v_0 \ \cos\alpha \ t + C_3 \\ z(t) = -\frac{1}{2}gt^2 + v_0 \ \sin\alpha \ t + C_4 \end{Bmatrix}.$$

Pour déterminer les constantes C_3 et C_4, on utilise la position à l'instant initial : $\begin{pmatrix} x(0) = 0 \\ z(0) = 0 \end{pmatrix}$. Par identification : $C_3 = C_4 = 0$.

Les équations horaires de la position sont donc :

$$\overrightarrow{OG}(t) = \begin{Bmatrix} x(t) = v_0 \ \cos\alpha \ t \\ z(t) = -\frac{1}{2}gt^2 + v_0 \ \sin\alpha \ t \end{Bmatrix}.$$

▶ 4. Exprimer littéralement une durée de vol

Pour calculer la durée du saut du crapaud, il faut déterminer l'instant supérieur à $t = 0$, nommé t_{saut}, auquel le crapaud retombe sur le sol.

À cet instant, le crapaud est à l'altitude $z = 0$.

ATTENTION
Il y a DEUX instants où $z = 0$: au début ($t = 0$) et à la fin du saut. Nous cherchons ce deuxième moment, d'où la précision « l'instant supérieur à $t = 0$ ».

L'instant t_{saut} vérifie donc l'égalité suivante :

$$z(t_{saut}) = -\frac{1}{2} g t_{saut}^2 + v_0 \sin\alpha \, t_{saut} = 0.$$

D'où : $t_{saut} = \dfrac{2 v_0 \sin\alpha}{g}$.

▶ 5. Utiliser le calcul algébrique

La coordonnée $x(t)$ exprime la distance horizontale parcourue par le crapaud depuis le début du saut. Un saut d'une longueur totale d correspond donc à l'égalité $d = x(t_{saut})$ où t_{saut} est la durée de vol établie à la question précédente.

On peut donc écrire :

$$x(t_{saut}) = v_0 \cos\alpha \, t_{saut} = d \text{ où } t_{saut} = \frac{2 v_0 \sin\alpha}{g}.$$

Ainsi, $d = v_0 \cos\alpha \dfrac{2 v_0 \sin\alpha}{g} = 2 v_0^2 \cos\alpha \dfrac{\sin\alpha}{g}$

donc $v_0^2 = \dfrac{g\,d}{2 \cos\alpha \sin\alpha}$.

On retrouve bien la relation $v_0 = \sqrt{\dfrac{g\,d}{2 \cos\alpha \sin\alpha}}$.

▶ 6. Déterminer une vitesse initiale

La taille moyenne du crapaud étant de 10 cm, le saut maximal aura une longueur de 20×10 cm $= 200$ cm $= 2{,}0$ m.

La valeur de la vitesse v_0 correspondante est donc :

$$v_0 = \sqrt{\frac{9{,}81 \times 2{,}0}{2 \cos 45 \sin 45}} = 4{,}4 \text{ m} \cdot \text{s}^{-1}.$$

▶ 7. Déterminer la hauteur maximale d'un saut

Avec un angle $\alpha = 90°$, l'équation horaire donnant l'altitude que nous avons établie à la question 3 devient :

$$z(t) = -\frac{1}{2} g t^2 + v_0 \, t.$$

Il s'agit d'une fonction du temps donc pour déterminer son maximum, on peut la dériver par rapport au temps.

On obtient alors :

$$\frac{dz}{dt} = -gt + v_0.$$

• On appelle « teneur en eau » le pourcentage volumique d'eau dans le sol.
• On présente la courbe de la permittivité ε d'un sol argileux en fonction de sa teneur en eau :

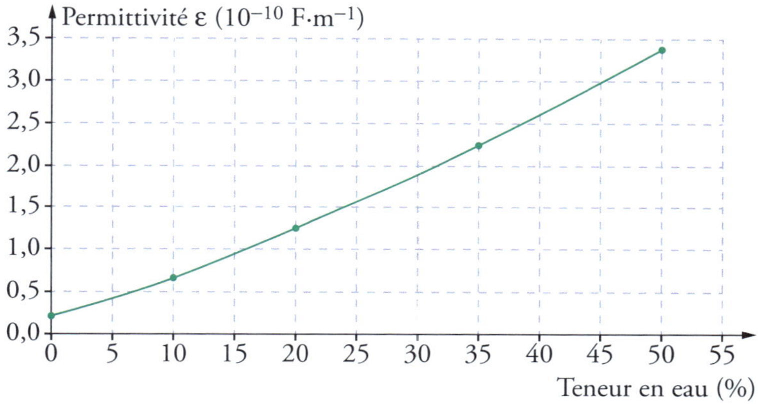

D'après www.hal.laas.fr

Figure 2. **Permittivité du sol en fonction de sa teneur en eau**

PARTIE 1. MODÉLISATION DE LA CHARGE DU CONDENSATEUR

30 min

▶ **1.** Prévoir qualitativement le sens de variation de la capacité C du détecteur capacitif d'humidité quand la teneur en eau d'un sol argileux augmente. *(0,75 point)*

Le condensateur de capacité C, modélisant le détecteur, est branché en série avec un générateur délivrant une tension constante E, un interrupteur K et un conducteur ohmique de résistance R.

Le circuit ainsi constitué est modélisé par un circuit de type RC représenté ci-dessous.

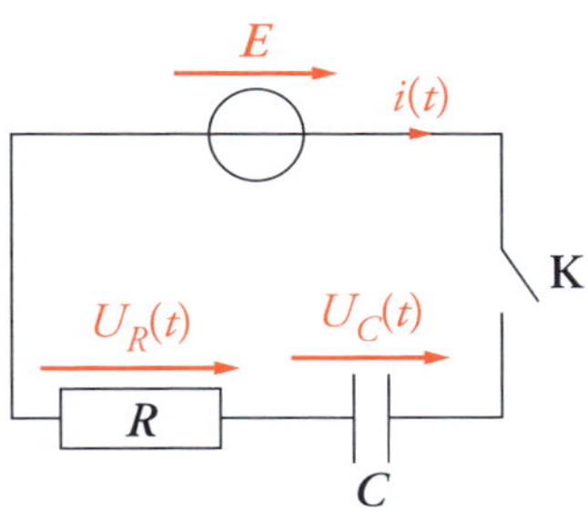

À la date $t = 0$ s, le condensateur est déchargé et on ferme l'interrupteur. On souhaite établir l'expression de la tension $u_C(t)$ aux bornes du condensateur.

▶ **2.** Montrer que la tension aux bornes du condensateur obéit à l'équation différentielle ci-dessous. Exprimer littéralement le temps caractéristique τ du circuit en fonction de R et de C.

$\tau \times \frac{du_c}{dt} + u_c = E$. *(1,5 point)*

▶ **3.** Vérifier que la fonction $u_C(t) = E \times \left(1 - e^{-\frac{t}{\tau}}\right)$ est solution de cette équation différentielle et qu'elle satisfait à la condition imposée à la date $t = 0$ s. *(0,5 point)*

▶ **4.** Montrer que la valeur de u_C à l'instant τ est approximativement : $u_C(\tau) = 0{,}63 \times E$. *(0,25 point)*

PARTIE 2. MODÉLISATION DE LA MESURE DE LA TENEUR EN EAU D'UN SOL ARGILEUX

30 min

La mesure du temps caractéristique du circuit *RC* permet d'accéder à la valeur de la teneur en eau du sol. Cette mesure est réalisée à l'aide d'un microcontrôleur connecté au circuit *RC* décrit ci-dessus. Il permet entre autres :

- de commander des alternances charge – décharge du condensateur,
- de mesurer la tension aux bornes du condensateur,
- d'afficher, après calcul, la valeur de la teneur en eau.

Pour déterminer le temps caractéristique du circuit *RC*, on enregistre l'évolution temporelle de la tension aux bornes du condensateur à l'aide du microcontrôleur ; celui-ci relève 52 000 valeurs de la tension par seconde.
Pour que la mesure soit suffisamment précise, on doit disposer d'au moins 10 valeurs de tension aux bornes du condensateur avant d'atteindre le temps caractéristique du circuit *RC*.

▶ **5.** Montrer que le temps caractéristique τ du circuit *RC* doit être au minimum de l'ordre de 200 µs. *(0,25 point)*

Le condensateur possède les caractéristiques géométriques suivantes : $S = 1{,}0 \times 10^{-1}$ m^2 et $d = 1{,}0 \times 10^{-2}$ m^2. La valeur de la résistance R du circuit est $R = 2{,}2 \times 10^5\ \Omega$.

▶ **6.** À l'aide de la contrainte sur le temps caractéristique τ du circuit RC, déterminer la teneur minimale en eau d'un sol argileux qu'il est possible de mesurer avec ce dispositif. *(1 point)*

Le candidat est invité à prendre des initiatives et à présenter la démarche suivie, même si elle n'a pas abouti. La démarche est évaluée et doit être correctement présentée.

Le microcontrôleur réalise un traitement automatique des données s'appuyant sur un programme, écrit en langage Python, dont une partie est donnée ci-dessous :

```
1 # Arrosage automatique pour un sol argileux
2 E = 5.0
3 tension = 0                  # définition de la tension aux bornes du condensateur
4 t_i = time.time()            # définition de l'instant initial
5 while tension < [   ]        # boucle et condition
6 float tension =              # transforme la mesure du microcontrôleur
  analogRead(A0)*(5.0/1023.0)    en tension
7 t_f = time.time()            # mesure de l'instant final
8 tau = t_f – t–i
9 print("valeur de tau en ms :", tau)   # affichage d'une valeur sur l'écran
```

La commande « while » associée à une condition permet de créer une boucle qui répète la liste d'instructions qui suit, tant que la condition est satisfaite.

▶ **7.** Indiquer l'objectif final de cet extrait de programme. *(0,25 point)*

▶ **8.** Compléter la ligne 5 en indiquant la condition sur la valeur de la tension aux bornes du condensateur. *(0,5 point)*

Le détecteur est inséré dans un sol argileux. Dans ce type de sol, la teneur en eau doit être comprise entre 24 % et 38 % pour qu'une plante puisse y avoir une croissance normale.
Le programme renvoie le résultat suivant :

```
valeur de tau en ms : 0,28676887987
```

▶ **9.** Déterminer si la teneur en eau mesurée dans ce sol argileux est suffisante pour y assurer une croissance normale d'une plante. *(1 point)*

LES CLÉS DU SUJET

Le lien avec le programme

Dynamique et utilisation d'un circuit *RC*

- Étudier la décharge d'un circuit *RC*.
- Établir et vérifier une équation différentielle.
- Utiliser des valeurs expérimentales et un graphique.
- Comprendre et compléter un programme Python.

Les conseils du correcteur

Coups de pouce

Partie 1. Modélisation de la charge du condensateur

▶ **1.** Utilisez la relation fournie dans les données $C = \frac{\varepsilon \times S}{d}$ ainsi que la figure 2 qui indique comment sont liées la permittivité et la teneur en eau.

▶ **2.** Appliquez au circuit la loi d'additivité des tensions. Exprimez u_R en fonction de i puis uniquement en fonction de u_C en utilisant la relation $i = \frac{dq}{dt} = C\frac{du_C}{dt}$.

▶ **3.** Remplacez $u_C(t)$ par son expression $E \times \left(1 - e^{-\frac{t}{\tau}}\right)$ dans l'équation différentielle.

▶ **5.** Le dispositif prend 52 000 mesures par seconde. Calculez le temps qu'il y a entre deux mesures puis relisez la description du dispositif concernant le nombre de mesures utiles pour obtenir une valeur précise.

Partie 2. Modélisation de la mesure de la teneur en eau d'un sol argileux

▶ **6.** Prenez la valeur minimale du temps caractéristique $\tau = 200$ ms puis déduisez-en la valeur de la capacité correspondante. Utilisez la relation $C = \frac{\varepsilon \times S}{d}$ (dans les données) pour trouver la permittivité, puis la figure 2 pour en déduire la teneur en eau.

▶ **9.** Le raisonnement est le même que pour la question 6.

29 CORRIGÉ GUIDÉ

PARTIE 1. MODÉLISATION DE LA CHARGE DU CONDENSATEUR

▶ 1. Prévoir le sens de variation d'une grandeur physique

La capacité du condensateur dépend de la permittivité ε selon la relation $C = \dfrac{\varepsilon \times S}{d}$. D'après cette relation, capacité et permittivité sont directement proportionnelles (en supposant S et d constantes).

Et la figure 2 montre que la permittivité d'un sol argileux augmente avec sa teneur en eau.

La relation $C = \dfrac{\varepsilon \times S}{d}$ indique donc une augmentation de la capacité du sol quand sa teneur en eau augmente.

▶ 2. Établir une équation différentielle

La loi d'additivité des tensions appliquée au circuit permet d'écrire : $E - u_C - u_R = 0$.

D'où : $u_R + u_C = E$ (1)

Par ailleurs, appliquée au conducteur ohmique, la loi d'Ohm s'écrit : $u_R = R \times i$.

Et, par définition de l'intensité : $i = \dfrac{dq}{dt}$ où q est la charge d'une des armatures du condensateur.

De plus, la tension aux bornes du condensateur u_C est liée à q par la relation $q = C \times u_C$.

On peut donc écrire :

$$u_R = R \times i = R \times \frac{dq}{dt} = R \times \frac{d(C \times u_C)}{dt}$$

$$= RC \times \frac{du_C}{dt} \text{ car } C \text{ est constante.}$$

On peut donc écrire la relation (1) sous la forme :

$RC \times \dfrac{du_C}{dt} + u_C = E$ puis, en identifiant le temps caractéristique $\tau = RC$: $\tau \times \dfrac{du_C}{dt} + u_C = E$.

> **ATTENTION**
> Il s'agit ici de l'établissement de l'équation différentielle d'un circuit de type RC (en décharge).
> C'est une démonstration extrêmement classique (à connaître par cœur).

SPRINT FINAL

▶ 3. Vérifier une solution d'équation différentielle

On insère la solution envisagée dans l'équation pour vérifier qu'elle est bien une solution.

Si $u_C(t) = E \times \left(1 - e^{-\frac{t}{\tau}}\right)$ alors $\frac{du_C}{dt} = \frac{E}{\tau} e^{-\frac{t}{\tau}}$.

On en déduit donc que :

$$\tau \frac{du_C}{dt} + u_C = \tau \frac{E}{\tau} e^{-\frac{t}{\tau}} + E \times \left(1 - e^{-\frac{t}{\tau}}\right).$$

Comme τ est non nul, on peut simplifier et écrire : $\tau \frac{du_C}{dt} + u_C = Ee^{-\frac{t}{\tau}} + E - Ee^{-\frac{t}{\tau}} = E$ ce qui est bien l'égalité de la question 2.

À $t = 0$ s : $u_C(0) = E \times \left(1 - e^{-\frac{0}{\tau}}\right) = E \times (1 - 1) = 0$ F.

> **À NOTER**
> Même si vous n'avez pas réussi à répondre à la question précédente, vous pouvez répondre à cette question (beaucoup plus simple) en vous servant du résultat donné dans l'énoncé.

▶ 4. Calculer une valeur particulière

On calcule : $u_C(\tau) = E \times \left(1 - e^{-\frac{\tau}{\tau}}\right) = E \times (1 - e^{-1}) \cong 0{,}63E$.

PARTIE 2. MODÉLISATION DE LA MESURE DE LA TENEUR EN EAU D'UN SOL ARGILEUX

▶ 5. Déterminer une valeur expérimentale caractéristique

Le microcontrôleur permet 52 000 mesures de tension par seconde.

Cela fait 1 mesure toutes les $\frac{1}{52\,000}$ de seconde soit 19,2 µs.

L'énoncé indique qu'il faut au moins 10 mesures pour que le résultat soit précis, ce qui correspond à $10 \times 19{,}2 = 192$ µs. Le temps caractéristique doit donc effectivement être d'au moins 200 µs.

▶ 6. Utiliser des données expérimentales

Fixons le temps caractéristique à sa valeur minimale : $\tau = 200$ µs.

- Sachant que $\tau = RC$ et que $R = 2{,}2 \times 10^5\ \Omega$, on peut calculer la valeur minimale que doit prendre la capacité du condensateur :

$$C = \frac{\tau}{R} = \frac{200 \times 10^{-6}}{2{,}2 \times 10^5} = 9{,}1 \times 10^{-10}\ \text{F} = 0{,}91\ \text{nF}.$$

• Nous savons aussi que $C = \dfrac{\varepsilon \times S}{d}$ donc que la permittivité du sol doit être au moins : $\varepsilon = \dfrac{C\ d}{S} = \dfrac{9{,}1 \times 10^{-10} \times 1 \times 10^{-2}}{1{,}0 \times 10^{-1}} = 9{,}1 \times 10^{-11}\ \text{F} \cdot \text{m}^{-1}$.

• Pour déterminer la teneur en eau du sol qui correspond à cette valeur de la permittivité, on utilise la figure 2 où on lit que pour $\varepsilon = 9{,}1 \times 10^{-11}$ soit $0{,}91 \times 10^{-10}$, la valeur correspondante 15 %.

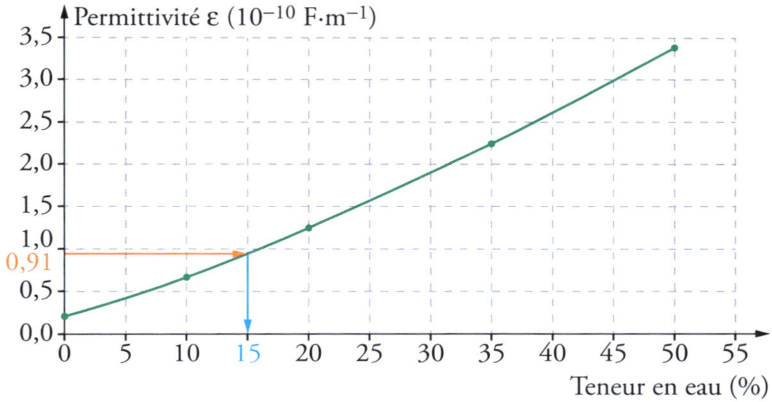

Ce dispositif peut donc mesurer la teneur en eau du sol à condition qu'elle dépasse 15 %.

▶ 7. Comprendre l'objectif d'un programme en Python

Cet extrait du programme Python est la partie permettant de calculer et afficher la valeur de la constante de temps τ (tau).

▶ 8. Compléter une instruction Python

On veut que le microcontrôleur prenne des mesures jusqu'au temps caractéristique τ. Comme la condition porte sur la valeur de la tension, on indique dans cette boucle la valeur de $u_C(\tau)$ que l'on a calculée à la question 4 : $0{,}63E$.

La ligne 5 du programme est donc :

5 while tension < 0,63*E.

▶ 9. Déduire la viabilité d'une plante à partir des données

Le microcontrôleur indique une valeur mesurée $\tau = 0{,}287$ ms = 287 µs.

Sachant que $\tau = RC$ et $R = 2{,}2 \times 10^5\ \Omega$, on peut calculer :

$$C = \frac{\tau}{R} = \frac{287 \times 10^{-6}}{2{,}2 \times 10^5} = 1{,}3 \times 10^{-9}\ \text{F} = 1{,}3\ \text{nF}.$$

Comme dans la question 6, on utilise l'expression $C = \frac{\varepsilon \times S}{d}$ et la figure 2 pour déduire la teneur en eau :

$$\varepsilon = \frac{C \times d}{S} = \frac{1{,}3 \times 10^{-9} \times 1 \times 10^{-2}}{1{,}0 \times 10^{-1}} = 1{,}3 \times 10^{-10}\ \text{F} \cdot \text{m}^{-1}$$

ce qui correspond à une teneur en eau de 21 % d'après la figure 2.

L'énoncé indique qu'il faut une teneur en eau entre 24 % et 38 % pour une croissance normale : ce sol ne contient pas assez d'eau pour la croissance normale d'une plante.

Réussir l'épreuve pratique (ECE)

Les fiches MÉTHODE

Un sujet d'ECE pas à pas

1 Utiliser un oscilloscope

Un oscilloscope permet d'afficher l'évolution temporelle d'une ou de deux tensions électriques.

Évidemment, l'utilisation et ce que l'on peut vous demander de savoir faire dépend du nombre de fois où vous avez utilisé l'oscilloscope. Quel que soit le modèle de l'oscilloscope que vous aurez, les boutons à utiliser sont quasiment les mêmes. Sa façade comporte les éléments notés ci-dessous :

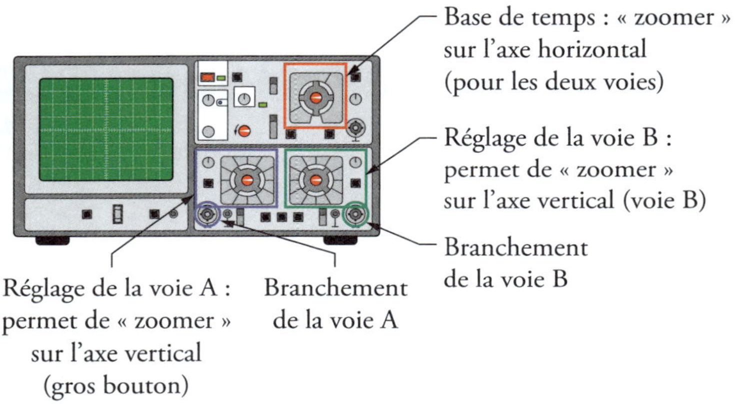

A Dans quel type d'expérience peut-on l'utiliser ?

Outre les montages d'électricité, comme la charge ou la décharge d'un condensateur, on peut aussi l'utiliser en mécanique en étudiant les variations de la tension aux bornes d'une photorésistance ou en acoustique dans un montage de propagation des ultrasons.

B Comment effectuer des mesures à l'aide d'un oscilloscope ?

- Utiliser les calibres (ou sensibilités) horizontal et vertical.
- Ne pas se tromper entre le terme « division » et « graduation ». Le calibre est toujours donné par « division » c'est-à-dire par carreau de l'écran de l'oscilloscope. Il existe aussi des traits de graduation à l'intérieur des carreaux (souvent 4 graduations par division).

● La valeur donnée par le calibre se lit donc en volt par division (V/div) pour les calibres verticaux et en seconde (ou milliseconde ou encore microseconde) par division (s/div) pour le calibre horizontal.

C Exemples

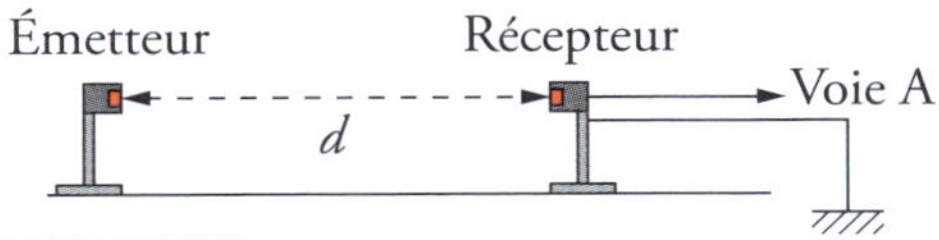

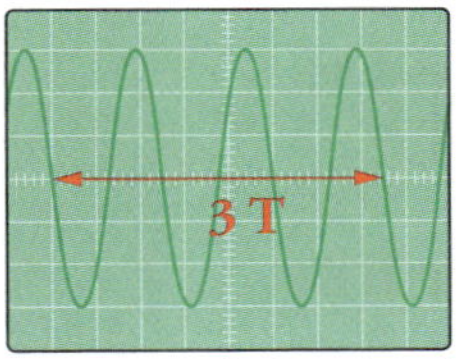

Coefficient de balayage : 10 µs/div

Mesures de la période des ultrasons
3 T = 7,5 div donc T = 2,5 div = 25 µs

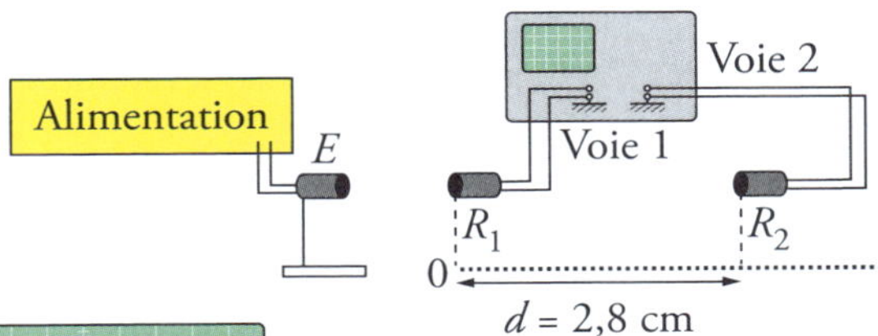

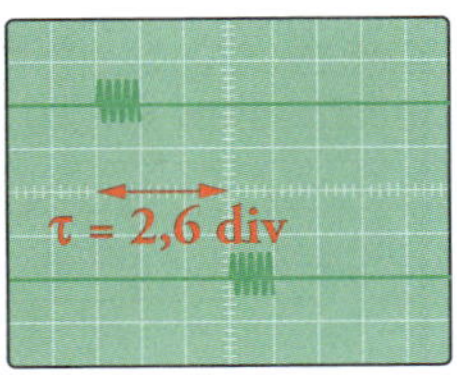

Sensibilité horizontale : 10 ms/div

Mesures du retard entre deux signaux
τ = 2,6 div donc τ = 26 ms

Voici une très bonne animation qui vous permettra de travailler une manipulation ECE classique de détermination de la vitesse des ultrasons :
http://scphysiques.free.fr/TS/physiqueTS/US.swf.

2 Utiliser un tableur-grapheur

Le logiciel Regressi® est un tableur-grapheur qui permet aussi l'analyse de sons et de vidéos. D'autres logiciels existent : revenez sur les fonctions du tableur-grapheur de votre lycée.

A Dans quel type d'expérience peut-on l'utiliser ?

Un tableur-grapheur permet de représenter toutes les courbes effectuées en chimie (suivi pH-métrique ou conductimétrique), une courbe d'étalonnage en spectrophotométrie ou de diffraction en physique.

B Comment effectuer une courbe d'étalonnage ?

Voici l'exemple d'une courbe de dosage par étalonnage en utilisant la loi de Beer-Lambert en spectrophotométrie.

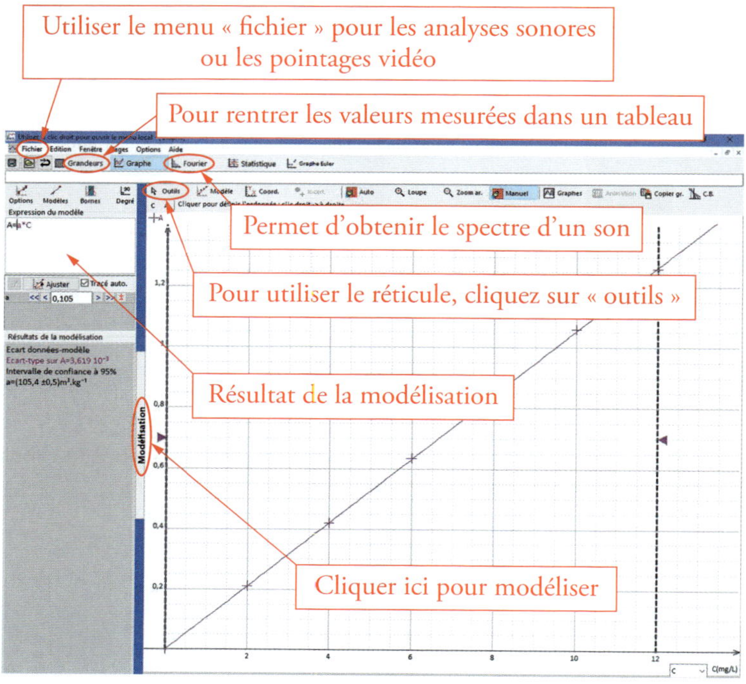

Dans cette expérience, vous avez effectué 5 dilutions d'une solution mère colorée et avez mesuré les absorbances des 6 solutions pour construire le graphique $A = f(C)$.

Le tableur permet de construire le graphique et surtout de **modéliser**, c'est-à-dire de déterminer l'équation de la meilleure droite par rapport aux données.

Il suffit ensuite d'utiliser l'équation donnée par la modélisation ou d'utiliser le **réticule** pour déterminer la concentration d'une solution inconnue.

C Comment effectuer et utiliser le pointage d'une vidéo ?

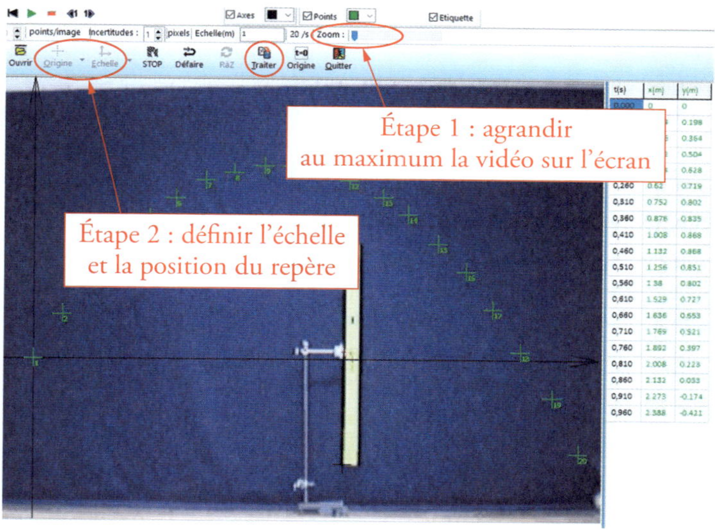

Après le pointage des différentes positions, cliquez sur le bouton « **Traiter** » pour transférer toutes les positions dans le tableur du logiciel et pouvoir les modéliser, par exemple ici par une parabole.

Si vous avez utilisé le logiciel **Regressi** dans votre lycée, entraînez-vous chez vous en le **téléchargeant** : http://regressi.fr/WordPress/download/

ECE

3 Utiliser un multimètre

Le multimètre est un outil de base de la physique utilisé depuis le collège. C'est un appareil de mesure multiple : il peut généralement au moins mesurer une tension V (voltmètre), une intensité A (ampèremètre) et une résistance électrique Ω (ohmmètre).

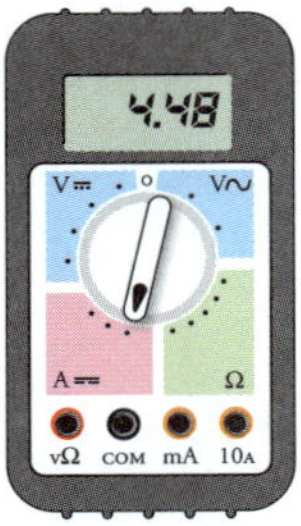

Il y a plusieurs questions à se poser au moment d'utiliser un multimètre :

- **Comment le brancher ?** Seul l'ampèremètre se branche en « **série** » (c'est-à-dire « à l'intérieur » du circuit), le voltmètre et l'ohmmètre, quant à eux, sont à brancher en « **dérivation** » (c'est-à-dire sur le côté du dipôle que vous « testez »). Voir ci-dessous.

- **Sur quel calibre le régler ?** Il faut toujours régler l'appareil sur la plus grande valeur de calibre puis, suivant la mesure affichée, diminuer le calibre jusqu'à être le plus près de la valeur MAIS en restant au-dessus.

Le symbole ~ signifie courant alternatif et le symbole = signifie courant continu.

- **Comment brancher un appareil de mesure électrique ?**

Pour le circuit schématisé ci-contre, on peut souhaiter brancher un voltmètre pour mesurer la tension aux bornes du condensateur (1) ou aux bornes du générateur (2), ou encore brancher un ampèremètre pour mesurer l'intensité circulant dans le circuit (3).

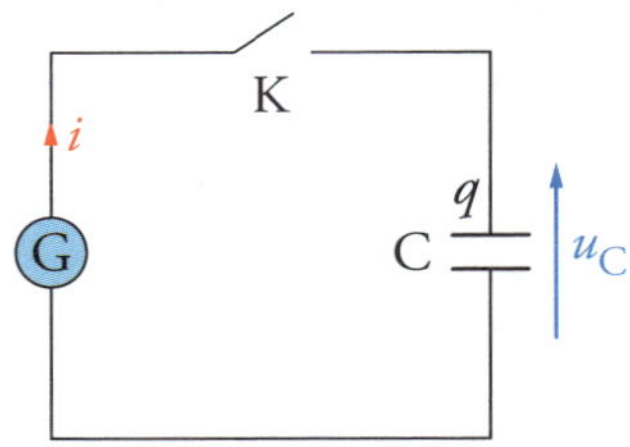

Il faudra alors effectuer le montage suivant :

Pour effectuer les mesures, il faudra fermer cet interrupteur !

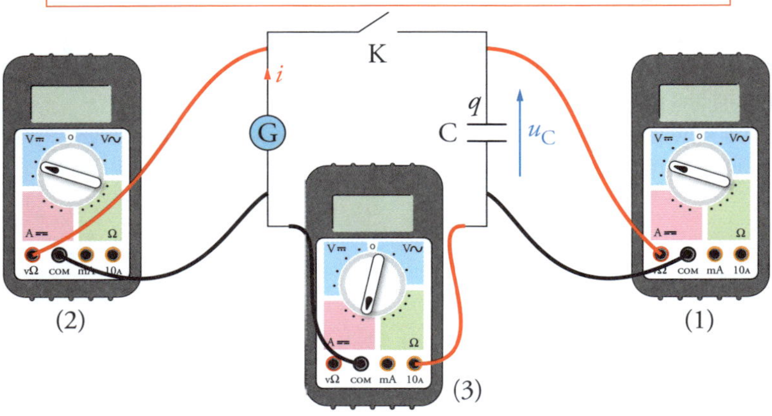

4 Maîtriser les manipulations de base en chimie

Dissolution, dilution et titrage sont les 3 techniques de base du laboratoire de chimie : apprenez-en les gestes, connaissez-en le matériel et maîtrisez-en les protocoles d'utilisation.

Les deux premières manipulations se font obligatoirement dans des fioles jaugées.

A La dissolution

- Tarer la balance avec la coupelle de pesée, avant de prélever le solide à dissoudre.
- Prélever le solide avec une spatule pour le déposer dans la coupelle posée sur la balance (schéma ❶).
- Verser le solide dans une fiole que vous aurez préalablement remplie de moitié avec de l'eau distillée (schéma ❷).
- Boucher et agiter jusqu'à dissolution totale du solide.
- Ajuster jusqu'au trait de jauge avec de l'eau distillée. Boucher puis agiter.

❶

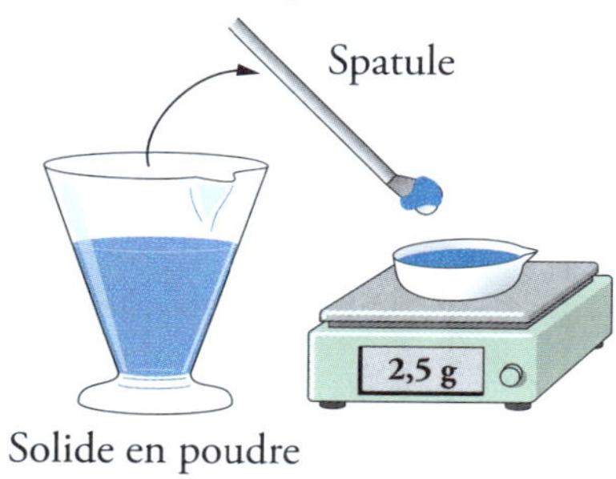

❷

B La dilution

Au préalable, il faut déterminer, par un calcul, les volumes prélevé et final à l'aide de la relation $C_{mère} \times V_{mère} = C_{fille} \times V_{fille}$ dans laquelle V_{fille} est le volume de la fiole et $V_{mère}$ le volume de la pipette.

Utilisez une pipette jaugée, ou graduée si le volume à prélever n'est pas possible en pipette jaugée.

ECE

Pour les gestes, il faut :

- Verser la solution-mère dans un bécher.
- Remplir la pipette avec cette solution pour la rincer. Vider la pipette.
- Prélever la solution-mère jusqu'au trait de jauge à l'aide d'une poire ou d'un pipeteur (schéma ❸).
- Verser la solution prélevée dans la fiole, que vous aurez préalablement remplie à moitié avec de l'eau distillée (schéma ❹).

Attention : il faut s'arrêter au second trait de jauge, s'il existe.

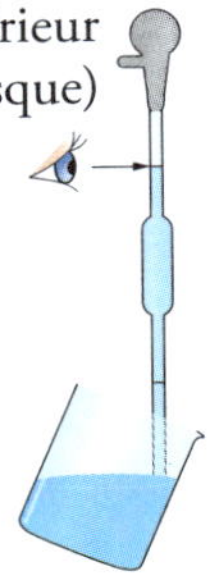

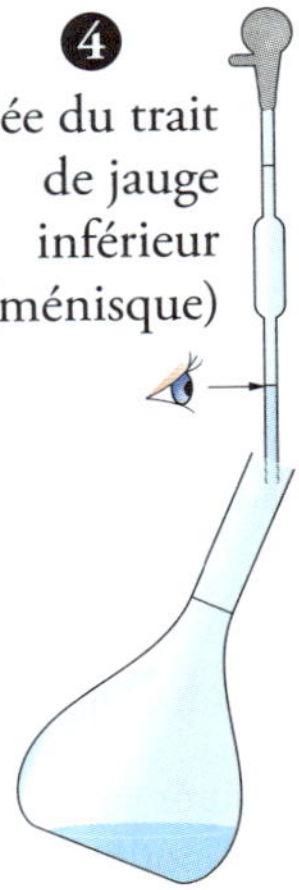

- Après avoir bouché la fiole, pour homogénéiser la solution l'agiter.
- Remplir la fiole jusqu'au trait de jauge, en visant le bas du ménisque.

C Le titrage

Il s'agit de faire réagir l'espèce titrée (dont on cherche la concentration, la masse ou la quantité) avec une espèce titrante.

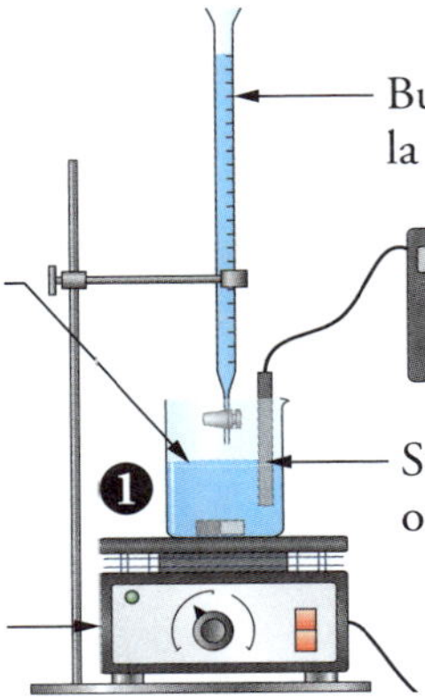

Vous devez réaliser le dispositif ci-dessus. Voici les étapes à suivre pour cela :

- Verser les solutions d'origine dans des béchers pour pouvoir les pipeter ou les transvaser.
- Remplir la burette avec la solution titrante.
- Pipeter le volume de la solution à titrer et le verser dans le bécher ❶.

- Insérer un barreau magnétique (agitateur).
- Disposer la sonde (si besoin) dans le bécher.
- Ajouter suffisamment d'eau distillée pour que la sonde soit correctement immergée (cela ne modifie pas le volume équivalent).
- Mettre en fonctionnement l'appareil de mesure (conductimètre ou pH-mètre) et l'agitation magnétique.
- Commencer à verser la solution titrante.

Astuces

- Rincez la burette avec la solution titrante puis remplissez-la (attention : placez la burette au-dessus d'un bécher « poubelle » et surtout pas au-dessus de votre solution à titrer).
- **Pour un titrage colorimétrique**, utilisez un erlenmeyer plutôt qu'un bécher et glissez un papier blanc en dessous de la solution titrante pour bien voir le changement de teinte à l'équivalence.
- Pour un titrage colorimétrique, il peut être intéressant d'effectuer deux titrages :

– un premier, rapide, en faisant couler la solution titrante en continu pour déterminer approximativement le volume équivalent (par changement de couleur).
– un second pour lequel vous arrêtez l'ajout 2 mL avant ce volume approximatif, avant de reprendre, très doucement, pour déterminer précisément le volume équivalent.

- **Pour les titrages conductimétriques**, stoppez l'agitation à chaque fois qu'il vous faut mesurer : cela améliorera les mesures.
- **Pour les titrages pH-métriques et conductimétriques**, continuez l'ajout de titrant jusqu'à atteindre environ deux fois le volume équivalent pour obtenir une « belle » courbe.

30 Épreuve pratique d'évaluation des compétences expérimentales

Conservation de E_m ?

1 heure
20 points

Le candidat doit agir en autonomie et faire preuve d'initiative tout au long de l'épreuve. En cas de difficulté, le candidat peut solliciter l'examinateur afin de lui permettre de continuer la tâche. L'examinateur peut intervenir à tout moment sur le montage, s'il le juge utile.

DOCUMENTS MIS À DISPOSITION DU CANDIDAT

Rappel : L'énergie mécanique d'un système est la somme de son énergie cinétique et de son énergie potentielle.

DOCUMENT 1

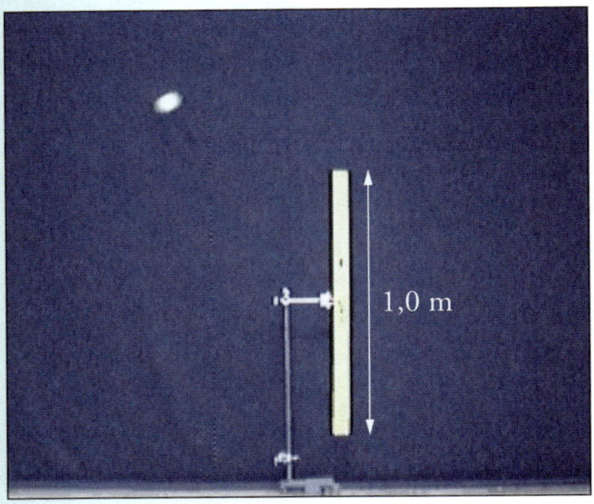

DOCUMENT 2

Le mouvement étudié est le lancer d'une balle de masse 56 g.
La règle jaune au centre de l'image mesure 1,0 m.
$g = 9{,}81\ \mathrm{N \cdot kg^{-1}}$.

MATÉRIEL MIS À DISPOSITION DU CANDIDAT

• Un ordinateur muni du logiciel de lecture de fichier vidéo et de pointage CAPSTONE ainsi qu'une fiche d'utilisation très simplifiée de ce logiciel.
• Le fichier vidéo, montrant le mouvement à étudier, « lancer_de_balle.avi » sur le bureau de l'ordinateur.

TRAVAIL À EFFECTUER

▶ 1. Analyse du problème et formulation d'un protocole expérimental

Durée conseillée : 20 minutes maximum

1. Analyse du problème

À partir des documents 1 et 2 et de la liste de matériel, vous devez analyser le mouvement filmé du lancer d'une balle de masse 56 g. Votre analyse doit vous permettre de conclure sur la conservation ou non de l'énergie mécanique lors du mouvement de ce système.

2. Formulation d'un protocole expérimental

Présenter, en quelques lignes, la démarche précise que vous envisagez de suivre. Vous proposerez une méthode pour exploiter l'enregistrement vidéo de façon à vous permettre de conclure sur la conservation ou non de l'énergie mécanique lors du mouvement.
La méthode doit expliciter en quelques mots la façon dont on va utiliser le logiciel, ainsi que les éventuels calculs à effectuer.
Attention ! Appeler le professeur pour lui présenter le protocole expérimental ou en cas de difficulté.

▶ 2. Réalisation du protocole expérimental proposé

Durée conseillée : 25 minutes

Mettre en œuvre le protocole proposé.
Attention ! Appeler le professeur pour lui présenter les résultats expérimentaux ou en cas de difficulté.

▶ 3. Validation les résultats obtenus

Durée conseillée : 15 minutes

Commenter les résultats expérimentaux et conclure.
Vous prendrez garde à vérifier la cohérence des résultats avec vos connaissances théoriques et à ne pas oublier d'évaluer l'incertitude de votre résultat en envisageant, par exemple, le calcul de l'incertitude-type (l'écart-type) par rapport à la moyenne.

Aide possible

• Incertitude-type d'une valeur mesurée n :

$\sigma_{n-1} = \sqrt{\sum \frac{m_{\text{mesurés}} - \overline{m}}{n-1}}$ où $\overline{m}$ est la valeur moyenne des mesures.

• Pour un intervalle de confiance de 95 %, l'incertitude-type élargie pour le nombre de mesures effectuées sur l'ensemble de la vidéo (20 images exploitables) est : $U(M) = 2 \times \frac{\sigma_{n-1}}{\sqrt{n}}$

Penser à fermer les logiciels et la session de l'ordinateur.

LES CLÉS DU SUJET

Le lien avec le programme

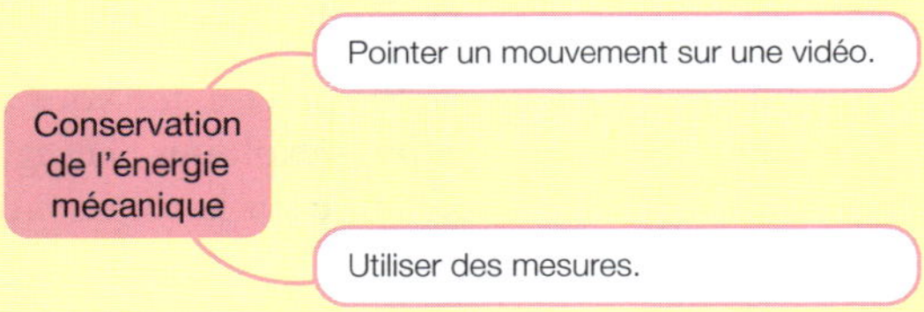

Les conseils du correcteur

• Un protocole comporte toujours des termes techniques de manipulation. Ici, on attend forcément les termes « étalonnage/pointage/image par image/grandeurs créées ».

• Chaque partie du TP est évaluée en temps. Cette donnée est directement reliée au barème de notation. Ici, les trois parties sont très similaires (20 minutes pour le protocole, 25 minutes pour la réalisation et 15 minutes pour la validation).

• Ne partez jamais de votre « TP bac » sans avoir rempli, ne serait-ce qu'un peu, la dernière partie « validation » qui doit conclure votre manipulation.

• En cas de non-réussite des manipulations : prenez les cinq dernières minutes pour écrire, par exemple, ce que vous vous attendiez à obtenir et quelle aurait été alors votre conclusion.

30 CORRIGÉ GUIDÉ

▶ 1. Analyse du problème et formulation d'un protocole expérimental

Nous allons ouvrir la vidéo « lancer_de_balle » à l'aide du logiciel CAPSTONE.

Après avoir étalonné la vidéo (à l'aide du document 1), nous effectuerons un pointage, image par image, de l'ensemble des positions occupées par le centre de gravité de la balle.

Nous utiliserons la loupe du logiciel pour davantage de précision.

> **GAGNEZ DES POINTS**
> N'oubliez pas l'objectif ! C'est à vous de trouver le protocole : il faut donc toujours le conclure par l'objectif à atteindre dans le TP.

Le logiciel nous permettra alors de créer les grandeurs $x(t)$ et $y(t)$, mais aussi les vitesses $v_x(t)$, $v_y(t)$ et les accélérations $a_x(t)$ et $a_y(t)$.

Nous pourrons alors créer les grandeurs énergétiques E_c, E_p et E_m en rentrant les formules suivantes dans le logiciel :

$E_c(t) = \frac{1}{2}mv^2$ où $m = 0{,}056$ kg et $v = \sqrt{(v_x(t))^2 + (v_y(t))^2}$;

$E_p(\text{t}) = mg \times y(t)$

et $E_m(t) = E_c(t) + E_p(t)$.

Nous créerons alors un graphique permettant de visualiser l'évolution des trois énergies au cours du mouvement pour étudier la conservation éventuelle de l'énergie mécanique.

▶ 2. Réalisation du protocole expérimental proposé

Durée conseillée : 25 minutes

- Réalisez le pointage des différentes positions de la balle, image par image.

> **ATTENTION**
> N'oubliez pas d'appeler le correcteur !

Cliquez sur le bouton [icône] pour commencer l'analyse vidéo.

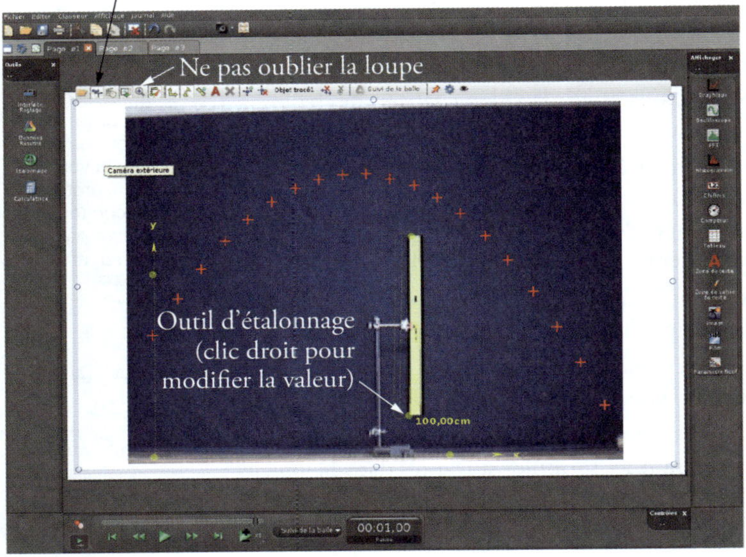

Ici les axes n'ont pas à être mis à un endroit particulier (aucune consigne sur le sujet).

- Créez les grandeurs E_c, E_p et E_m à partir des positions et des vitesses calculées par le logiciel.

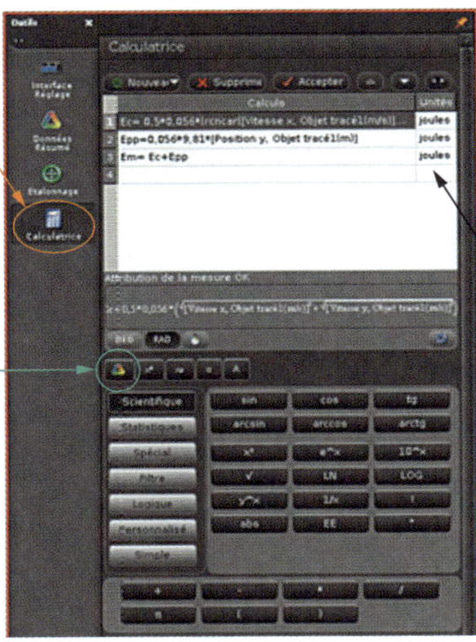

- Créez le graphique.

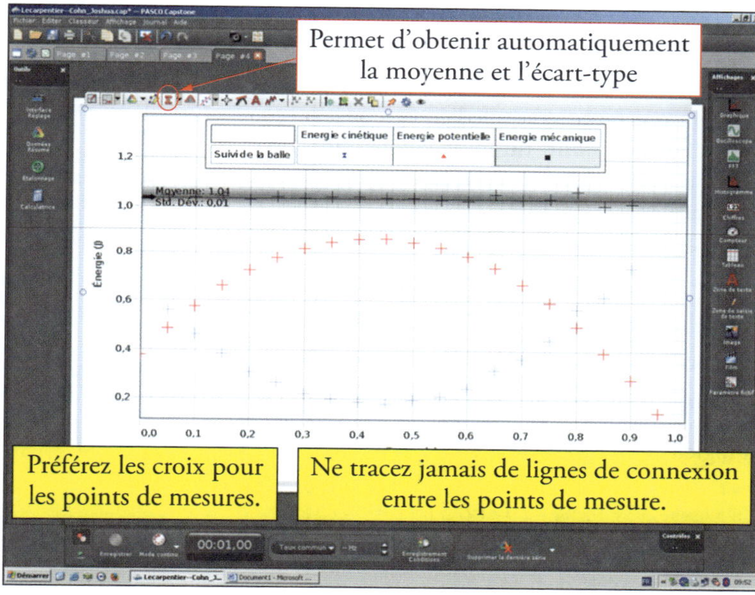

Remarque : Il n'est pas obligatoire de présenter des graphiques, on peut se contenter d'un tableau. Le graphique de l'évolution aide tout de même à visualiser.

Vitsses de la balle et énergie cinétique

	Suivi de la balle	Suivi de la balle	Suivi de la balle	Suivi de la balle	Suivi de la balle
	Vitesse x, Objet tracé1 (cm/s)	Vitesse y, Objet tracé1 (cm/s)	Energie cinétique (J)	Energie potentielle (J)	Energie mécanique (J)
1				0,38	
2	263,54	360,84	0,56	0,49	1,04
3	255,43	316,24	0,46	0,57	1,04
4	251,37	271,65	0,38	0,66	1,04
5	251,37	214,88	0,31	0,72	1,03
6	255,43	170,29	0,26	0,78	1,04
7	251,37	121,63	0,22	0,82	1,04
8	255,43	72,98	0,20	0,84	1,04
9	255,43	28,38	0,18	0,86	1,04
10	251,37	-24,33	0,18	0,86	1,04
11	255,43	-64,87	0,19	0,84	1,04
12	251,37	-105,42	0,21	0,82	1,03
13	247,32	-158,12	0,24	0,79	1,03
Moyenne	254,08	-43,92	0,36	0,64	1,04
Std. Dév.	3,93	255,26	0,17	0,21	0,01

▶ 3. Validation des résultats obtenus

Durée conseillée : 20 minutes

En superposant les évolutions de l'énergie potentielle, cinétique et mécanique, on peut constater que la variation de l'énergie mécanique est très faible au cours du mouvement, alors que l'énergie cinétique et l'énergie potentielle varient fortement :

GAGNEZ DES POINTS
Le logiciel de traitement vidéo de votre lycée est très certainement disponible en téléchargement sur Internet (peut-être en version limitée). Pensez à le télécharger pour vous entraîner.

$1{,}03 \text{ J} < E_m < 1{,}06 \text{ J}$ alors que :

$0{,}15 \text{ J} < E_c < 0{,}84 \text{ J}$ et $0{,}14 \text{ J} < E_p < 0{,}9 \text{ J}$.

« Visuellement », E_m semble donc conservée.

La valeur moyenne de $\overline{E_m} = 1{,}04$ J, estimée d'après le logiciel.

On peut ensuite évaluer l'incertitude sur cette valeur moyenne à l'aide du logiciel : $U(E_m) = \sigma_{n-1} = \sqrt{\sum \frac{m_{\text{mesurés}} - \overline{m}}{n-1}} = 5 \times 10^{-3}$ J.

On peut alors calculer : $\dfrac{U(E_m)}{\overline{E_m}} = 0{,}5\ \%$.

Cette valeur est bien inférieure à 10 % donc nous pouvons conclure que l'énergie mécanique de la balle au cours du mouvement est effectivement conservée en tenant compte de l'incertitude des mesures.

Ce résultat indique que les forces de frottement sont négligeables dans ce mouvement puisque la présence de forces de frottement entraîne toujours une perte d'énergie mécanique.

Si vous utilisez les logiciels Regressi et Regavi

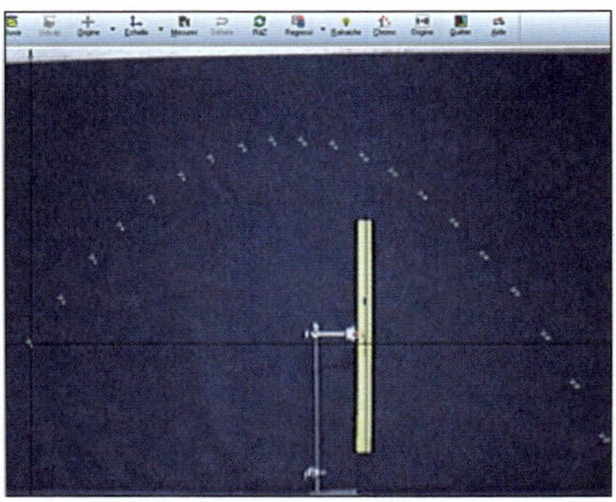

- Pensez à maximiser la taille de la vidéo affichée et à utiliser la loupe.
- N'oubliez pas l'étalonnage : bouton 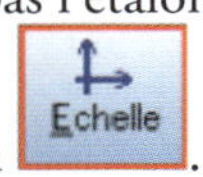

.
- Cliquez sur 

, pointez la balle image

par image, puis exportez les données du pointage vers Regressi (ou vers Excel).

Les principales étapes du traitement :

- Cliquez sur 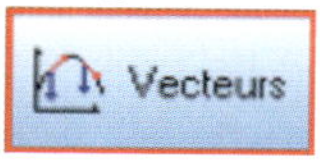

pour faire automatiquement calculer les coordonnées du vecteur vitesse $v_x(t)$ et $v_y(t)$.
- Créez les grandeurs d'énergie comme ci-contre.

```
'Acquisition à partir de video
vx=Diff(x,t)
vy=Diff(y,t)
ax=Diff(vx,t)
ay=Diff(vy,t)
v=sqrt(vx^2+vy^2)
Ep=0.56*9.1*y
Ec=0.*0.56*v^2
Em=Ec+Ep
```

- Affichez sur un même graphique $E_m(t)$, $E_c(t)$ et $E_p(t)$.

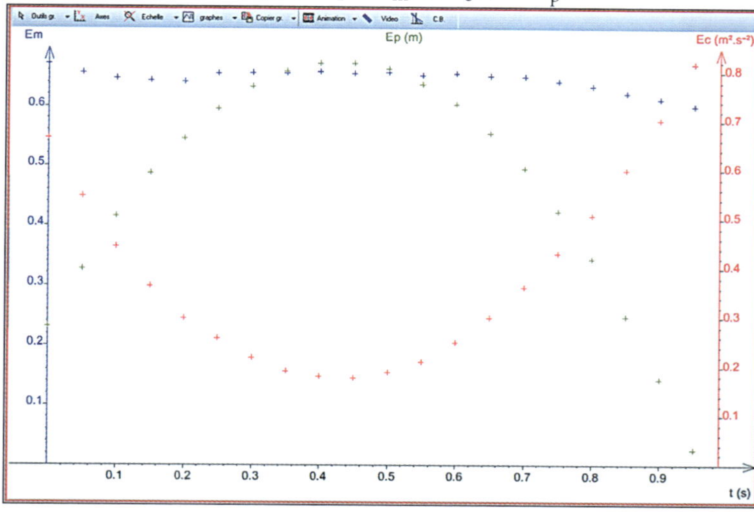

Réussir le Grand Oral

Les fiches MÉTHODE

Trois SIMULATIONS de Grand Oral

1 Choisir une question en physique-chimie

Selon le BO du 13 février 2020, qui définit le « Grand Oral », vous devez choisir une question pour chacun de vos deux enseignements de spécialité. Vous serez interrogé(e) sur l'une de ces deux questions le jour de l'épreuve.

A Le « cahier des charges »

Le choix de la question doit répondre à ces **trois conditions**.

La question
1. met en lumière un des grands enjeux du programme de spécialité
2. se prête à une explicitation aisée, sans support et sans notes
3. permet de nourrir une réflexion sur votre projet d'orientation

B Des idées de sujets en physique-chimie

Les questions proposées ici permettent de mettre en lumière au moins un des grands enjeux de la physique-chimie : la démarche scientifique ; la pratique expérimentale ; la modélisation ; la mesure et les incertitudes. Elles sont précédées des initiales des spécialités concernées : physique-chimie (PC), sciences de la vie et de la Terre (SVT), mathématiques (M), sciences de l'ingénieur (SI).

1. Questions en lien avec une problématique de développement durable et/ou de protection de l'environnement

À NOTER **Ce type de questions nécessite souvent d'adosser le discours à plusieurs parties du programme du cycle terminal.**

- **PC + SVT.** Comment la chimie dite « verte » est-elle au service de la protection de l'environnement ?
- **PC + SVT.** Comment la thermodynamique contribue-t-elle à la modélisation de l'effet de serre ?
- **PC + SVT ou PC + SI.** Comment les progrès de la physique-chimie et les innovations technologiques contribuent-ils à réduire l'émission des gaz à effet de serre ?
- **PC + SI.** Comment la physique contribue-t-elle à une utilisation raisonnée des sources d'énergie renouvelable ?

2. Questions axées principalement sur une partie spécifique du programme de physique-chimie

● **PC.** Comment les techniques expérimentales de laboratoire permettent-elles d'appréhender les paramètres influençant une transformation chimique et d'élaborer des stratégies de synthèse limitant l'impact environnemental ?

● **PC.** En quoi le développement de la médecine nucléaire est-il intimement lié à la compréhension des transformations radioactives et à leur modélisation ?

● **PC.** Comment le décalage vers le rouge mis en évidence par Hubble a constitué la première preuve expérimentale en faveur du modèle de l'expansion de l'Univers ?

● **PC.** Pourquoi le modèle du gaz parfait a-t-il un domaine de validité restreint ?

● **PC + M.** Comment Newton s'est-il appuyé sur les travaux de Galilée et de Kepler pour établir sa théorie de la gravitation universelle ?

● **PC + SI.** Comment les capteurs capacitifs d'une tablette fonctionnent-ils ?

● **PC + SI.** Comment le phénomène d'interférence est-il exploité pour la lecture optique ?

ZOOM

« Pitcher » son sujet auprès de ses proches

● N'hésitez pas à exposer brièvement votre sujet à vos parents ou vos amis. Ce premier « pitch » vous aide à délimiter votre sujet et vous permet de tester l'intérêt qu'il suscite.

Doc. Oral du bac-vidéogramme extrait de « Ma Thèse en 180 secondes : la science pour les nuls »

● Ainsi, dans le cadre du concours « Ma thèse en 180 secondes », les doctorants doivent résumer en trois minutes un sujet de recherche qu'ils ont développé dans une thèse de plusieurs centaines de pages.

2 Concevoir sa présentation

Les recherches sur les questions choisies peuvent débuter assez rapidement dans l'année. Pour chacune, vous devez vous documenter et organiser vos idées, au fur et à mesure, en vue d'un exposé structuré.

A Se documenter, chercher des idées

1. Se constituer une bibliographie pertinente

- Pour chaque question, établissez une **liste de mots-clés** : ils vont vous permettre d'interroger Internet, mais aussi le catalogue de votre CDI ou de la médiathèque de votre quartier.
- Consultez les documents ainsi sélectionnés, **des plus généraux** (manuels, encyclopédies) **aux plus spécialisés**.
- Dans le cas de recherches sur Internet, pensez à **vérifier les sites** que vous consultez à l'aide de ces questions :

1. Qui est l'auteur du site ? Quelle est son expertise sur le sujet ?
2. De quand datent les informations ?
3. L'exposé est-il clairement construit, solidement argumenté ?

> CONSEIL **Commencez par lire les informations données par la page de présentation du site, souvent intitulée « À propos ».**

2. Garder la trace de ses recherches

- **« Fichez » chacun des documents** consultés : le support peut être, selon votre préférence, physique (fiche Bristol) ou numérique.
- Reformulez les idées qui vous paraissent essentielles, en distinguant bien les arguments des exemples.

> CONSEIL **Notez précisément la source : le titre de l'ouvrage ou du site, le nom de l'auteur, la date de publication, ainsi que les pages consultées.**

FICHE DOCUMENT

Source :

Sujet :

Idées clés :
-
-
-

Citation :

B Organiser ses idées

1. Plusieurs méthodes de classement

● Au fil de vos prises de notes, vous allez être conduit à regrouper vos idées autour de lignes directrices : une organisation de votre exposé se dessine progressivement. Essayez de la traduire sous forme de « **carte mentale** ».

● Si vous avez du mal à faire émerger les grands axes, vous pouvez recourir à la **méthode des post-it**.

1. Écrivez une idée clé par post-it.
2. Ajoutez, le cas échéant, des exemples sur des post-it d'une autre couleur.
3. Sur un mur, déplacez les post-it jusqu'à ce qu'ils s'enchaînent logiquement.

2. Le choix du plan

Votre plan dépend de la question et du type de réflexion proposé.

	Objectif	Question
Plan thématique	Il permet d'approfondir les différents aspects d'un sujet.	Il correspond à une question qui se subdivise en différentes sous-questions.
Plan dialectique	Il oppose deux thèses puis opère une synthèse des points de vue.	Il correspond à une question qui implique une discussion, un dilemme.

FOCUS

Mettre son plan sous forme de carte mentale

1. Prenez une feuille blanche A4, en format paysage.
2. Notez la question au centre, dans un « noyau ».
3. Créez autant de « branches » que de grands axes (une couleur par axe).
4. Ramifiez les branches de manière à faire apparaître les idées clés.

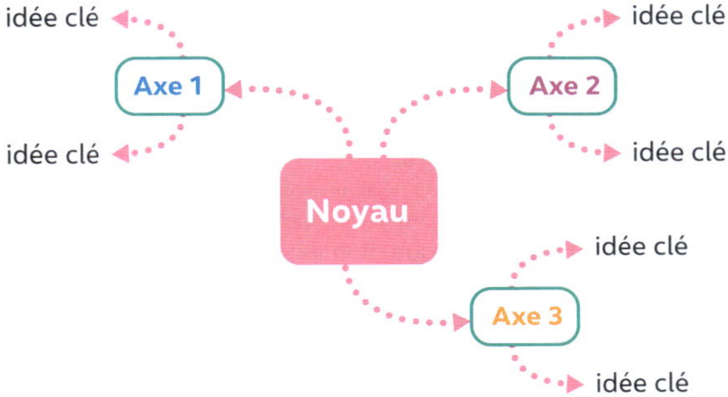

3 Préparer efficacement l'exposé

Le jour J, vous devrez faire votre présentation en cinq minutes, sans notes. Cela suppose un travail préparatoire important : de rédaction, de mémorisation et d'entraînement à la prise de parole.

A Rédiger une trame précise

Une fois que vous êtes au clair sur la structure générale de votre exposé, vous devez mettre par écrit le déroulement de votre argumentation, sous la forme d'un plan semi-rédigé.

1. L'introduction

- L'introduction doit montrer :

– que **votre sujet est intéressant** ;
– que vous l'avez bien cerné ;
– que votre plan découle de la question posée et y répond.

- Elle comprend **trois étapes** qui s'enchaînent logiquement.

1. L'accroche	En une ou plusieurs phrases, amenez progressivement votre sujet.
2. La question	Posez clairement la question à laquelle vous allez répondre et explicitez-la.
3. Le plan	Annoncez les deux ou trois grands axes, de manière que le jury comprenne d'emblée l'organisation de l'exposé.

2. Le corps de l'exposé

- Recopiez le plan que vous avez établi et remplissez-le de manière télégraphique, à l'aide de listes à puces.
- N'oubliez pas d'**appuyer chaque argument** par un exemple vérifié.
- Distinguez bien les informations nécessaires à la bonne compréhension du sujet de celles qui sont secondaires et que vous pourrez préciser dans l'entretien.

3. La conclusion

- La conclusion est l'étape de l'exposé qui reste en mémoire : rédigez-la complètement pour être sûr(e) qu'elle marque votre auditoire.
- Elle se compose de **deux parties** :

1. Le bilan	Reprenez les étapes du développement et répondez à la question initiale.
2. L'ouverture	Élargissez le champ de la réflexion à l'aide d'une citation, d'un fait d'actualité, d'une question proche.

B Mémoriser la présentation, puis simuler l'épreuve

Vous êtes désormais au clair sur le contenu de votre exposé. Il s'agit maintenant de préparer sa restitution orale.

1. Faire travailler sa mémoire

● Vous devez posséder votre exposé « sur le bout des doigts », de telle manière que les idées se rappelleront à vous naturellement le jour de l'épreuve et que vous pourrez consacrer toute votre attention à votre auditoire.

● Pour ce faire, sollicitez vos différentes mémoires (visuelle, auditive, kinesthésique…) pour fixer le déroulement de l'exposé puis récitez-le plusieurs fois, de manière à vous en souvenir durablement.

> À NOTER **Des chercheurs ont prouvé qu'il faut refaire au moins sept fois le chemin vers un souvenir pour l'ancrer durablement.**

2. Simuler un Oral blanc

● C'est à ce moment-là, quand vous avez mémorisé votre exposé, que vous devez faire appel à votre entourage – vos professeurs, vos parents ou vos amis – pour leur demander de constituer votre premier auditoire.

● Demandez-leur d'évaluer votre présentation selon ces trois critères :

1. **Pertinence**. Ai-je bien répondu à la question posée ?
2. **Clarté**. Qu'est-ce qui était clair ? moins clair ?
3. **Efficacité**. Ai-je retenu votre attention ? Comment puis-je le faire mieux ?

● N'hésitez pas également à leur demander de vous poser des questions sur le contenu de la présentation : cela vous entraînera pour l'entretien qui suit.

FOCUS

Comment fonctionne la mémoire ?

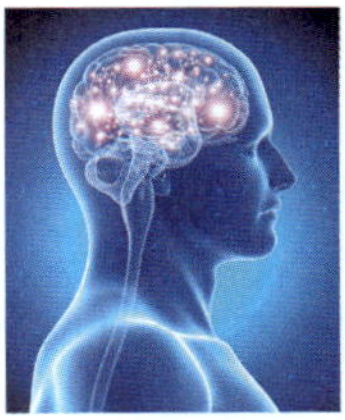

Ph © pankajstock12 -stock_adobe.com

● La mémorisation est le résultat d'un processus biochimique dans lequel les neurones jouent un rôle essentiel.

● Elle se déroule en trois étapes :

1. L'encodage : enregistrement d'une nouvelle information
2. Le stockage : rangement, consolidation de l'information
3. Le rappel : recherche du souvenir afin de le restituer

● Plus on rappelle un souvenir, plus on l'ancre durablement dans la mémoire.

4 Présenter la question au jury

Votre présentation doit être synthétique et rendre compte efficacement du questionnement. Vous êtes principalement évalué(e) sur la solidité de vos connaissances et votre capacité à argumenter.

A Optimiser le temps de préparation

Le jury vient de choisir l'une des deux questions préparées. Vous avez alors 20 minutes pour mettre en ordre vos idées et préparer – si vous vous sentez suffisamment sûr(e) de vous – un support pour le jury.

1. Mettre en ordre vos idées au brouillon

20 minutes de préparation, c'est à la fois long et court. Comment les utiliser ?

Pensez à…	Évitez de…
rédiger l'introduction et la conclusion	rédiger tout l'exposé
noter le plan	noter des idées en désordre
résumer les principales idées	ajouter du contenu au dernier moment

2. Préparer un support pour le jury

- Si vous avez bien en tête votre exposé, mettez à profit les 20 minutes pour préparer un support destiné au jury.
- L'objectif est de permettre à votre auditoire de **mieux suivre votre présentation**. Votre support peut ainsi prendre des formes variées.

> CONSEIL **Bien que non évalué, le support doit être pertinent et lisible pour bien disposer le jury.**

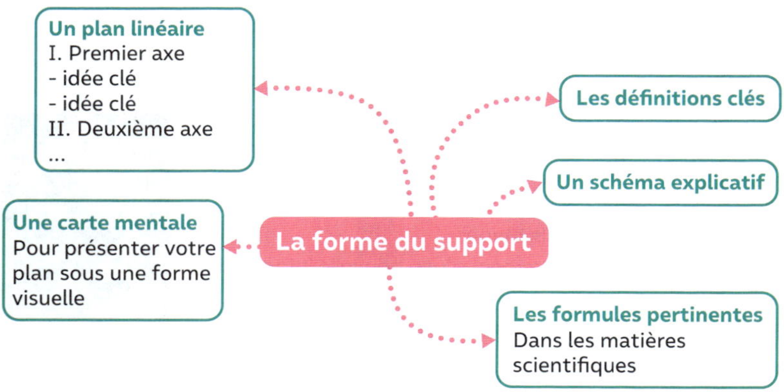

B Faire une présentation claire et fluide

1. Soigner les étapes clés de l'exposé

● Vous devez prêter une attention particulière à l'introduction et à la conclusion.

L'introduction	La conclusion
• amène la question • pose clairement la question • annonce le plan	• fait le bilan des recherches • répond à la question • ouvre de nouvelles perspectives

● Quand vous annoncez le plan, vous pouvez recourir à des formules telles que :
Tout d'abord nous nous intéresserons…
Puis nous étudierons…, avant de montrer que…

2. Mettre en évidence la progression de l'exposé

● Plus encore qu'à l'écrit, vous devez être attentif(ve) aux **transitions** de sorte que votre auditoire comprenne bien la progression de votre présentation.

Les passages d'une partie à l'autre doivent être ainsi explicités :
Nous venons de voir que…
Nous allons maintenant essayer de comprendre comment ce processus…

CONSEIL Tout au long de votre présentation, n'hésitez pas à rappeler le fil conducteur en reprenant les mots-clés de la question.

● Les **liens entre les idées** d'une partie doivent être clarifiés au moyen de connecteurs logiques : de cause (*car, en effet*…), de conséquence (*donc, c'est pourquoi*…), d'opposition (*mais, cependant*…), de concession (*certes*…), d'addition (*de plus, en outre*…).

FOCUS

Parler debout

● Placez-vous face à votre jury, bien au centre.

● Ancrez vos pieds au sol, de manière à avoir une assise stable.

● Placez dès le départ vos mains à hauteur de votre ventre, sans les laisser pendre le long du corps. Vous pouvez les croiser devant vous et les dénouer lorsqu'il sera nécessaire d'appuyer le propos.

Coll. Prod DB © Ingrid Chabet-My Box Production/DR

Image extraite du film *À voix haute* de Ladj Ly et Stéphane de Freitas, 2017.

5 Répondre aux questions en lien avec la présentation

Lors de la deuxième partie de l'épreuve, le jury revient sur la présentation et évalue plus largement vos connaissances dans les disciplines correspondant à vos spécialités.

A Anticiper les questions

1. Les questions sur la présentation

● Le jury va en premier lieu revenir sur certains points de la présentation pour vous **demander des précisions**.

- *Vous avez affirmé que… : pouvez-vous donner un exemple ?*
- *Vous avez cité… : quelle est votre source ?*
- *Comment définissez-vous le mot… ?*

● Afin de ne pas être surpris(e), efforcez-vous de les anticiper lors de l'élaboration de l'exposé.

2. Les questions sur le programme

● Cependant le jury peut aussi vous poser des questions sur d'autres thèmes de vos **programmes de spécialité**.

> ATTENTION **Ces questions peuvent porter sur des thèmes hors du programme limitatif de l'épreuve écrite.**

● C'est pourquoi vous devez travailler tout au long de l'année les notions au programme, en imaginant cette interrogation. Voici 4 conseils clés :

4 conseils clés

1. Faites des fiches pour chaque chapitre
2. Apprenez par cœur les définitions clés
3. Questionnez votre enseignant en cas d'incompréhension
4. Complétez le travail fait en cours avec des recherches personnelles

> CONSEIL **Cette préparation vous servira également pour l'écrit !**

B Développer une posture d'échange

1. Faire des réponses appropriées

- Un seul des deux membres du jury est un spécialiste des domaines concernés par votre question. Votre réponse doit donc être **précise mais pas trop jargonneuse**.
- D'autres conseils utiles :

Pensez à…	Évitez de…
prendre quelques secondes pour « ingérer » la question	vous précipiter : vous risquez de ne pas répondre à la question
donner des réponses brèves pour des précisions, plus longues pour un avis personnel	répondre par oui ou par non, ne pas développer
vous appuyer sur des connaissances précises, des chiffres, des dates…	rester dans les généralités, utiliser le pronom *on*

2. Gérer les difficultés

- Si vous n'êtes **pas sûr(e) de comprendre** la question :

– reformulez-la à voix haute pour vérifier que vous avez bien compris ;

Vous me demandez si… Vous voulez savoir comment…

– demandez des précisions ou un exemple.

Qu'entendez-vous par… ? Pouvez-vous me donner un exemple ?

- Si vous **ne savez pas quoi répondre**, osez le dire : vous pouvez toutefois commencer par faire remarquer la pertinence de la question.

Ce point me semble en effet très intéressant,
mais je n'ai pas eu le temps de l'approfondir.

FOCUS

Éviter les gestes parasites

Apprenez à identifier les gestes d'auto-contact que vous effectuez pour vous rassurer en situation de stress : ils brouillent la communication et traduisent votre inconfort. Or, avec un peu d'entraînement, il est facile de les éviter.

Passer la main dans ses cheveux

Remonter ses manches, tirer dessus

Toucher sa montre, un bijou

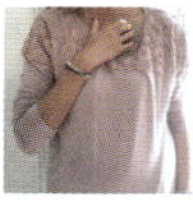

Se gratter avec insistance

GRAND ORAL

6 Défendre son projet d'orientation

Au cours de cette partie de l'épreuve, vous exposez votre projet d'orientation : quel domaine vous intéresse, depuis quand, quels choix vous avez faits pour vous en rapprocher.

A Faire le lien entre la question traitée et son projet d'orientation

● Le jury va commencer par vous demander en quoi le travail sur la question traitée **a nourri votre réflexion sur votre projet d'orientation**. Voici quelques éléments de réponse, à adapter en fonction de votre sujet et de votre projet :

- *En travaillant sur ce sujet au croisement de deux disciplines, j'ai acquis la certitude que je souhaitais continuer à les étudier l'une et l'autre : d'où le choix d'un cursus réunissant...*
- *La préparation de cet oral m'a permis de rencontrer des personnes travaillant dans le domaine de..., qui m'ont donné envie de suivre leur voie ; c'est pourquoi j'ai choisi des études dans la filière...*

> CONSEIL **Même si vous avez évidemment envisagé plusieurs choix (sur Parcoursup ou par des candidatures directes), mettez plutôt l'accent sur celui permettant d'établir un lien avec la question traitée. Ainsi votre démarche paraîtra cohérente.**

● Vous pouvez aussi analyser les **compétences acquises** lors de la préparation de cette épreuve orale : mener un travail de recherche, confronter des données, faire un travail de synthèse, faire un exposé oral, et montrer qu'elles vous seront **utiles pour la suite de vos études**.

B Expliquer les étapes de son projet d'orientation

1. Projet professionnel ou projet de poursuite d'études ?

● Si vous avez une idée de métier précise, vous pouvez partir de ce **projet professionnel**, expliquer pourquoi il vous attire ; puis faire le lien avec les études qui y mènent.

● Mais vous avez le droit, à 17-18 ans, de ne pas savoir quel métier vous aimeriez exercer. Contentez-vous alors d'expliquer quel domaine vous intéresse et **quels choix d'études** après le bac vous avez faits en conséquence.

CONSEIL **Quand vous vous êtes inscrit(e) sur Parcoursup ou si vous avez candidaté à des écoles, vous avez dû rédiger des lettres de motivation. Utilisez-les pour préparer cette partie de l'oral.**

- Si vous hésitez encore entre **deux voies**, vous pouvez exposer les différentes possibilités envisagées.

2. La genèse et la mise en œuvre du projet

- Pour retracer la **genèse** du projet, expliquez :

– comment l'idée de ce projet d'orientation vous est venue ;
– comment elle a guidé vos choix de spécialités ;
– comment elle s'est renforcée à travers différentes activités et expériences.

CONSEIL **N'hésitez pas à détailler des expériences vécues ou à rapporter une anecdote pour rendre votre présentation plus personnelle.**

- Mentionnez la **filière choisie**, l'école ou l'université que vous souhaiteriez intégrer et les enseignements qui vous attendent. Décrivez concrètement la manière dont vous souhaitez mener ce projet : cursus envisagé, diplôme visé.

- Faites le bilan de vos atouts et de vos limites pour le domaine envisagé. Montrez que vous disposez d'une **bonne connaissance de vous-même** et de vos capacités.

FOCUS

Développer une argumentation personnelle

Pour mieux convaincre le jury de votre motivation, vous devez mettre en évidence que ce projet est vraiment le vôtre.

Les composantes personnelles de votre projet

1. scolaires
- vos spécialités de 1re et Tle
- vos préférences pour certaines matières
- vos compétences scolaires

2. extrascolaires
- votre stage de 3e
- vos engagements (comme délégué de classe, dans un projet…)
- vos centres d'intérêt, vos convictions

7 Retenir l'attention du jury

Lors de l'épreuve orale, il ne suffit pas de maîtriser son sujet, il faut aussi communiquer de manière efficace pour convaincre le jury. Le visage et ses expressions, ainsi que la gestuelle, sont alors essentiels pour renforcer le propos.

A Établir le contact

- Le premier contact est essentiel. Dès l'entrée dans la salle, donnez l'impression d'être ouvert à l'échange, avenant, sans être trop familier.
- Le **sourire** est l'atout indispensable pour détendre l'atmosphère et gagner la sympathie du jury. Il ne s'agit pas de rire faussement ou de sourire en permanence, mais d'afficher une attitude aimable.
- La **politesse** est de mise, même si parfois le stress fait oublier les fondamentaux de la courtoisie : saluer vos interlocuteurs, remercier, attendre d'être invité à s'asseoir ou à partir avant de le faire.
- Laissez à vos examinateurs le temps de s'installer et montrez-vous **à l'écoute de leurs attentes**, sans foncer tête baissée dans votre exposé.

B Communiquer efficacement

1. Regarder l'examinateur

- Se retrouver face à face avec un jury composé de deux professeurs inconnus peut vous paraître impressionnant. Cependant, votre réussite à l'oral repose aussi sur votre capacité à **surmonter ce stress** et à vous adresser réellement à vos interlocuteurs à travers ce que vous dites, mais aussi par le regard.
- Ne fixez pas vos interlocuteurs, mais accordez-leur **des regards réguliers**, afin de capter leur attention. Évitez de regarder ailleurs : vous donneriez l'impression d'être fuyant. Inutile donc de fixer vos pieds, le plafond, ou encore le mur au fond de la salle.

> CONSEIL **Si vous avez des difficultés à regarder votre interlocuteur dans les yeux, vous pouvez imaginer un point entre ses deux yeux, ce qui vous évitera d'être mal à l'aise en croisant son regard.**

2. Soigner la gestuelle

- **Évitez de rester trop statique** pendant votre intervention mais ne surchargez pas non plus votre intervention par des gestes répétitifs ou sans lien avec le propos.

● Vos gestes doivent intervenir à des moments essentiels de votre prise de parole afin d'**appuyer ce que vous dites**. Ils doivent donc coïncider avec ce que vous cherchez à exprimer : enthousiasme, opposition, implication personnelle… (voir la rubrique « Focus » ci-dessous).

3. Éviter la monotonie

● **Variez les intonations** pour donner de la vivacité à ce que vous dites et ne pas ennuyer votre jury.

● **Insistez sur les aspects essentiels** en appuyant sur certains segments de phrases ; marquez les interrogations ou les exclamations par une intonation expressive.

● **Ayez l'air convaincu(e)** de ce que vous affirmez en adoptant une voix claire et en apparaissant sûr(e) de vous.

> **INFO La relation interpersonnelle est un phénomène complexe. Les variations de la voix, la gestuelle comptent pour beaucoup dans la bonne réception du message de fond. Les acteurs le savent bien.**

FOCUS

Appuyer son propos par des gestes signifiants

Il est important d'appuyer son discours par des gestes qui retiennent l'attention et soulignent les moments clés.

Mains tendues vers l'auditoire : impliquer le public.

Mains à gauche puis à droite : souligner une opposition.

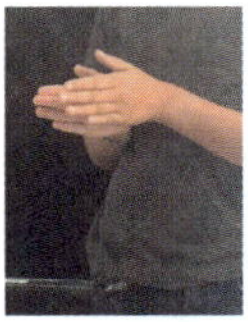

Compter avec ses doigts : énumérer.

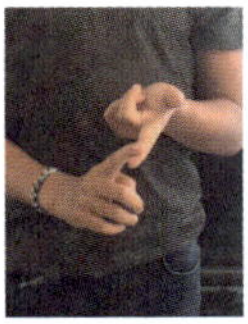

Mains écartées ou rapprochées : exprimer l'union ou la désunion

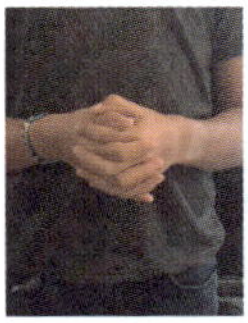

Lever ou baisser un doigt : exprimer un doute ou un questionnement.

Main sur la poitrine : montrer son implication personnelle.

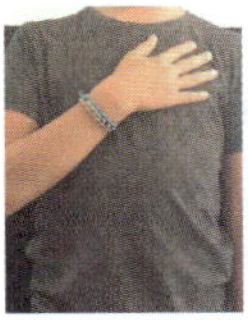

8 S'exprimer de manière claire et fluide

Si une bonne partie de la communication repose sur l'attitude non verbale, il ne faut évidemment pas négliger l'aspect verbal de l'échange. Choisir les mots justes, articuler, faire des pauses sont autant d'atouts dans la prise de parole.

A Utiliser un vocabulaire juste et précis

1. Choisir ses mots

- Vous êtes jugé(e) sur la qualité de votre expression, d'où l'importance de bien choisir vos mots. Il est parfois difficile de trouver la bonne formulation : prenez le temps de chercher les **termes les plus appropriés**.
- Si un terme familier vous échappe, reformulez dans un **registre plus soutenu**. Évitez les contractions (« j'sais pas », « j'pense ») : prononcez correctement les négations en incluant un « ne » audible.

2. Varier son expression

L'examinateur appréciera que vous fassiez un effort pour varier les tournures que vous utilisez.

Varier les expressions utilisées

Donner son opinion : *à mon sens, pour ma part, il me semble, je suis d'avis que…*

Appuyer le propos : *clairement, évidemment, naturellement, nettement…*

Introduire une analyse : *on remarque, on constate, on peut souligner, il est à noter que…*

3. Bannir les tics de langage

Variables d'une époque à une autre, ces petits marqueurs de la communication sont à proscrire le jour de votre oral.

- Commencez par **repérer ceux que vous employez le plus souvent** et essayez de vous en débarrasser lors de vos prises de parole. Il peut s'agir :
  – d'expressions en vogue (« genre », « carrément », « trop », « j'avoue »…) ;
  – de mots de liaison (« donc », « alors », « et voilà », « en fait »…) ;
  – d'onomatopées (« euh », « ben », « bah »…).
- Bannissez également **la mise entre guillemets** (geste à l'appui) qui indique que vous n'avez pas trouvé le mot juste pour vous exprimer.

B Soigner son élocution

- **Parlez distinctement** en articulant pour être bien compris(e). Faites particulièrement attention à ne pas « avaler » les fins de phrases et les fins de mots.
- **Adaptez le volume de votre voix** en fonction de la proximité avec votre auditoire. Ni trop fort, ni pas assez, vous devez trouver le juste équilibre. N'hésitez pas à demander si l'on vous entend.

> CONSEIL **Parler face à un public ne s'improvise pas et, pour éviter de bafouiller, il est nécessaire d'exercer sa voix et de s'entraîner.**

C Adopter le bon rythme

- Ne parlez **ni trop lentement**, pour avoir le temps de tout dire, **ni trop vite**, pour laisser au jury la possibilité d'intégrer ce que vous dites et de prendre des notes.
- Trouvez le juste équilibre en ralentissant ou en accélérant le débit **selon la nature de votre propos** :
  – ralentissez lorsque vous présentez le plan, lorsque vous abordez un aspect essentiel, lorsque vous voulez particulièrement retenir l'attention ;
  – accélérez au moment des exemples, des énumérations, des citations.
- N'hésitez pas à **reformuler** plusieurs fois un aspect important de votre intervention et à **faire des pauses** entre deux idées.

FOCUS

Recourir à des figures de style

Pour renforcer votre propos, vous pouvez recourir à des figures de style, en particulier à des **figures de construction** (qui jouent sur la syntaxe).

4 figures de construction

- **l'anaphore :** répétition d'un terme en tête de phrase
- **la gradation :** énumération de termes de force croissante
- **le parallélisme :** répétition d'une même construction
- **l'antithèse :** rapprochement de deux propositions de sens contraire

31 Sujet d'oral

En quoi le développement de la médecine nucléaire est-il intimement lié à la compréhension de la radioactivité ?

PRÉSENTATION SUIVIE D'UN ENTRETIEN

20 min
20 points

INTÉRÊT DU SUJET • Le but est de faire le lien entre les avancées scientifiques depuis la découverte de la radioactivité et les innovations technologiques en matière de diagnostic médical, de radiothérapie et de radioprotection.

31 PISTES POUR L'ORAL

1er TEMPS • PRÉSENTATION D'UNE QUESTION — 5 min

Les titres en couleurs mettent en évidence la structure de cette présentation.

Introduction

[Accroche] Tout commence à l'Académie des sciences le lundi 24 février 1896 ! Ce jour-là, Henri Becquerel présente sa découverte d'un rayonnement hyperphosphorescent issu de l'uranium. C'est ce sujet que Marie Curie choisit en 1897 pour sa thèse de doctorat. Elle montre les propriétés ionisantes de l'hyperphosphorescence qu'elle renomme radioactivité. [Présentation du sujet] On connaît aujourd'hui ses applications médicales pour diagnostiquer des cancers et les soigner. En quoi le développement de la médecine nucléaire est-il intimement lié à la compréhension de la radioactivité et à sa modélisation ? C'est le sujet de mon exposé, que je vais structurer en deux parties. [Annonce du plan] Premièrement, je parlerai de la naissance de la médecine nucléaire en lien avec les progrès de la physique. Puis, à partir de l'exemple de la tomographie par émission de positons (TEP), j'expliquerai pourquoi la mise en œuvre de cette imagerie nécessite l'utilisation de fluor 18 et j'évoquerai la question de la mesure de la dose à injecter au patient.

> ▶ **Le secret de fabrication**
> Ce sujet balaie tous les contenus du programme sur la radioactivité. Il impose de débuter par une présentation historique, en citant des exemples marquants. Puis, on choisit de ne développer que la TEP et les propriétés ionisantes des rayonnements.

I. Quelques repères d'histoire des sciences

• Ce qui marque les prémices de la médecine nucléaire, c'est la découverte en 1934, par Irène et Frédéric Joliot-Curie, de la radioactivité artificielle. La production de radio-isotopes artificiels permet les premières applications cliniques. Ainsi l'iode 131, radioélément β^- de demi-vie 8 jours, est utilisé dès 1942 dans le traitement du cancer de la thyroïde.

• Les années 1950-1960, avec l'invention de la gamma-caméra, voient la mise au point des premières scintigraphies. La médecine nucléaire naît officiellement au début des années 1970.

[Transition] La TEP est un bel exemple d'imagerie médicale par injection d'un produit radioactif, en général le fluor 18.

II. Principes de la TEP

Du ^{18}FDG, c'est-à-dire du glucose marqué par du fluor 18, est injecté par voie intraveineuse au patient.

• **Pourquoi injecte-t-on ce glucose radioactif au patient ?** Parce que le glucose est absorbé dans l'organisme par les organes énergivores comme le cerveau et le cœur, mais surtout par les cellules cancéreuses qui ont besoin d'énergie pour se multiplier.

• **Pourquoi choisit-on le fluor 18 ?** Il y a trois raisons essentielles à cela.

Primo, le fluor 18 est un émetteur β^+. C'est une condition indispensable pour une TEP car le positon émis lors de la désintégration s'annihile avec un électron des tissus du patient en produisant deux photons γ émis dans des directions opposées. Ces deux photons sont reçus par un système de capteurs disposés en anneau tout autour du patient. Cela permet de localiser précisément la tumeur cancéreuse et d'en obtenir une image en 3D.

> **CONSEILS**
> N'hésitez pas à joindre le geste à la parole pour visualiser les directions d'émission des photons, puis l'anneau de capteurs.

GRAND ORAL

Deuzio, la demi-vie du fluor 18 est d'environ deux heures. Cela est assez court pour que le patient ne soit pas exposé aux radiations trop longtemps, et assez long pour la mise en œuvre de la tomographie, qui dure plusieurs heures.

Tertio, le noyau fils issu de la désintégration du fluor 18 est l'oxygène 18 qui un isotope stable. Cela est fondamental pour ne pas accroître la dose d'irradiation du patient.

• **Et bien justement, comment un préparateur en radiologie fait-il pour savoir quelle dose injecter au patient ?** Pour répondre à cette question, je vais utiliser la notion d'activité radioactive. L'activité est la grandeur qui doit être mesurée. Les médecins estiment qu'il faut injecter au patient une activité de 7 MBq par kilogramme de masse corporelle, environ deux heures avant le début de la TEP. Ainsi, pour un patient de 70 kg, il devra injecter une activité de 490 MBq. Cela veut donc dire que le préparateur doit prélever la solution de ^{18}FDG et vérifier par une mesure à l'activimètre (compteur de radioactivité) que l'activité de la solution contenue dans la seringue est conforme à la valeur attendue. Bien évidemment le manipulateur doit réaliser tout cela en se protégeant au maximum des rayonnements ionisants.

Conclusion

[Bilan] Je conclurai mon exposé en pointant l'importance de la recherche fondamentale en physique. C'est grâce aux travaux, de la famille Curie en particulier, sur la radioactivité dès la fin du XIXe siècle et jusqu'à la Seconde Guerre mondiale qu'est née la médecine nucléaire. Les techniques de diagnostic du cancer et de radiothérapie ont depuis prodigieusement progressé grâce aux modèles développés par les physiciennes et les physiciens.

[Ouverture] Toutes ces avancées fondamentales et appliquées ont aussi permis d'améliorer la compréhension des dangers liés aux rayonnements ionisants.

2e TEMPS • ÉCHANGE AVEC LE JURY ⏱ 10 min

Voici quelques-unes des questions que le jury pourrait poser en lien avec votre présentation ainsi que des réponses possibles. N'oubliez pas qu'on peut vous interroger sur d'autres thèmes du programme.

• **Le neutron a été découvert en 1932, plusieurs années après l'électron et le proton. Comment expliquez-vous cette découverte tardive ?**

L'électron et le proton sont des particules chargées : elles peuvent donc être accélérées et déviées par un champ électrique. C'est pourquoi elles peuvent être mises en évidence plus facilement que le neutron, une particule neutre.

> **CONSEIL**
> Ici, le jury veut vérifier que le candidat a une connaissance précise de la structure de l'atome et de la déviation des particules chargées par un champ électrique.

• **Vous avez évoqué la demi-vie radioactive et l'activité radioactive. Comment se définissent ces deux grandeurs ? L'activité est-elle dépendante de la valeur de la demi-vie ?**

La demi-vie radioactive $t_{1/2}$ est le temps nécessaire pour qu'un nombre N de noyaux radioactifs soit divisé par 2. L'activité A est le nombre de désintégrations par seconde ; elle est proportionnelle au nombre N. La relation entre A et N est : $A = \lambda N$. D'après la relation $t_{1/2} = \frac{\ln 2}{\lambda}$, la constante radioactive λ est inversement proportionnelle à la demi-vie radioactive. Par conséquent, l'activité dépend donc de la valeur de la demi-vie. Plus la demi-vie est petite, plus l'activité est grande, autrement dit, plus le nombre de désintégrations par seconde est important.

• **Les différents types de radioactivité ont-ils tous la même origine ?**

Il faut distinguer les radioactivités α, β^- et β^+ dont l'origine est la désintégration spontanée d'un noyau avec émission d'une particule chargée (noyau d'hélium, électron ou positon) et la radioactivité γ qui résulte de la désexcitation d'un noyau avec libération d'énergie sous forme d'un photon γ associé à un rayonnement électromagnétique de très haute fréquence.

GRAND ORAL

3e TEMPS • ÉCHANGE SUR LE PROJET D'ORIENTATION

5 min

Le jour J, il vous faudra bien sûr développer la réponse.

Comment avez-vous choisi le sujet de votre exposé ? Celui-ci est-il en lien avec votre projet d'orientation ?

Je suis passionné(e) par l'histoire de la physique du xxe siècle. La radioactivité étudiée dans le programme d'enseignement scientifique de Première et dans le programme de spécialité de physique-chimie de Terminale m'a beaucoup intéressé(e). Comme par ailleurs, j'envisage de devenir médecin, sans avoir une idée précise de la spécialité que je choisirai, ce sujet m'a semblé bien adapté à mes centres d'intérêt et à mon souhait de poursuite d'études.

À NOTER
Cette réponse n'est qu'un exemple et bien d'autres arguments auraient pu être avancés : intérêt pour la recherche scientifique, souhait de devenir manipulateur en radiologie, oncologue ou ingénieur en physique nucléaire…

32 Sujet d'oral

Les composés odorants : comment les extraire de manière écoresponsable ?

PRÉSENTATION SUIVIE D'UN ENTRETIEN

20 min
20 points

INTÉRÊT DU SUJET • L'industrie de la parfumerie utilise des procédés d'extraction reposant sur des techniques très anciennes. Aujourd'hui, ces procédés évoluent pour prendre en compte les principes de la chimie verte. Un tel sujet pourrait vous intéresser si vous souhaitez devenir technicien·ne ou chercheur·se dans l'industrie chimique.

32 PISTES POUR L'ORAL

1er TEMPS • PRÉSENTATION D'UNE QUESTION — 5 min

Les titres en couleur mettent en évidence la structure de cette présentation.

Introduction

[Accroche] Au temps de la Rome antique, les parfumeurs extrayaient des substances odorantes en faisant macérer des végétaux dans l'eau ou dans des huiles végétales. En vingt siècles, l'essor de la chimie a permis de comprendre ces procédés empiriques d'extraction, de les optimiser et de les compléter par d'autres méthodes. [Présentation du sujet] Aujourd'hui, les questions environnementales sont cruciales et les techniques de production des composés odorants ont évolué pour intégrer les principes de la chimie verte. [Annonce du plan] J'expliquerai les principes physico-chimiques sur lesquels reposent les techniques d'extraction des composés odorants naturels, puis je présenterai quelques exemples d'évolution écoresponsable de ces techniques.

▶ Le secret de fabrication

Les procédés utilisés par l'industrie de la parfumerie sont multiples ; le plan choisi permet de limiter les aspects descriptifs et de se centrer sur les explications scientifiques tout en mettant l'accent sur les questions environnementales.

I. Les principes des techniques d'extraction

• Les huiles essentielles et les absolues sont les matières premières des parfumeurs, avec lesquelles ils composent les parfums. Comme les huiles essentielles, les absolues sont des extraits végétaux très concentrés issus de fleurs, de graines, de bois, ou encore de racines. C'est le mode d'extraction qui constitue la principale différence entre absolues et huiles essentielles.

• Dans le cas des huiles essentielles, comme celles de romarin ou de lavande, deux propriétés – volatilité et lipophilie – permettent d'extraire les composés odorants en pratiquant une hydrodistillation ou un entraînement à la vapeur.

• Les absolues, comme celle de jasmin, sont obtenues par une extraction à l'aide d'un solvant apolaire puisque les molécules odorantes sont lipophiles. Le solvant typiquement utilisé est l'hexane.

[Transition] Les techniques d'extraction de l'industrie de la parfumerie reposent certes sur des méthodes très anciennes mais, grâce aux recherches, des améliorations sont régulièrement apportées pour les optimiser.

II. De nouveaux procédés d'extraction écoresponsables

Afin de prendre en compte les principes de la chimie verte, de nouveaux processus d'extraction sont développés. En voici quatre exemples.

> **CONSEIL**
> Indiquez au jury que les 12 principes de la chimie verte figurent sur votre support écrit.

• Pour **réduire la consommation énergétique et l'émission de CO_2** lors d'une hydrodistillation, le chauffage traditionnel peut être remplacé par le chauffage par micro-ondes (principe 6 de la chimie verte).

• Pour **proscrire les solvants dérivés du pétrole**, l'usage du dioxyde de carbone supercritique se généralise. Il a le même pouvoir d'extraction que les solvants apolaires sans être polluant (principe 5 de la chimie verte).

• Pour **améliorer le rendement d'une extraction par solvant**, on l'associe à l'action d'ultrasons qui cassent les membranes lipidiques des végétaux et permettent au solvant de dissoudre plus rapidement le composé odorant d'intérêt (principe 2 de la chimie verte).

• Pour **éliminer certains composés toxiques ou indésirables** (tel l'eugénol dans l'huile essentielle de rose) et améliorer ainsi la qualité olfactive d'une huile essentielle, une nouvelle technique écoresponsable est en cours de développement : la biocatalyse (principe 9 de la chimie verte).

> CONSEIL
> Le vocabulaire scientifique utilisé doit être précis et bien maîtrisé puisqu'il peut donner lieu à des questions de la part du jury.

Conclusion

[Bilan] Grâce aux progrès des sciences chimiques et notamment l'interprétation des propriétés macroscopiques à l'aide des modèles microscopiques, les principes sur lesquels reposent les procédés très anciens d'extraction des composés odorants sont bien compris. Les questions liées à la santé des personnes et à la protection de l'environnement sont aujourd'hui centrales et amènent les chimistes de la parfumerie à innover pour respecter les principes de la chimie verte.

[Ouverture] Ces contraintes réglementaires, qui peuvent être perçues comme des obstacles au développement économique, constituent en réalité de remarquables défis que les chercheur·se·s et les ingénieur·e·s savent très souvent relever.

2e TEMPS • ÉCHANGE AVEC LE JURY — 10 min

Voici quelques-unes des questions que le jury pourrait poser en lien avec votre présentation, ainsi que des pistes de réponses. N'oubliez pas qu'on peut vous interroger sur d'autres thèmes du programme.

• **Qu'est-ce qu'un composé volatil et comment les odeurs se diffusent-elles ?**

Les composés odorants sont volatils car ils peuvent facilement passer à l'état gazeux (leur température d'ébullition est relativement faible). Leurs molécules peuvent donc se diffuser dans l'air ambiant sous l'effet de l'agitation thermique et des courants de convection.

• **Vous avez dit que les solvants d'extraction sont apolaires puisque les molécules odorantes sont lipophiles. Pouvez-vous nous l'expliquer en prenant un exemple ?**

Sur le document que je vous ai remis, j'ai écrit la formule topologique de deux composés odorants : l'hexanal et le lavandulol. On constate que ces molécules comportent une longue chaîne carbonée, linéaire pour la première et ramifiée pour la seconde. Sachant que les éléments carbone et hydrogène ont des électronégativités très proches, ces chaînes carbonées sont donc apolaires, c'est-à-dire qu'elles ne portent pas de charges électriques. Pour extraire ces composés odorants, il faudra alors un solvant apolaire, comme l'hexane.

Cela étant dit, les molécules d'hexane et de lavandulol comportent tout de même une partie polaire puisqu'il y a présence d'un groupe carbonyle dans la première et hydroxyle dans la seconde. C'est pour cela que ces composés ne sont pas totalement insolubles dans l'eau, qui est un solvant polaire.

• **Pouvez-vous définir la biocatalyse ?**

Une catalyse est un procédé utilisant une substance chimique, appelée catalyseur, pour accélérer une transformation chimique. Ce catalyseur intervient dans le processus réactionnel mais il n'est pas consommé. On parle de biocatalyse lorsque le catalyseur est d'origine biologique. La catalyse enzymatique en est un exemple. La biocatalyse permet en particulier de respecter le principe 9 de la chimie verte : « **préférer les procédés catalytiques aux procédés classiques** ».

3e TEMPS • ÉCHANGE SUR LE PROJET D'ORIENTATION — 5 min

• **Comment avez-vous choisi le sujet de votre exposé ? Celui-ci est-il en lien avec votre projet d'orientation ?**

J'ai toujours aimé la chimie, les SVT et la pratique expérimentale dans ces deux disciplines. J'ai l'intention de devenir ingénieur·e chimiste soit en intégrant une CPGE, soit en passant par l'université. Je suis aussi très conscient·e de l'image négative de la chimie dans notre société. J'ai donc voulu comprendre comment les questions de développement durable sont prises en compte dans ces techniques de la parfumerie, qui touchent aussi à des questions de biologie végétale.

33 Sujet d'oral

En quoi la catalyse est-elle un pilier de la chimie verte ?

PRÉSENTATION, SUIVIE D'UN ENTRETIEN

20 min
20 points

INTÉRÊT DU SUJET • De nos jours, 90 % des procédés industriels utilisent des catalyseurs, dont le rôle est crucial. Ce sujet suscitera votre curiosité si vous envisagez des études de chimie organique ou de procédés industriels, dans le cadre d'une démarche environnementale.

33 PISTES POUR L'ORAL

1er TEMPS • PRÉSENTATION D'UNE QUESTION — 5 min

Les titres en couleur mettent en évidence la structure de la présentation.

Introduction

[Accroche] L'ibuprofène est un anti-inflammatoire synthétisé en quantités industrielles depuis 1960. Sa synthèse, en six étapes principales, produit énormément de déchets : les 13 000 tonnes d'ibuprofène fabriquées chaque année génèrent plus de 20 000 tonnes de déchets !
[Formulation de la problématique] Au début des années 1990, la société BHC a développé et mis en exploitation industrielle un procédé catalytique qui engendre une quantité beaucoup plus faible de produits secondaires. C'est pourquoi je tenterai de répondre à la question suivante : « En quoi la catalyse est-elle un pilier de la chimie verte ? »
[Annonce du plan] Dans une première partie, je présenterai, succinctement, les procédés industriels et leurs inconvénients. Je poursuivrai en expliquant ce que sont la catalyse et la chimie verte, avant de montrer ce qui les relie.

I. Présentation des procédés industriels

• L'industrie chimique a pour objectif la synthèse d'espèces chimiques dans des domaines variés : l'industrie pharmaceutique avec la fabrication de médicaments (ibuprofène, aspirine…), l'industrie cosmétique avec la fabrication des parfums, l'industrie agro-alimentaire avec la fabrication de conservateurs (acide benzoïque) ou d'arômes (esters), etc.

• Tous ces procédés nécessitent un chauffage important et sont donc très gourmands en énergie : par exemple, l'industrie pharmaceutique a consommé près de 40 millions de tonnes équivalent pétrole (TEP) en 2021. Souvent, ces procédés durent plusieurs heures (20 heures pour la synthèse de l'aspirine) et comportent de nombreuses étapes, ce qui alourdit cette consommation d'énergie. Par ailleurs, la synthèse d'une espèce chimique génère nécessairement des sous-produits sans intérêt. Ainsi, la synthèse de l'aspirine produit aussi de l'acide éthanoïque.

[Transition] Face à ces nombreux inconvénients, l'industrie chimique se tourne vers la catalyse. Désormais, 90 % des procédés industriels l'utilisent et une vingtaine de laboratoires en France recherchent de nouveaux catalyseurs.

II. Définition de la catalyse et de la chimie verte

Je vais vous présenter brièvement les notions de catalyse et de chimie verte.

> **CONSEIL**
> Dans cette sous-partie, ne faites pas une leçon entière sur la catalyse. Indiquez seulement au jury les notions essentielles.

• Un catalyseur est une espèce chimique ajoutée au mélange réactionnel pour accélérer une réaction chimique, sans modifier l'état final du système chimique. Il est consommé, puis régénéré.

Il existe trois sortes de catalyse : homogène, hétérogène et enzymatique.

• La chimie verte est née vers 1995 pour limiter l'impact négatif de la chimie sur l'environnement et l'être humain. Son cadre, en 12 principes, a été défini par les chimistes américains Paul Anastas et John Warner.

[Transition] Maintenant que ces définitions sont posées, je vais vous montrer comment la catalyse apporte des solutions aux inconvénients présentés dans la première partie.

III. L'apport de la catalyse à la chimie verte

• Tout d'abord, un catalyseur augmente la vitesse de réaction. Cela entraîne donc une réduction de la durée de la réaction, ce qui diminue le temps de chauffage et permet des économies d'énergie. Cet aspect est en accord avec le principe 6 de la chimie verte : « économiser de l'énergie ».

• D'autre part, un catalyseur est sélectif. Alors qu'une réaction classique donne souvent des sous-produits non désirés, la présence d'un catalyseur favorise la formation du seul produit recherché. Il permet ainsi une meilleure utilisation des atomes des molécules de départ, qui se retrouvent tous dans le produit désiré et non dans les sous-produits qu'il faut séparer, isoler et éliminer. On utilise ainsi des réactifs en plus faible quantité de matière pour un même rendement. Cet aspect est en accord avec les principes 1 et 2 de la chimie verte : « prévenir les déchets » et « économiser la matière première : l'économie d'atomes ».

• Enfin, un catalyseur n'est pas détruit, mais régénéré à la fin des différentes étapes du mécanisme réactionnel. Il peut donc être récupéré et recyclé pour une prochaine utilisation. Cet aspect est en accord avec le principe 1 de la chimie verte : « prévenir les déchets ».

Conclusion

[Bilan] Économies d'énergie, de temps et d'atomes sont des arguments en faveur des catalyseurs. Ils sont une solution à privilégier en matière de chimie verte.

[Ouverture] La catalyse, très utilisée depuis les années 2000, fait encore l'objet de nombreuses recherches prometteuses. Un exemple récent est celui de Frances Arnold, une chimiste américaine qui a travaillé sur la catalyse enzymatique pour mettre au point de nouvelles molécules biochimiques et a ainsi obtenu le prix Nobel de chimie en 2018.

À NOTER
L'ouverture montre que vous avez fait des recherches approfondies et peut suggérer des questions au jury.

Pour que la catalyse s'inscrive encore plus dans la chimie verte, les recherches portent également sur des catalyseurs qui miment des catalyses naturelles, pour éviter l'utilisation de catalyseurs à base de métaux lourds.

Support écrit

Un exemple pour l'industrie pharmaceutique :

La synthèse de l'aspirine

$C_7H_6O_3$	$+ C_4H_6O_3$	$\rightarrow$	$C_9H_8O_4 +$	$C_2H_4O_2$
acide salicylique	**anhydride éthanoïque**	**chauffage pendant 20 h**	**aspirine**	**acide éthanoïque (sous-produit)**

En rouge : les inconvénients de cette synthèse industrielle.

CONSEIL
Le support écrit est facultatif et ne sera pas évalué. Donnez-lui la forme qui vous convient le mieux : plan de votre exposé, carte mentale, schéma, graphique, formules, données pouvant servir d'exemple…

2e TEMPS • ÉCHANGE AVEC LE CANDIDAT — 10 min

Voici quelques-unes des questions que le jury pourrait poser en lien avec votre présentation, ainsi que des réponses possibles.

- **Dans votre exposé, vous avez évoqué l'augmentation de la vitesse de réaction. Pouvez-vous nous citer d'autres facteurs cinétiques ?**

Les deux facteurs cinétiques principaux sont la température du milieu et la concentration des réactifs, qui augmentent toutes deux la vitesse de réaction lorsqu'elles augmentent. On peut aussi citer la lumière ou encore la nature du solvant.

- **Pourriez-vous nous proposer une expérience mettant en évidence l'influence d'un catalyseur ?**

Je vous propose de considérer la dismutation de l'eau oxygénée (ou peroxyde d'hydrogène H_2O_2) utilisée comme agent blanchisseur ou comme désinfectant. Cette réaction, très lente, a pour équation :

$$2\ H_2O_{2(l)} \rightarrow 2\ H_2O_{(l)} + O_{2(g)}.$$

On peut l'accélérer de différentes manières : par catalyse hétérogène en ajoutant un disque platiné ; par catalyse homogène en ajoutant quelques gouttes de chlorure de fer (III) ; ou par catalyse enzymatique en ajoutant un morceau de radis contenant de la catalase.

Dans ces trois cas, on constatera un dégagement beaucoup plus important de dioxygène $O_{2(g)}$.

• **Vous parlez de synthèse de molécules organiques. Comment peut-on identifier un catalyseur dans un mécanisme réactionnel donné ?**

Dans les différentes étapes du mécanisme réactionnel, un catalyseur est une espèce chimique qui peut être consommée à une étape, puis régénérée à une étape suivante.

Consommé, il apparaît du côté des réactifs d'une étape. Régénéré, il apparaît du côté des produits d'une étape suivante.

> ATTENTION
> Vous devez maîtriser les capacités exigibles du chapitre en lien avec votre sujet.

Dans l'équation bilan de la réaction, sa formule n'apparaît donc pas.

3e TEMPS • ÉCHANGE SUR LE PROJET D'ORIENTATION ⏱ 5 min

Le jour J, il vous faudra bien sûr développer la réponse.

• **Comment avez-vous choisi votre sujet ? En quoi est-il en lien avec votre projet d'orientation ?**

Depuis mon enfance, la chimie me passionne. Je demandais pour mes anniversaires les coffrets d'« Expériences du petit chimiste » !
En terminale, j'ai choisi les spécialités physique-chimie et SVT et, pour transformer ma passion en futur métier, je compte m'orienter vers une licence de chimie, parcours chimie et environnement, ou un BTS métiers de la chimie. Mais je n'ai pas encore d'idées précises de mon futur métier ; je me laisse le temps de la réflexion.

> À NOTER
> Le jury ne juge pas votre projet d'orientation et votre sujet de grand oral peut ne pas y être lié. Il est, en revanche, important de montrer votre implication dans la construction de votre projet et d'expliquer pourquoi vous vous orientez vers un projet différent de vos spécialités choisies.